杭州师范大学中文学科学术研究丛书

泽地文库
第一辑

主编 / 洪治纲

* 浙江省哲学社会科学重点研究基地文艺批评研究院成果

朝堂与文苑：唐宋文学论丛

沈松勤 著

时代出版传媒股份有限公司
安徽教育出版社

图书在版编目(CIP)数据

朝堂与文苑:唐宋文学论丛/沈松勤著.—合肥:安徽教育出版社,2021.12
ISBN 978-7-5336-9539-2

Ⅰ.①朝… Ⅱ.①沈… Ⅲ.①古典诗歌－诗歌研究－中国－唐宋时期②中国历史－研究－唐宋时期 Ⅳ.①I207.2②K240.7

中国版本图书馆CIP数据核字(2021)第257085号

朝堂与文苑:唐宋文学论丛
CHAOTANG YU WENYUAN:TANG-SONG WENXUE LUNCONG

出 版 人:费世平
策划编辑:何　客
责任编辑:黄晓宇　张坤坤
装帧设计:王莉娟
美术编辑:张鑫坤
责任印制:陈善军

出版发行:安徽教育出版社
地　　址:合肥市经开区繁华大道西路398号　邮编:230601
网　　址:http://www.ahep.com.cn
营销电话:(0551)63683012,63683013
排　　版:安徽时代华印出版服务有限责任公司
印　　刷:安徽新华印刷股份有限公司

开　　本:650 mm×960 mm　1/16
印　　张:27.75
字　　数:398千字
版　　次:2021年12月第1版　2021年12月第1次印刷
定　　价:88.00元

(如发现印装质量问题,影响阅读,请与本社营销部联系调换)

总 序

洪治纲

大学之道，人文为先。没有坚实的人文底蕴，没有深厚的人文情怀，没有求真、创新、自由、平等、公正的现代社会理念，大学迟早会陷入实用主义和功利主义的泥淖，甚至会变成精致的利己主义滋生与蔓延的温床，教育也就很难确保学生获得全面而健康的发展。这是我们学科同仁多年来的思想共识和学术信念。

我们是大学教师，但我们也是学者，是恪守人文精神并且学有专攻的学者。因为我们深知，人不仅仅是一种物质生命的存在，还是一种精神、文化的存在。我们必须尊重每个个体的主体地位和个性差异，必须关心和理解不同个体多方面、多层次的内在需求，必须激发不同个体的能动性和创造性，促进人的个体价值与社会价值的统一，并最终使人获得自由全面的发展。

如果问，何谓"人文精神"？我想，这应该是其核心之旨。所以鲁迅先生对现代文明社会的审度标尺，就是"立人"。一个国家能不能"立"起来，在他看来，首先就是这个国家中的人是否"立"起来了，而不是看它的经济指标，或者人均拥有多少本房产证。

作为从事人文教育的学者，我们对人文精神当然并不陌生。但是，在物质主义和功利主义的强力冲击下，要坚持不懈地探究现代社会中的人文精神及其实践路径，并非易事。好在我们是地方性高校，没有"高处不胜寒"的压力，也没有必须实现"弯道超车"的预设目标。我们只是踏踏实实问学，认认真真做人。每天进步一点点，这是我们对自己学术的内心期许。所以，这些年来，我们学科的全体同仁，都在默默地躬身于各自的研究领域，勤思缅想，精耕细作。

我们因此而充实。无论春夏，无论秋冬。

或许我们的能力有限，眼界不高，学养不厚，但这并不影响我们求真和创新的勇气，也不影响我们对于人类悠久的人文主义传统的承继和弘扬。师者，传道，授业，解惑也。传道，是每一位大学教师的首要职责，也是彰显每位人文学者人格魅力的核心之所在。只有心中有了"道"，有了承担历史职责且顺应社会发展的"大道"，我们才能传出特有的生命之光，以及内在的精神高度。我们的学术，从某种程度上说，就是在求真的过程中，孕育和培植内心的生命之道。故章学诚云：学者，学于道也。

但学术毕竟是一项极为艰难的事业，因为它自始至终都是为了求真，不仅在理论上，还要在实践中。严复就曾明确地将"学术"理解为先求真理，而后付诸实践的过程："学者考自然之理，立必然之例。术者据既知之理，求可成之功。学主知，术主行。"梁启超也说过类似的话："学也者，观察事物而发明其真理者也；术也者，取所发明之真理而致诸用者也。……学者术之体，术者学之用，二者如辅车相依而不可离。学而不足以应用于术者，无益之学也；术而不以科学上之真理为基础者，欺世误人之术也。"我们当然也希望通过自己的努力，在传道和授业的过程中，体用互动，生生不息，一起解答各种现代生存之惑，共同叩问人之为人的诸多本质。

这也是我们推出"泽地文库"的重要理由。"泽地"，取自《周易》第四十五卦《萃》卦，卦象为下坤上兑，坤为地，兑为泽，即为"下地上泽"之象，象征"荟萃"之意。这是我们中国语言文学学科全体同仁的美好意愿，也是我们孜孜以求的学术理想。

在人类智慧的天空中，我们希望以执着的姿态飞过，并留下自己的痕迹。

本套丛书将以开放的方式，逐步汇聚我们学科各位学者的优秀成果，既包括已出版多年并在学界产生一定反响、需要修订再版的专著，也包括近年来国家社科基金的最新成果、学术新著以及优秀的博士论文等，几乎涵盖了学科各二级研究方向，也囊括了不同代际的学者智慧，并大体上折射了我们学科的主要特色和优势。当然，鉴于各种原因，本套丛书的第一辑，尚有诸多本学科重要学者未能加盟，期待第二辑或第三辑陆续能够收录。

古人云："士不可以不弘毅，任重而道远。"学术是没有尽头的事业，真理也需要一代又一代人去不断探索和实践。唯因如此，我们渴望通过自己的顽强求索，能够成为人文精神最坚实的承传者，并在具体的教学过程中，将自己所秉持的学术信念力所能及地付诸实践，抑或在世界文化的交流中成为平等的对话者。

2021 年冬于杭州

目　录

第一辑

从词的规范体系通观词史演进 / 003

花间词的规范体系及其词史意义 / 038

唐宋词体的文化功能与运行系统 / 061

词坛沉寂与南词北进 / 085

——论宋初百年词坛的演进历程

柳永"屯田体"的特质及其词史意义 / 113

宋词中的"西湖意象"及其文化蕴涵 / 138

"苏辛变体"在12—14世纪初词坛的运行 / 162

第二辑

经学中的诗学 / 189

——宋代"诗经学"的特点及意义

"宋调"的体性特质及其成因 / 213

士人贬谪与文学创作 / 244

——宋神宗至高宗五朝文坛新取向

从高压政治到"文丐奔竞"/ 282

——"绍兴和议"期间的文学生态

宋元之际士阶层分化与文学转型 / 306

第三辑

"幽人":解读苏轼的一个易学视角 / 335

"新道统"理念下的偏见 / 356

——朱熹讨伐"苏学"的文化诉求

杨万里"诚斋体"新解 / 374

叶适"集本朝文之大成者"刍议 / 395

论叶适的墓志创作 / 417

后　记 / 437

ps 第一辑

从词的规范体系通观词史演进

词史研究在20世纪初就受到学界的重视。一个多世纪以来，取得了长足进展，尤其是当代，词史研究成果大量涌现，无论数量，抑或质量，均不让诗史研究专美于前。

不过，综观当代词史研究，无论断代史抑或通史，依然运用了20世纪初学者所设立的框架，将自唐至清词的演变历史依附于各个王朝的兴替历史，体现为"朝代词史观"。这虽然有其合理性，也使不同阶段的词史有了便以称呼的名称，使人易于感知，但也存在缺憾，割裂了易代之际以及政权上南北对峙时期的词人、词集、词史。譬如：赵孟頫因入元后出仕为高官，被定为"元代词人"，张炎入元后生活了四十余年，因终身为遗民而被视为"宋词"的殿军；刘基入明后仅活了七年、高启入明六年后死于非命，两人因出仕明朝，被视为"明代词人"；陈子龙与李雯同年生同年死，同属云间词派，陈子龙因抗清就义，被视为"明代词人"，李雯因出仕新朝，被视为"清代词人"。又如曹尔堪因第一部词集《未有居词笺》五卷刊于明崇祯九年（1636年），其人被视为"明代词人"，其词被《全明词》收录；第二部词集《南溪词》二卷刻于清康熙五年（1666年），其人被视为"清代词人"，其词被《全清词》收录。诸如此类词人身份与作品的朝代认定，不仅彼此凿枘，而且割裂了易代之际原本一脉相承的词史。这种割裂还典型地体现在南宋、金、元词史的书写上。这一时期在政治上分属不同政权，但是正如由宋入元的家铉翁所说："地有南北，而人物无南北；道统文脉无南北。虽在万里之外，皆中州也。"① 意思是说，和南宋同一时空中的金、元在文化上同属于一个中国；这个文化中国有着相同的文脉，也有着同源同质的词史。如以词的"体派"观念衡量，元好问无疑是南宋"辛派词"在金元之际的一员主将，但目前"南宋词史"的书写不及"金元词"，"金元词史"的书写也无涉"南宋词"。在"朝代词史观"的驱使下，南北被割裂，影响了我们对这段词史的整体认识。

以朝代为序的写作策略旨在揭示词人的创作及词的演变与不同朝代的政治、经济、文化之间的联系，从中凸显词作为特定朝代的人情风貌、价值取向、时代精神之载体的历史，即刘勰所说："文变染乎世情，兴废系乎时序。"② 体现为"一代有一代之文学精神"的观念。不可否认，每一朝代均有其文学精神之所尚，但不得不承认，作为一种审美形态，文学的历史同时又是以作者性情为底色的艺术的历史。韦勒克认为，文学史书写的策略应"按照文学的标准来制定"，其标准则来自它在艺术上的规范体系，研究"文学上某一时期的历史就在于探索从一个规范体系到另一个规范体系的变化"。③ 这也不失为词史研究的一条有效途径。而本文所说的规范体系，是指词的声律体制与词人的审美惯例共同形成的具有规范性的一个艺术体系，其中包括了语体、体格、体性诸要素。它规范着词人的具体创作，却并不影响其创作个性的发挥。事实表明，词的规范体系的形成，以及形成后被采用、综合与变化，是构成词的演变历史不可忽视的内在动因，不同朝代的"世情"、"时序"通常作为一种生态环境或外部力量，则是词的演变历史的外在因素，唯有将二者结合，方能对词史演进有全面的客观的认识。

---

① 家铉翁：《题中州诗集后》，载曾枣庄、刘琳主编《全宋文》，第 349 册，上海辞书出版社、安徽教育出版社，2006 年，第 112 页。
② 刘勰著，范文澜注：《文心雕龙注》卷九，人民文学出版社，1962 年，第 675 页。
③ 勒内·韦勒克、奥斯汀·沃伦：《文学理论》（新修订版），刘象愚、邢培明、陈圣生等译，浙江人民出版社，2017 年，第 263—264 页。

一、词的规范体系的形成

词原本是与音乐相结合的音乐文学,后渐渐脱离了音乐,但先期词在音乐曲调系统中形成的文本体制,以及词人在创作中形成的审美惯例,成了自唐至清词的规范体系形成的两大因素。

(一) 词的体制本身

刘熙载说:"词有创调、倚声,本诸唱和。"① 从词人"倚声"填词的实践观之,确实如此。既然如此,则必有诸多规范作用其中。

在唐宋,词人填词首先受制于词的音乐;而词的音乐集中体现在由曲调转化而成的词调上。代表不同音乐的词调规范了不同的声情类型,沈祥龙说:"词调不下数百,有豪放,有婉约,相题选调,贵得其宜。调合,则词之声情始合。"② 这是就宏观方面而言,从微观方面观之,尚有不少词调具有独特的声情规范。譬如:《甘州遍》出于唐西北边州的大曲《甘州》,其声高亢慷慨;《水调歌头》是大曲散序之后歌唱部分的一个曲调,其声激越奔放;《水龙吟》属于笛曲,其声清澈嘹亮;《春从天上来》属于箫曲,其声清怨凄远……③因此,"相题选调"首先体现为遵循词调在音乐上应有的声情规范,即依内容选择形式,犹如唱和,赓和者须按原唱的诸多规范抒写情志,也就是所谓"倚声";尤其是在声调格律上的"倚声",更为词家所恪守不渝。谢元淮《莺啼序》序云:

> 声调格律,自有一定。如填某调,即专从一人之词为定体,逐字逐句照依填入。纵不能四声俱论,而平仄断不容舛。重字虽所不

---

① 刘熙载:《词概》,载唐圭璋编《词话丛编》,中华书局,1986 年,第 3687 页。
② 沈祥龙:《论词随笔》,载唐圭璋编《词话丛编》,中华书局,1986 年,第 4060 页。
③ 吴熊和:《选声择调与词调声情》,载《吴熊和词学论集》,杭州大学出版社,1999 年,第 21—25 页。

禁，亦应斟酌，不得屡见。至于句读，更有一定，如六字为句，有上一下五、上二下四、上三下三、上四下二、上五下一之别，均须遵守。图谱有可平可仄之说，系指他词全阕而言。盖一调十余词，平仄各异，以见格非一体，然亦每词各有一定之平仄，并非彼此逐句皆可互易。若一调十余词，此句平仄从甲，彼句平仄从乙，则是通首无不可活动之字，必至通篇无一合格之句。①

当然，自唐宋以来，词人在审音定字中，前后并非如此一字不差，声声相同，偶尔会出现前后小异的现象。这些小异成了"词调之又一体"，被《词律》、《词谱》先后记录下来，成为新的规范。

与此同时，由于音乐上的引、令、近、慢不同曲调，形成了词在文本上小令与长调两大体制及其不同的创作规范。就文本篇幅而言，小令句少，要求含蓄蕴藉，莹冰晖露，不着迹象；长调句多，要求铺叙有致，前后贯串，神来气到。两者的不同，决定了不同的文心意脉：

> 慢词与小令，不独体制迥殊，即文心内容，亦一繁一简。文心何物，换言之，即意匠也。词境之构成如何，全视意匠之工拙，设喻以明之。小令如布置庭园之一角，无多结构，奇花异石，些少点缀，便生佳致。慢词则不同，如建大厦然，其中曲折层次甚多，入手必先惨淡经营，方能从事土木。若枝枝节节为之，外观纵极堂皇，内容必破碎不成格局。小令只要些新意，便易得古人句。作慢词，全篇有全篇之意，前遍有前遍之意，后遍有后遍之意。故运意时，先须分别主从，庶词成后联贯统一，脉络井然。慢词与小令之文心既繁简迥殊，构成之辞即因之异色，而作法亦因之截然不同矣。②

---

① 谢章铤著，刘荣平校注：《赌棋山庄词话校注》续编卷五，厦门大学出版社，2013年，第356页。
② 蔡嵩云：《柯亭词论》，载唐圭璋编《词话丛编》，中华书局，1986年，第4904页。

事实上，这种"作法"常常体现在同一词人的笔下。如辛弃疾《水龙吟》（楚天千里清秋）、《摸鱼儿》（更能消几番风雨）、《永遇乐》（千古江山）等长调，书写报国雄心及壮志难酬之慨，展衍铺叙，层次繁复曲折，其章法意脉与他的《河渎神》（芳草绿萋萋）、《卜算子》（红粉靓梳妆）、《临江仙》（手捻黄花无意绪）等小令迥然有别，判若两域。小令与长调不同的章法意脉，往往规范着不同的体性类型。如纳兰性德《金缕曲·赠梁汾》：

> 德也狂生耳。偶然间、缁尘京国，乌衣门第。有酒惟浇赵州土，谁会成生此意。不信道、遂成知己。青眼高歌俱未老，向樽前、拭尽英雄泪。君不见，月如水。　　共君此夜须沉醉。且由他、蛾眉谣诼，古今同忌。身世悠悠何足问，冷笑置之而已。寻思起、从头翻悔。一日心期千劫在，后身缘、恐结他生里。然诺重，君须记。①

纳兰擅长小令，远尚李煜，近宗陈子龙，体性要眇"隽婉"。② 康熙十五年（1676年），他与顾贞观订道义之交。为了表达与顾氏相交的道义，纳兰并没有运用他擅长的并最能体现其创作风格与词学主张的小令，而是选择了上列长调，在具体的书写上，一反其小令作法，而"如建大厦然"。全词既展衍铺叙，层折变化，又前后连贯，脉络井然，其文心意脉"崎磊落，不啻坡老（苏轼）、稼轩（辛弃疾）"，③ 呈现了和他以"隽婉"为特征的小令截然不同的体性。究其原因，受制于令、慢两体的不同规范。其实，这并非个别现象，而是词史上普遍存在的一

---

① 纳兰性德著，赵秀亭、冯统一笺校：《饮水词笺校》（修订本），中华书局，2005年，第135页。
② 张纯修：《饮水诗词集序》，载纳兰性德著，赵秀亭、冯统一笺校《饮水词笺校》（修订本），中华书局，2005年，第506页。
③ 徐釚著，王百里校笺：《词苑丛谈校笺》，人民文学出版社，1998年，第290页。

种惯例。因此也就有了"闺情春思"或"柔情曼声"者,"宜于小令";①"凡题意宽大,宜抒写胸襟者,当用长调"② 之类多少带有规律性的说辞。

(二) 词人的审美惯例

来自词的体制本身的诸多规范最终是为了让词人抒写性情;而词人在抒写性情时,往往有明确的审美取向。当某一审美取向成为一种惯例时,则又形成了相应的规范体系,从而使词在体制上的诸多规范具有了生命与灵魂。

北宋李之仪指出:"长短句于遣词中最为难工,自有一种风格,稍不如格,便觉龃龉……大抵以《花间集》中所载为宗。"论词当"以《花间》所集为准"。③ 将《花间集》的小令在表现"闺情春思"或"柔情曼声"中所形成的"风格"奉为词之宗,视为填词与论词的规范准则,一个重要的原因就在于花间词艺术上的审美取向与审美惯例,也为后世所张扬。南宋陈善指出:"唐末诗格卑陋,而小词最为奇绝。今世人尽力追之,有不能及者。予故尝以唐《花间集》,当为长短句之宗。"④ 陈振孙谈及《花间集》时也说:"此近世倚声填词之祖也。"⑤ 因此,苏轼力图打破这一规范,创作了不少诗化之词,却被时人视为"虽极天下之工,要非本色"。⑥ 所谓"本色",即指花间词在其规范体系中形成的体性特质;"要非本色"却背弃了该体性特质。这是较早出现的词的"本色"与"非本色"之辨,遂成词学批评史上的一大主题,并由此衍生出"婉约"与"豪放"、"正体"与"变体"之辨。张綖将唐五代以来

---

① 何嘉延语,引自冯金伯编《词苑萃编》卷八。载唐圭璋编《词话丛编》,中华书局,1986年,第1949页。
② 吴梅:《词学通论》,载吴梅著、郭英德编《吴梅词曲论著四种》,商务印书馆,2010年,第349页。
③ 李之仪:《跋吴思道小词》,载曾枣庄、刘琳主编《全宋文》,第112册,上海辞书出版社、安徽教育出版社,2016年,第139页。
④ 陈善:《扪虱新话》下集卷二,商务印书馆,1939年,第67页。
⑤ 陈振孙:《直斋书录解题》,上海古籍出版社,1987年,第614页。
⑥ 陈师道:《后山诗话》,载何文焕辑《历代诗话》,上册,中华书局,1981年,第309页。

的词概括为"正"、"变"两体,视始于花间词而盛于北宋的"婉约词"为"本色"之"正",始于苏轼而盛于南宋的"豪放词"为"非本色"之"变"。①徐师曾也认为:"至论其词,则有婉约者,有豪放者。婉约者欲其词情蕴藉,豪放者欲其气象恢弘,盖虽各因其质,而词贵感人,要当以婉约为正。否则极精工,终乖本色,非有识之所取也。"②王世贞却直截了当地指出:"词须宛转绵丽,浅至儇俏,挟春月烟花于闺幨内奏之,一语之艳,令人魂绝,一字之工,令人色飞,乃为贵耳。至于慷慨磊落,纵横豪爽,抑亦其次,不可作耳。作则宁为大雅罪人,勿儒冠而胡服也。"③堪称词学批评史上对成型于《花间集》的"婉约"之"正体"的规范原则最决绝的维护。

然而,正如陈模所说:"'东坡为词诗,稼轩为词论。'此说固当,盖曲者曲也,固当以委曲为体;然徒狃于风情婉娈,则亦不足以启人意。回视稼轩所作,岂非万古一清风也哉!"④词人的情感并非仅有"风情"一种,词也不可能始终"婉娈"不变。为了扩展词的功能,提升词的体格,苏轼"以诗为词",全面开启"无意不可入,无事不可言"⑤的创作历程,建构了"非本色"的变体规范体系,从而使词走出了原本单一逼仄的"风情"之域,揭开了"非本色"之变与"本色"之正相并而行的序幕,推进了词的兴盛。

通观整个古典词史,不难发现,凡是正体与变体的规范体系在词坛相并而行,各自竭尽其表现"世情"的能力,发挥其载负"时序"的功能之时,往往是词的兴盛之日。王士禛《倚声初集序》说:

> 诗余者,古诗之苗裔也。语其正,则景(璟)、煜为之祖,至

---

① 张綖《诗余图谱·凡例》所附说明,载《诗余图谱》卷首,明嘉靖十五年刻本,第7页中。
② 徐师曾著,罗根泽校点:《文体明辨序说》,载吴讷、徐师曾著,于北山、罗根泽校点《文章变体序说·文体明辨序说》,人民文学出版社,1998年,第165页。
③ 王世贞:《艺苑卮言》,载唐圭璋编《词话丛编》,中华书局,1986年,第385页。
④ 陈模:《论稼轩词》,载辛弃疾撰,邓广铭笺注《稼轩词编年笺注》(增订本),上海古籍出版社,1993年,第599页。
⑤ 刘熙载:《词概》,载唐圭璋编《词话丛编》,中华书局,1986年,第3690页。

漱玉、淮海而极盛，高、史其大成也。语其变，则眉山导其源，至稼轩、放翁而尽其变，陈、刘其余波也……邹子与予盖尝叹之。因网罗五十年来荐绅、隐逸、宫闺之制，汇为一书，以继《花间》、《草堂》之后，使夫声音之道，不至湮没而无传，亦犹尼父歌弦之意也……此后之作者，将由声音之微，以进求六艺之正变，览斯集也，可以兴矣。①

该序作于顺治十七年（1660年）。序中"五十年来"就是万历三十八年（1610年）以来。王士禛面对这一时期"词家绮丽、豪放二派，往往分左右袒"的偏执，借用《毛诗序》中"正风"与"变风"、"正雅"与"变雅"之分，将"绮丽、豪放二派"明确类别为"正"、"变"两体，并主张"第当分正变，不当分优劣"。②他与邹祗谟合作编选《倚声初集》，就秉持了这一观念，兼收并蓄万历后期以来表现"世情"的"正"、"变"之作，展示了"为体与数与人，仿佛乎两宋之盛"③的历史；据而断言："后之作者"若能遵循"斯集"所含的观念进行创作，词"可以兴矣"。明清之际词的中兴之盛的史实便验证了这一论断。

（三）三大规范体系的形成

既然如此，又如何认识词的正与变及其规范体系？或者说，究竟形成了何种规范体系？

诚如社会学家所指出的："社会世界是由规范语境构成的，而规范语境则明确了哪些互动属于合理人际关系总体中的一个方面。"④在文学世界里，任何一种成熟的文体都是由其自身的规范体系构成的，规范体系则明确了该文体的形成及其特性。人们在运用这种文体时，须认同

---

① 葛渭君编：《词话丛编补编》，中华书局，2013年，第382页。
② 王士禛：《渔洋诗话》，载葛渭君编《词话丛编补编》，中华书局，2013年，第744页。
③ 邹祗谟：《倚声初集序》，载葛渭君编《词话丛编补编》，中华书局，2013年，第385页。
④ 尤尔根·哈贝马斯：《交往行为理论：行为合理性与社会合理化》，曹卫东译，上海人民出版社，2004年，第87页。

和获取其规范的内涵与边界,即所谓"辨体";运用既久,则又难免"破体"出界。在古典词史上,就经历了"尊体"与"破体"的历程,形成了正、变二体,以及正、变之争。因此,上述王士禛的"正"、"变"之分,虽然建立在"今之视昔"的历史梳理上,却合乎文体的运行规律。然而,变体并非非词,而是赋予词新的艺术肌体,提升词的艺术表现力。邹祗谟曾以书体史上的"篆籀变为行草"为喻,说明自"正"至"变"是词体内部的一种运动,并不存在"前工而后拙"的问题。① 因此,无论在词与音乐紧密结合的唐宋,抑或词乐失传的明清,守调定字、循律叶韵,都是正、变两体所遵循的基本规范,但由于词的体制与词人的审美趋向的差异,在具体运行中,形成了内涵不同的三大规范体系。

清四库馆臣说:"词、曲二体在文章技艺之间。厥品颇卑,作者弗贵,特才华之士以绮语相高耳。"② 这里所说的"词体",显然是就"婉约"或"宛转绵丽"的"本色"正体而言的。"绮语"即上引王世贞语所谓"一语之艳,令人魂绝"之语。作为词的一种语体风格,"绮"或"绮丽"源自《花间集》。从《花间集》观之,其题材内容主要为男女之间的情思意念,并通过昵昵儿女语即所谓"闺音"加以表现,聊资清欢。这一表现方法成了《花间集》和历代"花间词人"的一种创作惯例,在这一惯例基础上,形成了包括由以"绮丽"为特征的语体在内的诸多要素组成的规范体系,不妨称之为"花间规范"。

作为"本色"正体的总集或文人词的"鼻祖",《花间集》所收均属小令,被认为"令曲《花间》不二门",③ 但正体并非止于此。况周颐说:"柳屯田《乐章集》为词家正体之一。"④ 所指主要是长调慢词。柳永打破"花间"小令一统词坛的局面,开启了慢词的时代;同时慢词正

---

① 邹祗谟:《倚声初集序》,载葛渭君编《词话丛编补编》,中华书局,2013年,第384页。
② 永瑢等:《四库全书总目》卷一九八《词曲类》,中华书局,1983年,第1807页。
③ 陈兼与:《浣溪沙》,载施蛰存选定《花间新集》,浙江古籍出版社,1992年,第173页。
④ 况周颐:《蕙风词话》卷三,载郭绍虞、罗根泽主编,王幼安校订《蕙风词话·人间词话》,人民文学出版社,1960年,第61页。

体也由他导其源,至周邦彦极其盛,姜夔、吴文英等集其大成,也即蔡嵩云所说,慢词"自屯田出而法立,清真出而法密",至"梅溪、梦窗,远绍清真,碧山、玉田,近宗白石,词法之密,均臻绝顶"。① "词法"就是填词的法度规范。张炎还将慢词之法具体落实到相题→择曲→命意→章法(如何开篇、如何过片、如何结拍)→选韵→下笔的创作过程,② 以规范慢词的生成。柳永、周邦彦、姜夔、吴文英、张炎等都是精通音乐的音律家,他们对词的音律体格有着相同的理解与追求,所以在创作的基本原则上形成了一种惯例,并先后不断改进了以音律体格为核心的规范体系,不妨称之"周姜规范"。

变体始于苏轼,至辛弃疾集其大成。苏、辛等人虽然作有"花间词",也没有与慢词正体绝缘,却又别开生面,别具创作规范。蔡小石《拜月词序》说:"姜、张以格胜,苏、辛以气胜。"③ 便道出了苏辛变体的独特性。当然,苏辛变体之"格"并非不胜。蔡氏所说的"格"与陆游所指韩愈倡导古文而"大变文格"④ 之"格",指向类同,指的是词在声调韵律上的体格,"气"则是由特有的品格内涵及其表现方法形成的一种体性特征,所以"苏、辛以气胜",首先是建立在"格"的基础之上的,只是其内涵与"周姜规范"中的"格"不同罢了;而"周姜规范"虽以韵律上的"格"取胜,但并非无内容格调上的"格",只是其格调和表现方法与"苏辛变体"存在明显的差异。夏承焘先生说:"李、杜以降,诗之门户尽辟矣。非纵横排奡,不能开径孤行为昌黎也。词至东坡,《花间》、《兰畹》,夷为九嵕五剧矣。其突起为深陵奥谷,为高江急峡,若昌黎之于诗者,稼轩也……喻之于坡,非犹《北征》之后而有《南山》、《月蚀》耶。虽云身世境会,坡、稼本不尽同;而文事尚变,

---

① 蔡嵩云:《柯亭词论》,载唐圭璋编《词话丛编》,中华书局,1986年,第4902页。
② 张炎:《词源》卷下《制曲》,载唐圭璋编《词话丛编》,中华书局,1986年,第258页。
③ 引自江顺诒:《词学集成》卷五,载唐圭璋《词话丛编》,中华书局,1986年,第3272页。
④ 陆游:《入蜀记》卷四,载钱仲联、马亚中主编《陆游全集校注》,第11册,浙江教育出版社,2011年,第101页。

推演递渐，固亦势运所必然。"① 在"文事"上，将苏、辛词比作杜、韩诗，昭示其变革"花间规范"的具体表现。而"文事"既属于遣辞造境的语体范畴，又是在表情达意中体性赖以形成的前提。王士禛在将苏、辛词归为变体的同时，又视之为"英雄之词"，② 是就词中特有的品格内涵而言的。以"纵横排奡"为风格的语体表达其品格内涵时，其体性也就自然以"慷慨豪爽"或"喑鸣沉雄"为表现形态的"气"取胜了。始于苏轼而大成于辛弃疾的以"气"为核心形成的规范体系，既异于创自温庭筠的"花间"正体，又与源自柳永的慢词正体不尽相同，可称之为"苏辛规范"。③

上述不同内涵的三大规范体系各具特征，各有优长，是唐、宋也是金、元、明、清词抒发不同"世情"，载负不同"时序"的三大支架。不过，这三大规范体系并非一成不变，词人在采纳中因出于抒情的需要而有所变化甚至相互融汇；而三者的形成有个前后发展的过程，形成后运行的具体情形也不尽一致，有时并辔而行，联镳竞逐，有时则彼起此伏，此盛彼衰。这些情形昭示了词自身的运行轨迹，为我们通观与梳理词兴衰交替的演变历史提供了事实依据。

二、词乐结合时期规范体系的运行与词史演变

词在唐宋是一种音乐文学。就其音乐属性而言，是在不同宫调下的曲调系统中形成的。现存柳永《乐章集》、周邦彦《片玉词》、姜夔《白石词》等，均按不同宫调编排而成。不同宫调下的曲调系统，规范了词

---

① 夏承焘：《〈稼轩词笺〉序》，载《夏承焘集》，第8册，浙江古籍出版社、浙江教育出版社，1997年，第246页。
② 王士禛：《倚声初集序》，载葛渭君编《词话丛编补编》，中华书局，2013年，第382页。
③ 本世纪初，王兆鹏曾运用美国哲学家库恩的"范式"理论，将唐宋词的"抒情范式"概括为"花间范式"、"东坡范式"、"清真范式"，并具体分析了"东坡范式"的四大特征："主体意识的强化"、"感事性的加强"、"力度美的高扬"、"音乐性的突破"。（王兆鹏：《唐宋词史论》，人民文学出版社，2000年，第134—155页。）这为以上三大"规范"的总结，提供了启示和借鉴。

的文体。由于曲调体制的不同和词人审美惯例的差异,形成了上述三大规范体系,但三大规范体系的形成并非一蹴而就,而是处于从孕育、建构到拓展、新变的过程中,因此词也随之形成了从初盛到鼎盛的演变历史。

(一) 在孕育中建构,在建构中谱写词的初盛史

暂且不论词的起源,作为一种成熟的音乐文学样式,词必须具有调名、合乎自身的体制规范。词调由音乐上的曲调转化而成,其转化并非同时并起,"'依曲拍为句'这种以词合乐的方式出现后,曲调才转为词调";从而"打破了五七言整齐的诗律,以文就声,'句度短长之数,声韵平上之差,莫不因之准度',在句式和声韵两方面都随乐曲而定。这就进入了依谱填词的阶段,是确立词体的开端。循此而进,经过晚唐五代到北宋,依谱填词的方式日趋复杂和完善,终于形成了一整套与诗律不同的词律"。① 从音乐到曲调,由曲调到词调,以词调规范词律,就是词的体制规范从孕育到建构的过程。在这个过程中,以温庭筠为首的花间词人起到了承前启后的作用。经过他们的建构,不仅依谱填词成为一种规范,而且在文本的制作中,呈现出一种规范体系。

欧阳炯《花间集叙》说:"有绮筵公子,绣幌佳人,递叶叶之花笺,文抽丽锦;举纤纤之玉指,拍按香檀。不无清绝之辞,用助娇娆之态。""用资羽盖之欢。"② 其中"有绮筵公子"四句,犹如柳永《玉蝴蝶》所说:"珊瑚筵上,亲持犀管,旋叠香笺。要索新词。"③ 词人为了歌者歌唱而填词,属于应歌。综观《花间集》所载500首小令,其内容主要为女性口吻中男女两性的情思意念。这对作者来说,又属于代言。应歌代言,为"男子而作闺音",④ 所以被称为"伶工之词"。这决定了其"创

---

① 吴熊和:《唐宋词通论》,浙江古籍出版社,1985年,第1、27页。
② 赵崇祚编,李一氓校:《花间集校》,人民文学出版社,1981年,"花间集叙"第1—2页。
③ 唐圭璋编:《全宋词》,中华书局,1965年,第41页。
④ 田同:《西圃词说》,载唐圭璋编《词话丛编》,中华书局,1986年,第1449页。

作方法,纯是赋体",① 敷陈"闺音",并形成了一种创作惯例,呈现出一系列规范要素。首先,"闺音"规范了语体的类同化,体现为绮丽;其次,"闺音"基于类同性题材,史称"艳科",而"艳科"规范了体格的世俗化,体现为儇俏香软;第三,"闺音"具有女性特质的婉媚之声,因而规范了体性的类型化,体现为要眇婉约;第四,词人应歌填词,歌者奏乐唱词,旨在"用助娇娆之态"、"用资羽盖之欢",因而规范了体用的同一性,体现为消遣娱乐。四者互为作用,形成了"花间词"的规范体系。该规范体系因具有普适性趣味原则和大众化艺术效应,以及因语体在取象造景、设譬喻情中,形成的"言简而味长,语近而指远"②特征,具有潜在性抒情功能,为词人寄托自我情志预留了空间,提供了可能,故为历代词人所采纳,创作"花间词"。③

从词的体制观之,构成一部完整词史的,除了小令,还有长调慢词。与小令不同,配合慢曲子的慢词句多韵少,节奏比较缓慢,别具一种体制。慢词在唐五代业已出现,但数量很少,属于孕育阶段,至柳永才开始大量创作。王灼认为,柳永慢词出自"柳氏家法";并说:"柳耆卿《乐章集》,世多爱赏该洽,序事闲暇,有首有尾,亦间出佳语,又能择声律谐美者用之。"④ 所谓"柳氏家法",就是柳永建构的创作慢词的法度规范。"择声律谐美者用之",指选腔择律、随律押韵的音律之法,其中还包括领字与字声的运用。领字乃"旧谱音拍",⑤ 是由词乐转化而成的一种音律现象。柳永慢词领调的形式齐全,全面确立慢词以虚字领调之法,给节奏缓慢的慢曲子带来抑扬亢坠的音律效果;运用大量的双声叠韵,且其字声既分五音,又分清浊,呈现出精细的字声之

---

① 施蛰存选定:《花间新集》,浙江古籍出版社,1992年,"总序"第2页。
② 宋徵璧:《〈倡和诗余〉再序》,载陈子龙、李雯、宋徵舆等著,陈立校点《云间三子新诗合稿·幽兰草·倡和诗余》,辽宁教育出版社,2000年,第3页。
③ 施蛰存仿赵崇祚《花间集》,选编《花间新集》,其中《宋花间集》十卷、《清花间集》十卷两种,从中昭示了"花间规范"在后世运行的具体情形。
④ 王灼著,岳珍校正:《碧鸡漫志校正》,人民文学出版社,2015年,第26、28页。
⑤ 郑文焯批点《乐章集》语,载郑文焯著,孙克强、杨佳庆辑校《大鹤山人词话》,南开大学出版社,2009年,第36页。

法，两者均旨在协音律。柳永严持音律之法，规范了词在声调音律上的体格，体现为严整精美。"序事闲暇"是指将赋体的某些叙事因子融入词中，为铺叙之法，使意脉章法层层转折，曲径通幽；或平铺直叙，主从明朗，但均具贯串映带之妙。不仅如此，领字、字声与铺叙之法又是互为依存，相互作用的。如果说领字在铺叙中起"勾勒提掇"的作用，统领"赋笔"的具体展开，那么精细的字声则在协音律的同时，又以声写景、叙事、抒情，使景更切情、事更传情，情更凸显，烘托了铺叙之法，其《雨霖铃》"寒蝉凄切"、《八声甘州》"对潇潇暮雨洒江天"，就集中体现了这一点。① 音律之法与铺叙之法的相互作用，则规范了词的体性，体现为浑成谐婉。戈载说："清真之词，其意淡远，其气浑厚，其音节又复清妍和雅，最为词家正宗。"② 若从源流观之，即如蔡嵩云所说："周词源流，全自柳出。其写情用赋笔，纯是屯田家法。特清真有时意较含蓄，辞较精工耳。细绎《片玉集》，慢词学柳而脱去痕迹，自成家数者，十居七八。字面虽殊格调未变者，十居一二……梦窗深得清真之妙，其慢词开阖变化，实间接自柳出。"③ 柳永与周邦彦是北宋最精通乐理、善审音持韵，创调最多的当行词人，所以铺叙之法、韵律之法都源流从一，主旨趋同。周邦彦自度曲《绕佛阁》"四声无一字不合，此开后方千里、吴梦窗全依四声之例"，④ 与柳词一样体现了精细的字声之法。因此，他们在体格、体性上遵循了相同的法度规范；不同的是，在语体上，柳词雅俗并陈，周邦彦则发展了其雅的一面，并善于融化唐人诗句，为姜夔、史达祖、吴文英诸家所效法，形成了典雅华丽的语体特征。

柳永慢词，尤其是羁旅词，缘事而发，书写漂泊之感，与出于代言的"伶工之词"不同，属于士大夫之词。王国维认为：李煜始"变伶工

---

① 关于柳永声律与铺叙之法及其互为因果的关系，详见拙文《柳永"屯田体"的特质及其词史意义》，《文学评论》，2018年第5期。
② 戈载：《宋七家词选·片玉词跋》，道光十七年刻本，第26页中。
③ 蔡嵩云：《柯亭词论》，载唐圭璋编《词话丛编》，中华书局，1986年，第4912页。
④ 夏承焘：《论唐宋词字声之演变》，载《夏承焘集》，第3册，浙江古籍出版社、浙江教育出版社，1997年，第64页。

之词而为士大夫之词"。① 李煜亡国后所作之词，脱伶工口吻，自写身世之感，但其数量屈指可数。从李煜到柳永，"士大夫之词"尚属孕育阶段，其意不深，其境不广，至苏轼才始告确立。苏轼《江城子·密州出猎》，作于熙宁八年（1075年）西北战事紧张之际，上片写打猎，下片写请战，一派豪情壮志；贬谪黄州时期所作《念奴娇·赤壁怀古》，在激赏周瑜的盖世功勋中，深自感喟；在感喟中，呈现出深刻的悲剧感和超越悲剧的豪逸英气；同期所作《菩萨蛮》中"来往一虚舟。聊随物外游"，② 则化用其《易传》"'舟虚'者，无心之谓也"③ 之意，表现遭致打击后内心从容镇定的浩然之气。这些足以表明，苏轼将词笔伸向了士大夫丰富的内心世界，全面打破了作为代言的"花间"正体已有的惯例和既定的规范，即"尽覆《花间》旧轨，以极情文之变"，并"寓以诗人句法"，④ 诗言志，词亦言志，词与诗一样真正成了士大夫精神生活的载体，创造了新的意境格调。伴随新的意境格调而来的是新的创作方法。蒋兆兰说："宋代词家源于五代，皆以婉约为宗。自东坡以浩然之气行之，遂开豪放一派。"⑤ "浩然之气"发自词人的性情人格；"以浩然之气行之"是苏词创作主体的具体表现，也是自温庭筠以来文人词首见的一种创作方法，可视之为"东坡家法"。其实，苏轼自己也认为："近却颇作小词，虽无柳七郎风味，亦自是一家。"⑥ "自是一家"的突出标志就是"以浩然之气行之"，它规范了其词的语体、体格和体性。词学批评史上视苏轼词"如诗如文"、"纵横排奡"、语体刚健，实出于"东坡家法"；而"东坡家法"又使词品与人品得到了高度融合，规范了其词以自我性情人格为内涵的体格。苏轼既然逞才使气，以"纵横排

---

① 王国维著，徐调孚注：《人间词话》，载郭绍虞、罗根泽主编，王幼安校订《蕙风词话·人间词话》，人民文学出版社，1960年，第197页。
② 以上三词分别见唐圭璋编《全宋词》，中华书局，1986年，第299、282、304页。
③ 苏轼：《苏氏易传》卷六，《丛书集成初编》本，第393册，中华书局，1983年，第142页。
④ 夏承焘：《〈东坡乐府笺〉序》，载《夏承焘集》，第8册，浙江古籍出版社、浙江教育出版社，1997年，第243—244页。
⑤ 蒋兆兰：《词说》，载唐圭璋编《词话丛编》，中华书局，1986年，第4632页。
⑥ 苏轼：《与鲜于子骏三首》，载孔凡礼点校《苏轼文集》，第4册，中华书局，1986年，第1560页。

桀"的刚健语体表现自我性情人格,也就规范了其词以"慨当以慷,间邻豪放"①为特征的体性,并决定了其与声律之间的关系。如《念奴娇》"'故垒西边,人道是三国周郎赤壁',论调则当于'是'字读断,论意则当于'边'字读断。'小乔初嫁了,雄姿英发',论调则'了'字当属下句,论意则'了'字当属上句。'多情应笑我,早生华发','我'亦然。又《水龙吟》'细看来不是杨花,点点是离人泪',调当是'点'断句,意则是'花'断句。文自为文,歌自为歌,然歌不碍文,文不碍歌,是坡公雄才自放处。他家间亦有之,亦词家一法。"②为了抒情言志之需,其"文"突破了"歌"在声律上的束缚,又不妨为"歌"而被传唱。由此可见,苏词在"以气行之"中,以"气"为主,守乎声律却不为声律所缚,始成"词家一法"。要之,"东坡家法"建构了变体,初步形成了"苏辛规范"。

从"花间"正体到周、柳正体,再到苏轼变体,形成了词的多元规范体系,展示了一段完整的演进历程。然而,这一时期,"花间"正体虽得到不断拓展而成为后世取法的对象,周、柳正体与苏轼变体的规范体系却尚处建构阶段,其艺术表现力也未全面展开。此时三大规范体系所谱写的是词的初盛历史。

(二)在拓展中新变,在新变中谱写词的鼎盛史

北宋以后,已有的三大规范体系在传播中得到了拓展,在拓展中产生新变,呈现出相并而行、交相辉映的局面,谱写了词的鼎盛历史。从时间观之,大致始于1126年的"靖康之变"后,随着元延祐六年(1319年)后张炎、张埜去世,渐渐降下了鼎盛的帷幕,约两个世纪。在这两个世纪里,词虽处前后演变的过程中,但置于整个词史,应属于鼎盛时期;而推进词走向鼎盛的主力,当推先后出现的"辛派"与"姜派"两大词人群。

---

① 刘师培论苏轼词语,见朱靖华、饶学刚、王文龙等编著《苏轼词新释辑评》,下册,中国书店,2007年,第1375页。
② 沈雄:《古今词话》,载唐圭璋编《词话丛编》,中华书局,1986年,第608页。

在这一时期，晚唐五代词人所建构的、北宋词人不断践行的"花间规范"，依然为词人所采用或拓展，即便是辛弃疾，也常常染指其间。施蛰存所编《宋花间集》，选录辛弃疾16首"花间"小令。其中《青玉案》在衣香鬓影中，呈现出浓烈的女性色彩与"蓦然回首，那人却在，灯火阑珊处"的"艳科"风情。关于此词，或认为如"秦、周之佳境"，① 或认为"自怜幽独，伤心人别有怀抱"，② 见仁见智，陈廷焯批点此词时则云："艳体亦以气行之，是稼轩本色。"③ 道出了辛词"本色"正体的特质，也具体呈现了当时词坛对北宋以来"花间规范"的拓展之旅，但拓展最显著的，首先是始于苏轼的"苏辛规范"。

始于苏轼的"苏辛规范"在北宋词坛尚未占据主导地位，"靖康之变"后的"世情"却进一步充实了该规范体系，并将它推到了词坛的前列，广为词人所采纳。譬如：向子諲南渡后的词"步趋苏堂而哜其胾者"；④ 张孝祥踔厉骏发的意境格调与苏词"同一关键"，⑤ 至辛弃疾则作了进一步开拓。范开说："世言稼轩居士辛公之词似东坡，非有意于学坡也，自其发于所蓄者言之，则不能不坡若也。"两人"意不在作词，而其气之所充，蓄之所发，词自不能不尔也"。⑥ 认为苏、辛无意为词，而是气之所至，不得不发；换言之，辛弃疾采纳了"东坡家法"，"以气行之"，所以其词"不能不坡若"。刘辰翁称"稼轩为坡公少子"，就是从这个意义上而言的；并指出："词至东坡，倾荡磊落，如诗如文，如天地奇观，岂与群儿雌声学语较工拙；然犹未至用经用史，牵《雅》、《颂》，入《郑》、《卫》也。自辛稼轩前，用一语如此者必且掩口。及稼

---

① 彭孙遹：《金粟词话》，载唐圭璋编《词话丛编》，中华书局，1986年，第722页。
② 梁启超：《饮冰室词评》，载唐圭璋编《词话丛编》，中华书局，1986年，第4308页。
③ 陈廷焯：《词则·闲情集》卷二，载陈廷焯撰，孙克强主编《白雨斋词话全编》，中华书局，2013年，第923页。
④ 胡寅：《向芗林〈酒边集〉后序》，载胡寅撰，容肇祖点校《崇正辨·斐然集》，下册，中华书局，1993年，第403页。
⑤ 汤衡：《于湖词序》，载曾枣庄、刘琳主编《全宋文》，第242册，上海辞书出版社、安徽教育出版社，2006年，第333页。
⑥ 范开：《稼轩词序》，载辛弃疾撰，邓广铭笺注《稼轩词编年笺注》（增订本），上海古籍出版社，1993年，第596页。

轩横竖烂漫，乃如禅宗棒喝，头头皆是；又如悲笳万鼓，平生不平事并巵酒，但觉宾主酣畅，谈不暇顾。"① 在苏轼"倾荡磊落，如诗如文"的基础上，辛弃疾进而援经用史，经史子集，横竖烂漫，头头皆是，极大地拓展了苏词的语体而更具艺术表现力。"若题瓢泉之效《招魂》、酹中秋之摹《天问》，与夫《沁园春》、《六州歌头》之赋齐庵对鹤语，铺张起伏，一综于汉赋，挈班、扬以侣秦、柳，固昌黎之遗则也。至如《兰陵王》之述梦，《贺新郎》之别弟，以及《哨遍》诸章之解《庄》，云谲波骇，千汇万态，尤尽乐章之至奇。"② 这一富有"云谲波骇，千汇万态"之气势和极具张力的语体所书写的，就是作者胸怀建立不世功勋之志却不被知遇、壮志难酬的"平生不平事"，洋溢着"忠义之心，刚大之气"，③ 所以"读苏、辛词，知词中有人，词中有品"，④ 词品与人品互为表里，成了他们营造词的体格的一种惯例和规范；不尽相同的是，辛词拥有新的"如悲笳万鼓"般喑鸣沉雄的刚大之气，拓展了苏词"慨当以慷，间邻豪放"的体性。至此，"苏辛规范"趋于完备。

值得注意的是，"苏辛规范"不仅为"辛派"陈亮、刘过、黄机、刘克庄等南方词人，而且也为北方词人所采纳，用以抒发"世情"，书写自我性情人格。翁方纲说："当日程学盛于南，苏学行于北，如蔡松年、赵秉文之属，盖皆苏氏之支流余裔。遗山崛起党、赵之后，器识超拔，始不尽为苏氏余波沾沾一得，是以开启百年后文士之脉。"⑤ 词也经历了这一演进历程。从吴激、蔡松年到党怀英、赵秉文，再到元好问为代表的北方词人与自向子諲、张孝祥至辛弃疾、陈亮，再到刘克庄为代表的南方词人的创作，既有共时性，又共同采用了"苏辛规范"，可

---

① 刘辰翁：《辛稼轩词序》，载辛弃疾撰，邓广铭笺注《稼轩词编年笺注》（增订本），上海古籍出版社，1993年，第599页。
② 夏承焘：《〈稼轩词笺〉序》，载《夏承焘集》，第8册，浙江古籍出版社、浙江教育出版社，1997年，第246页。
③ 谢枋得：《宋辛稼轩先生墓记》，载曾枣庄、刘琳主编《全宋文》，第355册，上海辞书出版社、安徽教育出版社，2006年，第355、119页。
④ 谢章铤著，刘荣平校注：《赌棋山庄词话校注》，厦门大学出版社，2013年，第201页。
⑤ 翁方纲：《石洲诗话》卷五，载赵执信、翁方纲著，陈迩冬校点《谈龙录·石洲诗话》，人民文学出版社，1981年，第153页。

谓同源同质。若元好问所说"乐府以来,东坡为第一,以后便到辛稼轩",①表达了他们的词学取向;蔡松年《念奴娇·还都后诸公见追和赤壁词,用韵者凡六人》,赵秉文《大江东去·用东坡先生韵》、《缺月挂疏桐·拟东坡作》等不少追和、追拟苏轼词;张之翰《金缕曲·送可与即用其韵》"从得君词惊且讶,醉里坡仙(苏轼)曾遇。是梦里、稼翁(辛弃疾)教汝",②则昭示了对"苏辛规范"的汲取;元好问"极称稼轩词",其词"深于用事,精于炼句",有"稼轩豪迈之气",③"足以追稼轩"。④元好问与刘克庄大约同时。元、刘以后至14世纪初,南北词坛尚有一批"苏辛规范"的践行者。南方如文天祥、刘辰翁、刘将孙等,北方如王博文所说:"继遗山者,不属太素(白朴),而奚属哉。"⑤白朴卒于大德十一年(1307年),其词为元好问嫡传,一同采纳"苏辛规范"。又张埜于延祐五年(1318年)仍活跃于词坛,⑥其"词林根柢,实得以西岩先生(张之翰)之嫡传",被誉为"千变万态,高意语妙,真可与苏、辛诸公齐驱并驾"。⑦虽有过誉,张埜为"苏辛规范"的践行者,却为事实。他有效法"稼轩体"之作,如《沁园春·止酒效稼轩体》二首,吐属气味,与辛词秘响相通;又其《水龙吟·酹辛稼轩墓,在分水岭下》,⑧抉出了辛弃疾的英灵精魂与辛词心迹,也深得辛词语体、体格与体性的神髓,泂为辛弃疾的易代知音,也堪称14世纪初苏辛变体的殿军。

---

① 元好问:《自题乐府引》,载元好问撰,赵永源校注《遗山乐府校注》,凤凰出版社,2006年,第821—822页。
② 以上所举蔡松年、赵秉文、张之翰三家词,分别见唐圭璋编《全金元词》,中华书局,2018年,第10、47、719页。
③ 张炎:《词源》卷下,载唐圭璋编《词话丛编》,中华书局,1986年,第267页。
④ 郝经:《祭遗山先生文》,载李修生主编《全元文》,第4册,凤凰出版社,2004年,第455页。
⑤ 王博文:《天籁集序》,引自张金吾撰《爱日精庐藏书志》卷三六,清光绪十三年吴县灵芬阁集字版校印本,第22页中。
⑥ 张埜卒年不详,其《临江仙》序云:"戊午九月二十一日,宴罢直省,和徐工部韵。"(唐圭璋编:《全金元词》,中华书局,2018年,第902页。)"戊午"即延祐五年,由此可证,张埜于延祐五年后去世。
⑦ 李长翁:《古山乐府序》,载朱祖谋辑《彊村丛书》,广陵书社,2005年影印本,第1589页。
⑧ 以上三词分别见唐圭璋编《全金元词》,中华书局,2018年,第899、894页。

在辛弃疾完善"苏辛规范"的同时,姜夔等人也革新了源自柳永的正体规范体系。朱彝尊说:"词莫善于姜夔。宗之者,张辑、卢祖皋、史达祖、吴文英、蒋捷、王沂孙、张炎、周密、陈允平、张翥、杨基,皆具夔之一体。"① 据此,词学批评史上往往视之为"姜派"或"姜张词派"。然而,陈廷焯认为,姜夔、史达祖、吴文英、张炎等人源流不一,词风各异,难成一派。② 就词的具体风格而言,的确如此,尤其是姜夔与吴文英两家词风的差异更为明显。不过,吴文英相题选调,多用周邦彦词调,达60余阕,同时又步韵姜夔《暗香》、《疏影》、《凄凉犯》、《惜红衣》,平韵《满江红》等,体现了音律和章法上的趋同性;而"姜派"词人大都为精通词乐的当行作家,姜夔、史达祖、卢祖皋、吴文英、蒋捷、周密、陈允平等均有不少自度曲传世,③ 他们的词与柳永、周邦彦同为音律家之词。因此正如苏、辛词风有异却运行于相同的规范体系一样,"姜派"词人也在相同的规范体系下进行创作;而且自姜夔至张炎,"姜派"词人习惯总结词法,传授词法,有自觉的规范意识。具体地说,在语体上,琢句炼字,恪守尔雅之法。"姜派"词人主张"句法中有字面,盖词中生硬字用不得,须是深加锻炼,字字敲得响,歌颂妥溜,方是本色语";④ 同时"下字欲其雅,不雅则近乎缠令之体;用字不可太露,露则直突而无深长之味;发意不可太高,高则狂怪而失柔婉之意";⑤ 从字句上细化了柳永、周邦彦的语体之法;"用字太露"、"发意太高",则明显针对苏辛语体而言;在体格上,选腔择律,严持韵律之法。"苏辛规范"虽不失音律,但"以气行之",故往往"曲子束缚

---

① 朱彝尊:《〈黑蝶斋诗余〉序》,载朱彝尊著,王利民、胡愚、张祝平等点校《曝书亭全集》,吉林文史出版社,2009年,第453页。
② 陈廷焯:《白雨斋词话》卷八,载唐圭璋编《词话丛编》,中华书局,1986年,第3962—3963页。
③ 具体曲调详见王易著《中国词曲史》,北京联合出版公司,2015年,第87—90页。
④ 张炎:《词源》卷下,载唐圭璋编《词话丛编》,中华书局,1986年,第259页。
⑤ 沈义父《乐府指迷》所记吴文英作词之法,载唐圭璋编《词话丛编》,中华书局,1986年,第277页。

不住"。"姜派"词人则强调"音律欲其协,不协则成长短之诗",① 具体作法为"择腔"、"择律"、"填词按谱"、"随律押韵",② 体格严整精美,而且"每作一词,必使歌者按之,稍有不协,随即改正",③ 反映了严持音律的具体情形。在体性上,"姜派"词人屏弃浮艳,恪守雅正谐婉之法。张炎说:"美成词只当看他浑成处,于软媚中有气魄,采唐诗融化如自己者,乃其所长,惜乎意趣却不高远。"又指出:"词欲雅正,志之所之,一为情所役,则失其雅正之音。耆卿、伯可不必论,虽美成亦有所不免。"④ 柳永、周邦彦虽严持音律之法,在表情达意中,却因为情所役,不免施朱傅粉;又周邦彦"创调之才多,创意之才少"。⑤ 如此等等,均有害雅正。"姜派"词人则"以意趣为主",⑥ 故写情不为情所役。如姜夔《暗香》:"旧时月色,算几番照我,梅边吹笛。唤起玉人,不管清寒与攀摘。"⑦ 在人与梅品同的意境中,既饶有情致,又极富意趣,不仅情致意趣浑化无迹,而且清高雅正。从语体、体格到体性,"姜派"词人拓展并革新了柳、周建构的规范体系,全面形成了"周姜规范"。

先后完型于南宋的"苏辛规范"、"周姜规范",以及为北宋词人所采纳而在南宋依然运行的"花间规范",成为"靖康之变"后词坛运行的三大支架,谱写了词的鼎盛历史。需要说明的是,在上列"姜派"词人群中,张翥卒于明代建国的当年洪武元年(1368年),杨基卒于入明初年,非此派的词人刘基则早杨基三年去世,高启又早杨基四年去世。他们或以"周姜规范"为法,如张翥"取法白石,屏弃浮艳。不独炼字

---

① 沈义父《乐府指迷》所记吴文英作词之法,载唐圭璋编《词话丛编》,中华书局,1986年,第277页。
② 杨缵:《作词五要》,载唐圭璋编《词话丛编》,中华书局,1986年,第237—268页。
③ 张炎:《词源》卷下,载唐圭璋编《词话丛编》,中华书局,1986年,第256页。
④ 张炎:《词源》卷下,载唐圭璋编《词话丛编》,中华书局,1986年,第266页。
⑤ 王国维著,徐调孚注:《人间词话》,载郭绍虞、罗根泽主编,王幼安校订《蕙风词话·人间词话》,人民文学出版社,1960年,第206页。
⑥ 张炎:《词源》卷下,载唐圭璋编《词话丛编》,中华书局,1986年,第260页。
⑦ 唐圭璋编:《全宋词》,中华书局,1965年,第2181页。

炼句，且能炼气炼骨"，为"一代正声";① 或采纳"苏辛规范"，如刘基"以气行之"，其词"慷慨激烈，盎然而春温，肃然而秋清，靡不得其性情之正"。② 陈廷焯认为，张翥、刘基、杨基、高启词"去宋不远"。③ 然而，在"苏辛规范"的践行者张翥、"周姜规范"的践行者张炎的去世（两人均卒于1319年后）前后，词坛渐渐降下了鼎盛的帷幕。究其原因，不仅在于词坛缺乏像张炎、张翥那样具有影响力的词人，还在于受到散曲的冲击和挤压，并出现了词的曲化现象。如袁介《如梦令》："今夜盛排筵宴。准拟寻芳一遍。春去已多时，问甚红深红浅。不见。不见。还你一方白绢。"④ 谢应芳《蓦山溪·遣闷至正丙申作》："无端汤武，吊伐功成了。赚尽几英雄，动不动，东征西讨。七篇书后，强辨竟无人，他两个，至诚心，到底无分晓……"⑤ 由此等等，均以词调写散曲。词的曲化在元初已出现，至元后期约半个世纪则更具普遍性。因此作为鼎盛史的余波，张翥、刘基等人之词虽"去宋不远"，却无力扭转词的衰敝趋势，入明后其衰敝终成定局。

三、词乐分离时期规范体系的运行与词史演变

宋元之际，词乐开始失传，词与乐逐渐分离，原本的音乐性仅仅体现在词调声律上，而且其声律在曲化过程中也有所变异。不过，上述规范体系对后世词人的创作仍然具有明显的规范效应。事实上，在明清，原有的三大规范体系经历了从衰敝到修复，从停滞到融汇的过程，词也随之形成了在修复后中兴、从融汇中再兴的演变历史。

---

① 陈廷焯:《词坛丛话》，载陈廷焯撰，孙克强主编《白雨斋词话全编》，中华书局，2013年，第9、1200页。
② 叶蕃:《写情集序》，载赵尊岳辑《明词汇刊》，下册，上海古籍出版社，1992年影印本，第1456页。
③ 陈廷焯:《词坛丛话》，载陈廷焯撰，孙克强主编《白雨斋词话全编》，中华书局，2013年，第9页。
④ 唐圭璋编:《全金元词》，中华书局，2018年，第1138页。
⑤ 唐圭璋编:《全金元词》，中华书局，2018年，第1061页。

（一）在衰敝中修复，在修复中谱写词的中兴史

月满则亏，水满则溢。词在鼎盛以后难以为继，走向衰敝。词的衰敝定局于明代前期。综观这一时期的词坛，可谓寂寞荒凉，不啻名家难觅，一般词人也不多见。按《全明词》、《全明词补编》词人小传，以卒于正德年间（1506—1521）的词人为限，自明建国以来150余年间，共录词人156家（词2000余首）；收录生于成化年间（1465—1487）的词人63家，合得词人219家。其中为元明之际的词人13家，词718首。如高启（存词35首）卒于洪武七年（1374年），刘基（存词243首）卒于洪武八年（1375年），杨基（存词74首）卒于洪武十一年（1378年）。因刘基、杨基、高启的词"去宋不远"，故自清至今，论者往往将他们的词定格在明词历史的"良好开篇"中。实际上，其词与其他元明之际词人之作绝大部分作于元代后期。在成化间出生的63家中，知名者生于成化后期，如夏言生于成化十八年（1482年）、张綖生于成化二十三年（1487年），他们的创作是在正德（1506—1521）、嘉靖（1522—1566）间展开的；又陈铎、陈霆生卒年不详，据张仲谋考，陈铎《草堂余意》作于嘉靖二十九年（1550年）后①，陈霆《渚山堂词话》对陈铎《草堂余意》多有批评。据上描述和现存词人词作，并以自洪武后的百年计，平均每年染指词事者，不超3人，每年词作不过15首，且无名家，也略无名作，其衰敝之迹，昭然若揭。

自正德至嘉靖的半个多世纪，陈铎、夏言、张綖、杨慎等相继成为词坛名家。陈铎被人认作"全明不能有二"②的词人；杨慎也被誉为"明词第一人"；③夏言则被视为"词事几绝"之后，独"以魁硕之才，起而振之"的词人，④也是"明词第一人"的意思。暂且不论谁为第一，

---

① 张仲谋：《明词史》（修订本），人民文学出版社，2015年，第169页。
② 况周颐：《蕙风词话》卷五，载郭绍虞、罗根泽主编，王幼安校订《蕙风词话·人间词话》，人民文学出版社，1960年，第111页。
③ 胡薇元：《岁寒居词话》，载唐圭璋编《词话丛编》，中华书局，1986年，第4037页。
④ 王国维：《读书记·〈桂翁词〉》，载《王国维文集》，北京燕山出版社，1997年，第461页。

词坛有了专门名家,当为事实。因此目前词学界普遍认为他们开创了词的中兴局面。就洪武以来的词坛情形而言,可以这么认为,但通观整个词史,却依然处于衰敝状态,犹如久患重病之人得到治疗却处于始愈而远未痊愈之中。其症结之一即王昶所说:"惟《花间》、《草堂》诸集盛行。至杨用修、王元美诸公,小令、中调颇有可取,而长调则均杂于俚俗也。"① 在整个格局上,主要采纳"花间规范",体尊小令,语宗绮丽,格尚香软,单一逼仄,不足以载负多元"世情"。《全明词》录杨慎365首,其中326首为小令;又《全明词》与《全明词补编》所录张𫖮100首词中,71首为小令,而且"多艳体,颇涉佻薄"。② 症结之二:单一的规范体系又被异化。吴衡照说:"明词无专门名家,一二才人如杨用修、王元美、汤义仍辈,皆以传奇手为之,宜乎词之不振也。共患在好尽,而字面往往混入曲子。"③ "以传奇手为之"就是指以散曲家的惯例写词,以曲为词。如杨慎《天仙子》:"忆共当年游冶乐。小小池塘深院落。相亲相近不相离,花下约。柳下约。一曲当筵金落索。回首欢娱成寂寞。惊散鸳鸯风浪恶。思量不合怨旁人,他也错。我也错。好段因缘生误却。"④ 像杨慎"这一类词,从语体风格到审美个性,都是于词远而于曲近。说它是以曲为词或是用词调写散曲,恐怕都无不可"。⑤ 如上文所述,词的曲化早在元代已滥其觞。入明以后,写作此类作品遂成词坛的一种常态。因此,这一时期的词坛虽有专门名家出现,但取径既单一逼仄,词又被曲化,词依然处于衰敝之中。

---

① 王昶:《明词综自序》,载《春融堂集》卷四一,第12册,清嘉庆十二年塾南书舍刻本,第9页中。
② 永瑢等:《四库全书总目》卷一七六《〈南湖诗集〉提要》,中华书局,1965年,第1574页。
③ 吴衡照:《莲子居词话》卷三,载唐圭璋编《词话丛编》,中华书局,1986年,第2461页。
④ 饶宗颐初纂,张璋总纂:《全明词》,第2册,中华书局,2004年,第791页。
⑤ 张仲谋:《明词史》(修订本),人民文学出版社,2015年,第153页。

词的曲化导致词的"法律荡然",①具体表现为语体、体性的曲化与律韵的异化。后者即"一准之《中原音韵》,不拘拘于四参(声)八病、分析平上去入矣"。②"谬于律韵",失却填词的"鹄式"。③因此,词的"法律"规范遭瓦解。不过,自正德以后,词坛开始修复词的规范体系。其主要途径有二:

一是倚词填词。在当时,"《草堂》之草,岁岁吹青;《花间》之花,年年逗艳"④——以《草堂诗余》、《花间集》为指南,尤其是《草堂诗余》。《草堂诗余》是何士信编定于南宋宁宗庆元(1195—1200)以前的一部词选,选辑唐五代宋词367首。据统计,有明一代,《草堂诗余》有35个存世本、4个著录本,6个续编本、5个扩编本,主要涌现于正德以后,⑤成为词人习词的范本。如陈铎《草堂余意》所收148首词,均为步韵《草堂》之作,"把《草堂诗余》中春意、夏意、秋意、冬意这四部分的词,每首都照原韵和作一首"。⑥对这些了无真情实感的和韵,当时论者虽认为有"蹈村妇斗美毛施之失",却又赞赏其"杂之《草堂集》中,未必可辨"的临摹功夫;⑦其中追和最多的是周邦彦词,

---

① 刘毓盘:《词史》,上海书店,1985年,第169页。关于词的曲化,当代学者多有论述,其中不乏正面评价。如黄天骥指出,我们不应拒绝词之曲化后"词曲杂交的新格调",应欢迎由此出现的"多姿多彩"的"新气象"(详见黄天骥、李恒义:《元明词平议》,《文学遗产》,1994年第4期)。不过,正德以后,词人效法宋元名家,并以唐宋名家词为范例而撰写《词谱》为范本,形成了经久不衰的倚词填词和倚谱填词的风气,旨在医治词之曲化后对词的"法律"的伤害,也是不容否认的事实。
② 游元泾:《增正〈诗余图谱〉引》,载张綖撰《增正诗余图谱》卷首,万历二十九年刻本,第1页中。
③ 赵尊岳:《惜阴堂汇刻明词记略》,载赵尊岳辑《明词汇刊》,下册,上海古籍出版社,1992年影印本,"附录一"第8—11页。
④ 冯金伯:《词苑萃编》卷八,载唐圭璋编《词话丛编》,中华书局,1986年,第1940页。
⑤ 刘军政:《明代〈草堂诗余〉版本述略》,《南阳师范学院学报》(社会科学版),2004年第2期。按:刘文条理了《草堂诗余》版本的年代分布。洪武至景泰(1368—1456)1种;天顺至正德(1457—1521)3种,其中见于著录者1种;嘉靖至隆庆(1522—1572)10种,其中见于著录者2种,续编1种;万历(1573—1620)15种,其中见于著录者1种,另有续编2种,扩编2种;天启后(1621—1644)10种,另有续编3种,扩编3种。
⑥ 施蛰存:《陈大声及其〈草堂余意〉》,载《词学》编辑委员会编《词学》,第1辑,华东师范大学出版社,1981年,第212页。张仲谋对《草堂余意》的追和情况有详细考辨,见张仲谋所著《明词史》(修订本),人民文学出版社,2015年,第165—169页。
⑦ 陈霆:《渚山堂词话》卷二,载唐圭璋编《词话丛编》,中华书局,1986年,第364页。

共20首,并于《草堂余意》中首列追和周邦彦双曳头《瑞龙吟》(章台路)之词。就该词而言,绝无以曲为词时"准以《中原音韵》,往往以入代平"之痕与亦词亦曲、"不伦不类"之迹,其语体、体格与体性等规范要素与原韵如出一辙。从整个词坛观之,又盛行追和宋元名家之风。如《全明词》、《全明词补编》录夏言词362首,其中121首分别追和14位宋元词人之作,所和较多的是:和苏轼词40首、和欧阳修词23首、和虞集词17首、和崔与之词14首。据统计,追和宋元名家较多的词例是:苏轼《念奴娇·赤壁怀古》,共48家153首,占明词总量的0.6%;崔与之《水调歌头·题剑阁》,共19家88首,占明词总量的近0.4%;倪瓒《江南春》(按:即《江南村慢》,为吴文英自度曲),共74家116首,占明词总量的近0.5%。① 综观这些追和之作,虽不脱原韵窠臼,却呈现了原韵的规范体系。如夏言于嘉靖年间追和苏轼《念奴娇·赤壁怀古》的37首词,在表现形态上,具备了"苏辛规范"的基本要素。

一是倚谱填词。嘉靖十五年(1536年),张綖《诗余图谱》初次问世。钱谦益说:张綖"少从王西楼游,刻意填词,每填一篇,必求合某宫某调,某调第几声,其声出入第几犯。抗坠圆美,必求合作"。② 这是他著《诗余图谱》的基础。《诗余图谱》,共3卷,150个词调,217首词例。诚然,《草堂诗余》如清四库馆臣所说,也具有"倚声之格律"③的功能,但《诗余图谱》则为习词者提供了更直接、更明了的守调定字、循律叶韵的填词范本。因此,张綖被奉为词家"功臣"。沈际飞说:张綖作《诗余图谱》,"于宫调失传之日,为之规规而矩矩,诚功臣也"。④ 王象晋也指出:"南湖张子创为《诗余图谱》三卷,图列于前,

---

① 叶晔:《明词中的次韵宋元名家词现象:以苏轼、崔与之、倪瓒的接受为中心》,《中国文化研究》,2007年第3期。
② 钱谦益:《列朝诗集小传》丙集,上海古籍出版社,1983年,第348页。
③ 永瑢等:《四库全书总目》卷一九九《〈类编草堂诗余〉提要》,中华书局,2003年,第1824页。
④ 卓人月汇选,徐士俊参评,谷辉之校点:《古今词统》,第1册,辽宁教育出版社,2000年,第297页。

词缀于后，韵脚句法，犁然井然，一批阅而调可守，韵可循，字推句敲，无事望洋，诚修词家南车已。"① 万历二十三年（1595年）以后，《诗余图谱》又不断被翻刻或增刻；同样作为词调声律谱的程明善辑的《啸余谱·诗余谱》也继而问世。后者收332个词调，424个词列（体），较《诗余图谱》多出一半以上词调谱，拓宽了词谱的范围。

无论倚词填词，抑或倚谱填词，都是在词乐失传、"古法"不存的情况下出现的如习书法时的临帖之举，其中虽有得意之作，在总体上，却如李爽所说："漫焉随人后，而造次涂抹。"② 明显具有胶柱鼓瑟、刻舟求剑之病。虽然如此，却可让人从中掌握词的"法律"，不失为修复词体规范体系的有效途径，并一直延续到了明清之际。据清初邹祗谟说，"今人作诗余，多据张南湖《诗余图谱》及程明善《啸余谱》"。③ 可以说，自正德以后，词的曲化虽未终止，但词人通过倚词填词与倚谱填词，逐渐修复了词的规范体系，为明清之际词的中兴奠定了不可或缺的基石。

自明万历（1573—1619）末至清康熙（1662—1772）前期，随着"时序"的变化，"世情"的激励，被修复后的规范体系再次拥有了强大的功能，而且相互之间联镳竞逐，将词推向了中兴之盛。率先揭开中兴序幕的，是先后以王屋、曹尔堪为首的柳洲词派。王屋生于万历二十七年（1599年），其《草贤堂词笺》十卷、《蘖弦斋词笺》一卷刻于崇祯八年（1635年）与九年（1636年）间。其中《苏武慢·次韵自警》、《忆秦娥·蛰专堂》等一系列词作，自抒胸臆，"以气行之"，其语体、体格、体性互为表里，全面再现了苏辛变体的规范要素；曹尔堪总持或领唱的"江村唱和"、"广陵唱和"、"秋水轩唱和"等三大著名的唱和活动，又将"苏辛规范"推向了整个词坛，成了清初词人通常采纳的一种

---

① 王象晋：《重刻诗余图谱序》，载姜亚沙、经莉、陈湛绮主编《汲古阁宋人词文及填词集》，第13册，全国图书馆文献缩微复制中心，2008年，第126页。
② 李爽：《〈花草粹编〉叙》，载陈耀文辑，尤建国、杨有山点校《花草粹编》，河北大学出版社，2011年，"叙"第2页。
③ 邹祗谟：《远志斋词衷》，载唐圭璋编《词话丛编》，中华书局，1986年，第643页。

规范体系。康熙十年（1671年）以后，随着以陈维崧为首的阳羡词派的崛起，不仅"为词诗"、"为词论"，而且将词与经、史相提并论，① 抒发"甲申之变"后的丰富"世情"，尤其是陈维崧《贺新郎·纤夫词》、《塞孤·宣武城外书所见》、《八声甘州·客有言江西近事者，感而赋此》等一系列篇章，在以"史诗"般的宏大叙事中，从多个层面揭示了广大民众的悲惨生活，从而拓展了"苏辛规范"。崇祯年间（1628—1645）刊刻的"云间三子"的合集《幽兰草》，则采用"花间规范"，书写"绮罗香泽之态，绸缪婉恋之情"；② 顺治（1644—1661）初年所刻陈子龙、宋思玉、宋存标、宋徵璧、宋徵舆、钱毂六家词总集《倡和诗余》，不少篇章在采纳"花间规范"的语体、体格、体性中，寄托了作者"甲申之变"③ 后的家国之感。至康熙前期，以纳兰性德、顾贞观为首的"性灵派"，远绍南唐北宋，近取"云间三子"，采纳和变化"花间规范"，将小令正体推向了一个高峰。康熙十年后，朱彝尊扬弃曾采纳的"花间规范"与"苏辛规范"，转而崇尚"夔之一体"，严持声律，"句琢字炼，归于醇雅"；④ 康熙十七年（1678年）刊刻《词综》三十卷，则又在词学理论上明确张扬"周姜规范"，以纠《草堂》之失。⑤ 康熙十七至十八年（1678—1679），由朱彝尊等浙西词人发起，陈维崧、曹贞吉等非浙西词人也参与的"拟和《乐府补题》"活动，具体践行其词学主张，表达在"时序"变换中隐秘而复杂的心理，遂成浙西词派。在此期间，词坛一直存在"正变之争"，实质就是遵循何种规范体系之争。尽管相争不断，多元规范体系却相并而行，交相辉映，各自传达多元"世情"，共同谱写了词的中兴历史。⑥ 康熙三十年（1691年）前后，随着大批主

---

① 陈维崧：《词选序》，载陈维崧著，陈振鹏标点，李学颖校补《陈维崧集》，上海古籍出版社，2010年，第54—55页。
② 陈子龙语，引自彭宾《二宋倡和春词序》，载《四库全书存目丛书》编纂委员会编《四库全书存目丛书·集部》，第197册，齐鲁书社，1997年影印本，第345页。
③ 详见叶嘉莹：《论陈子龙词——从一个新的理论角度谈令词之潜能与陈子龙词之成就》，载缪钺、叶嘉莹《灵谿词说正续编》，北京大学出版社，2014年，第661页。
④ 朱彝尊、汪森编：《词综》，上海古籍出版社，1978年校点本，"序"第1页。
⑤ 朱彝尊、汪森编：《词综》，上海古籍出版社，1978年校点本，"词综发凡"第11页。
⑥ 关于明清之际词的兴盛，详拙著《明清之际词坛中兴史论》，上海古籍出版社，2018年。

力相继去世或告别词坛,词终止了中兴的步伐,迎来了一个较长的停滞期。

(二)在停滞中融汇,在融汇中谱写词的再兴史

从代群关系观之,推进明清之际词坛中兴的大致有三大群体:一是在明万历年间入仕或成年而作词的词人群,如陈龙正、曹勋、徐石麒、钱士升、王屋、卓人月等;一是在明末已有词名而入清后词名大盛的词人群,如陈子龙、李雯、龚鼎孳、吴伟业、曹尔堪等;一是生于明末或清初的词人群,如陈维崧、朱彝尊、王士禛、顾贞观、沈良年、曹贞吉、纳兰性德等。第一代词人包括第二代中的陈子龙、李雯于"甲申之变"前后基本离世;第二代词人大部分于康熙二十年(1681年)前后与世长辞;第三代词人一部分卒于康熙三十年(1691年)前后,一部分则于康熙三十年前后淡出词坛。如被誉为清词"三绝"[①] 中的朱彝尊虽卒于康熙四十八年(1709年),但他在康熙三十年后不再染指词事;顾贞观卒于康熙五十三年(1714年),其《弹指词》却早已结集,为在康熙二十一至二十六年间(1682—1687)陆续刊成的《百名家词钞》所选录。因此,康熙前期形成的"朱(彝尊)、陈(维崧)角立",百名家"以羽之"的盛况,[②] 不复存在,词坛进入了代群更替的阶段。至康雍之际厉鹗崛起于词坛,标志着代群更替的完成。

厉鹗(1692—1752)出生的前一年即康熙三十年,作为浙西词派的"宣言书",汪森补编的三十六卷本《词综》刊刻问世。朱彝尊为之作词相庆,并认为,"从今不按,旧日《草堂》句"。[③] 在他的理想中,补编本《词综》问世,影响将更为广泛,"周姜规范"可一统词坛,但缺乏众望所归的新盟主引领时流。厉鹗走上词坛后,实现了朱彝尊的词学理想,而且众多词人起而影从,奉其为宗主,成为新一代浙派领袖。

---

① 《清史稿》卷四八四,第 44 册,中华书局,1977 年,第 13361 页。
② 张德瀛:《词征》卷六,载唐圭璋编《词话丛编》,中华书局,1986 年,第 4184 页。
③ 朱彝尊:《摸鱼子·前调 同青士重访晋贤。时书楼落成,订〈词综〉付雕刻,有怀周士、季青在吴兴》,载张宏生主编《全清词·顺康卷》,第 9 册,中华书局,2002 年,第 5289 页。

如果说，康熙前期的浙西词派尚属孕育阶段，而且此时浙派的主干朱彝尊等浙西六家的创作又是取法多元，众体兼备的；那么到了以厉鹗为宗主的浙西词派，理论主张与创作实践则得到了统一，"周姜规范"成了他们一以贯之的填词之法，并延绵不绝。乾隆四十三年（1778年），王昶编选《琴画楼词钞》，收厉鹗、王又曾、吴锡麒等浙派25家别集，并指出："其守律也严，取材也雅，盖白石、玉田、碧山之继别。而五十年间，词家略备于此。"① 认为这25家词反映了雍乾词坛的基本风貌；"守律也严，取材也雅"，则是"周姜规范"的基本要素。当然，雍乾词坛，并非仅仅浙派一家作风，浙派的创作作为主流，主导词坛的演变轨迹，却是事实。直至嘉庆年间（1796—1820），常州词派的兴起及其对浙派的作风进行批评，才打破了这一局面。尽管如此，浙派的势力依然不小。道光十六年（1836年），戈载编《宋七家词选》，选录周邦彦词59首、史达祖词42首、姜夔词53首、吴文英词115首、周密词69首、王沂孙词41首、张炎词101首，张炎词后又特意附《玉田先生乐府指迷》十四则（即《词源》下卷所述作词之法）。这就以选学的形式相号召，固守"周姜规范"。戈载为"吴中七子"之一；"吴中七子"被称为"声律净臣"，② 是后期浙派的主要成员。《宋七家词选》的问世，显然是用以回击常派批评的。

其实，厉鹗也是"声律净臣"。凌廷堪说："至厉太鸿出，而琢句炼字，含宫咀商，净洗铅华，力除俳鄙，清空绝俗，直欲上摩高、史之垒矣。又必以律调为先，词藻次之。"③ 指出了厉鹗对声律的重视程度。雍正十年（1732年），厉鹗作《论词绝句》（其十二）："去上双声子细论，荆溪万树得专门。欲呼南渡诸公起，韵本重雕菉斐轩。"自注："近时宜兴万红友《词律》严去上二声之辨，本宋沈伯时《乐府指迷》。予

---

① 王昶：《琴画楼词钞序》，载冯乾编校《清词序跋汇编》卷六，凤凰出版社，2013年，第581页。
② 谭献：《箧中词今集》卷三，清光绪八年刻本，第52页中。
③ 张其锦：《梅边吹笛谱跋》，载冯乾编校《清词序跋汇编》卷六，凤凰出版社，2013年，第630页。

曾见绍兴二年刊隶斐轩《词林要韵》一册，分东红邦阳等十九韵，亦有上去入三声作平声者。"①强调去声与上声之别，重视声律之法在创作中的地位，与"姜派"词人如出一辙；同时，厉鹗以其特有的性情与艺术素养，采纳"周姜规范"，创造了一种新的词境。如《百字令·月夜过七里滩，光景奇绝，歌此调，几令众山皆响》，描写途径七里滩时的秋夜桐江月色，语体尔雅，体格严整精美，体性雅正谐婉，呈现出意趣奇高、清寒绝俗的词中高境，②堪与姜夔《暗香》媲美。厉鹗的词学主张及其创作成就，赢得了广泛认同，因而推进了"家白石、户玉田"的局面，但也导致了词坛取径的单一化。嘉庆十一年（1806年），彭兆荪指出："填词至近日，几于家祝姜、张，户尸朱、厉。"③词坛长期处于"奉石帚、玉田为圭臬，不肯进入北宋人一步，况唐人乎"④的单一逼仄的取径中。这虽然没有出现如前述词因曲化而趋向衰敝的现象，但失却中兴时期多元规范体系竞相书写"世情"的繁盛景象；而固守单一不变的"琢句炼字，含宫咀商"，"守律也严，取材也雅"的"周姜规范"，势必造成其表现力停滞不前，在停滞中趋向弱化、甚至僵化，渐渐地裸露出空枵无物的病态，⑤因此招徕常州词派的批评。

嘉庆二年（1797年），张惠言编定《词选》，首选温庭筠词，认为温氏《菩萨蛮》（小山重叠）为"感士不遇"，有"《离骚》初服之意"，⑥据而建立"寄托说"。之后兴起的常州词派就以此为纲领，纠浙派重律轻意之弊。其实，此弊也为浙派中人所认识。嘉庆十五年（1810年），乾嘉时期浙派中坚吴锡麒为《梅边笛谱》作序，序中既标举姜、张、

---

① 厉鹗：《樊榭山房集》卷七，载《清代诗文集汇编》编纂委员会编《清代诗文集汇编》，第271册，上海古籍出版社，2010年，第272页。
② 详见张宏生主编：《全清词·雍乾卷》，第1册，南京大学出版社，2012年，第242页。
③ 彭兆荪：《小谟觞馆诗余序》，载《续修四库全书》编纂委员会编《续修四库全书》，第1492册，上海古籍出版社，1995年，第615页。
④ 蒋敦复：《芬陀利室词话》卷一，载唐圭璋编《词话丛编》，中华书局，1986年，第3636页。
⑤ 关于这一点，当代学者有具体分析，详见莫崇毅所撰《衰病与自救：浙西词派发展中的转关与进境》，《文学遗产》，2017年第2期。
⑥ 张惠言：《论词》，载唐圭璋编《词话丛编》，中华书局，1986年，第1609页。

朱、厉一脉的正宗地位，又指摘浙派后学"附会影响，终归无据"的"舍其神明而习其形似"之弊，①因而主张融汇姜张正体与苏辛变体，使之"一陶并铸，双峡分流。情貌无遗，正变斯备"。②在具体的创作上，吴锡麒有时也"以气行之"，有意取径"苏辛规范"，在晚年自编《有正味斋词集》中，有一卷就是这一取径之作，题名为《铁拨余音》，特予标示。嘉道之际常州词派的中坚周济则主张通过"问途碧山，历梦窗、稼轩，以还清真之浑化"③的路径，融汇"周姜"、"苏辛"两大规范体系，同时一改常州词派"以立意为本，以叶律为末"④的创作倾向，晚年所作《词调选隽序》，称赞姜夔"最为知音，自谱其词，皆一字一音"，⑤与他前期"纠弹姜、张"，⑥适成对照。现存周济《存审轩词》和《味隽斋词》，除前者多出《稍遍》一首，余皆相同，但后者对前者所收词中的失律之字一一作了修订，践行了意、律并重的观念。⑦吴、周二家的这些主张显然是为了药救"家祝姜、张，户尸朱、厉"带来的弊病，以及纠常派重意轻律之失。嘉道之际，尤其是道光（1821—1850）以后，他们的主张广为词人所接受，而融汇后的规范体系在"世情"的助推下，呈现出强劲的生命力，谱写了词的再兴史。

率先为词的再兴史写上亮丽一笔的，当推龚自珍。龚自珍（1792—1841）一生主张经世济用，在政治上要求变革，志高才奇，却生不逢时。孙雄论龚自珍诗云："奇才不世转深沉，觅句逃禅独听心。自咏冥鸿差比拟，长天飞过又遗音。"⑧实际上，其词亦抒发了"奇才不世转深沉"的情怀。如作于嘉庆十七年（1812年）的《湘月·壬申夏，泛舟

---

① 吴锡麒：《梅边吹笛谱序》，载冯乾编校《清词序跋汇编》卷七，凤凰出版社，2013年，第734页。
② 吴锡麒：《董琴南楚香山馆词钞序》，载冯乾编校《清词序跋汇编》卷六，凤凰出版社，2013年，第603页。
③ 周济：《宋四家词选目录序论》，载唐圭璋编《词话丛编》，中华书局，1986年，第1643页。
④ 蔡嵩云：《柯亭词论》，载唐圭璋编《词话丛编》，中华书局，1986年，第4908页。
⑤ 周济：《词调选隽序》，载《丛书集成续编》，第134册，上海书店，1994年，第128页。按：《词调选隽序》是周济晚年所作《词调集》中评点词律之文，《词调集》现已失传。
⑥ 周济：《宋四家词选目录序论》，载唐圭璋编《词话丛编》，中华书局，1986年，第1646页。
⑦ 详见曹明升、沙先一：《周济词律观的转变及其词学史意义》，《文艺研究》，2019年第2期。
⑧ 孙雄：《道咸同光四朝诗史·乙集》卷六，清宣统二年刻本，第15页上。

西湖，述怀有赋。时予别杭州盖十年矣》，以游湖写入，在对过去的忆恋和眼前实景的观照中，将思绪推向广袤的空间和身世际遇，表达"渺渺予怀孤寄"——志向才能难以实现的苦闷。全词"以气行之"，如词中所谓"狂来说剑"，却无逞才使气之迹，而如"怨去吹箫"，极尽神气旋转、委婉浑化之妙。十年后，龚自珍为此词作记云："是词出，歙洪子骏题词序曰：龚子瑟人近词有曰'怨去吹箫，狂来说剑'二语，是难兼得，未曾有也。"[1] "箫"与"剑"或箫心与剑气，在龚自珍诗词中，通常对举呈现，如其诗《又忏心一首》："来何汹涌须挥剑，去尚缠绵可付箫。"[2] 而"箫"象征柔怨之情与文才，"剑"则象征雄壮之志与武略。龚自珍将箫心与剑气熔为一炉，创造了一种新的词境，即如谭献所说：其"词绵丽飞扬，意欲合周（邦彦）、辛（弃疾）而一之，奇作也"。[3] 在融汇周、辛中，形成了新的创作规范；而这种融汇遂成自道光以后词坛的一种新风尚。譬如：屠倬《耶溪渔隐词》被称为"抉姜张之神髓，振苏辛之豪翰"。[4] 蒋春霖《水云楼词》被誉为"语该正变，体兼讽谕，于引商刻羽之中，寓沉郁苍凉之慨。卓然为一代之大家"。[5] 潘曾玮《咏花词》被视为"得北宋之清空，兼南宋之幽秀。时而张姜，时而苏辛，不拘一格，妙在拟雄浑则绝不叫嚣，仿幽瘦则屏去晦涩。真天分绝顶之笔也。更妙者，叙悲辛无衰飒气，愤时事无牢骚语；用韵无不铁铸，落笔必如餂而出"。[6] 由此等等，均以会通南宋与北宋，融汇"姜张"与"苏辛"，"语该正变"为规范。晚清王鹏运则既在词学理论上，又在创作实践中，实现了这种融汇。朱祖谋《半塘定稿序》云："君词

---

[1] 龚自珍：《怀人馆词选·湘月》后附，清光绪二十三年万本书堂刻本，第13页中。
[2] 龚自珍著，刘逸生、周锡馥注：《龚自珍年诗注》，浙江古籍出版社，1995年，第41页。
[3] 谭献：《复堂词话》，载唐圭璋编《词话丛编》，中华书局，1986年，第3997页。
[4] 夏宝晋：《耶溪渔隐词序》，载冯乾编校《清词序跋汇编》卷八，凤凰出版社，2013年，第762页。
[5] 周念永：《水云楼词跋》，载冯乾编校《清词序跋汇编》卷十三，凤凰出版社，2013年，第1338页。
[6] 杜文澜题：《咏花词》，载潘曾玮撰《咏花词》，清光绪十三年刻本。

导源碧山,复历稼轩、梦窗,以还清真之浑化,与周止庵氏说契合针芥。"① 叶恭绰又说:"幼遐(王鹏运)先生于词学独探本原,兼穷蕴奥,转移风会,领袖时流,吾常戏称为桂派先河,非过论也。彊村(朱祖谋)学词,实受先生引导。文道希丈(文廷式)之词,受先生攻错处亦正不少。"② 指出了王鹏运在晚清词坛的影响。不过,文廷式慢词采纳"苏辛规范",被视为"近代词学苏辛者尚有之,能近苏者,惟芸阁(文廷式)一人耳"。③ 如《水龙吟》"落花飞絮茫茫",在取法苏辛变体的语体、体格和体性规范中,书写自我人格与爱国情怀,骨采奇壮,神气飞扬;小令则化用"花间规范",被认为"直入《花间》之室。盖其风格逈上,并世罕睹"。④ 如《蝶恋花》"九十韶光如梦里",在绮丽的语体,香软的体格,要眇婉约的体性中,寄托了超越生死的忠爱家国之情。⑤ 文廷式词正变斯备,相并而行,且别具风采,堪称清季词坛上的"拔戟异军"。自龚自珍至文廷式的半个多世纪,词坛在规范体系的融汇与多种规范的兼具并举中,表现了丰富的"世情",谱写了词的再兴史,为自唐至清的词史划上了一个圆满的句号。

小 结

上述论证表明,自唐至清,词所经历的兴衰交替的演变历史与词在艺术上兴衰交替的规范体系息息相关;其规范体系运行的四个不同阶段,呈现了词自成熟后不同的演变历史。

诚然,与任何一种文体一样,词是作者用来抒情达意的;而任何一

---

① 朱祖谋:《半塘定稿序》,载冯乾编校《清词序跋汇编》卷十七,凤凰出版社,2013年,第1804页。
② 叶恭绰选辑,傅宇斌点校:《广箧中词》,人民文学出版社,2011年,第134页。
③ 叶恭绰评语,见龙沐勋辑《文芸阁先生词话》,载《同声月刊》,第2卷第12号,上海书店,1943年,第95页。
④ 夏敬观评语,引自龙榆生编撰《近三百年名家词选》,上海古籍出版社,1979年,第163页。
⑤ 以上《水龙吟》、《蝶恋花》二词,见陈乃乾辑《清名家词》,第10册,上海书店,1982年,第22、32页。

位作者都离不开他所处的朝代，甚至受制于特定的生态环境。众所周知，乾隆时期，文字狱日炽，禁书毁书运动高涨，其中被禁的清初词人的词集就达47种之多。① 顺康年间虽不乏文字狱，但如李一氓所说，词体文学并未引起统治者关注，故"词风大盛，就其表达方法而论，极为自由放纵而又委曲隐讳。此一代作家同具有明清易代之感受，唯词中以发抒之"。② 这种不同生态环境，决定了"词风"的盛与衰，也影响了词人对规范体系的采纳；或者说，在乾隆词坛很难再现明清之际多元规范体系竞相书写"世情"、反映"时序"的繁盛景象，也具体表明了词的兴衰演变受制于当世的政治、文化，以及人情风貌、时代精神。

与此同时，词也与其他文体一样，在艺术上属于自足自立的一种文体。由语体、体格和体性诸要素构成的三大规范体系，便为词人抒发不同性情、呈现艺术风格，提供了不同于其他文体的艺术标准或惯例。所以一方面，不同时期的作者在采纳或融汇这些规范体系时，受制于其所处朝代的"世情"、"时序"；另一方面，词反映"世情"、"时序"的能力大小、所反映的内容是否具有广度和深度，却与其规范体系的具体运行不无关系。因此，在现有词史成果及其书写观念的基础上，注重对词的规范体系实际运行的审视，观照词的兴衰演变，是尊重词自身的演变轨迹，完善词史研究的应有之义。

（原载《中国社会科学》2019年第9期）

---

① 谢永芳：《词集禁毁与词学发展：以清乾隆朝为中心》，载潘碧华、陈水云编《词学国际学术研讨会论文集》，马来西亚漫延书房，2002年，第191—192页。
② 李一氓著，吴泰昌辑：《一氓题跋》，生活·读书·新知三联书店，1981年，第192页。

花间词的规范体系
及其词史意义

花间词为文人词的鼻祖或小令的"不二法门",对后世词坛具有规范作用,已成了学界的一种常识,但在花间词是否"自南朝之宫体,扇北里之倡风"等关键问题上,还存在不同的看法,莫衷一是;即便承认两者的结合孕育了花间词,也语焉不详,故有进一步思考的必要。本文将从"宫体"与"倡风"的具体交集中,探讨花间词规范体系的形成及其词史意义。

一、重读《花间集叙》

关于花间词的产生及其特质,欧阳炯《花间集叙》已有总结,并予以肯定与张扬。但由于当代学界对《花间集叙》有着截然相反的解读,影响了对花间词的认识,因此有必要予以重读。为了便于重读,先将《叙》文抄录于下:

> 镂玉雕琼,拟化工而迥巧;裁花剪叶,夺春艳以争鲜。是以唱云谣则金母词清,挹霞醴则穆王心醉。名高白雪,声声而自合鸾歌;响遏行云,字字而偏谐凤律。杨柳大堤之句,乐府相传;芙蓉曲渚之篇,豪家自制。莫不争高门下,三千玳瑁之簪;竞富樽前,数十珊瑚之树。则有绮筵公子,绣幌佳人,递叶叶之花笺,文抽丽锦;举纤纤之玉指,拍按香檀。不无清绝之词,用助娇娆之态。自南朝之宫体,扇北里之倡风。何止言之不文,所谓秀而不实。有唐

以降,率土之滨。家家之香径春风,宁寻越艳;处处之红楼夜月,自锁嫦娥。在明皇朝,则有李太白应制《清平乐词》四首。近代温飞卿复有《金荃集》。迩来作者,无愧前人。今卫尉少卿字弘基,以拾翠洲边,自得羽毛之异;织绡泉底,独殊机杼之功。广会众宾,时延佳论。因集近来诗客曲子词五百首,分为十卷。以炯粗预知音,辱请命题,仍为叙引。昔郢人有歌阳春者,号为绝唱,乃命之为《花间集》。庶使西园英哲,用资羽盖之欢;南国婵娟,休唱莲舟之引。时大蜀广政三年夏四月日叙。①

先师吴熊和先生认为,这篇叙文"说明了花间词的词风特点。'自南朝之宫体,扇北里之倡风。'上承齐梁宫体,下附北里倡风,这两句话可以概括花间词的历史渊源与生存环境。花间词就其主要倾向来说,不外乎宫体与倡风的结合"。② 杨海明先生也说:这是"关于'艳词'的一篇'宣言'或'自供'。这一点,就和徐陵的《玉台新咏序》是'艳诗'的宣言或自供一样",宣告了"《花间》词乃是'自南朝之宫体,扇北里之倡风',即上承南朝宫体诗之传统,下扬晚唐五代之'倡风'"。③ 然而,当代有不少学者作了截然相反的解读。贺中复先生说:"序文'自'、'扇'二句连同紧接其下的'何止言之不文,所谓秀而不实',都不是揭示花间词的渊源、环境,更不是旨在说明花间词的词风特点,而是对南朝梁、陈宫体诗风作用下所产生的宫体歌辞的否定。"从中表明南朝宫体与花间词"根本不存在前因后果的必然关系"。④ 彭国忠先生则认为,"'自南朝'、'有唐以降'、'在明皇朝'、'近代'、'迩来'、'今'等明确的时间词语"中,"贯穿着鲜明的'词史'意识"和以"清"为尚的审美标准;所以"至'自南朝之宫体'四句,他将笔锋掉

---

① 赵崇祚编,李一氓校:《花间集校》,人民文学出版社,1981年,"花间集叙"第1—2页。按:《花间集叙》的文字,自南宋晁谦之以来,各家刊本略有不同,如题中"叙"一作"序",当代论著亦多用"序"。此按李一氓校本。
② 吴熊和:《唐宋词通论》,浙江古籍出版社,1986年,第283—284页。
③ 杨海明:《唐宋词史》,江苏古籍出版社,1987年,第102页。
④ 贺中复:《〈花间集序〉的词学观点及〈花间集〉词》,《文学遗产》,1994年第5期。

转过来,批判梁陈宫体冶荡淫靡,风格不雅,并以'何止言之不文,所谓秀而不实'二句加以痛砭,语气严厉。'有唐以降'数句,叙唐代以来的享乐香艳之风,虽未明示褒贬,然其意甚显。'在明皇朝'数句突出李白、温庭筠二家,尤其拈出李白的应制之词,其意在于暗示它与前面'南朝宫体'、'香径春风'等的不同"。① 吴世昌先生却从另一角度指出:"其所以有必要结此一集(指《花间集》),乃是因为编者(即赵崇祚)感觉到当时的'南朝宫体'和'北里倡风',不但形式不好('言之不文'),而且没有真实内容('秀而不实'),因此他(即欧阳炯)特别抬出温飞卿、李太白几个大名家来,把他们的词作为模范。"② 刘扬忠先生在引用这段话后进一步指出:因鄙弃"自梁、陈至初唐的宫体诗、宫体歌辞及早期产生于平康巷陌歌伎乐工的俚俗小词"及其"低级俗艳的颓风",故主张词"既要有华美的形式,也要有充实的内容"。③

欧阳炯《花间集叙》属于骈体,辞藻华丽,用典繁多,文意之间有时具有跳跃性,容易造成歧义,引发不同的解读;造成上述不同解读的关键,则在于"自南朝之宫体"四句。究其原因,首先在于解读者均忽视了对宫体诗应有的交代,更忽略了对宫体诗与花间词之间内在联系的认知。

宫体诗有狭义和广义之分。狭义的宫体诗就是《梁书》所指简文帝萧纲"雅好题诗,其序云:'余七岁有诗癖,长而不倦。'然伤于轻艳,当时号曰宫体";④ 广义的宫体诗被扩展到了描写男女情思的乐府诗。徐陵编《玉台新咏》最先扩展了宫体诗的范围。《大唐新语》载:"梁简文帝为太子,好作艳诗,境内化之,浸以成俗,谓之宫体。晚年改作,追之不及,乃令徐陵撰《玉台集》,以大其体。"⑤ 唐李康成仿《玉台新咏》,再次"以大其体"。他"采梁萧子范迄唐张赴二百九人所著乐府歌

---

① 彭国忠:《〈花间集序〉:一篇被深度误解的词论》,《学术研究》,2001年第7期。
② 吴世昌:《诗词论丛》,北京出版社,2000年,第26页。
③ 刘扬忠:《唐宋词流派史》,福建人民出版社,1999年,第75—76页。
④ 姚思廉:《梁书》,第1册,中华书局,1973年,第109页。
⑤ 刘肃撰,许德楠、李鼎霞点校:《大唐新语》,中华书局,1984年,第42页。

诗六百七十首，以续陵编"，凡十卷，名《玉台后集》；并指出："昔陵在梁世，父子俱事东朝，特见优遇。时承华好文，雅尚宫体，故采西汉以来词人所著乐府艳诗，以备讽览。"①将宫体扩展到了西汉以来写"艳情"的乐府诗。那么，《玉台后集》又是如何"以大其体"的？该集在南宋后期尚存于世。据马端临《文献通考》："后村刘氏曰：郑左司子敬家有《玉台后集》，天宝李康成所撰。自陈后主、隋炀帝、江总、庾信、沈、宋、王、杨、卢、骆而下二百九人，诗六百七十首，汇为十卷。与前集皆徐陵所遗落者，往往其时诸人之集尚存，其中多有佳句。"②这是从时间上将宫体向后延伸到了唐代前期；刘克庄又说："天宝间大诗人，如李、杜、高适、岑参辈迭出，康成同时，乃不为世所称。若非子敬家偶存此编（即《玉台后集》），则许多佳句失传矣。中间自载其诗八首，如'自君之出矣，弦歌绝无声。思君如百草，撩乱逐春生'，似六朝语。如《河阳店家女》长篇一首，叶五十二韵，若欲与《木兰》及《孔雀东南飞》之作方驾者。"③《孔雀东南飞》首见于《玉台新咏》，题为《古诗为焦仲卿妻作》，被郭茂倩《乐府诗集》收入《杂曲歌辞》，而李康成《河阳店家女》欲与《孔雀东南飞》"方驾"，则可见《玉台后集》也将自梁至盛唐但凡涉及男女情思的乐府诗列入宫体的范围之内，与《玉台新咏》一样表明宫体诗并非都是"冶荡淫靡"之作。关于这一点，严羽早已指出："《玉台集》乃徐陵所序，汉魏六朝之诗皆有之。或者但谓纤艳者为玉台体，其实则不然。"④

我们也许会问：宫体诗是否可以如此"以大其体"？但这对唐五代人来说，不是问题，也不重要，重要的是《玉台新咏》与《玉台后集》为他们确立了宫体的范围而成了一种"公共知识"。《叙》文将南朝至唐

---

① 晁公武撰，孙猛校证：《郡斋读书志校证》，上册，上海古籍出版社，1990年，第97页。
② 马端临：《文献通考》，上册，中华书局，1984年，第1590页。
③ 刘克庄：《后村诗话续编》卷一，中华书局，1983年，第86页。
④ 严羽著，郭绍虞校释：《沧浪诗话校释》，人民文学出版社，1983年，第69页。

人所作乐府曲辞《杨柳》、《大堤》,① 置于"自南朝之宫体"以来的歌词序列或所谓"词史"中,也说明了这一点。就此而言,认为欧阳炯否定宫体诗,是缺乏说服力的。

徐陵、李康成扩大宫体诗的范围,是去历史化的表现,目的是从有明显指向性的历史名词所规定的时空范围中走出来,搜罗汉以来相关乐府诗,汇聚成一种具有类同性的声调与风格类型,在"以备讽览"中,扩大其影响,延伸其生命力。这表明宫体诗在唐代不是"过去式",而是"进行时"。所谓"温飞卿、李太白几个大名家"的"模范"之作,就是属于此类作品。如被视为"意在于暗示"与南朝宫体不同的李白《清平乐词》(其二):"鸾衾凤褥,夜夜常孤宿。更被银台红蜡烛,学妾泪珠相续。花貌些子时光,抛人远泛潇湘。倚枕悔听寒漏,声声滴断愁肠。"② 其声调与风格不让南朝宫体专艳于前。《叙》文说:"迩来作者,无愧前人。"则又立场鲜明地肯定了五代人继承宫体传统而无愧李白、温庭筠的词曲创作。

叙述至此,再观导致上述不同解读的关键性四句"自南朝之宫体,扇北里之倡风。何止言之不文,所谓秀而不实",也就有了认识上的基础。

认为"自南朝之宫体"句就是"概括花间词的历史渊源",指"上承南朝宫体诗之传统",并无不妥,只是不够具体;或者说,花间词是如何继承南朝宫体诗之传统的,语焉不详。其实,以温庭筠为首的花间词人所继承的,主要是南朝宫体在唐代,尤其在中晚唐"进行时"中唯美化、形式化的女性形象及其声调与风格元素,而且连代言女性情感的赋体作法,也直接来自宫体,堪称"词曲中的宫体"(说详下文);与此同时,将"扇北里之倡风"句解读为"下扬晚唐五代之'倡风'",也过于简略。北里为从事音乐歌舞的乐工歌伎的聚集之地。自中唐以后,

---

① 郭茂倩《乐府诗集》卷二二《横吹曲辞·折杨柳》载有梁简文帝、徐陵、李白、孟郊等23人25首;同卷四八《清商曲辞·大堤曲》载有唐张柬之、杨巨源、李白、李贺等4人各1首,又梁简文帝《雍州曲》即《大堤》(中华书局,1998年,第328—333、705—706页)。
② 李白著,王琦注:《李太白全集》,中华书局,1985年,第1426页。

在士大夫的公私宴会上，通常有乐工歌伎歌舞助兴。① 刘禹锡《酬杨司业巨源见寄》："渤海归人将集去，梨园弟子请词来。"② 白居易《杨柳枝二十韵》："乐童翻怨调，才子与妍词。"③《花间集》录毛文锡《甘州遍》："寻芳逐胜欢宴，丝竹不曾休。美人唱，揭调是《甘州》。"④ 均昭示了乐工歌伎在士人饮宴中歌唱表现的情景，《叙》文"则有绮筵公子"及以下七句，说的就是这种情形。据此，所谓"倡风"，当指以乐工歌伎歌舞表现为娱乐形态的宴乐风尚；也正是这种"倡风"选择了相适应的"宫体"，出现了两者相交集的现象。

有感于"宫体"与"倡风"的交集，欧阳炯指出："何止言之不文，所谓秀而不实。""言之不文"化用《左传·襄公二十五年》所载孔子语"言之不文，行而不远"，意即花间词人在描写"艳情"时，行文放荡不羁，有失文雅；"秀而不实"语出《论语·子罕》，意为文中的"艳情"言之不实，虚有其表。仅从字面上理解，这二句容易让人认为有针砭意味。倘若有，其针砭是否因为"没有真实内容"？作为"模范"，李白《清平乐词》和温庭筠词，描写的都是类同性的"艳情"，属于代言，并没有什么"真实内容"；那么针砭"言之不文"是否意在倡导以"清"为尚的审美标准？假如是，与针砭"秀而不实"又有什么内在联系？何况"清"与"秀"又字义相近。这二句在文意上具有跳跃性，如果仅仅停留在字面上，难以全面把握其用意。实际上，"何止"句紧承上面两句，针对的既是"宫体"，又是"倡风"，却省略了后者。全句是说：花间词写"艳情"，不仅像宫体诗那样为文放荡不雅，而且又付诸"美人唱"，以助歌伎歌唱时的"娇娆之态"，加剧了其不雅程度，因此也就有了"所谓秀而不实"句，从"不文"之词与唱词情景转向了作者，亦即从创作论与传播论转向了创作主体论。基于此，再联系古人在为文与立

---

① 关于中唐开始形成的这种新的宴乐风尚，详见元结所撰《刘侍卿夜燕会序》，载元结著，孙望校《元次山集》卷三，中华书局，1960年，第37页。
② 《全唐诗》，第11册，中华书局，1986年，第4078页。
③ 《全唐诗》，第14册，中华书局，1986年，第5156页。
④ 赵崇祚编，李一氓校：《花间集校》，人民文学出版社，1981年，第85页。以下所引花间词人之词，均见该集，恕不出注。

身之间的不同取向,其用意也就清晰明白了。

《隋书》说:"梁简文之在东宫,亦好篇什,清辞巧制,止乎衽席之间;雕琢蔓藻,思极闺闱之内。后生好事,递相放习,朝野纷纷,号为宫体。流宕不已,迄于丧亡。"① 又强调:"简文、湘东,启其淫放,徐陵、庾信,分路扬镳。其意浅而繁,其文匿而彩,词尚轻险,情多哀思。格以延陵之听,盖亦亡国之音乎!"② 这种将以人的性情为底色的文学作品与道德、政治,乃至朝代兴亡联系起来的做法,是中国古代文学批评史上的常见现象。"何止言之不文"一句,看似体现了相同的观念,实则不然,也并不意味着欧阳炯对花间词持否定态度,尤其是面对为之作叙的《花间集》,更没有理由予以否定;况且《花间集》也选有欧阳炯的作品,其中多如《浣溪沙》"兰麝细香闻喘息,绮罗纤缕见肌肤"之类的描写,"淫放"程度不亚于宫体。所以他接着指出"所谓秀而不实",对包括自己在内的花间词人创作"不文"之词与身处"倡风"作了辩护,意思是说,创作给"美人唱"的词虽然放荡不雅,作者的立身却未必真的如此,而是言之不实,虚有其表,也就是宫体诗的创始人萧纲所说:"立身之道与文章异,立身先须谨重,文章且须放荡。"③ 这是古代文人普遍具有的观念,也是文学史上常见的现象。法云秀禅师劝黄庭坚勿作"荡人淫心"的"艳歌小词",黄庭坚却说:"空中语耳,非杀非偷,终不至坐此堕恶道。"④ 王闿运对作品"词理"与作家立身相提并论的做法深表不满,认为"聊引闺房,以敷词藻,既无实指,焉有邪淫?世之訾者未知词理耳"。⑤ 也就是说,对于文学作品,应欣赏其"词理",不应坐实其事,切不可简单地将它与作者的现实生活划等号。笔者认为,这才是"何止言之不文,所谓秀而不实"的真正内涵所在。

总之,《花间集叙》在交代花间词的产生环境及其特质的同时,昭

---

① 魏征:《隋书》,第 4 册,中华书局,1973 年,第 1090 页。
② 魏征:《隋书》,第 6 册,中华书局,1973 年,第 1730 页。
③ 萧纲:《诫当阳公书》,载欧阳询撰,汪绍楹校《艺文类聚》,上册,上海古籍出版社,1982 年,第 424 页。
④ 惠洪:《冷斋夜话》卷十,中华书局,1988 年,第 77 页。
⑤ 王闿运著,马积高主编:《湘绮楼诗文集》,岳麓书社,1996 年,第 2129 页。

示了花间词在"宫体"与"倡风"的交集中所形成的创作惯例和规范。

二、花间词的规范体系

朱自清《李贺年谱》说:"贺乐府歌诗盖上承梁代'宫体',下为温庭筠、李商隐、李群玉开路。详宫体之势,初唐以太宗之好尚,一时甚盛;至盛唐而寖衰,至贺而复振焉。"① 许学夷又指出:"李贺乐府七言,声调婉媚,亦诗余之渐。上源于韩翃七言古,下流至李商隐、温庭筠七言古。""商隐七言古,声调婉媚,太半入诗余也。""庭筠七言古,声调婉媚,尽入诗余。"② 具体梳理了三家乐府的"婉媚"声调经历了始为"诗余之渐",继而"太半入诗余",最终"尽入诗余"的历程。

不过,在中晚唐,书写"艳情"的并非都是宫体;宫体也不限于书写"艳情"的乐府诗。如权德舆有用五绝写"艳情"的《玉台体十二首》。③ 温庭筠《春晓曲》、《边笳曲》、《侠客行》、《春日》、《咏嚬》、《太子西池》二首,"皆齐、梁体",④ 其中有乐府,也有五古,但均与李商隐《效徐陵体赠更衣》⑤ 一样具有宫体意识。与此同时,因其宫体中的"艳情"、声调、语体、作法、风格诸元素被"植入"到了成熟不久的词体之中,造成了词与宫体在声调与风格类型上趋同化现象,宋人鮦阳居士指斥唐"才士始依乐工拍弹之声,被之以辞,句之长短各随其度,而愈失古之'声依永'之理也。温、李之徒,率然抒一时情致,流为淫艳

---

① 《朱自清古典文学论文集》,下册,上海古籍出版社,1981年,第501页。按:钱仲联《李贺年谱会笺》转引朱自清之说,以示认同(参见钱仲联:《梦苕庵专著二种·李贺年谱会笺》,中国社会科学出版社,1984年,第19页)。
② 许学夷:《诗源辨体》,卷二十六、三十,人民文学出版社,1987年,第262、288、290页。
③ 详见《全唐诗》卷三百二十八,第10册,中华书局,1961年,第3674—3675页。
④ 温庭筠著,曾益等笺注:《温飞卿诗集笺注》卷三《春晓曲》题下注,上海古籍出版社,1980年,第53页。按:"齐即所谓'永明体',梁即所谓'宫体',后人总谓之'齐梁体'……喜作艳辞而乏风旨。"见韦縠编,冯舒、冯班评,纪昀删正:《删正二冯评阅〈才调集〉》卷上,载《丛书集成三编》(影印镜烟堂本),第34册,台北新文丰出版公司,1997年,第574页。
⑤ 详见刘学锴、余恕诚:《李商隐诗歌集解》,中华书局,2004年,第1948页。

猥亵不可闻之语",① 将无填词历史的李商隐说成了词人。由此观之，"自南朝之宫体"包含了源与流两个方面，其源在南朝，其流在中晚唐。事实表明，花间词就是在中晚唐"宫体"与"倡风"的交集中，自振自立，自具规范体系。其规范体系主要由以下三要素组成。②

一是类同性"艳情"规范了抒情内容的普泛化。

在中唐，元稹留下了百余首艳情诗，但主要为其青年时代的情人而作，内容受到具体对象及情事的拘限，故长于对具体事件、情节的铺叙，具有较强的写实性，与宫体诗泛咏"艳情"不尽相同。综观李贺、温庭筠、李商隐的宫体，均无特定的情事，而是将两性关系中的情思意念从具体的生活事件中抽离出来，化具体为抽象，化个别为一般，连同现实中的生活情节、场景等，也出诸唯美的艺术形象。这从温庭筠《春晓曲》中可见一斑：

> 家临长信往来道，乳燕双双拂烟草。油壁车轻金犊肥，流苏帐晓春鸡早。笼中娇鸟暖犹睡，帘外落花闲不扫。衰桃一树近前池，似惜红颜镜中老。③

诗中所写闺阁内外的生活场景显然经过了艺术处理，成了烘托女性形象的背景，由此背景所烘托的红颜将老而自伤不偶的情思意念即所谓"艳情"；诗中所写女子也不是现实生活中某个特定的女子，而是对同怀这一情思的女性形象的一种唯美的艺术呈现，具有类同性、普泛化的特征，因而被高度形式化了。而此类女性形象与宴乐风尚中唱词的歌伎即"绣幌佳人"具有很高的耦合度，或者说"绣幌佳人"为词中表达男女

---

① 鲖阳居士：《复雅歌词序略》，引自谢维新《古今合璧事类备要》外集卷十一《音乐门乐章类》，载影印《文渊阁四库全书》本，第941册，上海古籍出版社，1987年，第511页。
② 王兆鹏运用库恩的"范式"理论，将唐宋词的抒情类型概括为"花间范式"、"东坡范式"和"清真范式"。在论"东坡范式"时涉及"花间范式"的特点：创作主体的"共我性"、抒情的"普泛化"、审美趋向的"女性化"（详见其《唐宋词史论》，人民文学出版社，2000年，第145—150页）。
③ 温庭筠著，曾益等笺注：《温飞卿诗集笺注》，上海古籍出版社，1980年，第53页。

情思提供一个合适的载体。所以将宫体诗中这种唯美化、形式化了的女性形象"移植"到词中来,既可增添歌者在宴会歌唱时的"娇娆之态",又可"用资羽盖之欢"。事实上,花间词人正是在这种"宫体"与"倡风"的交集中,书写两性之间的情思意念的,造成了抒情内容的普泛化。

《花间集》收有晚唐五代18家词人的500首小令,首列温庭筠词66首。黄昇认为:"温庭筠词极其流丽,宜为《花间集》之冠。"① 刘熙载则云:"温飞卿词精妙绝人,然类不出乎绮怨。"② 所谓"绮怨"就是具有类同性的"闺房女儿"面对两性关系的不圆满而产生的情思意念,也就是宫体诗经常表现的女性形象心中的"艳情"。先师吴先生说:"以齐梁体入词,这就是温庭筠词的一个特色。"进而指出,"温庭筠词,就是唐人词曲中的《玉台新咏》。其流风所被,演而为《花间》"。③ 切中温词的源流和温词"宜为《花间集》之冠"的缘由,惜未说明温词是如何成为"唐人词曲中的《玉台新咏》"的。就内容而言,温词中的"绮怨"来自中晚唐诗人,特别是温庭筠自己创作的宫体诗。如其《菩萨蛮》:

> 小山重叠金明灭。鬓云欲度香腮雪。懒起画蛾眉。弄妆梳洗迟。　　照花前后镜。花面交相映。新贴绣罗襦。双双金鹧鸪。

全词写闺中理妆过程。上片翌晨梳妆,曰"懒"曰"迟",因对方失约而无精打采;下片是整妆之后的盛妆,虽一变上片的慵懒而为容光焕发、明艳照人,却掩盖不了内心的孤单与寂寞。这种自伤不偶的"绮怨",以及"新贴绣罗襦","双双金鹧鸪"之类生活情节的艺术处理,与权德舆《玉台体十二首》(其六)"泪尽珊瑚枕,魂销玳瑁床。罗衣不忍著,羞见绣鸳鸯"相类同;而在借唯美的生活场景和情节烘托女性形

---

① 黄昇:《花庵词评》,载葛渭君编《词话丛编补编》,中华书局,2013年,第145页。
② 刘熙载:《词概》,载唐圭璋编《词话丛编》,中华书局,1986年,第3689页。
③ 吴熊和:《唐宋词通论》,浙江古籍出版社,1986年,第176页。

象及其情思意念上,更与上述其《春晓曲》秘响相通。可见温庭筠词固然"类不出乎绮怨",其类同性"绮怨"却来自书写"艳情"的宫体诗;确切地说,是温庭筠将自己远绍南朝、近宗李贺所作宫体诗中的"艳情"植入到词中来的。其流风所被,遂成花间词人在抒情内容上的一种惯例、一种规范。

表现"艳情"是花间词的主要倾向。其中除大多数"类不出乎绮怨",尚有如阎选《谒金门》:"美人浴,碧沼莲开芬馥。双髻绾云颜似玉,素娥辉淡绿。雅态芳姿闲淑,雪映钿装金斛。水溅青丝珠断续,酥融香透肉。"甚至有如顾敻《甘州子》"一炉龙麝锦帷旁,屏掩映,烛荧煌。禁楼刁斗喜初长。罗荐绣鸳鸯。山枕上,私语口脂香"之类的作品,属于"绮怨"之变奏。关于导致其变的原因,许学夷说:"韩偓《香奁集》,皆裙裾之诗……则诗余变为曲调(指元曲)矣。上源于李商隐、温庭筠七言古,诗余之变至此。"① 刘克庄指出:"诗变齐梁体已浇。《香奁》新制出唐朝。"② 认为韩偓的"裙裾之诗"是齐梁体的变制。如其《偶见背面是夕兼梦》:"酥凝背胛玉搓肩,轻薄红绡覆白莲。此夜分明来入梦,当时惆怅不成眠。眼波向我无端艳,心火因君特地然。莫道人生难际会,秦楼鸾凤有神仙。"③ 描写露骨,流于轻佻浇薄。这是宫体诗"艳情"主题的一种自然延伸,至韩偓得到了进一步发展而"艳夺温、李",④ 在五代蔚为风气,如欧阳炯"应命作宫词,淫靡甚于韩偓"。⑤ 五代词人有时也将此"移植"到词中,扩展了成型于温词的"绮怨",但类不出乎"艳情"。

---

① 许学夷:《诗源辨体》卷三十二,人民文学出版社,1987年,第304页。按:《香奁集》是否为韩偓所作,自宋至今,论辩不断,尚无定论。(详见张兴武撰《〈香奁集〉非韩偓所作再考订》,《甘肃高师学报》,1998年第2期。)不过,韦縠《才调集》卷八选录韩偓《小隐》、《赠易卜崔江处士》、《残春旅舍》、《夜深》(一作《寒食夜》)、《寄临庄道侣》五首,其中《夜深》一首见于《香奁集》,其余四首均见于韩偓《玉山樵人集》。据此,倘若《香奁集》伪托韩偓,那么集中"裙裾之诗",当产生于晚唐,其作者或编者与韩偓同时。
② 《鹧鸪天·戏题周登乐府》,载唐圭璋编《全宋词》,中华书局,1965年,第2642页。
③ 《全唐诗》卷六百八十三,第20册,中华书局,1961年,第7841页。
④ 胡震亨:《唐音癸签》,上海古籍出版社,1981年,第80页。
⑤ 田况:《儒林公议》,影印《文渊阁四库全书》本,第1036册,上海古籍出版,1987年,第310页。

二是类同性声调规范了语体与表现风格的类型化。

宫体诗因"艳情"而形成的声调自然具有类同性，而类同性声调则决定了其语体和以婉媚为特征的类型化风格。从上文许学夷所述李贺、李商隐、温庭筠三家"皆诗余之渐"或"皆诗余之调"的诗例观之，其婉媚风格是建立在深细隐微的心灵感受与情思意念之上的，在以唯美化、形式化的艺术形象加以呈现的同时，又取资于由纱窗、珠帘、红烛等香软的闺阁语象，或飞燕、蜂蝶、杨柳等纤柔的自然语象组成的语体。如温庭筠《春愁曲》：

> 红丝穿露珠帘冷，百尺哑哑下纤绠。远翠愁山入卧屏，两重云母空烘影。凉簪坠发春眠重，玉兔煜香柳如梦。锦叠空床委坠红，飔飔扫尾双金凤。蜂喧蝶驻俱悠扬，柳拂赤阑纤草长。觉后梨花委平绿，春风和雨吹池塘。①

通篇出于由红丝、珠帘、屏风、云母、发簪、锦床、金凤、蜂蝶、柳条、梨花等众多闺阁内外香软纤柔的语象组成的以"绮丽"为特征的语体，层层暗示女性的情思意念，其中"锦叠空床"二句，暗示因独处闺房而自伤不偶的婉媚"绮怨"，更为深曲隐微。这种声调及其表现风格与温庭筠词有神似之处。

李贺、温庭筠、李商隐三家宫体诗将生活场景、女性形象及其情思意念高度唯美化、形式化了，具备了词的声调、语体与风格元素。李贺的诗往往带有幽诡奇幻的色彩，然而温、李在学李贺时，也不乏自成风貌之作，如李商隐仿南朝乐府《子夜四时歌》而作的宫体《燕台诗四首》，以两性关系中的意念为主线，运用香软的语象、"绮丽"的语体和深曲隐微的手法，书写婉媚而又痴顽的"绮怨"，具有天上人间的幽眇与迷离，给人带来多义性的纠缠，造成理解上的难度。② 这和主要因以

---

① 温庭筠著，曾益等笺注：《温飞卿诗集笺注》，上海古籍出版社，1980年，第48页。
② 因这组诗的多义性而所作的不同阐释，详见刘学锴、余恕诚著《李商隐诗歌集解》，中华书局，2004年，第98—112页。

听觉悦人而要求入耳即化的词,毕竟隔了一层;即便如上列温庭筠《春晓曲》《春愁曲》,通篇取象繁曲,字面或句法不乏生涩之嫌,在五七言古体中未尝不可,施诸"美人唱"的曲子词,却同样存在一定距离。"盖长短句宜歌而不宜诵,非朱唇皓齿,无以发其要眇之声",① 只有"使雪儿啭春莺辈可歌,方是本色"。② 因此,温庭筠词虽以宫体诗的语体填词,其具体表现却有所变化。如其《菩萨蛮》:

宝函钿雀金鸂鶒。沉香阁上吴山碧。杨柳又垂丝。驿桥春雨时。　画楼音信断。芳草江南岸。鸾镜与花枝。此情谁得知。

从满目春光触发,引出离居已久,自嗟青春虚度。词中的鸂鶒、杨柳、画楼、芳草、鸾镜、花枝等,是其宫体诗中常用的语象。上片"杨柳又垂丝",点出离人远去,又复经年的时序变迁和离居之久,无缘重逢的伤怀;下片"鸾镜与花枝",以"鸾镜"喻离群失偶,"花枝"喻青春美貌,对镜顾影,难免"如花美眷,似水流年"的怅触,伤乱念远和自嗟命薄的"绮怨"也就无法平复了。这种取象造境、设譬喻情的深曲隐微的表现手法,虽常见于他的宫体诗中,但全词在语体及其表情达意上,较诸其宫体,无疑要显豁得多,即深曲而不失圆润明艳,隐微却不失婉转流丽。其流风所被,遂为花间词在语体及其表现风格上的一种惯例和规范,造成了词风的类型化。

诚如周济所说:"毛嫱、西施,天下美妇人也:严妆佳,淡妆亦佳,粗服乱头,不掩国色。飞卿,严妆也;端己,淡妆也;后主,则粗服乱头矣。"③ 温庭筠词辞采艳丽,取象绵密,设色浓丽,其风格犹如美人严妆;韦庄词则情深语秀,运密入疏,寓浓于淡,其风格犹如美人淡

---

① 王炎:《双溪词序》,载曾枣庄、刘琳主编《全宋文》,第270册,上海辞书出版社、安徽教育出版社,2006年,第294页。
② 刘克庄:《翁应星乐府序》,载曾枣庄、刘琳主编《全宋文》,第329册,上海辞书出版社、安徽教育出版社,2006年,第142页。
③ 周济著,顾学颉校点:《介存斋论词杂著》,载郭绍虞、罗根泽主编《介存斋论词杂著·复堂词话·蒿庵论词》,人民文学出版社,1998年,第7页。

妆。如韦庄《谒金门》：

> 空相忆。无计得传消息。天上嫦娥人不识。寄书何处觅。
> 新睡觉来无力。不忍把伊书迹。满院落花春寂寂。断肠芳草碧。

上片说"寄书何处觅"，不知人在何处，消息无由传达；下片说"不忍把伊书迹"，对方已经回信，然而不忍把读。语秀而疏淡明快，其中"不忍"二字值得玩味。汉乐府《饮马长城窟行》："长跪读素书，书中竟如何。上言加餐食，下言长相忆。"原来回信中只说了各自珍重，彼此思念之类的话，根本没有说到行止与归期，也就等于"永诀"了。这是不忍把读的原因所在，也是其具有深沉情感内涵之所在。

韦庄的年代稍晚于温庭筠。在词史上，温、韦并称，同为花间词的大家。两家词风不同，分别代表了花间词人秾丽与疏淡两种不同的风格类型，但无论秾丽，抑或疏淡，均出于以"绮丽"为特征的语体，类不出乎婉媚。

三是"倡风"规范了创作主体的"他律"化。

所谓"倡风"，即前文所说的以乐工歌伎歌舞表现为娱乐形态的宴乐风尚。关于这一风尚的运行系统，《花间集叙》作了描述："则有绮筵公子，绣幌佳人，递叶叶之花笺，文抽丽锦；举纤纤之玉指，拍按香檀。不无清绝之词，用助娇娆之态"，以"资羽盖之欢"。其中"则有绮筵公子"四句，犹如柳永《玉蝴蝶》所说："珊瑚筵上，亲持犀管，旋叠香笺。要索新词，姨人含笑立尊前。按新声、珠喉渐稳。"① 指歌伎为了歌唱向词人"要索新词"，词人为歌伎歌唱而填词，属于应歌，应歌之词须"声声而自合鸾歌"，"字字而遍谐凤律"；而"拍按香檀"，"不无清绝之词，用助娇娆之态"，则指乐工歌伎奏乐唱词，词中"艳情"却又以女性的身份或口吻出之，属于代言，代言"艳情"是为了增添歌者的"娇娆之态"，"用资羽盖之欢"。应歌代言导致了田同之所说

---

① 唐圭璋编：《全宋词》，中华书局，1965年，第41页。

的诗词之别:

> 从来诗词并称,余谓诗人之词,真多而假少,词人之词,假多而真少。如邶风燕燕、日月、终风等篇,实有其别离,实有其摒弃,所谓文生于情也。若词则男子而作闺音,其写景也,忽发离别之悲;咏物也,全寓弃捐之恨。无其事,有其情,令读者魂绝色飞,所谓情生于文也。此诗词之别也。①

认为与诗不同,词中所写并非作者亲身所历,亦非属于现实生活中某一具体的情事,而是男性词人为了填词所想象的具有女性化和普泛化的"令读者魂绝色飞"之情,属于"男子而作闺音",抒情主体"他律"于"闺音",为"他者"书写情意。究其原因,首先在于作者运用的"创作方法,纯是赋体",② 即替代他者说话的替身模拟法。该创作方法则来自宫体。如温庭筠《织锦词》:"锦中百结皆同心,蕊乱云盘相间深。此意欲传传不得,玫瑰作柱朱弦琴。为君裁破合欢被,星斗迢迢共千里。"③《西州曲》:"门前乌臼树,惨澹天将曙。鸂鶒飞复还,郎随早帆去。回头语同伴,定复负情侬。"④ 以及上述《春愁曲》、《春晓曲》所写"绮怨",均属"男子而作闺音","纯是赋体"。其次是受到"倡风"的规范。赋体固然常见于宫体,但中晚唐的宫体大都属于徒诗,即便是用于歌唱的声诗,与音乐的关系也远非词体那么紧密;然而当花间词人将赋体的创作方法运用到应歌填词、代言"闺音"中,该创作方法却成了"倡风"运行系统中的一个组成部分。

在词史上,应歌填词在中唐就已出现。前文所引白居易《杨柳枝二十韵》和刘禹锡《酬杨司业巨源见寄》诗句,便记录了新曲新词通过文人与乐工歌伎的双方合作而传唱的情景。中唐以后,词的发展也因这种

---

① 田同之:《西圃词说》,载唐圭璋编《词话丛编》,中华书局,1986年,第1449页。
② 施蛰存选定:《花间新集》,浙江古籍出版社,1992年,"总序"第2页。
③ 温庭筠著,曾益等笺注:《温飞卿诗集笺注》,上海古籍出版社,1980年,第3页。
④ 温庭筠著,曾益等笺注:《温飞卿诗集笺注》,上海古籍出版社,1980年,第54页。

合作而得到新的推动，文人为乐工歌伎作词，歌伎当筵歌唱，成了宴乐风尚中的一种惯例。在此惯例中，词人不存在为填词而填词的问题，其填词的前提和目的是为了供歌伎筵间伴乐歌唱；歌伎的歌唱，则增添了作为文字形态的词所不具备的审美效果，处于创作主体与歌唱主体互为驱动及其二维创作的系统之中。在这个系统中，词人与歌伎不是彼此分离，相互独立，而是相互牵制，相辅相成，属于一个娱乐"共同体"。这对词人来说，既为了应歌而受制于女性独具的要眇之音及其情思意念，又为了择调而受制于审音定字、运律叶韵的填词规范，失去了作诗时的那种自主性与自由度而被"他律"化了。

南宋初，王灼曾以李廌《品令》"歌唱须是玉人，檀口皓齿冰肤。意传心事，语娇声颤，字字贯珠"为例，指出"今人独重女音，不复问能否，而士大夫所作歌词亦尚婉媚"[①]——士人推重"女音"，并根据"女音"的声情填写与之相应的婉媚之词。其实，这一惯例和规范确立于花间词人。在花间词之前或同时的敦煌曲子词，"有边客游子之呻吟，忠臣义士之壮语，隐君子之怡情悦志，少年学子之热望和失望，以及佛子之赞颂，医生之歌诀，莫不入调，其言闺情与花柳者，尚不及半"[②]。可见敦煌词的作者很多出于社会下层，并不限于乐工文士，在填词与唱词中，词人与歌伎互为牵制、相辅相成的关系尚未全面形成，"女音"还没有真正规范词人的具体创作，所以词的内容、声调、风格与传统诗歌一样具有多样化特征。花间词的创作与传播则均在文士与乐工歌伎之间进行，处于"倡风"的运行系统中，导致花间词人屏蔽或削弱独立抒情言志的主体性，在"他律"于"闺音"的同时，又"他律"于"语娇声颤"的"女音"；也就是说，他们既以宫体入词，又顺从伴乐歌唱的"女音"，最终全面确立了"别是一家"的新诗体。

作为"别是一家"的新诗体，词的一个重要标志在于他的音乐性。而词从音乐到曲谱、由曲谱到词调、以词调规范词律，则经历了一个为

---

① 王灼著，岳珍校正：《碧鸡漫志校正》，人民文学出版社，2015年，第20页。
② 王重民：《敦煌曲子词集叙录》，《敦煌曲子词集》卷首，商务印书馆，1957年，第17页。

时较长的孕育过程。敦煌曲子词虽拥有词调,但有多用衬字、字数不定、平仄不拘、叶韵不定等诸多不合声律之处,① 其声律体制尚处孕育过程中。又如文人"词之初起,若刘、白之《竹枝》、《望江南》,王建之《三台》、《调笑》,本蜕自唐绝,与诗同科。至飞卿以侧艳之体,逐管弦之音,始多为拗句,严于依声。往往有同调数首,字字从同;凡在诗句中可不拘平仄者,温词皆一律谨守不渝"。② 温庭筠应歌填词,于音律谨守不渝。其流风所被,依曲谱填词,按词调审音定字,运律叶韵遂成一种惯例与规范。这固然基于温庭筠等人自身对音律的精通,但同样是在"倡风"规范下,遵循"声声而自合鸾歌"、"字字而偏谐凤律"的产物。

从依曲谱填词到抒情内容的普泛化、表现风格的类型化、创作主体的"他律"化,花间词在"宫体"与"倡风"的交集中,建构了词的体制与体性特质赖以形成的规范体系,并凭借自身比诗更为美听的音乐文学的体制,受到娱乐市场的欢迎;换言之,《花间集》的问世,标志着新的"倚声"时代的到来,并深深影响了后来词的发展。

三、词史中的"花间规范"

自宋至今,学界从艺术层面论及花间词时,往往如同陈振孙所说"精巧高丽",③ 认为是一种雅文学。在艺术表现上,花间词既取象造境、设譬喻情、要眇婉约,又按谱填词、审音定字、运律叶韵,的确高丽精雅;若与敦煌词相比,则精粗之分、雅俗之别昭然若揭,更显其精雅。因此被视为词之正宗或本色正体,主张填词当以"《花间集》中所载为宗",论词当以"《花间》所集为准"。④ 然而,施蛰存先生却指出:

---

① 详见吴熊和:《唐宋词通论》,浙江古籍出版社,1986年,第169—170页。
② 夏承焘:《唐宋词字声之演变》,载《夏承焘集》,第2册,浙江古籍出版社、浙江教育出版社,1997年,第53页。
③ 陈振孙:《直斋书录解题》,上海古籍出版社,1987年,第614页。
④ 李之仪:《跋吴思道小词》,载曾枣庄、刘琳主编《全宋文》,第112册,上海辞书出版社、安徽教育出版社,2006年,第139页。

"《花间集》是文人间的俗文学。这种文学作品的作用,是为歌女供应唱词,内容是要适应当时的情况,要取悦于听歌的对象。作者在写作这种歌词的过程中,尽管会不自觉地表现了自己的某些思想情绪,这是自然流露,不是意识的创作目的。"① 从品格层面将花间词定性为"文人间的俗文学"。所谓"取悦于听歌的对象",也就是欧阳炯所说的"用资羽盖之欢"。花间词明显表现为娱乐功能;或者说其抒情功能是融娱乐功能于一体的,而抒情功能又源于词作者对男女两性情思意念的"自然流露,不是意识的创作目的"。这与传统诗歌的抒情言志相比,显然属于士大夫社会中的俗文学,因而被视为"以绮丽风花累其正气"。② 综而言之,花间词就是以既雅又俗、雅俗并陈的形象作用后世词人的创作,而具体产生作用的,则是它所拥有的规范体系。

正如社会学家所指出的:"社会世界是由规范语境构成的,而规范语境则明确了哪些互动属于合理人际关系总体中的一个方面。"③ 在文学世界里,任何一种成熟的文体也是由特定的规范体系构成的,而规范体系明确了该文体的形成及其特性;后来文人在创作这种文体时,首先要认同和获取其规范的内涵与边界,即所谓"辨体"。花间词的规范体系既标示词的声律体制,又载负了宴乐风尚。风尚属于风俗学的范畴,体现其中的是某一世俗文化层面的心理积习、趣味原则和艺术效应,具有历时性的特点和超时空的生命力。花间词的规范体系长期作用于后世词人创作的原因,首先在于此。

以乐工歌伎歌舞表现为娱乐形态的宴乐风尚,不仅流行于晚唐五代,而且在两宋也盛行不衰;歌伎为了歌唱而向词人"要索新词",词人为了歌伎歌唱而填词,也是两宋词坛司空见惯的现象。关于这一现象,宋代词人在词作中屡有描述。譬如:晁补之《行香子》:"花前烛

---

① 施蛰存选定:《花间新集》,浙江古籍出版社,1992年,"总序"第2页。
② 范温:《诗眼》,引自胡仔《苕溪渔隐丛话》前集,人民文学出版社,1984年,第66—67页。
③ 尤尔根·哈贝马斯:《交往行为理论:行为合理性与社会合理化》,曹卫东译,上海人民出版社,2004年,第87页。

下,微颦浅笑,要题诗,盏畔低声。"朱敦儒《鹧鸪天》:"曾为梅花醉不归,佳人挽袖乞新词。"姚述尧《南歌子·序》:"王清叔会同舍赏莲花,席间命官奴索词。"辛弃疾《最高楼·序》:"醉中有索四时歌者,为赋。"① 另据《后山谈丛》载:"文元贾公居守北都,欧阳永叔使北还,公预戒官妓办词以劝酒……既燕,妓奉觞歌以为寿,永叔把盏侧听,每为引满。公复怪之,召问,所歌皆其词也。"② 北都官伎能成功地完成这场欧阳修词的专场演唱会,主要靠对作品的记忆,可谓"频把旧词唱"。诸如此类的记载在两宋载籍中不在少数,表明了词人,尤其是名人的过往之词与《花间集》为歌本一样,在饮席上被不断传唱。而歌伎所唱"旧词"或"新词"的内容及其歌唱效果,则大都如欧阳修《减字木兰花》所云:

歌檀敛袂。缭绕雕梁尘暗起。柔润清圆。百琲明珠一线穿。樱唇玉齿。天上仙音心下事。留住行云。满坐迷魂酒半醺。③

在各种公、私宴会上,音乐徐起,色艺双全的歌伎身着绮罗,手执拍板,含羞敛袂,以柔润清圆之声唱起一首词,传达出缠绵悱恻的"心下事"。所谓"心下事",即如司马光《西江月》:"相见争如不见,有情可似无情。笙歌散后酒初醒。深院月明人静。"苏轼《殢人娇》:"平白地、为伊断肠。问君终日,怎安排心眼。"贺铸《芳草渡》:"留征辔,送离杯。羞泪下,捻青梅。低声问道几时回。"辛弃疾《河渎神》:"芳草绿萋萋。断肠绝浦相思。山头人望翠云旗。蕙香佳酒君归。"姜夔《少年游》:"扁舟载了,匆匆归去,今夜泊前溪。杨柳津头,梨花墙外,心事两人知。"吴文英《点绛唇》:"一曲伊州,秋色芭蕉里。娇和醉。

---

① 以上分别见唐圭璋编《全宋词》,中华书局,1965年,第577、843、1570、1875页。
② 陈师道:《后山谈丛》,上海古籍出版社,1989年,第27页。
③ 唐圭璋编:《全宋词》,中华书局,1986年,第124页。

眼情心事。愁隔湘江水。"① 诸如此类，在《全宋词》中俯拾皆是。其中所言，均与温庭筠等花间词人笔下代言女性心中的情思意念如出一辙，其情类不出乎"艳情"，其声类不出乎婉媚。而歌者以优美动人的歌声传达这一婉媚缠绵的"心下事"，不仅给观众带来了强烈的艺术享受，而且在"用资羽盖之欢"中，使"满坐迷魂"，浮想联翩了。不妨说，这是两宋士人最富浪漫情调的一种娱乐生活。作为该娱乐生活的组成部分，词的创作则明显在类同性"艳情"、声调与"倡风"的规范下，以"纯是赋体"的创作方法，创作主体他律于"女音"，群体性地表现抒情内容的普泛化与表现风格的类型化，全面再现了花间词的规范体系。这既证明了遵循花间词的规范体系是宋人填词以"《花间集》中所载为宗"的表现之一，也成了他们论词以"《花间》所集为准"的一个依据。如苏轼在染指其间的同时，力图打破这一规范，变创作主体"他律"为"自律"，书写自我情志，创作了不少诗化之词，却被视为"虽极天下之工，要非本色"。②

宋人遵循花间词的规范体系而填词，招致严厉批评，甚至被斥为"以笔墨劝淫"，于佛法中，"当下犁舌之狱"。③ 对此吴处厚提出了不同的看法。他以韩琦《点绛唇》（病起厌厌）、司马光《西江月》（宝髻松松梳就）等代言女性"心下事"之词为例证，指出："文章纯古，不害其为邪；文章艳丽，亦不害其为正。然世或见人文章铺陈仁义道德，便谓之正人君子；若言及花草月露，便谓之邪人，兹亦不尽也。"④ 认为"花草月露"与仁义道德并非如水火不相容，在众口皆碑的正人君子韩琦、司马光身上兼具并举，互不相害，就是一个显例。这既从一个侧面再次佐证了前文所说的"立身先须谨重，文章且须放荡"，又昭示了文士抒发类同性"花草月露"之情虽然是"自然流露，不是意识的创作目

---

① 以上词分别见唐圭璋编《全宋词》，中华书局，1965年，第200、309、524、1927、2172、2934页。
② 陈师道：《后山诗话》，载何文焕辑《历代诗话》，中华书局，1981年，第309页。
③ 法秀语，引自黄庭坚《小山集序》，载曾枣庄、刘琳主编《全宋文》，第106册，上海辞书出版社、安徽教育出版社，2006年，第150页。
④ 吴处厚撰，李裕民点校：《青箱杂记》，中华书局，1985年，第81—83页。

的",为世俗化情感活动的一种体现,却与他们在诗文中表达崇高美一样有抒发的渴望和权利。故温庭筠等花间词人为抒发这种情感,建构了相应的并具有普适性趣味原则和艺术效应的规范体系,故不仅为两宋士人所认同和采纳,用以营造"花草月露"之境,而且在词乐失传、按乐唱词的宴乐风尚不再的明清两代,依然盛行不衰。

众所周知,自宋至近代,词人为了明晰创作路径,严分词的"本色"与"非本色",并由此衍生为"婉约"与"豪放"、"正体"与"变体"之辨。可以说,效法"本色"的"婉约"之"正体"和取径"非本色"的"豪放"之"变体",构成了整部词的创作史。作为文人词的鼻祖,《花间集》便是"本色"的成型者之一,同时因其所集"自有一种风格,稍不如格,便觉龃龉",① 成了"本色"词,尤其是令词创作的准的,即所谓"令曲《花间》不二门"。② 这是花间词所建构的规范体系长期作用后世词人创作的又一原因。

花间词人在类同性"艳情"、声调,以及"倡风"的规范下,虽呈现为普泛化的题材内容和类型化的风格形态,但一方面,花间词经过宋人不断予以经典化,成了词史中的一种典范,纳兰性德说:"仆少知操觚,即爱《花间》致语,以其言情入微,且音调铿锵,自然协律。"③ 就是这种典范意识的具体体现;另一方面,花间词人在书写"艳情"中,取象造境,设譬喻情,具体运用的却又是比兴手段,深曲隐微,要眇婉约,给读者留下想象空间的同时,也赋予了词潜在性抒情功能,故容易让人将它与传统经典"诗"与"骚"相提并论。张惠言就认为,与"诗之比兴"与"骚人之歌"一样,温庭筠词"深美闳约",寄托了"幽约悱恻不能自言之情",其《菩萨蛮》(小山重叠金明灭)就是"感士不遇……'照花'四句,《离骚》初服之意"。④ 尽管这种解读诚如王国维

---

① 李之仪:《跋吴思道小词》,载曾枣庄、刘琳主编《全宋文》,第112册,上海辞书出版社、安徽教育出版社,2006年,第139页。
② 陈兼与:《浣溪沙》,载施蛰存选定《花间新集》,浙江古籍出版社,1992年,第173页。
③ 纳兰性德:《与梁药亭书》,载《通志堂集》,下册,上海古籍出版社,1979年,第532页。
④ 张惠言:《词选序》、《张惠言论词》,载唐圭璋编《词话丛编》,中华书局,1986年,第1617、1609页。

所说:"固哉!皋文之为词也……深文罗织。"① 但在词学史上,将花间词比附"诗"、"骚"的并不少见。朱彝尊说:"善言词者,假闺房儿女子之言,通之于《离骚》、变雅之义,此尤不得志于时者所宜寄情。"② 所谓"闺房儿女之言"就是定型于花间词的普泛化的表现内容。云间词派的宋徵璧明确指出,"词之旨"源自"骚之旨",其内核为"私自怜";不同的是《离骚》因"私自怜"而"丽以则",花间词因"私自怜"而"丽以淫",但两者均在"近于闺房婉娈"的题材中,寄托情志,都具"言简而味长,语近而指远"的体性特征。③ 联系云间诸子的某些词作,宋徵璧所言并非游谈无根。如陈子龙《点绛唇·春闺》:

> 满眼韶华,东风惯是吹红去。几番烟雾,只有花难护。　梦里相思,芳草王孙路。春无语,杜鹃啼处,泪染胭脂雨。④

据叶嘉莹先生的考察,该词寄托了作者的亡国之痛。⑤ 那么,这是否改变了花间词的规范体系?实际上,在具体表现中,作者自我并未直接亮相于观众,其亡国之痛借助台前的"闺房儿女之言",通过与花间词一样的"闺音"与声调、"艳情"与语体传递给读者,体现了"有寄托入,无寄托出"的原则;换言之,花间词为寄托情志提供了艺术上的范本。此外,宋徵璧、宋思玉、宋存标、宋徵舆、钱榖也各一首《点绛唇·春闺》,与上列宋词同调同题,同一意境,也同载于《倡和诗余》。陈子龙说,《倡和诗余》是"兵兴(按:指甲申之变)以来",他与同邑

---

① 王国维:《人间词话删稿》,载郭绍虞、罗根泽主编,王幼安校订《蕙风词话·人间词话》,人民文学出版社,1960年,第233—234页。
② 朱彝尊:《红盐词序》,载朱彝尊著,王利民、胡愚、张祝平等校点《曝书亭全集》卷四十,吉林文史出版社,2009年,第453页。
③ 宋徵璧:《倡和诗余序》,载陈子龙、李雯、宋徵舆等著,陈立校点《云间三子新诗合稿·幽兰草·倡和诗余》,辽宁教育出版社,2000年,"再序"第3页。
④ 陈子龙、李雯、宋徵舆等著,陈立校点:《云间三子新诗合稿·幽兰草·倡和诗余》,辽宁教育出版社,2000年,《倡和诗余》第37页。
⑤ 详见叶嘉莹:《论陈子龙词——从一个新的理论角度谈令词之潜能与陈子龙词之成就》,载缪钺、叶嘉莹著《灵谿词说正续编》,北京大学出版社,2014年,第661页。

宋氏兄弟及钱毂等人的"赓和"之作。① "兵兴以来"这一特定的背景为后人体认他们词中的寄托之意提供了可靠的依据；退而言之，即便是无寄托，有了这一依据，也就赋予了"作者之用心未必然，而读者之用心何必不然"② 的合理性，而不至于纯粹的"深文罗织"。

上述现象普遍存在于历代词人的创作和历代读者的读词中。究其根源，在于"花间规范"。温庭筠等花间词人在宫体诗的基础上，以类同性、普泛化的"艳情"为题材内容，在创作主体"他律"化中，取象造境，设譬喻情，深曲隐微，要眇婉约，形成所谓"言简而味长，语近而指远"的体性特征，拥有潜在性抒情功能，所以不仅为历代词人营造"花草月露"之境，也为历代词人寄托自我情志，建构了普适性规范体系，提供了经典性艺术范本，从而谱写属于"本色"之词的历史。

（原载《文学遗产》2020 年第 6 期）

---

① 陈子龙：《倡和诗余序》，载陈子龙、李雯、宋徵舆等著，陈立校点《云间三子新诗合稿·幽兰草·倡和诗余》，辽宁教育出版社，2000 年，第 3 页。
② 谭献：《复堂词录序》，载唐圭璋编《词话丛编》，中华书局，1986 年，第 3987 页。

唐宋词体的文化功能
与运行系统

作为与燕乐相结合的一种新诗体,词始于唐而盛于宋。唐宋词曾以其强大的生命力,深深吸引过当时社会各阶层的广大听众,也为后世人们所首肯和传诵,并将它与中国文学史上取得辉煌成就的楚辞、汉赋、唐诗、元曲等,交并而誉,视之为"一代之胜",甚至以为在宋代,词是"最为成功"的"艺术部门","时代心理终于找到了它的最合适的归宿"。① 然而,唐宋词的功能与价值,不完全表现在形而上的、具有崇高审美意义的时代心理的载体上,而首先体现为形而下的、非文学的实用功能。换言之,唐宋词的原生状态与繁衍发展,首先不在文学本身,而是基于非文学的形而下的社会文化活动,其文学性或作为时代心理的载体是在非文学的实用功能中逐渐形成的,而且非文学因素贯穿唐宋词史的始终。那么,唐宋词的文化功能与功能结构表现何在?其功能结构的形成和功能的发挥是依赖何种运行系统?其实用功能又为何转化为载负时代心理的功能?这些问题是唐宋词学所必须解决的,不容回避。

一

吴熊和师曾经从发生学的角度,对唐宋词的意义作了这样的界说:"许多事实表明,词在唐宋两代并非仅仅作为文学现象而存在。词的产生不但需要燕乐风行这种具有时代特征的音乐环境,它同时还涉及当时

---

① 李泽厚:《美的历程》,文物出版社,1982年,第155—156页。

的社会风习、人们的社交方式、以歌舞侑酒的歌妓制度，以及文人同乐工歌妓交往中的特殊心态等一系列问题。词的社交功能与娱乐功能，在相当长的时间内，是同它的抒情功能相伴而行的。不妨说，词是在综合上述因素在内的历史背景下产生的一种文学——文化现象。"① 而唐宋词史则又表明，在由这三大功能形成的特殊的"文学——文化现象"中，社交与娱乐两种功能尤为突出，甚至成了抒情功能得以发挥的前提。

就体性而言，唐宋词首先表现为应歌，自中唐文人词始告确立至北宋近三百年的词史，主要是应歌的历史，在南宋，应歌词也不绝如缕。所谓应歌词，就是在社交娱乐活动中，词人为歌妓歌以佐欢而作的歌词。罗忼烈先生说：

> 这种应歌之词，不少糊涂人认为是"夫子自道"，常常把词品和人品混为一谈。因此，对于某些"道德文章钜公"为了维持他们的崇高形象，就有卫道之士挺身辩护，如晏几道替父亲辩护，罗泌等为欧阳修辩护，姜明叔为司马光辩护。如果辩护者明白"作妇人语"、写男欢女爱、诉相思怨别是应歌词的例行公事，不是"夫子自道"，传统的诗文才是他们"言志"之作，分清界限，就不至喋喋不休，越描越黑了。②

这是罗先生针对后人根据周邦彦应歌词中男欢女爱的内容视之为"黑"而不"白"的风流文士所作的辩解；同时也提醒人们注意"应歌"之词与"言志"之诗的差别，即应歌词中的内容不像诗歌那样属于"夫子自道"，而是像唐代幕府中的"刀笔吏"一样，属于"例行公事"。

"例行公事"的应歌词，不仅不像传统诗歌那样属于"夫子自道"，而且其创作主体在表现形态上也发生了严重的"性变"，即所谓"男子

---

① 吴熊和：《唐宋词通论》，浙江古籍出版社，1989年，第455页。
② 罗忼烈：《周邦彦三题》，载《两小山斋杂著》，中国和平出版社，1994年，第159页。

而作闺音"。① 如：

> 永夜抛人何处去，绝来音。香阁掩。眉敛。月将沉。争忍不相寻。怨孤衾。换我心。为你心。始知相忆深。(顾夐《诉衷情》)
> 泪盈襟。礼月求天，愿君知我心。(牛峤《感恩多》)
> 奴为出来难，教郎恣意怜。(李煜《菩萨蛮》)
> 却与和衣推未寝。低声地、告人休恁。月夕花前，不成虚度，芳年嫁君徒甚。(欧阳修《夜行船》)
> 平白地、为伊断肠。问君终日，怎安排心眼。(苏轼《殢人娇》)
> 怨你又恨你，恨你，惜你，毕竟教人怎生是。(黄庭坚《归田乐》)
> 留征辔，送离杯。羞泪下，撚青梅。低声问道几时回。(贺铸《芳草渡》)
> 低声问、向谁行宿，城上已三更。马滑霜浓，不如休去，直是少人行。(周邦彦《少年游》)
> 妾心移得在君心。方知人恨深。(徐照《阮郎归》)
> 度柳穿花觅信音。君心负妾心。(陈东甫《长相思》)

如此等等，不胜枚举。从中不难看出，作为创作主体，原本的七尺须眉变成了一副"妮子态"，流露出一派闺阁情肠。

男性词人作"妮子态"，写闺阁情肠，正是"例行公事"的产物。所谓"例行公事"，就是在同僚聚首、迎来送往、走亲访友等场合中，出于公共的交际和娱乐的需要，按曲填词，付诸歌妓，歌以佐欢，亦即欧阳炯《花间集序》总结以温庭筠为首的18家词人笔下的"花间词"的功能时所说的"用助娇娆之态"，"用资羽盖之欢"。其实，"例行公事"的应歌词是唐宋士大夫在社交娱乐活动中建立起来的一种特殊而又

---

① 田同之：《西圃词说》，载唐圭璋编《词话丛编》，中华书局，1983年，第1449页。

通常使用的语言，也许可称之为诗化了的社交语言。而其中所流露出来的非"夫子自道"的闺情，便是以社交娱乐为前提的，为社交娱乐所需。所以，这种应歌词所抒之情，并无特定的时空限定或独特性，而是具有明显的普泛化、共通性的特征。该普泛化、共通性的情感，就是建立在词人与歌妓交往中所产生的特殊心态之上的。

瑞士学者雅各布·布克哈特在总结意大利文艺复兴时期上流社会的交际娱乐方式时指出："在中世纪的最繁荣时期，西欧的贵族曾设法为社交和诗歌建立一种'宫廷的'语言。在十三世纪里，我们在方言互异的意大利也发现一种宫廷和诗人们通常使用的所谓'宫廷语'。认真地和有意识地试图使语言变为一种文学的和社交的语言，对于意大利来说是极端重要的。"而罗马的名妓在这些场合中"演奏乐器、歌唱和朗诵诗篇"，从而使社交活动具有了"一种更为高雅的性质"。① 这与9世纪至13世纪的唐宋有着十分相似之处。唐宋士大夫在社交活动中，应歌妓歌唱而填词，产生了特殊的文学的和社交的语言——融社交、娱乐、抒情三种功能于一体的应歌词，从而使得这种语言具有了固定的模式，并使创作主体发生了严重的"性变"而使之在诗歌以外"别是一家"。

不过，从体性内涵观之，非"夫子自道"的移情闺阁之作属于代言体。代言体是应歌词中的一种，应歌词还包括了"夫子自道"之作，但两者在功能结构上并无多少区别。张邦基《墨庄漫录》卷三载：

> 晁无咎（补之）谪玉山，过徐州，时陈无己（师道）已废居里中。无咎置酒，出小姬娉娉舞《梁州》，无己作《减字木兰花》长短句云："娉娉袅袅，芍药梢头红样小。舞袖低回，心到郎边客已知。金尊玉酒，劝我花前千万寿。莫莫休休，白发簪花我自羞。"无咎叹曰："人疑宋开府铁石心肠，及为《梅花赋》，清艳殆不类其为人，无己清通，虽铁石心肠不至于开府，而此词已过《梅花

---

① 雅各布·布克哈特：《意大利文艺复兴时期的文化》，何新译，商务印书馆，1991年，第371—392页。

赋》也。"

陈师道"清通"虽然有类唐代宋璟的"铁石心肠",他为晁补之家妓娉娉歌以侑觞而即席创作的《减字木兰花》也属自道其情,但与作代言体一样是在交际活动中的歆艳填词之举,为应歌之作,是一种被诗化的社交语言;或者说,其娱乐和抒情功能的发挥是建立在社交功能的基础之上的。

词人应歌填词,歌妓歌以佐觞,是唐宋两代士大夫社会司空见惯的风俗行为,也是中唐以来约定俗成的、具有时代特征的一种社交仪式。这种仪式渗透到了士大夫日常生活的方方面面。试看苏轼的《菩萨蛮》:

玉童西迓浮丘伯。洞天冷落秋萧瑟。不见许飞琼。瑶台空月明。　清香凝夜宴。借以韦郎看。莫便向姑苏。扁舟下五湖。

该词调下有题曰:"杭妓往苏,迓新守杨元素,寄苏守王规甫。"神宗熙宁六年(1073年),杨元素自应天府徙知杭州,途经苏州时,时为杭州通判的苏轼遣官妓前往苏州相迎。郑文焯《手批东坡乐府》云:"李东川有《携妓赴任》诗,此词又记杭妓往苏迓新守,是知唐宋时,赴任迎任,皆官妓为导之例。此风盖自元明以来微沦废绝,国朝且悬为厉禁,著诸律条,并饮酒挟妓亦有罪已(矣)。古今风气之硕异如是。"但与李氏《赴任携妓》诗不尽相同,苏轼作此词是为了杭州官妓赴苏州知州所设宴会上歌以佐酒,表征了代表杭州知府的苏轼与代表苏州官府的王规甫及新任行政长官之间的一次交往仪式。从中也不难看出,以词人应歌填词与歌妓歌以佐酒为表现形态的约定俗成的社交仪式,在日常生活中的普遍性和广泛性。

同时,这种仪式还出现在各类节序和祝寿活动中。节序是人们在工作之余的顿歇,在顿歇中,产生了一系列的风俗行为,如元宵张灯、中秋赏月等等。据考,宋代官员全年所拥有的一百二十四天官定节假,主要来自元宵、清明、寒食、端午、中秋、立春等岁时节序。① 这些岁时节序成了士大夫于政事以外进行社交娱乐的休闲时光,其仪式就是词人即兴填词,歌妓歌以佐觞。于是,产生了大量内容不同,功能却一的各类节序词。即便是某些节序如七夕无放假的规定,② 士大夫依然设宴聚会,张用妓乐,填词听曲,聊资清欢。南宋鲖阳居士《复雅歌词》云:"七夕故事,大抵祖张华《博物志》、吴均《齐谐记》。……词章家者流,务以文力相高,徒欲飞英妙之声于尊俎之间,诗人之细也。"③ 所谓"词章家",就是指词人;"飞英妙之声于尊俎之间",即指歌妓于筵席尊俎之间歌唱词人所作七夕词。七夕这一节序风俗的内容,不仅表现为民间女子因心仪传说中的织女而于七月七日焚香乞巧,而且如吕渭老《木兰花慢·七夕》下片所描写的:"家家。竞赏彩茸,穿桂影、醉流霞。渐舞袖翻鸾,歌声缀凤,钗影交加,人间共饶宴乐,算天孙、怎忍遣河斜。莫惜西楼剪烛,大家同到啼鸦。"在此"人间共饶宴乐"之际,七夕词应行而生。七夕与其他节序活动一起,为词的创作提供了广泛的社会基础,开辟了词的创作题材和领域;反过来,作为节序风俗行为的表征或在节序进行社交娱乐的特殊语言,节序词则又丰富了各类节序活动的表现形态与文化内涵。又如晏殊寿词《望仙门》:

> 玉壶清漏起微凉。好秋光。金杯重叠满琼浆。会仙乡。　新曲调丝管,新声更飐霓裳。博山炉暖泛浓香。泛浓香。为寿百千长。

"新曲"、"新声",是指歌妓在寿筵上按新曲歌唱新词,用以佐酒之

---

① 朱瑞熙、张邦炜、刘复生等:《辽宋西夏金社会生活史》,中国社会科学出版社,1998年,第390—391页。
② 庄绰《鸡肋编》卷二云:"徽宗尝问近臣:'七夕何以无假?'时王黼为相,对云:'古今无假。'"(中华书局,1983年,第127页。)明田汝成《西湖游览志余》卷二五《委巷丛谈》云:"宋时行都节序,皆有休假,惟七夕百司皆入局,不准假。"(上海古籍出版社,1980年,第467页。)
③ 引自陈元靓编:《岁时广记》卷二六《七夕》,《丛书集成初编》本,商务印书馆,1935年,第299页。

声。同僚亲友祈祷寿主长生的寿宴也就在歌妓的这种唱词佐酒的仪式中展开。寿词在宋前业已有之,但并不多见。至两宋,则大部分词人染指其间。在宋代,第一个大量作寿词的词人是宋初词坛大家晏殊,《全宋词》录其存词135首,其中寿词就有29首;南宋沈瀛存词99首,寿词占了53首;廖行之存词41首,寿词占了21首;魏了翁《鹤山先生大全集》卷九四至卷九六,有词三卷,凡186首,几乎全是寿词。据统计,两宋寿词达两千余首,占全部唐宋词的十分之一。就创作动机观之,寿词可分为两类:一类词人用于自寿;一类用于他寿。用于他寿者,既有寿帝王、太后、宰执、长官,又有寿同僚、亲人(包括父母、叔伯、妻子、儿女),对象极为广泛。不过,无论是自寿之作,还是用于他寿,词人作寿词,付诸歌妓,歌以侑觞,是当时祝寿习俗的重要组成部分,与其他节序词和日常生活中用于佐欢之词同样具有社交、娱乐和抒情功能。从中进一步佐证了词作为一种文学的和社交的语言,在运用中的日常性和多样性。

《孔子家语·观乡》说:"百日之劳,一日之乐。"《礼记·杂记》(下)说:"一张一弛,文武之道。"前者指节日喜庆,后者指劳作或政事之余的顿歇,两者都具有调节生活的重要功能。节日虽然是短暂的,但它为人们在枯燥而漫长岁月中紧张疲惫的生活注入了兴奋剂,平添了诱人的情趣,而作为风俗活动的重要部分,节日如元宵、中秋,包括个人的节日如寿庆等"构成一年的生活节奏。可以说,年复一年的生活文化之网,就是以此为轴心编织出来的"。[①] 在唐宋,尤其是在两宋,由于经济的高速发展,在传统的节日风俗活动中,娱乐色彩比以往更为浓重,由节日这个轴心编织出来的"生活文化之网",显得更加丰富多彩,也具有多种功能。既有商品贸易,又有文化娱乐;既是情感发泄的机制,又是会友探亲的社交。节日即兴填词、按谱歌唱,则是唐宋节日活动的重要内容之一。节日活动极大地推动了词的创作,填词唱词则又成了节日社交、娱乐和抒情行为的一种表征,一种特殊的语言,两者互为

---

① 关敬吾编:《民俗学》,王汝澜、龚益善译,中国民间文艺出版社,1986年,第119页。

表里，相辅相成。同样，文人士大夫在"一张一弛"中形成的日常风尚习俗，也是唐宋词赖以繁荣的渊薮之一。如果说，节日是短暂的，表征节日风俗行为的，除了词体外，还有杂技、戏剧等富有表现性的文艺样式；那么，士大夫在日常生活的风俗行为，则随时随地地发生着，也不时地编织着"生活文化之网"。而这张"生活文化之网"的构成，则主要是按曲填词，付诸歌妓，歌以佐觞，聊资清欢。因此，在唐宋产生了大量融社交、娱乐和抒情三大功能于一体的词。除去唐代的民间俗曲和佛曲，现存唐宋词两万一千余首，其中应歌词包括其他用于社交娱乐的各类节序词、寿词、佐酒侑茶的酒词茶词等，在数量上远远超过了万首大关而占据了绝对优势。

这些在唐宋词的数量上占绝对优势的、以社交与娱乐功能为主导，辅之以抒情功能的词，并非是纯文学或纯审美的，其显现的首先是形而下的实用功能。词的实用功能虽然缺乏纯文学、纯审美或作为时代心理的载体所给人的那种崇高性，而且，在所谓"思想性"、"艺术性"上，正如清代词学家周济在指斥应歌词时所说的"无谓"，[①] 即无聊、毫无价值，但对当时人们的文化生活却具有相当重要的作用与意义；而且作为被后世称诵不已的新的文学样式，唐宋词赖以繁荣的动力，正来自这种实用功能。所以，离开了这一点谈论或判断唐宋词的风格与成就、是否与优劣，则犹如无源之水、无本之木，成了无根之谈，至少是不全面、不彻底的。

二

唐宋词体的社交、娱乐和抒情三大功能结构，源自当时社会的风俗尤其是围绕宴乐所表现的风俗行为；而该风俗行为是在由彼此关联的诸多因素的相互作用中体现出来的。其中歌妓是个中介因素，词人按谱填

[①] 郭绍虞、罗根泽主编：《介存斋论词杂著·復堂词话·蒿庵论词》，人民文学出版社，1998年，第1页。

词、歌妓歌以佐酒则是该行为中的两个核心因素,并由此形成了以歌妓为中介、音乐上的歌唱主体与文本上的创作主体互为驱动的运行系统。事实表明,该运行系统是唐宋词体的原生态,也是词体三大功能结构赖以生成的关键所在。这主要表现在以下三个环节上。

第一,在词与乐的配合上。

词是一种配乐的文体,但配合音乐歌唱的并非都是词体。在唐代的音乐文学中有选辞配乐和以词合乐两种,后者就是通常所说的词体。词体包含了乐、曲、词三个要素。吴熊和师在论词与音乐的关系时指出:"乐、曲、词三者迭兴是渐进之序的,并非同时并起。"在"'依曲拍为句'这种以词合乐的方式出现后,曲调才转为词调,词体也在这时始告确立"。[1] 所谓"以曲拍为句",就是按谱填词的意思。凡按谱填词的,均可入乐歌唱。演唱者主要就是公私宴会上擅长歌舞佐欢的歌妓,即歌妓是音乐上的歌唱主体,词人是文本上的创作主体。从词体运行及其功能生成的角度观之,词与乐的配合,归根到底就是以歌妓为中介的歌唱主体与创作主体之间的配合。

"以曲拍为句"一语,始见于中唐刘禹锡《忆江南》的小序:"和乐天春词,以《忆江南》曲拍为句。"那么,从选辞以配乐又如何转化为"以曲拍为句"的呢?不妨先看刘禹锡的《忆江南》词:

春去也,多谢洛城人。弱柳从风疑举袂,丛兰裛露似沾巾,独坐亦含颦。

春去也,共惜艳阳年。犹有桃花流水上,无辞竹叶醉尊前,惟待见青天。

这组令词的出现,标志了"以曲拍为句"的词体创作方式在当时业已萌芽,也具体宣告了词体的成熟,每每为词史家和词论家所论及,但往往将第二首弃之不论。其实,两词均以"春去也"发端,属于重句联

---

[1] 吴熊和:《唐宋词通论》,浙江古籍出版社,1989年,第1页。

章(白居易《忆江南》三首也都以"江南好"、"江南忆"、"江南忆"发端,同样属于重句联章);又据第二首"无辞竹叶醉尊前",则明显是一组送酒劝酒歌词。联章是唐代酒令的曲体形式;送酒劝酒则又是唐代酒令的重要职能。事实上,唐五代令词就是从酒令中发展起来的。

酒令是唐代十分常见的一种有规则的社交娱乐活动。在这一活动中,设有令官,时称"律乐事"或"席纠"。担任"席纠"者,主要是歌舞妓。中唐以后,这些歌舞妓又有了专门的名称,即"饮妓"或"酒妓"。孙棨《北里志》记载的歌舞妓,就是"能歌令"、"善令章","常为席纠"的饮妓。20世纪30年代,夏承焘先生提出了"令词出于酒令"的论断。① 但由于夏先生的这个论断建立在直觉的和整体性的把握上,所以没有引起词学界足够的重视。至90年代,王昆吾从唐人诗文和一些残存的酒令记载中,钩稽唐代酒令的的吉光片羽,著成《唐代酒令艺术》一书,最大限度地恢复了唐代酒令的历史风貌,为进一步认识令词出于酒令提供了极为珍贵的依据。

据王昆吾考,唐代酒令专门拥有《抛球乐》、《天仙子》、《上行杯》、《南歌子》、《凤归云》等53支曲调,这些曲调是随着抛打令的出现而逐步形成的。唐代酒令主要有律令、骰盘令和抛打令三大类型,其中抛打令最晚出,约始于盛唐而盛行于中晚唐。抛打令的出现是唐代酒令实现歌舞化的一个重要标志,因为抛打令具有律令、骰盘令所不具备的三大特征:一,抛打令普遍实现了妓乐,所有关于抛打令的记载,同时都是对妓乐的记载,妓乐的主体往往是专门的歌舞妓,所以,她们所表演的抛打歌舞总是艺术化的歌舞。二,抛打令不仅在节目内容上实现了歌舞化,在组织形式上也实现了歌舞化。三,在唐代各种酒令中,只有抛打令拥有一批专门的歌舞曲目,是具备独特文化性格的酒令歌舞。因而使盛唐以后的酒令歌舞普遍采用了曲子歌舞的形式,导致了配合音乐和舞蹈的、作为酒令节目的文人依调撰辞和歌妓依曲唱辞的酒令著辞的大量

---

① 详见夏承焘:《令词出于酒令考》,载《词学季刊》,1936年第3卷第2号。按:唐五代众多词调,主要是小令,现存慢词仅十调而已。

出现。① 酒令著辞的创作及其曲体特征,从韦应物的《调笑》中可见一斑:

> 胡马,胡马,远放燕支山下。跑沙跑雪独嘶,东望西望路迷。路迷,路迷,迷路。边草无穷日暮。
>
> 河汉,河汉,晓挂秋城漫漫。愁人起望相思,江南塞北别离。别离,别离,离别。河汉虽同路绝。

《调笑》是抛打令中的一支曲调。白居易《代书诗一百韵寄微之》"打嫌《调笑》易"句下自注:"抛打曲有《调笑令》。"《全唐诗》卷八九〇于韦应物《调笑》题下注:"一名《宫中调笑》,一名《转应曲》,一名《三台令》。""调笑"应指其游戏特点,"转应"即指其格式,"三台"当指其曲调类型,是抛打令出现后的一个新的酒令曲调。在具体创作上,遵循了酒令创作中"令征前事为"②的原则,就是同一曲调下按照统一的令格依次行令,即后令须在前令所规定的事物、句式下进行。如第一章写"塞北",第二章翻出"江南";前章末云"路迷",后章末云"路绝",表达了两地的日夜离情,即在"令征前事为"中,完成了"共看明月应怜泪,一夜乡心五处同"的离别主题,这是内容上的令格;上下两章句式相同,每章四韵,且均以"胡马、胡马","河汉、河汉"发端,都出于两字三句倒叠的转应格式,这是形式上的令格。内容与形式上的双重令格,又使这组酒令著辞具备了在同一曲调下的联章体特征。换言之,"令征前事为"的行令原则,决定了酒令著辞必然表现为联章这一曲体形态。韦应物生活在盛唐末期、中唐前期。在他以后的

---

① 以上详见王昆吾:《唐代酒令艺术》,东方出版中心,1996年,第55—82页。
② 北宋刘攽《中山诗话》在描述唐代酒令的特征时说:"唐人饮酒,以令为罚。韩吏部(愈)诗云:'令征前事为。'白傅(居易)诗云:'醉翻襕衫抛小令。'今人以丝管歌讴为令者,即白傅所谓。……其举故事物色,则韩诗所谓耳。近岁有以进士为举首者,其党人意侮之,会其人出字,以字偏傍为率,曰:'金银钗钏铺',次一人曰:'丝绵绸绢网。'至其党人,曰:'鬼魅魍魉魑魅。'"这就是说,"令征前事为"是指按照统一的令格依次行令,即后令须在前令所规定的事物、句式下进行,亦即既有内容上又有形式上的令格的规定性。

"词人"如刘禹锡、白居易、王建、皇甫松等所作的小令,也几乎都表现为联章体,即便是温庭筠、韦庄、顾敻、冯延巳等人笔下的令词,不少也同样是以联章体出现的。这从曲体形态上昭示了唐五代令词与酒令之间的内在联系,也从一个侧面证实了夏先生"令词出于酒令"的论断。

王昆吾在疏理唐代酒令著辞的创作过程后说:"依据曲拍拟订令格,依令格写作著辞,然后才进入著辞的演唱。令格在这里是一个联系曲调与歌辞的过渡形式,有它自己的独立性。"① 现存众多酒令著辞则又进一步表明,相同的曲调往往有不同的令格要求;不同的令格要求产生了不同的辞式。上列韦应物《调笑》以六言为基本格式,六言是初盛唐时期《回波乐》、《倾杯乐》、《三台令》等酒令曲辞的常格,至韦应物则掺入杂言。同样以六言为基本句式的白居易《醉桃源》三首,则表现为"前度小花静院,不比寻常时见。见了又还休,愁却等闲分散。肠断,肠断,记取钗横鬓乱",又与韦词不同,自成一格。刘禹锡、王建、皇甫松、温庭筠、韦庄、顾敻、孙光宪、冯延巳等分别所作的酒令曲《抛球乐》、《上行杯》、《荷叶杯》、《三台令》,在同调之下,其辞或为齐言,或为杂言,或为单片,或为双阕,格式各不相同,叶声押韵也各异。这些具体表明了酒令在以曲拍拟订令格、以令格写作著辞时,由于令格的不同,其格式也随之有异,致使相同曲调下的酒令体式多种多样、丰富多彩。明乎此,唐五代令词为什么会在同调之下出现多变不定的体式现象,也就不难理解了。

酒令是唐代燕乐的一个分支,既流行于士大夫社会的宴乐活动中,也为民间的筵席所运用,现存的敦煌歌辞中,就有不少酒令曲辞。而在53支酒令曲中,则有40支来自《教坊记》。据任二北《教坊记笺订》,其中所录343支曲调,有79支在后来的民间筵席上转化成了词调。在这个转化过程中,酒令的运用无疑起了关键作用。一方面酒令曲调自身在文人依调撰辞与歌妓按曲唱辞的互动中,自然而然地转化成了词调,

---

① 王昆吾:《唐代酒令艺术》,东方出版中心,1996年,第121页。

孕育了令词，韦应物的《调笑》与后来所谓的"长短句"就已十分相似了；一方面酒令"以曲拍拟订令格，以令格写作著辞"的方式，又直接推动了"以曲拍为句"的词体创作。刘禹锡的《忆江南》虽非酒令曲，却具备了酒令的功能和曲体特征，这是以曲子歌舞为形式的依调撰辞、按曲唱辞的酒令艺术的一种必然发展，或者说，"以曲拍拟订令格，以令格写作著辞"，并按曲而唱的酒令联章，促进了"以曲拍为句"的以词合乐的方式；反之，"以曲拍为句"的填词方式，也促使了酒令联章的令词化。

任何一种新兴的文艺样式都不是凭空而起的，而是在与原有相关样式的不断交叉、不断渗透中，创造性地转化而成的。其转化往往关涉到一个由众多规范所组成的运行系统，而标志其根本特征的则又往往是其中占支配地位的核心规范，支配性规范的移位常常导致文艺样式的根本性转化。唐代酒令艺术在当时综合的音乐文艺中转化成为燕乐的一个分支，小令词体又从酒令艺术中实现了以词合乐，使燕乐曲调转化为词调，也同样如此。而支配酒令艺术与从酒令转化为令词的核心规范，一是以曲子歌舞为形式的依调撰辞和以辞入乐的"以曲拍为句"；一是以酒令的核心人物歌妓为中介、歌唱主体与创作主体的互为驱动。前者是酒令艺术之所以成为燕乐的一个分支和酒令转化为令词的方式，后者是该方式得以运用的运行系统。两者是相辅相成，互为一体的。

第二，在词的创作上。

以曲子歌舞为形式的酒令的出现，推进了"以曲拍为句"的令词创作，也标志了盛唐以后宴乐风俗的演变；新的宴乐风俗，又为词的创作及其功能的发挥提供了不可或缺的环境与条件；而词体及其功能赖以生成的以歌妓为中介、歌唱主体与创作主体互为驱动的运行系统，则是新的宴乐风俗的重要标志。

唐代宗永泰元年（765年），元结在总结安史之乱后士风变化时指出：

> 兵兴以来，十一年矣，获与同志欢醉达旦，咏歌取适，无一二

焉。乙巳岁，彭城刘灵源在衡阳，逢故人或有在者，曰：昔相会，第欢远游，始于诸公待月而笑语，竟与诸公爱月而欢醉，咏歌夜久，赋诗言怀。于戏！文章之道丧盖久矣。时之作者，烦杂过多，歌儿舞女，且相系爱，系之风雅，谁道是邪。①

天宝末年的安史之乱标志了"盛唐气象"的消失，同时也瓦解了宫廷教坊的力量。随着大批教坊乐工歌妓流落民间，其在宫廷朝习暮演的燕乐曲目也带到了民间的樽前筵间。这是唐代音乐文化和宴乐风俗的重要转折点。自此以后，作为歌舞伎艺的主体，歌妓普遍成了文人士大夫的娱乐伙伴，形成了"前代名士"所无的"歌儿舞女，且相系爱，系之风雅"的奢靡之风。该风气经晚唐五代的蔓延，至两宋经久不衰；并逐渐定型为融歌妓歌舞侑酒与文士填词听歌于一炉的宴乐形态。作为文学的和社交的语言，词也从中日趋成熟和繁荣，南宋鲖阳居士已总结了其间的内在联系：

> 开元、天宝间，君臣相与为淫乐，而明皇尤溺于夷音，天下薰然成俗。于是才士始依乐工拍弹之声，被之以辞，句之长短各随其度，而愈失古之"声依永"之理也。温、李之徒，率然抒一时情致，流为淫艳猥亵不可闻之语。吾宋之兴，宗工巨儒，文力妙天下者，犹祖其遗风，荡而不知所止。脱于芒端，而四方传唱，敏若风雨，人人歌艳，咀味于朋游尊俎之间，以此为相乐也。其韫骚雅之趣者，百一二而已。②

鲖阳居士对唐以来的词史所作的这一概括，实际上又昭示了歌妓、词人与词之间所形成的两层互为表里的关系：一是词与佐觞的歌妓之间的亲缘关系，即没有词，歌妓便失去了歌词佐觞的特定技艺，没有歌

---

① 元结：《刘侍卿夜燕会序》，载孙望校《元次山集》卷三，中华书局，1960年，第37页。
② 引自谢维新：《古今合璧事类备要》外集卷一一"音乐门乐章类"，载葛渭君编《词话丛编补编》，第1册，中华书局，2013年，第23页。

妓，词曲不可能"四方传唱"而为人们所充分欣赏；二是唱词的歌妓与填词的词人之间的天然联系，即歌妓需要词人提供歌词，否则有碍其歌词娱宾的特殊职业，词人需要歌妓的存在，否则便失去了染指词事的机会与条件。欧阳修《玉楼春》："青春才子有新词，红粉佳人重劝酒。"黄庭坚《木兰花令》："使君落笔春词就，应唤歌檀催舞袖。"赵长卿《临江仙》："蓄意新词轻缓唱，殷勤满捧瑶觞。"吴礼之《渔家傲》："云笺谩写教谁传。闻道笙歌归小院。梁尘颤。多因唱我新词劝。"便具体说明了词作者与歌唱者之间的关系。

歌妓献艺樽前，歌词佐觞，是为了娱宾遣兴；词人竞采樽前，应歌填词，是为了聊资清欢。在此运作系统中，创作主体不存在为填词而填词的问题，其填的前提和目的就是为了付诸红粉佳人"轻缓唱"。这对词人来说，既为了择调而受制于音乐，又为了应歌而受制于歌妓，失去了作诗时的那种独立性与自由度；换言之，在词的创作与传唱过程中，词与乐、词人与歌妓，不是彼此分离、各自独立的，而是相互牵制、各有羁绊的。这也许是温庭筠以后的文人中擅诗者多而擅词者少的原因之一。不过，这种牵制与羁绊对词的繁衍及其功能的发挥来说，并非是一种阻碍，而是相辅相成、相互驱动的，是一种十分和谐的原生态。

在这个原生态中，歌唱主体与创作主体又处于积极配合、相互激发的态势之中。就歌妓而言，因唱词为其职业，故屡屡向文人"要索新词"。这一点，两宋词人在词中已作了反复说明。如：柳永《玉蝴蝶》："珊瑚筵上，亲持犀管，旋叠香笺。要索新词。"晁端礼《雨霖铃》："向花间、小饮杯盘促。蔷薇花下曾记，双凤带、索题诗曲。"朱敦儒《鹧鸪天》："曾为梅花醉不归，佳人挽袖乞新词。"又毛滂《虞美人》序："官妓有名小者，坐中乞词。"辛弃疾《一落索》序："醉中有索四时歌者，为赋。"卢祖皋《临江仙》序："韩蕲王之曾孙市船招饮，女乐颇盛。夜深，出一小姬，曰小胜胜，年十二。独立吹笙，声调婉抑，四座叹赏。而已拜乞词，为赋此曲。"歌妓的这种索词热情又激发了文人填词的欲望，使之不断向歌妓提供歌词。陈世修在总结冯延巳《阳春集》

的创作时便说:"公以金陵盛时,内外无事,朋僚亲旧,或当燕集,多运藻思,为乐府新词,俾歌者倚丝竹而歌之,所以娱宾而遣兴也。"叶梦得《避暑录话》卷上谓晏殊为了家妓在家宴上"献艺",常为之赋词相佐。陈师道《后山诗话》称张先在杭州时,"多为官妓作词"。就文人向歌妓提供新词的具体情形而言,大致可分为两类:一类是即席应歌妓"要索新词"而作;一类是如李处全《减字木兰花》小序所说:"预作菊词,俾歌之,至时以侑酒。"但无论是即席应歌妓之邀而作,还是为了"至时以侑酒"而作,都说明了词体创作及其功能生成过程中词人与歌妓的互动关系。

以歌妓为中介的这个音乐文学系统的运行,既使词与乐、文人填词与歌妓唱词之间形成了互为因果的有机体,又孕育了一批擅长填词的词人。倘若没有这个系统的运行,温庭筠、韦庄等十八家"花间词人",南唐冯延巳、李煜以及北宋的柳永、张先、晏几道、黄庭坚、秦观,包括像晏殊、欧阳修这样的名公巨卿,很难想象能成为著名的词人,即便是苏轼,虽然有意识地要摆脱这个系统的羁绊,为词坛"指出向上一路",但他之所以能成为唐宋词坛上的大家之一,首先是在该系统的运行中成长起来的。据朱祖谋《东坡乐府》编年,苏轼开始作词在熙宁五年(1072年)通判杭州期间,共49首,这49首词,几乎都是以歌妓为中介,歌妓歌词佐觞与自己填词听歌互动的产物。与此同时,如叶梦得《避暑录话》卷下所载,教坊乐工歌妓"每得新腔,必求(柳)永为词,始行于世,于是声传一时";罗烨《醉翁谈录》丙集卷一载,因歌妓"爱其(柳永)词名,能移宫换羽,一经品题,声价十倍"。词人的词名与歌妓的声价,在这种互动中,相互递增,相互扩大,在唐宋词坛上,也是十分普遍的。

第三,在词的传播上。

与文学样式诗文的传播不尽相同,词有自己的传播方式或类型。其类型可大致概括为即时性传播与历时性传播两种。

晏殊《浣溪沙》云"菱荷香里劝金觥,小词流入管弦声",苏轼《定风波》云"尽道清歌传皓齿",意思就是五代毛文锡《甘州遍》所说的："寻芳逐胜欢宴，丝竹不曾休。美人唱，揭调是《甘州》。"在唐宋尤其是应歌词盛行的唐五代北宋，词人创作一首新词，并非是唯一的或最终的目的，也不意味着创作的终结，其最终的或首要的目的在于播诸"美人"的"皓齿"及其所擅长的"管弦声"，即通过歌妓的按曲而唱，发挥其功能，实现其价值；而歌妓的歌唱，则又增添了作为文字形式所不具备的效果。因此，词处于词人与歌妓的二维创作中。这是词体及其功能的生成过程，同时又是词的一个传播过程。

这个传播过程，属于即时性传播。即时性传播的唯一传播媒体是歌妓，传播的对象是包括词人在内的听众。其间，词与乐、作者的创作与歌者的歌唱、歌者演唱与听众听曲处于同一时空的流程中。如苏轼《劝金船·和元素韵自撰腔命名》：

无情流水多情客。劝我如曾识。杯行到手休辞却。这公道难得。曲水池上，小字更书年月。还对茂林修竹，似永和节。　　纤纤素手如霜雪。笑把秋花插。尊前莫怪歌声咽。又还是轻别。此去翱翔，遍赏玉堂金阙。欲问再来何岁，应有华发。

元素即杨绘，神宗熙宁七年（1074年）由应天府徙知杭州，同年九月离杭入朝。该词为苏轼在杭州官府饯别杨绘的社交场合中，应歌妓歌以佐离觞而作。换言之，苏轼作此词就是为了通过歌妓的"皓齿"和"管弦声"，词乐并进、声情并茂地播诸出席这场饯别宴会的包括自己在内的听众，以最终实现其填词的目的和发挥词所拥有的社交、娱乐、抒情之功能。其他用于社交娱乐的唐宋词，均可作如此观。在这种传播类型中，不仅是歌妓扮演了歌唱主体与传播媒体的双重角色，词人在充当了创作主体后也随即成了听众。所以，在角色的运行上，词人、歌妓、传播者与听众之间处于转化之中。角色的这个转化过程，正是词体及其社交、娱乐、抒情三大功能结构的生成过程。

然而，应歌填词，对于词人来说，仅仅是"持酒听之，为一笑而已"，但词作对以歌词佐觞为职业的歌妓而言，是相当重要的。所以，她们不断向词人"要索新词"的同时，对于现成之作，尤其是名家之词，常常勤于背诵，储藏在记忆中，以备随时随地应召歌以娱宾。据赵令畤《侯鲭录》卷一载，"欧公（欧阳修）闲居汝阴时，一妓甚韵文，公歌词尽记之"。又陈师道《后山谈丛》载："文元贾公守北都，欧阳永叔使北还。公预戒官妓办词以劝酒，妓唯唯。复使都厅召而喻之，妓亦唯唯。公怪叹，以为山野。既燕，妓奉觞以为寿，永叔把盏侧听，每为引满。公复怪之，召问所歌，皆其词也。"北都官妓之所以成功地进行了这场既令主办者又令词作者满意的欧阳修词的专场演唱会，主要靠了对作品的记忆。这是唐宋词在当时的又一种常见的传播途径。

这种传播可称之为历时性传播。不过像北都官妓那样靠记忆演唱词作，对词的传播来说，并非长久之事，对歌妓的从业也不便利，她们更需要像戏剧演员需要剧本一样，拥有固定的"歌唱脚本"。于是供歌妓歌唱的歌本也就应运而生，因而使"历时性传播"的媒体除了歌妓以外，又多了词集包括选集和别集一项。

现存最早的词选集是《云瑶集》。"云谣"一词出于《穆天子传》卷三，后人多借以代作歌曲的美称。以"云谣"命名，便包含了歌唱的性质和歌本的功能。而欧阳炯在《花间集序》中则径直指出："是以唱云谣则金母词清。"即赵崇祚选编此集的目的，就是为了给歌妓在歌舞佐酒时提供歌本。在宋代，选前人词为歌本的有《家宴集》、《金奁集》、《尊前集》等。据宋陈振孙《直斋书录解题》卷二一《家宴集解题》："所集皆唐末五代人乐府，视《花间》不及也。为其可以侑觞，故名'家宴'也。"近人吴昌绶《松邻遗集》卷二《金奁集跋》说："盖宋人杂取《花间集》中温、韦诸家词，各分宫调，以供歌唱。"又说："《尊前》就词以注调，《金奁》依调以类词，义例正相比附。"则指出了作为供歌妓歌唱的歌本特征。至于初为书坊所编、后为何士信增订笺注的《增修笺注妙选群英草堂诗余》前后集，前集分春景、夏景、秋景、冬景四类，后集分节序、天文、地理等七类，在每类下又分众多子目。对此，宋翔凤说："盖以征歌而设，故别题'春景'、'夏景'等名，使随时即景，歌以娱宾，题'吉席'、'庆寿'，更是此意。其中词语，间与集本不同,其不同者恒平俗,亦以便歌,以文人观之,适当一笑,而当时歌妓,则必需也。"①

南宋强焕在《片玉词序》中指出:"蕲传之有所托,俾人声其歌者。"《片玉词》是北宋周邦彦的词集,强焕此语则说明了别集的歌本性质。《彊村丛书》录宋刊陈元龙集注《片玉词》,每阕标明宫调,凡十六支,与《尊前集》一样"就词以注调",属于分调编歌的"歌唱脚本"。四印斋所刻吴文英《梦窗词》,标明宫调的有60余首,共十二支,并与每支宫调下注有俗名,也同样体现了这一点。又柳永《乐章集》,共150个词调,分别被编在十五支宫调之下;张先《子野词》中的71个词调,也被分别排列在十五支宫调下。这些又与《金奁集》同属"依调以类词",同样为歌妓的歌唱提供了选调而歌的方便。他如《彊村丛书》录姜夔手订《白石道人歌曲》,分为令、慢、自度曲、自制曲四类;陈允平《日湖渔唱》被编排为慢、引令、寿词三大类;赵长卿《惜香乐府》分为春景、夏景、秋景、冬景、总词、贺生辰六类;陈元龙集注《片玉词》在"就词以注调"的同时,又以春景、夏景、秋景、冬景、单题、杂赋六项排列。这些显然属于在曲调类型和题材内容上分类编歌的歌本。

如果说即时性传播的过程,就是词体及其功能结构的生成过程,那么历时传播则是词体生成以后的功能不断发挥、价值不断实现的过程。就运行系统而言,为了"蕲传之有所托,俾人声其歌者"而集歌征词与为了"俾歌者倚丝竹而歌之"而"所为乐府新词"的性质是相一致的,两者皆融社交、娱乐、抒情三大功能于一体,都是以歌妓为中介、歌唱主体与创作主体互为驱动的运行系统的产物;就社会文化学而言,两者主要是宴乐风俗行为的表征,都体现为世俗文化的品格。

三

风俗是文化的一种表现形态,它与经典文献式的理论形态的高层位

---

① 宋翔凤:《乐府余论》,载唐圭璋编《词话丛编》,中华书局,1983年,第2500页。

文化相比，属于习惯性的生活形态的低层位文化。低层位文化虽然是高层位文化赖以产生的基础，但不是少数思想家天才思维的积淀物，而是社会各阶层在物质生活基础上形成的，并直接参与其中、囿于其中的生活样式和行为模式，它具有一定社会群体的生活标准和心理积习，又具有继承性的特点，一方面蕴含着很深的历史积淀，一方面又是近乎日常的社会意识。从社会文化学的角度观之，唐宋词的文化层次和性质首先是属于低层位的世俗文化。确切地说，唐宋词从它的产生到发展的相当长的一段时期内，主要表现为具有世俗特征的宴乐风俗的一种载体。

因此，当时的人们对词，既爱之又避之，甚至还出现了既"鲜不寄意于此"又"随亦自毁其迹"① 的矛盾。这一矛盾便源于高层位文化与低层位文化之间的冲突。因为，词作为宴乐风俗的载体，不仅具有社交、娱乐和抒情功能，是士大夫社会不可或缺的一种社交语言，而且集中地反映了该风俗的构成因素如心理积习、趣味原则、行为方式及其表现形态，而风俗具有像风一样的传袭力和感染力，又有自然而然的囿人力和化人力；但在文化品格上，词与载道言志的诗文相比，厥品甚卑，所以在时人的心目中属于"小道"、"小技"，甚至将填词、听词视为"有玷令德"之举。

为了提高词体的文化品格，苏轼开始有意识地拓宽词境，革新词风，并从"诗词本一律"的观点出发，在词坛倡导"诗人之雄"。苏轼的创作和主张在生前和身后的三十余年虽未得到广泛的响应，南渡以后却成了词林效法的对象。南渡初，胡寅为向子諲《酒边集》作序，序称苏轼"一洗绮罗香泽之态，摆脱绸缪宛转之度，使人登高望远，举首高歌，超乎尘垢之外"，并认为向词"步趋苏堂而哜其胾者"。② 表明了对苏词的推崇，又可见出苏轼词风在南渡以后的影响。又孝宗乾道七年（1171年），汤衡作《张紫微雅序》，具体深入地阐发张孝祥踔厉骏发的

---

① 胡寅：《向芗林〈酒边集〉后序》，载胡寅撰，容肇祖点校《崇正辨·斐然集》，中华书局，1993年，第403页。
② 胡寅：《向芗林〈酒边集〉后序》，载胡寅撰，容肇祖点校《崇正辨·斐然集》，中华书局，1993年，第403页。

词风与苏轼"同一关键",是苏轼词风在新的历史条件下的嗣响;最后特地强调了能继苏轼之轨者,"非公其谁与哉!"若将这一结论置于广阔的时代背景下加以考察,无疑是为了感召词林中人远绍苏轼,近追张孝祥,致力于开拓词境,锻炼词风,用骏发踔厉之作来传导时代脉搏,弘扬民族精神。同时的朱熹则明确指出张孝祥词"读之使人奋然有擒灭仇虏、扫清中原之意"。① 质言之,苏轼"以诗入词",一变"绮罗香泽之态"和"绸缪宛转之度"而为远望高歌、踔厉骏发的风格,适合于抗金救国的需要,与时代精神正相契合。辛弃疾与辛派词人正以自己的创作实践,全面履行这一词学主张,给词体注入了新的生命力。

从文体的角度观之,这是一种尊体的表现,即将词纳入传统诗歌的行列。事实上,在南渡以后的许多词论中,往往将词的源头追溯到《诗经》。然而,始于苏轼门人的"本色"论并没有因此断嗣绝绪。王炎《双溪诗余自序》云:

> 予于诗文不能工,而长短句不工尤甚。盖长短句宜歌而不宜诵,非朱唇皓齿无以发其要眇之声。予为举子时,早夜治程文,以幸中以有司,古律诗且未暇著意,况长短句乎?三十有二始得一第,未及升斗之粟而慈亲下世,以故家贫清苦,终身家无丝竹,室无侍姬,长短句之腔调,素所不解。终丧得簿崇阳,逮今又五十年,而长短句所存者不过五十余阕,其不工可知。今为长短句者,字字言闺闱事,故语懦而意卑;或者又为豪壮语以矫之,夫古律诗且不以豪壮语为贵,长短句命名曰曲,取其曲尽人情,惟婉转妩媚为善,豪壮语何为贵焉?②

归纳这篇序文的用意,主要有二,其一,"长短句宜歌而不宜诵,非朱唇皓齿无以发其要眇之声",这就是说,词以"婉转妩媚"为本,

---

① 朱熹:《书张伯和诗词后》,载曾枣庄主编《宋代序跋全编》,齐鲁书社,2015年,第4390页。
② 引自陆心源编:《皕宋楼藏书志》卷一百十九,浙江古籍出版社,2016年,第2114页。

只有"十七八女孩儿执红牙拍板"歌之,才能曲尽其妙;若以"关西大汉执铁板"唱之,则断非本色,殆难称善。其二,"以故家贫清苦,终身家无丝竹,室无侍姬,长短句之腔调,素所不解",即以自身经历,阐明了精通并创作"婉转妩媚"的长短句,离不开"丝竹"、"侍姬",即乐工歌妓。其实,正如上文所述,这两点是相互联系,互为一体的。因为长短句以"婉转妩媚为善",所以其创作与传播离不开歌妓的参与;因为有歌妓的参与,所以能"发其要眇之声",尽其"婉转妩媚"之韵。在这里,王炎虽然不赞成"今为长短句者,字字言闺阃事"而溺于"歆艳"的情欲,但不难看出他对苏轼"以诗入词",革新词风是持否定态度的;同时,王炎生于绍兴九年(1139年),卒于嘉定十一年(1218年),晚于辛弃疾谢世十余年。所以,其反对"豪壮语"并主张以"婉转妩媚"救之,当包括辛词在内。显然,王炎的这一词学观是缺乏开放性、包容性的。不过,他坚持词体以"婉转妩媚为善",目的也是为了推尊词体,即尊重和维护以歌妓为中介、歌唱主体与创作主体互为驱动的原生态,以免使词与诗同化而丧失其固有的特色。

其实,这在南宋并非是孤立的现象。辛派词人刘克庄虽对大声鞺鞳的辛词鼓吹不已,但却恪守"长短句当使雪儿啭春莺辈可歌,方是本色"的观念。① 又陈模《怀古录》卷中引世人评苏、辛词语并议论道:"'东坡为词诗,稼轩为词论。'此说固当,盖曲者曲也,固当以委曲为体;然徒狃于风情婉变,则不足以启人意。回视稼轩所作,岂非万古清风也哉!"虽表现出能包容多种风格并存的开放的词学思想,但与王炎、刘克庄一样承认词有着不同于诗的、在创作中应保持的"本色"。这一点,即便是在苏轼、辛弃疾乃至整个两宋词人心目中,也是十分清楚的。然而,在具体的创作实践中,如何使词体既做到像诗一样"无意不可入","无事不可言","豪壮语"与"妩媚语"、"雄风"与"雌风"相并相融,又不失其有别于诗的"本色",却是一个不小的难题。事实上,

---

① 刘克庄:《翁应星乐府序》,载刘克庄著,辛更儒笺校《刘克庄集笺校》,中华书局,2011年,第4083页。

这对词人来说，几乎成了一对难以解决的矛盾，而该矛盾则来自词这一新诗体与生俱来的缺憾，其缺憾又与词体及其功能赖以生成的运行系统息息相关。

上文已指出以歌妓为中介、歌唱主体与创作主体互为驱动的运行系统，孕育了词体，词的功能结构和"别是一家"体性特点也从中而来，所谓"长短句宜歌而不宜诵，非朱唇皓齿无以发其要眇之声"、"长短句当使雪儿啭春莺辈可歌，方是本色"及"曲者曲也，固当以委曲为体"等大同小异的说法，主要依据便在于此。可这一运行系统却限制了词的艺术肌体向多元化发展的空间，其中的关键是歌妓这个中介。

从社会学意义上说，艺术作品的创作成功并不意味着自身意义的终结，只有被接受者接受后，才能算是完成，其间往往离不开中介的作用。没有中介，艺术品就成了纯粹独立的消费；而纯粹独立的艺术消费是不存在的。但词与诗文等样式有所不同，词不仅在作品的完成与听众的欣赏过程中，需要歌妓的配乐歌唱及通过歌唱在声音上的再度创造，而且词人在文体的构思与完型过程中，也与歌妓密切相关，所谓"男子而作闺音"，就是以歌妓的情感生活乃至其身态体貌为题材内容的。因此，歌妓不仅在作者与听众之间架起了必不可缺的桥梁，同时又感化了词人，融入了词体的创作中，限制了创作风格的多样性和艺术肌体的多元化。王国维认为唐五代及北宋词之失的原因，在于此时的词家为"倡优"，[①] 就是从这个意义上来说的。

从文化意义上说，在歌妓这个中介支配下的歌唱主体与创作主体互为驱动的运行系统，虽然孕育了崭新的词体，广为社会各阶层的人们所喜爱和接受，但积淀其中的是民众化和世俗化的低层位的文化观念和价值取向，歌妓能融化词人的主要原因也在于此。换言之，词当使朱唇皓齿的歌妓辈"可歌，方是本色"的灵魂与母体，是世俗化的文化性格，与作为高层位文化的礼教、道统或诗教、文统是格格不入、背道而驰

---

① 郭绍虞、罗根泽主编，王幼安校订：《蕙风词话·人间词话》，人民文学出版社，1960年，第240页。

的，而且在文化层次上，带来了相当程度的封闭性。至少可以说，其以世俗文化为母体的"婉转妩媚"的本色，很难容纳大声鞺鞳的"豪壮语"与虎虎雄风，也不易像言志之诗那样成为高层位文化的载体。苏轼为了冲破歌妓这个中介的束缚，首倡"以诗入词"，振发"诗人之雄"，但遭致其门下士的批评，认为其词虽"极天下之工"，却"要非本色"。[①]南渡以后，词林展开尊体活动，高扬骏发踔厉的作风，以便使词体传导时代脉搏，载负时代精神，并付诸创作实践，但这更严重地斫伤了传统词体的"妩媚"特性，故遭致恪守"本色"论者的批评。

从任何一种文体都有其自身的规律性和自足自立的独立性的角度出发，坚持词的"本色"论，有其合理之处，也不乏科学性。然而，从社会文化的多元价值与意义而言，由于体现"本色"的词体具有天生的不足，无法适应时代的要求，所以，冲破原有的运行系统和在此系统中形成的"妩媚"可歌的"本色"，健全与扩展其艺术肌体，赋予骚雅的艺术与文化品格，使之担负起传导时代脉搏、载负时代精神的职能，成了南宋词林中势不可挡的主流。

（原载《文学评论》2001年第4期）

---

① 陈师道：《后山诗话》，载何文焕辑《历代诗话》，中华书局，1981年，第309页。

词坛沉寂与南词北进

——论宋初百年词坛的演进历程

一、问题的提出

词在唐末五代兴盛一时,特别是"花间"、南唐两大词人创作群体交相辉映、光彩夺目,写下了词史上承先启后、不可或缺的重要一页。继之而起的宋词更是流派纷呈、众体兼备,取得了"一代之胜"的隆誉美名。但引起我们注意的是,赵宋立国后的最初七八十年间,词坛虽非"弥望皆黄茅白苇",却也沉寂萧条,乏善可陈。南宋王灼即目光敏锐地指出了这一"怪"象:"唐末五代文章之陋极矣,独乐章可喜……国初平一宇内,法度礼乐,浸复全盛。而士大夫乐章顿衰于前日,此尤可怪。"①这一"可怪"现象就直接体现在《全宋词》所收宋初词中。

唐圭璋先生等纂编《全宋词》以作者为经,时代先后为序,从首揭五代"曲子相公"和凝之子和峴至仁宗时期文坛主盟欧阳修的词体创作可见下表:

姓名(生卒年)	籍贯	南北所属	《全宋词》所收数目
和峴(933—988)	开封浚仪(在今河南)	北	3
王禹偁(954—1001)	济州巨野(在今山东)	北	1

---

① 王灼:《碧鸡漫志》卷二,载唐圭璋编《词话丛编》,中华书局,1986年,第82页。

续表

姓名（生卒年）	籍贯	南北所属	《全宋词》所收数目
苏易简（958—996）	梓州铜山（在今四川）	南	1
寇准（961—1023）	华州下邽（在今陕西）	北	4
钱惟演（962—1034）	钱塘（在今浙江）	南	2
陈尧佐（963—1044）	阆州阆中（今四川南充）	南	1
潘阆（？—1009）	河北大名，一说钱塘	？	11
丁谓（966—1037）	长洲（在今江苏）	南	2
林逋（967—1028）	钱塘（今浙江杭州）	南	3
杨亿（974—1020）	建州浦城（在今福建）	南	1
陈亚（约1017年前后在世）	维扬（今江苏扬州）	南	4
夏竦（984—1050）	江州德安（在今江西）	南	2
聂冠卿（988—1042）	新安（今安徽歙县）	南	1
李遵勖（988—1038）	潞州上党（在今山西）	北	2
范仲淹（989—1052）	吴县（今江苏苏州）	南	5
沈邈（？）	信州弋阳（在今江西）	南	2
杨适（？）	慈溪（在今浙江）	南	1
柳永（987？—1054？）	崇安（在今福建）	南	213
张先（990—1078）	湖州（在今浙江）	南	165
晏殊（991—1055）	临川（在今江西）	南	140
滕宗谅（991—1047）	河南（今河南洛阳）	北	1
张昇（992—1077）	韩城（在今陕西）	北	2
王益（993—1038）	临川（在今江西）	南	1
石延年（994—1041）	宋城（今河南商丘）	北	2

续表

姓名（生卒年）	籍贯	南北所属	《全宋词》所收数目
关咏（1048年前后在世）	?	?	1
刘潜（?）	曹州定陶（今山东菏泽）	北	3
李冠（?）	历城（今山东济南）	北	5
谢绛（995—1039）	富阳（在今浙江）	南	3
宋祁（998—1061）	安州安陆（在今湖北）	南	7
贾昌朝（998—1065）	获鹿（在今河北）	北	1
尹洙（1001—1047）	河南（今河南洛阳）	北	1
梅尧臣（1002—1060）	宣州宣城（在今安徽）	南	2
叶清臣（1003—1049）	乌程（今浙江吴兴）	南	2
吴感（?）	吴（今江苏苏州）	南	1
文彦博（1006—1097）	汾州介休（在今山西）	北	1
欧阳修（1007—1072）	庐陵（今江西吉安）	南	242

《全宋词》广征文献，搜罗殆尽，容或由于历史上散佚等原因未能完显原貌，但已大致勾勒出宋词轮廓固不待言。观照上列犹如天罡三十六将的宋初词人表，有以下几点值得关注：

一、北宋太祖、太宗至真宗朝前期，词人词作数量绝少，真宗朝后期开始至仁宗朝，词人词作总量大幅增多，前后时间跨度达七八十年。

二、柳永、张先、晏殊、欧阳修四人词作数量最多，艺术成就最高，后世影响最大，当称宋初词坛四大家。

三、宋初四大词人均为南方人氏，将词从南方送至北方作出重大贡献。

四、除潘阆占籍未定、关咏占籍未知，34人中出自南方者22人，约占65%，词作801首，约占97%，产自北方者12人，约占35%，词作26首，约占3%；若除去柳、张、晏、欧四人，则南方词作约占61%，北方词作约占39%。从词人占籍与词作数量可见宋初词坛南北差异之悬殊。

从图表浅析得知，宋初词坛从沉寂萧条到兴起繁盛，背后有宋初文坛上近百年的南词北进与南北交融历程，其中最重要的是柳永等四大词人从南方到北方，大大推进词体的创作与传播，使词在宋初由寂寂无闻而蔚为大观，彻底改变"士大夫乐章顿衰于前日"的可怪现象，开创宋词兴盛的崭新局面。那么，宋词最初沉寂与后来兴起的原因何在？南词北进近百年的历程如何？南方词人又有何种作为与贡献？这是词学史上值得思考与探索的重大问题，而目前学界或回避忽略，或语焉不详，尚未作出令人信服的梳理，不能不说是词学研究中的一大阙失。① 本文不揣谫陋，就此问题略作析论，抛砖引玉，以求教于博雅方家。

二、宋初词的南方特色与重北轻南格局

词本是我国各民族共同创造的结晶，凝集了南北中外诸种文化元素，宋初词坛的萧条与唐末五代时期的繁盛所形成的鲜明对比则与当时历史、地理背景密切相关。晚唐以降黄河流域战乱频仍，"才士凌夷"，"文艺阙如"，"乌睹所谓风雅者"，而"于稽其世，唐末诗人如罗隐、韦庄、韩偓辈，往往流落江南、吴越、荆、楚诸国"，"风流依依未泯也"。② 长江流域相对安定，战乱较少，南方诸国国主又大多崇尚文艺，礼贤下士，虽在政治上建树甚少，且奢靡侈费、伤财耗国，但同时营造了较为优越的崇文尚艺的人文环境，取得了一定的文学艺术成就，并为

---

① 关于宋初词坛沉寂原因分析，已有董希平、刘尊明《宋初五十年词坛岑寂探因》(《古典文学知识》，1998年第6期)，诸葛忆兵《宋初词坛萧条探因》(《文学遗产》，2009年第2期)等，但均未探讨宋初词坛从沉寂到兴盛的演变历程。
② 王士禛原编，郑方坤删补，戴鸿森校点：《五代诗话》，人民文学出版社，1989年，"序"第1、2页。

宋初南方文艺人才的煦育奠定了基础。史载南唐先主、中主和后主三代喜好文艺，礼遇人才，"当是时，天下瓜裂，中国衣冠多依齐台，以故江南称为文物最盛处"。① 而西蜀崇文尚艺，至宋代形成了"蜀中多士，几与三吴不殊"，②"文学之士，彬彬辈出"③的盛况。以词而论，词本身是一种与燕乐相结合的艺术形式，具有音乐与文学的双重属性，歌舞佐酒与填词听歌是唐宋词兴盛的渊薮，④ 西蜀与南唐君臣均在偏安一隅的政治形势下耽于声乐，诗酒风流，恰为歌舞升平、词曲艳发提供了绝佳的生态环境，五代时期两个南方词学中心应运而生。欧阳炯《花间集叙》声称：

唱云谣则金母词清；挹霞醴则穆王心醉。名高白雪，声声而自合鸾歌；响遏行云，字字而偏谐凤律。杨柳大堤之句，乐府相传；芙蓉曲渚之篇，豪家自制。莫不争高门下，三千玳瑁之簪；竞富樽前，数十珊瑚之树。则有绮筵公子，绣幌佳人，递叶叶之花笺，文抽丽锦；举纤纤之玉指，拍按香檀。不无清绝之词，用助娇娆之态。……命之为《花间集》。庶使西园英哲，用资羽盖之欢；南国婵娟，休唱莲舟之引。⑤

陈世修《阳春集序》追述冯延巳词作之诞生：

公以金陵盛时，内外无事，朋僚亲旧，或当宴集，多运藻思，为乐府新词，俾歌者倚丝竹而歌之，所以娱宾而遣兴也。日月浸久，录而成编。⑥

---

① 史温：《钓矶立谈》，载朱易安、傅璇琮、周常林等编《全宋笔记》，第1编第4册，大象出版社，2003年，第231页。
② 李心传：《建炎以来系年要录》卷一百十一，中华书局，1956年，第1808页。
③ 脱脱等：《宋史》地理志五，中华书局，1977年，第2230页。
④ 参见拙著《唐宋词社会文化学研究》，浙江大学出版社，2000年，第76—124页。
⑤ 赵崇祚编，李一氓校：《花间集校》，人民文学出版社，1958年，第1—2页。
⑥ 曾枣庄、刘琳主编：《全宋文》，第76册，上海辞书出版社、安徽教育出版社，2006年，第144页。

这两篇文献都叙及当时曲、词、妓三位一体，相辅相成，构成唐宋词完整的一个运行系统，不啻提供了西蜀、南唐词学中心形成的两幅生动逼真、惟妙惟肖的缩影。

清谢元淮《填词浅说》云"词始于唐，原无所谓南北"，但在声、辞两方面确有南北异质和各自缺点："以辞而论，南多艳婉，北杂羌戎。以声而论，南主清丽柔远，北主劲激沉雄。北宜和歌，南宜独奏。及其弊也，北失之粗，南失之弱。此其大较也。"① 地理决定论虽失之偏颇，但南北不同环境对文人品格与文学特性的形成确有一定的影响，《文心雕龙·时序》、《北史·文苑传序》等篇章均有所揭示，词之一体受地理因素制约亦莫能外。杨海明先生从地域文化角度对唐宋词作整体观照时，认为无论从词的产地、词人经历、词与前代文学的承继关系等，还是从词的婉约而感伤的柔美风格的形成，都呈现了鲜明的"南方文学"特色。② 以词人籍贯来看，前列表格仅涉宋初，而唐圭璋先生《两宋词人占籍考》通贯一代，考出宋代词人中占籍最多的是浙江（216人）、江西（158人）、福建（111人）、江苏（82人）南方四省。③ 王兆鹏先生在乃师基础上再作进一步精密统计，得两宋有籍贯可考词人880人，词作数量17933首，其中南方词人746人，占84.8%，词作13939首，占77.7%；北方词人134人，占15.2%，词作3994首，占22.3%。④ 这些数据无疑从词的创作主体层面凸显了宋词的南方文学特性，而这一特性在宋初近百年文坛上体现得淋漓尽致，尤为深刻。

公元960年，赵宋立国，太祖赵匡胤灭西蜀（965年），平南唐（975年），"花间"词人欧阳炯、孙光宪，江南国主李煜等五代词人相继归宋，这类降国君臣的后期词虽作于北宋初年，但数量鲜少，且仍是五

---

① 谢元淮：《填词浅说》，载唐圭璋编《词话丛编》，中华书局，1986年，第2510、2509页。
② 杨海明：《唐宋词史》，天津古籍出版社，1998年，第12—23页。
③ 唐圭璋：《两宋词人占籍考》，载《词学论丛》，上海古籍出版社，1986年，第576—594页。
④ 王兆鹏：《宋词作者的统计分析》，载《唐宋词史的还原与建构》，湖北人民出版社，2005年，第84—94页。

代词的余波流韵，算不上宋词新声。宋太宗进一步平定南北，拓展疆域，宋真宗与辽签订"澶渊之盟"，国家相对安定，稳步发展，但词体创作在宋初以来的文坛上却踯躅不前，相当沉寂，如前表所示，直到宋仁宗时期才出现词体创作的第一个高潮阶段，而此时距北宋立国已有近百年之久了。

宋初词坛沉寂有政治文化上的现实原因，据载北宋平蜀后收取图书法物，"孟昶服用奢僭，至于溺器亦装以七宝，上（太祖）遽命碎之，曰：'自奉如此，欲无亡，得乎？'"① 太祖又辟西蜀"花间"词人欧阳炯为翰林学士，听闻其"雅喜长笛"，"召至便殿奏曲。御史中丞刘温叟闻之，叩殿门求见，谏曰：'禁署之职，典司诰命，不可作伶人事。'上曰：'朕顷闻孟昶君臣溺于声乐，炯至宰相，尚习此伎，故为我擒。所以召炯，欲验言者之不诬耳。'温叟谢曰：'臣愚不识陛下鉴戒之微旨。'自是亦不复召炯矣"。② 宋太祖与出身北方洛阳的刘温叟均以后蜀君臣奢靡崇侈、耽溺声伎为灭国之由而引以为鉴。

无独有偶，宋太祖对另一个五代词中心南唐也有类似的批评。据胡仔记载："南唐后主，围城中作长短句，未就而城破：'樱桃落尽春归去，蝶翻金粉双飞，子规啼月小楼西。曲栏金箔，惆怅卷金泥。门巷寂寥人去后，望残烟草低迷。'……艺祖云：'李煜若以作诗工夫治国事，岂为吾虏也。'"③ 赵匡胤直言不讳地点明李煜作词误国，并曾在私宴上讽刺后者乃擅长文事而拙于治国的"好一个翰林学士"。④ 宋太祖作为最高统治者对西蜀声伎的贬斥，对工于作词的南唐后主的批评，当有助于我们了解宋初词坛迥异于五代的生态环境。此外，或传李煜张乐填词也成为其死因之一："后主在赐第，因七夕命故妓作乐，声闻于外，太宗闻之大怒；又传'小楼昨夜又东风'及'一江春水向东流'之句，

---

① 李焘：《续资治通鉴长编》卷七，上海古籍出版社，1986年，第65页。
② 李焘：《续资治通鉴长编》卷六，上海古籍出版社，1986年，第60页。
③ 胡仔纂集，廖德明校点：《苕溪渔隐丛话》前集卷五十九引《西清诗话》，人民文学出版社，1962年，第406页。
④ 叶梦得撰，宇文绍奕考异，侯忠义点校：《石林燕语》卷四，中华书局，1984年，第60页。

并坐之,遂被祸云。"① 凡此种种,不言而喻都对宋初词坛的萧条寥落几至销声匿迹产生了直接的重要作用。

不宁唯是,宋初统治者从"陈桥兵变"夺取政权后,鉴于唐末五代以来藩镇割据、礼乐崩坏等弊端,采取强干弱枝、崇文抑武等一系列措施来巩固中央集权,其中有一条若隐若现的政策即以中原正朔自居而重北轻南。据传宋太祖就定下了"后世子孙无用南士作相"的"国是"并"刻石禁中"以为"祖宗家法",② 大中祥符年间(1008—1016),王旦出面阻挠王钦若为相的理由之一即"祖宗朝未尝使南方人当国"。③ 北方大臣与士人以正统大国胜利者的心态居高临下,视南方为"下国",以南人为"轻巧"误国。④ 在当时绝大多数读书人走上仕途的必由之路科举取士中,重北轻南的悬殊差异就极为明显。首先是发解录取名额上的南少北多,欧阳修治平元年(1064年)《论逐路取人札子》明确指出:"今东南州军进士取解者,二三千人处只解二三十人,是百人取一人,盖已痛裁抑之矣。西北州军取解,至多处不过百人,而所解至十余人,是十人取一人,比之东南十倍假借之矣。若至南省,又减东南而增西北,则是已裁抑者又裁抑之,已假借者又假借之。"⑤ 英宗时代(1064—1067)尚且如此,则宋初三朝的南北取解失衡程度可以想见。其次是知贡举者及北方重臣不乏扬北抑南之表现,如寇准即为一个显例,"天圣(仁宗年号)以前,选用人才,多取北人,寇准持之尤力,故南方士大夫沉抑者多",⑥ 他还曾以"南方下国人不宜冠多士"为由黜南士萧贯

---

① 王铚撰,朱杰人点校:《默记》卷上,中华书局,1981年,第4页。
② 邵伯温撰,李剑雄、刘德权点校:《邵氏闻见录》,中华书局,1983年,第4页。赵彦卫撰,傅根清点校《云麓漫钞》卷十载:"艺祖御笔:'用南人为相,杀谏官,非吾子孙。'石刻在东京内中。"(中华书局,1996年,第178页。)又宋无名氏《道山清话》也有相似的记载。
③ 李焘:《续资治通鉴长编》卷九十,上海古籍出版社,1986年,第800页。
④ 江休复:《江邻几杂志》,载朱易安、傅璇琮、周常林等编《全宋笔记》,第1编第5册,大象出版社,2003年,第171页。
⑤ 李逸安点校:《欧阳修全集》,中华书局,2001年,第1717页。
⑥ 陆游:《论选用西北士大夫札子》,陆游著,钱仲联、马亚中主编《陆游全集校注·渭南文集校注》卷三,浙江教育出版社,2011年,第79页。

而擢北人蔡齐为鳌头，沾沾自喜"又与中原夺得一状元"。① 宋初三朝科举榜首基本出自北方的事实同样昭示了南北的冲突与矛盾。重北轻南是宋初政治文化的基本格局，也是颇具南方特色的词体创作未能即时兴起的重要背景。

南方士人文采风流，人数夥颐，但在初入汴京、加盟新朝后不可避免地带有自卑情结和避嫌心理。譬如来自南唐的文坛大手笔徐铉，其《骑省集》前二十卷与后十卷以入宋为界，虽然都是用心结撰，典雅精工，但前者个性张扬，风格多样，后者四平八稳，单调划一，泾渭分明，区别判然。又据《东轩笔录》卷一载："太平兴国中，吴王李煜薨，太宗诏侍臣撰吴王神道碑。时有与徐铉争名而欲中伤之者，面奏曰：'知吴王事迹，莫若徐铉为详。'太宗未悟，遂诏铉撰碑，铉遽请对而泣曰：'臣旧侍李煜，陛下容臣存故主之义，乃敢奉诏。'太宗始悟让者之意，许之。"② 徐铉面对旧主新帝的困境、因名险被中伤的遭遇正是宋初南士北上不求有功、但求无过的一个典型。第二代南方文士也同样未能尽释这种避嫌心理，如真宗咸平五年（1002年），洪州南昌人陈恕知贡举，"自以洪人避嫌，凡江南贡士，悉被黜退"，③ 这也是南士自动避退北人的一个显例。在重北轻南的氛围与阴影下，南方士人在文学上多体现于诰命辞章而非自由创作，作为文学支流的词之一体更是少有濡染而隐晦不彰了。

宋初词坛的萧条当然也有词本身体裁上的原因，词为小道，尚不能与言志载道的诗、文鼎足而立，词又为艳科，缘情绮靡，厥品甚卑，受到无论出身南北的许多士大夫的鄙薄，虽然"文章豪放之士，鲜不寄意于此"，但"随亦自扫其迹，曰谑浪游戏而已也"。④ 神宗熙宁年间（1068—1077），王安石对晏殊填词还发表批评："为宰相而作小词，可

---

① 李焘：《续资治通鉴长编》卷八四，上海古籍出版社，1986年，第741页。
② 魏泰：《东轩笔录》卷一，中华书局，1983年，第3—4页。
③ 脱脱等：《宋史》卷二六七《陈恕传》，中华书局，1977年，第9202页。
④ 胡寅：《向芗林〈酒边集〉后序》，载胡寅撰，容肇祖点校《崇正辨·斐然集》，中华书局，1993年，第403页。

乎?"吕惠卿则回应道:"为政必先放郑声,况自为之乎!"① 又晏几道曾"手写自作长短句"送呈韩维,韩报书曰:"得新词盈卷,盖才有余而德不足者,愿郎君捐有余之才,补不足之德。"②教训晏氏戒词以全德。在两宋特别是北宋,不乏染指词体的文人考虑到有玷令德而"自扫其迹",旋作旋毁。在道德理性的儒家诗教传统下,词是难登大雅之堂的世俗化文艺样式,这对它的生长发展难免起局限作用。从宋初政治导向与士风、文风转变来看,姚铉《唐文粹序》明确指出:"我宋勃兴,始以道德仁义根乎政,次以诗书礼乐源乎化。三圣继作,晔然文明。……天下之人,始知文有江而学有海,识于人而际于天。撰述纂录,悉有依据。"③ 词体之作与儒家政教圆凿方枘、扞格不入毋庸讳言。

宋初政治文化的背景与格局颇不利于南方文人的崛起,具有南方特色的词更没有适合茁壮成长的气候与土壤。除了当朝统治者若明若晦的贬斥与压制,北方文人群体重道轻艺、尚质轻文的人文性格也掣肘了词体之兴,加上词体本身的品位特性,重艺尚文的南方士人的消极退避,各种因素合力共振造成宋初词体不彰的先天条件。由此观之,词坛萧条沉寂以至近乎失语症的状况也就不难理解了。

三、宋初南词北进的社会文化生态

从发生学上来看,唐宋词绝非单一的文学艺术,而是与燕乐、歌妓及社会风俗密切相关的一种文学-文化现象,它的产生与传播既需要一定的经济条件、燕集生活与风俗积习,也需要燕乐风行的音乐环境、歌妓佐酒的中介触媒以及文人应歌填词与乐工歌妓的往复互动。这种包括宴饮、燕乐、歌妓、词人、风俗生活等社会文化综合而成的复杂生态,是唐宋词赖以产生、传播、兴盛的温床,也是发挥其社交、娱乐、抒情

---

① 魏泰:《东轩笔录》卷五,中华书局,1997年,第52页。
② 邵博:《邵氏闻见后录》卷十九,中华书局,1983年,第151页。
③ 曾枣庄、刘琳主编:《全宋文》,第13册,上海辞书出版社、安徽教育出版社,2006年,第281页。

功能的用武之地，更是唐宋词体推陈出新、生生不息的源泉与根本。宋初词体的渐兴与这一社会文化生态的逐步形成、改进和完善有不可分割的紧密联系。

宋初太祖时期对词体的贬斥与压制，既有对西蜀、南唐耽溺宴乐、荒于治国引以为鉴之意，又有天下未平而当奋力进取、未可骄侈享乐半途而废的政治考虑，更有当时社会经济未裕而水平亟待提高的现实原因，但礼乐建设在北宋立国后树立新王朝威仪的措置中不可或缺，除了设有管理宫廷雅乐活动的太常寺、太常礼院，还包括主要管理宫廷俗乐、燕乐的教坊、宣徽院、云韶部等机构。以教坊四部人员而言，"平荆南，得乐工三十二人；平西川，得一百三十九人；平江南，得十六人；平太原，得十九人；余藩臣所贡者八十三人；又太宗藩邸有七十一人。由是，四方执艺之精者皆在籍中"，① 五代词学中心的西蜀、南唐教坊旧人皆充实到宋初宫廷之中。就燕乐而言，"宋初置教坊，得江南乐，已汰其坐部不用。自后因旧曲创新声，转加流丽"，② 显示了北宋朝廷燕乐的新变。

据史载，建隆二年（961年）即宋朝开国第二年的正月初一，太祖"御广德殿，群臣上寿，用教坊乐"，③ 乾德四年（966年）后群臣上寿改用雅乐，太平兴国二年（977年）又复为教坊乐。太宗本人即是一位教坊乐的爱好者与创作者，其"洞晓音律，前后亲制大小曲及因旧曲创新声者，总三百九十"，④ 不过这些御制曲子很少用作词调。仁宗亦"洞晓音律，每禁中度曲，以赐教坊，或命教坊使撰进，凡五十四曲，朝廷多用之"。⑤ 教坊乐是朝廷礼乐制度建构的题中应有之义，从太祖以来的发展变迁实际上也部分地暗示了与之相并而行的词体在宋初由晦渐兴的音乐背景。北宋之乐，曾六次改作，故建隆以来有和岘乐，景祐

---

① 脱脱等：《宋史》卷一四二《乐志》十七，中华书局，1977年，第3347—3348页。
② 脱脱等：《宋史》卷一四二《乐志》十七，中华书局，1977年，第3345页。
③ 李焘：《续资治通鉴长编》卷二，上海古籍出版社，1986年，第14页。
④ 脱脱等：《宋史》卷一四二《乐志》十七，中华书局，1977年，第3351页。
⑤ 脱脱等：《宋史》卷一四二《乐志》十七，中华书局，1977年，第3356—3357页。

中有李照乐，皇祐中有阮逸乐等。在宋初词作者中，参与讨论乐理、改作其事的有和岘、聂冠卿、晏殊、宋祁等，他们所议虽为雅乐而非燕乐，但从中亦可见两者之间的互通及与词之关联。

歌伎包括官伎、家伎与市井伎，官伎除了前述宫廷教坊伎之外，尚有州郡歌伎等，她们以歌舞艺术服役于州郡府衙，出席州郡官场燕集活动，表演歌舞佐酒侑觞，在官员迎送来往、调任去就时也待以歌舞，娱宾遣兴。苏轼通判杭州期间所作《菩萨蛮》（玉童西迓浮丘伯）词序云："杭妓往苏迓新守杨元素，寄苏守王规甫。"龙榆生《东坡乐府笺》引郑文焯手批《东坡乐府》云："李东川有送人携妓赴任诗，此词又记杭妓往苏迓新守，是知唐宋时赴任迎任，皆有官妓为导之例。"① 当时官伎歌舞活动有颇为频繁者，如仪真一位官妓吐露心声"身隶乐籍，仪真过客如云，无时不开宴，望顷刻之适不可得"。② 这些官伎是地方官员政事之余经常交接的娱乐伙伴，也是州郡官场社交活动中不可或缺的中介纽带。她们的宛转歌喉、檀口玉声所唱者即为词，这是宋初词体孕育和形成生态中的重要一环，词的功能在此显露无疑。

除了官伎，宋代士大夫还蓄养家伎，在家宴欢会中命其弹奏乐曲，表演歌舞，这是宋代士大夫门第中普遍流行的娱乐方式和生活情趣。从宋初词人表来看，其中固然有潘阆、林逋等闲云野鹤式的隐士，但更多的是寇准、钱惟演、丁谓等位列庙堂的朝廷权贵与士大夫，后者崇高的社会地位与雄厚的经济基础更易于产生以歌伎为中介的歌舞佐酒与填词听歌的词体运行系统，而这种家妓制度与生活模式也可溯源至宋初。太祖即位后"欲息天下之兵，为国家长久计"，听从赵普建议，着手改变唐末以来"方镇太重，君弱臣强"的尾大不掉之势，解除了石守信、王审琦等禁军宿将的兵权，其说辞有云："人生如白驹之过隙，所为好富贵者，不过欲多积金钱，厚自娱乐，使子孙无贫乏耳。尔曹何不释去兵权，出守大藩，择便好田宅市之，为子孙立永远不可动之业，多置歌儿

---

① 苏轼著，朱孝臧编年，龙榆生校笺，朱怀春标点：《东坡乐府笺》，上海古籍出版社，2009年，第27—28页。
② 洪迈：《夷坚志·丁志》卷十二，中华书局，1981年，第638页。

舞女，日饮酒相欢以终其天年。"① 在这种政治笼络与压制下，石、王等人自然优游沉湎于锦衣玉食、歌舞奢靡的生活。武胜节度使、兼侍中高怀德家中"声伎之妙，冠于当时，法部中精绝者，殆不过之"，② 其本人也"善音律，自为新声，度曲臻其精妙"。③ 又据《龙川别志》卷上记载："真宗临御岁久，中外无虞，与群臣燕语，或劝以声妓自娱。王文正公（曾）性俭约，初无姬侍，其家以二直省官治钱，上使内东门司呼二人者，责限为相公买妾，仍赐银三千两。"④ 无论是太祖出于国初巩固统治的政治目的，还是真宗国家安定时期对君臣同乐的期许，都表明了最高统治者对蓄养家伎的认可与提倡，这无疑在客观上对以歌伎为中介的词体运行系统有一定的推动力。

宋初词人中，寇准尚华侈，喜燕饮，曾"因宴会赠歌妓以束绫"，并写诗句云"将相功名终若何，不堪急景似奔梭，人间万事何须问，且向樽前听艳歌"，⑤ 除了坐听歌伎献曲，寇准还起与同舞，《梦溪笔谈》记其"好《柘枝舞》，会客必舞《柘枝》，每舞必尽日，时谓之'柘枝颠'"。⑥ "柘枝调"（又名"柘枝词"、"柘枝引"等）本唐教坊曲名，后用作词调名，寇准爱好此舞，正是与歌妓的互动，进而言之，也是词体运行系统中词人主动参与的另一环节。夏竦也自奉豪侈，多蓄养家伎，享歌儿舞女之生活。又如李遵勖，大中祥符年间尚太宗女万寿长公主，授左龙武将军、驸马都尉，"赐第园池，为都城第一"，"宾客皆一时贤士大夫，每有燕集，主（万寿长公主）必亲视饔饩之节"，⑦ 这种宾客燕集、歌舞佐酒的生态环境恰恰是宋代词体兴起的渊薮，李遵勖《滴滴金》所谓"帝城五夜宴游歇"，⑧ 正透露出个中消息。

---

① 李焘：《续资治通鉴长编》卷二，上海古籍出版社，1986年，第19页。
② 江少虞：《宋朝事实类苑》，上册，上海古籍出版社，1981年，第220页。
③ 李焘：《续资治通鉴长编》卷二三，上海古籍出版社，1986年，第199页。
④ 苏辙：《龙川别志》卷上，中华书局，1982年，第74页。
⑤ 《翰府名谈》，见丁传靖辑《宋人轶事汇编》卷五，上册，中华书局，2003年，第205页。
⑥ 沈括撰，胡道静校注：《新校正梦溪笔谈》卷五《乐律》一，中华书局，1957年，第60页。
⑦ 李焘：《续资治通鉴长编》卷一二二、一七〇，上海古籍出版社，1986年，第1102、1562页。
⑧ 唐圭璋编：《全宋词》，中华书局，1965年，第10页。

从石守信、高怀德到寇准、李遵勖，即太祖到真宗朝前期，《全宋词》中留存的词作量少质平，理应不能满足当时的燕集歌舞之需，那么歌伎唱以佐酒侑觞的词从何而来呢？供歌妓选唱的歌本词选当是一个重要的来源。现存最早的词选《云谣集》选编时间迄无定论，但下限可系于五代时期，"云谣"一词典出《穆天子传》卷三，后多借为歌曲美称，以此命集，可知其供以歌唱之特性。前引欧阳炯《花间集叙》则明确指出其"唱云谣则金母词清"的唱词本色，"挹霞醴则穆王心醉"的佐觞作用，更点出赵崇祚选编此集"庶使西园英哲，用资羽盖之欢；南国婵娟，休唱莲舟之引"的歌本鹄的。五代时期的词选尚有失传的《遏云集》等，这些词选均可作为宋初词坛萧条时期歌舞佐酒唱本之资。宋初以来也有《家宴集》、《尊前集》、《金奁集》等选辑唐五代词的歌本，如《家宴集》五卷，南宋陈振孙在解题中称："序称子起，失其姓氏。雍熙丙戌岁（按：即宋太宗雍熙三年，986年）也。所集皆唐末五代人乐府，视《花间》不及也。末有《清和乐》十八章，为其可以侑觞，故名'家宴'也。"①《金奁集》等与《家宴集》一样，也都打上了燕集活动中歌舞侑觞的歌本标识，这些唐五代词选唱本在相当程度上弥补了宋初词人词作稀缺的尴尬局面，为公私燕集场合特别是勋贵豪富之家的靡丽生活增添了许多声光色彩，同时也减轻与降低了亟需宋词新人新作的呼声与要求。

宋词新人新作的产生是整个文学文化发展的一个重要组成部分。虽然宋初在政治文化上重北轻南，但一方面赵宋王朝清醒认识到要建设大一统的新政权并维持长治久安，仅靠北人是远远不够的，需要擅长文艺的南士加盟其中并逐步实现南北融合；另一方面，从五代入宋伊始，南方士人不论有意无意，也需要在重北轻南的格局环境中发挥自身作用，实现自我价值，他们尽管或多或少存有避嫌心理，却也逐渐投入到宋初政治、文化建设的洪流之中，作为颇具南方特色的词在文学创作中也略有展现。到真宗朝中期，统治者更在用人理念上提出了"朝廷取士，惟

---

① 陈振孙：《直斋书录解题》卷二十一，上海古籍出版社，1987年，第615页。

才是求,四海一家,岂限遐迩"①的口号,王钦若、丁谓等南人亦登上相位,南方士人在政治文化舞台上越发崭露头角。继太宗朝徐铉等人导夫先路,真宗朝的杨亿发起西昆酬唱活动,得到北人的认同与配合,取得了欧阳修所谓"先朝杨、刘,风采耸动天下,至今使人倾想"②的广泛效应与深远影响,实现了宋初南文北移的重大进展,进一步赢得了以北人为主体的赵宋政权的认可与肯定,从而为词体渐兴特别是南方文人填词创造了有利条件。

在南文北移与南北交融的形势下,北方士人对南方文人、文化的评价不断改进。宋初北方词作者中,无论是皇亲国戚李遵勖还是文坛领袖王禹偁,都对南方文人多有好感,就是颇有南北成见的朝廷重臣寇准,亦与杨亿交谊匪浅。作为文学支流的颇具南方特色的词进一步潜移默化地融摄到北方文学文化中,发挥出自身的交际、娱乐、抒情等多重功能,南北词人之间的交流与影响也日益明显。从宋初词作的内容与风格来看,王禹偁《点绛唇》(雨恨云愁)以江南佳丽地为引,抒情言志;潘阆《酒泉子》十首以钱塘、西湖、孤山、溪山、吴山、龙山、高峰、观潮等江南风物为题材,表达词人寄情湖光山色、无意宦海浮沉的洒脱情怀;林逋《相思令》(吴山青)、杨亿《少年游》(江南节物)等词在题材上也明显表现出南方地域特色。寇准《甘草子》(春早)、《踏莎行》(春色将阑)、钱惟演《木兰花》(城上风光莺语乱)等对春光流逝、好物难存的淡淡哀愁,体现的都是婉约而感伤的柔美风格,这些地方都处处显示宋初词作中的南方文学特色以及南词北进的痕迹。

虽然孕育词体的生态环境有了逐步改善,不断推进的南文北移历程也改变了北方文化格局,但不容否认,宋初三朝留存的词作数量实在太少,题材也较为狭窄,风格更略显单调。从真宗朝后期到仁宗朝,社会经济条件进一步提高,歌舞燕饮的风习更见繁盛,对词体的需求空前高涨,但这一时期北方文人的填词作品仍寥寥可数,此或与词品甚卑的文

---

① 李焘:《续资治通鉴长编》卷六十,上海古籍出版社,1986年,第519页。
② 刘克庄:《后村诗话》前集卷二,中华书局,1983年,第22页。

体特色、文人随作随毁的处置方式有一定关系，但北方本土缺乏自产词人当是重要原因。宋初以来，北人中不乏一时俊彦，但较以文学才艺却整体落于下风，未能与南士并驾齐驱、平分秋色，如从宋白"草辞疏略，多不惬旨"，梁周翰"晚年才思稍减，书诏多不称旨"，赵邻几"掌诰命，颇繁富冗长，不达体要，无称职之誉"①等制诰文臣的表现即可见一斑。与此相应，在宋初近百年词坛上，北人濡染词笔者寥若晨星，词作数量绝鲜无称，艺术水平亦少见高妙。对词的不屑为、不肯为之外，不能为或不善为当是北人的软肋、瓶颈。产于南方的词之创作主体特色明显与北方不侔，在同样经历了宋初七八十年较为低迷的时段后，以柳永等四大家为代表的南方词人在词坛崛起，将词从南方送到北方，使南词北进取得重大进展，从而改变整个北宋词坛的面貌，迎来宋词的第一个高潮期。

四、宋初四大词人与南词北进

汴京兼为北宋政治、经济、文化中心，也是当时南词北进、词风大开的最重要场所。宋代立国以来科举取士制度不断完善，录取人数较隋唐两朝大规模增多，京城是士子们考取功名的辐辏之地，同时也是官员流动的核心空间，词人们由科考、出仕、谋事、赏游等因缘风会、聚散离合，都以汴京为圆心辐射开来。孟元老《东京梦华录》序言有云：

> 辇毂之下，太平日久，人物繁阜。垂髫之童，但习鼓舞，班白之老，不识干戈，时节相次，各有观赏。灯宵月夕，雪际花时；乞巧登高，教池游苑。举目则青楼画阁，绣户珠帘，雕车竞驻于天街，宝马争驰于御路，金翠耀目，罗绮飘香。新声巧笑于柳陌花衢，按管调弦于茶坊酒肆。八荒争凑，万国咸通。集四海之珍奇，

---

① 脱脱等：《宋史》卷四三九《文苑传》一，中华书局，1977年，第12999、13005、13009页。

皆归市易；会寰区之异味，悉在庖厨。花光满路，何限春游，箫鼓喧空，几家夜宴。伎巧则惊人耳目，侈奢则长人精神。瞻天表则元夕教池，拜郊孟享。频观公主下降，皇子纳妃。修造则创建明堂，冶铸则立成鼎鼐。观妓籍则府曹衙罢，内省宴回；看变化则举子唱名，武人换授。①

引文所叙为徽宗崇宁期间之京师盛况，但导源追本至少可溯至真宗后期与仁宗朝，当时"太平日久，人物繁阜"的汴梁与之相比实在未遑多让。特别值得一提的是，唐代以降的长安、洛阳等大都市基本上坊市分离，在夜间则严格实行宵禁制度，由于中央集权的削弱、商业经济发展等各种因素，中晚唐五代时期坊制逐渐崩坍，坊市合一的新型街巷、街市面貌逐步形成，夜市日渐繁荣，如《唐会要》记载：

> 大和五年（831年）七月，左右巡使奏："伏准令式及至德（756—757）、长庆（821—824）年中前后敕文，非三品以上，及坊内三绝，不合辄向街开门，各逐便宜，无所拘限，因循既久，约勒甚难。或鼓未动即先开，或夜已深犹未闭，致使街司巡检，人力难周，亦令奸盗之徒，易为逃匿。伏见诸司所有官宅，多是杂赁，尤要整齐，如非三绝者，请勒坊内开门，向街门户，悉令闭塞，请准前后除准令式各合开外，一切禁断。余依。"②

可见唐肃宗、德宗期间临街开门、破坏坊制的现象已层出不穷，"因循既久，约勒甚难"，与其相辅相成的宵禁制度亦名实不符，屡遭违逆。至唐末哀帝时，"皇城使奏'伏以皇城之内，咫尺禁闱，晨夜巡警，固须清肃，伏乞准敕条，陋鼓声绝后，禁断人行。今据军人百姓，更点

---

① 孟元老撰，伊永文笺注：《东京梦华录笺注》，中华书局，2007年，"梦华录序"第1页。
② 王溥：《唐会要》卷八十六《街巷》，上海古籍出版社，2006年，第1867—1868页。

动后,尚恣夜行,特乞圣慈再下六军止绝'。从之"。① 这一陈奏恰反衬出当时皇城实行宵禁在很大程度上徒具虚名而已。五代时期城市坊制与宵禁制度进一步瓦解,宋初乾德三年(965年),太祖更"诏开封府,令京城夜市至三鼓以来,不得禁止",② 显示出朝廷对坊制崩溃、夜市繁衍的承认与肯定,在制度层面作出了相应的调整。宋敏求熙宁三年(1070年)所著《春明退朝录》卷上又载:"京师街衢置鼓于小楼之上,以警昏晓。太宗时命张公洎制坊名,列牌于楼上。按唐马周始建议置冬冬鼓,惟两京有之,后北都亦有冬冬鼓,是则京都之制也。二纪以来,不闻街鼓之声,金吾之职废矣。"③ 倒推"二纪",则至迟在仁宗中期,夜市繁衍与宵禁制度松弛互为因果,原有晚间金吾敲街鼓以报时的成制名存实亡了。北宋商业经济的蓬勃发展推动城市制度变革,进而对全天候的商业、娱乐活动起到极大的促进作用。④ 这种社会政治经济制度与文化意识形态面貌的焕然一新,加上首善之地的节序宴赏、茶酒风俗、歌伎盛行、新声频出,为词体大盛提供了一个不可多得的生态环境与历史舞台。当时宋代官员围绕元旦、立春、上元、上巳、寒食、清明、端午、七夕、中秋、重阳、除夕等岁时节序的节假日有一百多天,⑤ 在这些风俗节序宴赏中往往伴有歌舞佐酒、听歌填词活动。除了前述官伎、家伎,市井歌妓业也越发繁盛,如汴京御街宣德楼西"皆妓馆舍,都人谓之'院街'"。⑥ "时天下无事,许臣僚择胜燕饮。当时侍从文馆士人

---

① 王钦若等编:《册府元龟》卷一四《帝王部·都邑二》,中华书局,1960年,第162页。又《唐会要》卷七十八、《全唐文》卷九百六十九皆收有此文。
② 徐松辑:《宋会要辑稿·食货》六七之一,中华书局,1957年,第6253页上。
③ 宋敏求:《春明退朝录》卷上,中华书局,1980年,第11页。
④ 关于宋代商业与城市的发展,可参加藤繁著,吴杰译《中国经济史考证》,第1卷,商务印书馆,1959年,第239—277页;斯波义信著,庄景辉译《宋代商业史研究》,台北稻禾出版社,1997年,第313—394页。关于北宋城开封的商业、夜市与宵禁制度的变化,可参梅原郁《宋代的开封与城市制度》,载《鹰陵史学》第3、4合辑号,1977年;周宝珠《宋代东京研究》,河南大学出版社,1992年,第232—241页;久保田和男著,郭万平译《宋代开封研究》,上海古籍出版社,2010年,第111—125页。
⑤ 参朱瑞熙、张邦炜、刘复生等著:《辽宋西夏金社会生活史》,中国社会科学出版社,1998年,第389—391页。
⑥ 孟元老撰,伊永文笺注:《东京梦华录笺注》卷之二,中华书局,2007年,第82页。

大夫，各为燕集。以至市楼酒肆，往往皆供帐为游息之地"，① 无论朝廷官员还是贩夫走卒，都会到馆舍酒楼听歌闻曲，这对伴曲而唱的词有了更多的需求。曲待词传，词借曲行，随着乐曲流变日繁，真宗朝已有"急慢诸曲几千数"，原本不用的"太宗所制曲，乾兴以来通用之"，特别是其时汴京新声并起，对词体的兴盛尤有巨大的驱动力。真宗时"民间作新声者甚众，而教坊不用也"，② 至仁宗时期则"新声巧笑于柳陌花衢，按管调弦于茶坊酒肆"的情况更为流行，音乐与词体同生共长的形态也更加突出，柳永等四大词人正呼应了这一潮流，登上历史舞台，推动南词北进。

李清照回顾宋初词坛时说："逮至本朝，礼乐文武大备，又涵养百余年，始有柳屯田永者，变旧声，作新声，出《乐章集》，大得声称于世；虽协音律，而词语尘下。"③ 道出了宋初词坛兴起的背景与柳永的先驱主导地位，"变旧声，作新声"，则是柳永词调的特点之一。如《浪淘沙》、《定风波》、《木兰花》、《应天长》、《长相思》、《玉蝴蝶》等唐五代旧曲本皆为小令，柳永都度为慢曲长调，原来在唐五代无人作词的旧教坊曲如《透碧宵》、《夜半乐》、《隔帘听》、《二郎神》、《留客住》、《曲玉管》、《小镇西》、《六么令》、《雨霖铃》、《安公子》等，柳永也都度为词调，这两者都是"变旧声，作新声"，反映了唐宋间乐曲的因革演进及柳永丰富词调的创造之功。

柳永在景祐元年（1034年）登第释褐前长期流连于秦楼楚馆，"多游狭邪，善为歌辞。教坊乐工每得新腔，必求永为辞，始行于世。于是声传一时"。④ 王灼亦指出："柳耆卿《乐章集》，世多爱赏该洽，序事闲暇，有首有尾，亦间出佳语，又能择声律谐美者用之。惟是浅近卑俗，自成一体，不知书者尤好之。"⑤ 柳永词的"声传一时"，很大部分

---

① 彭乘撰，孔凡礼点校：《墨客挥犀》卷十，中华书局，2002年，第398页。
② 脱脱等：《宋史》卷一四二《乐志》十七，中华书局，1977年，第3356页。
③ 胡仔纂，廖德明校点：《苕溪渔隐丛话》后集卷三三，人民文学出版社，1962年，第254页。
④ 叶梦得：《避暑录话》卷三，载上海古籍出版社编《宋元笔记小说大观》，第3册，上海古籍出版社，2001年，第2628页。
⑤ 王灼：《碧鸡漫志》卷二，载唐圭璋编《词话丛编》，中华书局，1986年，第84页。

原因是运用了教坊乐工的新腔与声律谐美的美腔,特别是市井新声,其词中也多次写到:

《凤栖梧》(帘下清歌):帘下清歌帘外宴,虽爱新声,不见如花面。
《木兰花》(佳娘捧板):佳娘捧板花钿簇,唱出新声群艳伏。
《玉蝴蝶》(误入平康):按新声、珠喉渐稳,想旧意、波脸增妍。
《玉山枕》(骤雨新霁):省教成、几阕清歌,尽新声,好尊前重理。
《木兰花慢》(拆桐花):风暖繁弦脆管,万家竞奏新声。
《长寿乐》(繁花嫩翠):是处楼台,朱门院落,弦管新声腾沸。①

唐五代词调一百八十个左右,几乎半数出于教坊曲,教坊曲是唐五代词调主要的乐曲来源,北宋也是词调新出大盛的重要时期,除了来自民间、边地、外域、教坊等,汴京等地的新声竞繁对词人自度曲的广泛制作具有重要的刺激作用,柳永的《黄莺儿》、《昼夜乐》、《柳腰轻》、《迎新春》、《两同心》、《金蕉叶》等词调就是在新声的基础上自度而成,张先、周邦彦等自度曲也依托于新声竞繁的音乐背景。

柳永以当时的新声美腔为词调的主体,大力创作慢词长调,使唐五代以迄宋初二百多年来以小令为词坛主要体式的局面得以改观,开启了宋词中的慢词长调时代。宋翔凤说:"慢词盖起于宋仁宗朝。中原息兵,汴京繁庶,歌台舞席,竞赌新声。耆卿失意无俚,流连坊曲,遂尽收俚俗语言,编入词中,以便伎人传习。一时动听,散播四方。其后东坡、少游、山谷辈,相继有作,慢词遂盛。"② 其实敦煌词与《尊前集》中已有长调慢词,但数量甚少,柳永则创调颇多,且大都为长调,居两宋词

---

① 以上词依次见《全宋词》第 24、34、41、45、48、50 页,中华书局,1965 年。
② 宋翔凤:《乐府余论》,载唐圭璋编《词话丛编》,中华书局,1986 年,第 2499 页。

人创调之首,《乐章集》按宫调编排,今共得慢词87调125首,其中最长慢词《戚氏》(晚秋天)长达212字。长调慢词从体制上扩充了词的内容涵量,功能上提高了词的表现能力,形式上也促进了词的艺术手段。柳永推进慢词的发展,既对苏轼、秦观、黄庭坚辈有启发之功,又为周邦彦、姜夔等精通音律的词人度曲创调树立了典型,同时也体现了南词北进取得的崭新硕果。

柳永不但大量汲取北地新声创调填词,而且不乏以北方题材入词,特别是在词中多处叙写了汴京风情。如《倾杯乐》(禁漏花深)述说京师"都门十二,元宵三五"的上元节"银蟾光满,连云复道凌飞观,耸皇居丽,嘉气瑞烟葱蒨"的繁华景象;《满朝欢》(花隔铜壶)描摹春杪"烟轻昼永,引莺啭上林,鱼游灵沼。巷陌乍晴,香尘染惹,垂杨芳草"的帝里烂漫风光;《迎新春》(嶰管变青律)感叹都城"太平时、朝野多欢民康阜"的承平心境;《乐章集》中诸如此类作品所在多有,都是作为南方文人的柳永到北方后有感于汴京风情、大宋气象而填词表现出来的艺术成果,在城市与文学的互动中也展现出南词北进与南北融合的新进程与新局面。

除了堂皇富丽的汴京,柳永还用词笔描绘过洛阳、益州、扬州、苏州、会稽、金陵、杭州等城市的繁荣景象与市民的游乐场景,如《瑞鹧鸪》(吴会风流)写苏州"万井千闾富庶,雄压十三州。触处青蛾画舸,红粉朱楼"的壮丽景观,《望海潮》(东南形胜)用赋笔写杭州"三秋桂子,十里荷花"的自然形胜与"市列珠玑,户盈罗绮"的士民殷富,这些都市风情词恰似一幅幅动态画卷,展示了北宋当时社会的太平气象。祝穆《方舆胜览》卷一一一引范镇云:"仁宗四十二年太平,镇在翰苑十余载,不能出一语歌咏,乃于耆卿词见之。"① 黄裳《书乐章集后》称:"予观柳氏乐章,喜其能道嘉祐中太平气象,如观杜甫诗,典雅文华,无所不有。……太平气象,柳能一写于乐章,所谓词人,盛世之黼藻,

---

① 祝穆撰,祝洙增订,施和金点校:《方舆胜览》卷一一一,中华书局,2003年,第197页。

岂可废耶!"① 陈振孙也说《乐章集》"其词格固不高,而音律谐婉,语意妥帖,承平气象形容曲尽"。② 又据载,仁宗喜好柳永词,"每对酒,必使侍从歌之再三";③ 范镇也"喜柳词,客至辄歌之"。④ 他们喜爱柳词除了新声美腔的悦耳动听,词中展露的太平气象想必是致力于巩固大一统政权的朝廷君臣更为喜闻乐见的,这也是南词北进取得包括最高统治者在内的北人认同与肯定的重要原因。

张先与柳永同时而齐名,是北宋年寿最高的词人,虽然仕途不达,名位不彰,但生活平和,精力强健,一生流连风月,"多为官妓作词",⑤为开创宋初词坛兴盛局面与有力焉。除了填词应歌,他还大量作词用于赠别酬唱,如《玉连环·送临淄相公》、《定风波令·再次韵送子瞻》等,统计不下20首,扩大了词的社交与实用功能,并在词中大量运用题序,统计不下70首,可见他对词的重视与喜爱,对后来词的发展也有一定意义。张先登第后历任宿州掾,知吴江县、嘉禾判官、永兴军通判,知渝州、知虢州等,往来南北,词中也多写北地风情,如《鹊桥仙》(星桥火树)叙述汴京上元"重城闭月,青楼夸乐,人在银潢影里"的繁荣景象,与前引柳永《倾杯乐》两相辉映。北方特别是汴京风情既是柳永、张先填词的题材渊薮,也是南词北进赢得北人认同的一大因素。

张先早期以小令为主,后期转向慢词,风格由妍丽转为疏放,"慢词亦多用小令作法。在北宋诸家中,可云独树一帜",⑥ 明显地表现出从唐五代小令过渡到北宋慢词的转变期特色,被视为词中"古今一大转

---

① 曾枣庄、刘琳主编:《全宋文》,第 103 册,上海辞书出版社、安徽教育出版社,2006 年,第 106 页。
② 陈振孙:《直斋书录解题》卷二十一,上海古籍出版社,1987 年,第 616 页。
③ 陈师道:《后山诗话》,载何文焕辑《历代诗话》,上册,中华书局,1981 年,第 311 页。
④ 刘克庄:《跋汤野孙长短句又四六》,载曾枣庄、刘琳主编《全宋文》,第 330 册,上海辞书出版社、安徽教育出版社,2006 年,第 93 页。
⑤ 陈师道:《后山诗话》,载何文焕辑《历代诗话》,上册,中华书局,1981 年,第 314 页。
⑥ 夏敬观:《手批张子野词》,引自龙榆生编选《唐宋名家词选》,上海古籍出版社,1980 年,第 59 页。

移"。① 张先词也说到新声，如《木兰花》（檀槽碎响）："画堂花入新声别。"《玉树后庭花》（宝床香重）："新声丽色千人，歌《后庭》清妙。"② 他也与柳永一样精通音律，在流行新声的基础上自度新调，如《双韵子》、《泛清苕》、《恨春迟》、《熙州慢》、《宴春台慢》、《少年游慢》等，又从"梨园乐工花日新"处度得"谱不传久矣"的唐五代旧调《小重山》，③ 并填词推广。在今存近170首张先词中，共用词调近百个，平均不到两首即有一个新调，在两宋词人中罕有其匹；张先词集也按宫调编排，与柳永《乐章集》同为宋词别集中硕果仅存的两个按宫调编排、存唱本面貌的集子，弥足珍贵。同时，这也从一个侧面为张先"以歌词闻于天下"④ 提供了佐证。

仁宗时代的汴京，教坊与妓乐新声竞繁，歌妓檀板金樽、浅斟低唱的风气盛极一时，呼唤着新词人词作的涌现，柳永、张先这些从南入北的词人顺应这一潮流，择声选乐，创调度曲，使新创词调繁衍滋生，推进演化，令、引、近、慢，众体兼备，《乐章集》更有《尾犯》、《小镇西犯》等犯调，使仁宗朝成为北宋词调创作最活跃繁荣、丰富多彩的时期，对词体版图的扩张与宋词的发展起了重要的推动作用。反过来说，曲新调美，新声美腔也促进了词体的传唱与流播，郑樵《通志》卷四九有云："今都邑有新声，巷陌竞歌之，岂为其辞之美哉？直为其声新耳。"⑤ 柳永词取得上自宫廷，下到青楼，远及漠外乃至"凡有井水饮处，即能歌柳词"⑥ 的传唱效应，张先亦有"以歌词闻于天下"、"俚俗

---

① 陈廷焯：《白雨斋词话》，载唐圭璋编《词话丛编》，中华书局，1986年，第3782页。
② 张先著，吴熊和、沈松勤校注：《张先集编年校注》，浙江古籍出版社，1996年，第13、202页。
③ 李之仪：《跋小重山词》，载曾枣庄、刘琳主编《全宋文》，第112册，上海辞书出版社、安徽教育出版社，2006年，第142页。
④ 苏轼：《书游垂虹亭》，载孔凡礼点校《苏轼文集》卷七一，中华书局，1986年，第2254页。
⑤ 郑樵：《通志》卷四九《乐略一》，中华书局，1987年，第626页上。
⑥ 叶梦得：《避暑录话》卷三，载上海古籍出版社编《宋元笔记小说大观》，第3册，上海古籍出版社，2001年，第2628页。

多喜传咏(张)先乐府"①的时誉声称,这都与他们来到北方文化中心、音乐中心的汴京采用新声美腔作调填词密不可分,南方词人与北方新声的结合是南词北进的关键因素。饶宗颐先生根据残存柳永墓志中"为太常博士"语,推测柳永《乐章集》的命名与词调的选用或与北方五代以来的词乐发展有密切关系,②设若所论非虚,则柳永词的别开生面可说是南北双方共育同养的宁馨儿。

北宋汴京继西蜀成都、南唐金陵成为词坛中心至少具备以下几个特点:一是教坊乐的发展,二是民间新声的繁盛,三是歌伎种类、人数的众多,四是饮宴风气的流行,还有一个至关重要的因素是南方词人的北上麇集。除了柳永与张先,四大词人中的晏殊与欧阳修也是在这一社会生态中从南到北,濡染词笔,为汴京词坛中心的形成推波助澜。晏殊《望仙门》(玉壶清漏):"新曲调丝管,新声更蹴霓裳。"又《相思儿令》(昨日探春):"有酒且醉瑶觥,更何妨、檀板新声。"欧阳修《蝶恋花》(帘幕风轻):"羌管不须吹别怨。无肠更为新声断。"又《玉楼春》(檀槽碎响):"画堂花月新声别。《红蕊》调长弹未彻。"③新声竞繁的音乐环境促进了晏、欧的词体创作,他们的词反过来也推动了汴京词坛中心的形成与发展。

晏殊年十四"以俊秀闻,特召试",寇准因其产于江左而加以排抑,真宗则叹赏其"属辞敏赡",不顾寇准看法而赐同进士出身,又"爱其淳直",擢为秘书省正字,秘阁读书。④后来步步高升,直至宰相,虽曾经贬谪,但自称"生平守官,未尝去王畿五百里",⑤境遇遭际的不同,也促成了晏殊词与柳词的迥异。柳永多为教坊伎、市井伎作词,而晏殊

---

① 叶梦得:《石林诗话》卷下,载何文焕辑《历代诗话》,上册,中华书局,1981年,第430页。
② 参见饶宗颐:《后周整理乐章与宋初词学有关诸问题——由敦煌舞谱谈后周之整理乐章兼论柳永〈乐章集〉之来历》,载《饶宗颐二十世纪学术文集》,第12册《词学论集》,台北新文丰出版公司,2003年,第207—226页。
③ 以上词依次见《全宋词》第102、106、126、134页,中华书局,1965年。
④ 李焘:《续资治通鉴长编》卷六十,上海古籍出版社,1986年,第519页。
⑤ 吴曾:《能改斋漫录》卷十六"乐府",上海古籍出版社,1984年,第475页。

则蓄养家伎，举办家宴，《避暑录话》记载：

> 晏元宪公虽早富贵，而奉养极约，惟喜宾客，未尝一日不燕饮。……既命酒，果实蔬茹渐至，亦必以歌乐相佐，谈笑杂出。数行之后，案上已灿然矣。稍阑，即罢遣歌乐曰："汝曹呈艺已遍，吾当呈艺。"乃具笔札相与赋诗，率以为常。前辈风流，未之有比也。①

这种优游闲逸的生活造就了晏殊词的富贵气象与清婉风格，但《珠玉词》中颇多百转千回、哀感无端的作品，如著名的《浣溪沙》（一向年光）在伤时怀人的感喟中，蕴含着浓烈的生命意识与时空意识，显示了南词北进中风貌与质素的多样性。晏殊还是宋代第一个大量作寿词的大词人，《全宋词》中录其寿词如《喜迁莺》（歌敛黛）、《望仙门》（玉壶清漏）等28首，祝寿对象基本上是帝王亲贵，其雍容华贵的寿词也是南词北进在政治最高层这一维度上的演绎，并对民间祝寿风俗以词为贺产生重要影响。

欧阳修也在歌舞佐酒、娱宾遣兴的生态中应歌填词，"写以新声之调，敢陈薄伎，聊佐清欢"。②在创作中既汲取挹注了花间、南唐词人的流风余韵，又能继往开来，推陈出新。他宦海沉浮，三遭贬谪，对人生命运有不断深入的体验思考，在词中则多有抒发自身感受，并以旷达通脱的情怀加以排遣，如《朝中措》（平山栏槛）、《圣无忧》（世路风波险）等，在风格上"疏隽开子瞻，深婉开少游"。③欧阳修在新声竞繁的环境下也有《千秋岁》、《醉蓬莱》、《鼓笛慢》等一些慢词的创作，其《御带花》（青春何处）描写汴京元夕"雍容熙熙"的盛况堪与柳永媲美，也显示出词坛中心与词人的因应互动。欧阳修词在当时也流播甚

---

① 叶梦得：《避暑录话》卷二，载上海古籍出版社编《宋元笔记小说大观》，第3册，上海古籍出版社，2001年，第2615页。
② 唐圭璋编：《全宋词》，中华书局，1965年，第121页。
③ 冯煦：《蒿庵论词》，载唐圭璋编《词话丛编》，中华书局，1986年，第3585页。

广,成为歌妓侍宴佐觞的名家唱词之一,《侯鲭录》载"欧公闲居汝阴时,一妓甚韵文,公歌词尽记之",① 又《后山谈丛》有云:"文元贾公居守北都,欧阳永叔使北还,公预戒官伎办词以劝酒,妓唯唯,复使都厅召而喻之,妓亦唯唯。公怪叹,以为山野。既燕,妓奉觞歌以为寿,永叔把盏侧听,每为引满。公复怪之,召问,所歌皆其词也。"② 这些记载表明一方面歌舞佐酒的风俗推动词体创作,另一方面词人创作也满足了歌伎谐美婉转的歌唱要求,并共同完成词体的运行系统。欧阳修等南方词人崛起后,词的数量大幅增加,质量也值得肯定,使北宋词的运行系统在歌本歌词选择上趋于多样性和新式化,为南词北进传唱遐迩奠定了坚实基础。

相对于柳永、张先在词调上的铸模造型、开疆拓土,宋初四大词人中的晏殊与欧阳修略显保守,词乐上基本沿袭西蜀、南唐旧声,填词以小令为主,两人又都从南唐故地江西来到北方,在创作上也延流扬波,复盛南唐词风于宋初。一般认为晏、欧均承南唐余绪,受冯延巳影响较大,如刘熙载《艺概·词概》称:"冯延巳词,晏同叔得其俊,欧阳永叔得其深。"③ 刘攽《中山诗话》称"晏元献尤喜江南冯延巳歌词。其所自作,亦不减延巳",④ 冯煦《蒿庵论词》更提出"江西词派"一说:"文忠(欧阳修)家庐陵,而元献家临川,词家遂有西江一派。其词与元献同出南唐,而深致则过之。"⑤ 冯延巳、晏殊、欧阳修三家词多有重出互见者,⑥ 亦是风格相近有以致之。"江西词派"的出现,正是五代至宋初南词北进的一条重要线索,当然需要指出的是,晏欧之作已非五代词的余波,而是宋初词坛的新流。

晏殊、欧阳修既是朝廷重臣,又是前后相继的文坛盟主。晏殊"以

---

① 赵令畤:《侯鲭录》卷一,中华书局,2002年,第48页。
② 陈师道:《后山谈丛》卷三,载上海古籍出版社编《宋元笔记小说大观》,第2册,上海古籍出版社,2001年,第1596页。
③ 刘熙载:《词概》,载唐圭璋编《词话丛编》,中华书局,1986年,第3689页。
④ 刘攽:《中山诗话》,载何文焕辑《历代诗话》,上册,中华书局,1981年,第292页。
⑤ 冯煦:《蒿庵论词》,载唐圭璋编《词话丛编》,中华书局,1986年,第3585页。
⑥ 参见唐圭璋:《宋词互见考》,载《词学论丛》,上海古籍出版社,1986年,第387—406页。

文章为天下所宗",①"多称引后进,一时名士往往出其门",② 如范仲淹、欧阳修、梅尧臣、张先、宋庠、宋祁等。《古今词话》记载:"庆历癸未十二月十九日立春,甲申元日,丞相晏元献公会两禁于私第。丞相席上自作木兰花以侑觞。……于时坐客皆和,亦不敢改首句东风昨夜四字。"③可见在晏殊影响下,"两禁"(中书省和枢密院)的文人士大夫亦填词相和。或许更夹杂这个原因,晏殊被后世奉为"北宋倚声家初祖"。④欧阳修门下也济济多士,有苏轼、苏辙、王安石、曾巩等著名文人。特别是随着范仲淹庆历新政的展开,新一代士大夫的政治主体意识越发高扬,南文北移与南北融合都达到了一个新的阶段,作为参政主体、学术主体与文学主体三位一体的宋代士大夫多元角色也更加明显。范仲淹、贾昌朝、文彦博等名公钜卿也都有词作问世,与欧阳修同时的北方文人也不乏佳作,如东学文派中的李冠,所作《蝶恋花》(遥夜亭皋)中"数点雨声风约住,朦胧淡月云来去",沈谦《填词杂说》以为宋祁"红杏枝头春意闹"、张先"云破月来花弄影"两名句"俱不及",⑤这也是南词北进取得重大成功后影响北方词人的显著效应。

刘永济先生《词论》有云:"文艺之事,言派别不如言风会。派别近私,风会则公也。言派别,则主于一二人,易生门户之争;言风会,则国运之隆替、人才之高下、体制之因革,皆与有关焉。盖风会之成,常因缘此三事,故其变也,亦非一二人偶尔所能为。"⑥在宋初近百年涵养至仁宗朝,在政治、经济、文化各种因素的综合作用下,词人竞出,众体纷呈,风格多样,艺术超逸,迎来了宋词的第一个高峰,其中最引人瞩目的当属柳永、晏殊、张先、欧阳修四大词人先后由南入北,从根本上改变了宋初词坛乏善可陈的寂寥局面,使南词北进从隐伏不彰的暗流变成显豁雄阔的洪流。他们四人的政治地位与创作风貌各不相

---

① 欧阳修:《侍中晏公神道碑铭》,载《欧阳修全集》,中华书局,2001年,第351页。
② 欧阳修著,郑文校点:《六一诗话》,人民文学出版社,1962年,第13页。
③ 杨湜:《古今词话》,载唐圭璋编《词话丛编》,中华书局,1986年,第21页。
④ 冯煦:《蒿庵论词》,载唐圭璋编《词话丛编》,中华书局,1986年,第3585页。
⑤ 沈谦:《填词杂说》,载唐圭璋编《词话丛编》,中华书局,1986年,第632页。
⑥ 刘永济:《宋词声律探源大纲·词论》,中华书局,2007年,第119页。

同,所写之词分别受到上至帝王将相、文士精英,下至市井小民、贩夫走卒等不同政治、文化阶层的欢迎、爱好与欣赏,并远播海外,使南词北进取得重大进展。此外,柳永垂范周邦彦,晏殊下启晏几道,欧阳修、张先接引苏轼,苏轼提高词品、扩大词境、改变词风、推进词律的对手也是柳永,① 宋初四大词人承上启下,开创了宋词的一代新风,写下了词史上艰难而又壮丽的不朽篇章。

(原载《北京大学学报》2013年第1期,与楼培合作)

---

① 参见吴熊和:《唐宋词通论》,浙江古籍出版社,1989年,第197—210页。

柳永"屯田体"的特质及其词史意义

柳永是词体演进历程中的一位关键性人物,但由于历来论者的立场或审美标准的不同,对柳词的评价毁誉参半。在宋代,王灼站在精英社会的立场,以风雅为审美标准,称柳永词"浅近卑俗,自成一体……予尝以比都下富儿,虽脱村野,而声态可憎"。① 虽然承认柳词自成一体,却否定了其世俗化的流风与品格。这也代表了宋人对柳永词的主流评价。据近人陈锐说:"柳三变乃以专诣名家,而当时转述其俳体,大共非訾,至今学者,竞相与咋舌瞠目,不敢复道其一字。独梦华推为北宋巨手。"② 不过,冯煦虽推尊柳永为词坛"巨手",对柳词却不乏微辞。他说:"耆卿词,曲处能直,密处能疏,鰀处能平,状难状之景,达难达之情,而出之以自然,自是北宋巨手。然好为俳体,词多嫚黩,有不仅如《提要》所云,以俗为病者。《避暑录话》谓'凡有井水饮处,即能歌柳词'。三变之为世诟病,亦未尝不由于此,盖与其千夫竞声,毋宁白雪之寡和也。"③

在近代,完全从正面评价柳词的,当推郑文焯。郑文焯站在"当行本色"的立场,以属景切情的特点与词体元素中的声律为标准,衡量柳词:"耆卿词以属景切情,绸缪宛转,百变不穷,自是北宋倚声家妍手,其气骨高健,神均疏宕,实惟清真能与颉颃。盖自南唐二主及正中后,得词体之正者,独《乐章集》可谓专诣已,以前此作者,所谓长短句,

---

① 王灼著,岳珍校正:《碧鸡漫志校正》卷二,人民文学出版社,2015年,第28页。
② 陈锐:《裒碧斋词话》,载唐圭璋编《词话丛编》,中华书局,1986年,第4199页。
③ 冯煦:《蒿庵论词》,载唐圭璋编《词话丛编》,中华书局,1986年,第3585—3586页。

皆属小令。至柳三变乃演赞其未备,而曲尽其变,讵得以工为俳体而少之?"① 进而指出:"玉田崇四家,黜柳以进史。盖以梅溪声音铿訇,幽约可讽,独于律未精细。屯田则宋专家,其高浑处不减清真,长调又能以沉雄之魄、清劲之气,写奇丽之情,作挥绰之声,犹唐之诗家,有盛、晚之别。"②

这些虽非柳词评价的全部,却代表了柳词评价的正负两极。对此,当代词学界尚未作出令人满意的解析。其实,这不仅关系到对"自成一体"的柳词的认识,同时也关乎如何认识词体演进历史的一个重大问题。本文试图通过考察"屯田体"的特质及其词史意义,以期得出实事求是的判断。

一、"屯田家法"与"屯田体"

犹如诗中具有鲜明艺术个性的"荆公体"、"东坡体"、"山谷体",柳永词也如王灼所说"自成一体",被称为"柳体"或"屯田体",影响深远。宋末仇远《合欢带》自注:"效柳体。"③ 清初邹祗谟《宣清》调下有题云:"春尽日,偶效柳屯田体。"④ 柳永终官屯田员外郎,世称"柳屯田",故称其"自成一体"的词为"屯田体"。构成"屯田体"的表现手法或艺术元素被称为"屯田家法",亦称"柳氏家法"或"屯田蹊径"。《古今词话》云:

> 宋无名氏《眉峰碧》词云:"蹙损眉峰碧,纤手还重执。镇日相看未足时,忍便使鸳鸯只。薄暮投村驿,风雨愁通夕。窗外芭蕉窗里人,分明叶上心头滴。"真州柳永少读书时,遂以此词题壁,

---

① 郑文焯著,孙克强、杨传庆辑校:《大鹤山人词话》卷一《词籍批语》,南开大学出版社,2009年,第17页。
② 唐圭璋编:《词话丛编》,中华书局,1986年,第4329页。
③ 唐圭璋编:《全宋词》,中华书局,1965年,第3408页。
④ 张宏生主编:《全清词》,中华书局,2002年,第3007页。

后悟作词章法。一妓向人道之。永曰:"某于此亦颇变化多方也。"然遂成屯田蹊径。①

当代学者据而认为柳永在年轻时就从这首无名氏词中悟出"作词章法",即近人蔡嵩云所说"写情用赋笔",②将赋体的某些铺叙或叙事因子融入以抒情为本位的词体之中,就是"屯田家法"。③需要说明的是,首先在词史上,"写情用赋笔"并非始于柳永。五代何凝《江城子》五首,便按照一夜五更的时间推移,展衍铺叙,叙写一个完整的情爱故事,是一组联章。④吴熊和先生说:"《花间》多联章体,《乐章》、《六一》、《珠玉》诸集,联章亦往往多有。至苏、黄,则已少见。此亦词体嬗变之迹,以联章多存于歌筵舞席,用于嘌唱也。"⑤就作法而言,词中联章往往汲取赋体的铺叙因子,用来叙事写情,但"花间词人"、晏殊、欧阳修笔下的联章体,其调均为小令,柳永却用于慢词意境的营造,成为其慢词的一种作法。其次,"屯田家法"还包括了音律之法。王灼在指出"诗与乐府同出,岂当分异。若从柳氏家法,正自不得分异耳"后说:"柳耆卿《乐章集》,世多爱赏该洽,序事闲暇,有首有尾,亦间出佳语,又能择声律谐美者用之。"⑥所谓"序事闲暇,有首有尾",就是运用"赋笔"的铺叙之法;"择声律谐美者用之",则指音律之法。在王灼看来,这两者都是"柳氏家法"。而柳永强调词与诗"正自不得不分异",所指就是词的音乐属性;也就是说,作为文本的词如何与其相应曲调的音乐配合得更为"谐美",是柳永首先所关注的;而体现词的音乐性的,主要就是音律。综观《乐章集》,其所运用的音律之法与

---

① 王奕清:《历代词话》卷四,载唐圭璋编《词话丛编》,中华书局,1986年,第1164页。
② 蔡嵩云:《柯亭词论》,载唐圭璋编《词话丛编》,中华书局,1986年,第4912页。
③ 详见赵晓兰:《柳永"屯田家法"探论》,《四川师范大学学报》,2005年第5期;施议对:《铺叙与勾勒——柳周词法举例》,载《施议对词学论集》,第3卷《词法解赏》,澳门大学出版社,2006年,第231—238页。
④ 详见曾昭岷、曹济平、王兆鹏等编著:《全唐五代词》,上册,中华书局,1999年,第477—478页。
⑤ 柳永著,陶然、姚逸超校笺:《乐章集校笺》,上册,上海古籍出版社,2016年,第66页。
⑥ 王灼著,岳珍校正:《碧鸡漫志校正》卷二,人民文学出版社,2015年,第26、28页。

"抒情用赋笔"之法是相辅相成,互为一体的,主要表现在以下两个方面。

(一) 以领字统领"赋笔"

在宋元明清,领字或称"虚字",或称"衬字"。杜文澜《憩园词话》云:

> 张玉田云:"词之语句若堆叠实字,读且不通,况付雪儿乎,合用虚字呼唤。单字如'正'、'但'、'甚'、'任'、'况'、'又'之类。两字如'莫是'、'又还'、'那堪'之类,三字如'更能消'、'最无端'、'又却是'之类,却要用之得其所。"此数言,见于《词源》。吴江沈偶僧《古今词话》引之,另标为"衬字"。而万氏红友则又极论词无衬字。余以为皆是也。衬字即虚字,乃初度此调时用之。今依谱填词,自不容再有增益。万氏盖恐衬字之名一立,则于旧调妄增,致碍定格耳。玉田所云虚字,今谓之领调,所立皆去声。其二三字之首一字,亦须去声。"莫是"之"莫"字虽入声,宋人通作"暮"音也。①

万树反对"衬字说",是为了防止"于旧调妄增,致碍定格"。实际上,在敦煌词中,"衬字"屡有出现,② 在宋词里也不乏其例。赵福元《鹧鸪天·赠歌妓》说:"腔子里,字儿添。"③ 不过,张炎、杜文澜所谓"虚字",并非歌者歌唱时在曲拍规定的字句字数以外,随意将"字儿添"或由和声、泛声、过门、散序之类附属性的装饰音所造成的"衬字",而是由曲拍规定的领字,常见的是一字领,也称"一字逗"。王力先生从修辞学的角度,总结了"一字逗"的两个特点:一是"在词里,副词可以提到主语的前面";二是"副词后面有所省略。譬如'但'等

---

① 唐圭璋编:《词话丛编》,中华书局,1986年,第2862页。
② 详见吴熊和:《唐宋词通论》,浙江古籍出版社,1985年,第169页。
③ 唐圭璋编:《全宋词》,中华书局,1965年,第2652页。

于'但有'、'但见'或'但觉','更'等于'更有','空'等于'空余'……";并认为"唐五代的词里还没有'一字豆',因此,上述的两种情况只能产生于宋代;北宋还是很少,南宋渐渐多起来"。① 但事实上,词中领字不仅在北宋大量存在,而且在唐五代的慢曲子中业已出现。如敦煌词《内家娇》上阕:"任从说洛浦阳台,谩将比并无因",以"任"字、"谩"字各领一句,即为"一字逗";下阕:"只把同心,千遍撼弄,来往中庭。应是降王母仙宫,凡间略现容真",其中"只把"领三句、"应是"领二句,属于二字领。其实,领字并非仅仅属于修辞学上的副词,据郑文焯批点柳永《乐章集·木兰花慢》:"柳词作一字领句,当是旧谱音拍。"② 它首先代表词乐乐谱中的一个音拍。蒋哲伦先生根据姜夔《白石道人歌曲》中十七首工尺旁谱所示,明确指出领字在词谱中"占据一个独立的音符",用于慢曲。与曲拍分明、体制单一的令曲不同,慢曲音声多转折变化,有种种迟留延伸的唱法,于是"重板轻起等调式便流行开来,领字也便由此成为一种定式";而以具有"哀远道"的声情效果的"去声"领起"慢处声迟情更多"的慢曲调式,则正相吻合,故"领调所列皆去声"。③ 这也就是说,以去声的虚字为领调,既是词调在音乐上的组成部分,又属于文本上的声律范畴,其性质是由词乐转化而成的一种音律现象。

以虚字领调出现于慢词。慢词在唐五代虽已形成,但数量很少,现存十首左右,而且如钟辐《卜算子慢》(桃花院落)、李存勖《歌头》(赏芳草)、敦煌词《凤归云》(幸因今日)、同调(儿家本是)等慢词,均无虚字领调,至柳永才开启了慢词的时代,也由柳永全面确立了以虚字领调之法。据《乐章集校笺》,④ 共有116首慢词,所用领调有一字领、二字领、三字领,形式齐全,数量众多,在"声律谐美"和"抒情

---

① 王力:《汉语诗律学》,上海教育出版社,1982年,第659—660页。
② 郑文焯著,孙克强、杨传庆辑校:《大鹤山人词话》卷一《词籍批语》,南开大学出版社,2009年,第36页。
③ 蒋哲伦:《论"领字"及其与词体建构的关系》,《社会科学战线》,1994年第4期。
④ 所据为柳永著,陶然、姚逸超校笺:《乐章集校笺》(以下所引柳词均从此,恕不出注),上海古籍出版社,2016年。

用赋笔"中,均起有重要作用。如《八声甘州》:

  对潇潇暮雨洒江天,一番洗清秋。渐霜风凄紧,关河冷落,残照当楼。是处红衰翠减,苒苒物华休。惟有长江水,无语东流。

  不忍登高临远,望故乡渺邈,归思难收。叹年来踪迹,何事苦淹留。想佳人妆楼颙望,误几回、天际识归舟。争知我,倚栏干处,正恁凝愁。

  词中"对"、"渐"、"望"、"叹"、"想"为一字领;"是处"、"惟有"、"正恁"为二字领;"争知我"为三字领。在字声上(二、三字领之首字),除"想"为上声,余皆为声调激励劲远"哀远道"的去声。此调"八声"均为八平韵,声韵和畅疏缓。领调出诸去声,则于和畅疏缓之中注入了激励劲远,在音律上明显起到了提振作用,赋予了亢坠抑扬的音律效果,也使全词平添了"挥绰之声"和"清劲之气";与此同时,这些领字统领作者的"赋笔",引领全词场景、人物、事件、情感的铺叙。如首句以"对"字领起"潇潇暮雨洒江天,一番洗清秋"之景,继而以"渐"字转出"霜风凄紧,关河冷落,残照当楼",将场景拉开,使景象变得更为雄壮恢弘,凄惨萧瑟之气也随之更为强烈;又使容易造成质实堆垛的三个排比偶字句在承上起下时,避免了板滞之弊而变得灵动摇曳。"是处"二字则由远而近,领出"红衰翠减,苒苒物华休"的眼前之景,进一步渲染悲秋情调;"惟有"二字则又转入东去的长江,作者的思绪也随之如无语的江水,言外之意,颇为深长。下片由景物转入对人事心绪的铺叙。"登高临远"承上,"归思难收"启下,以"望"字领起"故乡",将上下阕所写思绪紧密衔接在一起。而"叹"字领起人事,衬托"归思","赋笔"的转折也因此变得自然贴切。接着以"想"字穿插其间,设想对方,将本来的独望写成双方关山遥隔的千里相望,在相望中互通衷曲,以突出"归思"之切,开拓并加深了词的意境。最后以"争知我"领起,十分自然地回到眼前"倚栏干处,正恁凝愁"之情状,照应了开篇,也昭示了悲秋中"归思"心绪之浓烈。全词"写情用赋笔",既"序事闲暇,有首有尾",又层折变化,极富姿态。

而这一艺术境界的创造，则与领字的运用密不可分。倘无诸多去声虚字作领调，就很难设想在声调上能亢坠抑扬，富有变化，也很难设想在具体的铺叙上能将今与昔、远与近、虚与实的空间景物、人事情思有机地融为一体，呈现出层次清晰而又波澜起伏，层折变化而又一气贯注的艺术境界。

周济总结柳词"章法"时指出："柳词总以平叙见长。或发端、或结尾、或换头，以一二语勾勒提掇，有千钧之力。"① 所谓"一二语勾勒提掇"，就是包括了以一字、二字或三字领作"勾勒提掇"，展开铺叙。上述便足以表明，领字的运用，不仅是柳永"择声律谐美者用之"的具体表现，同时也是他以"赋笔"抒情的基本保障，成了其"作词章法"不可或缺的组成部分。

（二）以双声叠韵烘托"赋笔"

双声叠韵是汉语中的一种语言现象。两字同纽或同母为"双声"，两字同韵则为"叠韵"。双声叠韵在《诗经》、《楚辞》中不乏其例；在六朝诗歌中也不为少见。唐代律诗成型后，大量使用双声叠韵的，首推杜甫。洪亮吉说："唐诗人以杜子美为宗，其五、七言近体，无一非双声叠韵也。"② 成了其"诗律细"的一个突出标志，故周春特予关注，撰写《杜诗双声叠韵谱括略》，称"少陵尤熟于此，神明变化，遂为双声叠韵之极则"。③ 在唐宋词中，率先且熟练地运用双声叠韵、并将此作为"择声律谐美者用之"之法的，则始于柳永，而且柳永专门作有《双声子》，其中双声叠韵层见间出，④ 是一首名副其实的双声叠韵之曲，

---

① 《宋四家词选》评点柳永《斗百草》（煦色韶光明媚），载唐圭璋编《词话丛编》，中华书局，1986年，第1651页。
② 洪亮吉著，陈道冬校点：《北江诗话》卷一，人民文学出版社，1983年，第2页。
③ 周春：《杜诗双声叠韵谱括略》卷一，《丛书集成初编》本，第2594册，中华书局，1985年，第5页。
④ 该词中双声有：萧索、踪迹、棹东、牢落、繁华、惟闻、决战、翻输；叠韵有：晚天、蓬踪、乘兴、姑苏、暮初、有丘、无睹、想当、图无取、验前、漫载、尽成；叠字有：呦呦、茫茫。见柳永著，陶然、姚逸超校笺：《乐章集校笺》，上册，上海古籍出版社，2016年，第326页。

可见柳永对双声叠韵的重视,以及运用双声叠韵的自觉性。

据初步统计,《乐章集校笺》所收206首词中(不包括辑佚词在内),有195首用了严格意义上的双声叠韵,尤其是慢词。其中双声词508个,叠韵词519个,共计1027个(包括连绵词与叠字)。① 若据"凡十分接近的声母(如心母和山母)和十分接近的韵母(如上古的脂部和微部)都可以认为双声叠韵"② 的原则,柳词中的双声叠韵则更多,几乎每阕有之。而柳永在具体运用中,除了常用词例外,尚有临时词例如《锦堂春》"今后敢更无端"中的"敢更"(见母双声,属于临时构成的词组);非词例如《夜半乐》"避行客、含羞笑相语"中的"羞笑相"(三字均为心母双声,在意义上无法组成词语);句间例如《斗百草》"满庭秋色将晚,眼看菊蕊"中的"晚眼看"(晚,阮韵,眼,产韵,看,翰韵,三字均为叠韵,属上句尾字与下句首字构成);片间例如《透碧霄》上片尾句"阆苑神仙"与下片首句"昔观光得意"中的"仙昔"(同属心母双声);隔字例如《祭天神》"忆绣衾相向轻轻语"中的"绣相衾轻"(绣、相,心母双声,衾、轻,溪母双声)。③ 由此等等,又昭示了柳词运用双声叠韵的形式多样,变化多端,进一步体现了其"音律细"的特征(说详下文)。

诚如李重华所说:"双声如贯珠相连,取其婉转,叠韵如两玉相叩,取其铿锵。"④ 运用到词中,不仅有助于情感的表达,而且更能体现音律的精细,也就是王国维所说:"词之荡漾处多用叠韵,促节处多用双声,则其铿锵可诵,必有过前人者。惜世之专讲音律者,尚未悟此也。"⑤ 柳词中双声叠韵频繁出现,不仅呈现出一种婉转铿锵的音律美;而且还烘托了"赋笔"的铺叙。上述《八声甘州》便充分体现了这一

---

① 详章碧莹:《双声叠韵与"屯田体"》,载马兴荣、朱惠国主编《词学》,第37辑,华东师范大学出版社,2017年。
② 王力:《汉语史稿》,中华书局,1980年,第46页。
③ 详见陶然:《柳词双声叠韵考论》,《浙江大学学报》,2008年第5期。
④ 李重华:《贞一斋诗说》,上海古籍出版社,1987年,第935页。
⑤ 王国维:《人间词话删稿》,载郭绍虞、罗根泽主编,王幼安校订《蕙风词话·人间词话》,人民文学出版社,1960年,第223页。

点。该词用了大量双声叠韵,使声调抑扬跌宕,起伏回环,时而铿锵嘹亮,时而哀婉悲咽,以声写情,表现起伏不平的心绪,尤其是上片,首句以叠字"潇潇"连接叠韵"暮雨",在如贯珠相连的声韵中,渲染了傍晚雨景的萧瑟之气;从次句开始,却一连出现了"清秋"、"凄紧"、"关河"、"冷落"、"残照"、"当楼"、"是处"七个双声,繁音促节,衬托其情,继而用叠韵"衰翠"、叠字"苒苒",则使节奏趋缓,再由双声"惟有"振起,叠韵"无语"收束上片。这在进一步强化音乐性的同时,烘托对整个场景的凄凉氛围,以及情绪急促的悲秋之慨和急切浓郁的思乡之情的铺叙。又如《雨霖铃》:

> 寒蝉凄切,对长亭晚,骤雨初歇。都门帐饮无绪,留恋处,兰舟催发。执手相看泪眼,竟无语凝噎。念去去,千里烟波,暮霭沉沉楚天阔。 多情自古伤离别,更那堪,冷落清秋节!今宵酒醒何处?杨柳岸,晓风残月。此去经年,应是良辰好景虚设。便纵有千种风情,更与何人说?

据《碧鸡漫志》云:"双调《雨淋铃慢》,颇极哀怨,真本曲遗声。"① 现存双调《雨霖铃》,首见柳永《乐章集》。该词通过"对"、"竟"、"念"、"更",以及"应是"、"更那堪"、"便纵有"等领字的"勾勒提掇",展示了动人的惜别一幕,犹如一首带有故事性的剧曲;而双声"凄切"、"留恋"、"语凝"、"情自"、"更堪"(隔字例)、"冷落"、"清秋"与叠韵"寒蝉"、"看眼"(隔字例)、"无绪"、"无语"、"岸残"、"种风",以及叠字"去去"、"沉沉"的运用,则不仅使这一剧曲增添婉转铿锵的音律美,而且在以声写情中,使词倍增意蕴。如"多情"二句,连用四个双声,特别是"冷落清秋",连缀两个次浊半舌音与两个次清齿音,在啮齿噬合的低沉而又紧促之音中传达了无限凄凉的情意,并为下文"今宵酒醒何处?杨柳岸、晓风残月"作了声情上的铺垫,呈

---

① 王灼著,岳珍校正:《碧鸡漫志校正》卷五,人民文学出版社,2015 年,第 95 页。

现出深具意蕴的怀人境界,营造了声情并茂、凄怨感人的艺术效果。

毋庸赘言,作为柳永"择声律谐美者用之"的音律之法,领字与双声叠韵的运用与其以"赋笔"作铺叙之法,是互为依存,相互作用的,三者共同形成了"屯田家法"。如果说领字在音律与铺叙中均起有"勾勒提掇"的作用,统领其"赋笔"的具体展开,那么双声叠韵则在强化音乐性的同时,又以其婉转铿锵之声写景、叙事、抒情,使景更切情、事更传情、情更浓烈,在艺术表现形态上,构成了别具风貌的"屯田体"。

二、"屯田体"的体性特质

俞平伯先生在分析词与曲同源分流时指出:"最初之词、曲虽同为口语体,同趋于文,而后来雅俗之正变似相反也。换言之,即词之雅化甚早,而白话词反成为别体;曲之雅化较迟,固已渐趋繁缛,仍以白话为正格也。"因为"词虽出北里,早入文人之手(唐五代),其貌犹袭倡风,其衷已杂诗心,多表现作者之怀感,故气体尚简要。曲则直至今日犹未脱其歌场舞榭之生涯,犹重听众之情感,虽文家代作,不能与伶工绝缘,故情韵贵旁流"。[1] 柳永"屯田体"却同时扮演了既"正"又"别"、既"雅"又"俗"的角色。究其原因,一方面由于"重听众之情感",多用"口语体",即所谓"词语尘下",[2] 内容也多"骫骳从俗";[3] 另一方面柳永毕竟属于精英社会中的一员,其"衷"不乏"诗心",难免作为精英分子的自我怀感与审美理想,故不乏其雅。况周颐说:"柳屯田《乐章集》为词家正体之一,又为金元以还乐语所自出。"[4] 既在

---

[1] 俞平伯:《词曲同异浅说》,载《论诗词曲杂著》,上海古籍出版社,1983年,第696—697页。
[2] 李清照论柳词语,引自胡仔《苕溪渔隐丛话》后集卷三三,人民文学出版社,1984年,第254页。
[3] 陈师道论柳词语,见《后山诗话》,载何文焕辑《历代诗话》,中华书局,1981年,第311页。
[4] 况周颐:《蕙风词话》卷三,载郭绍虞、罗根泽主编,王幼安校订《蕙风词话·人间词话》,人民文学出版社,1960年,第61页。

"重听众之情感"中，为金元俗曲导夫先路，又在"气体尚简要"的文人词外，另创一种"词家正体"。而"屯田家法"正是为了创建这一"词家正体"运行而生的，使之形成了以展衍铺叙、繁缛披纷、情韵傍流为风格形态，以雅不掩俗、俗不伤雅、雅俗并陈为审美内涵的体性特质。

柳永出生官宦之家，具有传统精英士人的思想性格与价值取向。他的《劝学文》便明确指出："学，则庶人之子为公卿；不学，则公卿之子为庶人。"① 其长篇歌行《鬻海歌》则从诗歌创作的层面展现了作为精英分子的思想性格；② 与此同时，柳永精通音乐，尤善市井新声。据孟元老记载，北宋后期的汴京，"新声巧笑于柳陌花衢，按管调弦于茶坊酒肆"。③ 但以新声为主导的市井文化娱乐，在仁宗朝渐成规模，柳永在词中也屡屡提及。如《木兰花慢》："风暖繁弦脆管，万家竞奏新声。"《长寿乐》："是处楼台，朱门院落，弦管新声沸腾。"这对喜好与擅长新声的柳永来说，犹如一片巨大的磁场，为他深入柳陌花衢，创作新声慢曲注入了强劲的引力；又因"仁宗留意儒雅，务本理道，深斥浮艳虚薄之文。初，进士柳三变好为淫冶讴歌之曲，传播四方。尝有《鹤冲天》词云：'忍把浮名换了，浅斟低唱。'及临轩放榜，特落之，曰：'且去浅斟低唱，何要浮名！'"④ 进一步促使他流连市井坊曲，倚新声而浅斟低唱，谱写了一系列为世俗社会喜闻乐听的新声慢词。其中的一个重要标志就是"词语尘下"。据载："柳三变既以调忤仁庙，吏部不放改官。三变不能堪，诣政府。晏公曰：'贤俊作曲子么？'三变曰：'只如相公亦作曲子。'公曰：'殊虽作曲子，不曾道"绿线慵拈伴伊坐"。'柳遂退。"⑤ "绿线慵拈伴伊坐"原作"针线闲拈伴伊坐"，为柳永《定风

---

① 柳永著，陶然、姚逸超校笺：《乐章集校笺》，下册，上海古籍出版社，2016年，第837页。
② 详见柳永著，陶然、姚逸超校笺：《乐章集校笺》，下册，上海古籍出版社，2016年，第835页。
③ 孟元老著，邓之诚注：《东京梦华录注》，中华书局，1983年，"梦华录序"第1页。
④ 吴曾：《能改斋漫录》卷十六，上海古籍出版社，1984年，第480页。
⑤ 张舜民：《画墁录》卷一，载朱易安、傅琮璇等主编《全宋笔记》，第2编第1册，大象出版社，2006年，第218页。

波》中句。全词是：

>自春来、惨绿愁红，芳心是事可可。日上花梢，莺穿柳带，犹压香衾卧。暖酥消，腻云亸。终日厌厌倦梳裹。无那。恨薄情一去，音书无个。　　早知恁么。悔当初、不把雕鞍锁。向鸡窗、只与蛮笺象管，拘束教吟课。镇相随，莫抛躲。针线闲拈伴伊坐。和我。免使年少，光阴虚过。

《定风波》见唐《教坊曲》，原为小令，柳永演为新声慢曲。词代言女子怀人心曲，全篇均为"妇人语"。据《诗眼》，"晏叔原（几道）见蒲传正云：'先公（晏殊）平日，小词虽多，未尝作妇人语也。'传正云：'"绿杨芳草长亭路，年少抛人容易去。"岂非妇人语乎？'晏曰：'公谓年少为何语？'传正曰：'岂不谓其所欢乎？'"① 正处仕途遭挫的柳永以同为词人、同写"妇人语"的理由，请求时任宰相的晏殊出面说情，晏殊却断然拒绝。拒绝的理由是：我晏殊虽作"妇人语"，却不曾有你柳永"针线闲拈伴伊坐"之类的"尘下"之语。诚然，晏殊词中的"妇人语"，其"气体尚简要"，而"绿杨芳草"一首，则又檃栝李商隐诗意，② 含蓄典雅。柳永笔下的"尘下"之语实属白话俗语即"口语体"，以此代言女子的怀人心曲，通俗明白。这固然有违精英社会的审美理想而遭晏殊的训斥，却合乎市民的欣赏习惯与审美需求，也就是《艺苑雌黄》所说，柳词"所以传名者，直以言多近俗，俗子易悦故也"；③ 同时，作者对女主人公情感的书写，明显出于在诸多领字的引领和双声叠韵的烘托下的"赋笔"，并出现了"悔当初不把雕鞍锁"、

---

① 胡仔纂集，廖德明校点：《苕溪渔隐丛话》前集卷二六，人民文学出版社，1984年，第178页。
② 按：晏殊此词调为《玉楼春》，全词云："绿杨芳草长亭路，年少抛人容易去。楼头残梦五更钟，花底离愁三月雨。几日寂寥伤酒后，一番萧索禁烟中。鱼书欲寄何由达，水远山长处处同。"其中有檃栝李商隐《无题》"来是空言去绝踪，月斜楼上五更钟"、《春雨》"玉珰缄札何由达，万里云罗一雁飞"之意。
③ 胡仔：《苕溪渔隐丛话》后集卷三九，人民文学出版社，1984年，第319页。

"针线闲拈伴伊坐"等原本属于戏曲小说的细节描写,使怀人情事备足无余,形容盛明,表现为与晏殊词不同的展衍铺叙、繁缛纷披、情韵傍流的风格形态,同样出于市井文化娱乐中"俗子易悦"之需。

从词乐创作的角度观之,精通新声的柳永流连秦楼楚馆,实则在市井文化娱乐中,找到了适合自己的活动空间与话语空间。这双重空间成就了作为词坛"巨手"的柳永,也促使柳永淡化精英意识,转换文化视阈,在以新声慢词的创作者的身份面对市民,市民——歌者"亲持犀管,旋迭香笺。要索新词,嫭人含笑立尊前。按新声、珠喉渐稳"①——以世俗激情怂恿其创作的过程中,对市井的世俗情怀、审美心理、欣赏习惯等有了深入的了解和高度的认同。因此,他以通俗易懂的白话俗语入词的同时,在内容上也常以世俗情怀为主导,即所谓"俶骸从俗"。其中有如《玉女摇仙佩》"且恁相偎倚。未消得。怜我多才多艺。愿奶奶、兰心蕙性,枕前言下,表余深意"之类令后世论词者"竞相与咋舌瞠目"的"俳体",也使王国维一度厌恶不已,不惜以极度偏执的眼光审视柳永词,认为"屯田轻薄子,只能道'奶奶兰心蕙性'耳"。②其实,这并非柳永词创作的主流,即便在其"风情词"中,更多的也如《昼夜乐》:

洞房记得初相遇。便只合、长相聚。何期小会幽欢,变作离情别绪。况值阑珊春色暮。对满目、乱花狂絮。直恐好风光,尽随伊归去。 一场寂寞凭谁诉。算前言、总轻负。早知恁地难拚,悔不当初留住。其奈风流端正外,更别有、系人心处。一日不思量,也攒眉千度。

此调首见《乐章集》,属柳永据新声自度而成慢曲子,写女主人公

---

① 柳永:《玉蝴蝶》,载柳永著,陶然、姚逸超校笺《乐章集校笺》,下册,上海古籍出版社,2016年,第550页。
② 王国维:《人间词话删稿》,载郭绍虞、罗根泽主编,王幼安校订《蕙风词话·人间词话》,人民文学出版社,1960年,第241页。

欢遇后的怀人心曲，纯用白话，也通过诸多虚词引领其"赋笔"，以及用双声叠韵作衬托，层层铺叙展衍。"其奈风流端正外"二句，描写被怀之人的外在形象与内在情感，用来强调怀人者"一日不思量，也攒眉千度"的原因，犹如叙事文学中的人物描写和心理刻画。通篇"喁喁如儿女私语，意致如抽丝千万绪盖成"，① 繁缛纷披，情韵傍流，给"俗子"予细腻而真切的体验，是"重听众之情感"的具体表现。而上阕在写幽欢"变作离情别绪"后，先后由虚字"况"、"对"、"直"所领起的叙景诸句，与前述《定风波》上片景语一样寄寓了无限心曲，"淡语而警绝"。② 郑文焯说："周、柳词高健处惟在写景，而景中人自有无限凄异之致，令人歌笑出地。"③ 这虽就柳永"羁旅词"而言，但在其"风情词"中也屡有所见。这些"淡语而警绝"的景句显然在"重听众之情感"中，融入了作者自我的艺术素养，在审美内涵上，是柳永"风情词"正取近俗而不远雅，雅不掩俗，俗不避雅的具体表现。

在题材内容上，柳词向来被分为"风情"与"羁旅"两大类。"风情词"主要作于秦楼楚阁，在精英士人看来，其语言与内容均表现为俚俗；"羁旅词"则在语言运用、意境营造等方面，更多地注入了创作主体作为精英者的自我怀感与审美趣味。前文所述《八声甘州》："渐霜风凄紧，关河冷落，残照当楼。"苏轼便认为"不减唐人高处"。④ 又如抒怀："独自个、千山万水，指天涯去"（《引驾行》），"回首江都，月观风亭，水边石上，幸有散发披襟处"（《过涧歇近》），"幸有五湖烟浪，一船风月，会须归去老渔樵"（《凤归云》）；写景："最是簇簇寒村，遥认南朝路、晚烟收。两三人家古渡头"（《瑞鹧鸪》），"望中酒旆闪闪，一簇烟村，数行霜树。残日下，渔人鸣榔归去"（《夜半乐》），"渐觉云海沉沉，洞天日晚"（《破阵乐》）……或雄浑，或潇洒，或旷达，或飘

---

① 郑文焯：《手批乐章集》，载郑文焯著，孙克强、杨传庆辑校《大鹤山人词话》卷一《词籍批语》，南开大学出版社，2009年，第30页。
② 邵祖平：《词心笺评》，引自柳永著，陶然、姚逸超校笺《乐章集校笺》，上册，上海古籍出版社，2016年，第58页。
③ 唐圭璋编：《词话丛编》，第5册，中华书局，1986年，第4348页。
④ 胡仔：《苕溪渔隐丛话》后集卷三三，人民文学出版社，1984年，第253页。

逸。如此等等，同样不减其他雅词"高处"，明显在精英社会所追求的风雅范畴之内。

但值得注意的是，在这些雅词中，不乏如陈廷焯所指出的，"古人词有竟体高妙，而一句小疵，致令通篇减色者。如柳耆卿'对潇潇暮雨洒江天'一章，情景兼到，骨韵俱高。而有'想佳人妆楼长望'之句，'佳人妆楼'四字连用，俗极，亦不检点之过"。① 又如前述《雨霖铃》下片"今宵酒醒何处，杨柳岸、晓风残月"，呈现出深具意蕴的怀人境界，可与任何一首雅词媲美，而上片"执手相看泪眼，竟无语凝噎"二句，写双方惜别情怀，却有类前述"针线闲拈伴伊坐"句，浅近俚俗，近乎秦楼楚馆之曲，用陈廷焯的话来说是作者"不检点之过"，但这并非陈氏所说因一句"俗极"而"致令通篇减色"。从审美内涵观之，这是柳永"羁旅词"正取近雅而不远俗，俗不伤雅，雅不避俗的具体表现，为创作主体精英与世俗兼济的双重文化性格的一种外化形态；从表现手法观之，则为展衍铺叙，繁缛纷披的"赋笔"所致，是"屯田体"的体性特质使然。

然而，无论俚俗抑或风雅，柳词在精英社会中所得到的往往是毁誉参半的评价。李之仪说："长短句于遣词中最为难工，自有一种风格，稍不如格，便觉龃龉……大抵以《花间集》中所载为宗，然多小阕。至柳耆卿始铺叙展衍，备足无余，形容盛明，千载如逢当日。较之《花间》所集，韵终不胜。"进而指出：衡量词之得失，当"以《花间》所集为准"。② 这与柳词为"俳体"，"声态可憎"之类的评价相比，无疑正面得多，却又得出"韵终不胜"的结论。在李之仪看来，"花间词"确立了词之为词的体性特质，也就是王国维的名言所谓："词之为体，要眇宜修。能言诗之所不能言，而不能尽言诗之所能言。诗之境阔，词之

---

① 陈廷焯：《白雨斋词话》卷五，载唐圭璋编《词话丛编》，中华书局，1986年，第3903—3904页。
② 李之仪：《跋吴思道小词》，载曾枣庄、刘琳主编《全宋文》，第112册，上海辞书出版社、安徽教育出版社，2006年，第139页。

言长。"① 故从"尊体"的角度,主张填词当"以《花间集》中所载为宗",论词当"以《花间》所集为准"。就内涵而言,欧阳炯《花间集序》早已将"花间词"总结为"自南朝之宫体,扇北里之倡风",主要表现为男欢女爱的世俗情怀,但其"词之言长","气体尚简要",韵味浑厚,相比之下,柳词却"言之不长","韵终不胜";换言之,在李之仪的词体观中,"屯田体"的得与失首先不在于雅俗与否,而在于"铺叙展衍,备足无余,形容盛明,千载如逢当日",即"写情用赋笔",是为其所得,但导致情韵傍流,流失了词应有的韵味,有违词的体性特质,此乃其所失。项安世对"屯田体"的评价与李之仪有相似之处。据张端义《贵耳集》载:"项平斋自号江陵病叟,余侍先君往荆南,所训'学诗当学杜诗,学词当学柳词'。扣其所以,云:'杜诗、柳词皆无表德,只是实说。'"② 所谓"无表德",其意与"韵终不胜"有相似之处;"实说"亦即"铺叙展衍,备足无余"的意思,不同的是,项安世主张"学诗当学杜诗,学词当学柳词"。

不过,虽然《诗经》中的"实说"之作不乏其例,但在传统诗学观中,诗"实说"或作诗用"赋笔",终非正统,故常遭非议,即便是杜甫用"赋笔"创作而成的叙事诗,也未能避开后世不屑的目光。张戒便说:"元微之(元稹)论李杜,以为太白'壮浪纵恣,摆去拘束,摹写物象,诚亦差肩于子美。至若铺陈终始,排比声韵,李尚未能历其藩翰,况堂奥乎'。鄙哉!微之之论也。铺陈排比,曷足以为李杜之优劣。"③ 元好问也认为:"排比铺张特一途,藩篱如此亦区区。少陵自有连城璧,争奈微之识碔砆。"④ 陈沆则从比兴的角度,明确指出:"世推杜陵诗史,止知其显陈时事者,甚谓源出变雅,而风人之旨或缺;体多

---

① 王国维:《人间词话删稿》,载郭绍虞、罗根泽主编,王幼安校订《蕙风词话·人间词话》,人民文学出版社,1960年,第226页。
② 张端义:《贵耳集》,贵州人民出版社,1985年,第52页。
③ 《岁寒堂诗话》卷下,载吴文治主编《宋诗话全编》,第3册,江苏古籍出版社,1998年,第1214页。
④ 元好问:《论诗三十首》其十,载陶秋英编选,虞行校订《宋金元文论选》,人民文学出版社,1984年,第457页。

直赋,而比兴之义罕闻。"① 白居易用"赋笔"写成的《长恨歌》,在唐代便遭到了杜牧的抨击。杜牧出于伦理判断,斥之为"淫词媟语,入人肌骨"。② 宋人魏泰又融入审美判断,称白居易"岂特不晓文章体裁,而造语蠢拙,抑亦失臣下事君之礼"。③ 王夫之则进一步指出:"艳诗有述欢好者,有述怨情者,《三百篇》亦所不废……迨元、白起,而后将身化作妖冶女子,备述衾裯中丑态,杜牧之恶其蛊人心,败风俗,欲施以典刑,非已甚也。"④ 由此等等,不难看出,在传统的诗学观念中,"比兴之义"是诗歌的第一要义,"直赋"则走向了这一要义的反面;"直赋"艳情,不仅"不晓文章体裁",而且"蛊人心,败风俗"。作为诗学的一个分支,词学批评自然难以摆脱传统诗学观的束缚,何况"屯田体"既与杜诗一样"体多直赋",又不乏《长恨歌》那样"将身化作妖冶女子",所以遭宋以来论者的负面评价,也就不足为奇了。

其实,正如陈寅恪先生所说:"谓乐天《长恨歌》详写燕昵之私,不晓文章体裁,造语蠢拙,无礼于君……殊不知《长恨歌》本为当时小说文中之歌诗部分,其史才议论已别见于陈鸿传文之内,歌中自不涉及。而详悉叙写燕昵之私,正是言情小说文体所应尔,而为元白所擅长者。如魏张之妄论,真可谓'不晓文章体裁,造语蠢拙'也。"⑤ 也就是说,白居易"详悉叙写燕昵之私"或杜诗的"直赋"是叙事诗的正当权利与基本要素。柳永将这一权利与要素成功地融入新诗体词中,别创自具体性特质的"屯田体",实乃"词家正体之一",以"声态可憎"的"俳体"或"韵终不胜"而少之,亦"可谓'不晓文章体裁,造语蠢拙'也"。

---

① 陈沆:《诗比兴笺》卷三,中华书局,1959年,第159页。
② 顾学颉校点:《白居易集》,中华书局,1979年,第1579页。
③ 魏泰:《临汉隐居诗话》,载吴文治主编《宋诗话全编》,第2册,江苏古籍出版社,1998年,第1214页。
④ 王夫之著,夷之校点:《姜斋诗话》卷二,人民文学出版社,1962年,第163—164页。
⑤ 陈寅恪:《元白诗笺证稿》,上海古籍出版社,1978年,第11页。

三、"屯田体"的词史意义

作为"词家正体之一",柳永"屯田体"的形成正适应了词体在"万家竞奏新声"的音乐环境中自身发展的迫切需求,并创建了一种令人可资采用的"规范体系"。事实上,前引项安世语"学词当学柳词"成了词体发展的不可抑制之势。它打破了唐以来小令独霸词坛的格局,全面开启了小令与慢词联镳竞逐的时代。

诚如韦勒克说:一个时期的文学史,"就是一个由文学的规范、标准和惯例的体系所支配的时间的横断面,这些规范、标准和惯例的被采用、传播、变化、综合以及消失是能够加以探索的",而研究"文学上某一时期的历史就在于探索从一个规范体系到另一个规范体系的变化"。① 词也有包括用调、音律、取材、作法等多个方面在内的"规范体系"。在柳永之前,《花间集》形成了为后世词人所宗尚的令词"规范体系",至柳永则创建了广为词家所采用的慢词"规范体系",其表现主要有以下两个方面。

(一) 音律

自宋以来,论者对"屯田体"的俚俗虽非议不断,但对于其音律却持首肯态度。如前文引王灼语既以"声态可恶"相斥,又以"能择声律谐美者用之"相誉;李清照批评柳词"词语尘下"的同时,又充分肯定其"变旧声,作新声"和"协音律",并认为晏殊、欧阳修、苏轼等虽为"学际天人,作为小歌词,直如酌蠡水于大海,然皆句读不葺之诗尔,又往往不协音律者。何耶?盖世文分平侧,而歌词分五音,又分五声,又分六律,又分清浊轻重"。② 所谓"五音"即唇、齿、喉、舌、牙五音;"五声"为宫、商、角、徵、羽五音阶;"六律"指古代乐律的十

---

① 勒内·韦勒克、奥斯汀·沃伦:《文学理论》(新修订版),刘象愚、邢培明、陈圣生等译,浙江人民出版社,2017年,第264页。
② 引自胡仔:《苕溪渔隐丛话》后集卷三三,人民文学出版社,1984年,第254页。

二律吕，阳六为律，阴六为吕；"清浊轻重"乃阴阳声，清、轻字阴声，重、浊字阳声。词分五音、阴阳，配合五声六律，虽非始于柳永，但最为矜慎，并成为"协音律"的一种规范，却始于"屯田体"。其双声叠韵的运用，便集中体现了这一点。不妨以双声为例。

在"屯田体"所用众多双声中，五音齐全，字分阴阳。据不完全统计，《斗百花》（煦色韶光）中"傅粉"之类的全清唇音有14个；《昼夜乐》（秀香家住）中"明眸"之类的次浊唇音有40个；《小镇西犯》（水乡初禁火）中"芳菲"之类的次清唇音有10个；《玉蝴蝶》（淡荡素商）中"淡荡"之类的全清舌音有28个；《送征衣》（过邵阳）中"彤庭"之类的全浊舌音有27个；《锦堂春》（坠髻慵梳）中"心绪"之类的全清齿音有59个；《曲玉管》（陇首云飞）中"清秋"之类的次清齿音有46个；《宣清》（残月朦胧）中"甚时"之类的全浊齿音有18个；《戚氏》（晚秋天）中"孤馆"之类的全清牙音有42个；《菊花新》（欲掩香帏）中"缱绻"之类的次清牙音有20个；《凤衔杯》（追悔当初）中"幽怨"之类的全清喉音有73个；《看花回》（玉城金阶）中"昏画"之类的全浊喉音共有8个；《婆罗门令》（昨宵里）中"云雨"之类的次浊喉音共有40个；《燕归梁》（织锦裁篇）中"冷落"之类的次浊半舌音有37个；《望远行》（绣帏睡起）中"苒苒"之类的次浊半齿音有12个。其中如《戚氏》（晚秋天）所用双声"槛菊"（全清牙音）、"零乱"（次浊半舌音）、"喧喧"（全清喉音）、"孤馆"（全清牙音）、"悄悄"（次清齿音）、"清浅"（次清齿音）、"绵绵"（次浊唇音）、"往往"（次浊喉音）、"留连"（全浊喉音）、"憔悴"（全浊齿音）、"数声"（全清齿音）、"向晓"（全清喉音），唇、齿、喉、舌、牙五音兼具，且清浊分明，往往体现在同一首词中；与此同时，在一个韵句中，有时字也分五音与阴阳。张德瀛说：

> 词之用字，凡同在一纽一弄者，忌相连用之，宋人于此最为矜慎。如柳耆卿《雨霖铃》词："今（见母牙音，角属纯清）宵（心母齿头音，商属次清）酒（照母正齿音，商属次清）醒（心母齿头

音，商属次清）何（匣母喉音，羽属半浊）处（清母齿头音，商属次清），杨（喻母喉音，羽属平……）柳（来母半舌音，徵属半浊）岸（疑母牙音，角属平），晓（匣母喉音，羽属纯清）风（非母轻唇音，宫属纯清）残（从母齿头音，商属半浊）月（疑母牙音，角属平）。"起用字之法，洵可为轨范矣。①

该"轨范"为后来词坛声党所遵循。如为历代论者赞誉不绝的李清照《声声慢》，全词用了"凄凄"、"惨惨"、"戚戚"、"将息"、"伤心"、"黄花"、"憔悴"、"更兼"、"黄昏"、"点滴"等双声，以及"冷清"、"暖还寒"、"盏淡"、"得黑"等叠韵，其中有 41 个齿音、16 个舌音。全词 97 字，齿、舌两音却多至 57 字；尤其是结拍"梧桐更兼细雨，到黄昏点点滴滴，这次第，怎一个愁字了得"，23 个字里舌、齿交加重叠，是词人按"协音律"的要求，特意选择舌、齿两音，以啮齿丁宁的口吻，表情达意。这固然践行了作者分辨五音的音律主张，从其"规范体系"观之，却不能不说源自"屯田体"；换言之，无论双声叠韵的运用，抑或五音的分辨，都是李清照遵循柳词"轨范"后的一种自我创造；她批评晏殊、欧阳修、苏轼词"往往不协音律"而认同柳词"协音律"，就表明了这一点。

刘将孙说："歌喉所喜于谐婉者，或玩辞者所不满，骚人墨客乐称道者，又知音者有所不合。"②将词坛归纳为重"歌喉"而轻"玩辞"与重"玩辞"而轻"歌喉"两派。在李清照看来，晏殊、欧阳修、苏轼诸家属于重"玩辞"一派，注重的是词的抒情功能而非"歌喉"在音律上所需的谐婉性，不太讲究分辨五音，故"往往不协音律"。作为"倚声家妍手"，柳永则两者并重，在重"玩辞"的同时，细分五音及其清浊轻重之别，便出于"歌喉"之需。据陈元靓《事林广记》所载歌者呼吸字指的《正字清浊》篇：

---

① 张德瀛：《词徵》卷三，载唐圭璋编《词话丛编》，中华书局，1986 年，第 4120 页。
② 刘将孙：《新城饶克明集词序》，载李修生主编《全元文》，第 20 册，江苏古籍出版社，1999 年，第 152 页。

切音先须辨四声，五音六律并兼行。难呼语气皆名浊，易纽言词尽属清。唇上碧班邠豹剥，舌头当滴帝都丁。撮唇呼虎乌坞污，卷舌伊幽乙噎缨。开唇披颇播铺拍，齐齿之时实始成。正齿止甄征志只，穿牙查摘茶争笙，引喉勾狗鸥鸦厄，随鼻蒿毫好赫亨。上鄂嚣妖娇矫轿，平牙臻栉乍诜生。纵唇休朽求鸠九，送气查拿宅姹袠。合口甘含咸合甲，口开何可我歌羹。以前总述都三六，叠韵双声次第迎。大抵宫商角徵羽，应须纽弄最为精。①

这是正音训练的要诀，其目的在于使歌者熟练地细辨唇、齿、喉、舌、牙五音及其清浊轻重，做到字正腔圆、音律谐婉地唱词。柳永词中"叠韵双声次第迎"，且又细分五音及其阴阳，便与歌者这一呼吸字指的歌法紧密相关，也是他注重"歌喉"的内涵所在。

张炎主张词要"付之歌喉"，"每作一词，必使歌者按之，稍有不协，随即改正"，② 具体揭示了主"玩辞"与重"歌喉"之间的关系。当然其"协"的内容不仅仅在于细分五音，正字清浊，还包括了恪守四声、随律押韵，以及前述以去声的虚字为领调等多个方面，共同构成慢词文本在音律上的"规范体系"。这个"规范体系"则在"屯田体"中全面形成，为李清照、周邦彦、姜夔、张炎等于"歌喉""玩辞"兼主并重的词坛声党所采用与传播。

（二）作法

柳永重"玩辞"的一个突出表现，在于为慢词的表情达意所创建的具有"规范"意义的作法。

如前文所述，与令曲不同，慢曲音声多转折变化，需要有种种迟留延伸的唱法；与之相应，在文本上也需要转折变化、迟留延伸的作法与

---

① 陈元靓：《纂图增新群书类要事林广记》庚集卷上，中华书局，1999年，第171页。
② 张炎：《词源》卷下，载唐圭璋编《词话丛编》，中华书局，1986年，第256页。

结构。"设喻以明之,小令如布置庭园之一角,无多结构,奇花异石,些少点缀,便生佳致。慢词则不同,如建大厦然,其中曲折层次甚多,入手必先惨淡经营,方能从事土木。若枝枝节节为之,外观纵极堂皇,内容必破碎不成格局。小令只要些新意,便易得古人句。作慢词,全篇有全篇之意,前遍有前遍之意,后遍有后遍之意。故运意时,先须分别主从,庶词成后联贯统一,脉络井然。慢词与小令之文心既繁简迥殊,构成之辞即因之异色,而作法亦因之截然不同矣。"① 作为慢词的开拓者或创始者,② 柳永以其不同于传统小令的作法,在结构形态上全面营造了慢词这座"大厦"。

关于"屯田体"的作法,近代学者多有论述。或以为"曲处能直,密处能疏,夐出能平,状难状之景,达难达之情"(引见前文);或以为"用六朝小品文赋作法,层层铺叙,情景兼融,一笔到底,始终不懈……平铺直叙。清真特变其法,一篇之中,回环往复,一唱三叹,故慢词始盛于耆卿,大成于清真"。③ 其实在"屯田体"中,有前述《昼夜乐》之类平铺直叙,也有《八声甘州》那样回环往复。不妨再以《倾杯》为例:

鹜落霜洲,雁横烟渚,分明画出秋色。暮雨乍歇。小楫夜泊。宿苇村山驿。何人月下临风处。起一声羌笛。离愁万绪,闻岸草、切切蛩吟如织。　　为忆。芳容别后,水遥山远,何计凭鳞翼。想绣阁深沉,争知憔悴损,天涯行客。楚峡云归,高阳人散,寂寞狂

---

① 蔡嵩云:《柯亭词论》,载唐圭璋编《词话丛编》,中华书局,1986年,第4904页。
② 柳永《乐章集》收词206首,凡16宫调,150曲,其中长调慢曲116首,绝大部分为新声。其新声慢曲之名在教坊曲、敦煌曲本为小令者,柳永大都衍为长调。如《长相思》本双调36字,柳永衍为双调103字;《浪淘沙》本双调54字,柳永为三迭144字;更多的是如《玉蝴蝶》《西施》《戚氏》《宣清》等依新声而自制的慢调。而现存唐五代慢词仅10首左右;与柳永同时的晏殊作慢词仅3首,不到其存词的4%;张先有慢词17首,不到其存词的10%;欧阳修有慢词13首,不到其存词的7%。从这个意义上,宋翔凤认为:"慢词当始耆卿。"(《乐府余论》,载唐圭璋编《词话丛编》,中华书局,1986年,第2499页。)
③ 夏敬观:《手评〈乐章集〉》,引自龙榆生著《唐宋名家词选》,载张晖主编《龙榆生全集》,第7卷,上海古籍出版社,2015年,第120页。

踪迹。望京国。空目断、远峰凝碧。

关于此词的具体作法,陈匪石有详细的解析:"起两句对偶,即所谓'画出秋色',已隐喻别离之意、沦落之苦。'暮雨'三句,于秋色之中,写泊舟之时、泊舟之处。'何人'句提起,无意中忽闻笛声,惹起离愁……梅溪之'碧袖一声歌',即学此笔法者,最善神韵悠扬之妙,荡气回肠,清真以后,多得此法门也。'羌笛'原不足当'万绪',故再说'草'、'蛩',用'似织'二字以满其量。过变由景入情,'芳容别后'之忆,即上文之'离愁'。'水遥山远'是'苇村山驿'中感想。'鳞翼'亦'无计''凭'之,则两地相思,此情难诉矣。于是就对面设想,'绣阁深沉',未必知征人之苦……律以屯田《八声甘州》'想佳人高楼长望'以下五句,同一意境,而此特浑涵……'楚峡'、'高阳',宴游之地。今我已去,则疏狂'踪迹'遂入'寂寞'之中,又转到自身,写'小楫夜泊'时境遇。曰'云归',曰'人散','京国'前尘,已不可复问,惟有于'凝碧'、'远峰',空劳'目断',虚笼作收,与《玉蝴蝶》近似。此在柳词为委婉曲折者,所以屯田为慢词之开山人也。"[①] 换句话说,通过这一展衍铺叙的"赋笔"之法,将空间景象的远与近、虚与实交错熔铸其间,人事情思的今与昔、当下与未来交汇融合一体,既层次甚多,曲折变化,又回环往复,联贯统一,由此形成的结构形态或艺术境界是令词所未梦见的。《乐章集》另有《浪淘沙》(梦觉透窗风)、《尾犯》(夜雨滴空阶)、《引驾行》(虹收残雨)、《长寿乐》(繁红嫩绿)、《锦堂春》(坠髻慵疏)、《倾杯乐》(皓月初圆)、《多丽》(凤凰箫)、《宣清》(残月朦胧)等长调慢词,均属于这一类型。

在"屯田体"中,无论平铺直叙,一笔到底,抑或回环往复,一唱三叹,均为慢词在作法上,创建了令人可资采用的"规范"。王灼便指出:"沈公述、李景元、孔方平、处度叔侄、晁次膺、万俟雅言皆有佳

[①] 陈匪石:《宋词举》,引自柳永著,陶然、姚逸超校笺《乐章集校笺》,下册,上海古籍出版社,2016年,第723—724页。

句，就中雅言又绝出。然六人者，源流从柳氏来，病于无韵。"① 所谓"病于无韵"，意同前述李之仪评柳词"韵终不胜"，其原因之一就在于运用了铺叙展衍，备足无余的"直赋"之法。蔡嵩云又指出："周词源流，全自柳出。其写情用赋笔，纯是屯田家法。特清真有时意较含蓄，辞较精工耳。细绎《片玉集》，慢词学柳而脱去痕迹，自成家数者，十居七八。字面虽殊格调未变者，十居一二……梦窗深得清真之妙，其慢词开阖变化，实间接自柳出。惟面貌全变，另具神理，不惟不似屯田，并不似清真。看词者若仅于字句表面求之，更不易得其端倪也。"② 这些评论勾勒了"屯田体"在作法上的"规范"不断"被采用、传播、变化"的历史。

如果从更广泛的"规范"意义观之，"屯田体"的作法还普及到了其他宋代词人，即便是为了"改变词风，以柳永为对手，从力辟柳词开始"③ 的苏轼，也无不受其沾溉。如其《贺新郎》：

> 乳燕飞华屋。悄无人、桐阴转午，晚凉新浴。手弄生绡白团扇，扇手一时似玉。渐困倚，孤眠清熟。帘外谁来推绣户，枉教人、梦断瑶台曲。又却是、风敲竹。　石榴半吐红巾蹙。待浮花浪蕊都尽，伴君幽独。秾艳一枝细看取，芳心千重似束。又恐被、秋风惊绿。若待得君来，向此花前，对酒不忍触。共粉泪，两簌簌。④

不难看出，该词的情韵趣味与唐五代以来相同题材的小令迥然有别，而与前述柳永《定风波》一样展衍铺叙，一笔到底，"直赋"女主人公的怀人心曲，同样有"手弄生绡白团扇，扇手一时似玉。渐困倚，孤眠清熟"之类设身处地，化身为人物的戏剧小说般的描写；不同于柳

---

① 王灼著，岳珍校正：《碧鸡漫志校正》卷二，人民文学出版社，2015年，第27页。
② 蔡嵩云：《柯亭词论》，载唐圭璋编《词话丛编》，中华书局，1986年，第4912页。
③ 吴熊和：《唐宋词通论》，浙江古籍出版社，1989年，第202页。
④ 唐圭璋编：《全宋词》，中华书局，1965年，第297页。

词的是,该词措辞精工,格调趋向高雅。另如苏轼《念奴娇·赤壁怀古》上片叙景,虚实相间,下片述怀,今昔交融,而"遥想公瑾当年,小乔初嫁了,雄姿英发。羽扇纶巾,谈笑间,樯橹灰飞烟灭",①则通过铺叙历史人物与事件,强化抒情力度与深度,与柳永"写情用赋笔"并无二致。

柳永"写情用赋笔",明显突破了令词创作在表现手法上的局限,为扩大词的表现范围,拓宽词的境界,扩大词的功能,提供了可能。事实上,正如黄裳所说:"予观柳氏乐章,喜其能道嘉祐中太平气象,如观杜甫诗,典雅文华,无所不有。是时予方为儿,犹想见其风俗,欢声和气,洋溢道路之间,动植咸若。令人歌柳词,闻其声,听其词,如丁斯时,使人慨然有感。呜呼,太平气象,柳能一写于乐章,所谓词人,盛世之黼藻,岂可废耶!"② 使词从原来的"花间"小径开始迈向"无所不有"的社会人生这一康庄大道。从这个意义上说,"屯田体"又为苏轼词"无意不可入,无事不可言"的创作揭开了序幕。

(原载《文学评论》2018年第5期)

---

① 唐圭璋编:《全宋词》,中华书局,1965年,第297页。
② 黄裳:《书乐章集后》,载曾枣庄、刘琳主编《全宋文》,第103册,上海辞书出版社、安徽教育出版社,2006年,第106页。

宋词中的"西湖意象"
及其文化蕴涵

如果说,"城市如同建筑,是一种空间的结构,只是尺度更巨大,需要用更长的时间过程去感知"。① 那么,呈现这个巨大空间的,不仅是建筑与地理意义上的物质性存在,同时又"是一种心理状态,是各种礼俗和传统构成的整体"。② 由政治文化心理状态构成的政治空间和由礼俗心理状态构成的文化空间,无疑是这个整体中最具活力、最为丰富多彩的两大要素,也是物质空间的灵魂所在。在国家权力象征的京城,尤其如此。而以物质、政治和文化三大空间为支架构成的京城,是各种人群聚居生活的场域,更是各种政治、文化活动的集散地,其中便包括了文学活动。坐落在西湖山水之间的宋代杭州,便是诗词、小说和戏曲等文体创作与传播活动的中心。这些不同体裁的文学作品,又以各自的艺术形态生动地展示了杭州从都市到京城的多重性空间。考察宋词中所展示的西湖物质、政治和文化三大互为依存的空间意象,揭示宋词与西湖之间的内在联系,并尽可能予以现代阐释,是本文的任务与目的。

一、宋词中的西湖物质空间意象

城市物质空间意象来自城市的"个性、结构和意蕴",它"必须包括物体与观察者以及物体与物体之间的空间或形态上的关联,最后这个

---

① 凯文·林奇:《城市意象》,方益萍、何晓军译,华夏出版社,2001年,第1页。
② R. E. 帕克、E. N. 伯吉斯、R. D. 麦肯齐:《城市社会学:芝加哥学派城市研究文集》,宋俊岭、吴建华、王登斌译,华夏出版社,1987年,第1页。

物体必须为观察者提供实用的或是情感上的意蕴";一个"高度可意象的城市",其物质空间"应该看起来适宜、独特而不寻常,应该能够吸引视觉和听觉的注意和参与",并"给人以美感的特点";而城市的物质空间则由"道路"、"边界"、"区域"、"节点"和"标志物"五大元素组成,它们之间"不会孤立存在,区域由节点组成,由边界限定范围,通过道路在其间穿行,并四处散布一些标志物,元素之间有规律地互相重叠穿插"。① 这五大元素同样可用来归纳中国古代"高度可意象"的城市物质空间的构成。如曲江、金明池和西湖,便分别是散布在唐代长安、宋代汴京和杭州诸多标志物中最突出的地标。不过与长安、汴京不尽相同,作为杭州城市的地标,西湖又不失为中等以上的一个区域。在这个区域中,又有孤山、苏堤、西山、吴山等诸多各具空间个性特征的分区,它们之间如同市民所居街区,边界、标志物和人们活动的聚集处即节点等等,一应俱全,既高度实用,又极富意蕴,让人流连忘返。因此,西湖在唐宋诗词中,又往往等同于杭州。杭州有钱塘、临安、武林、余杭等多种称呼。随着隋代运河的开通,杭州城市的物质空间开始长足发展,经过唐五代近四百年的建设,杭州不仅跻身到了全国繁华都市的行列,而且其"个性、结构和意蕴"在人们的心目中形成了"天堂意象"。

杭州何时被人视为"天堂"?现在很难得到一个确切的时间节点。从徽宗北狩南归的曹勋说:"臣在虏寨时,具闻虏人言,金国择利便谋江南。又曰,上界有天堂,下界有苏杭,其势欲往浙江。"② 据此可知,正式视杭州为"天堂",最迟在北宋末年的金国就已流行。不过,类似这一比喻,早在宋初潘阆的《酒泉子》中业已出现:

长忆钱塘。不是人寰是天上。万家掩映翠微间,处处水潺潺。

---

① 凯文·林奇:《城市意象》,方益萍、何晓军译,华夏出版社,2001年,第6—7、35—37页。
② 曹勋:《进前十事劄子》,载曾枣庄、刘琳主编《全宋文》,第191册,上海辞书出版社、安徽教育出版社,2006年,第25页。

异花四季当窗放。出入分明在屏障。别来隋柳几经秋，何日得重游。

潘阆，大名府人，号逍遥，太宗朝闻人，因寓居杭城，城中有"潘阆宅"，后人又将其宅所在之巷命名为"潘阆巷"，并在其宅基立"潘逍遥祠"。① 该词为潘阆思念杭州而作，所谓"不是人寰是天上"，堪称杭州"天堂意象"的原型。潘阆《酒泉子》共十首，这是第一首，书写杭州城市个性和意蕴给人的美感特点，其二为"长忆钱塘"，其三、其四为"长忆西湖"，其五为"长忆孤山"，其六为"长忆西山"，其七为"长忆高峰"，其八为"长忆吴山"，其九为"长忆龙山"，其十为"长忆观潮"。十词均以"长忆"揭调，是一组重句联章，通过对城区与西湖及西湖山水不同分区的书写，从点到面，点面结合，展示了杭州"不是人寰是天上"的意象。其四又云：

长忆西湖，尽日凭栏楼上望。三三两两钓鱼舟。岛屿正清秋。笛声依约芦花里。白鸟成行忽惊起。别来闲想整纶竿。思入水云寒。

词从凭栏远眺的角度，将西湖风光一一驱遣入词，渔舟垂钓、岛屿清秋、笛声悠悠、芦花飞扬、白鹭成行，构成了极具隐逸色彩的环境氛围，犹如一幅设色淡雅的隐者图。词在书写城市的物质空间时，不可能像专门性的地理类笔记那样具体详尽，也不会像小说那样将城市空间作为人物活动和故事情节发生的背景来处理，而是根据词人的内心感受和审美趣味，创造出独具内涵的意象。该词所呈现的清净淡雅的空间意象，便出于词人对离别西湖后"尘土污人衣"② 的厌弃和对西湖自然清

---

① 吴自牧：《梦粱录》卷十四"禁城九厢坊巷"条，上海古典文学出版社，1956年，第250页；潜说友：《咸淳临安志》卷七十二《祠祀二》，影印《文渊阁四库全书》本，第490册，台湾商务印书馆，1986年，第740页上。
② 潘阆：《酒泉子》（长忆孤山），载唐圭璋编《全宋词》，中华书局，1986年，第6页。

净之美的向往。这种物中有我的意象，既不失空间物象的真实性，又丰富了空间物象的内涵，较诸地理类笔记所载或小说中作为背景处理的物质空间，更为引起读者的注意乃至神往。据载，石延年获潘阆此词后，"使画工彩绘之，作小景图"；① 又"钱希白爱之，自写于玉堂后壁"。② 石、钱二人之所以如此，不仅出于对西湖物质空间形态的欣赏，更在于对经过潘阆审美创造后的西湖物质空间意象的神往。

对于城市物质空间或其中的标志物，敏锐的观赏者可以排除已有意象的干扰，或在已有意象基础上获取新的美感印象，揭示出新的意蕴，不断丰富已有的意象。潘阆《酒泉子》十首以独特感受而创作的意象群形式，首次全面地展示了以西湖山水为主的杭州物质空间形态。柳永的《望海潮》则以赋体的手法，首次将杭州物质空间作了全景式的书写，从整体上赋予了"天堂意象"的新意蕴：

> 东南形胜，三吴都会，钱塘自古繁华。烟柳画桥，风帘翠幕，参差十万人家。云树绕堤沙，怒涛卷霜雪，天堑无涯。市列珠玑，户盈罗绮，竞豪奢。　重湖迭巘清嘉，有三秋桂子，十里荷花。羌管弄晴，菱歌泛夜，嬉嬉钓叟莲娃。千骑拥高牙，乘醉听箫鼓，吟赏烟霞。异日图将好景，归去凤池夸。

就该词的内容而言，诚如陈振孙所说："承平气象形容曲尽。"③ 但词中对杭州物质空间整体形态的书写，却不可小觑。杭州地处吴兴、吴郡和会稽，即"三吴"之间，外傍钱江天堑，内拥西湖山水，在东南别具形势之胜。柳永从这个多维而又宽广的物质性地理空间落笔，渐次叙都市之繁盛，状钱江之壮阔，书市民之殷富，进而聚焦西湖山水，从湖山全景、四时风光、昼夜笙歌、湖中人物四个方面，描绘西湖的空间物象；其中"有三秋桂子，十里荷花"，一写桂子飘香之久，一写荷花种

---

① 杨湜：《古今词话》，载唐圭璋编《词话丛编》，中华书局，1965年，第21页。
② 文莹：《湘山野录》卷下，中华书局，1984年，第55页。
③ 陈振孙：《直斋书录解题》卷二十一，上海古籍出版社，1987年，第616页。

植之广，两者又都是西湖这个地标中的标志性景物，彼此参错交织，极具匠心。全词由远及近，由外而内，展现了各具特色的城市布局和物体相互连续、高度融合的形态，将"适宜、独特而不寻常"的杭州物质空间"形容曲尽"。与前述潘阆的《酒泉子》不尽相同，此词在"形容曲尽"杭州物质空间中，主要出诸客观铺叙，仿佛人物写真，但"写真"不等于"复制"。柳永在客观铺叙的基础上，充分调动慢词铺张扬厉的手法，进行了理想世界中的艺术建构，源于现实之真，又高于现实之真，因而《望海潮》所展示的已不再是一个物质性的地理意义上的几何学存在，而是与艺术作品通过清晰协调的形式，满足生动可懂的外形来创作意象一样，属于一种诗学意义上的意象。以此观之，此词又与潘阆《酒泉子》殊途同归，共同丰富了西湖物质空间的文化蕴涵，增强了作为"天堂"的杭州对人们的吸引力。据罗大经记载，"此词流播，金主亮闻歌，欣然有慕于'三秋桂子，十里荷花'，遂起投鞭渡江之志"。[①] 绍兴三十一年（1161年），金主完颜亮挥师南侵，陈兵长江北岸，当然不仅仅是为了玩赏西湖，但一个多世纪后西湖因此词牵动长江之愁，险遭蹂躏，倒是值得注意的。

西湖山水在在莫非诗境画境，处处莫非诗情画意，而且又如苏轼《怀西湖寄晁美叔同年》诗所说："西湖天下景，游者无愚贤。深浅随所得，谁能识其全。"[②] 西湖物质空间之美具有亲和性和丰富性的特点，成了唐代诗人，尤其是白居易以后众多诗人竞相书写的对象。在"别是一家"的新诗体词尚处侧艳的"花间"时代的北宋初年，潘阆、柳永则先后以词人的身份加盟其中，而且在书写其物质空间以获得西湖意象的真实感与现场感的过程中，通过各自的体验，从不同角度解读西湖之美，并以与"花间"词迥然有异的崭新意象给西湖物质空间注入了文化意蕴，体现了词体创作的一种新趋向。柳永以后，特别是杭州成为南宋皇城后，词人对西湖的书写增多，呈现出多元解读，"深浅随所得，谁

[①] 罗大经：《鹤林玉露》丙编卷一，中华书局，1983年，第241页。
[②] 王文诰辑注，孔凡礼点校：《苏轼诗集》卷十三《古今体诗四十八首》，中华书局，1987年，第644页。

能识其全"的西湖"天下景"也随之得到了多元呈现。

南宋一代的词人,很少有不曾逗留西子湖畔的。他们留下了大量书写西湖物质空间的词作。如周紫芝《水调歌头·雨后月出西湖作》、康与之《长相思·游西湖》、杨无咎《水龙吟·赵祖文画西湖图,名曰总相宜》、刘德秀《贺新郎·西湖》、张矱《多丽·晚山青》、范成大《满江红·雨后携家游西湖,荷花盛开》、赵汝愚《柳梢青·西湖》、马子严《阮郎归·西湖春暮》、史达祖《贺新郎·六月十五日夜西湖月下》、高观国《菩萨蛮·苏堤芙蓉》等等,作者以各自的体验和感知,或从整个湖光山色,或就某一具体的标志物,分别书写了西湖不同季节的不同空间与景观,呈现出多种物质空间意象,使西湖"天下景"的丰富性得到了多元展示。在这种多元展示中,还有两类词值得注意。

一类是随着南宋观赏者对西湖的深入感知而出现的专门分区域的书写。吴自牧说:"近者画家称湖山四时景色最奇者有十,曰:苏堤春晓,曲院荷风,平湖秋月,断桥残雪,柳岸闻莺,花港观鱼,雷峰夕照,两峰插云,南屏晚钟,三潭印月。春则花柳争妍,夏则荷榴竞放,秋则桂子飘香,冬则梅花破玉,瑞雪飞瑶,四时之景不同,而赏心乐事者亦与之无穷矣。"[1] 作为西湖山水的分区,"西湖十景"的成因,虽然主要在于物质空间的自然分布,而不是出于像城市设计者那样的预先设计,但其形成却同样出于人的规划,只不过这种规划出于人们对西湖意蕴深入感知后的一种心理图像。这种图像在画家的笔下多有呈现,如画院祗候马麟专门画有《西湖十景册》。[2] 词人张矩、周密、陈允平等不甘画家专美于前,分别作有"西湖十景词"。如周密《木兰花慢·平湖秋月》:

> 碧霄澄暮霭,引琼驾、碾秋光。看翠阙风高,珠楼夜午,谁携玄霜。沧茫。玉田万顷,趁仙查、咫尺接天潢。仿佛凌波步影,露浓佩冷衣凉。　明珰。净洗新妆。随皓彩、过西厢。正雾衣香

---

[1] 吴自牧:《梦粱录》卷十二"西湖"条,上海古典文学出版社,1956年,第230页。
[2] 厉鹗:《南宋院画录》卷八"马麟"条,影印《文渊阁四库全书》本,第829册,台湾商务印书馆,1986年,第639—640页。

润，云鬟绀湿，私语相将。鸳鸯。误惊梦晓，掠芙蓉、度影入银塘。十二栏杆伫立，凤箫怨彻清商。

月光湖光，上下交辉，如冰雪晶莹，一片空明澄澈。这是平湖秋月的现实物质空间，更是经过周密审美建构后的心中意象。周密笔下的其他九景，以及张矩、陈允平等人的"西湖十景词"，也同样既具有不同景观的不同现实物质空间特征，又无不对这些空间进行了不同的审美建构，呈现出内涵不尽相同的意象。这些意象是画笔所难以表达的。

一类是成为南宋首都后的皇城书写。南宋建都西子湖畔后，西湖的物质空间得到了空前发展，正如周辉所说："昔岁风物，与今不同。四隅皆空迥，人迹不到，宝连山、吴山、万松岭，林木茂密，何尝有人居。城中僧寺甚多，楼殿相望。出涌金门，望九里松，极目更无障碍。自六蜚驻跸，日益繁盛。湖上屋宇连接，不减城中。'一色楼台三十里，不知何处觅孤山。'近人诗也。"① 这种"日益繁盛"的物质空间形态也常为词人所书写，如杨泽民《风流子·咏钱塘》：

> 佳胜古钱塘。帝居丽、金屋对昭阳。有风月九衢，凤凰双阙，万年芳树，千雉宫墙。户十万，家家堆锦绣，处处鼓笙簧。三竺胜游，两峰奇观，涌金仙舸，丰乐霞觞。　芙蓉城何似，楼台簇中禁。帘卷东厢。盈望虎貔分列，鸳鹭成行。向玉宇夜深，时闻天乐，绛霄风软，吹下炉香。惟恨小臣资浅，朝觐犹妨。

降至南宋，杭州跃居成为全国，乃至世界大都市，意大利马可波罗于宋亡后游览杭州，还惊叹为"世界上最华贵的天城"，其繁华程度，吴自牧《梦粱录》、周密《武林旧事》、耐得翁《都城纪胜》，以及周淙《乾道临安志》、潜说友《咸淳临安志》等，都有记载。该词所书虽不如这些笔记小说和方志那么详尽，却堪称继柳永《望海潮》后又一首将西

---

① 周辉撰，刘永翔校注：《清波杂志校注》卷三，中华书局，1994年，第117页。

湖物质空间的结构形态"形容曲尽"之作,但杨泽民所书写的,已不是柳永笔下的"东南第一州",而是华贵的天城帝都,呈现的是一派天城帝都与"天下景"融为一体的"天堂意象"。

从北宋初期的潘阆、柳永到南宋诸多词人,对西湖的物质空间作了全面的书写,呈现出多元空间意象,从中展现了西湖"天下景"的丰富性和杭州从都市到帝都的物质空间的发展历史。这些书写固然受制于具体的现实空间形态,但无不"以我观物,故物皆着我之色"。因此,西湖的物质空间不仅成了词人审美理想的外化形态,同时也被转化成了载负词人政治心态的政治空间意象。

二、宋词中的西湖政治空间意象

西湖"天下景"固然招徕大量文人竞相欣赏和书写,但有时却又成为人们扼腕叹息的对象,甚至认为"东南妩媚,雌了男儿",[①] 西湖消磨了人的意志。南宋遗民陈德武的《水龙吟·西湖怀古》则具体体现了这一点:

> 东南第一名州,西湖自古多佳丽。临堤台榭,画船楼阁,游人歌吹。十里荷花,三秋桂子,四山晴翠。使百年南渡,一时豪杰,都忘却,平生志。　　可惜天旋时异,借何人雪当年耻。登临形胜,感伤今古,发挥英气。力士推山,天吴移水,作农桑地。借钱塘潮汐,为君洗尽,岳将军泪。

南渡百余年间,因西湖太美——人则"多佳丽",景则"天下景",故使"一时豪杰"沉迷其间,消磨了平生收复中原之志,即所谓"山外

---

① 陈人杰《沁园春》序:"洎回京师,日诣丰乐楼观西湖。因咏友人'东南妩媚,雌了男儿'之句,叹息者久之。"载唐圭璋编《全宋词》,中华书局,1965年,第3079页。

青山楼外楼,西湖歌舞几时休。暖风熏得游人醉,直把杭州作汴州",①害人害国,为害不浅!不过,西湖之美本身并没有过错,词人之所以如此书写,实为政治心态所使然,是以政治心态观照西湖物质空间后形成的一种政治空间意象。

王国维说:"都邑,政治与文化之标征也。"② 尤其是作为国家权力象征的京城,更是政治的标征,是各种政治活动的场域空间。该空间虽是一个抽象所在,却确确实实地存在着。而南宋西湖政治空间中最显目也最重要的,是由对待敌国持和与持战两派引发的经久不衰的斗争,以及由此形成的政治心态与行为;而和战之争主宰了宋廷的政治生活,也影响了官员的政治命运乃至身家性命。陈德武词所谓"借钱塘潮汐,为君洗尽,岳将军泪",写的就是高宗与秦桧集团在制定与金和议之策时,杀害抗金将领岳飞及其部下之事,以及作者由此引发的愤懑心情。这种心情在黄中辅《满庭芳·题太平楼》中表现得淋漓尽致:

> 沥血为词,披肝作纸,片言谁让千秋。快磨三尺,欲斩佞臣头。自恨茅草无路,望九重如在瀛洲。兴长叹,无言耿耿。空抱济时忧。　休休休。真可虑,才如李广,却不封侯。奈伯郎斗酒,翻得凉州。尽道边庭卧鼓,谁知老了貔貅。凭谁问,筹边未建,先建太平楼。

太平楼在西湖东南岸的清河坊。据黄潜《先居士(黄中辅)乐府后记》:"楼之建,当在桧秉政初。暨桧再相,和议成,日使士人歌诵太平中兴之美,乐府所为作也。时桧命察事卒数百游市中,闻言其奸者,辄捕送大理狱杀之,上书言朝政,例贬万里外。忠正之士多避山林间,公

---

① 林升:《题临安邸》,载北京大学古文献研究所编《全宋诗》,第 50 册,北京大学出版社,1998 年,第 31452 页。
② 王国维:《殷周制度论》,载《观堂集林》卷十《史林二》,中华书局,1995 年,第 451 页。

亦归隐，不复出矣。"① 作为西湖空间的物象之一，太平楼成了秦桧集团美化和议，抑制异论，残害政敌的专制政治的"标征"。黄中辅因作《题太平楼》词而遭秦桧党羽的追杀，绍兴二十五年（1155年），秦桧去世后，"以转运使荐，当得官，命垂下而卒"。② 此词以太平楼为聚焦点，上片抒发对秦桧的愤慨，哀叹自己无路请缨的无奈，下片揭露秦桧的罪行，抨击和议政策。其中"才如李广"四句，化用苏轼"将军百战竟不侯，伯郎一斗得凉州"③ 诗句，以汉代李广喻主战官员被贬乃至被杀的遭遇，以孟佗（字伯郎）贿赂宦官张让而拜凉州刺史喻在朝的主和官员；"筹边"即筹边楼，指唐李德裕任西川节度使期间为了防止南诏和吐蕃入侵而建筑的军事设施，与秦桧的太平楼相对，用意不言而喻。在李广与孟佗、筹边楼与太平楼的人与物的两相对照中，弥漫在西湖空间中和战之争的硝烟，以及双方的对立心绪和不同境遇，昭然若揭，典型地展现了绍兴和议初期以和战之争为主题的西湖政治空间意象。

作为国家政治的中心，京城是士人追寻自己政治前途的空间；身处该空间的士人，则难以摆脱政治的牵引，他们或自动投身其间的政治斗争，或被动卷入其间的政治漩涡。与以往士人和京城的关系一样，南宋士人在追寻自我政治前途中的种种遭遇，由遭遇生发的种种感慨，同样是西湖政治空间的组成部分。康与之《丑奴儿令·自岭表还临安作》、曾觌《感皇恩·重到临安》、程垓《满庭芳·时在临安晚秋登高》、黄人杰《念奴娇·游西湖》、陈三聘《满江红·雨后携家游西湖》、刘过《贺新郎·游西湖》、韩淲《青玉案·西湖路》等一系列词作，均借助西湖物质空间，或抒发在京时对帝京的依恋与嗟怨，或书写出京后对帝京的种种怀想，反映了各自不同的政治心理状态。不过，自南宋建都临安后的一百余年间，主宰国家命运和士人政治前途的主战与主和，却始终是

---

① 黄溍：《先居士乐府后记》，载李修生主编《全元文》，第29册，江苏古籍出版社，1999年，第144页。
② 宋濂：《金华黄先生行状》，影印《文渊阁四库全书》本，第1224册，台湾商务印书馆，1986年，第342页下。
③ 苏轼：《次韵秦观秀才见赠，秦与孙莘老、李公择甚熟，将入京应举》，载王文诰辑注，孔凡礼点校《苏轼诗集》卷十六《古今体诗六十一首》，中华书局，1987年，第828页。

最突出的一对矛盾，也成了士人群中常见的一种心理状态。而词人以这种心态观照西湖景物而形成的政治空间意象中的"着我之色"，则前后不尽相同。胡铨《醉落魄·和答陈景卫望湖楼见忆》云：

> 千岩竞秀。西湖好是春时候。谁知梅雪飘零久。藏白收香，空袖和羹手。　　天涯万里情难逗。眉峰岂为伤春皱。片愁未信花能绣。若说相思，只恐天应瘦。

这是一首怀想西湖之词，书写的是恋京心态。绍兴和议前夕，时为枢密院编修官的胡铨上书，乞斩倡导和议的秦桧、孙近、王伦"三人头，竿之藁街"，① 绍兴十二年（1142年），被贬岭南瘴疠之地，谪居十九年之久。此词作于贬所。词中通过回忆往日于望湖楼上展望西湖水光山色的情景，抒发"空袖和羹手"——主张抗金、收复中原的政治理想难以实现的哀叹。在这一西湖政治空间意象中，并无"东南妩媚，雌了男儿"的叹息，而是作者的满腔悲伤与哀怨。又张元干《八声甘州·西湖有感寄刘晞颜》：

> 记当年共饮，醉画船，摇碧胃花钗。问苍颜华发，烟蓑雨笠，何事重来。看尽人情物态，冷眼只堪哈。赖有西湖在，洗我尘埃。　　夜久波光山色，间澹妆浓抹。冰鉴云开。更潮头千丈，江梅两崖嵬。晓凉生、荷香扑面，洒天边、风露逼襟怀。谁同赏，通宵无寐，斜月低回。

胡铨因反对与金和议而被贬新州时，张元干作《贺新郎·送胡邦衡待制》，表达了抗金主张，后被除名削籍，漫游江浙之间。此词书写两次游西湖的状况：当年是豪情满怀，而今是"苍颜华发"，在一"看"

---

① 胡铨：《戊午上高宗封事》，载曾枣庄、刘琳主编《全宋文》，第195册，上海辞书出版社、安徽教育出版社，2006年，第49页。

一"咍"中，寄寓了政局的动荡、官场的险恶、政敌的凶险，以及自己的政治立场和态度。这次重来，虽"赖有西湖在，洗我尘埃"，心灵得到慰藉，但依然"通宵无寐"；"潮头千丈"暗喻朝中的斗争形势；"江梅"比自己的坚贞品格；"谁同赏"，则写自己不被人理解。全词书写西湖物质空间中的景观，虽不出于游览者的赞赏之情，却成了词人心灵的慰藉、人格的象征及政治心理状态的载体。

在高宗朝，由于高宗与秦桧集团严厉禁锢主战言论，残酷迫害禁锢主战人士，如黄中辅因作《满庭芳·题太平楼》而被追杀，在士人群中形成了"言语转喉，定多触讳。当处不争之地，可蠲无妄之灾"① 的畏祸全身的心理，导致了"士大夫气殊不振，曾无一言及天下事者"② 的格局。因此，词中的西湖政治空间意象的内涵，大都或如上述胡铨《醉落魄》那样在怀恋西湖景观中寄托"空袖和羹手"的哀怨，或像张元干《八声甘州》那样在书写西湖景观中寄寓自己的政治心态。至孝宗朝，虽因由张浚统帅的"隆兴北伐"失败而制定了更为耻辱的"隆兴和议"，但一方面结束了"绍兴和议"期间士人，噤若寒蝉的历史；另一方面正如辛弃疾所说"张浚符离之师，确有生气"，③ 犹如久阴以后的阳光微闪，激发了士人收复中原的激情。只是因孝宗不久却便消沮退缩，北方金世宗完颜雍三十年的统治也相对地稳定，南北对峙长期处于胶着状态，使一代志士"报国欲死无战场"，一一抱恨而终。辛弃疾《满江红·题冷泉亭》云：

> 直节堂堂，看夹道、冠缨拱立。渐翠谷、群仙来下，佩环声急。谁信天锋飞堕地，傍湖千尺开青壁。是当年、玉斧削方壶，无人识。　　山水润，琅玕湿，秋露下，琼珠滴。向危亭横跨，玉渊

---

① 李新：《赴庆阳司录先状》，载曾枣庄、刘琳主编《全宋文》，第133册，上海辞书出版社、安徽教育出版社，2006年，第332页。
② 李心传：《建炎以来系年要录》卷一六三，绍兴二十二年六月"是月"条，中华书局，1956年，第2660—2667页。
③ 辛弃疾：《美芹十论》，载曾枣庄、刘琳主编《全宋文》，第275册，上海辞书出版社、安徽教育出版社，2006年，第2页。

澄碧。醉舞且摇鸾凤影,浩歌莫遣鱼龙泣。恨此中、风物本吾家,今为客。

该词作于孝宗乾道六年至七年(1170—1171)作者任临安司农寺主簿期间。冷泉亭在灵隐寺前的一泓池旁,其泉极清泚,出自飞来峰下,过九里松,流入西湖。词写泉水从"直节堂堂"的石林与"冠缨拱立"的飞来仙峰之间急流而出,一派"佩环声急"的气象,流入西湖,却又是一派"醉舞且摇鸾凤影,浩歌莫遣鱼龙泣"的放浪豪情,实为作者自我情志和心理状态的写照,而"恨此中、风物本吾家,今为客",则从眼前的景物联想到沦陷的家乡,从中传达了家乡难归的哀与怨和空怀一腔报国豪情的悲与恨,呈现了具有时代内涵的西湖政治空间意象。又陈亮《水调歌头·送章德茂大卿使虏》云:

不见南师久,漫说北群空。当场只手,毕竟还我万夫雄。自笑堂堂汉使,得似洋洋河水,依旧只流东。且复穹庐拜,会向藁街逢。　尧之都,舜之壤,禹之封。于中应有,一个半个耻臣戎。万里腥膻如许,千古英灵安在,磅礴几时通。胡运何须问,赫日自当中。

自"隆兴和议"后,每年金主生辰,宋廷卑辞厚币向"叔大金皇帝"祝寿,这是爱国志士深以为耻的。淳熙十二年(1185年)十一月,章森(德茂)奉诏出使金国,贺金世宗完颜雍诞辰。陈亮在京城作此词为之壮行。词举国家的奇耻大辱以激之,张磅礴的民族之气以励之,希望章森能以堂堂汉使的"万夫雄"气概,在屈辱的使命中,维护民族和国家的尊严。陈廷焯称其中"尧之都"五句,"精警奇肆,几于握拳透爪,可作中兴露布"。① 然而,"万里腥膻如许,千古英灵安在,磅礴几时通",不免惆怅与感愤。面对南北胶着期间与金屈膝和议的现实状态,

---

① 陈廷焯:《白雨斋词话》卷一,载唐圭璋编《词话丛编》,中华书局,1986年,第3794页。

词人既洋溢收复中原的豪情壮志，又深怀"报国欲死无战场"的忧怨悲愤。从这个意义上说，该词与前述辛弃疾《满江红》所呈现的空间意象并无二致。

王士禛说："宋宁宗嘉泰四年，追封岳飞为鄂王；开禧二年，追夺秦桧爵，谥谬丑。此天下万世公议。然实韩侂胄欲用兵，而先有此举也。乃边衅既开，又诛侂胄以媚敌，遂复秦桧爵谥，则悖矣。"[①] 在韩侂胄追封抗金英雄岳飞为鄂王不久，人们又于西湖北岸的栖霞岭下建岳鄂王庙。岳飞在死后的半个多世纪被追封鄂王，是韩侂胄为"开禧北伐"张目，昭示了宋廷新的政治动向；而岳鄂王庙的问世，则不仅为西湖物质空间增设了一道新的景观，同时又是南渡以来西湖政治空间中和战之争演进历程的一个"标征"。刘过为之作《六州歌头·题岳鄂王庙》，上片颂扬岳飞的战功，下片"说当年事，知恨苦，不奉诏，伪耶真。臣有罪，陛下圣，可鉴临。一片心。万古分茅土，终不到，旧奸臣。人世夜，白日照，忽开明。衮佩冕圭百拜，九泉下、荣感君恩"，在表明自己政治立场的同时，又书写了岳飞生前身后的遭遇，尤其是当下让"衮佩冕圭百拜"的殊遇，展现了韩侂胄执政期间的西湖政治空间意象。然而，"开禧北伐"失败后，主和派不仅追复秦桧被韩侂胄所夺之爵谥，而且以韩侂胄的首级换取了"嘉定和议"，沉重地打击了士气与民心，君臣们对北定中原的国家大业也彻底失去了信心。与此同时，端平元年（1234年），与南宋对峙几十年的金国被崛起的蒙军所灭。自此以后，原来的宋金对峙转为了宋蒙冲突。面对冲突，理宗及理宗以后君臣心安理得地守着西湖，酣歌醉舞，苟且偷安，正如陈人杰《沁园春》所说：

> 记上层楼，与岳阳楼，酾酒赋诗。望长山远水，荆州形势，夕阳枯木，六代兴衰。扶起仲谋，唤回玄德，笑杀景升豚犬儿。归来也，对西湖叹息，是梦耶非。　诸君傅粉涂脂。问南北战争都不知。恨孤山霜重，梅凋老叶，平堤雨急，柳泣残丝。玉垒腾烟，珠

---

① 王士禛撰，靳斯仁点校：《池北偶谈》卷九《秦桧复谥》，中华书局，1982年，第196页。

淮飞浪，万里腥风吹鼓鼙。原夫辈，算事今如此，安用毛锥。

该词调下有一小序，记写作时间："嘉熙庚子（1240年）秋季。"而此时正值蒙兵屡犯四川之际，前此一年，海塔破城都，此后一年，城都又沦陷；序又称此词因有感于友人诗句"东南妩媚，雌了男儿"而作，旨在"写胸中之勃郁"，书于丰乐楼东壁。丰乐楼在西湖涌金门外，凭湖高筑，瑰丽宏特，为西湖游览之最。① 词从登楼写起，书写胸中勃郁之情。而此情则由当年孙权、刘备为争雄中原而虎视的江淮、荆楚之形胜与理宗君臣因安于现状而贪图的西湖妩媚之景色的对照中而来。上片叙游历，借"六代兴衰"的议论，扬孙、刘北向争雄，贬刘琮屈辱降曹，并借曹操之语讽刺南宋朝廷的软弱无能。过片则以"傅粉涂脂"比拟理宗君臣，回应了其友"东南妩媚，雌了男儿"的诗句，谴责他们对危殆的局势不闻不问，只知歌舞升平，醉生梦死！最后以"原夫辈"自拟，从作为一介书生请缨无路，报国无门的角度，再次书写"胸中之勃郁"，进一步深化了南宋苟安时期西湖政治空间意象的蕴涵。

这一以"勃郁"为蕴涵的西湖政治空间意象，同样见诸理宗以后众多词作，如方岳《满江红》（说与梅花）、文及翁《贺新郎·西湖》、吴泳《满江红·再游西湖和李微之》、史达祖《满江红·九月二十一日出京怀古》、卓田《媚儿眼·题苏小楼》、陈允平《垂杨》（银屏梦觉）、刘克庄《玉楼春》（年年跃马长安市）等等。在这些作品中，西湖的空间景观不再是词人单纯的审美对象，而成了作者"胸中之勃郁"的外化形态，尤其是文及翁《贺新郎·西湖》，在书写自我空怀"澄清志"的同时，称"一勺西湖水。渡江来、百年歌舞，百年酣醉"，在抨击统治者苟且偷安中，具有亲和性、多样性之美的西湖也成了被蔑视的对象。而在另一部分的词作中，西湖则失却了"天下景"与天城帝都相交融的那种靓丽与华贵，呈现的是一派愁容惨淡的景象。吴文英《高阳台·丰乐楼分韵得"如"字》云：

---

① 吴自牧：《梦粱录》卷十二"西湖"条，上海古典文学出版社，1956年，第230页。

修竹凝妆，垂杨驻马，凭阑浅画成图。山色谁题，楼前有雁斜书。东风紧送斜阳下，弄旧寒、晚酒醒余。自销凝，能几花前，顿老相如。伤春不在高楼上，在灯前欹枕，雨外熏炉。怕舣游船，临流可奈清癯。飞红若到西湖底，搅翠澜、总是愁鱼。莫重来，吹尽香绵，泪满平芜。

陈洵指出："'浅画成图'，半壁偏安也；'山色谁题'，无与托国者；'东风紧送'，则危极矣；'愁鱼'殃及池鱼之意。'泪满平芜'，城邑丘墟，高楼何有焉，故曰'伤春不在高楼上'。是吴词之极沉痛者。"① 这种阐释也许有过于穿凿之嫌，但把西湖的湖光山色写得如此凄风苦雨，愁容惨淡，而且结句又说"吹尽香绵，泪满平芜"，其沉痛感无疑超出了一般的伤春伤别，令人不得不从作者基于南宋末年无可挽救的危急局势而创作的西湖政治空间意象来体会。其他如翁元龙《水龙吟·雪霁登吴山见沧阁，闻城中箫鼓声》、刘辰翁《江城子·西湖感怀》、詹玉《齐天乐·赠童瓮天兵后归杭》、周密《法曲献仙音·吊雪香亭梅》、蒋捷《齐天乐·元夜阅〈梦华录〉》、张炎《高阳台·西湖春感》等大量词作，或写南宋灭亡之前的西湖，或写南宋灭亡不久的西湖，在意象上，均与吴文英《高阳台》同一类型，于愁容惨淡中寄寓了词人亡国前后的哀痛。

不过，上述无论黄中辅、张元干、辛弃疾、刘过等人笔下的西湖，抑或陈人杰、文及翁、吴文英、陈德武等人词中的西湖，其中的物质景观都是词人政治心态的一种载体，都属于西湖政治空间意象，只是由于不同时期的不同政治心态导致了相同的西湖在被"着我之色"上的差异性。这种差异性，正反映了南宋和战之争及其政治运作的发展历史，也将南宋京城这座抽象的政治空间转化成了可触可摸的实体，让人强烈而真切地感受到它的真实存在及其对国家命运和士人心态的深刻影响。

---

① 陈洵：《海绡说词》，载唐圭璋编《词话丛编》，中华书局，1986年，第4851页。

三、宋词中的西湖文化空间意象

城市又是文化的"标征",是一座文化空间,承载着上至朝廷各种典礼、下至市民各种娱乐的文化活动。吴自牧《梦粱录》所载《满庭芳》、《庆清朝》、《瑞鹤仙》诸词,便书写了南宋一年一度倾朝出动的朝飨礼与恭谢礼的宏大场面。《满庭芳》云:

> 凤阁祥烟,龙城佳气,明禋恭谢时丰。绮罗争看,帘幕卷南风。十里仙仪宝仗,暖红翠、玉碾玲珑。銮回也,箫韶缓奏,声在五云中。　千官迎万乘,丝纶迭迭,锦绣重重。听鸣鞘辇路,宴罢鳌宫。瞻仰天颜有喜,君恩霈、寰宇雍容。生平愿,洪基固拱,圣寿永无穷。

据吴自牧记载:"每岁孟冬,例于上旬行孟冬礼。遇明禋,行恭谢礼。系先一日朝飨,次日方行恭谢。百官与宰相起居,在学士院伺候驾出景灵宫。……驾前教乐所伶工导引,作乐逍遥。辇后钧容直动鼓吹从后,诣景灵宫行恭谢礼。礼成,就西斋殿赐平章、执政、亲王、百官宴,盏次食品,并如朝会。"又《瑞鹤仙》云:"欢声盈万户,庆景陵礼毕,銮舆游步。西郊暖风布。喜湖山深锁,非烟非雾。传收绣羽,骅骝驰骤绒缕,望彤芳、稳稳金銮,衮鸾翔舞。"[①]则又书写了朝会结束后君臣与市民同乐于西湖山水间的情形。若从前文所述词人的政治心态观之,这显然典型地体现了南宋君臣歌舞升平、醉生梦死的场景,但作为一种文化活动,举行朝飨礼与恭谢礼是履行既定的国家仪礼的具体体现。《满庭芳》、《庆清朝》、《瑞鹤仙》等词所书写的,便是履行这一仪礼的时空序列,其中所谓"君恩霈、寰宇雍容。生平愿,洪基固拱"等

[①] 吴自牧:《梦粱录》卷六《孟冬行朝飨礼遇明禋岁行恭谢礼》,上海古典文学出版社,1956年,第180页。

等，虽属毫无实际意义的套话，却也表现了君臣和市民共同所拥有的一种愿望和祈求，是由国家典礼滋生出来的一种约定俗成的文化心态，也就是说，词所展示的，是基于这一文化心态创作而成的西湖文化空间意象。

综观宋代君臣与民同乐的文化活动盛况，莫过于节序庆典，尤其是元宵。元宵又称上元或元夕，其表现形态是张灯宴游。自十四日起，或张灯三夜，① 或张灯五夜。② 盛唐以后，元宵张灯渐盛，但其活动主要局限于上层社会，民间并不流行，至北宋，则盛行于整个社会而"冠于前代"。③ 仁宗在一次元宵御楼观灯时还谓大臣："朕非好游观，与民同乐耳"；④ 徽宗闹元宵时，又于灯山悬挂"宣和与民同乐"的金字招牌。⑤ 元宵热闹盛大的场面，孟元老《东京梦华录》等有详细的记载，在北宋词中也屡有书写。大量事实表明，元宵张灯宴游成了北宋君臣"与民同乐"的"狂欢节"；至南宋，其狂欢程度堪称空前。据周密记载，临安元宵不仅"效宣和盛际，愈加精妙"，张灯期间，"终日天街鼓吹不绝，都民士女，罗绮如云，盖无夕不然也"，而且"都城自旧岁冬孟驾回，则已有乘肩小女、鼓吹舞绾者数十队，以供贵邸豪家幕次之玩。而天街茶肆，渐已罗列灯球等求售，谓之'灯市'。自此以后，每夕皆然。三桥等处，客邸最盛，舞者往来最多。每夕楼灯初上，则箫鼓已纷然自献于下。酒边一笑，所费殊不多。往往至四鼓乃还。自此日盛一日。……吴梦窗《玉楼春》云：'茸茸狸帽遮梅额，金蝉罗剪胡衫窄。乘肩争看小腰身，倦态强随闲鼓笛。问称家在城东陌，欲买千金应不惜。归来困顿奈春眠，犹梦婆娑斜趁拍。'深得其意态也"。⑥ 在宋代，元宵活动并不限于京城，作为元宵的前奏，"灯市"也常见于其他城市，

---

① 蔡绦：《铁围山丛谈》卷一，中华书局，1997年，第17页。
② 永亨：《搜采异闻录》卷四"上元张灯条"，《丛书集成新编》本，第87册，台北新文丰出版公司，1985年，第266页。
③ 宋敏求：《春明退朝录》卷中，中华书局，1980年，第29页。
④ 陈元靓：《岁时广记》卷一一《上元》引《东斋录》，《丛书集成初编》本，第179册，中华书局，1985年，第110页。
⑤ 孟元老撰，邓之诚注：《东京梦华录注》卷六《元宵》，中华书局，1982年，第165页。
⑥ 周密：《武林旧事》卷二《元夕》，上海古典文学出版社，1956年，第369页。

但临安"灯市"期间昼夜箫鼓不绝、歌舞不止的情形,为北宋汴京或宋代其他城市所罕见,故陈著《玉漏迟》称此情形"镇似元宵时候",南宋临安元宵张灯宴游之盛,于此可见一斑。又赵长卿《宝鼎现·上元》云:

> 嚣尘尽扫,碧落辉腾,元宵三五。更漏永、迟迟停鼓。天上人间当此遇。正年少、尽香车宝马,次第追随士女。看往来、巷陌连甍,簇起星球无数。　政简物阜清闲处,听笙歌、鼎沸频举。灯焰暖、庭帷高下,红影相交知几户。恣欢笑、道今宵景色,胜前时几度。细算来、皇都此夕,消得喧传今古。　排备绮席成行,炉喷袅、沉檀轻缕。睹遨游彩仗,疑是神仙伴侣。欲飞去、恨难留住。渐到蓬瀛步。愿永逢、恁时恁节,且与风光为主。

该词层层书写了南宋皇都于"元宵三五"夜从宫廷到民间张灯宴游、"普天同庆"的盛大场面与狂欢氛围,一派元宵意象。在这种意象里,虽然没有以元宵为背景的小说那种"颠覆了日常生活原来预设的礼法和时空秩序,打破了日夜之差,男女之防,贵贱之别,从而提供了男女相处的机会,于是许多小说中的幽会与艳情,便放置在这样的公共空间中,演绎出种种悲欢离合的浪漫故事",[①] 但同样打乱了平时的礼法秩序与社会等级,人与人在平时由礼法秩序与社会等级筑就的坚固的距离屏障,为灯下的宴游狂欢所冲破,人们在公共的宴游空间里融为一个狂欢整体,不分男女,不分贵贱,无拘无束地"次第追随""恣欢笑",并随便而亲昵地接触。辛弃疾在京所作《青玉案·元夕》下片:"蛾儿雪柳黄金缕,笑语盈盈暗香去,众里寻它千百度,蓦然回首,那人却在,灯火阑珊处。"则又具体呈现了这种发自真实人性的新型人际关系。其他如康与之《瑞鹤仙·上元应制》、张抡《烛影摇红·上元有怀》、史浩《粉蝶儿·元宵》、吴潜《宝鼎现·和韵己未元夕》等一系列西湖元

---

① 孙逊、刘方:《中国古代小说中的城市书写及现代阐释》,《中国社会科学》,2007年第5期。

宵词，也都体现了这一点。从民俗学角度观之，作为节序活动之一的元宵张灯宴游，是一种风俗行为；而作为风俗行为的节序活动，则构成了一年的生活节奏，"年复一年的生活文化之网，就是以此为轴心编织出来的"。① 透过赵长卿等人词作在书写张灯宴游中形成的西湖元宵意象，不难看出人们通过闹元宵的狂欢节奏所编织的"生活文化之网"的具体形态，从中可以窥见作为文化"表征"的西湖文化空间所蕴含的丰富内涵。

无论南宋抑或北宋，元宵之所以成为"狂欢节"，狂欢中之所以流露出真实人性，以及新型人际关系，与当时社会经济的变革不无关系。"学者们描述中世纪期间中国所发生的一些关键性的制度变革，以为始于八世纪下半叶，至北宋而达于顶点"，而"伴随着这些变革而来的是：赋税和贸易日益钱币化了；商人的人数、财富和力量增长了；社会和官府轻视商业和商人阶级的态度缓和了"。② 从而促进了城市，尤其是京城的消费与娱乐，使京城作为政治中心的同时，成了全国的文化娱乐中心。而杭州早在北宋，其商业经济已居全国之首。哲宗元祐年间（1086—1093），苏轼在一份奏章中指出："天下酒税之盛，未有如杭者。"③《宋会要·食货》所列税额数目，北宋杭州不但多于江宁和苏州，并超过了首都开封，位列全国第一。④ 经济的繁荣，财富的增长，一方面促使市民形成了前引柳永《望海潮》所谓"竞豪奢"的民风习性，也就是周密所说的："大贾豪民，买笑千金，呼卢百万，以至痴儿骁子，密约幽期，无不在焉。日麋金钱，靡有纪极。故杭谚有'销金锅儿'之号。"⑤ 这一民风习俗反过来促进了经济的发展和城市的繁荣；另一方面诱发了市民的娱乐激情，加诸西湖得天独厚的"天下景"，朝

---

① 关敬吾编：《民俗学》，王汝澜、龚益善译，中国民间文艺出版社，1986年，第119页。
② 施坚雅主编：《中华帝国晚期的城市》，叶光庭、徐自立、王嗣均等译，中华书局，2000年，第23—24页。
③ 苏轼：《杭州乞度牒开西湖状》，载孔凡礼点校《苏轼文集》卷三十，中华书局，1986年，第864页。
④ 徐松辑：《宋会要辑稿·食货》一六之八，中华书局，1957年，第5076页。
⑤ 周密：《武林旧事》卷三，上海古典文学出版社，1956年，第376页。

暮晴雨，四时总宜，又形成了喜遨游的习俗。即陈造所谓"杭人喜遨，……今为帝都，则其益务侈靡相夸，佚乐自肆也宜。然湖山之胜，近在城外，城中凭高，约略在目；一举足，则向得之约略者，皆身履之。俗之喜遨，亦其势然"。① 这从周密《曲游春》中可见一斑：

> 禁苑东风外，扬暖丝晴絮，春思如织。燕约莺期，恼芳情偏在，翠深红隙。漠漠香尘隔，沸十里、乱丝丛笛。看画船、尽入西泠，闲却半湖春色。　　柳陌，新烟凝碧。映帘底宫眉，堤上游勒。轻暝笼烟，怕梨云梦冷，杏香愁幂。歌管酬寒食，奈蝶怨、良宵岑寂。正满湖、碎月摇花，怎生去得。

该词所展示的是元宵过后的"探春"意象。关于西湖"探春"的热闹情形，周密有具体的记载："都城自过收灯，贵游巨室，皆争先出郊，谓之'探春'，至禁烟为最盛。龙舟十余，彩旗叠鼓，交午曼衍，粲如织锦。内有曾经宣唤者，则锦衣花帽，以自别于众。京尹为立赏格，竞渡争标。内珰贵客，赏犒无算。都人士女，两堤骈集，几于无置足地。水面画楫，栉比如鱼鳞，亦无行舟之路，歌欢箫鼓之声，振动远近，其盛可以想见。若游之次第，则先南而后北，至午则尽入西泠桥里湖，其外几无一舸矣。弁阳老人有词云：'看画船尽入西泠，闲却半湖春色。'盖纪实也。"② 其实，周密笔下的《曲游春》不仅是对西湖"探春"场景的纪实，而且也是对生活在西湖"天下景"的居民"务侈靡相夸，佚乐自肆"的生活风习和性格意象化的展现。

美国城市研究的芝加哥学派指出："城市绝非简单的物质现象，绝非简单的人工构筑物。城市已同其居民的各种活动密切地联系在一起，

---

① 陈造：《游山后记》，载曾枣庄、刘琳主编《全宋文》，第256册，上海辞书出版社、安徽教育出版社，2006年，第375页。
② 周密：《武林旧事》卷三，上海古典文学出版社，1956年，第44—45页。

它是自然的产物,而尤其是人类属性的产物。"① 进而言之,居民是城市日常生活的主体,由于他们的各种活动,使城市空间变得鲜活而又生动;而居民在各种活动中形成的风习和性格,则是城市风俗文化的核心所在。风俗作为文化的一种表现形态,与经典文献式的理论形态的高层位文化相比,属于习惯性的生活形态的低层位文化。在"十里不同风,百里不同俗"的古代中国,体现风俗的是一定区域社会各阶层在物质生活基础上形成的,并直接参与其中、囿于其中的生活样式和行为模式;而决定其生活样式和行为模式的,则是区域人群的生活标准、趣味原则和心理积习,以及由此形成的生活文化性格。宋代杭州居民从"东南第一州"时"竞豪奢"到成为天城帝都时"益务侈靡相夸,佚乐自肆"的风习和性格,便是在经济不断繁荣,财富不断增长中生成和发展起来的,主导着他们的各种活动,也成了西湖生活空间的鲜活灵魂。这一灵魂作用于他们的节日狂欢,也作用于新旧居民的日常生活。下列记载足以证明这一点。

  一日御舟经断桥,桥旁有小酒肆,颇雅洁,中饰素屏,书《风入松》一词于上。光尧(高宗)驻目,称赏久之。宣问何人所作,乃太学生俞国宝醉笔也。其词云:"一春长费买花钱,日日醉湖边。玉骢惯识西泠路,骄嘶过,沽酒楼前。红杏香中歌舞,绿杨影里秋千。东风十里丽人天,花压鬓云偏。画船载取春归去,余情在,湖水湖烟。明日再携残酒,来寻陌上花钿。"上笑曰:"此词甚好,但末句未免儒酸。"因为改定云:"明日重扶残醉",则迥不同矣。即日命解褐云。②

城市空间的聚集性与流动性,为四方商人和士子进城生活提供了可

---

① R. E. 帕克、E. N. 伯吉斯、R. D. 麦肯齐:《城市社会学:芝加哥学派城市研究文集》,宋俊岭、吴建华、王登斌译,华夏出版社,1987年,第1页。
② 周密:《武林旧事》卷三,上海古典文学出版社,1956年,第375—376页。

能与条件。俞国宝,临川人,淳熙时太学生,是西子湖畔的一位新居民。其《风入松》既真实展现了京城居民于日常生活中"竞豪奢",喜遨游的纷繁空间,又尽情书写了自我遨游西湖的浓情豪兴,自己也充当了"佚乐自肆"者。时为太上皇的高宗赵构,同样属于一位特殊的外来居民,也与俞国宝一样加入了"佚乐自肆"的遨游行列,并在认同俞词的同时,也认同了生活于西子湖畔的居民长期奉行的生活样式和行为模式;换言之,作为生活在同一城市的外来居民俞国宝与赵构,尽管他们的身份与地位有天壤之别,但都获得了与原住居民相一致的文化认同。这种文化认同,在其他词人笔下众多书写遨游西湖空间的词中,也都有不同程度的体现。

然而,由于西湖的这一文化空间偏偏与南宋京城的政治空间同时并存,而如前文所述,在西湖政治空间中的首要矛盾,却是关乎国家命运的和战之争;卧薪尝胆,收复中原,或强化斗志,抗击外侵,是爱国志士的终身志向。因此"暖风吹得游人醉"的西湖常常遭致时人哀叹,甚至将南宋的退缩和灭亡归咎于西湖;展示以居民的风习和性格为灵魂的西湖文化空间意象的词作,也同样常常遭致后人的讥讽。方回在《涌金门城望》中便说:"《风入松》词万口传,翻成余恨寄湖烟。难寻旧梦花阴地,剩放新愁雪意天。"① 对《风入松》词包括词作者和高宗的讽刺溢于言表;诸如此类的讽刺,乃至激烈的批判,在当代的有关研究成果中也不乏其例。这种讽刺与批判固然有其合理之处,但当我们承认国家政治与风俗文化之间有差异时,当我们将南宋志士的爱国情结与杭州居民的生活习性分别对待时,上述呈现西湖文化空间意象之词,也就不乏存在的价值与意义而无可厚非了。

小 结

美国学者理查德·利罕说:"城市是都市生活加之于文学形式和文

---

① 方回:《涌金门城望》(其五),载北京大学古文献研究所编《全宋诗》,第66册,北京大学出版社,1998年,第41569页。

学形式加之于都市生活的持续不断的双重建构",并指出,"城市和关于城市的文学有着相同的文本性","阅读文本已经成为阅读城市的方法之一"。[①] 宋代西湖与书写西湖的宋词之间的关系也同样如此。就西湖之于宋词而言,西湖的物质空间、政治空间和文化空间的客观存在,为宋词提供了多维视角的书写;就宋词之于西湖来看,宋词在多维视角的书写中,为西湖呈现了多维空间意象。两者相互依存,互为促进,明显呈现出"双重建构"的趋向。从北宋到南宋,随着西湖多维空间内涵的不断丰富,词的书写也随之不断多样化;内涵不断丰富的西湖多维空间形态,则又促进了宋词的表现领域,赋予了书写城市的功能,为宋词带来了新的研发空间;与此同时,作为艺术样式的宋词,其所呈现的多维西湖空间意象,生动地展示了西湖的文化蕴涵,为我们今天阅读宋代杭州这座城市提供了生动而不可或缺的历史画卷。

(原载《文学遗产》2013年第5期)

[①] 理查德·利罕:《文学中的城市:知识与文化的历史》,吴子枫译,上海人民出版社,2009年,第3、9页。

"苏辛变体"在12—14世纪初词坛的运行

一、问题的提出

晚明王世贞说:"李氏、晏氏父子、耆卿、子野、美成、少游、易安至矣,词之正宗也。温韦艳而促,黄九精而险,长公丽而壮,幼安辨而奇,又其次也,词之变体也。"① 这是较早有系统地将唐宋时期词的发展总结为"正"、"变"两大主脉,但明显含有崇"正"贬"变"之意。清初王士禛在概括唐以后词坛"正"、"变"二体的演变时却指出:"语其正,则景(璟)、煜为之祖,至漱玉、淮海而极盛,高、史其大成也;语其变,则眉山导其源,至稼轩、放翁而尽其变,陈、刘其余波也。"② 认为开启"变体"者乃苏轼而非温庭筠、韦庄;并强调"第当分正变,不当分优劣"。③ 邹衹谟又以"篆籀变为行草"为喻,说明自"正"至"变"是词体内部的一种运作,不存在"前工而后拙"的问题。④ 事实上,"正"、"变"各具特征,各有优长。两者或联镳竞逐或此起彼伏,构成了词的历史。本文所要探讨的是,12—14世纪初"苏辛变体"的运行轨迹。

所谓"12—14世纪初",指1126年至1320年前后。在此期间,经

---

① 王世贞:《艺苑卮言》,载唐圭璋编《词话丛编》,中华书局,1986年,第385页。
② 王士禛:《倚声初集序》,载葛渭君编《词话丛编补编》,中华书局,2013年,第382页。
③ 王士禛:《渔洋词话》,载葛渭君编《词话丛编补编》,中华书局,2013年,第744页。
④ 邹衹谟:《倚声初集序》,载葛渭君编《词话丛编补编》,中华书局,2013年,第384页。

历了从"靖康之变"后的宋金对峙、元灭金朝到宋元对抗,最后元灭南宋的历史变迁。不过,三大王朝的南北对峙、分疆而治及其兴衰交替,并没有阻碍或割裂词史的统一进程,反倒推进了词迈向其鼎盛历史的步伐。成于苏轼、尽于辛弃疾的"苏辛变体"一路高歌奋进,扮演鼎盛历史的先行者和主导者之一的角色,就是一个显例。这个角色的活动时空,并非传统词史研究所界定的仅仅在南宋王朝统治下的南方,同时也包括了与南宋同时的北方金、元两朝,以及元统一南北后的近半个世纪。此后,随着词的衰敝,暂告退隐。这是本文为何冠以"12—14世纪初"进行研究的原因所在。

综观现有的词史研究,12—14世纪初的词史被分为三大板块:一是"南宋的词史"、一是"金源的词史"、一是"金元的词史"。三者基本上以政治上的朝代为框架,各自独立。书写"南宋的词史",基本不及金源或金元时期的词;书写"金源的词史"或"金元的词史",同样很少关注南宋时期的词,体现为"朝代词史观"。而金源或金元词史的书写则进一步强化了词史书写的地域与王朝壁垒。

相对于南宋时期词的研究,金元时期的词曾长期冷落门庭,至近代况周颐,这一境况才有所改观。况周颐《蕙风词话》正集五卷以五分之三的篇幅,对道教词以外的金源词的源流、词人、风格等作了一系列论述,尤其从"金源之于南宋,时代政同,疆域之不同"的角度强调:"南宋佳词能浑,至金源佳词近刚方。宋词深致能入骨,如清真、梦窗是。金词清劲能树骨,如萧闲、遁庵是。南人得江山之秀,北人以冰霜为清。南或失之绮靡,近于雕文刻镂之技。北或失之荒率,无解深裘大马之讥。善读者抉择其精华,能知其并皆佳妙。而其佳妙之所以然,不难于合勘,而难于分观。往往能知之而难于明言之。然而宋金之词之不同,固显而易见者也。"[①] 这一观点广为当代词史研究者所接受。可以说,况周颐对金源词或金元词的重视,以及对金源词特点的论述,为后来的金元词研究导夫先路。1969年,黄兆汉于香港中文大学攻读硕士

---

① 郭绍虞、罗根泽主编,王幼安校订:《蕙风词话·人间词话》卷三,人民文学出版社,1960年,第57页。

学位期间的金元词研究成果,后以《金元词研究》为名出版,① 是现代学术意义上的第一部金元词史专著。1979年,中华书局出版唐圭璋编辑的《全金元词》,则为这方面的研究,提供了坚实的文献基础。1991年,刘扬忠根据况周颐关于金源词的论述,撰文呼吁:"认真地探讨和阐明金代文学的这种独特性,并将它与南宋文学进行对比研究",从而"写出一部金词发展史"。② 该文得到了大陆学者学界的广泛响应,在此后的二十余年间,有多部金源或金元词史专著问世。③ 综观这些成果,大都从地域、民族、政治、文化等角度,对金源和金元之际词人群体、词学思想、创作风格等作了全面考察,不少还借用清人"北宗词"与"南宗词"的概念,④ 区别金源词与南宋词之间"显而易见"的不同,多维度地阐释了金源词的"独特性"。

不过,在强调金源词的"独特性"与个性的同时,能否将金源词置于词体自身发展的长河中,关注其规律性与共性?在宋元之际,南宋时期词的发展史是否随着南宋王朝的消失而终止?进而言之,在现有众多相关研究成果的基础上,如何进一步深化12—14世纪初的词史研究?我们认为,打破目前的研究格局,跨越地域与王朝的界线,从"体派"与"体派"所遵循的规范体系的角度予以探讨,不失为揭示这一时期词合乎史实演变轨迹的有效做法。

正如社会学家所指出的:"社会世界是由规范语境构成的,而规范语境则明确了哪些互动属于合理人际关系总体中的一个方面。"⑤ 在文

---

① 该著于1992年由台北学生书局出版。
② 刘扬忠:《从〈蕙风词话〉看金词发展的几个问题》,《阴山学刊》,1991年第4期。
③ 如赵维江《金元词论稿》(中国社会科学出版社,2000年)、陶然《金元词通论》(上海古籍出版社,2001年)、丁放《金元词学研究》(中国社会科学出版社,2002年)、李艺《金代词人群体研究》(首都师范大学出版社2008年)、左洪涛《金元时期道教文学研究:以全真教王重阳和全真七子诗词为中心》(人民出版社,2008年)、李静《金词生成史研究》(中国社会科学出版社,2010年),以及王定勇《金词研究》(扬州大学2006年博士学位论文)等多篇博士学位论文。
④ 清人受禅宗和画论的启发,"以词譬画",视辛弃疾、刘克庄等人词为"北宗词",周邦彦、姜夔等人词为"南宗词"。详见厉鹗《张今涪红螺词序》、张其锦《梅边吹笛谱跋》,载冯乾编校《清词序跋汇编》,凤凰出版社,2013年,第418、630页。
⑤ 尤尔根·哈贝马斯:《交往行为理论:行为合理性与社会合理化》,曹卫东译,上海人民出版社,2004年,第87页。

学世界里，任何一种成熟的文体也是由其自身的规范体系构成的，只是构成的原因及其内涵不同罢了；而规范体系明确了该文体的形成及其特性。人们在创作这种文体时，先须认同和获取其规范的内涵与边界，即所谓"辨体"。所以有人认为研究"文学上某一个时期的历史就在于探索从一个规范体系到另一个规范体系的变化"。① 这无疑也是词史研究的一条路径。在词史上，苏轼与辛弃疾并称"苏辛"；并称的原因在于两家词风都为"豪放"、均属"变体"；或在于两家为"苏辛派"的代表，梁启超评李清照《渔家傲》说："此绝似苏辛派。"② 所指即此。先师吴熊和先生又概述了"苏辛派"的基本阵营："北宋灭亡后，苏轼词派分为南北两支。一派传于南方，则为叶梦得、陈与义、张元干、张孝祥、陆游、辛弃疾、陈亮等南宋词人，在南渡后的词坛一时成为主流。其中辛弃疾成就最高，遂与苏轼合称苏辛词派。一派传于北，则为蔡松年、赵秉文、元好问等金源词人。"③ 从中也昭示了这一时期南北词的同源同质。不过，有两点需要补充说明：

首先，"苏辛词派"的活动并非止于南宋或金源。就元好问而言，其词多数作于元初。据狄宝心《元好问年谱新编》统计，现存元好问近400首词作，可以确定创作于金亡前的作品仅100首，绝大多数为入元后二十多年间所作。又据王博文说：继苏轼、辛弃疾"雄词英气"者，为元好问；"继遗山者，不属太素，而奚属哉"。④ 认为继元好问以后，白朴是取径"苏辛变体"的代表词人。白朴卒于大德十年（1306年）。而在延祐（1314—1320）年间，"苏辛词派"的殿军张埜仍活跃于词坛。这些足以表明，南宋灭亡后的近半个世纪的词坛，依然回荡着"苏辛变体"的高亢之音。

其次，"苏辛词派"并非现代意义上的文学流派，而属于传统词学

---

① 勒内·韦勒克、奥斯汀·沃伦：《文学理论》（新修订版），刘象愚、邢培明、陈圣生等译，浙江人民出版社，2017年，第264页。
② 梁启超：《饮冰室词评》乙卷，载唐圭璋编《词话丛编》，中华书局，1986年，第4308页。
③ 吴熊和：《唐宋词通论》，浙江古籍出版社，1986年，第215页。
④ 王博文：《天籁集序》，载张金吾《爱日精庐藏书志》卷三六，清光绪十三年吴县灵芬阁集字版校印本，第22页 b。

中的"体派"。在词学史上,较早从"体派"的角度明确提出"词体"概念的是明人张綖。张綖《诗余图谱·凡例》指出:"按词体大略有二,一体婉约,一体豪放。婉约者,欲其辞情酝藉,豪放者,欲其气象恢弘,盖亦存乎其人。如秦少游之作,多是婉约,苏子瞻之作,多是豪放。"① 自此以后就有了"婉约派"与"豪放派"之目。然而,张綖所谓"体",主要是指表现风格,以"婉约"与"豪放"囊括词史上的"体派",过于宽泛。陈廷焯从风格上的"体"划"派",将唐宋著名词人分为14个"体派",其中多以一人为一个"体派",② 则太过繁琐。"体派"也是一个诗学概念。有学者在梳理古代诗歌"体派"概念时指出:"'体'亦统摄性极强,可能指涉体用、体貌、体式、体势、体裁、体类、体制、体法、体性、体律、体度、体要、体格、体气、体致、体理、体统、体韵、体意、体样等等,其内涵远非风格所能囊括。"而"中国古典诗学中带有派别意味的'体',可能指称该派在理论主张或创作倾向上呈现的某种共性。"③ 词史上的"体派"亦当如此观。蔡小石《拜月词序》说:"词胜于宋,自姜、张以格胜,苏、辛以气胜,秦、柳以情胜,而其派乃分。"④ 就是以不同的"体"而非创作风格鉴别词派的;或者说,词的"体派"赖以形成的一个重要标志,就在于其"体"在运行中所形成的一种惯例,以及在惯例中所呈现出来的一种规范体系;而其中的某些规范要素又代表着该"体"的核心特质,即蔡小石所说的"姜张派"的"格","苏辛派"的"气","秦柳派"的"情"。

二、"苏辛变体"的规范体系

张之翰有诗云:"作诗作文乃如此,况复大小乐府词。留连光景足

---

① 《诗余图谱·凡例》,载张綖撰《诗余图谱》卷首,嘉靖十五年刻本。
② 详见陈廷焯:《白雨斋词话》卷八,载唐圭璋编《词话丛编》,中华书局,1986年,第3962页。
③ 陈斐:《构建中国特色哲学社会的可能萌蘗:梁昆〈宋诗派别论〉的学术史意义》,《文学评论》,2017年第3期。
④ 江顺诒:《词学集成》卷五,载唐圭璋编《词话丛编》,中华书局,1986年,第3272页。

妖态,悲歌慷慨多雄姿。秦晁贺晏周柳康,气骨渐弱孰纲维。稼翁独发坡仙秘,圣处往往非人为。"①认为"悲歌慷慨多雄姿"的"气骨",原为苏轼词之"秘",后为辛弃疾所发。范开认为"稼翁独发坡仙秘"的原因在于:苏轼"未尝有作之之意",而是"自其发于所蓄者言之",辛弃疾"一世之豪,以气节自负,以功业自许",也"意不在于作词,而其气之所充,蓄之所发",故其词"不能不坡若"。②刘辰翁则指出,"词至东坡,倾荡磊落,如诗如文,如天地奇观,岂与群儿雌声学语较工拙",稼轩为之张扬加厉,"横竖烂漫,乃如禅宗棒喝,头头皆是;又如悲笳万鼓,平生不平事并卮酒,但觉宾主酣畅,谈不暇顾。词至此亦足矣……以稼轩为坡公少子,岂不痛快灵杰可爱哉!"③从"稼轩为坡公少子"的"遗传基因"的角度,揭示了稼轩词"不能不坡若"的原因。范开、刘辰翁、张之翰的这些论述虽旨在说明苏、辛词的关系,却为我们考察整个"苏辛变体"的创作惯例及其规范体系,提供了认知的方向。具体地说,主要体现在以下三个方面。

其一,体用上的规范。

文人词在建构的当初,其体用在于应歌娱乐。刘禹锡《酬杨司业巨源见寄》云:"渤海归人将集去,梨园弟子请词来。"④白居易《杨柳枝二十韵》也说:"乐童翻怨调,才子与妍词。"⑤均指出了词在建构时期的应歌情形。被视为文人词之鼻祖的《花间集》,则属"伶工之词",其体"用助娇娆之态","用资羽盖之欢",⑥进一步强化了应歌娱乐的体用,并成为一种规范,长期被词人所采纳。北宋李之仪说:作词当"以

---

① 张之翰:《方虚谷以诗笺余至松江因和韵奉答》,载影印《文渊阁四库全书》,第1204册,台湾商务印书馆,第379页。
② 范开:《稼轩词序》,载辛弃疾撰,邓广铭笺注《稼轩词编年笺注》附录二《旧本稼轩词集序跋文》,上海古籍出版社,1993年,第596页。
③ 刘辰翁:《辛稼轩词序》,载辛弃疾撰,邓广铭笺注《稼轩词编年笺注》附录二《旧本稼轩词集序跋文》,上海古籍出版社,1993年,第599页。
④ 《全唐诗》卷三六一,第11册,中华书局,1986年,第4078页。
⑤ 《全唐诗》卷四五五,第14册,中华书局,1986年,第5156页。
⑥ 欧阳炯:《花间集叙》,载赵崇祚辑,李一氓校《花间集校》卷首,人民文学出版社,1981年,第1—2页。

《花间集》中所载为宗",①便指出了"花间词"在当时词坛的规范效应。

王国维说:"词至李后主而眼界始大,感慨遂深,遂变伶工之词而为士大夫之词。"②李煜于亡国后所作之词,虽脱离伶工口吻,自写身世之感,但"用资羽盖之欢"的"伶工之词"依然作为词坛主流而存在。至苏轼,"士大夫之词"才真正确立。他创作了大量"如诗如文"的诗化之词。如《江城子·密州出猎》作于熙宁八年(1075年)西北战事紧张之际,上片打猎,下片请战,一派豪情壮志;再如贬谪黄州时期所作《念奴娇·赤壁怀古》,则在激赏周瑜的功名中,深自感喟,以及在感喟中超然自适。③苏轼打破了自《花间集》以来词在体用上已有的惯例和既定的规范,将词笔伸向了士大夫丰富的内心世界,词像传统诗歌一样成了士大夫精神生活与性情品格的一种载体。

然而,在苏轼生前和身后的二十余年里,其诗化之词既没有得到词人的广泛认同,又被视为"虽极天下之工,要非本色"的变体。④"靖康之变"却将苏轼的变体推向了词坛的前列,遂成词人创作的主流;并赋予其崭新的时代内涵,即朱熹论张孝祥词时所说:"读之使人奋然有擒灭仇虏、扫清中原之意。"⑤在现存600余首辛词中,最为凸显的是围绕"中原事,纵匈奴未灭,毕竟男儿"⑥展开的书写。如《满江红·建康史致道留守席上赋》:"袖里珍奇光五色,他年要补天西北。"《贺新郎·同父见和再用前韵答之》:"我最怜君中宵舞,道男儿、到死心如铁。看试手,补天裂。"《鹧鸪天·有客慨然谈功名,因追念少年时事戏作》:"壮岁旌旗拥万夫,锦襜突骑渡江初。燕兵夜娖银胡䩮,汉箭朝飞金仆姑。"《水龙吟·登建康赏心亭》:"江南游子。把吴钩看了,阑干拍遍,无人

---

① 李之仪:《跋吴思道小词》,载曾枣庄、刘琳主编《全宋文》,第112册,上海辞书出版社、安徽教育出版社,2006年,第139页。
② 郭绍虞、罗根泽主编,王幼安校订:《蕙风词话·人间词话》,人民文学出版社,1960年,第197页。
③ 以上三词,详见唐圭璋编《全宋词》,中华书局,1965年,第299、295、282页。
④ 陈师道:《后山诗话》,载何文焕辑《历代诗话》,中华书局,1981年,第309页。
⑤ 朱熹:《书张伯和诗词后》,载曾枣庄、刘琳主编《全宋文》,第251册,上海辞书出版社、安徽教育出版社,2006年,第151页。
⑥ 刘过:《沁园春·寄辛稼轩》,载唐圭璋编《全宋词》,中华书局,1965年,第2142页。

会,登临意。"《永遇乐·京口北固亭怀古》:"千古江山,英雄无觅,孙仲谋处。舞榭歌台,风流总被,雨打风吹去。"①……或书写渴望横槊马上,"擒灭仇虏",建立不世功勋之志;或抒发不被知遇或年华老大,壮志难酬之恨,进一步拓展了成于苏轼的变体体用内涵。

在南方,经过自张孝祥至辛弃疾的拓展,"苏辛变体"体用成了陆游、陈亮、刘过、刘克庄、刘辰翁等人在内的"苏辛体派"所采纳的规范要素。在金源,恪守由苏轼开启的变体体用,同样为词坛创作的一种惯例。元好问《新轩乐府引》说:"唐歌词多宫体,又皆极力为之。自东坡一出,情性之外不知有文字,真有'一洗万古凡马空'气象……自今观之,东坡圣处,非有意于文字之为工,不得不然之为工也。坡以来,山谷、晁无咎、陈去非、辛幼安诸公俱以歌词取称,吟咏情性,留连光景,清壮顿挫,能起人妙思。亦有语意拙直、不自缘饰、因病成妍者,皆自坡发之。近岁,新轩张胜予亦东坡发之者。"②《新轩乐府》为金源张胜予词集(今散),元好问谓其词"亦东坡发之者",其实取径苏词,"吟咏情性"也是其他金源词人的创作倾向。金前期蔡松年有《念奴娇·还都后诸公见追和赤壁词,用韵者凡六人》③、金中期赵秉文有《缺月挂疏桐·拟东坡作》与《大江东去·用东坡先生韵》,④金元之际元好问有《鹧鸪天·效东坡体》,又其《定风波》注"用东坡体,拟《六客词》"。⑤由此等等,便体现了对苏轼创作倾向及其词体特性的认同和采纳,其中就包括了词的体用。综观自蔡松年至元好问的金源"苏辛体派"之作,正如毛凤韶评金源词选集《中州乐府》所说:"味其辞意,变而不移,悯而不困,婉而不迫,达而不放,正而不随,盖古诗之余响也。"⑥所谓"古诗之余响",也就是词的诗化,其体用与南方"苏

---

① 以上五词见唐圭璋编《全宋词》,中华书局,1965年,第1870、1889、1943、1869、1954页。
② 李修生主编:《全元文》,第1册,凤凰出版社,2004年,第310页。
③ 唐圭璋编:《全金元词》,中华书局,2018年,第10页。
④ 以上二首见唐圭璋编《全金元词》,中华书局,2018年,第47页。
⑤ 以上四首见元好问著,赵永源校注《遗山乐府校注》,凤凰出版社,2006年,第369、609页。
⑥ 毛凤韶:《中州乐府跋》,载元好问编,张静校注《中州集校注》,中华书局,2018年,第2947页。

辛体派"如出一辙。

其二，体格上的规范。

古典诗学中的"体格"，多指诗歌在品格上的格调。胡应麟说："中唐淘洗清空，写送流亮，七言律至是，殆于无可指摘，而体格渐卑，气韵日薄，衰态毕露矣。"① 魏庆之评僧祖可诗："观其体格，亦不过烟云、草树、山川、鸥鸟而已。"② 均就品格上的格调不高而言。清四库馆臣指出："词、曲二体在文章技艺之间，厥品颇卑，作者弗贵，特才华之士以绮语相高耳。"③ 所谓"厥品颇卑"，也以品格论词的体格。不过，四库馆臣所说的词的"体格"，是指"以绮语相高"、"用资羽盖之欢"为体用的花间词，即所谓"词之正宗"。而"苏辛变体"因变革了"词之正宗"的体用，成为士大夫精神与性情的一种载体，故呈现出新的体格。

谢章铤说："读苏、辛词，知词中有人，词中有品。"④ 人的品格与词的品格互为表里，是"苏辛变体"体格构成的惯例与规范要素。不妨以苏轼《临江仙》为例：

> 夜饮东坡醒复醉，归来仿佛三更。家童鼻息已雷鸣。敲门都不应，倚杖听江声。　　长恨此身非我有，何时忘却营营。夜阑风静縠纹平。小舟从此逝，江海寄余生。⑤

该词作于元丰五年（1082年）黄州贬所。上片叙事，下片言志。"夜阑"一句，看似写景，实则以极静之景写极静之心，以极静之心写通达之志，最后达于"小舟从此逝，江海寄余生"。大多数人认为，这二句表达的就是苏轼欲求远遁世事的情怀与态度，实则不然。苏轼在其

---

① 胡应麟：《诗薮·内编》卷五，上海古籍出版社，1979年，第92页。
② 魏庆之：《诗人玉屑》卷之十，上海古籍出版社，1978年，第221页。
③ 永瑢等：《四库全书总目》卷一九八《词曲类》，中华书局，1983年，第1807页。
④ 谢章铤著，刘荣平校注：《赌棋山庄词话校注》，厦门大学出版社，2013年，第201页。
⑤ 唐圭璋编：《全宋词》，中华书局，1965年，第287页。

《易传》中指出:"中孚之《象》曰:'乘木舟虚。'以此明'巽'之功也。以'巽'行'兑',乘天下之至顺而行于人之所说(悦),必无心者也。'舟虚'者,无心之谓也。"① 这里的"天下之至顺",就是指天下之至理;"虚舟"意指通达天下至理后所拥有的心境。词中"小舟"与此同一内涵。小舟逝于"縠纹平"的江上,是无心状态的形象化,目的就是为了乘天之理而入于"人之所悦"的人事;也就是以一种无心、无执念的精神状态,直面当下际遇。全词所表现的是词人遭致政治上打击,内心非但不为所动,反而气定神闲,超然自得。苏轼的黄州词大都如此,体现了作者的自我形象及其精神品格。读后"使人登高望远,举首高歌,而逸怀浩气,超乎尘垢之外"。②

人品与词品互为表里,同样是辛弃疾词体格生成的惯例。辛词是作者一生肝胆的写照,洋溢"忠义之心,刚大之气"。③ 其《西江月·遣兴》便生动地体现了这一点:

> 醉里且贪欢笑,要愁那得工夫,近来始觉古人书,信着全无是处。　昨夜松边醉倒,问松我醉何如。只疑松动要来扶。以手推松曰去。④

该词作于闲居瓢泉期间,为遣发意兴之作。通篇围绕一个"醉"字展开,满纸醉态醉语,醉眼朦胧,表面上把自己描绘成乘醉自乐,不拘行迹的形象,实际上借醉抒愁泄愤。"欢笑"唯在"醉里",则醒时满怀皆愁可知。"近来"二句,化用《孟子·尽心下》"尽信书,则不如无书",意谓今人全不按圣人之言行事,表现的是对现实不满的激愤之情。下片写松边醉倒,犹自以为不醉,与松对话,情同老友。结拍用《汉

---

① 苏轼:《苏氏易传》卷六,《丛书集成初编》本,第 393 册,中华书局,1983 年,第 142 页。
② 胡寅:《向芗林〈酒边集〉后序》,载胡寅撰,容肇祖点校《崇正辨·斐然集》卷一九,中华书局,1993 年,第 403 页。
③ 谢枋得:《宋辛稼轩先生墓记》,载曾枣庄、刘琳主编《全宋文》,第 355 册,上海辞书出版社、安徽教育出版社,2006 年,第 119 页。
④ 唐圭璋编:《全宋词》,中华书局,1965 年,第 1944 页。

书·龚胜传》记龚氏不接受博士夏侯常的劝说时"以手推常曰：去"之语，状疑松"来扶"时"推松"的醉态，一派倔强如昔，威严不可犯之势。全词写醉态醉语，更写出了身醉倒而雄心不倒的英雄本色和独立不倚的倔强品格。

就具体性格而言，辛弃疾与苏轼不尽相同，但作为士大夫的精神与志向即范开所说"以气节自负，以功业自许"，以及在"词中有人，词中有品"上，与苏轼并无二致。进而言之，无论南方抑或金源，"苏辛体派"中的词人个性虽然各具特征，但士大夫人品与词品互为表里，却是他们共同遵循的规范原则。如元好问《临江仙·自洛阳往孟津道中作》：

> 今古北邙山下路，黄尘老尽英雄。人生长恨水长东。幽怀谁共语，远目送归鸿。　盖世功名将底用，从前错怨天公。浩歌一曲酒千钟。男儿行处是，未要论穷通。①

与苏轼、辛弃疾一样，元好问怀抱匡世救国之志，但当时金源在蒙古的侵逼下，日见腐朽。贞祐二年（1214年），蒙古兵大举南侵，忻州沦陷，贞祐四年（1216年），奉母举家离乡，南迁河南福昌，兴定二年（1218年），移居登封；又于兴定五年（1221年）第三次赴京应试，虽登第却未能授官，失意还家。这首词作于次年元光元年（1222年）回登封途中。词以浩叹古今英雄皆尘土的悲剧命运起，以穷通得失置之度外结，正是对国事日蹙、功业难就的心境的写照。所以越说"盖世功名将底用"，越是"浩歌一曲酒千钟"的诗酒放任，越见其内心的激愤，于"壮浪语正自沉郁"② 中，呈现了作者的自我形象及其精神世界，人的品格与词的品格高度统一。

其三，体气上规范。

---

① 元好问著，赵永源校注：《遗山乐府校注》，凤凰出版社，2006年，第282页。
② 陈廷焯：《词则·放歌集》卷三，载陈廷焯撰，孙克强主编《白雨斋词话全编》，中华书局，2013年，第837页。

在词史上，"苏辛变体"新的体用，孕育了新的体格，新的体格则又形成了相应的体气。其体气的呈现表现为两个方面：在创作主体上，"意不在作词，而其气之所充，蓄之所发，词自不能不尔也"，故其词以气为主，以意为上；在遣辞造境，抒情达意上，虽"横竖烂漫"，却辞与气、境与意相辅相成，是构成"苏辛变体"体气的惯例与规范。

王士禛说："有诗人之词，唐蜀、五代诸君子是也；有文人之词，晏、欧、秦、李诸君子是也；有词人之词，柳永、周美成、康与之之属是也；有英雄之词，苏、陆、辛、刘之属是也。"① 按创作主体特质的不同，将唐宋词人划分为四大类型。其中"英雄之词"的特征在于前引张之翰、王博文语所说"悲歌慷慨多雄姿"的"气骨"，一派"雄词英气"。然而，人们言及"英雄之词"时，或仅指苏轼与陆游、辛弃疾、刘克庄等南宋词人，而不及金源词人；或将"雄词英气"归为金源词人，而不及辛弃疾以外的南宋词人，并将辛弃疾与金源词人之作中的"英气"归结于中原的环境"基因"。赵文《吴山房乐府序》说：

> 渡江以后，康伯可未离宣和间一种风气，君子以是知宋之不能复中原也。近世辛幼安跌宕磊落，犹有中原豪杰之气。而江南言词者宗美成，中州言词者宗元遗山，词之优劣未暇论，而风气之异，遂为南北强弱之占，可感已！《玉树后庭花》盛，陈亡；清真盛，宋亡。可畏哉！②

将文学作品与政治隆污、朝代存亡联系起来，是中国古代文学批评史上的常见现象，但赵文以地理环境依据，论词的特征和优劣，并把词坛宗尚分为南、北两派这个说法，却影响深远。赵翼就将元好问"慷慨悲歌"之作的成因总结为"盖生长云、朔，其天禀本多豪健英杰之

---

① 王士禛：《倚声初集序》，载葛渭君编《词话丛编补编》，中华书局，2013年，第382页。
② 李修生主编：《全元文》，第10册，凤凰出版社，2004年，第71页。

气"。① 龙榆生也认为："稼轩以二十三岁，自金归宋。其词格之养成，必于居金国时早植根柢。"② 意即辛弃疾词虽作于南方，其体格却根植于北方。前引况周颐语便以南、北不同的环境"基因"为依据，具体总结了南宋词与金源词的不同。诚然，地理环境对一位作家的创作个性有一定的影响，但对词的体用、体格、体气的形成，影响并不大。在北宋词人中，不乏中原豪杰之士，但他们的创作倾向与南方词人一样"以《花间集》中所载为宗"，恪守"花间"规范，"以绮语相高"。就"苏辛体派"的代表苏轼、辛弃疾、元好问而言，也非远离"绮语"。施蛰存仿赵崇祚《花间集》而编的《宋花间集》，均选有苏、辛"以绮语相高"的"花间词"，辛词有16首入选，数量为所选南宋词人词作之首。③ 元好问也承认，在自己的《遗山乐府》中，不乏"绮语"。④ 再说，在染指"绮语"的同时，开启别具"雄词英气"之变体者，并非北方豪杰之士，倒是生长在景色秀丽的眉山人苏轼。从恪守"花间"规范，到苏轼创立变体，其实是词的规范体系运行的结果；或者说，"苏辛变体"打破"花间"规范，形成新的体用、体格与体气，属于词在"世情"的助推下出现的从一个规范体系到另一个规范体系的变化。而在新的体用与体格的基础上，展现以"雄词英气"为特征的体气，则为南北"苏辛变体"作者在创作时形成的一种惯例和规范体系，并非源自中原"豪健英杰之气"，但金源词人丰富了"雄词英气"，壮大并延伸了"苏辛变体"的生命力，却是不容忽视的事实。

夏承焘说："李、杜以降，诗之门户尽辟矣。非纵横排奡，不能开径孤行为昌黎也。词至东坡，《花间》、《兰畹》，夷为九馗五剧矣。其突起为深陵奥谷，为高江急峡，若昌黎之于诗者，稼轩也……坡、稼本不

---

① 赵翼著，霍松林、胡主佑校点：《瓯北诗话》卷八《元遗山诗》，人民文学出版社，1963年，第117页。
② 龙榆生：《龙榆生词学论文集》，上海古籍出版社，2009年，第269页。
③ 施蛰存将《宋花间集》、《清花间集》各十卷，合为《花间新集》，浙江古籍出版社，1992年。
④ 元好问：《自题乐府引》，载元好问著，赵永源校注《遗山乐府校注》，凤凰出版社，2006年，第821—822页。

尽同；而文事尚变，推演递渐，固亦势运所必然。"① 在"文事"上，将苏、辛词比作杜、韩诗，揭示其遣辞造境，表情达意时，逞才使气，援经引史，经史子集，横竖烂漫，纵横排奡，如诗如文，如百川归海，大气包举之势，与其内在的志气互为表里。这是苏轼、辛弃疾，也是"苏辛体派"共同具有的"文事"特征。元好问词"深于用事，精于炼句"，有"稼轩豪迈之气"，②"足以追稼轩"，③ 便是一例。而所谓"文事尚变，推演递渐，固亦势运所必然"，其实就是"苏辛变体"在表现体气时的惯例与规范所使然，因而往往"曲子束缚不住"，守乎律而不囿于律，循乎法而不囿于法。苏辛词如此，"苏辛变体"的作者也不例外。如元前期刘秉忠词"雄廓而不失之伧楚，酝藉而不流于侧媚，周旋于法度之中，而声情识力常若有余于法度之外"。④

从体用到体格，由体格到体气，形成了"苏辛变体"固有的规范体系；反言之，该规范体系运行，孕育了"苏辛变体"，使之在"花间体派"莹冰晖露、不著迹象的"正体"与"姜张体派"辞语尔雅，恪守格律的新"正体"⑤ 以外，别树一格，为载负时代精神，展现词人个性，提供了更自由、更宽广的空间与性能。

三、"苏辛变体"的运行

12—14 世纪初，词进入了全面拓展的时期；拓展的主力，当推先后崛起的"苏辛体派"与"姜张体派"两大词人群，他们以不同的"体"，拓展和丰富了词的内涵，共同谱写了词的鼎盛史。就"苏辛体派"的变

---

① 夏承焘：《〈稼轩词笺〉序》，载《夏承焘集》，第 8 册，浙江古籍出版社、浙江教育出版社，1997 年，第 246 页。
② 张炎：《词源》卷下，载唐圭璋编《词话丛编》，中华书局，1986 年，第 267 页。
③ 郝经：《祭遗山先生文》，载李修生主编《全元文》，第 4 册，凤凰出版社，2004 年，第 455 页。
④ 王鹏运：《藏春乐府跋》，载《四印斋所刻词》，上海古籍出版社，1989 年，第 856 页。
⑤ 清人视"姜张派"词为正体之"宗"，详见吴锡麒《董琴南楚香山馆词钞序》，载冯乾校《清词序跋汇编》卷六，凤凰出版社，2013 年，第 603 页。

体而言,其运行大致经历三个时期。

(一)初盛期

公元 1127 年的"靖康之变"所导致的宋金对峙,虽将原本属于同一"政治共同体"的词人划入了南北两大不同的王朝阵营,为彼此设下了一条不可逾越的鸿沟,但在"靖康之变"后的近 40 年间,南北词人却形成了同源同质的一个体派。在时代的剧变中,这个体派将"苏辛变体"推向了词坛的前列,其运行进入了初盛期。

苏轼所创变体,因"要非本色",在当时尚未成为词坛主流。与苏轼同时的周邦彦,则是继柳永后"最为知音"且创调最多的当行作家。张炎称周邦彦"负一代词名";① 沈义父则主张"凡作词当以清真为主"。② 事实上,周词对"姜张体派"影响不小。然而,在现存金源词中,竟无一首运用周邦彦所创之调,也"尚无材料直接指证周邦彦词的北传";③"靖康之变"后近 40 年的南方词坛,同样不存在宗尚周词的倾向。周邦彦词在这一时期词坛缺席的最直接的原因在于,南北词人均不认同周词而共同取径苏轼倡导的变体。在金源,蔡松年(1107—1159)就是这方面的代表。试看其《念奴娇》:

> 离骚痛饮,笑人生佳处,能消何物。夷甫当年成底事,空想岩岩玉璧。五亩苍烟,一丘寒碧,岁晚忧风雪。西州扶病,至今悲感前杰。　我梦卜筑萧闲,觉来岩桂,十里幽香发。鬼蜮胸中冰与炭,一酌春风都灭。胜日神交,悠然得意,遗恨无毫发。古今同致,永和徒记年月。④

---

① 张炎:《词源》,载唐圭璋编《词话丛编》,中华书局,1986 年,第 255 页。
② 沈义父:《乐府指迷》,载唐圭璋编《词话丛编》,中华书局,1986 年,第 277 页。
③ 王昊:《金宋间词体文学双向传播与接受考论》,载刘锋焘主编《2010 年词学国际学术研讨会论文集》,西安出版社,2010 年,第 291 页。
④ 唐圭璋编:《全金元词》,中华书局,2018 年,第 10 页。

该词调下有小序:"还都后诸公见追和赤壁词,用韵者凡六人,亦复重赋。"现虽不知"诸公"为何人,其词亦不复存世,但从中可见当时金源词人群体性取径苏轼变体之一斑。从现存蔡松年词观之,这次唱和属于和韵中最严苛的步韵,表明赓和者对原韵最忠实的认同和执意效法。苏轼《念奴娇·赤壁怀古》在激赏周瑜中,抒发的是被贬黄州时期深刻的悲剧感和超越悲剧的豪逸英气,蔡松年的步韵在用王衍、谢安、王羲之的典故中,不仅在"文事"上与苏词一样逞才使气,在内在的体格与体气上,同样呈现了从人生的悲剧感中转化出来的超拔世俗的豪逸英气。① 就和韵而言,属于"因文造情";但蔡松年所"造"之情来自与苏词之情的高度契合和认同,并有强烈的抒发渴望,故又属于"因情造文"。因此,其词虽属步韵,却正如元好问所说:"此歌以'离骚痛饮'为首句,公乐府中最得意者,读之则知平生自处,为可见矣。"② 当然,蔡松年赓和苏词的,远不止这一首,综观其《明秀集》中非赓和之作,也大都践行了苏轼的变体规范体系,并为北方词坛确立了创作典范。

其实,蔡松年与当时其他金源词人如吴激,原本就是宋儒,只是因种种原因,在王朝的归属上成了金人,但作为词人,他们却延续了故朝词脉,取径苏词成了他们共同的倾向。南渡后的南方词坛,虽有继承大晟乐、专作应制词的康与之、曹勋、曾觌等,但无疑应以"苏辛体派"为主流。如张孝祥词"骏发踔厉,寓以诗人句法者"与苏轼词"同一关键"。③ 又张元干南渡后一变以往妩秀之语而为慷慨悲歌,创作了不少具有"雄词英气"的变体之作,如《贺新郎·寄李伯纪丞相》:

---

① 蔡松年《念奴娇词后序》云:"王夷甫神姿高秀,宅心物外,为天下称首。复自言少无宦情,使其雅咏虚玄,不论世身,超然遂终其事,何必减嵇、阮辈。而当衰世颓俗,力不可为,不能远引辞世,龟勉高位,颠危之祸,卒与晋俱为千古名士之恨。又尝读山阴(王羲之)诗叙(《兰亭集序》),考其论古今感慨事物之变,既复修短随化,终期于尽,而世殊事异,兴怀一致,则死生终始,物理之常,正当乘化以归尽,何足深叹,而区区列叙,一时之述作,刊纪岁月,岂逸少之清真简裁,亦未尽能忘情于此耶。故因此词并及之。"(见张金吾:《金文最》卷十九,光绪二十一年重刻本。)
② 元好问编,张静校注:《中州集校注》卷一,中华书局,2018年,第109页。
③ 汤衡:《于湖词序》,载曾枣庄、刘琳主编《全宋文》,第242册,上海辞书出版社、安徽教育出版社,2006年,第333—334页。又据载,张孝祥"尝慕东坡,每作为诗文,必问门人曰:'比东坡何如?'"(见叶绍翁:《四朝闻见录》乙集"张于湖",中华书局,1997年,第72页。)

　　　　曳杖危楼去。斗垂天、沧波万顷，月流烟渚。扫尽浮云风不定，未放扁舟夜渡。宿雁落、寒芦深处。怅望关河空吊影，正人间、鼻息鸣鼍鼓。谁伴我，醉中舞。　　十年一梦扬州路。倚高寒、愁生故国，气吞骄虏。要斩楼兰三尺剑，遗恨琵琶旧语。谩暗涩、铜华尘土。唤取谪仙平章看，过苕溪、尚许垂纶否。风浩荡，欲飞举。①

　　绍兴八年（1138年），李纲上书反对宋金和议，被罢居福建长乐，张元干作此词，相互勉励。"要斩"一韵连用汉代傅介子和王昭君两个典故，抒发坚定不渝的抗金志向，以及因朝廷屈辱求和而痛彻心扉的遗恨。全词抑塞而又奋发，沉郁而又雄壮，壮声英慨，凌厉无前，既是对李纲也是作者自我心志的写照，在词坛率先树起了堂堂正正之旗。
　　如果说在北方，蔡松年、吴激是苏轼变体规范体系的采纳者和倡导者；那么在南方，张元干、张孝祥则上承东坡，下启稼轩，他们与南北词人合力促进了"苏辛变体"的运行，使之形成初盛局面。

（二）盛行期

　　公元1161年前后，随着蔡松年、张元干等南北前辈词人相继去世，辛弃疾、赵秉文等新一代词人分别崛起于南北词坛，"苏辛变体"进入了其盛行期。
　　辛弃疾作词630余首，是有词以来作词数量最多的一位词人。其词"固有清而丽、婉而妩媚"的特点，② 但最为突出的还是"不能不坡若"的变体，在体用、体格、体气上，上承张元干、张孝祥，并进一步拓展了"苏辛变体"，成了12—14世纪初变体史上的一座丰碑。据邓广铭《稼轩词编年笺注》，辛词起自宋孝宗乾道三年（1167年），迄于宋宁宗

---

① 唐圭璋编：《全宋词》，中华书局，1965年，第1073页。
② 范开：《稼轩词序》，载辛弃疾撰，邓广铭笺注《稼轩词编年笺注》附录二《旧本稼轩词集序跋文》，上海古籍出版社，1993年，第596—597页。

嘉泰二年（1202年）。这一时期及向后延伸二十余年，南北众多变体作者犹如众星捧月，烘托了辛词这座丰碑。

在这一时期的南方词坛，既有有意学辛词而被视为稼轩传人的刘过、黄机等，① 又有众多与辛弃疾声息相同者，其中具代表性的当推韩元吉、陆游、陈亮、杨炎正。韩元吉长于辛弃疾，前与张孝祥，后多与辛弃疾、陆游等词人往来。如其《水龙吟·寿辛侍郎》上片云："南风五月江波，使君莫袖平戎手。燕然未勒，渡泸声在，宸衷怀旧。"② 辛弃疾也作词相和，以寿韩元吉，和韵以"平戎万里，功名本是"自许。③ 两者虽均为寿词，却慷慨悲歌，以匡复志事、整顿乾坤相激励，一派"雄词英气"。又韩元吉《水调歌头·寄陆务观》下片云："兰台麟阁，早晚飞诏下甘泉。梦绕神州归路，却趁鸡鸣起舞，余事勒燕然。"④ 乾道八年（1172年），陆游入汉中王炎幕府。韩元吉作词相寄，以收复神州、获取功名相勉励；而恢复中原是陆游至死不渝的志向，他入汉中就是为了图谋恢复。陆游《蝶恋花》（桐叶晨飘蛩夜语）、《谢春池》（壮岁从戎）、《诉衷情》（当年万里觅封侯）、《诉衷情》（青衫初入九重城）、《夜游宫》（雪晓清笳乱起）、《清商怨·葭萌驿作》（江头日暮痛饮），⑤ 就是抒写匡复志事，"亦辛稼轩之流"，⑥ 其中"激昂感慨者，稼轩不能过"。⑦ 杨炎正则与辛弃疾过从甚密，有《水调歌头·呈辛隆兴》、《满江红·寿稼轩》、《贺新郎·寄辛潭州》、《洞仙歌·寿稼轩》等，⑧ 寄情达意，其词"虽不足敌弃疾"，却有"纵横排奡之气"。⑨ 陈亮与辛弃疾也交谊甚厚。淳熙十五年（1188年），陈亮从浙江永康至江西上饶，探访

---

① 黄昇《花庵词评》云：刘过"词多壮语，盖学稼轩者也"。（葛渭君编：《词话丛编补编》，中华书局，2013年，第168页。）黄机《乳燕飞·次徐斯远韵寄稼轩》等，也"学稼轩者"。
② 唐圭璋编：《全宋词》，中华书局，1965年，第1402页。
③ 详见唐圭璋：《全宋词》，中华书局，1965年，第1868页。
④ 唐圭璋编：《全宋词》，中华书局，1965年，第1398页。
⑤ 详见唐圭璋：《全宋词》，中华书局，1965年，第1868页。
⑥ 李日华：《〈大圣乐〉词稿跋》，引自陆游著，夏承焘、吴熊和笺注《放翁词编年笺注》，上海古籍出版社，1981年，第22页。
⑦ 刘克庄：《后村诗话》续集卷四，中华书局，1983年，第139页。
⑧ 唐圭璋编：《全宋词》，中华书局，1965年，第2111、2113、2114、2115页。
⑨ 永瑢等：《四库全书总目》卷一九八《西樵语业》提要，中华书局，1983年，第1817页。

辛弃疾，二人"长歌相答，极论世事"。① 其《贺新郎·寄辛幼安和见怀韵》、同调《酬辛幼安再用韵见寄》二首，就是当时"极论时事"之作。另有《满江红·怀韩子师尚书》、《念奴娇·登多景楼》、《三部乐·七月送丘宗卿使虏》等，议论匡复志事，喷薄而出，气势悍厉，尤其是《水调歌头·送章德茂大卿使虏》：

> 不见南师久，漫说北群空。当场只手，毕竟还我万夫雄。自笑堂堂汉使，得似洋洋河水，依旧只流东。且复穹庐拜，会向藁街逢。　尧之都，舜之壤，禹之封。于中应有，一个半个耻臣戎。万里腥膻如许，千古英灵安在，磅礴几时通。胡运何须问，赫日自当中。②

陈亮《上孝宗皇帝第一书》说："南师之不出，于今几年矣！河洛腥膻，而天地之正气抑郁而不得泄，岂以堂堂中国，而五十年之间无一豪杰之能自奋哉？"又《与章德茂侍郎》云："主上有北向争天下之志，而群臣不足以望清光。使此恨磊魂而未释，庸非天下士之耻乎！世之知此耻者少矣。愿侍郎为君父自厚，为四海自振！"③ 该词就是对这些政见的艺术呈现，立意深远，高亢雄壮，尤其是过片"尧之都"以下五句，突破词式，近于散句，以 20 字作一长句，气吐如虹，也如利剑出鞘，比稼轩词更为激越雄豪；而其激越雄豪在北方词坛亦属罕见。

这一时期的北方，词人辈出，王寂、赵可、刘仲尹、党怀英、王庭筠、赵秉文、完颜璹等，相继染指词事，惜存词不多。如辛弃疾同学党怀英《竹溪集》已佚，存词仅 5 首。据《全金元词》，存词最多的是王寂，有 35 首；其次是王庭筠，有 11 首；余皆均在 10 首以下。不过，他们步武前期蔡松年所倡导的"苏辛变体"之迹，依稀可见。如以苏轼

---

① 辛弃疾：《祭陈同父文》，辛弃疾撰，邓广铭辑校审订，辛更儒笺注《辛稼轩诗文笺注》，上海古籍出版社，1995 年，第 123 页。
② 上列陈亮词见唐圭璋编《全宋词》，中华书局，1965 年，第 2097—2101 页。
③ 陈亮：《陈亮集》卷一、一九，中华书局，1974 年，第 2、255 页。

"大江东去"词句为《念奴娇》的别名,始于王寂;又王寂《南乡子》序云:"戏作长短句,以'明日黄花蝶也愁'(苏轼《南乡子·重九涵辉楼呈徐君猷》中句)歌之。"《水调歌头》序云:"戊甲季秋月十有九日,赏芙蓉于汝南佑德观。酒酣,为赋'明月几时有'(苏轼《水调歌头》中句),盖暮年游宦之情不能已矣。"① 以及赵秉文《大江东去·用东坡先生韵》、《缺月挂疏桐·拟东坡作》② 等等,均有意效苏轼变体,吐属近似。又如完颜璹《沁园春》:

> 壮岁耽书,黄卷青灯,留连寸阴。到中年赢得,清贫更甚,苍颜明镜,白发轻簪。衲被蒙头,草鞋著脚,风雨萧萧秋意深。凄凉否,瓶中匮粟,指下忘琴。　　一篇梁甫高吟,看谷变陵迁古又今。便离骚经了,灵光赋就,行歌白雪,愈少知音。试问先生,如何即是,布袖长垂不上襟。掀髯笑,一杯有味,万事无心。③

完颜璹被视为"宗室中第一流人"。④ "明昌初,镐、厉等二王得罪后,诸王皆置傅与司马、府尉、文学,名为王府官属,而实监守之,府门启闭有时,王子若孙及外人不得辄出入,出入皆有籍,诃问严甚。"⑤ 上列《沁园春》所写,就是生活在这一环境中的一种无奈,以及在无奈中随缘忘机、萧散淡泊的意绪,在体格、体气上既有苏词之清,又有辛词之健,融清、健于一体。

不难看出,从王寂到完颜璹,取径"苏辛变体"是这一时期北方词人一以贯之的创作倾向;现存少量作品虽然不足以显现他们当时的创作全貌与成就,但在体用、体格与体气上,却与同时期的南方"苏辛体派"遥相呼应,合力共振,"苏辛体派"的创作进入了旺盛期。

---

① 详见唐圭璋编:《全金元词》,中华书局,2018年,第34、36页。
② 详见唐圭璋编:《全金元词》,中华书局,2018年,第47页。
③ 唐圭璋编:《全金元词》,中华书局,2018年,第45页。
④ 元好问编、张静校注:《中州集校注》卷五,中华书局,2018年,第1412页。
⑤ 元好问:《如庵诗文序》,载姚奠中主编《元好问全集》卷三十六,下册,山西人民出版社,1990年,第31页。

(三) 再盛期

至公元 1220 年，南方辛弃疾及其友军与北方王寂、赵可等相继去世多年，党怀英、王庭筠等也随之先后离开了人世。这一年，刘克庄 33 岁，元好问 30 岁，均在词坛崭露头角。后人根据他们一生的创作，称刘克庄"与放翁、稼轩，犹鼎三足。其生于南渡，拳拳君国，似放翁，志在有为，不欲以词人自域，似稼轩"；① 元好问"上逼苏、辛，次者亦在西樵（杨炎正）、放翁间"。② 就具体创作成就或词史地位而言，刘、元虽不能与苏、辛鼎足而立，却为"苏辛变体"在 13 世纪中叶南北词坛的代表作家。以他们为代表的"苏辛体派"至 14 世纪初的近 90 余年间，群星璀璨，连绵不绝，"苏辛变体"的运行也呈现出再盛的局面。

刘克庄是辛弃疾的传人，其《稼轩集序》"公所作大声鞺鞳，小声铿鍧，横绝六合，扫空万古，自有苍生以来所无"，③ 是辛词批评史上的最高评价，体现了他对稼轩词的心仪。对于苏轼词，刘克庄同样怀有敬意，其《哨遍》（胜处可宫）小序便明确指出效法苏轼《哨遍》（为米折腰）。④ 与苏辛一样，刘克庄也有"以绮语相高"之作，但采纳"苏辛变体"的规范体系，却是他的主要创作倾向。如其《贺新郎·送陈真州子华》：

> 北望神州路，试平章、这场公事，怎生分付。记得太行山百万，曾入宗爷驾驭。今把作、握蛇骑虎。君去京东豪杰喜，想投戈、下拜真吾父。谈笑里，定齐鲁。　　两河萧瑟惟狐兔。问当年、祖生去后，有人来否。多少新亭挥泪客，谁梦中原块土。算事业、须由人做。应笑书生心胆怯，向车中、闭置如新妇。空目送，

---

① 冯熙：《蒿庵论词》，载唐圭璋编《词话丛编》，中华书局，1986 年，第 3595 页。
② 张文虎：《遗山先生新乐府序》，载元好问著，赵永源校注《遗山乐府校注》附录，凤凰出版社，2006 年，第 824 页。
③ 刘庄：《辛稼轩集序》，载辛弃疾撰，邓广铭笺注《稼轩词编年笺注》附录二《旧本稼轩词集序跋文》，上海古籍出版社，1993 年，第 597—598 页。
④ 苏轼、刘克庄这两首《哨遍》，详见唐圭璋编《全宋词》，中华书局，1965 年，第 307、2591 页。

塞鸿去。①

陈子华出知真州,在理宗宝庆三年(1227年)。词以北望中原而产生的问题为开篇,揭调突兀,下片既奇峰突起,又陡转直下,沉郁凝重。全词立意高远,气势磅礴,体格、体气与稼轩词"同一关键"。刘克庄有《后村别调》,收词122首,上列为其中之一。毛晋说:刘克庄"所撰《别调》一卷,大率与稼轩相类。……其雄力足以排奡"。②李调元也说:"刘后村克庄有《满江红》十二首,悲壮激烈,有敲碎唾壶,旁若无人之意。南渡后诸贤皆不及。升庵称其壮语足以立懦,信然。自名别调,不辜也。"③王初桐则云:"变调词,辛苏并称,当以稼轩为第一。刘龙洲、刘后村,学稼轩者也,皆近乎粗。"④评价虽不一,刘克庄是稼轩以后"苏辛体派"的中坚力量,却毋庸置疑。刘克庄以后,有文天祥及蒋捷、刘辰翁、刘将孙等众多南宋遗民,相继效法苏辛,采纳变体的规范体系,抒情达意。如刘辰翁"《须溪词》风格遒上似稼轩,情辞跌宕似遗山。有时意笔俱化,纯任天倪,竟能略似坡公"。⑤刘将孙有《金缕曲·用稼轩韵》、《沁园春》檃栝苏轼《赤壁赋》句,有意学苏辛;其《满江红》(千里酸风)、《摸鱼儿》(甚平生风流谢客)、《六州歌头》(天涯倦客)、《沁园春》(十月雪堂),⑥尤其是"《摸鱼儿·己卯元夕》、《甲申客路闻鹃》各一阕。己卯宋帝昺祥兴二年,是年宋亡。甲申元世祖至元二十一年,上距宋亡五年。尚友两词并情文慷慨,骨干近苍"。⑦集中体现了"苏辛变体"的体格与体气特征。

---

① 唐圭璋编:《全宋词》,中华书局,1965年,第2624页。
② 毛晋:《后村别调跋》,载《汲古阁宋人词文及填词集》,第6册,全国图书馆文献缩微复制中心,2008年,第615—616页。
③ 李调元:《雨村词话》卷三,载唐圭璋编《词话丛编》,中华书局,1986年,第1421页。
④ 王初桐:《小琅嬛词话》卷二,载屈兴国编《词话丛编二编》,浙江古籍出版社,2013年,第1022页。
⑤ 郭绍虞、罗根泽主编,王幼安校订:《蕙风词话·人间词话》卷二,人民文学出版社,1960年,第52页。
⑥ 详见唐圭璋编:《全宋词》,中华书局,1965年,第3526—3529页。
⑦ 郭绍虞、罗根泽主编,王幼安校订:《蕙风词话·人间词话》卷三,人民文学出版社,1960年,第69页。

较诸刘辰翁、刘将孙，元好问早40余年成为金代遗民。况周颐说："元遗山以丝竹中年，遭遇国变，崔立采望，勒授要职，非其意指。卒以抗节不仕，憔悴南冠二十余稔。神州陆沉之痛，铜驼荆棘之伤，往往寄托于词……遗山之词，亦浑雅，亦博大。有骨干，有气象……设遗山虽坎坷，犹得与坡公同，则其词之所造，容或尚不止此……《水调歌头》当是遗山少作。晚岁鼎镬余生，栖迟藋落，兴会何能飙举。知人论世，以谓遗山即金之坡公，何遽有愧色耶？充类言之，坡公不过逐臣，遗山则遗臣孤臣也。"① 从现存金源词观之，元好问《遗山乐府》代表了蔡松年以来北方词的最高成就，其词"亦浑雅，亦博大，有骨干，有气象"，也集中体现了北方词人对"苏辛变体"规范体系的采纳和践行。大量材料表明，与元好问同时的段克己、段成己、杨宏道、耶律楚材、刘秉忠等，以及之后的白朴、王恽、张之翰、刘敏中、刘因、张埜等，也都以取径"苏辛变体"为主要创作倾向，且尚有诸多词作散佚的作者。张之翰《金缕曲·送可与即用其韵》："从得君词惊且讶，醉里坡仙（苏轼）曾遇。是梦里、稼翁（辛弃疾）教汝。"② 可与为张斯立字，济南章丘人，其取径"苏辛变体"之词散佚不存。兹以张埜为例。

张埜为张之翰子，生卒不详，曾官翰林学士，有《古山乐府》二卷。其中《临江仙》序云："戊午九月二十一日，宴罢直省，和徐工部韵。""戊午"即延祐五年（1318年），此为最晚的纪年，说明此年或此年后张埜尚在人世。这也就是说，元统一南北后的近半个世纪，张埜仍活跃在词坛，与成于南宋中期的"姜张体派"在14世纪初的殿军张炎大致同时。李长翁说，张埜的"词林根柢，实得以西岩（张之翰）先生之嫡传"，其词"千变万态，高意语妙，真可与苏、辛诸公齐驱并驾"。③虽有过誉，张埜为"苏辛变体"规范体系的忠实采纳者和践行者，却为事实。事实上，张埜既有效法"稼轩体"之作，如《沁园春·止酒用稼

---

① 郭绍虞、罗根泽主编，王幼安校订：《蕙风词话·人间词话》卷三，人民文学出版社，1960年，第65—66页。
② 唐圭璋编：《全金元词》，中华书局，2018年，第719页。
③ 李长翁：《古山乐府序》，载朱祖谋辑校《彊村丛书》，广陵书社，2005年影印本，第1589页。

轩体》二首,抒发"半世游从"、"身世飘零"中的人生感慨;又有一系列浑雅博大,以骨干气象取胜之作,如《水龙吟》:

> 岭头一片青山,可能埋得凌云气。遐方异域,当年滴尽,英雄清泪。星斗撑肠,云烟盈纸,纵横游戏。漫人间留得,阳春白雪,千载下,无人继。　　不见戟门华第。见萧萧竹枯松悴。问谁料理,带湖烟景,瓢泉风味。万里中原,不堪回首,人生如寄。且临风高唱,逍遥旧曲,为先生酹。①

调下有题曰:"酹辛稼轩墓,在分水岭下。"是一首凭吊词。词以无限崇敬之心、深沉感慨之情,将辛弃疾的凌云气概、英雄悲泪、纵横词篇,以及故居风物,熔铸笔底,横竖烂漫,大气包举,既抉出了辛弃疾的英灵精魂与辛词心迹,又深得辛词体格的笔意与神髓,洵为辛弃疾的易代知音,也堪称14世纪初"苏辛变体"的有力殿军。

结　语

耶律铸《鹊桥仙》序:"阆州得稼轩乐府全集,有《西江月》'而今何事最相宜,宜醉宜闲宜睡'。或曰:不若道'宜笑宜狂宜醉',请促成之。"② 据《元史》本传:"戊午（1258年）,宪宗征蜀,诏铸领侍卫骁果以从,屡出奇计,攻下城邑。"③ 则耶律铸于"阆州得稼轩乐府全集",当在此年。又据王恽记载,"徒单侍讲与孟觧元驾之亦善诵记,取新刊本《稼轩乐府》吴子音前序,一阅即诵,亦一字不遗"。④ 孟觧元驾之即

---

① 唐圭璋编:《全金元词》,中华书局,2018年,第894页。
② 唐圭璋编:《全金元词》,中华书局,2018年,第622页。
③ 宋濂:《元史》卷一四六,中华书局,1976年,第3465页。按:耶律铸又有《饮凤凰山醉仙洞,有歌稼轩"郑国正应求死鼠,叶公元不好真龙"〈瑞鹧鸪〉者,因为赋此》,所指即辛弃疾《瑞鹧鸪·乙丑奉祠归舟次余干赋》。其诗作年不详,当作于阆州得稼轩词全集之后。
④ 王恽:《玉堂嘉话》卷五,中华书局,2006年,第127页。

孟攀鳞，《元史》有传，卒于至元四年（1267年），卒年六十四。① 王恽《感皇恩》题又云："与客读《辛殿撰乐府全集》。"② 所指或吴子音所序之《稼轩乐府》，或耶律铸于"阆州得稼轩乐府全集"，惜今不传。但无论哪一种，均表明最迟至公元1258年，辛弃疾词集开始流布于北方词坛，也表明在南宋末年，辛弃疾词集不啻范开所编之四卷本；与此同时，至元二十三年（1286年），南方词人俞德邻在《奥屯提刑乐府序》中指出："疆土既同，乃得见遗山元氏之作，为之起敬。"③ 据此可知，元好问《遗山乐府》也流布南方，为南方词人所首肯。这也就是说，宋元对抗之际，在词作的交流上，打破了王朝与地域的壁垒，到了元统一南北后全面呈现大融合的局面。

诚然，这一融合使南北"苏辛体派"在采纳"苏辛变体"的规范体系中，有了文本上的保障，也助推了"苏辛变体"的运行。不过，在此以前，王朝与地域上的南北分裂并没有割裂这一规范体系的运行。上述表明，自"靖康之变"至南宋灭亡期间，虽然先后出现宋金对峙与宋元对抗，导致词人隔居南北，不相往来，但作为"苏辛体派"，却南北合一，取径相同。因此，南北词人虽属不同的王朝，身处不同的地域，却以相同的创作倾向，共同谱写了一段体用、体格、体气相同的变体历史。而"苏辛变体"也并未因金朝或南宋的灭亡而终止，直至元朝统一南北，"疆土既同"后的近半个世纪，在元曲的强烈冲击和不断挤压，以及新的词学观念的作用下，"苏辛体派"才渐渐失去了原有的浩荡之势和高亢之音而暂告退隐。这也再次提醒我们，以政治上的朝代历史为框架所书写的断代词史，以及指导这一书写的"朝代词史观"，有重新审视和修正的必要。

（原载《文艺研究》2020 年第 6 期）

---

① 宋濂：《元史》卷一六四，中华书局，1976 年，第 3860 页。
② 唐圭璋编：《全金元词》，中华书局，2018 年，第 672 页。
③ 俞德邻：《奥屯提刑乐府序》，载曾枣庄、刘琳主编《全宋文》，第 357 册，上海辞书出版社、安徽教育出版社，2006 年，第 349 页。

第二辑

经学中的诗学
—— 宋代"诗经学"的特点及意义

作为中国第一部诗歌总集,《诗》本来以文学形式,生动地反映了先民的多元生活和情感,但到了汉代却被经化了,集名也被改称为《诗经》。被经化的《诗》因成了经学中的一门显学,淡化了原有的文学性,被赋予浓烈的"名教"色彩,在汉代的政治,甚至政治权力的角逐中,发挥着巨大的作用。[①] 作为汉代"诗经学"的经典,《毛传》、《郑笺》则又被后来的学者奉为圭臬,而不敢越雷池半步,至中唐成伯玙《毛诗指说》问世,开始略现己见,到了宋代才新义日增,且著述丰硕,呈现出空前繁荣的景象。据《宋史·艺文志》,宋人所撰"诗经学"专著达99种之多,[②] 至于散见于宋人别集的"五经论",以及诗话、语录、笔记中关于"诗经学"的论述,更是不胜枚举。宋代"诗经学"在经学思想上具有了新的时代内涵,成了宋代儒学的重要组成部分,同时又恢复了《诗》的本义,张扬了原有的文学性质,为宋代经学与文学思想提供了特别的研究视角。本文将从以下四个方面,展开初步探讨。

一、"即事求意"与"以理求理"

自从宋初学者开启疑经疑古之风后,汉唐"注疏之学"让位给了"义理之学",传统的"诗经学"也随之进入了一个新的发展时期,即如朱熹所说:"《诗》自齐、鲁、韩氏之说不得传,而天下之学者尽宗毛

---

① 详见罗宗强:《魏晋玄学与士人心态》,天津教育出版社,2005年,第18—28页。
② 脱脱等:《宋史》卷二百零二,中华书局,1977年,第5045—5048页。

氏。毛氏之学，传者亦众，而王述之类，今皆不存，则推衍毛说者又独郑氏之笺而已。唐初，诸儒为作疏义，因讹踵陋，百千万言而不能有以出乎二氏之区域。至于本朝，刘侍读、欧阳公、王丞相、苏黄门、河南程氏、横渠张氏始用己意，有所发明，……三百五篇之微词奥义乃可得而寻绎，盖不待讲于齐、鲁、韩氏之传而学者已知《诗》之不专于毛、郑矣。及其既久，求者益众，说者愈多，同异纷纭，争立门户，无复推让祖述之意。"① 清四库馆臣则从"说者"的身份出发，分析了造成这一现象的原因在于"文士之说诗，多求其意，讲学者之说诗，务绳以理，互相掊击，其势则然，然不必尽为定论也"。②

众所周知，宋代士人大都集官僚、学者与作家于一身，具有相同的复合型社会角色和知识结构，但在具体的角色扮演及其知识领域中，却各有侧重，各有所长。"文士"与"讲学者"在"说诗"时的不同追求，就表明了这一点。而"多求其意"或"务绳以理"虽然都属于读书方法，却决定了读者的知识侧重与价值取向，因而也决定了对《诗经》内容的理解。

王质在介绍他研读《诗经》的方法时指出："说《诗》当即辞求事，即事求意，不必纵横曼衍。……古有明训，触事触辞，及之因以感动，所谓辞顺而意笃者也。遗本旨而生他辞，窃取其美以覆苴，其不知此谈经之大病也。"③ 主张"即辞求事，即事求意"，尊重《诗》作为文学形式所特有的"辞"，从中把握所描写的情事，在情事中求取内在的意义；进而以自身的生活体验，"触事触辞"，产生感动。在王质看来，惟其如此，才能揭示《诗》的本来旨义；若"纵横曼衍"，旁生"他辞"，难以得其本旨。所谓"他辞"，就是指汉以来经学家习惯以"微言大义"为指导思想，在诗外求义的"牵强"之辞。苏轼《诗论》指出："自仲尼之亡，六经之道，遂散而不可解。盖其患在于责其义之太深，而求其法

---

① 朱熹：《吕氏家塾读诗记后序》，载曾枣庄、刘琳主编《全宋文》，第 250 册，上海辞书出版社、安徽教育出版社，2006 年，第 324 页。
② 永瑢等：《四库全书总目》卷十五《〈诗本义〉提要》，中华书局，1965 年，第 121 页。
③ 《诗总闻》卷一《周南·葛覃》，影印《文渊阁四库全书》本，台湾商务印书馆，1986 年，第 440—441 页。

之太切。夫六经之道,惟其近于人情,是以久传而不废。而世之迂学,乃皆曲为之说,虽其义之不至于此者,必强牵合以为如此,故其论委曲而莫通也。"所谓"人情",是指"天下之人,自伤其贫贱困苦之忧,而自述其丰美盛大之乐,上及于君臣、父子,天下兴亡、治乱之迹,而下及于饮食、床笫、昆虫、草木之类,盖其中无所不具,而尚何以绳墨法度区区而求诸其间哉!"① 但自汉代以来,学者在读《诗》过程中,由于深责其"义"、切求其"法",导致"牵强"之辞盛行不衰,"委曲"之论坚固难改,作品所反映的"天下之人"的情事及其审美意义,也就被淡化,甚至被掩没了。而"法"与"义",则指传说中孔子删诗时所运用的法度、子夏作《诗序》所阐释的"名教"思想。苏轼竭力反对在《诗》外责求其"义"与"法",扬弃由此"曼衍"而成的"牵强"之辞、"委曲"之论,旨在恢复《诗》"无所不具"的本来意义。要探求其本意,首先取决于读《诗》方法,也就是王质所说的"即辞求事,即事求意"。纵观宋代"诗经学"史,欧阳修《诗本义》、苏辙《诗集传》、张耒《诗说》、郑樵《夹漈遗稿》、王质《诗总闻》、吕祖谦《吕氏家塾读诗记》、戴溪《续吕氏家塾读诗记》、朱熹《诗经集传》、朱鉴《诗传遗说》等专著,以及苏洵、苏轼、晁说之、王得臣、程大昌、黄震等人有关"诗经学"的论述,就是建立在这一读《诗》方法之上的。

欧阳修、苏辙等人在研读《诗经》过程中,由于摆脱了"义"与"法"的束缚,得以"即辞求事,即事求意",讽诵思存,以验其归,势必要突破单一的"名教"观,解构传统的"诗经学"体系,赋予新的内涵特征。然而,吕陶却斥之为"失其宗主,忘其法度"之举,并认为"忘其法度,则必越于名教之外也。越于名教之外,则何为而不妄哉!斯言也,未足以适当时天下之用,而足以启后世天下之害也。立说好异、夸辨太过,而不知其归也夫"。② 典型地体现了"务绳以理"的读经

---

① 孔凡礼点校:《苏轼文集》卷二《论》,中华书局,1986年,第55—56页。按:苏轼此文又见陈宏天、高秀芳校点《苏辙集》卷四,中华书局,1990年,第1273页。
② 吕陶:《荀卿论》,载曾枣庄、刘琳主编《全宋文》,第73册,上海辞书出版社、安徽教育出版社,2006年,第376页。

方法。那么为何"务绳以理"? 又如何"绳以理"? 黄櫄解释说:对于《诗》,"学者不可言语文字求,当自'思无邪'一言而入之",因为"人民、天地、鬼神皆同此心,则同此理,以理求理,夫何远之有。先王知此理之不远于人心,人心之所同然,故用之,以经夫妇,以无邪之理而正之也。以是推之,则孝敬之所以成,人伦之所以厚,教化之所以美,风俗之所以移,皆此理之所用也。譬如"《关雎》之诗始于风天下而正夫妇,推而极于游女无犯礼之思,《兔罝》有恭敬之容,《公子》有信厚之心,《汝坟》有爱君之意。卒于易商之恶俗,为成周之美化,如驺虞所谓《关雎》之化行,则人伦正,朝廷治天下,纯被文王之化者,此诗之极致也"。① 以"思无邪"一语为统帅,通过"以理求理",求取《诗经》中正人伦、治天下的教化义。黄櫄的解释虽继承了汉唐学者研读《诗经》的价值取向,但一方面,这在两宋"诗经学"史上占相当的市场和地位,程颐《诗说伊川》、范处义《诗补传》、张纲《经筵诗讲义》、杨简《慈湖诗传》、袁燮《絜斋毛诗经筵讲义》、林岊《毛诗讲义》等专著,以及杨时、林光朝、曾丰、真德秀等人有关"诗经学"的论述,就属于"以理求理"一路;另一方面,他们在"以理求理"的说《诗》活动中,并非简单地承袭汉唐"诗经学"在"注疏"中体现出来的"理",而是在张扬"义理"中以各自对"理"的理解,注入了新的时代内涵,即朱熹所谓"始用己意,有所发明"。

不过,"即事求意"与"以理求理"两种不同的方法,固然是造成宋儒在说《诗》时"互相掊击"的一个重要原因,但"求意"与"求理"并非彼此绝然对立。就"求意"者而言,正如苏轼所说:"夫六经之道,惟其近于人情,是以久传而不废。"而"圣人之于《诗》,以为其终要入于仁义,而不责其一言之无当,是以其意可观,而其言可通也"。② 借圣人表达了因《诗》"其意可观,而其言可通",其宗旨必然会通向"仁义"的观点。这就从出于抒发人情之需的《诗》中,求取了经

---

① 李樗、黄櫄:《毛诗集解》卷一,影印《文渊阁四库全书》本,第 71 册,台湾商务印书馆,1986 年,第 13—14 页。
② 苏轼:《诗论》,载孔凡礼点校《苏轼文集》卷二《论》,中华书局,1986 年,第 55—56 页。

学中的"仁义"之理。苏轼将"仁义"归结为一种源于人情又超越人情的道德情感,尽管属于一家之言,但他在"意"中求"理",却是"即事求意"者的一种普遍追求,与"以理求理"者从不同的角度,共同谱写了以"义理"为特征的宋代"诗经学"史。

诚然,宋代"诗经学"的成果是表现在多方面的,但通过"即事求意"或"以理求理"的研读,在思想观念上所取得的突破,却是最令人瞩目的;尤其是在"即辞求事,即事求意"中,探求《诗》的本来旨义,注重先民用以描写自身的多元生活和情感,不仅对《诗》"无所不具"的丰富内涵进行全面的诠释提供了可能性,而且使《诗》脱离经学的附庸地位,恢复其原有的文学性质,提供了理论和方法上的依据。

二、怀疑《诗序》与废弃《诗序》

在"即事求意"或"以理求理"中,全面深入地揭示《诗》的丰富内涵,是宋代"诗经学"者的共同追求和努力。正是经过他们的这种努力,使《诗》的"微词奥义,乃可得而寻绎",也使长期被经学屏蔽的《诗》的文学性质得到了彰显。而其中出现的怀疑《诗序》和废弃《诗序》的精神与活动,则是"诗经学"孕育划时代变革的关键之一。

今传《毛诗》各篇之首,除个别篇目,均有一段简短的序文,用以阐释诗的主旨、功能等,后人称之为"小序";在《毛诗》第一篇《周南·关雎》的序文中,既有说明本篇主旨的文字,又有对整部诗集的创作经验和表现手法的总结,后者被称为"大序"。关于《诗序》的作者,虽众说纷纭,莫衷一是,① 但为子夏作的说法广为人们所接受。对后世有深远影响的萧统《文选》、孔颖达《毛诗正义》均主"子夏说",尤其

---

① 永瑢等《四库全书总目》卷十五《〈诗序〉提要》:"《诗序》之说,纷如聚讼,以为大序子夏作,小序子夏、毛公合作者,郑玄《诗谱》也。以为子夏所序《诗》,即今毛诗者,王肃《家语注》也。以为卫宏受学谢曼卿,作《诗序》者,《后汉书·儒林传》也。以为子夏所创、毛公及卫宏又加润益者,《隋书·经籍志》也。以为子夏不序《诗》者,韩愈也。以为子夏惟裁初句,以下出于毛公者,成伯玙也。"见中华书局1965年版该书,第119页。

是唐代《五经正义》颁行天下后,《毛诗正义》成为官方经学,《诗序》为子夏所作的说法更是深入人心。

不可否认,《诗序》在中国古代文学批评理论的建构中具有不可忽视的地位与作用。《大序》云:"诗者志之所之也。在心为志,发言为诗。情动于中而形于言,言之不足,故嗟叹之;嗟叹之不足,故永歌之。"这一著名的"缘情论",揭示了《诗》的创作动因在于"吟咏性情",以及诗之为诗的基本特性,但最终又出于"名教"观念,将《诗》纳入了"先王以是经夫妇,成孝敬,厚人伦,美教化,移风俗"[①]的经学范畴。列于各篇之首的《小序》,就是借助具体作品,分别阐发这一经学思想,犹如一道道厚厚的屏障,严严实实地屏蔽了《诗》本有的丰富内涵。从理论形态观之,《诗》被经化的一个原因便在于此,也是蔓延"牵强"之辞与"委曲"之论的根源所在。因此,要全面恢复《诗》的本义,揭示其文学特性,疑《序》、废《序》成了宋代"即事求意"者的首要任务。

清四库馆臣说:"自唐以来,说诗者莫敢议毛、郑,虽老师宿儒,亦谨守《小序》。至宋而新义日增,旧说几废,推原所始,实发于修。"[②]欧阳修在这方面的成就,集中体现在《诗本义》。《诗本义》是"诗经学"史上首部全面非议《毛传》、《郑笺》之作。欧阳修曾明确指出:"毛、郑二学,其说炽辞辨,固已广博,然不合于经者,亦不为少,或失于疏略,或失于缪妄……予欲志郑学之妄,益毛氏疏略而不至者,合之于经。"[③]表明了他撰写《诗本义》的动因。欧阳修对《毛传》、《郑笺》的"疏略"或"缪妄"进行大胆辩驳与阐发,首先取决于他对《小序》的怀疑和非议,甚至废弃。其疑《序》、废《序》主要表现为驳《序》之非与弃《序》不用。《诗本义》卷一至卷十二所选诗歌凡114首,每首前有"论",后有"本义"。其"论"既有弃《序》径直议论,

---

① 孔颖达:《毛诗正义》卷一,《十三经注疏》本,中华书局,1983年,第269—270页。
② 永瑢等:《四库全书总目》卷十五〈《毛诗本义》提要〉,中华书局,1965年,第121页。
③ 《诗本义》卷十五《诗解统序》,影印《文渊阁四库全书》本,第70册,台湾商务印书馆,1986年,第295页。

又有引《序》而论；对所引序文，则又多议其非。如《召南·野有死麕》，欧阳修通过该诗《序》的内容与《芣苢》、《驺虞》、《行露》、《摽有梅》诸《序》互参比勘后指出："《诗序》失于'二南'者多矣……前后自相抵牾，无所适从。"① 又如《召南·鹊巢》，"论"曰："据诗但言维鸠居之，而《序》言'德如鸤鸠，乃可以配'。郑氏因谓'鸤鸠有均一之德'，以今物理考之，失自《序》始而郑氏又增之尔。且诗人本义直谓鹊有成巢，鸠来居尔。初无配义，况鹊鸠异巢，类不能作配也。鸠之种类最多，此居鹊巢之鸠，诗人直谓之鸠，以今鸠考之，诗人不缪，但《序》与《笺》传误尔。"②

自汉以来，盛行"孔子删《诗》，子夏作《序》"之说。而子夏既为孔门高足，其《序》也就自然深得孔子删《诗》之法；换言之，在师生的口传心授中，孔子删《诗》之法与子夏作《序》之义互摄互融，将《诗》打造成了让后人顶礼膜拜的圣经。因此，不仅一般学者"谨守《小序》"，《毛传》、《郑笺》也同样恪守不渝。至中唐，韩愈对"子夏作《序》"说虽然提出了强烈的质疑，③ 成伯玙《毛诗指说》也提出了自己的看法，认为《小序》首句为子夏所作，首句以下续申句为西汉毛苌补写，但均未展开具体的论证。欧阳修无具体讨论《诗序》作者的文字，但在"即事求意"的研读中，对大量屏蔽作品本义而造成"郑学之妄"和"毛氏疏略"的直接根源《小序》，作了大胆的怀疑和非议，"始有以开百世之惑"，④ 也开启了有宋一代强劲的疑《序》废《序》之风，堪称"诗经学"史上的重大变革。

自从欧阳修以后，疑《序》风气日炽，解《诗》新义日增。无论是"文士之说诗"，抑或"讲学者之说诗"，均各著其说，更相发明，《诗》之本义愈益昭著。在各著其说中，不少学者继承和发展了欧阳修疑

---

① 《诗本义》卷二，影印《文渊阁四库全书》本，第70册，台湾商务印书馆，1986年，第193页。
② 《诗本义》卷二，影印《文渊阁四库全书》本，第70册，台湾商务印书馆，1986年，第189页。
③ 详见晁说之：《诗之序论二》，载曾枣庄、刘琳主编《全宋文》，第130册，上海辞书出版社、安徽教育出版社，2006年，第176页。
④ 楼钥语，引自朱彝尊《经义考》卷一百零四，中华书局，1998年，第563页。

《序》、废《序》精神，或局部废《序》，或全面废《序》。

在局部废《序》中，苏辙《诗集传》堪称力作，影响颇大。史称"其说以诗之《小序》反复繁重，类非一人之词，疑为毛公之学，卫宏之所集录，因惟存其发端一言，而以下余文，悉从删汰……厥后王得臣、程大昌、李樗皆以辙说为祖，良有由也"。① 因为苏辙认为"后之学者释经之旨而不得，即以《序》为证，殊不知《序》之作，亦未为得诗之旨"，② 故"存其一言而已。曰：是《诗》言是事也，而尽去其余，独采其可者见于今传，其尤不可者，皆明著其失。以为此孔氏之旧也"。所谓"存其一言"，就是指《小序》首句。在苏辙看来，首句是对整首诗歌大旨的提要，可能为"子夏所创"，首句以下的续申句似为毛公与卫宏"加益"而成，③ 后世学者以续申句说诗，实乃本末倒置，故悉从删汰，置诸注疏，辨析其误。如《召南·羔羊·序》："鹊巢之功致也。召南之国化文王之政，在位皆节俭正直，德如羔羊也。"《郑笺》又云："鹊巢之君，积行累功，以致此羔羊之化，在位卿大夫竞相切化，皆如此羔羊之人。"④《诗集传》释《羔羊》却仅取《小序》首句"鹊巢之功致也"，而视"召南之国"三续申句为"《毛诗》之叙"，并指出："夫君子之爱其人，则乐道其车服。是以诗言羔羊之皮而已，非言其德也，言其德则过矣。"继而注释"羔羊之皮，素丝五紽"二诗句："古者大夫羔裘以居，素丝以英裘。紽：组丝以饰缝也，皆妇人所为置功也。"⑤ 虽具体阐发了《小序》首句之义，却进一步驳斥了"《毛诗》之叙"将君子之德比作"羔羊之德"的说法；而郑玄以续申句说诗所产生的更多曲解，也自然在被否定之列了。

保留《小序》"发端一言"，废弃续申句，并以《诗》之本义力驳其

---

① 永瑢等：《四库全书总目》卷十五《〈诗集传〉提要》，中华书局，1965年，第121页。
② 苏辙：《诗说》，引自高海夫主编《唐宋八大家文钞校注集评》，三秦出版社，1998年，第6647页。
③ 《诗集传》卷一《关雎》，影印《文渊阁四库全书》本，第70册，台湾商务印书馆，1986年，第315页。
④ 孔颖达：《毛诗正义》卷二，《十三经注疏》本，中华书局，1983年，第288页。
⑤ 《诗集传》卷一，《十三经注疏》本，中华书局，1983年，第323页。

非，明著其失，是苏辙《诗集传》的一大特点。这一特点不仅为后来王得臣、程大昌、李樗等人所继承，而且直接影响到了全面废《序》活动。

晁说之说："作诗者不必有序，夫既有序而直陈其事，则诗可以不作矣……逸诗之传，幸而托于金石得完者，岐山下之石鼓也，又安睹序耶？"进而认为："夫先民之言，本诸人情而有作，人情不亡，则其言不患乎不明也。譬诸喜乐而笙歌，疾痛而呻吟，古今一也。又岂惧人之不可知，则默以已乎？"① 本诸人情之《诗》，原本无《序》，今之读者只要用人情去感悟《诗》、解读《诗》，《诗》之本义"不患乎不明"；也就是说，《小序》完全可以废弃！类似这种观点，在南宋相当盛行，有的甚至还以为《小序》乃"村野妄人所作。昌言排击而不顾者，则倡之者郑樵、王质，和之者朱子也"。② 《诗总闻》就是王质"排击《小序》""而不顾"之作。该著分十个项目解《诗》，其中"闻事"、"闻人"两项最关诗旨，最后总结诗旨的文字称"总闻"。"闻事"主要"即其文意之罅，探其事实之迹"；"闻人"则"就本文本意，及旁人左右，前后推量"，论"其生死、悲愉、善恶、老少"，议"其风俗美恶，时节寒暄"。③ 由于王质彻底摆脱了《小序》的束缚，以"闻事"、"闻人"为主，保证了阅读的自由，放飞了感悟的翅膀，其解《诗》也就必然别具慧眼，自成一家。譬如：同样对《羔羊》的解读，苏辙取《小序》首句之意，王质却解释为"妇人奉君子以朴素之衣，亦必责君子以朴素之行。公退，夫妇始燕见羔裘，治之于手，不常睹之于目，非退食来归之时，无以细推其缝数也。此言从容款曲之意也"。④ 陈日强说：王质"删除《诗序》，实与文公朱先生合。至于以意逆志，自成一家，真能寤寐

---

① 晁说之：《诗之序论一》，载曾枣庄、刘琳主编《全宋文》，第130册，上海辞书出版社、安徽教育出版社，2006年，第174—175页。
② 永瑢等：《四库全书总目》卷十五《〈诗序〉提要》，中华书局，1965年，第119页。
③ 《诗总闻原例》，见《诗总闻》卷首，影印《文渊阁四库全书》本，第72册，台湾商务印书馆，1986年，第436页。
④ 《诗总闻》卷一，影印《文渊阁四库全书》本，第72册，台湾商务印书馆，1986年，第450页。

诗人之意于千载之上"。① 所言切中肯綮。

朱熹曾赞誉"子由《诗解》（即《诗集传》）好处多，欧公《诗本义》亦好"，②但在对待《小序》问题上，却与郑樵、王质前后唱和，桴鼓相应。他在与王德修讨论苏辙取《小序》首句的得失时说：首句"即讲师说"，苏辙据而解《诗》，"亦有不通处"。又说："若某，只上一句亦不敢信他。旧曾有一老儒郑渔仲更不信《小序》，只依古本与迭在后面。某今亦只如此，令人虚心看正文，久之其义自见。盖所谓《序》者，类多世儒之误，不解诗人本意处甚多。且如'止乎礼义'，果能止礼义否？《桑中》之诗，礼义在何处？"③并著《〈诗序〉辨说》二卷，专门予以辩驳。朱熹所谓"虚心看正文"，也就是王质所强调的"本文本意"。因此，朱熹解《诗》，同样别具新义，多有创获，如将《羔羊》之义释为"南国化文王之政，在位皆节俭正直，故诗人美其衣服有常，而从容自得如此也"，④既与苏辙有别，又与王质异趣。

郑樵、王质、朱熹等人将欧阳修以来怀疑《诗序》与局部废《序》，发展到了全面废《序》。而朱熹为理学"大老"，他的《诗经集传》又被视为宋代"诗经学"的集大成著作，所以其全面废《序》的主张和思想，在南宋及南宋以后产生了深远的影响。但由于推崇《诗序》者也不乏其人，所以自南渡以后，形成了"攻《序》"与"宗《序》"两派。清四库馆臣说："南宋之初，最攻《序》者郑樵，最尊《序》者则（范）处义矣。"⑤自朱熹作《〈诗序〉辨说》，"门户所由分，盖数百年朋党之争，兹其发端矣"；⑥而朱熹著《诗经集传》后，则"说《诗》者遂分攻《序》、宗《序》两家，角立相争，而终不能以偏废"。⑦尤其是"攻

---

① 《诗总闻原序》，见《诗总闻》卷首，影印《文渊阁四库全书》本，第72册，台湾商务印书馆，1986年，第434页。
② 黎靖德编：《朱子语类》卷八十，中华书局，1986年，第2090页。
③ 黎靖德编：《朱子语类》卷八十，中华书局，1986年，第2068页。
④ 朱熹：《诗集传》卷一，载《朱子全书》，第1册，上海古籍出版社、安徽教育出版社，2002年，第415页。
⑤ 永瑢等：《四库全书总目》卷十五《〈诗补传〉提要》，中华书局，1965年，第122页。
⑥ 永瑢等：《四库全书总目》卷十五《〈诗序〉提要》，中华书局，1965年，第119页。
⑦ 永瑢等：《四库全书总目》卷十五《〈诗集传〉提要》，中华书局，1965年，第123页。

《序》"一派的历史地位与作用,更值得关注。无论《诗序》的作者是谁,《小序》根据《大序》所提出的"名教"思想,借重历史,将一首首诗篇联系起来,编制了一个严密的经学系统,《毛传》、《郑笺》、《正义》均以此说《诗》,乐此不疲,喋喋不休,虽胶柱鼓瑟、牵强迂曲,原有的经学思想却得到了不断张扬,影响了中国文化达一千多年之久。至宋代,因强劲的疑《序》、攻《序》之风掀起,才打破了这一局面,从而保证了《诗》本义的全面彰显,"诗人之意"也随之得到了应有的尊重。

三、"深持诗人之意"

冲破了《小序》这一道道经学屏障的遮蔽,宋儒,尤其是疑《序》、攻《序》一派,开始直面《诗》的"本文本意",在"虚心看正文"的基础上,"寤寐诗人之意",强调其抒情特性本位,恢复其文学功能,从而使宋代"诗经学"具有了汉唐不具备的新特点。这一特点同样源自欧阳修"深持诗人之意"的诗学思想及其具体实践。

楼钥认为,欧阳修《诗本义》所以能"开百世之惑",主要原因既在于开疑《序》、废《序》之风,又在于"深持诗人之意"。[①] 欧阳修将"诗经学"分为"诗人之意"、"太师之职"、"圣人之志"和"经师之业"前后关联的四大层面。在他看来,"诗之作也,触事感物,文之以言,美者善之,恶者刺之,以发其揄扬怨愤于口,道其哀乐喜怒于心,此诗人之意也",[②] 也是"诗经学"的源头和基石,其余三大层面是流,是在这一基石上的流衍和延伸。"深持诗人之意",就是要考镜源流,把握基石,寻找诗人"触事感物"的情感活动,以及其情感活动的外化形态《诗》的抒情性特性。这一诗学思想贯彻于《诗本义》的始终。以《周南·汉广》为例,《小序》称其本义为"德广所及也。文王之道被于南

---

① 楼钥语,引自朱彝尊《经义考》卷一百零四,中华书局,1998年,第563页。
② 《诗本义》卷十四《本末论》,影印《文渊阁四库全书》本,第70册,台湾商务印书馆,1986年,第290页。

国,美化行乎江汉之域,无思犯礼,求而不可得也"。①《诗本义》则认为,该诗固然可以"见文王之政化被人深",但这是说《诗》者在"微言大义"中演绎而成的,就其"本文本意"而言,是诗人描写男子因"汉上之女美而不可求"的"悦慕之辞",旨在"极陈男女之情"。②

需要说明的是,汉唐"诗经学"中的"微言大义"也是一种诗学观,并在汉唐以后的诗学史上仍然具有生命力。然而,汉唐学者在以"微言大义"解《诗》中,不仅将先民在具体的生活情境中"触事感物"的抒情作品,一概提升到经学的层面,视之为载道的工具,而且还将《诗》的作者视为"王泽"的化身,提出了"王泽竭而诗不作"之说,为了给《诗》的经学化提供理论依据,不惜彻底抹杀《诗》的抒情特性和诗人的主体地位。欧阳修及宋代"诗经学"者"深持诗人之意"的首要任务,就是张扬《诗大序》所提出的"诗缘情"的诗学观,从而确立《诗》的抒情主体应有的地位,揭示《诗》的抒情功能与文学特质。

李善注班固《两都赋·序》"王泽竭而诗不作"句:"《毛诗序》曰:止乎礼义,先王之泽也。然则作诗禀乎先王之泽,故王泽竭而诗不作。"③ 据欧阳修《诗图总序》,这也是郑玄的重要观点,其根据是《诗经》所编作品止于陈灵时代;汉唐学者又据以具体提出,陈灵以后社会大乱,先王所推行的仁义教化之政分崩离析,诗人随之消失,诗也不复产生。欧阳修却认为,《诗》止于陈灵,是孔子删诗所致,并不意味此后无诗。④ 苏辙又说:

> 诗止于陈灵,何也?古之说者曰:"王泽竭而诗不作。"是不然矣。予以为陈灵之后,天下未尝无诗,而仲尼有所不取也。盖亦尝原诗之所为作者乎?诗之所为作者,发于思虑之不能自已,而无与

---

① 孔颖达:《毛诗正义》卷一,《十三经注疏》本,中华书局,1983年,第281页。
② 《诗本义》卷一,影印《文渊阁四库全书》本,第70册,台湾商务印书馆,1986年,第388页。
③ 萧统编,李善注:《文选》卷一,中华书局,1977年,第21页。
④ 《诗本义》附,影印《文渊阁四库全书》本,第70册,台湾商务印书馆,1986年,第300—301页。

乎王泽之存亡也。是以当其盛时,其人亲被王泽之纯,其心和乐而不流。于是焉发而为诗,则其诗无有不善,则今之正诗是也。及其衰也,有所忧愁愤怒,不得其平,淫泆放荡,不合于礼者矣。而犹知复反于正,故其为诗也,乱而不荡,则今之变诗是也。及其大亡也,怨君而思叛,越礼而忘反,则其诗远义而无所归向。由是观之,天下未尝一日无诗,而仲尼有所不取也。故曰变《风》发乎情,止乎礼义。发乎情,民之性也;止乎礼义,先王之泽也。先王之泽尚存,而民之邪心未胜,则犹取焉以为变诗。及其邪心大行,而礼义日远,则诗淫而无度,不可复取。故《诗》止于陈灵,而非天下之无诗也。有诗而不可以训焉耳,故曰"陈灵之后,天下未尝无诗",由此言之也。①

首先强调了诗是人们吟咏性情所必需,只要人的性情存在,"天下未尝一日无诗",《诗》的产生就是先民"发于思虑之不能自已"的产物,其兴亡与"王泽之存亡"并无关系,从而彻底否定了自汉以来盛行的"王泽竭而诗不作"之说;其次从"诗缘情"的诗学观,分析了"王泽"与诗人创作之间的关系,并将这种关系分为三类:一是王道清明,礼仪盛行之际,诗人"心和乐而不流",发而为诗,"无有不善",此乃"正诗";一是王道虽衰而王泽未竭,礼义虽废而民犹知止乎礼之际,诗人"不得其平",发而为诗,"乱而不荡",此乃"变诗";一是王道衰竭,礼仪日远之际,诗人"邪心大行",发而为诗,淫逸无度,此乃"淫诗"。因"淫诗"完全背离了先王的礼仪,故孔子弃而不收。

苏辙对《诗》的采集的看法,以及对"正诗"、"变诗"、"淫诗"的界定,固然以"王泽"为依据,但其旨在于强调《诗》的创作主体的地位与作用,以及诗人吟咏性情的自发性与必要性,进一步从学理上凸显了"诗人之意"这一"诗经学"之源和基石;并通过"王泽"与诗人关

---

① 《诗集传》卷七,影印《文渊阁四库全书》本,第70册,台湾商务印书馆,1986年,第388页。

系的分辨,揭示了"文变染乎世情,兴废系乎时序"的创作规律,从而将《诗》作为文学作品原始的抒情功能从次生的经学功能中分离、区分开来。因此,苏辙与欧阳修一样以"诗人之意"为基石,解读《诗》本义。如《卫·伯兮》,《诗集传》虽然取《小序》首句"《伯兮》刺时也",但释其首章"伯兮朅兮,邦之桀兮。伯也执殳,为王前驱"云:"君子上从王事,不得休息,妇人思之而作是诗。"① 认为这首先是一首思妇思念征夫之作,其原始功能在于抒发性情;也就是说,《小序》所说的"刺时",是在这一基础之上次生出来的经学功能。苏辙将《诗》从经学的附庸地位中解放出来,凸显其抒情主体与抒情功能的原发性,于此可见一斑。

郑玄在评论《诗》的功能时指出:"论功颂德,所以将顺其美;刺过讥失,所以匡救其恶。"孔颖达解释说:"此论……风雅之诗止有论功显德、刺过讥失之二事耳。"② 强调《诗》的"美"、"刺"功能,是汉唐"诗经学"的主要观点,也是将《诗》经学化的两大标志。欧阳修、苏辙虽在"深持诗人之意"中,竭力张扬《诗》的抒情本位及其特性,但他们并不否认《诗》有"美"、"刺"功能。随着全面攻《序》、废《序》活动的展开,不仅"深持诗人之意"的诗学思想越显突出,《诗》"止于美刺"的经学思想也遭致冲击。譬如:同样是对待《伯兮》的本义,王质的解释是:"蓬至秋则根脱,遇风则乱飞;萱草盛夏则吐花,深夏则凋。伐郑之役在秋,故皆举秋物寄意,背树而立,叹美草之已萎,不可复荣,恐君子万一不幸也。当是已知王败绩潘氏,彼诗人之攸叹,从愿言而心痗,荣华烨其始茂,良人忽以捐背,盖得本意。"③ 这就彻底摒弃了《小序》"刺时说"的影响,完全从"诗缘情"的诗学观和文学作品特有的表现手法,揭示诗人的心理活动与情感世界。朱鉴《诗传遗

---

① 《诗集传》卷三,影印《文渊阁四库全书》本,第70册,台湾商务印书馆,1986年,第349页。
② 孔颖达:《诗谱序注》,见《毛诗正义》卷首,《十三经注疏》本,中华书局,1983年,第262页。
③ 《诗总闻》卷三,影印《文渊阁四库全书》本,第72册,台湾商务印书馆,1986年,第488页。

说》又说:"《诗》曲尽人情,方其盛时,则作之于上,《东山》是也,及其衰世,则作之于下,《伯兮》是也。"① 则将《诗》的特质与功能以"曲尽人情"一言蔽之。

当然,任何文学作品都有其社会效应,就接受层面而言,"作者之用心未必然,而读者之用心何必不然",② 也是司空见惯却又十分正常的现象。问题在于汉唐学者为了将《诗》经学化,唯"美刺"是从,篇篇作"美刺说",置《诗》的抒情特性与功能而不顾。因此,遭到了宋代"深持诗人之意"者的辩驳,尤其是朱熹,在强调《诗》"曲尽人情"的特质与功能时,对《诗》"止于美刺"的经学思想作了有力的批判。

朱熹说:"或有问于予曰:'诗何为而作也?'予应之曰:'人生而静,天之性也,感于物而动,性之欲也。夫既有欲矣,则不能无思;既有思矣,则不能无言;既有言矣,则言之所不能尽,而发于咨嗟咏叹之余者,必有自然之音响节族而不能已焉。此诗之所以作也。'"③ 又说:"大率古人作诗,与今人作诗一般,其间亦自有感物道情,吟咏情性,几时尽是讥刺他人?只缘《序》者立例,篇篇要作'美刺说',将诗人意思尽穿凿坏了。"④ 如《小序》谓"《桑中》刺奔也。卫之公室淫乱,男女相奔,至于世族在位,相窃妻妾,期于幽远,政散民流,而不可止"。⑤ 朱熹却认为:"此诗乃淫奔者所自作。《序》之首句以为'刺奔',误矣。其下云云者,乃复得之《乐记》之说,已略见本篇矣。而或者以为刺诗之体,固有铺陈其事,不加一辞,而闵惜惩创之意自见于言外者,此类是也。岂必谯让质责,然后为刺也哉!"⑥ 据马端临《文献通考》统计,《诗经集传》"指以为男女淫泆奔诱而自作诗以叙其事者,凡

---

① 朱鉴:《诗传遗说》卷一,影印《文渊阁四库全书》本,第75册,台湾商务印书馆,1986年,第512页。
② 谭献:《复堂词录序》,载唐圭璋编《词话丛编》,中华书局,1986年,第3987页。
③ 《诗集传序》,见《诗集传》卷首,载朱杰人、严佐之、刘永翔主编《朱子全书》,第1册,上海古籍出版社、安徽教育出版社,2002年,第350页。
④ 黎靖德编:《朱子语类》卷八十,中华书局,1986年,第2076页。
⑤ 孔颖达:《毛诗正义》卷三,《十三经注疏》本,中华书局,1983年,第314页。
⑥ 朱熹:《〈诗序〉辨说》卷上,载朱杰人、严佐之、刘永翔主编《朱子全书》,第1册,上海古籍出版社、安徽教育出版社,2002年,第364—365页。

二十有四,如《桑中》、《东门之墠》、《溱洧》、《东方之日》、《东门之池》、《东门之杨》、《月出》,则《序》以为刺淫,而文公以为淫者所自作也。如《静女》、《木瓜》、《采葛》、《丘中有麻》、《将仲子》、《遵大路》、《有女同车》、《山有扶苏》、《蘀兮》、《狡童》、《褰裳》、《丰》、《风雨》、《子衿》、《扬之水》、《出其东门》、《野有蔓草》,则《序》本别指他事,而文公亦以为淫者所自作也"。① 综观《诗经集传》,朱熹并非全然否定《诗》的"美刺"功能,如《卫·淇奥》就被认为是"美武公",② 他将这些"淫诗"视为"淫者"自作,既是为了强调"诗人之意"与抒情表意的文学功能,又是出于对《小序》抹杀"诗人之意"而篇篇作"美刺说"的批评与纠正。这也正是"攻《序》"派全面废《序》的一个重要原因。

疑《序》、废《序》活动,保证了宋儒在"深持诗人之意"中,确立《诗》的抒情本位;反过来,"深持诗人之意"的诗学思想的形成,又极大地促进了疑《序》、废《序》活动的展开。尤其是在南宋,随着这两者的互为作用,以及"攻《序》"一派的崛起,使长期被经学遮蔽的《诗》更进一步地从创作主体、抒情特性和抒情功能等方面,回归到了其应有的文学性上来,也使源自《大序》却长期被忽视的"诗缘情"的诗学观得以全面张扬。毫无疑问,作为中国第一部诗歌总集,《诗》在后世的文学面目及其文学意义与价值的显现,与宋儒的这种努力是分不开的。

四、经学与诗学的相融

宋儒一变汉唐学者不顾《诗》之本义而唯经学是从的传统,"深持诗人之意",强调《诗》的创作主体及其抒情本位。然而,这并不意味着"去经学化",恰恰相反,《诗》被注入了新的经学内涵,只是宋代

---

① 马端临:《文献通考》卷一百七十八《经籍五》,中华书局,1986年,第1540页。
② 《诗集传》卷三,载朱杰人、严佐之、刘永翔主编《朱子全书》,第1册,上海古籍出版社、安徽教育出版社,2002年,第451页。

"诗经学"将诗人的修身及其创作紧密联系在一起,成了宋代诗学即文学思想的核心内容,呈现出经学与诗学相融、经学价值与诗学意义并行的新格局。

作为宋代儒学的组成部分,"诗经学"与其他层面的经学发展是同步的。宋代儒学的两大支架之一"外王",成于以欧阳修为领袖的古文运动;古文运动后,另一支架"内圣"也随之形成。余英时先生说:"北宋儒学复兴之初,古文运动的倡导者已根据他们理想中的上古三代,发出重建秩序的呼声。这一呼声的原动力则是长期混乱下民间期待文治秩序的迫切心理,初期儒学的关怀大体偏重在政治秩序方面,对于'道德性命'之说则涉及未深;易言之,'外王'为当务之急,'内圣'可以从缓。但迟至改革运动的高潮时期,'内圣'与'外王'必须兼备的意识已出现了,王安石便是一个最典型的例子。他以'道德性命'之说打动神宗,这是他的'内圣'之学;他以《周官新义》为建立新秩序的根据,这是他的'外王'理想。道学的创始人张载、二程与王安石属于同一时期,就响应古文运动领袖重复秩序的号召而言,他们与王安石无异。但王氏的'内圣外王'系统的完成与流传毕竟抢先了一步,这便成为道学家观摩与批评的对象。所以从儒学的整体发展来说,(王安石)'新学'超越了古文运动,而道学也超越了'新学',确是一层转进一层。"[1] 概括了宋代"内圣外王"之学发展的基本历程。欧阳修《诗本义》正是古文运动建构"外王"之学的具体产物;苏辙《诗集传》、朱熹《诗经集传》等,则又印证了"内圣"之学的发展踪迹。

欧阳修说:"《诗》三百五篇不言性,其言者政教兴衰之美刺也;《书》五十九篇不言性,其言者尧、舜、三代之治乱也;《礼》、《乐》之书虽不完,而杂出于诸儒之记,然其大要,治国修身之法也。六经之所载,皆人事之切于世者,是以言之甚详。至于性也,百不一二言之,或因言而及焉,非为性而言也,故虽言而不究。予之所谓不言者,非谓绝

---

[1] 余英时:《朱熹的历史世界:宋代士大夫政治文化的研究》,允晨文化实业股份有限公司,2003年,第70—80页。

而无言,盖其言者鲜,而又不主于性而言也。"① 所谓"性",就是"性命"即"内圣"之学。欧阳修认为《诗》、《书》等儒家经典"不言性",所以其《诗本义》也很少论及"性",偶尔言及,也"不主于性而言",而是在强调《诗》的抒情本位的同时,将"诗人之意"的重点放在"切于世"的"美者善之,恶者刺之"上;并注重它与"太师之职"、"圣人之志"和"经师之业"之间的联系与作用。他说:"作此诗,述此事,善则美,恶则刺,所谓诗人之意者,本也。正其名,别其类,或系于此,或系于彼,所谓太师之职者,末也。察其美刺,知其善恶,以为劝戒,所谓圣人之志者,本也。求诗人之意,达圣人之志者,经师之本也。讲太师之职,因其失传而妄自为之说者,经师之末也……今夫学者,知前事之善恶,知诗人之美刺,知圣人之劝戒,是谓知学之本而得其要,其学足矣。"② 其中"圣人之志",就是指理想中的上古三代的政治秩序;"诗人之美刺"则指诗人在实现这一理想过程中所持的一种价值取向,对有利这一理想实现的"善"意"善"举,加以颂美宣扬,对阻碍这一理想实现的"恶"意"恶"行,则予以批判遏制。这表明了《诗本义》的经学旨归,在于通过《诗经》解析"三代之治乱"的历史,揭示"政教兴衰之美刺"的意义与作用,为"今夫学者"指明学《诗》之本。如果说,欧阳修《新五代史》从史学层面为当下政治秩序的重建提供历史借鉴,那么《诗本义》则从诗学角度为士人参与重建政治秩序标示了价值取向,均成了北宋古文运动所建构的"外王"之学的重要组成部分。

北宋古文运动是宋儒在文学领域中发起的一场儒学复兴运动。就文学而言,如何处理文与道的关系是这场运动所关注的重点。对此,欧阳修主张"为道必求知古,知古明道,而后履之以身,施之于事,而又见

---

① 欧阳修:《答李诩第二书》,载曾枣庄、刘琳主编《全宋文》,第 33 册,上海辞书出版社、安徽教育出版社,2006 年,第 55 页。
② 《诗本义》卷十四《本末论》,影印《文渊阁四库全书》本,第 70 册,台湾商务印书馆,1986 年,第 291 页。

于文章而发之,以信后世"。① 这里的"道",显然是指"六经之所载,皆人事之切于世者"的"外王"之道;"古"则指"六经"之本义。在欧阳修看来,"为道"的前提"必求知古",因为只有知"古",才能明道,然后"见于文章而发之";而从"知古明道"到"见于文章"的中介或核心,便是创作主体履道的实践性,即只有"以身施之于事",将道转化为具体的"外王"实践,才能创作出"切于世"的文章。从中昭示了其《诗本义》的诗学目的,是为了给士人明道履道和处理文道关系指明方向,以保证诗文创作"切于世"。事实上,作为一种诗学思想和主张,欧阳修所深持的"美者善之,恶者刺之"的"诗人之意",成了古文运动在诗文创作上的价值取向。就欧阳修本人而言,因坚持"开口揽时事,论议争煌煌"② 的"切世"精神,其诗文"著礼乐仁义之实,以合于大道。其言简而明,信而通,引物连类,折之于至理,以服人心,故天下翕然师尊之",③ 履行了自己的诗学主张;就其他士人观之,如:王安石主张文章"务为有补于世"④ 及其创作实践,苏轼根据其父苏洵"皆有为而作"的诗文而提出的"言必中当世之过,凿凿乎如五谷必可以疗饥,断断乎如药石必可以伐病"⑤ 的主张及其创作实践,都与《诗本义》的诗学思想一脉相承。

上述欧阳修开创的经学与诗学相融的"诗经学"格局,为后来学者所继承,所不同的是,后来的"诗经学"引入了"道德性命",成了宋儒建构"内圣"之学的一个重要层面,其中颇具代表性的是苏辙的《诗集传》和朱熹的《诗经集传》。

"道德性命"之学是苏辙的经学思想的主题之一,主要体现在《论

---

① 欧阳修:《与张秀才第二书》,载曾枣庄、刘琳主编《全宋文》,第 33 册,上海辞书出版社、安徽教育出版社,2006 年,第 69 页。
② 欧阳修:《镇阳读书》,载北京大学古文献研究所编《全宋诗》,第 6 册,北京大学出版社,1991 年,第 3600 页。
③ 苏轼:《六一居士集叙》,载孔凡礼点校《苏轼文集》卷十,中华书局,1986 年,第 316 页。
④ 王安石:《上人书》,载曾枣庄、刘琳主编《全宋文》,第 64 册,上海辞书出版社、安徽教育出版社,2006 年,第 167 页。
⑤ 苏轼:《凫绎先生诗集叙》,载孔凡礼点校《苏轼文集》卷十,中华书局,1986 年,第 313 页。

语拾遗》、《孟子解》和《诗集传》中。《诗集传》释《大雅·卷阿》云："君子以终成其性,则能肖先君而就其业矣。性之于人,莫不固有之也。"① 认为"性"人皆有之,也是一个人成就事业的必要条件;而要成就事业,须"求全其性";要"求全其性",须不断养心,即苏辙释《卫风·淇奥》所谓"君子平居所以自修者亦至矣。'如切如磋,如琢如磨',日夜去恶迁善,以求全其性"。并说:"子贡问于孔子曰:'贫而无谄,富而无骄,何如?'子曰:'可也。未若贫而乐、富而好礼者也。'子贡曰:'《诗》云:如切如磋,如琢如磨。其斯之谓欤?'子曰:'赐也始可与言《诗》已矣,告诸往而知来者。'孔子告之以贫而乐,富而好礼,而子贡知其自切磋琢磨得之,此所谓告诸往而知来者,如卫武公所谓富而好礼者欤!《记》曰:'富润屋,德润身,心广体胖。'故君子必诚其意。"② 在苏辙看来,孔子之所以与子贡谈论《诗》,原因在于子贡明白了要"求全其性"须通过"切磋琢磨"的修养功夫的道理;而修养的关键是"必诚其意"。关于"诚",苏辙认为就是子思所说"至诚无敌于天下"之"诚",也即孟子所谓"不动心"与"浩然之气",因为"诚之为言,心之所谓诚然也。心以为诚然,则其行之也安。是故心不动,而其气浩然无屈于天下"。让"浩然之气"充盈人的心身,并通过不懈的修养,最终才能真正进入"仁义"境界。③ 在《论语拾遗》中,苏辙表达了相同的看法:"性之必仁,如水之必清,火之必明。然方土之未去也,水必有泥;方薪之未尽也,火必有烟。土去则水无不清,薪尽则火无不明矣。人而至于不仁,则物有以害之也。'君子无终日之间违仁,造次必于是,颠沛必于是',非不违仁也,外物之害既尽,性一而不杂,未尝不仁也。若颜子者,性亦治矣。然而土未尽去,薪未尽化,力有所未逮也,是以能'三月不违仁'矣,而未能遂以终身。其余则土盛而薪

---

① 《诗集传》卷十六,影印《文渊阁四库全书》本,第70册,台湾商务印书馆,1986年,第486页。
② 《诗集传》卷三,影印《文渊阁四库全书》本,第70册,台湾商务印书馆,1986年,第345页。
③ 《孟子解二十四章》,载陈宏天、高秀芳校点《苏辙集·栾城后集》卷六,中华书局,1990年,第949页。

强，水火不能胜，是以日月至焉而已矣。故颜子之心，仁人之心也，不幸而死，学未及究，其功不见于世。"① 颜子虽有"仁人之心"，却不幸早亡，尚未炼成"切磋琢磨"的功夫，其性犹如"土未尽去，薪未尽化"，面对"外物之害"，并没有完全做到"心不动而其气浩然"，故未能使其"道德性命"到达圆满的境界。

苏辙《诗集传》就"性本善"，以及如何保全人的尽善之心性、心性与人格、心性与道德实践的关系等问题，展开了具体的探讨。上述足于见出其"内圣"之学的思想面貌，也不难发现其"道德性命"论与道学家的相通之处。

程颐说："兴于《诗》者，吟咏性情，涵畅道德之中而歆动之，有吾与点之气象。"② 点即曾晳。曾晳"见道无疑，心不累事，其胸次洒落，有非言语所能形容"。③ 程颐认为，《诗》出于人的性情之真，其性情涵养又条畅于道德，吟哦讽咏，自然令人有感动兴起之意，甚至自感有曾晳气象。这就将《诗》纳入了"内圣"之学的建构之中，并为后来程朱一系的道学家所继承。朱熹自称其《诗经集传》就是为了"察之情性隐微之间，审之言行枢机之始"，因为"《诗》之为经，所以人事浃于下，天道备于上，而无一理之不具也"，故"修身及家，平均天下之道，其亦不待他求而得之于此矣"。④ 这表明，作为经学层面的《诗经集传》，其用意在于审视《诗》中的"外王"之道，考察《诗》中的"内圣"之义。

就包含在《诗》中"内圣"之义而言，朱熹指出："孔子曰：'《诗三百》，一言以蔽之，曰思无邪。'盖《诗》之言美恶不同，或劝或惩，皆有以使人得其情性之正。然其明白简切，通于上下，未有若此言者。

---

① 陈宏天、高秀芳校点：《苏辙集·栾城三集》卷七，中华书局，1990年，第1218页。
② 程颢、程颐著，王孝鱼点校：《二程集·河南程氏外书》卷第三，中华书局，1981年，第366页。
③ 朱熹：《答陈明仲》，载曾枣庄、刘琳主编《全宋文》，第246册，上海辞书出版社、安徽教育出版社，2006年，第264页。
④ 《诗集传序》，见《诗集传》卷首，载朱杰人、严佐之、刘永翔主编《朱子全书》，第1册，上海古籍出版社、安徽教育出版社，2002年，第351页。

故特称之，以为可当《三百篇》之义，以其要为不过乎此也。学者诚能深味其言，而审于念虑之间，必使无所思而不出于正，则日用云为，莫非天理之流行矣。"① 这段在注《鲁颂·駉》时引发出来的议论，明确地表达了朱熹对《诗》的整体性认识。关于《诗》之要义"思无邪"，以往学者多有解说，刘勰解释为《诗》"义归无邪"，邢昺认为是指诗人思想"归于正"。② 苏辙则首次以"闲邪存其诚"释"思无邪"。③ "'闲邪存其诚'者，宽而防之谓之闲，诚则至诚也……唯天下至诚为能化，盖言委曲之事发于至诚，则形于外而见著，见著则章明，章明则感动人心，人心感动，则善者迁之，恶者改之，然后化其本性，故曰惟天下至诚为能化，此圣人存诚之验也，故曰'闲邪存其诚'也。"④ 以此释"思无邪"，明显从整体上赋予了《诗》"内圣"之义。朱熹继承并发展了苏辙的观点。不过，如前文所述，朱熹称《诗》中不乏有违礼仪的"淫诗"。既然如此，又何以"思无邪"一语概括《诗》的要义？朱熹却认为，孔子保存这些诗歌，目的是为了"特以见夫一时之事，四方之俗，使读者考焉，以监其得失，而心得以卒归于正焉尔，非欲使人习焉而效其所为也，则其为义，夫亦岂不卒归于'思无邪'之一言耶？"岂不卒归于"治心、修身"耶？⑤ 亦即所谓"《诗》之言美恶不同，或劝或惩，皆有以使人得其情性之正"；不仅如此，朱熹又将《诗》有"治心"、"正性"之义纳入了道学家"内圣"之学的终极命题"天理"之中，成了其《诗经集传》"察之情性隐微之间"与"修身之道"的经学旨归。

在宋代，"内圣"之学又称"为己之学"。"何谓为己之学？以吾有

---

① 《诗集传》卷二十，载朱杰人、严佐之、刘永翔主编《朱子全书》，第1册，上海古籍出版社、安徽教育出版社，2002年，第744页。
② 范文澜：《文心雕龙注》，人民文学出版社，1958年，第65页；程德树：《论语集释》，中华书局，1990年，第65页。
③ 《诗集传》卷十九《鲁颂·駉》，载朱杰人、严佐之、刘永翔主编《朱子全书》，第1册，上海古籍出版社、安徽教育出版社，2002年，第523页。
④ 胡瑗：《周易口义》卷一，影印《文渊阁四库全书》本，第8册，台湾商务印书馆，1986年，第184—185。
⑤ 朱熹：《四书或问·论语或问》卷二，载朱杰人、严佐之、刘永翔主编《朱子全书》，第6册，上海古籍出版社、安徽教育出版社，2002年，第638页。

孝悌也则学；以吾有忠信也则学。学乎内者也，养其德者也。故为己而学者，必有为人之仕矣。"① 也就是说，一个人只有"养德"至厚，"内圣"既深，才能全心全意为他人而仕，真正履行"外王"之道。因此，"内圣"与"外王"必须兼备成了士林的一种普遍意识，也成了不同学派所共同追求的方向。苏辙属于"蜀学"，程颐、朱熹等属于"道学"，两者之间的差别是众所周知的，但在利用儒家的经典资源，创造性地开发《诗》的"内圣"之义上，却并无二致。而苏辙、朱熹等人的"诗经学"，与欧阳修《诗本义》一样，不仅具有当下的经学价值，而且也具有现实的诗学意义。

事实充分表明，在宋代诗学中，创作主体通常被作为诗文创作的核心，而其内在修养则被视为该核心中的一项主要内容。如"杨诚斋丞零陵时，有《春日绝句》云：'梅子流酸软齿牙，芭蕉分绿上窗纱。日长睡起无情思，闲看儿童捉柳花。'张紫岩见之曰：'廷秀胸襟透脱矣！'"② 张浚评论杨万里《春日绝句》，看似意不在诗，而是径直论人，实则以人论诗，以杨万里的"透脱"胸襟，揭示其诗歌的审美意境。"胸襟透脱"意同"胸中洒落，如光风霁月"。将人的洒落胸襟比喻为"光风霁月"，始于黄庭坚《濂溪诗序》："舂陵周茂叔，人品甚高，胸中洒落，如光风霁月。"③ 用以形容周敦颐"养德"至厚、"内圣"既深所呈现的一种气象，而黄庭坚同样以此论其诗文意境，即所谓周敦颐"诗文亦多精粹深密，有光风霁月之概"。④ 这一比喻又常被用来评论其他士人的诗文创作及其审美意境。如林駉说："苏（轼）、黄（庭坚）间见迭出，苏之正节劲气，傲雪凌霜，黄之风韵洒落，光风霁月，则形于歌咏，尚可想见英风清节之美。"⑤ 杨万里《知漳州监承吴公墓志铭》："公

---

① 周行己：《从弟成己审己直己存己用己字说》，载曾枣庄、刘琳主编《全宋文》，第 137 册，上海辞书出版社、安徽教育出版社，2006 年，第 143 页。
② 罗大经：《鹤林玉露》甲编卷四"透脱"条，中华书局，1983 年，第 60 页。
③ 刘尚荣校点：《黄庭坚诗集注》，中华书局，2003 年，第 1411 页。
④ 《〈周元公集〉提要》，影印《文渊阁四库全书》本，第 1101 册，台湾商务印书馆，1986 年，第 416 页。
⑤ 《古今源流至论》后集卷九《诗论》，影印《文渊阁四库全书》本，第 924 册，台湾商务印书馆，1986 年，第 300 页。

叔风神，白而长身，如光风霁月之无尘；公叔诗文，老而日新，如日光玉洁而不陈。"① 袁甫《奉化县舒先生祠堂记》："先生之胸襟，光风霁月也；先生之节操，山高水长也；先生之咏诗，天籁自鸣也；先生之作文，鸢鱼飞跃也。"② 由此等等，不胜枚举。这些形象化的创作主体论，均昭示了"内圣"在诗文创作中的首要地位与作用。

　　创作主体的"内圣"与欧阳修倡导的以"外王"为内涵的"美刺论"，共同组成了宋代诗学的核心内容；换言之，自欧阳修以后，宋代文学虽然处于不断演变的过程中，但以创作主体为核心，以"内圣外王"为内涵的诗学观，却在宋代文学思想中始终占有首要地位。这与创作主体的内涵特征不无关系。如前文所述，宋代士人大都兼具官僚、学者与作家身份，这就使他们具有了融参政主体、学术主体和文学主体于一身的复合型主体特征。该特征决定了"内圣外王"之学必然从根本上既作用于他们的参政行为，又作用于他们的诗文创作。如周敦颐、苏轼、黄庭坚、杨万里等人"胸中洒落，如光风霁月"或"正节劲气，傲雪凌霜"般的"内圣"境界，便决定了他们的人格实践与参政行为，也决定了他们的创作精神与诗文风格。苏辙、朱熹等人继承和发展了欧阳修的"诗经学"思想，在"深持诗人之意"的同时，又出于当下士人"治心、修身"之需，从"诗人之意"中挖掘"内圣"之义，同样与这种主体特征息息相关；而作为诗学层面的成果，苏辙《诗集传》、朱熹《诗经集传》等，正适应了这一复合型主体在诗文创作上的现实需求与价值取向，并为创作主体的自身修养和以"内圣外王"为内涵的诗学观，提供了经典依据，从而进一步证明了宋代"诗经学"融经学和诗学于一炉，经学价值与诗学意义相并而行的新格局。

（原载周裕锴编《第六届宋代文学国际研讨会论文集》，
巴蜀书社 2011 年版）

---

① 杨万里撰，辛更儒笺校：《杨万里集笺校》卷一百二十五，中华书局，2007 年，第 4868 页。
② 袁甫：《奉化县舒先生祠堂记》，载曾枣庄、刘琳主编《全宋文》，第 324 册，上海辞书出版社、安徽教育出版社，2006 年，第 60 页。

"宋调"的体性特质
及其成因

作为我国古典诗歌史上的两大类型,"唐音"与"宋调"标志了两种审美范式与体性特质,但针对两者孰优孰劣引起的争论,自南宋至今,从未间断,也未获得一致的认识,堪称聚讼纷纭的一大公案;而其争论主要是围绕严羽提出的诗歌特质展开的。严羽说:

> 夫诗有别材,非关书也;诗有别趣,非关理也。然非多读书,多穷理,则不能极其至。所谓不涉理路,不落言筌者,上也。诗者,吟咏情性也。盛唐诸人惟在兴趣,羚羊挂角,无迹可求。故其妙处透彻玲珑,不可凑泊,如空中之音,相中之色,水中之月,镜中之象,言有尽而意无穷。近代诸公乃作奇特解会,遂以文字为诗,以才学为诗,以议论为诗。夫岂不工,终非古人之诗也。盖于一唱三叹之音,有所歉焉。①

所谓"近代之公",即指"宋调"的主要作家欧阳修、王安石、苏轼、黄庭坚及"江西诗人"等。在严羽看来,他们的诗歌议论说理,缺乏形象思维,与唐诗吟咏性情,注重形象思维不同,故虽工却"终非古人之诗"。严羽的这个界定为后世唐宋诗之争奠定了基调,特别是其中所总结的"以文字为诗,以才学为诗,以议论为诗",不仅成为古今绌宋诗者的众矢之的,而且成了古今申宋诗者进行辩护的出发点。其辩护

---

① 严羽著,郭绍虞校释:《沧浪诗话校释·诗辨》,人民文学出版社,1983年,第26页。

主要有两方面。一如叶燮所说:"有谓'唐人以诗为诗,主性情,于《三百篇》为近;宋人以文为诗,主议论,于《三百篇》为远'。何言之谬也!唐人诗有议论者,杜甫是也,杜五言古,议论尤多。长篇如《赴奉先县咏怀》、《北征》及《八哀》等作,何首无议论!而以议论归宋人,何欤?彼先不知何者是议论,何者为非议论,而妄分时代邪?且《三百篇》中,二《雅》为议论者,正自不少。彼先不知《三百篇》,安能知后人之诗也!如言宋人以文为诗,则李白乐府长短句,何尝非文!杜甫前、后《出塞》及《潼关吏》等篇,其中岂无似文之句!为此言者,不但未见宋诗,并未见唐诗。村学究道听耳食,窃一言以诧新奇,此等之论是也。"① 一如翁方纲所云,"唐诗妙境在虚处,宋诗妙境在实处";宋诗的"实处"则根植于"宋人之学,全在研理日精,观书日富,因而论事日密";故"宋人精诣,全在刻抉入里。而皆从各自读书学古中来,所以不蹈袭唐人也。然此外亦更无留与后人再刻抉者。以故元人只剩得一段丰致而已。明人则直从格调为之"。② 认为"刻抉入里"的议论说理是宋诗特有的表现;也因为如此,"宋调"能在"唐音"以后自创一格,在诗史上树立了又一里程碑。

类似叶燮、翁方纲的辩说为当代申"宋调"者所认同。在他们看来,以议论为诗和以文为诗,是《诗经》以来的一种传统,吟咏性情与议论说理,是中国诗歌史上常见的两种表现方式与特质,并非宋诗所独专;具体到"唐音"与"宋调",则具有不同的特质。如缪钺先生作于1940年的《论宋诗》说:"唐诗以韵胜,故浑雅,而贵酝藉空灵;宋诗以意胜,故精能,而贵深析透辟。唐诗之美在情辞,故丰腴;宋诗之美在气骨,故瘦劲。唐诗如芍药海棠,秾华繁采;宋诗如寒梅秋菊,幽韵冷香。"③ 钱锺书先生在总结"唐诗多以丰神情韵擅长,宋诗多以筋骨思理见胜"的同时又指出:"夫人禀性,各有偏至。发为声诗,高明者近唐,沉潜者近宋,有不期而然者。故自宋以来,历元、明、清,人才

---

① 叶燮著,霍松林校注:《原诗·外篇下》,人民文学出版社,1979年,第70—71页。
② 翁方纲:《石洲诗话》卷四,人民文学出版社,1981年,第120—123页。
③ 缪钺:《论宋诗》,载《诗词散论》,上海古籍出版社,1982年,第36页。

辈出,而所作不能出唐宋之范围,皆可分唐宋之畛域。"① 则揭示了"唐音"与"宋调"赖以生成的不同的主体性情,并认为这两种特质构成了唐宋以来诗歌的两大畛域。

缪钺、钱锺书两位先生不作"唐宋优劣论",而在前人的基础上,对"唐音"、"宋调"不同的体性特质作了进一步提炼,当代诸多申"宋调"者对"唐音"、"宋调"的总体认识基本上未出其右。然而,"唐音"为何"以韵胜"或"多以丰神情韵擅长"?"宋调"又为何"以意胜"或"多以筋骨思理见胜"?这固然是钱先生所说的为创作主体"高明"与"沉潜"的不同性情所致。从今天看来,这些均属概念性的表述。概念固然是对相应事物的本质的一种提炼,但任何事物的本质的形成均有自身运动过程,而其运动过程则又是多元复杂的。如"宋调"作者的"沉潜"秉性是如何形成的?它具有何种时代内涵?又怎样作用于诗歌创作?既然议论说理是中国古代诗歌的一种传统,那么"宋调"中的"理"有何内涵特征?它与作者的"沉潜"秉性有何关系?又如何反映到诗歌中来的?笔者认为,"宋调"的体性特质就是在这些多种因素相互作用的运动过程中形成的。揭示这个过程及其关键环节所起的作用,不仅是考察"宋调"的应有之义,而且还会丰富或深化现有概念的内涵,修正人们对"宋调"的既有认识。本文试从以下三个方面,探讨"宋调"的体性特质及其成因,以期得到应有的结论。

一、"为己之学":"宋调"的体性特质及其成因之一

钱锺书先生说:"唐诗、宋诗,亦非仅朝代之别,乃体格性分之殊……严仪卿首倡断代言诗,《沧浪诗话》即谓'本朝人尚理,唐人尚意兴'云云。曰唐曰宋,特举大概而言,为称谓之便。非曰唐诗必出唐人,宋诗必出宋人也。故唐之少陵、昌黎、香山、东野,实唐人之开宋调者;宋之柯山、白石、九僧、四灵,则宋人之有唐音者。"而在开

---

① 钱锺书:《谈艺录》,中华书局,1984年,第2—3页。

"宋调"的唐人中,"韩昌黎之在北宋,可谓千秋万岁,名不寂寞者矣",因为韩愈的诗歌不仅在"体格性分"上开启了"宋调",而且在作法上广为"宋调"作者所汲取,如"荆公五七古善用语助,有以文为诗、浑灏古茂之致,此秘尤得昌黎之传"。① 然而作为"宋调"的风格内涵,"体格性分"的形成首先取决于诗人的性情,即前引钱先生语所谓"高明者近唐,沉潜者近宋";而其性情同时也决定了立身处世的"体格性分";宋代诗人立身处世的"体格性分",则基于在"为己之学"中形成的以"内圣"为取向的秉性与品格。

欧阳修指出:"前世有名人,当论事时,感激不避诛死,真若知义者,及到贬所,则戚戚怨嗟,有不堪之穷愁,形于文字,其心欢戚,无异庸人,虽韩文公不免此累。"② 类似此类评论,在宋代屡有所见。如蔡居厚评柳宗元诗歌时说:"子厚之贬,其忧悲憔悴之叹,发于诗者,特为酸楚。闵己伤志,故君子所不免,然亦何至是,卒以愤死,未为达理也。"③ 朱熹评杜甫《同谷歌》亦云:"杜陵此章,豪宕奇崛,诗流少及之者。至其卒章,叹老嗟卑,则志亦陋矣。人可以不闻道哉?"④ 认为柳宗元"未达理"、杜甫"不闻道",与欧阳修视韩愈为"庸人"同出一辙。实际上,表现患得患失、悲喜随物、叹老嗟卑,闵己伤志等欢戚无常的情感内容是唐诗的普遍现象,不啻杜、韩、柳三家诗,为大多数宋人所不取。究其原因,随着新型"宋士大夫之学"的兴起,诗人面对人生实践中的穷通荣辱、得丧祸福时,有了与唐人不同的秉性与"体格性分"。

南宋陈傅良在论及本朝"士大夫之学"的形成及其内涵时指出:"宋兴,士大夫之学亡虑三变:起建隆至天圣、明道间,一洗五季之陋,

---

① 钱锺书:《谈艺录》,中华书局,1984年,第2、62、70页。
② 欧阳修:《与尹师鲁第一书》,载李逸安点校《欧阳修全集》卷六九,中华书局,2001年,第999页。
③ 郭绍虞辑:《宋诗话辑佚·蔡宽夫诗话》,中华书局,1980年,第393页。
④ 蔡正孙撰:《诗林广记·前集》卷二,中华书局,1982年,第20页。按:杜甫《同谷歌》卒章云:"男儿生不成名身已老,十年饥走荒山道。长安卿相多少年,富贵应须致身早。山中儒生旧相识,但话宿昔伤怀抱。呜呼七歌兮悄终曲,仰视皇天白日速。"

知乡方矣，而守故蹈常之习未化。范子（仲淹）始与其徒抗之名节，天下靡然从之，人人耻无以自见也。欧阳子（修）出，而议论、文章粹然尔雅，轶乎魏晋之上。久而周子（敦颐）出，又落其华，一本于六艺，学者经术庶几于三代，何其盛哉！"① 王水照先生总结说：陈傅良"表彰范仲淹的'名节'、欧阳修的'议论、文章'，周敦颐的'经术'，其实，政治家、文章家、经术家三位一体，是宋代'士大夫之学'的有机构成"。② 这一新型的"士大夫之学"具有多个层面的内涵，从制度层面而言，昭示了"与士大夫治天下"的新政制的诞生，从参政者层面而言，宣告了士人群体多元复合型社会角色的确立；从文学层面而言，昭示了创作主体多维知识与才学的形成，从思想层面而言，标志了儒学的复兴。这诸多层面的有机构成，使"宋士大夫之学"具有了丰富的内涵与时代特征。

需要说明的是，儒学的复兴并非始于北宋。陈寅恪先生考察韩愈的道统思想时指出："退之于此以奠定后来宋代新儒学的基础。"③ 不过，韩愈倡导的儒学虽为宋代新儒学奠定了基础，但在内涵上与宋代新儒学不可同一而语；与此同时，其道统思想也没有得到中晚唐士人社会的普遍认同。在中晚唐，类似李商隐"'夫所谓道，岂古所谓周公、孔子者独能邪？盖愚与周、孔俱身之耳。'以是有行道不系今古，直挥笔为文，不爱攘取经史，讳忌时世。百经万书，异品殊流，又岂能意分出其下哉！"④ 之声，时有所闻。其原因之一，在于践行儒学所必须具备的主体基石尚未真正确立。宋代新儒学之所以能在范仲淹时代开始全面复兴，则与实践主体自觉恪守"为己之学"息息相关。周行己说：

---

① 陈傅良：《温州淹补学田记》，载《止斋先生文集》卷三九，《四部丛刊初编》本，上海商务印书馆，1936年，第9页。
② 王水照主编：《宋代文学通论》，河南大学出版社，1997年，第27页。
③ 陈寅恪：《论韩愈》，载《金明馆丛稿初编》，生活·读书·新知三联书店，2001年，第322页。
④ 李商隐：《上崔华州书》，载李商隐著，冯浩详注，钱振伦、钱振常笺注《樊南文集》卷八，上海古籍出版社，1988年，第441页。

> 何谓为己之学？以吾有孝悌也则学，以吾有忠信也则学。学乎内者也，养其德者也。故为己而学者，必有为人之仕矣。何谓为人之学？人以我为多闻也则学，人以我为多能也则学。学乎外者也，利其闻者也。故为人而学者，必有为己之仕矣。①

朱熹亦云：

> 盖为学而求名者，自非为己之学。②

陈文蔚又指出：

> 笃志力行，有意于古人为己之学，不与世俗浮沉于富贵贫贱、得丧祸福之中……以洗其凡俗之陋。③

诸如此类的表述，屡屡见诸宋代载籍，昭示了宋代士人对"为己之学"的普遍重视。而作为士人的立身之道，"为己之学"原本是儒学强调个体心性修养的重要思想。《论语·宪问》载孔子语："古之学者为己，今之学者为人。"《正义》云："此章言古今学者不同也。古人之学，则履而行之，是为己也。今人之学，空能为人言说之，己不能行，是为人也。范晔云：'为人者冯誉以显物，为己者因心以会道也。'"④ 指出了"为己之学"与"为人之学"的不同秉性与品格；而儒家肯定与张扬"为己之学"的思想，昭然若揭。在唐代，尽管不乏自觉履行孝悌忠信之人，在具体的立身处世中，却很少像宋人那样重视"为己之学"。尽

---

① 周行己：《从弟成己审己直己存己用己字说》，载曾枣庄、刘琳主编《全宋文》，第137册，上海辞书出版社、安徽教育出版社，2006年，第143页。
② 朱熹：《养生主说》，载《晦庵集》卷六七，影印《文渊阁四库全书》本，第1145册，台湾商务印书馆，1986年，第327页。
③ 陈文蔚：《答徐子融师尧说》，载《克斋集》卷二，影印《文渊阁四库全书》本，第1171册，台湾商务印书馆，1986年，第9页。
④ 何晏注，邢昺疏：《十三经注疏·论语注疏》卷十四，北京大学出版社，1999年，第195—196页。

管韩愈立志恢复长期失坠的儒家学说,建立了儒家道统,并以道统的继承者自居,① 但一方面由于其建立道统的主要目的是为了"排斥佛老,匡救政俗之弊害",② 故无意强调关乎自我修养的"为己之学";另一方面在欧阳修看来,韩愈与其他唐人一样患得患失,欢戚无常,"无异庸人",遑论"为己之学"。随着范仲淹时代儒学的复兴,强调"为己之学"成了宋代士人社会的一种思潮。而无论"因心以会道",心怀忠信孝悌,履而行之,抑或心不为富贵贫贱所萦、穷通祸福所累,"洗其凡俗之陋","为己之学"的任务在于修炼主体心性,使之进入"内圣"之境。宋人"内圣"的目的在于"为人之仕"即"外王";也就是说,"为己之学"是宋代士人建构"内圣外王之学"的一个不可或缺的基石。

"内圣"与"外王"是宋代新儒学两大互为倚重的支架。余英时先生认为,它虽始于仁宗年间的古文运动,但古文运动"偏重'外王'而少涉'内圣'",欧阳修又"对'内圣'之学采取了相当消极的态度","他还提出了一个非常著名的论断:'性非学者之所急,而圣人之所罕言。'这便是他拒绝开拓'内圣'领域的确证";至神宗朝,王安石、二程才开始共同围绕人之"性"却以不同的路径与内涵,在学理上建构起"内圣之学"。③ 不过,仁宗时期的古文运动,虽然未能从"性"这个形而上的学理层面开拓"内圣之学"的领域,但从"怎么做"这个形而下的实践层面观之,士人群体已开始在"为己之学"中,行"内圣"之实。范仲淹《岳阳楼记》中的名言,也是作者在立身处世中所恪守不渝的"先天下之忧而忧,后天下之乐而乐","不以物喜,不以己悲",④ 就是"内圣"的一个突出标志。范仲淹"以言事凡三黜",被人誉为"三光","士论壮之",⑤ 则又体现了士人群体对待穷通荣辱、得丧祸福的

---

① 详见韩愈:《与孟简尚书书》,载韩愈著,刘真伦、岳珍校注《韩愈文集汇校笺注》,中华书局,2010年,第888页。
② 陈寅恪:《论韩愈》,载《金明馆丛稿初编》,生活·读书·新知三联书店,2001年,第319—332页。
③ 余英时:《朱熹的历史世界:宋代士大夫政治文化的研究》,生活·读书·新知三联书店,2011年,第36—64页。
④ 范仲淹著,李勇先、王蓉贵校点:《范仲淹全集》卷八,四川大学出版社,2007年,第195页。
⑤ 文莹:《湘山野录·续录》,中华书局,1984年,第77—78页。

一种态度与秉持,其所秉持的就是石介所说:"达也,以孔子之道也;穷也,以孔子之道","穷达之间",皆"卓然有余裕"的"内圣"。① 景祐年间,欧阳修因言事迁谪夷陵,至贬所,致书尹洙云:"路中来,颇有人以罪出不测见吊者,此皆不知修心也。"并勉励被贬的同党"甚勿作戚戚之文"。② 与欧阳修同时"待罪去朝"的曾必疑,在贬所作之诗"皆讽咏前贤遗懿,当代绝境,未尝一言及于身世",原因就是他"不以时之用舍累其心",③ 在面对得丧祸福的人生际遇及其诗歌创作中,践行了"不以物喜,不以己悲"的"为己之学",具体呈现了"内圣"心境,与唐人诗歌所表现的"戚戚怨嗟,有不堪之穷愁",适成鲜明对照。

应该说,在仁宗时期的古文运动期间,士人群体于"为己之学"中的"内圣"实践,为神宗年间"内圣之学"的学理建构奠定了坚实的现实基础。事实也表明,在"为己之学"中深化"内圣"心境,是融"政治家、文章家、经术家三位一体"的宋代士大夫安身立命与经世济民的基本保障。而宋代士人"为己之学"又是多面向的,既面向日常生活的领域,又面向仕途生活的领域,尤其是后者,最能凸显"内圣"心境。这从下列李光给胡铨的一封书札中所叙述的内容可见一斑:

> 某启:相望不远,而风涛汹然,久不承问动止。此心倾仰,何可胜言。仲夏酷暑,起居佳胜。某老病如故,日夕汛扫此心,时至即行,非如吾友盛壮之年,前程万里。惟祝乘此闲放,尽为己之学。至处忧患之际,则当安之若命,胸中浩然之气,未尝不自若也。邦衡岂俟鄙言?仲尼作《易》,亦专论此事:"困,刚掩也,险以说,困而不失其所亨,其惟君子乎!"剥必有复,否终则倾。邦衡素明此道,需之时,则当以饮食燕乐。仆之顽鄙,又垂尽之年,

---

① 石介:《送张绩李常序》,载《徂徕石先生文集》卷一八,中华书局,1984 年,第 216 页。
② 欧阳修:《与尹师鲁第一书》,载李逸安点校《欧阳修全集》卷六九,中华书局,2001 年,第 998 页。
③ 余靖:《曾太傅临川十二诗序》,载《武溪集》卷三,影印《文渊阁四库全书》本,第 1189 册,台湾商务印书馆,1986 年,第 26 页。

惟知生死事大，无常迅速，故汲汲耳。①

李光与胡铨因反对和议，被流放海南，长达十余年之久。十余年间，两人书信不断，上列就是其中之一。书中以现身说法的口吻，自叙在"尽为己之学"中所形成的"内圣"心境。据载，海南环境异常恶劣，尤其是"夏秋之交，物无不坏者。人非金石，其何能久"。②故贬居海南，仕宦与生命均"至处忧患之际"。身当此际，李光通过"尽为己之学"，修炼心性，不为忧患所累，真定心志，养就浩然之气，将孟子所倡导的"我善养吾浩然之气……至大至刚，以直养而无害，则塞于天地之间。其为气也，配义与道。无是，馁也。是集义所生者，非义袭而取之也"③的"内圣"理想，具体转化成了一个实在的生命意境，从而抑制了眼前政治上的仕途之悲与生命上的生死之忧，"安之若命"，呈现了道义与生命的双重价值和意义。当主体的这一生命意境作用于诗文创作时，也就是清四库馆臣所总结的：李光"以争论和议，为权相所排，垂老投荒，其节概凛然，宜不可犯，而其诗乃志谐音雅，婉丽多姿"；其文"乃皆醇实和平，绝无幽忧牢落之意"。④与李光一样，胡铨在"至处忧患之际"，也能通过"尽为己之学"，临危不惧，"安之若命"。他自雷州赴儋州时所作《次雷州和朱彧秀才韵时欲渡海》诗云："何人着眼觑征骖，赖有新诗作指南。螺髻层层明晚照，蜃楼隐隐倚晴岚。仲连蹈海齐虚语，鲁叟乘槎亦漫谈。争似澹庵乘兴往，银山千叠酒微酣。"⑤方回评曰："澹庵此诗，不少屈挠，真铁汉。"⑥一派至大至刚的浩然之

---

① 李光：《与胡邦衡书》（其九），载《庄简集》卷一五，影印《文渊阁四库全书》本，第1128册，台湾商务印书馆，1986年，第600页。
② 苏轼：《书海南风土》，载孔凡礼点校《苏轼文集》卷七一，中华书局，1986年，第2275页。
③ 赵歧注，孙奭疏：《十三经注疏·孟子注疏》卷三，北京大学出版社，1999年，第75页。
④ 《〈庄简集〉提要》，载永瑢等《四库全书总目》卷一五六，中华书局，1965年，第1347页。
⑤ 北京大学古文献研究所编：《全宋诗》卷一九三二，第34册，北京大学出版社，1998年，第21574页。
⑥ 方回选评，李庆甲集评校点：《瀛奎律髓汇评》，下册，上海古籍出版社，1986年，第1571页。

气与"内圣"意境。

宋代新儒学之所以能全面复兴与践行,首先有赖其实践主体的"为己之学";而整个"宋士大夫之学"得以建构与运行,则同样需要士人群体在"尽为己之学"中,营造"内圣"心境,为"外王"实践奠定坚实的主体基石;与此同时,类似李光、胡铨的贬居生活,也极大地促进了士人"尽为己之学"。自仁宗景祐、庆历党议,中经神宗、哲宗、徽宗三朝新旧党争、高宗绍兴党锢,再到宁宗庆元党禁,士大夫之间的朋党之争几乎从未间断,表演了一出出你方唱罢我上场的闹剧,宋代政治的运行出现了周期性反复动荡的怪圈。在这个怪圈中,大量士人深陷其中,并屡遭贬谪,甚至像司马光等不少已故官员,也被蔡京列入"元祐奸党碑",遭贬被禁,"宋调"的代表作者苏轼、黄庭坚等,或病死于贬所,或屡遭贬谪,贬居成了宋代士人仕途生涯中的一种常态。因此,"尽为己之学",不以时之用舍、得丧祸福所累,营造"卓然有余裕"的"内圣"心境,也成了宋代士人在立身处世过程中的一种常态。

作为士人社会的主流实践形态或立身之道,"为己之学"成了宋代新儒学或新型的"宋士大夫之学"赖以形成的主体基础;"宋士大夫之学"则又赋予了士人"为己之学"的价值取向与实践内涵。两者互为因果,互为作用,孕育了不同于唐代诗人以"内圣"为取向的秉性与品格。这决定了他们立身处世的"体格性分",也成了"宋调"体性特质的基本元素及其特质得以形成的首要环节。

二、理性自觉:"宋调"的体性特质及其成因之二

钱先生认为,导致"唐音"与"宋调"不同体性特质的主体因素,在于"高明"与"沉潜";并进一步强调:"一生之中,少年才气发扬,遂为唐体,晚节思虑深沉,乃染宋调。"[①] 这虽就中国古代诗人的两大不同性情类型,以及由这两大性情孕育而成的两种不同诗歌特质而发,

---

① 钱锺书:《谈艺录》,中华书局,1984年,第4页。

而且在同一朝代也不乏"高明"、"沉潜"并存的现象,如在以"沉潜"为主流的宋代,陆游"高明之性,不耐沉潜",① 故发而为诗,"遂为唐体",并赢得"小李白"之誉,② 但就总体而言,这两大不同性情在唐宋两代诗人之间表现得十分明显,且具有典型性。不过,宋代诗人的"思虑深沉",并非凭空而来。如果说,上述"为己之学"是其"思虑深沉"性情得以形成的温床;那么诗人的理性自觉则既保证了"为己之学"的展开,又成了孵化其"思虑深沉"性情的必要条件,也是"宋调"的体性特质赖以形成的一个重要环节。

在绌宋诗者的眼里,宋人"以才学为诗,以议论为诗"严重地戕害了诗歌的形象美,读来"味同嚼蜡"。③ 宋人的才学源于严羽所说的"多读书,多穷理";并在"多读书,多穷理"中,通达于理,体现了高度的理性自觉,呈现出鲜明的理性精神。前述李光在"至处忧患之际",能"尽为己之学",便在"多读书"中穷《易经》关于身处"困"境之理,自觉用作化解忧患情累的精神力量,保证了心性的修炼和"内圣"心境的营造。然而,"多读书"并不一定就具备了才学;有了才学并非就拥有了理性;拥有了理性也不一定就能左右诗歌的抒情。如杜甫、韩愈、柳宗元,不可谓无才学,但在面对具体的人生际遇时,因"未达理"而被宋人视为"庸人";认为"行道不系古今",甚至质疑"孔氏于道德仁义外有何物"④ 的李商隐"五年诵经书,七年弄笔砚"⑤,也不可谓无才学,但他"直挥笔为文",抒写性情,与杜甫、韩愈、柳宗元一样,其才学与理性、学理与诗情往往处于分离状态。宋代诗人的理性自觉则不仅保证了才学与理性、学理与诗情的高度融合,而且实现了学人与诗人的有机统一。在这个统一体内呈现出来的性情,也就不是青少年

---

① 钱锺书:《谈艺录》,中华书局,1984年,第130页。
② 据载,当宋孝宗问当世哪位诗人最像李白时,周必大举荐了陆游(见毛晋:《剑南诗稿跋》,载陆游《剑南诗稿》,汲古阁本)。从语源学的角度观之,这是后世称陆游为"小李白"的由来。
③ 毛泽东:《致陈毅》,载《毛泽东书信选集》,人民出版社,1983年,第608页。
④ 李商隐:《容州经略使圆结文集后序》,载李商隐著,冯浩详注,钱振伦、钱振常笺注《樊南文集》卷七,上海古籍出版社,1988年,第434页。
⑤ 李商隐:《上崔华州书》,载李商隐著,冯浩详注,钱振伦、钱振常笺注《樊南文集》卷八,上海古籍出版社,1988年,第441页。

般的"才气发扬"、激情四溢,而是中老年式的"思虑深沉"、理性冷静;当它作用于诗歌创作时,虽然不乏因过于理性化而走向教条,有戕害诗歌形象美的弊病,但就主流方面而言,在以理性为主导的审美过程中,确立了不同于"唐音"的以理性精神为内核的体性特质。不妨以王安石《明妃曲》为例:

> 明妃初出汉宫时,泪湿春风鬓脚垂。低徊顾影无颜色,尚得君王不自持。归来却怪丹青手,入眼平生几曾有。意态由来画不成,当时枉杀毛延寿。一去心知更不归,可怜着尽汉宫衣。寄声欲问塞南事,只有年年鸿雁飞。家人万里传消息,好在毡城莫相忆。君不见咫尺长门闭阿娇,人生失意无南北。①

王安石《明妃曲》凡二首,作于仁宗嘉祐四年(1059年),上例为其中之一;当时欧阳修、刘敞、司马光等前辈看后,叹服不已,均有和作。写"怜昭君远嫁"的诗歌在汉代就已出现,自晋石崇作《王明君词》后,作者遂盛。唐代李白、王维、杜甫、白居易等都有咏昭君的名篇。曹雪芹借薛宝钗之口说:"做诗不论何题,只要善翻古人之意。若要随人脚踪走去,纵使字句精工,已落第二义,究竟算不得好诗。即如前人所咏昭君之诗甚多,有悲挽昭君的,有怨恨延寿的,又有讥汉帝不能使画工图貌贤臣而画美人的,纷纷不一。后来王荆公复有'意态由来画不成,当时枉杀毛延寿',永叔有'耳目所及尚如此,万里安能制夷狄',二诗俱能各出己见,不与人同。"②王安石、欧阳修之所以能"善翻古人之意",就是因为得力于理性洞察,而非感性认知。王安石认为,造成昭君万里远嫁之不幸的根源,并不在于像前人普遍认为的"何乃明妃命,独悬画工手。丹青一诖误,白黑相纷纠"③——为宫廷画师毛延

---

① 王安石:《明妃曲》,载北京大学古文献研究所编《全宋诗》卷五四〇,第10册,北京大学出版社,1991年,第6503页。
② 曹雪芹:《红楼梦》第六十四回,中华书局,2001年,第561页。
③ 白居易:《青冢》,载《全唐诗》卷四二五,中华书局,1960年,第4688页。

寿的丹青所诖误;"君不见咫尺长门闭阿娇,人生失意无南北",也不在于地域的远近,而在于是否真正相知,即其第二首所说的"人生乐在相知心",在成功地翻了旧案的同时,揭示了一个古今不二的至理。欧阳修和诗在和其意的基础上,又以"纤纤女手生洞房,学得琵琶不下堂。不识黄云出塞路,岂知此声能断肠"的笔调作反衬,进一步写出昭君不获知音的遗恨之深;同时又出于"耳目所及尚如此,万里安能制夷狄"①的议论,责斥汉元帝刘奭无知人之明,连近在咫尺之人都不辨忠奸美恶,又谈何制敌于千里之外。事实上,刘奭听信佞臣,导致西汉由盛入衰。这又从昭君之不幸指向了国家之不幸的根源所在,与原唱一样体现了前引翁方纲语所谓"宋人之学,全在研理日精,观书日富,因而论事日密"。诚然,其"论事"、"研理"不乏情感内涵,嘉祐三年(1058年),王安石给仁宗上万言书,主张变更法度,仁宗却无意进取,王安石的变法倡议被搁置,内心不免失落,"人生失意无南北",正寄托着自己不得志的情感,尤其是欧阳修,至嘉祐四年(1059年)已多次被放逐,昭君的不被知遇自然引起他在情感上的共鸣,但在《明妃曲》中,他们的情感却成了说理的一种助力,呈现出唐人诸多咏昭君之作所不具有的理性及其以理性精神为内核的审美特质。

当然,这并非说唐代诗人在创作中无理智可言。事实上,诸如李白"乃知兵者是凶器,圣人不得已而用之","吾观自古贤达人,功成不退皆殒身"②之类富有理性的诗句,在唐诗中屡有所见。不过,这些诗句通常是为了强化全诗的抒情力度,即便是有些通篇存在议论说理之作如杜甫《自京赴奉先县咏怀五百字》,其说理是助推诗人内心海底潜流般的情感,最终也是为了强化其"忧端齐终南,澒洞不可掇"③的情感抒发。不妨说,在处理情与理的关系上,"唐音"作者以情感为主导,时

---
① 欧阳修:《明妃曲和王介甫作》、《再和明妃曲》,载北京大学古文献研究所编《全宋诗》卷二八九,第6册,北京大学出版社,1991年,第3656页。
② 李白:《战城南》、《行路难》其三,载《全唐诗》卷十七、二五,中华书局,1960年,第166、344页。
③ 杜甫:《自京赴奉先县咏怀五百字》,载《全唐诗》卷二一六,中华书局,1960年,第2266页。

而以理性为辅助,目的在于强化抒情的力度,所张扬的是情感价值;"宋调"作者则以理性为主导,时而以情感为辅助,目的是为了强化说理的深度,所注重的是理性意义。

欧阳修《镇阳读书》说:"平生事笔砚,自可娱文章。开口揽时事,论议争煌煌。"① 这是欧阳修一生的自我写照,也是一幅自仁宗朝以后融参政、学术、文学三大主体于一炉的士人群体画像;进而言之,以诗歌的形式议论社会时事,而且"论事日密"、"研理日精"是宋代士大夫普遍拥有的一种习性与特长。这一习性与特长的形成和在"与士大夫治天下"的新制下诗人成为参政主体息息相关,而关键却在于同时兼备学术主体的诗人在理性上的高度自觉。因此,即使是身居贬所的待罪之人,有时也难免"开口揽时事,论议争煌煌"之习。如苏轼作于惠州贬所的《荔支叹》:

> 十里一置飞尘灰,五里一堠兵火催。颠坑仆谷相枕藉,知是荔支龙眼来。飞车跨山鹘横海,风枝露叶如新采。宫中美人一破颜,惊尘溅血流千载。永元荔支来交州,天宝岁贡取之涪。至今欲食林甫肉,无人举觞酹伯游。我愿天公怜赤子,莫生尤物为疮痏。雨顺风调百谷登,民不饥寒为上瑞。君不见武夷溪边粟粒芽,前丁后蔡相笼加。争新买宠各出意,今年斗品充官茶。吾君所乏岂此物,致养口体何陋耶。洛阳相君忠孝家,可怜亦进姚黄花。自注:洛阳贡花,自钱惟演始。②

进贡荔枝是唐代的一项弊政。杜牧《过华清宫》:"长安回望绣成堆,山顶千门次第开。一骑红尘妃子笑,无人知是荔枝来。"③ 所言即

---

① 欧阳修:《镇阳读书》,载北京大学古文献研究所编《全宋诗》卷二八三,第6册,北京大学出版社,1991年,第3600页。
② 苏轼:《荔支叹》,载王文诰辑注,孔凡礼点校《苏轼诗集》卷三九,中华书局,1982年,第2126—2127页。
③ 杜牧:《过华清宫绝句》三首其一,载《全唐诗》卷五二一,中华书局,1960年,第5954页。

此。然而,杜诗所写的是瞬间,隐含其中的感情凝聚而极具张力,苏轼的《荔支叹》虽然也有"飞车跨山鹘横海,风枝露叶如新采。宫中美人一破颜,惊尘溅血流千载"的凝聚情感且又沉重的笔调,但更为突出的却是从参政主体的立场与理念、学术主体的视野与学理,将历史与现实结合起来,纵论历史上的进贡荔枝之政与当世的贡茶、贡花之事,"我愿天公怜赤子"四句,并非否定自然界的"尤物",而是通过"尤物误人"之理,揭示进贡荔枝、茶、花的弊政给黎民带来的深重灾难;换言之,其凝聚情感的"飞车跨山"四句强化了"尤物误人"之理,使其议论更为"刻抉入里"。全诗的议论对象与说理内容虽不同于上述王安石、欧阳修的《明妃曲》,但在"研理日精"、"论事日密",以及审美范式与体性特质上,并无二致。

宋代诗人的理性自觉固然体现在"研理日精"、"论事日密"上,但更重要的是它作为引领立身之道的一种工具和进行诗歌审美的一种精神而存在,作用于诗人对社会人生的观察与体认,决定了他们诗歌创作的审美趣味与价值取向。这既体现在大量类如前述王安石、欧阳修《明妃曲》,苏轼《荔支叹》所论历史人物事件或现实时事政治中,又体现在包括如前述李光、胡铨贬谪生活与诗人的日常生活领域里。

较诸唐代诗人,宋人更习惯、更善于在日常生活中,通过以理性为主导的审美活动,发现诗意。杨万里《跋淳溪汪立义大学致知图》云:"此事元无浅与深,着衣吃饭过光阴。"① 诗题中的"致知"就是道学家反复强调的"格物致知"——穷尽事物的"天理"之意。杨万里认为,事物的"天理"不在高深莫测处,而在"着衣吃饭过光阴"的日常生活中;又据杨万里说:"内而正心诚意,外而开物成务,不待富贵而欣,不因贫贱而悲者。"②"修辞者,立诚之宅里也。"③ 则知他用以修炼心性

---

① 杨万里撰,辛更儒笺校:《杨万里集笺校》卷二二,中华书局,2007年,第1113页。
② 杨万里:《上张子韶书》,载杨万里撰,辛更儒笺校《杨万里集笺校》卷六三,中华书局,2007年,第2714页。
③ 杨万里:《秀溪书院记》,载杨万里撰,辛更儒笺校《杨万里集笺校》卷七六,中华书局,2007年,第3152页。

的学理主要来自程、朱道学；其以日常生活为题材内容的"诚斋体"所表现的理性精神，也主要基于此。这就是说，杨万里在将日常生活诗化、"天理"化的同时，又将诗"天理"化、日常生活化了，其"着衣吃饭过光阴"的日常生活因活泼流动的诗意与理性变得更加枝繁叶茂，反过来又赋予了其诗以理性精神为核心的体性特质。古今学者多认为"诚斋体"在内容上"浅俗"①、"琐屑"②，就是指杨万里诗歌反映日常生活琐事。实际上，"诚斋体"浅俗琐屑其表，深雅其质。张浚称誉其人其诗"透脱"，犹如光风霁月，指的就是在以"天理"为主导的审美范式中形成的诗歌意境。③而日常生活的诗化与诗的日常生活化、理性化，并非为杨万里所独专，而是宋人普遍拥有的一种生活样式，也是"宋调"特质生成的重要途径。

诚然，在唐代诗人笔下，不乏反映日常生活的作品，尤其是杜甫、韩愈、孟郊等人的诗歌，哀叹个人日常生活中的困苦贫病，是出了名的。与唐人一样，困苦贫病也是绝大部分宋代士大夫"着衣吃饭过光阴"中的常态，④但反映在诗中，却如黄庭坚《寄黄几复》所说：

我居北海君南海，寄雁传书谢不能。桃李春风一杯酒，江湖夜雨十年灯。持家但有四立壁，治病不蕲三折肱。想得读书头已白，隔溪猿哭瘴溪藤。⑤

题下有注："乙丑年（元丰八年）德平镇作。"该诗是"宋调"中近

---

① 详见王昶：《舟中无事偶作论诗绝句》，《春融堂集》卷二二，载《清代诗文集汇编》，第358册，上海古籍出版社，2010年，第250页。
② 钱锺书：《宋诗选注》，人民文学出版社，1989年，第162页。
③ 详拙文《杨万里"诚斋体"新解》，《文学遗产》，2006年第3期。
④ 何忠礼经过具体考察后指出：清代赵翼所谓"恩逮于百官者惟恐其不足，财取于万民者不留其有余，此宋制之不可为法者也"，属夸大之辞。其实，在宋代，除了少数高官外，广大官员尤其是官阶不高的官员的俸禄并不优渥，甚至存在"曾糊口之不及"、"贫不自给"的现象，"以部分选人（包括县令、录事参军、判司簿尉）为例，他们仅有月俸12贯至15贯（其中1分现钱，2分折支），粟禄2石至4石，按规定虽还有2顷至6顷职田，但岁租收入多寡不均，有些地方则根本无职田可言"（何忠礼：《宋代官吏的俸禄》，《历史研究》，1994年第3期）。
⑤ 黄庭坚著，刘尚荣校点：《黄庭坚诗集注》卷二，中华书局，2003年，第90页。

体"以才学为诗"或"资书为诗"的一个典型，在格律上取法杜诗，颈联用拗律，① 其创作宗旨又与杜甫名作《赠广文馆博士郑虔》（又题《醉时歌》）相同，在抒写好友黄几复的家境中，寄寓自身的生活感受。然而，杜甫在抒写郑虔与自己的共同遭遇时，直言"饭不足"、"饿死填沟壑"的穷愁，进而发出"儒术于我何有哉，孔丘盗跖俱尘埃"② 的愤激之语；黄庭坚则在"持家但有四立壁，治病不蕲三折肱"的瘦硬奇峭的句法之中，表现了黄几复，以及自己虽贫却守正不阿、不苟于俗的性格，在兀傲奇崛之响中，淡化了在日常生活中"家徒四壁立"的穷困带来的愁苦。由此可见，杜甫注重情感价值，故其诗"以丰神情韵见长"，黄庭坚虽不乏情感，却更强调理性意义，故其诗"以筋骨思理见胜"。值得注意的是，对于类似杜甫《醉时歌》抒发这种情感内涵，苏辙还视之为一种"诗病"，其《诗病五事》说：

> 唐人工于为诗，而陋于闻道。孟郊尝有诗曰："食荠肠亦苦，强歌声无欢。出门如有碍，谁谓天地宽？"郊耿介之士，虽天地之大，无以安其身，起居饮食，有戚戚之忧，是以卒穷以死。而李翱称之，以为郊诗"高处在古无上，平处犹下顾沈、谢"，至韩退之亦谈不容口。甚矣，唐人之不闻道也。孔子称颜子："在陋巷，人不堪其忧，回也不改其乐。"回虽穷困早卒，而非其处身之非可以言命，与孟郊异矣。③

所引孟郊诗句，为其古体《赠崔纯亮》的开篇四句，以充沛的激情

---

① 首句用《左传·僖公四年》楚成王传给齐桓公的话："君处北海，寡人处南海，惟是风马牛不相及也。""寄雁传书"用《汉书·苏武传》事，"谢不能"用《汉书·项羽传》语；"持家"句用《汉书·司马相如传》："家徒四壁立。"在"资书为诗"中，以经史中的事典与语典入诗，使律诗具有了古朴的意味。又五、六两句用拗律，"但有四立壁"连用五个仄声字，并不在下句补救，"治病"句也顺中带拗。用拗体写七律创自杜甫，黄庭坚学而用之，也是他以古拙救圆熟的诗法之一。
② 杜甫：《醉时歌》，载《全唐诗》卷二一六，中华书局，1960年，第2257页。
③ 苏辙：《栾城三集》卷八，载苏辙著，陈宏天、高秀芳校点《苏辙集》，中华书局，1990年，第1229页。

写出了个人与社会的矛盾，以及内心因日常生活贫穷困苦而产生的极度悲愤，在情感上与杜甫《醉时歌》一样极具感染力。苏辙却认为这有失儒家之道；韩愈、李翱却称誉之，同样是"陋于闻道"的表现，进而得出"唐人之不闻道"的结论。所谓"不闻道"，与上述朱熹称杜甫"不闻道"同义，并非指唐人不知儒家倡导的"君子固穷"之道，而是蔡居厚批评柳宗元诗时所说的"未达理"的意思，即在立身之道中缺乏理性自觉而为情所困。苏辙的这段评论既反映了宋人在理性自觉后对待贫穷生活的一种态度，也从一个侧面昭示了"唐音"与"宋调"不同的审美趣味与价值取向。蔡绦说："人之好恶，固自不同。子美在蜀，作《闷诗》云：'卷帘唯白水，隐几亦青山。'若使余居此，应从王逸少语：吾当以乐死，岂复更有闷耶？"① 便是对苏辙这一"诗病"说的生动注解，也是对宋人在反映日常生活时以理性主导诗歌审美的形象化说明。吕本中《冬日杂诗》其一云：

> 白日供多病，青山且旧居。柴门临水静，风叶舞霜余。老练时情熟，贫穷家计疏。墙东端可望，炙背饱翻书。②

虽贫穷且多病，但在青山绿水中，饱读诗书，并无愁闷之感，反觉别有其趣。诸如此类，屡屡见诸宋代诗人笔下。如毕仲游《自怜》："自怜贫病也为儒，灯火相亲十岁余。昔作儿童今已老，案头犹有未看书。"③ 王十朋《至乐斋读书》："权门迹不到，颜巷自安贫。独与圣贤对，更于灯火亲。夜观常及子，昼讽直从寅。莫恨成名晚，诗书不负

---

① 蔡绦：《西清诗话》卷上，载吴文治主编《宋诗话全编》，第 3 册，江苏古籍出版社，1998 年，第 2491 页。据杜甫《闷》之尾联"无钱从滞客，有镜巧催颜"，则知该诗抒发穷愁体衰之情，"帘卷"一联旨在反衬此情。
② 北京大学古文献研究所编：《全宋诗》卷一六二五，第 28 册，北京大学出版社，1998 年，第 18234 页。
③ 北京大学古文献研究所编：《全宋诗》卷一〇四二，第 18 册，北京大学出版社，1998 年，第 11939 页。

人。"① 由此等等,同样表达了虽贫病却"多读书,多穷理"的理性自觉及其坦然安贫的心境,一派理性平和之趣。又如郑刚中《闲兴》云:"阴阴修竹小茅庐,足可安闲置老夫。懒不观书蟫得计,贫唯煮菜鼠无图。吏今更肯来桥外,鹏亦相疏远坐隅。阅遍华严方灌顶,焚香千古问毗卢。"② 周紫芝《五月二十九日对雨怀旧》其二:"贫共闲身味转长,雨随农事不相妨。莫嫌旅枕喧朝梦,要与书檠作夜凉。黄犊催耕思莽苍,短蓑垂钓念沧浪。开门更待西南月,无客来分上下床。"③ 楼钥《次适斋韵十首》其六:"从来忧道不忧贫,晚向闲中得此身。直把宦途如梦过,任他世事似棋新。坐间可说旧时话,眼底幸多同社人。赓唱本求闲燕乐,莫夸末路费精神。"④ 所有这些,则又在描写虽贫却悠闲自得的日常生活的况味中,呈现了理性自觉后形成的沛然莫御的理性精神。

日本学者吉川幸次郎说,宋诗具有重视叙述、好谈义理、关切日常生活及定于社会意识的倾向与特点;并认为唐代"诗人作诗只能抓住贵重的瞬间,加以凝视而注入感情,使感情凝聚、喷出、爆发,诗人所凝视的只是对象的顶点";宋代诗人则"以人生为长久的延续,而且对长久的人生具有多方面的兴趣,具有广阔的视野。诗人的眼睛不只盯住在诗的瞬间,也不只凝视着对象的顶点。他们的视线广泛地环望四周,因此显得冷静而从容不迫"。⑤ 进而言之,宋代诗人因以高度自觉的理性体认社会人生,主导诗歌审美,所以其诗能从"对象的顶点"转向"以人生为长久的延续":在"延续"中,固然缺乏"唐音"在情感上的那种力度与高度,但通过理性拓展了诗歌意境的宽度与长度,确立了"宋调"以理性精神为内核的体性特质。

---

① 北京大学古文献研究所编:《全宋诗》卷二〇一六,第36册,北京大学出版社,1998年,第22604页。
② 北京大学古文献研究所编:《全宋诗》卷一六九八,第30册,北京大学出版社,1998年,第19151页。
③ 北京大学古文献研究所编:《全宋诗》卷一五一一,第26册,北京大学出版社,1998年,第17216页。
④ 北京大学古文献研究所编:《全宋诗》卷二五四九,第47册,北京大学出版社,1998年,第29555页。
⑤ 吉川幸次郎:《宋诗概说》,台湾联经出版事业公司,1976年,第18页。

三、以理驭情:"宋调"的体性特质及其成因之三

欧阳修在总结自我如何立身处世的经验时指出:"知道之明者,固能达于进退穷通之理。能达于此而无累于心,然后山林泉石可以乐。"① 其实,这是理性自觉后,宋代士人在观察与体认社会人生中所普遍具有的一种精神活动。这一活动反映在他们的立身处世中,便成功地驾驭了因进退穷通、得丧祸福所产生的情累;作用于他们的诗歌创作,就是以理驭情、寓情于理,成了以"内圣"为元素、理性精神为内核的一种表现途径与形态,是"宋调"的体性特质赖以形成的又一重要环节。

严羽《沧浪诗话》在"以时而论"时,认为宋代有"本朝体,通前后而言之。元祐体,黄、苏、陈诸公。江西宗派体,山谷为之宗";② 在"以人而论"时,则有"东坡体"、"山谷体"、"后山体"、"王荆公体"、"邵康节体"、"陈简斋体"、"杨诚斋体"。③ 从"时"与"人"两个方面,揭橥了"宋调"代表性的作者与作品,也勾勒了其演进历程。郭绍虞先生说:"沧浪于宋诗谓:'国初之诗尚沿袭唐人……至东坡、山谷始自出己意以为诗……近世赵紫芝、翁灵舒辈,独喜贾岛、姚合之诗,稍稍复就清苦之风。'则知其所谓'通前后而言之'者,当兼指此三种不同阶段之诗。若就其特点而言,又当以元祐体为宋诗之代表。"④ 而综观以上诸家之"体",虽有各自不同的艺术风格,在表现途径与形态上则均如邵雍《伊川击壤集自序》所说:

> 《击壤集》,伊川翁自乐之诗也。非唯自乐,又能乐时与万物之自得也……所作不限声律,不沿爱恶,不立固必,不希名誉,如

---

① 欧阳修:《答李大临学士书》,载欧阳修著,李逸安点校《欧阳修全集》卷七〇,中华书局,2001年,第1016页。
② 严羽著,郭绍虞校释:《沧浪诗话校释·诗体》,人民文学出版社,1983年,第53页。
③ 严羽著,郭绍虞校释:《沧浪诗话校释·诗体》,人民文学出版社,1983年,第59页。
④ 严羽著,郭绍虞校释:《沧浪诗话校释·诗体》,人民文学出版社,1983年,第57页。

> 鉴之应形，如钟之应声，其或经道之余，因闲观时，因静照物，因时起志，因物寓言，因志发咏，因言成诗，因咏成声，因诗成音，是故哀而未尝伤，乐而未尝淫，虽曰吟咏情性，曾何累于性情哉。①

在"经道之余"，虽也作诗"吟咏情性"，却"曾何累于情"，便是邵雍对自我诗歌创作中所遵循的以"道"（理）驭情的表现途径，以及寓情于理的表现形态的总结。综观整个"宋调"，也概不例外，只是不同诗人用以驭情的"理"不尽相同罢了。

人非草木，孰能无情；但凡有情，无论喜怒哀乐，均为心累。事实表明，"唐音"作者忠实于内心情感，不惮心累，有时虽不乏理性，却以情驭理，寓理于情，而且往往以"抓住贵重的瞬间"，直奔"顶点"的方式，抒发情感，一派"喷出、爆发"之势，给人以情感上的震撼；"宋调"作者也同样富有情感，上文所论及的诸家之作，无一不是"情动于衷"的产物，在具体的表现中，却以理驭情，寓情于理，淡化了因情而产生的心累，一派平和舒缓之境，给人以智慧上的启迪。"宋调"中最具代表性的"荆公体"、"东坡体"、"山谷体"，便集中体现了这一点。吴振之说：

> 所得而论者，谓其有工致，无悲壮，读之久则令人笔拘而格退。余以为不然，安石遣情世外，其悲壮即寓闲淡之中。②

王安石诗歌创作前后有一个重要的变化，前期"以意气自许，故诗语惟其所向，不复更为涵蓄"③；"晚年诗律尤精严，造语用字，间不容

---

① 邵雍：《击壤集》卷首，影印《文渊阁四库全书》本，第1101册，台湾商务印书馆，1986年，第3—4页。
② 吴振之、吕留良、吴自牧选，管庭芬、蒋光煦补：《宋诗钞·临川诗钞序》，中华书局，1986年，第564页。
③ 叶梦得：《石林诗话》卷中，载吴文治主编《宋诗话全编》，第3册，江苏古籍出版社，1998年，第2698页。

发。然意与言会,言随意遣,浑然天成"①。其晚年诗被称为"荆公体"。吴振之所言,即指其晚年创作,但在以理驭情,寓情于理上,前后并无二致。如前文所述其《明妃曲》,在"人生失意无南北"、"人生乐在相知心"的"不复更为含蓄"的说理中,寄寓自身不得志的情怀;另如前期所作《桃源行》、《河北民》、《兼并》等一系列反应社会时事的诗歌中,作者的现实情怀也出诸客观的"论事"与精密的"研理"。王安石晚岁的"悲壮"之情却寓于"闲淡"之理。如《岁晚怀古》:

> 先生岁晚事田园,鲁叟遗书废讨论。问讯桑麻怜已长,按行松菊喜犹存。农人调笑追寻壑,稚子欢呼出候门。遥谢载醪祛惑者,吾今欲辩已忘言。②

熙宁初,王安石因力排众议,其变法主张终于得到了新君神宗的大力支持,但在长达近十年的变法过程中,遭政敌"诋毁百端",故"自念行不足以悦众,而怨怒实积于亲贵之尤。智不足以知人,而险诐常出于交游之厚。且据势重而任事久,有盈满之忧"。③《岁晚怀古》借陶渊明的晚年生活,叙述自己摆脱政治漩涡后,寄迹山水田园的心境,表达了自足自适的生命意识,以及对人生的感悟。其感悟的一个重要内涵,便是他体物写志之作《北陂杏花》所谓"一陂春水绕花身,花影妖娆各占春。纵被春风吹作雪,绝胜南陌碾成尘"④——在摆脱碾为南陌尘的命运后,深感冰雪洁白的情操、义不可辱的品格之可贵。而在这一感悟中,则显然伴随着往昔遭"诋毁百端"而"盈满之忧"的余悸。因此,

---

① 叶梦得:《石林诗话》卷上,载吴文治主编《宋诗话全编》,第3册,江苏古籍出版社,1998年,第2688页。
② 北京大学古文献研究所编:《全宋诗》卷五五四,第10册,北京大学出版社,1998年,第6603页。
③ 王安石:《与参政王禹玉书》其二,载《临川先生文集》卷七三,中华书局,1959年,第778页。
④ 北京大学古文献研究所编:《全宋诗》卷五六五,第10册,北京大学出版社,1998年,第6693页。

所谓"吾今欲辩已忘言",并非真正"忘言"。同作于晚岁的《即事十五首》其九说:

> 杖藜随水转东岗,兴罢还来赴一床。尧桀是非时入梦,固知余习未全忘。①

这里的"余习未全忘",就是指主持朝政时与政敌的是非之争、变法理想的破灭,以及由此带来的悲剧人生。由此可见,在其晚年怀有浓烈的悲情。对此,王安石并没有以"喷出、爆发"的形态予以表达,而是以理驭情,寓悲情于人生的理性感悟中,即所谓"遣情世外,其悲壮即寓闲淡之中"。这种表现途径及其形态,是"荆公体"赖以形成的一个重要环节;而其用以驭情之"理"的养料,则主要来自佛家的学理。

众所周知,耽佛习禅是王安石退居金陵后的重要生活方式和精神活动。关于这一点,宋代文献多有记载;② 与此同时,王安石将自己在江宁府上宁县的3427亩良田施舍佛寺,成为佛产;③ 他的《读维摩经有感》诗则又呈现了对佛理的体认与汲取:"身如泡沫亦如风,刀割香涂共一空。宴坐世间观此理,维摩虽病有神通。"④ 王安石晚年诗歌的"闲淡",便由佛家的这一空寂透彻之理孕育而成;或者说,他就是运用这一空寂透彻的"闲淡"之理,驾驭与调控了积淀在内心的"悲壮"之情,在静观山水田园之景中,获得了禅定之乐与澄明之境,构成了"荆公体"的体性特质。

较诸"荆公体","东坡体"的内涵更为丰富。郭绍虞先生在释"东坡体"时引《诚斋诗话》云:"明月易低人易散,归来呼酒更重看;又,

---

① 北京大学古文献研究所编:《全宋诗》卷五六四,第10册,北京大学出版社,1998年,第6686页。
② 据《释氏稽古录》卷四引《梅溪集》,禅宗的重要心印"拈花微笑"的出处,就是王安石在阅览《大梵王问佛决疑经》时找到的。又《续传灯录》卷一五,祖心禅师至金陵,王安石与之"剧谈终日",并"施其第为宝坊,延师为开山第一祖"。
③ 王曾瑜:《王安石变法简论》,《中国社会科学》,1980年第3期。
④ 北京大学古文献研究所编:《全宋诗》卷五七一,第10册,北京大学出版社,1998年,第6742页。

当其下笔风雨快,笔所未到气已吞;又,醉中不觉度千山,夜闻梅香失醉眠;又李白画像,西望太白横峨岷,眼高四海空无人,大儿汾阳中令君,小儿天台坐忘身,平生不识高将军,手浣吾足乃敢嗔:此东坡诗体也。"① 如果说这是对"东坡体"的一种感性体悟,那么"如行云流水,初无定质,但常行于所当行,常止于所不可不止。文理自然,姿态横生"②,"其境界皆开辟古今之所未有,天地万物,嬉笑怒骂,无不鼓舞于笔端,而适如其意之所欲出"③,则是对"东坡体"的一种理性认知。就其演进历程而言,苏轼元丰二年(1079 年)的黄州之贬,可以说是个转折点,在此之前,多纵横恣肆,在此以后,多外枯内膏;从其"论事"、"研理"的内容观之,主要有时事政治与现实人生两类。前者集中体现在通判杭州时期所作的《钱塘集》二卷中。熙宁期间,苏轼通判杭州,时值新法全面推行之际。作为一个地方官员,苏轼虽反对新法却又必须执行新法,内心的苦恼不言而喻,但又难以抑制对新法的议论与新法实施过程中出现的弊端的批判。因此,议论新法、揭露新法之弊,成了《钱塘集》的一项主要内容。如其中《戏子由》,从朝廷在推行新法时用人不当到推行某些新法如盐法过程中的害民之弊,④ 一一议论。其议论不乏情感色彩,却被寓于"论事"、"研理"中;或者说,其情感推进了"论事"、"研理"的深入。苏轼对现实人生议论,则又体现特有的人生哲学。其《祭龙井辨才文》说:"孔老异门,儒释分宫",但如"江河虽殊,其至则同",当其为人所用,则可"遇物而应,施则无穷"。⑤

---

① 严羽著,郭绍虞校释:《沧浪诗话校释·诗体》,人民文学出版社,1983 年,第 65 页。
② 苏轼:《与谢民师推官书》,载苏轼著,孔凡礼点校《苏轼文集》卷四九,中华书局,1986 年,第 1418 页。
③ 叶燮著,霍松林校注:《原诗·内篇上》,人民文学出版社,1979 年,第 9 页。
④ 王文诰辑注,孔凡礼点校:《苏轼诗集》卷七,中华书局,1982 年,第 324—326 页。王文诰注释其中"平生所惭今不耻,坐对疲氓更鞭棰"二句云:"是时犯盐(法)者,例皆徒配,得罪者岁万七千人,公执笔流涕。"一般认为,苏轼《钱塘集》二卷成为政敌炮制"乌台诗案"的罪证,纯粹是深文周纳。实际上,该集所论新法之弊,多"刻抉入里",故引起政敌的不满,据以立案勘治,这也是其诗的价值所在。
⑤ 苏轼著,孔凡礼点校:《苏轼文集》卷六三,中华书局,1986 年,第 1961 页。

所谓"遇物而应",即"夫道何常之有,应物而已矣"。① 道既无常,人生也就自然无常;② 以无常之人生行无常之道,也就无一律可循,无常故可主了。面对无常之道和无常之人生,只有委命顺物,以变应变,才能"玩物之变,以自娱也",③ 在"玩物之变"中"优哉悠哉"。④ 这是苏轼融合儒、道、释诸家思想养料后形成的一种为人之道或人生哲学。他在年轻时对此就有了较为深刻的认识,并用来驾驭人生的忧患之情。其《和子由渑池怀旧》云:

> 人生到处知何似?应似飞鸿踏雪泥。泥上偶然留指爪,鸿飞那复计东西。老僧已死成新塔,坏壁无由见旧题。往日崎岖还记否,路长人困蹇驴嘶。⑤

该诗作于嘉祐六年(1061年)凤翔签判任上,时年苏轼仅24岁。其中的譬喻"雪泥鸿爪"较过去用萍漂蓬转形容行止无定的人生,有了更为丰富的内涵。风吹蓬转、水上萍漂,不过取其不由自主、无根无止,"雪泥鸿爪"则将人生比作悠悠长途,每到之处只不过如飞鸿千里行程中的暂时歇脚,并不是终点和目的地;而在雪泥上的斑斑爪痕,则记录着人生的一种经历,难以忘怀。"往日崎岖还记否,路长人困蹇驴嘶",不就是如飞鸿留在人心上的一片"爪痕"而永不磨灭?面对未来,又如同"鸿飞那复计东西",不虑穷通得失、得丧祸福,勇往直前。全

---

① 苏轼:《道有升降政由俗革》,载苏轼著,孔凡礼点校《苏轼文集》卷六,中华书局,1986年,第173页。
② 据王水照统计,自熙宁十年至建中靖国元年,苏轼在诗中共有九处用了"吾生如寄耳"句。"这九例作品从壮(42)岁到老(66)岁,境遇有顺有逆,反复使用,只能说明他感受深刻,在他的其他诗词还有许多类似'人生如寄'的语句。"(《苏轼的人生思考和文化性格》,《文学遗产》,1989年第5期)。
③ 苏轼:《与程正辅七十一首》其五十五,载苏轼著,孔凡礼点校《苏轼文集》卷五四,中华书局,1986年,第1615页。
④ 苏轼:《江郊》,载王文诰辑注,孔凡礼点校《苏轼诗集》卷三八,中华书局,1982年,第2083页。
⑤ 王文诰辑注,孔凡礼点校:《苏轼诗集》卷三,中华书局,1982年,第97页。

诗本为忧患人生而发,但在议论过去、现在、未来的悠长人生中,呈现出因人生无常,当不主常故,以变应变的人生哲学。

综观苏轼一生,始终热恋人生,却一直忧患人生,甚至有"人生识字忧患始"① 之叹,然而在诗歌中,往往以通达的人生哲学驾驭与调控内心的忧患之情。这一点在黄州、惠州与儋州三地贬所表现尤为突出。刘克庄说:"坡公海外笔力,益老健宏放,无忧患迁谪之态。"② 应该说,不仅是儋州之贬,前两次贬谪,苏轼均有"忧患迁谪意",③ 只因忧患迁谪之情被苏轼心中之"理"所驾驭和排遣,故其诗旷达而"老健宏放"。试看其《吾谪海南,子由雷州,被命即行,了不相知,至梧乃闻其尚在藤也,旦夕当追及,作此诗示之》:

> 九疑联绵属衡湘,苍梧独在天一方。孤城吹角烟树里,落日未落江苍茫。幽人拊枕坐叹息,我行忽至舜所藏。江边父老能说子,白须红颊如君长。莫嫌琼雷隔云海,圣恩尚许遥相望。平生学道真实意,岂与穷达俱存亡。天其以我为箕子,要使此意留要荒。他年谁作舆地志,海南万里真吾乡。④

该诗作于绍圣四年(1097年)自惠州赴儋州贬所时,寓散文中的纪游体与论说体于一炉。前八句纪游绕道梧州途中寻访苏辙的见闻,后八句论说被贬儋州的感想。较诸瘴疠交攻的惠州,儋州的环境更为恶劣凶险,面对即将身处的这一凶险之境,苏轼自然难免恐惧,但全诗除了"圣恩尚许遥相望"一句隐含怨愁之情,整个基调却以平生"学道"而得的"真实意"即"理"驾驭并淡化了内心的恐惧,波澜不惊,镇定自

---

① 苏轼:《石苍舒醉墨堂》,载王文诰辑注,孔凡礼点校《苏轼诗集》卷六,中华书局,1982年,第236页。
② 刘克庄:《后村诗话》后集卷一,中华书局,1983年,第45页。
③ 详见苏轼《到黄州谢表》、《到惠州谢表》、《到昌化军谢表》,载苏轼著,孔凡礼点校《苏轼文集》卷二三,中华书局,1986年,第654—655;同书卷二四,第706—707页。尤其是《到昌化军谢表》,有"而臣孤老无托,瘴疠交攻。子孙恸哭于江边,已为死别;魑魅逢迎海外,宁许生还"等饱含凄凉之语。
④ 王文诰辑注,孔凡礼点校:《苏轼诗集》卷四一,中华书局,1982年,第2243—2245页。

如。"他年谁作舆地志,海南万里真吾乡"二句,与贬居惠州期间所宣布的"日啖荔支三百颗,不辞长作岭南人",①谪居儋州后自称"我本海南民,寄生西蜀州",②同出一辙;又作于儋州的《欧阳晦夫惠琴枕》:"中郎不眠仰看屋,得此古椽围尺竹。轮囷濩落非笛材,剖作袖琴徽轸足。流传几处到渊明,卧枕纶巾酒新漉。《孤鸾》《别鹄》谁复闻,鼻息齁齁自成曲。"③议论琴枕带来的享受。据载,苏轼在惠州作《纵笔》中有"报道先生春睡美,道人轻打五更钟"之句,执政闻之,以为"安稳",再贬儋州。④"《孤鸾》"二句,则与《纵笔》一样以变应变,"玩物之变以自娱"的人生哲学驾驭了身处儋州恶境的内心深处的悲愁,一派"安稳"之态。

黄庭坚《子瞻诗句妙一世,乃云效庭坚体……故以韵道之》诗云:"我诗如曹郐,浅陋不成邦。公如大国楚,吞五湖三江。"⑤郭绍虞先生说:"此语亦差说明苏黄诗格之异。"⑥即说明了"东坡体"与"山谷体"在气象格局与创作风格上的差异。不过,在以理驭情、寓情于理上,两者并无二致,不同的是,苏轼以以变应变的人生哲学驾驭情感,黄庭坚则以以不变应万变的为人之道控制情感。就思想养料而言,黄庭坚较苏轼则更专注于禅学。当时"谈者谓子瞻是士夫禅,鲁直是祖师禅",⑦就说明了这一点。人称黄庭坚因"学道休歇,故其诗闲暇"。⑧其所学之"道",主要是禅学,对其"闲暇"诗风的形成起有重要作用。这在黄庭坚谪居时所作诗中尤为明显。

---

① 苏轼:《食荔支二首》其二,载王文诰辑注,孔凡礼点校《苏轼诗集》卷四十,中华书局,1982年,第2194页。
② 苏轼:《别海南黎民表》,载王文诰辑注,孔凡礼点校《苏轼诗集》卷四三,中华书局,1982年,第2363页。
③ 王文诰辑注,孔凡礼点校:《苏轼诗集》卷四三,中华书局,1982年,第2370页。
④ 见《苏轼诗集》卷四十引王注苏诗、《艇斋诗话》,中华书局,1982年,第2203页。
⑤ 黄庭坚著,刘尚荣点校:《黄庭坚诗集注》卷五,中华书局,2003年,第191页。
⑥ 严羽著,郭绍虞校释:《沧浪诗话校释·诗体》,人民文学出版社,1983年,第65页。
⑦ 袁褧等辑,钱晓订:《庭帏杂录》卷下,《丛书集成初编》本,商务印书馆,1939年,第11页。
⑧ 惠洪:《冷斋夜话》卷三,载上海古籍出版社编《宋元笔记小说大观》,第2册,上海古籍出版社,2001年,第2183页。

绍圣以后,黄庭坚先后被贬黔州、戎州。在此期间,他一再自称"放浪林泉间,已成寒灰槁木",①"身如槁木,心如死灰",② 就是"学道休歇"所致。这个"道"保证了黄庭坚在处穷忧生中获取心灵的自由,也成了其诗歌中驾驭处穷忧生之情的工具。如其黔州诗:"冥怀齐远近,委顺随南北。归去诚可怜,天涯住亦得。"③ 身处"人鲊瓮中危万死,鬼门关外更千岑"④ 的黔州,不仅不以为苦,反而获得了"天涯住亦得"的自安自适之乐。又作于戎州的《次韵答斌老病起独游东园》二首:

> 万事同一机,多虑乃禅病。排闷有新诗,忘蹄出兔径。莲花生淤泥,可见嗔喜性。小立近幽香,心与晚色静。
>
> 主人心安乐,花竹有和气。时从物外赏,自益酒中味。飘枯蚁改穴,扫箨笋迸地。万籁寂中生,乃知风雨至。⑤

第一首表达对病痛的态度。任渊注首联:"《楞严》曰:'虽见诸根动,要以一机抽。'《传灯录》:'僧亡名息心铭曰:"无多虑,无多知。多知多事,不如息意。多虑多失,不如守一。"'"又注"莲花"二句:"《维摩经》曰:'譬如高原陆地,不生此花。卑湿淤泥,乃生此花。'山谷此句意谓花与泥俱出于一池,非泥外有花;喜与嗔俱出于一性,非嗔外有喜。"⑥ 其意犹如黄庭坚先前创作的《寂住阁》所说:"当处出生随意,急流水上不流。"⑦ 水流湍急的形象虽变化无常,其本质却根于恒

---

① 黄庭坚:《与彦修知府书》其二,载曾枣庄、刘琳主编《全宋文》,第 105 册,上海辞书出版社、安徽教育出版社,2006 年,第 14 页。
② 黄庭坚:《任运堂铭》,载曾枣庄、刘琳主编《全宋文》,第 107 册,上海辞书出版社、安徽教育出版社,2006 年,第 289 页。
③ 黄庭坚:《谪居黔南》十首其五,载黄庭坚著,刘尚荣校点《黄庭坚诗集注》卷一二,中华书局,2003 年,第 444 页。
④ 黄叔达:《戏答刘文学》,载北京大学古文献研究所编《全宋诗》卷一〇二八,第 17 册,北京大学出版社,1998 年,第 11747 页。
⑤ 黄庭坚著,刘尚荣校点:《黄庭坚诗集注》卷一三,中华书局,2003 年,第 459—460 页。
⑥ 黄庭坚著,刘尚荣校点:《黄庭坚诗集注》卷一三,中华书局,2003 年,第 459 页。
⑦ 黄庭坚著,刘尚荣校点:《黄庭坚诗集注》卷一一,中华书局,2003 年,第 418 页。

静不变，病与健，喜与嗔仅仅是表象而已，其质却一，故当随缘应远，不必介怀。第二首写病起游赏，告之以心安身乐，触景娱怀，必得物外之趣，劚去枯枝而蚁为改穴，因扫落叶而见新笋迸生，万籁发于寂中而知风雨将至，一切皆因缘而至，相随而生。诗中之"病"，既是生理之病，又是贬居中的心病，是心中之悲情。黄庭坚赴黔州贬所途中作《梦李白诵〈竹枝词〉三叠》其二云："竹竿坡面蛇倒退，摩围山腰胡孙愁。杜鹃无血可续泪，何日金鸡赦九州。"① 便隐含了遭贬谪后身处险境的凄凉心情。然而，在具体表现中，黄庭坚却以释氏的"齐物论"，调节了身体的病痛，驾驭了心中的悲情，呈现出一派随缘任运的意境。释氏此理也透在其著名的《雨中登岳阳楼望君山》（其一）之中：

> 投荒万死鬓毛班，生出瞿塘滟滪关。未到江南先一笑，岳阳楼上对君山。②

建中靖国元年（1101年），黄庭坚在远谪黔州、戎州六年之后，遇赦东归，留荆南待命。"投荒万死"，无疑是人生之大悲；在表现这大悲时，却无韩愈在贬所作诗歌那样直言"戚戚怨嗟，有不堪之穷愁"，而是在叙述令人悲愁的贬谪事实后，坦然置之。遇赦生还，起死还生，自然是人生之大喜，在表现这大喜时，却无杜甫《闻官军收河南河北》"却看妻子愁何在，漫卷诗书喜欲狂"③ 那种狂喜，而是对于生死转折的命运，仅报之一笑，随即转眼于滔滔无言，永恒不变的大自然中。全诗以释氏之理驾驭内心的大悲大喜交集之情，将其情深深寓于"喜与嗔俱出于一性"的"齐物"之理中，变得格外冷静平和，深婉不迫。

无论王安石、苏轼、黄庭坚，抑或"宋调"其他作者，无不与唐人一样具有喜怒哀乐之情，但由于他们"达于进退穷通之理"，所以在主体的精神活动与诗歌表现中，深受理的驾驭，为理所调控。自从庆历以

---

① 黄庭坚著，刘尚荣校点：《黄庭坚诗集注》卷一二，中华书局，2003年，第423页。
② 黄庭坚著，刘尚荣校点：《黄庭坚诗集注》卷一六，中华书局，2003年，第584页。
③ 《全唐诗》卷二二七，中华书局，1960年，第2460页。

后,"学统四起",① 同为新儒学却持不同学理的学派林立,因而"宋人之学,全在研理日精"之"学"与"理"或驭情之"理",在不同诗人的笔下,不尽相同,但无论基于何种学理,驾驭何种情感,均为以理驭情、寓情于理。这根植于前文所说宋人的立身之道,也基于以理性为主导的审美范式,为呈现以"内圣"为元素、理性精神为内核的特质所必需;换言之,宋人在"尽为己之学"中养就了"内圣"的心境,而理性自觉在保证这一心境形成的同时,又决定了适合"宋调"体性特质的以理驭情、寓情于理的表现途径与形态。要之,从"为己之学"到理性自觉,再到以理驭情,三者相互作用,互为表里,铸就了"宋调"的体性特质。

结 语

前文引钱锺书先生语所谓"唐诗、宋诗,亦非仅朝代之别,乃体格性分之殊。……非曰唐诗必出唐人,宋诗必出宋人",宋人有作"唐音"的,唐人也有作"宋调"的,而且"宋调"的"体格性分"早为杜甫、韩愈、白居易、孟郊等人所开启,已被学界视作经典之论。倘若从具体作法或某些艺术层面观之,不无依据。前述黄庭坚《寄黄几复》所用拗律,便源自杜甫的诗歌,尤其是方回所建构的"一祖三宗"体系,全面昭示了"江西诗派"在诗艺上与杜诗的渊源关系;韩愈"以文为诗"的作法,也广为"宋调"作者所运用。不过,形成诗歌"体格性分"的要素并非仅止于此;或者说,主要不在于此,而在于创作主体的秉性,以及在秉性基础上形成的体性特质。上文表明,"唐音"与"宋调"作者的秉性属于两种不同的类型。"宋调"作者基于"为己之学"与理性自觉建构而成的以"内圣"为元素、理性精神为内核的特质,以及以理驭情表现途径,与杜、韩、白、孟诸家之诗适成鲜明对照,是区别于"唐

---

① 全祖望:《宋元儒学案序录》,载黄宗羲原著,全祖望补修,陈金生、梁运华点校《宋元学案》卷首,中华书局,1986年,第2页。

音"的标志所在。再从"宋调"观之,不同作者的艺术风格原本不同,如"荆公体"、"东坡体"、"山谷体"尽管都不同程度地继承了"唐音"中的表现手段或技巧,但在艺术风格上却各具特征,并非属于同一类型,只因它们共同拥有一致的体性特质,才赋予了"宋调"的共性,"宋调"才作为中国古典诗歌史上的一种类型而存在。

诚如前引叶燮语所说,"以议论为诗"是《诗经》以来中国古典诗歌常见的一种现象而非"宋调"所专。然而,"文变染乎世情"——不同时代的政治、经济、学术、文化,以及由这些诸多因素孕育而成的不同的风尚习俗、价值取向、时代精神,对诗歌创作有着不同的影响。《诗经》以来,不同时代的诗歌议论也自然受制于相应的"世情",而且"世情"又决定议论的程度。"唐音"作者因被打上"少年才气发扬"的时代烙印,所以有时虽不乏议论说理,但通常作为抒情的一种辅助,以推进和强化情感的抒发,铸就"以丰神情韵擅长"的体性特质;而其时代烙印则显然基于在宋人看来"陋于闻道"、"不达于理"的"世情"。"宋调"作者不仅"刻抉入里"、"论事日密"、"研理日精",而且其"论事"、"研理"是在仁宗朝开始形成的"宋士大夫之学"的驱使下进行的;确切地说,是对"宋士大夫之学"的具体阐释与艺术呈现,所以其议论不仅仅在程度上较"唐音"更密、更精,也更为广博、更为深邃,更重要的是在内涵上别具"闻道"、"达理"的宋代"世情"。从这个意义上说,前引翁方纲语所谓"宋调"作者"不袭唐人",在中国古典诗歌史上独辟畛域、别开生面,堪称中的之论。

(原载《国学学刊》2017年第4期)

士人贬谪与文学创作
——宋神宗至高宗五朝文坛新取向

贬谪作为处分官员的一种政治行为,历代有之;贬谪影响被贬者的文学创作,同样是历代文学史上常见的现象。这种现象在宋代更为突出,特别是在神宗至高宗五朝百年间,宋代政治文化产生了重大的变化,其标志在于不同学统所持的"道统论"与朋党之间自诩"政统"的"国是说"相联姻,伴随这一联姻的则又是王权首次公开与朋党携手,从而使更执圆方、互相排击的朋党之争成了政治运作的常见方式,也使士人被贬谪合法化,并赋予了群体化和残酷性的特征。在谪居中,面对处穷忧生之悲的侵袭,竭力践行内圣之学,修炼心性,镇定心志,成了被贬群体所共同从事的精神活动,直接作用于文学创作。因此,贬谪成了认识宋代文学创作主体心路历程和文学创作新取向不可或缺的一环。

一、朋党之争与士人贬谪

徽宗建中靖国元年(1101年),宋廷为了调停新旧两党,共治朝政,起用贬谪在外的"元祐党人"。被贬还朝的张舜民在《谢谏议大夫表》中指出:

> 南穷海峤,北洎江湘,脱禁锢者,何啻二千人;计水陆,则不止一万里。死者伤嗟之不及,生者扶匐以来归。昔居辅弼之崇,谋

谬帝所；终作蛮夷之鬼，弃掷道傍，古先未之或闻。①

绍圣元年（1094年），哲宗亲政后，起用新党官员，贬斥元祐党人。上列文字所反映的绍圣至元符七年（1104年）间由朋党之争导致的士人贬谪情形，虽属略似之言，但大致真实可信，其中仅元符元年（1098年）一年"重得罪者八百三十家"，遭到贬谪。②又徽宗崇宁年间，蔡京新党集团在全面清除异己的同时，又集309位政敌姓名，刻成"元祐奸党碑"，作为重点禁锢的对象；高宗绍兴年间，秦桧朋党集团不仅全面禁锢异己，被贬人次数以千计，而且将其中的重要政敌张浚、李光、胡寅、胡铨等53人造册在案，定为必杀的对象。③

诚然，朋党之争并非始于宋代，但自仁宗朝的"庆历党议"之后，宋代党争愈演愈烈，盛况空前，经久不衰，成了政治运作的一种常见方式，尤其是神宗、哲宗、徽宗、钦宗和高宗五朝的百年间，出现了彼党唱罢此党上台、此党执政彼党被贬的周期性反复的怪圈。在这个怪圈中，往往不容官员游骑无归。因此，被贬者常常数以百计或数以千计，导致了贬谪的群体化，也赋予了"古先未之或闻"的残酷性特征，严重影响了士人的政治命运。

关于宋代党争，已有多种研究成果问世。这里将补充说明的是道统之争与朋党之争的内在联系。这一点虽未引起学界的重视，但对于认识神宗至高宗五朝朋党之争和士人贬谪格外重要。当我们观察这一时期的国家意识形态时，就可以清晰地发现：在源自韩愈的道统论首次与"国是"的联姻中，王权与朋党公开携手，从而掀起了此起彼伏的政潮，形成了周期性反复的怪圈，在士人群中演绎了一幕又一幕的贬谪场景，酝酿了一个接一个的贬谪悲剧。

---

① 张舜民：《谢谏议大夫家》，载曾枣庄、刘琳主编《全宋文》，第83册，上海辞书出版社、安徽教育出版社，2006年，第281页。
② 《宋元学案》卷九十六《元祐党案》，载沈善洪主编《黄宗羲全集》，第6册，浙江古籍出版社，2005年，第710页。
③ 陈邦瞻：《宋史纪事本末》卷七十二《秦桧主和》，中华书局，1977年，第733—764页。

众所周知，在"无偏无党，王道荡荡；无党无偏，王道平平"的祖训下，历代统治者是十分忌讳士人拉朋结党的。范仲淹"庆历新政"夭折的原因之一，就在于欧阳修发表《朋党论》，公开宣扬君子结党的合理性，为仁宗所恶。① 然而，李朴在总结熙宁以来朋党之争的成因时却指出："熙宁、元丰以来，政体屡变，始出一二大臣所学不同，后乃更执圆方，互相排击"。② 熙宁以来士人结党，各持所"学"，互相排击，得到了王权的认可与支持；所谓"学"，就是指儒学。儒学是宋代的治国思想。宋代新儒学约成于仁宗后期，其标志在于研治儒学的"学统四起"；③ 旨在构建儒学的古文运动获得成功。古文运动以韩愈为旗帜。韩愈以倡导古文为中介，恢复在他看来失坠已久的儒家道统，首次完整地提出了儒道的传承谱系：

> 吾所谓道也，非向所谓老与佛之道也。尧以是传之舜，舜以是传之禹，禹以是传之汤，汤以是传之文、武、周公，文、武、周公传之孔子，孔子传之孟轲，轲之死，不得其传焉。④

通常认为，韩愈的这一道统论为宋儒所继承；而其道统论不仅排斥佛老，同时也彻底否定汉唐经师之学。韩愈晚年宣称：

> 愈尝推尊孟氏，以为功不在禹下者，为此也。汉氏已来，群儒区区修补，百孔千疮，随乱随失，其危如一发引千钧，绵绵延延，浸以微灭，于是时也，而唱释老于其间，鼓天下之众而从之，呜呼！其亦不仁甚矣。释老之害，过于杨墨。韩愈之贤不及孟子，孟

---

① 详见沈松勤：《北宋文人与党争》（增订本），人民出版社，2004年，第61—63页。
② 脱脱等：《宋史》卷三七七《李朴传》，中华书局，1977年，第11655—11656页。
③ 全祖望：《宋元儒学案序录》，见《宋元学案》卷首，载沈善洪主编《黄宗羲全集》，第3册，浙江古籍出版社，2005年，第27页。
④ 韩愈：《原道》。据今人考证，《原道》"轲之死，不得其传焉"之语，为韩愈晚年修订，最初作"轲之死，不绝其传"（刘真伦、岳珍校注：《韩愈文集汇校笺注》，中华书局，2010年，第14页）。据韩愈《张籍遗公第一书》等文，孟子以后，尚有荀子、扬雄继తి传道，故云"不绝其传"，晚年改为"不得其传焉"，说明韩愈晚年将荀子、扬雄排除在道统之外了。

子不能救之于未亡之前，而韩愈乃欲全之于已坏之后。①

在彻底否定佛老和汉唐"群儒"研治儒家经典的经师之学中，俨然以儒家道统的传承者自居。这固然体现了韩愈弘扬儒道的精神，但多少透露出唯我是尊的排他性意识。这一点也为宋儒所继承和发扬。程颐便说：

> 周公没，圣人之道不行；孟轲死，圣人之学不传。道不行，百世无善治，学不传，千载无真儒……先生（程颢）生千四百年之后，得不传之学于遗经，志将以斯道觉斯民……圣人之道得先生而后明，为功大矣。②

公然宣称其兄程颢和自己才是孟子以后唯一的"真儒"，自己的学统才继承了真正的"圣人之道"。在程颐的这个道统谱系中，韩愈虽被驱逐在外，其弘扬"不传之学"的精神和排斥异己的意识，却与韩愈的道统论并无二致。韩愈首倡道统论，在中晚唐及五代，响应者却不多，而且不乏被斥之声。③ 至北宋仁宗年间，研治儒学的不同学统不断涌现。而不同学统在争道统时，往往以继承"不传之学"即"绝学"自居，也就是关学张载所自称："为往圣继绝学，为万世开太平。"④ 一派唯我独圣、舍我其谁的心态，从而导致了"继承绝学观念的普遍性"。⑤ 出现这一现象的主要原因，既在于弘道精神的普遍高涨，又在于排他性

---

① 韩愈：《与孟简尚书书》，载刘真伦、岳珍校注《韩愈文集汇校笺注》，中华书局，2010年，第888页。
② 程颐：《明道先生墓表》，载程颢、程颐著，王孝鱼点校《二程集》，中华书局，2004年，第640页。
③ 如柳宗元《送僧浩初序》（《柳宗元集》卷二五，中华书局，1979年，第673页）、刘禹锡《赠别君素上人》（刘禹锡著，瞿蜕园笺证：《刘禹锡集笺证》卷二九，上海古籍出版社，1989年，第942页）、李商隐《上崔华州书》（刘学锴、余恕诚：《李商隐文编年校注》，中华书局，2002年，第108页）等，均指斥韩愈的道统论。
④ 张载：《张子语录》中，载章锡琛点校《张载集》，中华书局，1978年，第320页。
⑤ 土田健次郎：《道学之形成》，朱刚译，上海古籍出版社，2010年，第37页。

意识的普遍流行,其目的却在于为自己的学统在儒家的道统谱系中争取合法地位,均与韩愈首倡道统论的目的如出一辙。不过韩愈的道统论只是一家之言;尽管晚唐皮日休上《请孟子为学科书》和《请韩文公配飨太学书》,① 同样是一己之念。宋代的道统论逐渐从私人的、个体化的话语转向了公共的、制度化的意识形态,其契机是王安石熙宁变法引起的新旧党争。在这个转化过程中,道统论与朋党政治发生了紧密的联系,排斥他人而自诩"真儒"的学统与排斥异己而标榜"政统"的朋党合二为一;换言之,朋党政治为了获取政统地位,力争道统的话语权,以便在政治和思想领域赢得双重正统性,使其党同伐异、贬谪政敌合法化,形成了具有时代内涵的政治文化。这一政治文化始于神宗朝,盛于徽宗朝,至高宗朝虽有重大变革,其功能与品格却无二致。

神宗熙宁初,随着新法的实施,士人群因政见不同而分裂为两大阵营,即以王安石为首的主张变法的"新党"和以司马光为首的反对新法的"旧党"。为了使推行新法的新政获得政统地位,王权的代表神宗与新党党魁王安石携手从两个方面重建国家意识形态:一是在国家行政上,确立推行新法的新政为"国是";② 一是在治国思想上,确立高度一统的"一道德"。两者相辅相成,互为作用。据载,熙宁三年(1070年),旧党官员异论纷纷,甚至以东汉党锢之事向神宗施加压力。王安石却加以反驳:

> 人主昏乱,宦官奸利暴横,士大夫污秽朝廷,故成党锢之事。今日何缘乃如党锢时事?陛下明智,度越前世人主,但刚健不足,未能一道德以变风俗,故异论纷纷不止,若能力行不倦,每事断以

---

① 皮日休著,萧涤非、郑庄笃整理:《皮子文薮》卷九,上海古籍出版社,1981年,第89、87—88页。
② "国是说"始于楚庄王和孙叔敖,见刘向《新序》卷二《杂事二》,上海古籍出版社,1990年,第12页;神宗以新法为"国是",在熙宁初,见李焘《续资治通鉴长编》卷二一〇"熙宁三年四月甲申"条,中华书局,2004年,第5114页。

义理,则人情久自当变矣。①

神宗却问:"何以一道德?卿有所著可以颁行,令学者定于一。"② 所谓"卿有所著",即指王安石于熙宁三年(1070年)组织班子重新训释《诗》、《书》、《周官》三部儒典的经义,合称《三经新义》。熙宁八年(1075年)六月,《三经新义》修成;次月,"诏以新修经义赐宗室、太学及诸州府学"。③ 元丰五年(1082年),王安石又上《字说》,有司据以取士,故天下士子争传,用于科场。④ 在王安石看来,儒道始于伏羲,成于尧、舜,由禹、汤、文王、武王发扬光大,由伊尹、伯夷、柳下惠所继承延续,最后由孔子集于大成;⑤ 孔子以后,儒道则由"一"分裂为八九,不能完整地呈现于世。⑥ 这是王安石的道统观。那么,其新学是否完成了将分裂的儒道整合为"一"的任务?王安石没有直接回答,但作为新学义理的具体体现,《三经新义》成了"一道德"的法定教科书,并用于科举取士,实际上昭示了王安石传承道统或"为往圣继绝学,为万世开太平"的"真儒"地位,即叶适所谓"王氏用事,以周、孔自比"。⑦ 也就是说,作为儒学学统之一的新学创始人,王安石以其宰相身份,凭借政治上的优势,使其新学在诸多学统中抢先占据了当时政治文化的核心地位,而自己也成了道统的继承人。

神宗元丰七年(1084年)五月,朝廷从礼部林希议,诏:"自今春

---

① 李焘:《续资治通鉴长编》卷二一五"熙宁三年九月己丑"条,中华书局,2004年,第5231页。
② 李焘:《续资治通鉴长编》卷二二九"熙宁五年春正月戊戌"条,中华书局,2004年,第5570页。
③ 李焘:《续资治通鉴长编》卷二六五"熙宁八年六月甲寅"条、卷二六六"熙宁八年七月癸酉"条,中华书局,2004年,第6514、6525页。
④ 参见晁说之:《哲宗元符三年应诏上封事书》,载曾枣庄、刘琳主编《全宋文》,第129册,上海辞书出版社、安徽教育出版社,2006年,第409页。
⑤ 王安石:《夫子贤于尧舜》,载曾枣庄、刘琳主编《全宋文》,第64册,上海辞书出版社、安徽教育出版社,2006年,第340—341页。
⑥ 王安石:《涟水军淳化院经藏记》,载曾枣庄、刘琳主编《全宋文》,第65册,上海辞书出版社、安徽教育出版社,2006年,第59页。
⑦ 叶适:《习学记言序目》卷四七,中华书局,1977年,第696页。

秋释奠，以邹国公孟轲配食文宣王，设位于兖国公之次。荀况、扬雄、韩愈以世次从祀于二十一贤之间。"①这是将道统意识制度化的具体表现。作为国家祭典之一，孔庙从祀制自东汉以后，逐渐成形；至唐玄宗开元年间开始完整运作，此后一直延续到清末。但与汉唐不同，元丰七年（1084年）的孔庙配享与从祀显然接受了韩愈的道统谱系，将其谱系中的传道者从祀孔庙；②而顾炎武认为，其目的在于"为王安石配享、王雱从祀地"③——为将来王安石配飨孔庙作准备。元符三年（1100年），陈瓘上书力陈哲宗亲政后以新法为"国是"和以新学经义为"一道德"之非；④并说："光乎仲尼，乃王雱圣父之赞；比诸孔子，实卞等轻君之情。彼衰周之僻王，弃真儒之将圣，当时不得配太庙之飨。"⑤便反映了哲宗"绍述"期间，王安石被视为道统的继承者而配飨孔庙成为事实，这就进一步从国家制度层面强化了王安石在道统中的权威性。崇宁四年（1105年）六月九日，徽宗又颁布《故荆国公王安石配飨孔子庙廷诏》，宣告王安石是"孟子以来，一人而已"，明确了王安石在儒道传承中"总其万殊，会于一理"的"真儒"地位；并强调王安石辅助神宗确立"国是"，将儒道付诸新政实践。⑥自此以后，道统话语便经常出现于各地方官员的祭圣文中，崇宁五年（1106年）五月，张康国、邓洵仁所撰《荆国公赞》便言简意赅地指出："孔孟云远，六经中微。斯文载兴，自公发挥。推阐道真，启迪群迷，优入圣域，百世之师。"⑦

---

① 李焘：《续资治通鉴长编》卷三四五，中华书局，1992年，第8291页。
② 按：荀况、扬雄本为韩愈早期道统论中的继道传道者，详见韩愈《读荀子》、《张籍遗公第一书》。韩愈为道统的继承者，则是宋初以来道统论的普遍观点。如柳开《应责》说："吾之道，孔子、孟轲、扬雄、韩愈之道。"（曾枣庄、刘琳主编：《全宋文》，第6册，上海辞书出版社、安徽教育出版社，2006年，第367页。又苏轼《六一居士集叙》："孟子既没，……五百余年而后得韩愈，学者以愈配孟子，盖庶几焉。"（孔凡礼点校：《苏轼文集》，中华书局，1986年，第316页。）
③ 顾炎武著，黄汝成集释：《日知录集释》卷十四，上海古籍出版社，2006年，第855页。
④ 李焘：《续资治通鉴长编拾补》卷十六"哲宗元符三年五月甲午"条，中华书局，2004年，第594页。
⑤ 陈瓘：《进四明尊尧集表》卷一，载曾枣庄、刘琳主编《全宋文》，第129册，上海辞书出版社、安徽教育出版社，2006年，第94页。
⑥ 司义祖整理：《宋大诏令集》卷一五六，中华书局，1997年，第584页。
⑦ 杨仲良：《皇宋通鉴长编纪事本末》卷一百三十，黑龙江人民出版社，2006年，第2186页。

从熙、丰年间王安石"以周、孔自比"到"绍述"期间以王安石配飨孔庙,是新旧党争中的重要一环,也是道统之争与朋党之争联姻的具体表现。新旧党争既是士大夫的不同政见又是北宋儒学不同学统在经世层面的若干分歧所致。熙、丰时期,神宗与新党集团以新法新政为"国是",以王安石新学为"一道德"的义理依据,抑制异论,排斥异己,甚至以"乌台诗案"等文字狱形式贬斥政敌。元祐时期,高太后与旧党集团推行"更化"之政,既废除新法,贬斥新党官员;又废除新学,甚至焚毁《三经新义》。哲宗起用新党后,则又通过孔庙制度,强化新学的作用和王安石的道统地位,赋予"绍述"的"政统"性,也使对"何啻二千人"的政敌进行"古先未之或闻"的残酷贬斥合理化和合法化。徽宗紧承哲宗之业,与蔡京朋党集团携手,利用孔庙制度下的道统力量,再次持久地掀起了贬斥运动,实施了长达二十余年的残酷"党禁"。对此,李若水作了如下总结:

> 王安石以辩诈之才,摇神考之听,假先王之道,行商鞅之术,乃取祖宗良法美意变弄求新,庙堂纷争,道路窃议。骨鲠大臣如文彦博、韩琦、司马光之徒亦莫能回其说。于是铨新进小生数十辈之附己者,行新法于天下,又出己意作《三经新义》、《字说》以笼学者,以困天下英豪之气。自崇宁初,蔡京用事,严护而确守之。其有言新法不便者,目为奸党;有外《新义》、《字说》之学者,目为邪说,小则削职贬秩,大则走瘴岭、锢海岛,一时耆旧尝与之争者零落既尽。①

所谓"一时耆旧尝与之争者",就是指新党自诩"政统"的新法和自诩传承"道统"的新学;言新法不便者为"奸党",斥新学之非者为"邪说",则总结了北宋新旧党争的性质主要体现为"政统"之争与"道

---

① 李若水:《上何右丞书》,载曾枣庄、刘琳主编《全宋文》,第185册,上海辞书出版社、安徽教育出版社,2006年,第183—184页。

统"之争的相辅相成;与此相应,持"邪说"的"奸党"被贬殆尽的主要动力,也就来自"政统"与"道统"的互为驱动。明乎此,徽宗与蔡京集团在"绍述"新法、全面贬斥政敌的同时,又三令五申、不遗余力地严禁包括蜀学、洛学、朔学诸学统在内"元祐学术",甚至焚毁司马光、苏轼、程颐等元祐党人的著述,① 其原因也就可以得到合理的解释了。

自韩愈以来,各种内涵不一的道统论均认为自孔子以后道统的继承者为儒者而非君主。熙宁五年(1072年),神宗还以虔诚的口吻对王安石说:"朕顽鄙,初未有知,自卿在翰林,始得闻道德之说,心稍开悟,卿,朕师臣也。"② 体现了孟子以来儒者为帝王师的传统观念。但"绍述"以后,这一观念开始变化。元符年间,陈瓘针对王安石配飨孔庙提出质疑:"今比安石为钦王之臣,则方神考为何代之主?"③ 意即按照道统论,以王安石为圣人,则置神宗皇帝于何地?也就是说,在道统谱系中,君与师应合二为一。这显然是化解新党意识形态权威的一种策略。与此同时,在徽宗朝,尽管王安石配飨孔庙,但士人在谄谀徽宗时,也称徽宗在儒道传承中恢复了尧舜之道,既为君又为师,实现了君、师合一。④ 不过,在国家的意识形态中真正实现君、师合一的,当推绍兴和议期间的高宗。

一般认为,君与师、道统与政统的真正结合,发生在清朝康熙皇帝身上,它使得儒家士人失去了以道统批判政统的支点,⑤ 但随着下列秦

---

① 自崇宁元年至宣和年间,宋廷不断下诏,严禁"元祐学术",焚毁元祐党人的著述,详见《续资治通鉴长编拾补》卷二〇"崇宁元年十二月丁丑"条,上海古籍出版社,2006年,第244页;同书卷二一"崇宁二年四月"记事,第248—250页;同书卷四七"宣和五年七月己未"条,第482页;以及《宋史·徽宗本纪》,中华书局,1977年,第368、414页。
② 李焘:《续资治通鉴长编》卷二三三"熙宁五年五月甲午"条,中华书局,2004年,第5661页。
③ 陈瓘:《进四明尊尧集表》,载曾枣庄、刘琳主编《全宋文》,第129册,上海辞书出版社、安徽教育出版社,2006年,第94页。
④ 陈渊:《代廷试策》,载曾枣庄、刘琳主编《全宋文》,第153册,上海辞书出版社、安徽教育出版社,2006年,第157—158页。
⑤ 详见黄进兴:《清初政权意识形态之探究:政治化的道统观》,载《优入圣域:权力、信仰与正当性》,中华书局,2010年,第99—141页。

桧的一段文字被发现，这种看法恐怕有所改变了：

> 臣闻：王者位天地之中，作人民之主，故《说文》谓王者通天地人，信乎其为说也。扬子曰："通天地人曰儒。"又以知儒者之道与王同宗。出治者为纯王，赞治者为王佐，直上下之位异耳。自周东迁，王者之迹已熄。独孔圣以儒道设教洙泗之间，其高弟曰七十二子，虽入室升堂，所造有浅深，要皆未能全尽器而用之。成一王之业，必无邪杂背违于儒道者也。主上躬天纵之圣，系炎正之统；维天地之大德，沃涂炭之余烬。而缙绅之习，未纯乎儒术，顾驰狙诈权谲之说，以侥幸于功利；曾不知文王之文，孔圣传之，所谓文在兹者，盖道统也。前未遭宋魋之难，讵肯易言之。今氛瞳已廓。由于正路者，盖一隆所宗，上以佐佑纯文之收功，下以先后秉文之多士。国治身修，毫发无恨。方日斋心服形，鼓舞雷声，而模范奎画，其必有所得矣！①

该文作于绍兴二十五年（1155 年）八月，刻石立碑于孔庙，后被明人吴讷毁弃，但吴讷将碑文抄录下来，冠以"秦记"二字，附录在他所作《书先圣先贤图赞后》一文后，保存在其文集中。Cho-ying Li（李卓颖）与 Charles Hartman（蔡涵墨）撰文介绍了他们对秦桧这篇碑文的流传考证、发现过程，并将该文置于高宗朝激烈的朋党之争的背景中，作了详细深入的分析。文章认为秦桧明确宣称高宗是道统的传承者，将道统与政统合二为一，是在新旧党争的催化下，道统论从君、师为二到君、师合一的转化结果，这种转化在绍兴十三年（1143 年）业已完成，其目的在于反驳元祐学术解禁后两程道学以道统自居，抑制其以道统批判政府的做法，进而禁锢道学、贬斥政敌、巩固和议，为身后的权力布

---

① 引自吴讷：《吴文恪公大全集》卷九，国家图书馆所藏清抄本，第 12 页。

局。① 该文披露高宗将政统与道统、君与师合二为一的举措,的确是对宋代政治文化发展过程中的一个重要现象的新发现。这一现象表明了绍兴年间的和议之争并非是单一的和与战之争,高宗与秦桧朋党集团携手禁锢道学,也非单一的学术层面的斗争;作为"后新旧党争",绍兴年间由和战双方形成的朋党之争,同样包含了政统与道统之争。高宗与秦桧朋党集团最终在政统与道统的联姻中胜出,融合成了和议期间占统治地位的专制政治文化。

不过,高宗成为道统的传承者,并非因为像两程或王安石那样有学理上的建树;就对待儒学而言,他仅仅扮演了传播者的角色。高宗即位后,以小楷陆续抄录《周易》、《尚书》、《毛诗》、《春秋》、《左传》,又节《礼记》、《中庸儒行》、《大学》、《经解》、《学记》五篇。② 绍兴十三年(1143年),秦桧将高宗所书经文刊石于国子监,颁墨本于诸路州学;并告诫士人:

> 天降下民,作之君,作之师,自古在上则君师之任,归于一致。尧舜之世,比屋可封,此其效也。陛下天锡勇智,拨乱世反之正。又于投戈之际,亲御翰墨,书六经以及《论语》、《孟子》,朝贤从事,为诸儒倡,尧、舜君师之任,乃幸获亲见之。夫以乾坤之清夷,世道之兴起,一人专任其责,所为经纶于心,表仪以身者,勤亦至矣。③

时任起居舍人兼权中书舍人刘才邵也上书指出:"作之君,作之师,惟其克相,上帝宠绥四方,盖治之之谓。君教之之谓师,治之、教之

---

① 详见 Cho-ying Li、Charles Hartman:"A Newly Discovered Inscription by Qin Gui: Its Implications for the History of Song Daoxue", Harvard Journal of Asiatic Studies70/2(2010), pp387—448。
② 详见曾宏父:《石刻铺叙》卷上《绍兴御书石经》,《丛书集成初编》本,商务印书馆,1935年,第1页。
③ 李心传:《建炎以来系年要录》卷一五〇"绍兴十三年十一月丁卯"条,中华书局,1956年,第2416页。

功,天不能以自为,必付之帝王。"高宗在"宗社再安,兵革偃息"之际,御书六经,"首以育材为务,爰颁诏旨,崇建太学,以垂教多士,导民设教之意,勤勤如此,君师之任,可谓兼全之矣"。① 这为高宗扮演道统传人揭开了序幕。而秦桧和刘才邵主张君、师之任"归于一致","必付之帝王",则纯粹出于现实政治之需,确切地说,秦桧将高宗打造成为道统的传承者,其现实意义便在于抑制议论,为巩固以和议为内涵的"国是"争取道统力量的支撑,从而为禁锢道学、贬斥政敌获取既合理又合法的依据。

事实上,在高宗朝,通过君与师合一,实现政统与道统合一,赋予了高宗与秦桧朋党集团至高无上的权力,使之以维护王权、政统和道统的名义,禁锢两程道学,将反对和议或与自己的政见稍有相左的数以千计的士人贬往岭南等瘴疠之地,或削职贬秩。而这并没有因秦桧的去世或高宗的退位而改变。在几乎与太上皇高宗的退位和去世相始终的孝宗朝,两程道学的生存环境虽有所改变,但道学却始终处于下风,道学人士常遭贬斥,其学说也被孝宗斥为"清谈误国";② 宁宗庆元年间,道学又被定性为"伪学",以朱熹等道学人士为主要力量而组成的赵汝愚朋党集团,被视为"伪学党",遭致严厉的贬斥与禁锢。所有这些,与高宗朝既定的政治文化形态有着千丝万缕的联系。

总而言之,在宋代,尤其是神宗至高宗五朝,一批接一批的士人遭致贬谪,其因不仅在于朋党双方不同政见和利益之争,同时还取决于在弘道精神普遍高涨的文化思潮中的道统之争。两者互为作用,相辅相成,为宋代政治注入了新的时代内涵,也为贬谪者规划了具有时代内涵的心路历程。

---

① 刘才邵:《乞颁圣学下太学札子》,载曾枣庄、刘琳主编《全宋文》,第176册,上海辞书出版社、安徽教育出版社,2006年,第17页。
② 详见沈松勤:《南宋文人与党争》,人民出版社,2005年,第235—257页。

二、贬谪者的心路历程与创作心态

仁宗年间,范仲淹"三黜三光"的趣话,① 反映了宋人对待贬谪的态度。有基于此,蔡居厚批评"子厚(柳宗元)之贬,其忧悲憔悴之叹,发为诗者,特为酸楚,闵己伤志,固君子所不免,然亦何至是。卒为愤死,未为达理也"。② 欧阳修则又斥责屈原"久困不得其志,则多躁愤佯狂,失其常节";韩愈"当论事时,感激不避诛死,真若知义者;及到贬所,则戚戚怨嗟,有不堪之穷愁形于文字,其心欢戚,无异庸人"。③ 从中体现了与前人不同的贬谪心态。而神宗以后,随着朋党之争日趋激烈,贬斥日趋残酷,贬谪环境趋向恶劣,谪居者是在更为沉重,甚至是忧生心理的基础上,从事"达理"遣情的"内圣"活动的,较诸仁宗朝的贬谪者,其超然旷达的心路历程更为艰难,创作心态也更为复杂;具体地说,他们经历了悲哀—超越—盼归三部曲。

神宗以后,由党争编织而成的一张巨大的贬谪之网,令士人无法遁形。贬谪几乎成了他们仕途的必由之路,人生的必经之遇,而且屡贬屡起,屡起屡贬。如刘挚、张商英、李纲等人,被贬次数达五次以上;在贬谪时间上,有数年,甚至十数年,如秦观四次被贬,谪居 7 年,黄庭坚三次被贬,谪居 11 年,苏轼三次被贬,谪居 14 年,李光四次被贬,谪居 17 年,胡铨三次被贬,谪居 19 年;而蔡确、刘挚、范纯仁、吕大防、梁焘、范祖禹、苏轼、黄庭坚、秦观、赵鼎、王庶、李光、郑刚中、曾开、李弥逊、魏矼、高登、吴元美、杨辉、吴师古等数以百计的被贬者,则先后在谪居或放还途中结束了生命。这对宋代士人来说,难免悲从中来,并诉诸笔端。不妨以苏轼、李光为例。

后人谈及苏轼谪居海南的创作时,往往强调其超越乐易的心态。如

---

① 释文莹:《湘山野录·续录》"范文正公以言事凡三黜"条,中华书局,1984 年,第 77 页。
② 郭绍虞校辑:《宋诗话辑佚·蔡宽夫诗话》,中华书局,1980 年,第 393 页。
③ 欧阳修:《与谢景山书》、《与尹师鲁第一书》,载李逸安点校《欧阳修全集》卷六九,中华书局,2001 年,第 1003、999 页。

刘克庄所说："坡公海外笔力益老健宏放，无忧患迁谪意"；① 王文诰将苏轼与屈原相比，称苏轼在海南的创作"不肯流入怨望之本旨"而"全以乐易为言"，屈原被贬后，则"全以怨立"。② 从苏轼谪居的主导心态观之，确如刘、王所言，但就其贬谪的整个心路历程与创作心态而言，却并非全然如此。其《到昌化军谢表》云：

> 伏念臣顷缘际会，偶窃宠荣，曾无毫发之能，而有丘山之罪。宜三黜而未已，跨万里以独来……俾就穷途，以安余命。而臣孤老无托，瘴疠交攻，子孙恸哭于江边，已为死别；魑魅逢迎于海外，宁许生还。念报德之何时，悼此心之永已。俯伏流涕，不知所云。③

所谓"三黜"，即指元丰二年（1079年）的黄州之贬、绍圣元年（1094年）的惠州之贬和绍圣四年（1097年）的昌化军儋州之贬。谪居黄州，对苏轼已是不小的打击，其黄州诗云："天涯流落俱可念，为饮一尊歌此曲。明朝酒醒还独来，雪落纷纷那忍触。"便通过歌咏"苦幽独"的"名花"海棠，④ 寄寓了"忧患迁谪意"；远谪惠州，苏轼面对"以瘴疠之地，魑魅为邻。衰疾交攻，无复首丘之望；精诚未泯，空余结草之忠"，⑤ 不仅感叹空怀精诚报国之忠，而且顿生瘴地忧生之心，悲哀之情随之倍增，发而为诗，即如其岭南诗所云："春风岭上淮南村，昔年梅花曾断魂。岂知流落复相见，蛮风蜒雨愁黄昏"；⑥ 谪居儋州，既与子孙"已为死别"，身处瘴疠交攻之地，又"宁许生还"！更让他悲哀不已。其儋州诗也体现了这种凄厉悲凉的情思："搔首凄凉十年事，

---

① 刘克庄：《后村诗话》后集卷一，中华书局，1983年，第45页。
② 王文诰：《苏文忠公诗编注集成总案》附《苏海余识》卷一，巴蜀书社，1985年影印本，第15页。
③ 孔凡礼点校：《苏轼文集》卷二十四《表状》，中华书局，1986年，第707页。
④ 苏轼：《寓居定惠院之东杂花满山有海棠一株土人不知贵也》，载王文诰辑注，孔凡礼点校《苏轼诗集》卷二十，中华书局，1982年，第1037页。
⑤ 孔凡礼点校：《苏轼文集》卷二十四《表状》，中华书局，1986年，第706—707页。
⑥ 苏轼：《十一月二十六日松风亭下梅花盛开》，载王文诰辑注，孔凡礼点校《苏轼诗集》卷三十八，中华书局，1982年，第2075页。

传柑归遗满朝衣。"① 从黄州到儋州的"三黜"中，贬地越来越远，年纪越来越大，苏轼的忧患情绪一次比一次浓烈，悲哀心理一次比一次沉重。

清四库馆臣指出，李光"以争论和议，为权相所排，垂老投荒，其节概凛然，宜不可犯，而其诗乃志谐音雅，婉丽多姿"；其文"乃皆醇实和平，绝无幽忧牢落之意"。② 然而，李光每至新的贬所，内心往往像苏轼那样流露出旧忧新愁。其《琼州安置谢表》云：

> 臣年仅七旬，主拘囚于瘴地，行踰万里，更冒涉于鲸波。伏望怜臣奉事之有年，悯臣废黜之已久，稍回眷遇，曲赐保全，大明中天，庶容光之必照，时雨及物，幸枯枿之再生，永依樵牧之群，以毕桑榆之境。③

在期待降恩放还中，多少隐含着幽忧牢落之意。又其《移昌化军安置谢表》："十年远徙，犹冀生还；三黜愈严，未知死所，惊魂失据，危涕自零。"④ 李光于绍兴十一年（1141年）被贬藤州；次年移谪琼州；绍兴二十年（1150年）又被贬至昌化军儋州。十年间，三次迁谪，愈谪愈酷，这难免"惊魂失据，危涕自零"。绍兴二十五年（1155年），已至八旬的李光依然没有实现放还"以毕桑榆之境"的愿望，再次被移郴州安置，其心态正如他在《量移郴州安置谢表》中所云："飘泊一身，迁流万里；黎蛮杂处，魑魅为群。二子丧亡，全家隔绝。寄只身而无托，抚孤影以自怜。"⑤ "二子"即指长子孟傅、中子孟博。据载，自绍兴十

---

① 苏轼：《上元夜过赴儋守召独坐有感》，载王文诰辑注，孔凡礼点校《苏轼诗集》卷四十二，中华书局，1982年，第2301—2302页。
② 永瑢等：《四库全书总目》卷一五六《〈庄简集〉提要》，中华书局，1965年，第1347页。
③ 李光：《琼州安置谢表》，载曾枣庄、刘琳主编《全宋文》，第154册，上海辞书出版社、安徽教育出版社，2006年，第162页。
④ 李光：《移昌化军安置谢表》，载曾枣庄、刘琳主编《全宋文》，第154册，上海辞书出版社、安徽教育出版社，2006年，第163页。
⑤ 李光：《量移郴州安置谢表》，载曾枣庄、刘琳主编《全宋文》，第154册，上海辞书出版社、安徽教育出版社，2006年，第163—164页。

七年至二十五年间（1147—1155），孟傅、孟博因父被贬，病死贬所；仲子孟坚因李光"私史案"除名编管峡州；季子孟津抵罪田园，"居第悉皆籍没，一家残破"。①面对连累家人，导致家破人亡的惨剧，李光悲哀心理的成因不仅在于自己"迁流万里"，以"魑魅为群"，老死于瘴疠之乡，同时来自其《悼亡子诗》所说："恩深父子情难割，泪滴千行到九泉。"②李光的这些诗文虽很少出诸愁叹怨愤之语，但不难让人感受到其中悲哀心理的律动。

　　岭南至海南诸州，以及西南黔州、虔州、郴州等地，均为瘴疠之域。唐代谚语"鬼门关，十人九不还"，说的就是岭南瘴疠之险恶；③宋代也有谚语称岭南"春、循、梅、新，与死为邻；高、窦、雷、化，说着也怕"。④在唐宋文献中，常有卫戍岭南的士卒"被瘴疠死者不可胜计"的记载。⑤但从唐代开始，为了"矧华人士族而必致丑地"，朝廷采纳了出生岭南的张九龄为相期间的"建言"，有意识地将官员贬往瘴疠之地。⑥这对生活在不杀士大夫的宋代的官员来说，无异于极刑，即刘挚所说："瘴疠之逼于身，何能淹久。"⑦苏轼诗亦云："问翁大庾岭头住，曾见南迁几个回。"⑧李纲则记录了身处瘴疠的具体情形："仆自寓瘴海，随行使令者物故过半，独父子幸无恙，不为瘴毒所染。然贱躯得

---

① 李心传：《建炎以来系年要录》卷一六八"绍兴二十五年四月己丑"条，中华书局，1956年，第2747页。
② 北京大学古文献研究所编：《全宋诗》卷一四二五，北京大学出版社，1991年，第16429页。
③ 刘昫等：《旧唐书》卷四一《地理志四·岭南道》，中华书局，1975年，第1743页。
④ 马永卿编，王崇庆解：《元城语录解·行录附》，《丛书集成初编》本，商务印书馆，1935年，第48页。
⑤ 详见司马光：《资治通鉴》卷二四一《唐纪》，中华书局，1956年，第7774页；《宋史》卷三四八《王祖道传》，中华书局，1977年，第11042页。按：在宋代，出任岭南的长官有优厚的待遇。李焘《续资治通鉴长编》卷二二七"熙宁四年冬十月甲子"条载："枢密院言：'岭南使臣身殁瘴疠者，旧录用其子孙，近制裁赐银而已。请自内殿承制以下，任岭表满岁迁官者，迁官，赴任减三年磨勘者，到任一岁迁官。替日，先令指射优便差遣。……'从之。"（中华书局，2004年，第5527页。）
⑥ 刘禹锡：《读张曲江集作并引》，载《全唐诗》卷三五四，中华书局，1960年，第3974页。
⑦ 刘挚：《谢新州安置表》，载曾枣庄、刘琳主编《全宋文》，第77册，上海辞书出版社、安徽教育出版社，2006年，第60页。
⑧ 苏轼：《赠岭上老人》，载王文诰辑注，孔凡礼点校《苏轼诗集》卷四五，中华书局，1982年，第2424页。

重腿之疾，行立皆妨，殆为废人矣。"① 身处彼党执政此党被贬的周期性反复的党争中，士人都有可能遭此极刑。元祐四年（1089年）五月，当朝廷下诏蔡确贬谪新州时，范纯仁说："此路荆棘七八十年矣，奈何开之？吾侪正恐亦不免耳。"② 蔡确是继真宗朝寇准后第二位被贬死于岭南的朝廷大员。范纯仁因蔡确之贬而忧虑自己和同党重蹈蔡确的命运，不久成了事实。朱熹说：元祐诸公治蔡确，"遂起大祸，后治元祐诸公，皆为蔡报怨也"。③ 新党再次上台后，便将范纯仁等元祐党人先后贬往岭南等瘴疠之地；后继者尤其是秦桧集团萧规曹随，将政敌流放瘴疠之地置为其惯用手段，导致众多贬谪者"终作蛮夷之鬼"。这就是说，士人被流放贬谪，不仅意味着政治上的囚禁，而且意味着个体生命的沉沦，无怪乎苏轼与李光在贬谪中难禁凄厉悲凉之情了；苏轼、李光如此，其他贬谪者也概莫能外。

然而，面对这样的贬谪，贬谪者并没有停留在悲哀之上，而是正视灾难，超越悲哀，营造乐易旷达的心境。

绍圣后，刘安世贬谪英州、梅州、海南等远恶郡州，却能超越悲哀，做到居易自若，又神完气足，未尝瘴病缠身，马永卿认为其原因在于服药、绝欲、诚心；王崇庆则认为主要取决于精神层面的诚心，"夫惟诚，是以明而刚也。是故明则烛理，刚则坚志……故天下之欲不能动"。④ 在"瘴疠之逼，于身何能淹久"的困境中，如何保住生命，是谪居者急需解决的问题，也是超越悲哀的基础。通过服药，预防和治疗瘴病，则是他们保命全身的手段。在唐宋，人们为了预防和治疗瘴病，有各种药方问世。如咸平年间，陈尧叟因"岭表炎蒸，人多瘴疠"，"写摄生药方，散付诸州"；庆历年间，"官军久戍南方，夏秋之交，瘴疠为

---

① 李纲：《与向伯恭龙图书》，载曾枣庄、刘琳主编《全宋文》，第171册，上海辞书出版社、安徽教育出版社，2006年，第86页。
② 李焘：《续资治通鉴长编》卷四二七"哲宗元祐四年五月丁亥"条，中华书局，2004年，第10326页。
③ 黎靖德编：《朱子语类》卷一三〇，中华书局，1986年，第3107页。
④ 马永卿、王崇庆解：《元城语录解·行录附》，《丛书集成初编》本，商务印书馆，1935年，第48—49页。

虐，其令太医定方，和药遣使给之"。① 但就士人而言，服药全身，只属于肉体层面，无法治疗由贬谪造成的心灵创伤，何况这并不能完全抵挡"瘴疠之逼"，宋代贬谪者在精神层面还普遍拥有刘安世用于身心兼治的、以明道烛理和诚心坚志为内涵的"药方"，即欧阳修所说："知道之明者，固能达于进退穷通之理，能达于此而无累于心，然后山林泉石可以乐。"② 以明道达理排遣内心由进退穷通引起的喜怒哀乐的情累，做到处变不惊，自我镇定，失意而不失志，转悲哀为乐易。当这一主体心态作用于文学创作时，也就是如蔡确《新州即事》所云："仁义桥边杨柳斜，洗亭冈畔种桑麻。龙山水绕祖师塔，夏院云埋宰相家。十仙园里寻常到，恰似桃源一洞花。"③ 刘挚的新州诗《焚香》也说："清泉䴕石饼，南海宝洲香……佛国宝芬郁，仙圃花气芳。真灵格杳冥，邪厉驱幽荒。安得逍遥人，肯顾来此堂。说我无上道，德音斯不忘。"④ 前者将新州贬所视作桃花源式的仙境，后者不仅视之为"仙圃花气芳"之地，而且宣称自己为"仙圃"中的"逍遥人"。又高宗绍兴年间，胡铨自雷州赴儋州贬所前作《雷州和朱彧秀才诗时欲渡海》云："何人着眼觑征骖，赖有新诗作指南。螺髻层层明晚照，蜃楼隐隐倚晴岚。仲连蹈海徒虚语，鲁叟乘桴亦谩谈。争似澹庵乘兴往，银山千迭酒微酣。"⑤ 方回称"此诗不少屈挠，真铁汉！"⑥ 全诗不仅"以乐易为言"，而且洋溢着一股临危不惧的浩然之气。由此可见，无论是新旧党争中的贬谪者抑或绍兴党禁中的流放者，他们普遍以明道达理修炼心性，排遣悲哀情累，不仅处优美的"山林泉石可以乐"，而且面对恶山恶水同样可以乐，从忧患悲哀走向了乐易旷达，体现了宋代士人在践行内圣之学中形成的精神与

---

① 李焘：《续资治通鉴长编》卷四十三"真宗咸平元年七月壬戌"条，中华书局，2004年，第914页；《宋史》卷四九三《西南溪峒诸蛮上》，中华书局，1977年，第14184页。又今传唐孙思邈《备急千金要方》、王焘《外台秘要方》等，也载有治疗瘴病的各种药方。
② 《答李大临学士书》，《居士外集》卷十九，《欧阳修全集》，中华书局，2001年，第502页。
③ 北京大学古文献研究所编：《全宋诗》卷七八三，北京大学出版社，1998年，第9078页。
④ 北京大学古文献研究所编：《全宋诗》卷六七九，北京大学出版社，1998年，第7929页。
⑤ 北京大学古文献研究所编：《全宋诗》卷一九三二，北京大学出版社，1998年，第21573页。
⑥ 方回选评，李庆甲集评校点：《瀛奎律髓汇评》卷四十三，上海古籍出版社，1986年，第1571页。

品格。

内圣与外王是宋代儒学的两大支架，一体两肢，不可分割。余英时先生说：宋代外王之学成于仁宗朝以欧阳修为领袖的古文运动；内圣之学始于神宗朝王安石、张载、程颢、程颐诸人。① 在宋代，内圣之学又称"为己之学"。"何为为己之学？以吾有孝悌也则学，以吾有忠信也则学，学乎内者也，养其德者也。故为己而学者，必有为人之仕矣。"② 作为宋代士人的普适价值观，"为己之学"在士人终止"为人之仕"即"外王"活动时，依然作用于他们的生活，尤其是贬谪生活。胡铨与李光谪居海南期间，书信不断，其中李光给胡铨的一封书信便说：

> 惟祝乘此闲放，尽为己之学，至处忧患之际，则当安之若命，胸中浩然之气未尝不自若也。邦衡岂俟鄙言？仲尼作《易》，亦专论此事："困，刚掩也，险以说，困而不失其所亨，其惟君子乎！"剥必有复，否终则倾。邦衡素明此道，需之时，则当以饮食燕乐。仆之顽鄙，又垂尽之年，惟知生死事大，无常迅速，故汲汲耳。③

这段文字昭示了"为己之学"的任务既在于士人从事"为人之仕"的活动时，修养德性，做到"先天下之忧而忧，后天下之乐而乐"；又在于士人身处迁谪囚居时，修炼心性，做到险而履之如夷，困而安之若命。事实表明，后者正是贬谪者在超越忧患悲哀后所表现出来的群体性心态特征。

苏轼说："孔老异门，儒释分宫"，但犹如"江湖虽殊，其至则同"，当其为人所用，则可"遇物而应，施则无穷"，④ 指出了时人修养德性

---

① 详见余英时：《朱熹的历史世界：宋代士大夫政治文化研究》，允晨文化实业股份有限公司，2003年，第70—80页。
② 周行己：《从弟成己审己直己存己用己字说》，载曾枣庄、刘琳主编《全宋文》，第137册，上海辞书出版社、安徽教育出版社，2006年，第143页。
③ 李光：《与胡邦衡书》二七，载曾枣庄、刘琳主编《全宋文》，第154册，上海辞书出版社、安徽教育出版社，2006年，第207页。
④ 苏轼：《祭龙井辨才文》，载孔凡礼点校《苏轼文集》卷六十三，中华书局，1986年，第1961页。

也即"内圣"的三大思想养料,尤其是贬谪居者"至处忧患之际",用以化疗处穷忧生之悲,强化心肌,镇定心志,履险如夷,安之若命。李纲南海诗:"世间万事非人力,只有安心百不忧。"① "安心"是超越悲哀,安之若命的基础。苏轼黄州诗说:"逢人欲觅安心法,到处先为问道庵。"又其岭南诗:"安心守玄牝,闭眼觅黄庭。"② 这里的"安心"便指道家的修性养气之法;与此同时,佛家也主张"安心",认为"心逐物为邪,物随心为正",而"物随心"则"心无损伤";"心无损伤",才能"安心竟道"。③ 李光儋州诗说:"更欲何方寻佛国,此生真欲老蛮乡。安心守一师吾祖,尚觉人间日月长。"④ 此处"安心"显然源自佛家。当然,儒家"君子固穷"的思想同样是他们安心的养料。值得注意的是,谪居者有如"文王囚而演《易》",倾心儒家经典《易经》,释《易》传《易》。如:苏轼被贬而作《东坡易传》、程颐被贬而作《伊川易传》、李纲被贬而作《易传内外篇》、张浚被贬而作《紫岩易传》、李光被贬而作《读易详说》……其中释《象》"泽无水,困,君子以致命遂志",苏轼说:"水,润下者也。在泽上则居,在泽下则逝矣。故水在泽下,为泽无水,命与志不相谋者也。故各致其极,而任其所至",各随其运,不动其心,⑤ 即其所谓"尚有此身,付与造物,听其运转,流行坎止,无不可者"。⑥ 程颐说:"君子当困穷之时,既尽其防虑之道,而不得免,则命也;当推致其命,以遂其志,知命之当然也。则穷塞祸患不以动其

---

① 《见报以言者论六事,其五皆靖康往故,其一谓资囊士人上书以冀复用。谪居海南,震惧之余,斐然有作》,载北京大学古文献研究所编《全宋诗》卷一五六一,北京大学出版社,1998年,第17726页。
② 《次韵子由寄题孔平仲草庵》、《二月八日,与黄焘、僧昙颖过逍遥堂,何道士宗一问疾》,载王文诰辑注,孔凡礼点校《苏轼诗集》卷二一、四十,中华书局,1987年,第1108、2187页。
③ 沈作喆《寓简》卷七引《古老尊宿语》,《丛书集成初编》本,商务印书馆,1935年,第57页。
④ 《海外气候,每岁三四月间已如剧暑。……释氏云:"推落大火坑,火坑变成池,皮鞋和尚以为实时清凉也。"苏公(轼)亦云:"岭南瘴毒地,有此江月寒。乃知天壤间,何人不清安。"予谪居岭海逾十五年,见闻习熟,不以为异……》,载北京大学古文献研究所编《全宋诗》卷一四二五,北京大学出版社,1995年,第16438页。
⑤ 《东坡易传》卷五,影印《文渊阁四库全书》本,第9册,台湾商务印书馆,1986年,第87页。
⑥ 苏轼:《答程秀才三首》其一,载孔凡礼点校《苏轼文集》卷五十五,中华书局,1986年,第1628页。

心，行吾义而已。"① 李光亦云："君子体此《象》，以致命遂志，虽处困厄之时，未尝不得其乐也，致命者，不以穷达祸福死生动其心也。不以穷达祸福死生动其心，则吾志何往而不遂哉。"② 李纲则又自称："以罪谪海上"期间，传《易》之理，有"心醉神开"之感。③ 由此等等，均从《易经》中获取"安心法"，用于排遣处穷忧生之累。要之，谪居者在为我所用，"遇物而应"时，儒道释三家思想如同多味中药，被溶合成了一帖养心剂，明显起到了"不以穷达祸福死生动其心"的养心、强心效果。

在处穷忧生中超越悲哀，镇定心志，获取精神自由，保持浩然气概，做到乐易旷达，吾行吾义，不仅是贬谪者自我内圣功夫的体现，同时还关涉到社会评价。吕惠卿于元祐年间贬谪建州，绍圣初复起后，逢人便说："吾在谪籍九年，虽冷水亦不敢饮，设有疾病，则好事者必谓吾戚戚所致矣。"④ 这就昭示了社会以"内圣"为标准评价士人谪居生活的是非得失，体现了内圣之学盛行下的时代精神。因此，有些贬谪者尽管不胜悲哀，常将戚戚之情形诸文学作品，但并没有放弃"不以穷达祸福死生动其心"的内圣修炼。秦观于绍圣元年（1094年）贬虔州，绍圣四年（1097年）编管郴州，后移横州、雷州编管，元符三年（1100年）病死贬所；病死前，作《自作挽辞》。胡仔据而称秦观"钟情世味，意恋生理，一经迁谪，不能自释，遂挟忿而作此辞"，⑤ 但这并不等于秦观始终如此。事实上，在七年的贬谪生涯中，秦观也尝试镇定心志，其效果虽不如其师苏轼或同门黄庭坚，却也不乏安心自如、乐易达观之时，他的《无题二首》可以为证：

---

① 程颐：《伊川易传》卷四，载程颢、程颐著，王孝鱼点校《二程集·周易程氏传》，中华书局，1981年，第941页。
② 《读易详说》卷八，影印《文渊阁四库全书》本，第10册，台湾商务印书馆，1986年，第401页。
③ 李纲：《易传内篇序》，载曾枣庄、刘琳主编《全宋文》，第171册，上海辞书出版社，安徽教育出版社，2006年，第329页。
④ 徐度：《却扫编》卷下，《丛书集成初编》本，商务印书馆，1935年，第169页。
⑤ 胡仔：《苕溪渔隐丛话》后集卷三，人民文学出版社，1962年，第21页。

> 君子有常度，所遭能自如。不与死生变，岂为忧患渝。西伯囚演《易》，马迁罪成书。性刚趣和药，浅浅非丈夫。
> 世事如浮云，飘忽不相待。欻然化苍狗，俄顷成章盖。达观听两行，昧者乃多态。舍旃勿重陈，百年等销坏。①

贬谪者践行内圣之学，镇定心志，既为了超越悲哀，锻炼处变不惊，失意不失志的刚毅品格，又出于上引李光所谓"生死事大，无常迅速，故汲汲耳"——从内圣之学中汲取精神力量，战胜死亡，张扬生命意识，实现生命价值，其目的则在于盼望脱籍回归。苏辙《龙川》云：

> 一愿养心炼气，日见成功，积阴消散，真阳充满。二愿朝廷觉悟，罗网解脱，振衣北还，躬耕为乐。三愿南北眷属各保安宁，北归之时，一一相见。②

邹浩岭南诗云：

> 和气潜通无间断，佛光回照有因缘。恩书不远归期近，已觉斑衣色倍鲜。③

李纲《与许振叔显谟书》：

> 某待罪贬所，托庇如昨，征商之余，日得观阅藏教，留心空门，以洗三十八年之非。……岂复有流落之叹？……倘蒙恩贷，得归养亲，当遂屏迹山林，以求素志，幅巾杖屦，同为惠山之游，以

---

① 徐培均笺注：《淮海集笺注》后集卷一，上海古籍出版社，2000年，第1354—1356页。
② 《龙川二首》其二，《栾城后集》卷十九，陈宏天、高秀芳校点《苏辙集》，中华书局，1990年，第1091页。
③ 《佛前笋》，载北京大学古文献研究所编《全宋诗》卷一二四二，北京大学出版社，1995年，第14035页。

毕此生。①

由此等等，均表达了养心和气，超越悲哀，保全生命，争取回归的心愿。即便是苏轼，被贬岭南后，也大发"日啖荔支三百颗，不辞长作岭南人"、"我本海南民，寄生西蜀州"②之类的旷达语，当他贬至儋州，"环视天水无际，凄然伤之曰：'何时得出此岛耶？'已而思之，天地在积水中，九州岛在大瀛海中，中国在少海中，有生孰不在岛者？"③ 以随遇而安之心超越了迷茫凄然之情，但"何时得出此岛"，回归中原，却是其难泯的心愿。又高宗绍兴年间王庭珪在贬所作《次韵李宜仲见怀朱崖夜郎二逐客》云："殊方少客通南北，厚禄无书访死生。万里归期应可指，九衢先听卖钗声。"④ 在劝慰他人"万里归期应可指"的同时，自己渴望脱籍北还的心愿也昭然若揭。

毋庸赘言，大凡逐臣很少不念及回归的；换言之，眷恋生命，摆脱困境，期盼回归，是每位逐臣发自本能的渴望。然而，宋代逐臣的盼归用意和以往不尽相同。建中靖国元年（1101 年），宋廷实施调停新旧两党之策，召回逐臣。黄庭坚在被召途中欣然作《病起荆江亭即事十首》，其中所谓"传闻有意用幽侧"，就是指徽宗政府为了调停新旧两党的矛盾，启用被贬在外的元祐党人，与新党共治朝政。诗中主张"不须要出我门下，实用人材即至公"，并要求"儋州秃鬓翁"苏轼重主翰林，固然合乎"用贤无方"之理，但同时又指出："司马丞相昔登庸，招用元老超群公。"深切怀恋以司马光为首的元祐之政，并视元祐党人还朝为"复辟归来道更尊"。⑤ 整组诗寄寓了对在朝新党的不满之情，以及重构

---

① 李纲：《与译振叔显读书》，载曾枣庄、刘琳主编《全宋文》，第 171 册，上海辞书出版社、安徽教育出版社，2006 年，第 21 页。
② 《食荔支二首》其二、《别海南黎民表》，王文诰辑注，孔凡礼点校《苏轼诗集》卷四十、四三，中华书局，1987 年，第 2194、2363 页。
③ 朱弁：《曲洧旧闻》卷五"东坡儋耳试笔"条，中华书局，2002 年，152 页。
④ 北京大学古文献研究所编：《全宋诗》卷一四六七，北京大学出版社，1995 年，第 16816 页。
⑤ 北京大学古文献研究所编：《全宋诗》卷九九二，北京大学出版社，1995 年，第 11409—11410 页。

元祐政局的心愿；而黄庭坚的心愿正是整个元祐党人所共同怀有的。事实上，还朝后的元祐党人为了复辟元祐政局，即刻与新党争是非，并在历数以章惇为首的新党"迷国误朝"之罪中，以元祐大臣为忠臣，以元祐法度为圭臬，导致徽宗恼怒不已，调停之策很快流产，调停的主要策划人宰相曾布也因此下台，由蔡京取而代之后，启动了更为残酷的贬斥。这表明，他们盼归的目的并非仅仅停留在个体所希望的以"躬耕为乐"上，还在于群体所渴望的回朝复辟，重新执政。"绍兴党禁"中的逐臣盼归目的也同样如此。王庭珪《胡邦衡移衡州用坐客段廷直韵》云："朱崖万里海为乡，百炼不屈刚为肠。复出光芒动星斗，定随雷雨起江湘。归期正待春回雁，贺客争持酒满觞。笑说开元丞相宅，凄凉偃月上标堂。"① 所谓"复出光芒动星斗"，不仅指胡铨一人，而是指自己在内的与秦桧朋党集团相对立的整个主战派。

程颐在贬所释《象》"君子以饮食宴乐"云："安以待时，饮食以养其气体，宴乐以和其心志，所谓居易以俟命也。"② 其实，这昭示了程颐及贬谪者的群体心态。他们面对处穷忧生之悲的侵袭，以"安以待时"、"居易俟命"的"安心法"，养其气体，和其心志，既为了超越悲哀，保全生命，又为了等待时机，回朝复辟，从而赋予了他们悲哀—超越—盼归的心路历程和创作心态特定的时代内涵。

三、士人贬谪与文学取向

刘子健先生认为，宋代文化发展到了南宋，出现了明显的转向，他说：北宋文化"是外向的"，到了南宋，则"许多原本趋向洪阔的外向的进步，却转向了一连串混杂交织的、内向的自我完善和自我强化"。③

---

① 北京大学古文献研究所编：《全宋诗》卷一四六八，北京大学出版社，1995年，第16818页。
② 《伊川易传》卷一，程颢、程颐著，王孝鱼点校《二程集·周易程氏传》，中华书局，1981年，第724页。
③ 刘子健：《中国转向内在：两宋之际的文化内向》，赵冬梅译，江苏人民出版社，2002年，第6—7页。

暂且不论整个南宋是否全然如此，就高宗一朝的文化而言，转向内敛确实是一种发展趋势；从宋代文学新的取向观之，这种趋势却在神宗朝初露端倪，至哲宗后期和徽宗朝已蔚为大观。究其原因，在于由朋党之争导致的群体化和残酷性的贬谪。

苏辙在总结苏轼的创作历程时指出：

> 少与辙皆师先君，初好贾谊、陆贽书，论古今治乱，不为空言。既而读《庄子》，喟然叹息曰："吾昔有见于中，口未能言，今见《庄子》，得吾心矣。"乃出《中庸论》，其言微妙，皆古人所未喻。尝谓辙曰："吾视今世学者，独子可与我上下耳。"既而谪居于黄，杜门深居，驰骋翰墨，其文一变，如川之方至，而辙瞠然不能及矣。后读释氏书，深悟实相，参之孔老，博辨无碍，浩然不见其涯也。①

王十朋也认为苏轼"少年下笔已如神，文到黄州更绝尘"，"再闻黄州正坐诗，诗因迁谪更瑰奇"。② 苏轼因黄州之贬而其诗文一变，"如川之方至"或"更绝尘"、"更瑰奇"，既表现在创作风格上，又体现在因贬谪转向自我"内圣"即"自我完善和自我强化"的崭新境界的开拓上，与所"坐"之诗适成鲜明对照。所谓"坐诗"，即指元丰二年（1079年）的"乌台诗案"。"乌台诗案"所依据的，就是苏轼于熙宁通判杭州期间所作《钱塘集》。《钱塘集》主要批评新法，以及新法实施后产生的种种弊端，与苏轼在朝期间所作《上神宗皇帝万言书》同一旨归。黄庭坚说："东坡文章妙天下，其短处在好骂。"（引见下文）指的就是包括《钱塘集》在内的熙宁及熙宁以前的作品。然而，苏轼"好骂"，并非出于个人的恩怨，而是关注时事、批判时政的一种风格，从

---

① 《亡兄子瞻端明墓志铭》，《栾城后集》卷二二，陈宏天、高秀芳校点《苏辙集》，中华书局，1990年，第1126—1127页。
② 《游东坡十一绝》其三、其六，载北京大学古文献研究所编《全宋诗》卷二〇三八，北京大学出版社，1995年，第22880页。

中体现的是志在当世、舍我其谁的精神。这种风格与精神是仁宗朝,尤其是庆历以来士人所共有。据载,嘉祐六年(1061年)八月,仁宗亲自主持苏轼、苏辙和王介福三人参加的制科策试:

> 辙对语最切直,其略曰:"自西方解兵,陛下弃置忧惧小心二十年矣。"又曰:"陛下无谓好色于内,不害外事也。"又曰:"宫中赐予无艺,所欲则给,大臣不敢谏,司会不敢争,国家内有养士养兵之费,外有敌国岁币之奉,海内穷困,陛下又自为一阱,以耗其遗余。"……胡宿以为策不对所问,而引唐穆宗、恭宗以况盛世,非所宜言,力请绌之。(司马)光言:"是于同科三人中,独有爱君忧国之心,不可不收。"而执政亦以为当绌。上不许,曰:"求直言而以直弃之,天下其谓我何。"乃收入第四等次。①

较诸苏轼,苏辙这里的"好骂"无疑更甚,而且其"骂"的对象,又是九五之尊的仁宗。对此,仁宗非但不心存芥蒂,反而以苏辙入四等为激励,倡导直言之风。在仁宗朝,经过诸如此类的激励与倡导,欧阳修引以为荣的"开口揽时事,论议争煌煌",② 成了一代士风。熙宁初,揭开变法序幕的王安石《本朝百年无事札子》,直陈时弊,明辩骏发,救时行道,高屋建瓴,③ 便是对这种直言士风与淑世精神的继承和发扬;而力持异议与之相抗衡的众多名臣奏议及苏轼《钱塘集》等大量诗文,同样是忠言谠论、劲气直节。这是当时诗文创作的价值取向和主旋律,是宋代文学史,乃至整个宋代文化史上十分精彩的一幕,也是所谓"趋向洪阔的外向的进步"的具体表现。然而,随着党争的意气化所造成的恶劣的政治环境,以及贬谪的群体化和残酷性,该外向型的文化性

---

① 李焘:《续资治通鉴长编》卷一九四"仁宗嘉祐六年八月乙亥"条,中华书局,2004年,第4711页。
② 《镇阳读书》,《欧阳修全集》卷二,中华书局,2001年,第35页。
③ 详见曾枣庄、刘琳主编:《全宋文》,第64册,上海辞书出版社、安徽教育出版社,2006年,第14—16页。

格和以外向即"外王"为内涵特征的文学创作逐渐消退,创作主体转向内敛,数以千计的贬谪者将笔触转向了"悲哀—超越—盼归"的内在心路,特别是其中的超越悲哀,追求自我"内圣",逐渐成了主导文学转向和新变的内在动力。而文学取向的新变,则由贬谪黄州时期的苏轼开其端,哲宗绍圣至高宗绍兴年间的众多贬谪者畅其盛。

绍圣四年(1097年),黄庭坚在黔州贬所写给洪驹父的信中说:

> 老夫绍圣以前,不知作文章斧斤,取旧所作读之,皆可笑。绍圣以后,始知作文章……为我雪耻。《骂犬文》虽雄奇,然不作可也。东坡文章妙天下,其短处在好骂,慎勿袭其轨也。①

元符元年(1098年),黄庭坚在戎州贬所撰写的一篇诗论中又强调:

> 诗者人之情性也;非强谏争于廷,怨忿诟于道,怒邻骂坐之为也。其人忠信笃敬,抱道而居,与时乖逢,遇物悲喜,同床而不察,并世而不闻,情之所不能堪,因发于呻吟调笑之声,胸次释然,而闻者亦有所劝勉,比律吕而可歌,列干羽而可舞,是诗之美也。其发为讪谤侵陵,引颈以承戈,披襟而受矢,以快一朝之忿者,人皆以为诗之祸,是失诗之旨,非诗之过也。②

孤立起来看,上引两段文字是对《毛诗序》"吟咏性情"说的具体阐述,但联系当时的处境,却不难发现是黄庭坚在反省苏轼"乌台诗案"以来日趋恶化的文学生态的基础上提出来的,极富针对性和现实性;具体地说,是对欧阳修以来"开口揽时事,论议争煌煌","文者,

---

① 黄庭坚:《答洪驹父书》二,载曾枣庄、刘琳主编《全宋文》,第104册,上海辞书出版社、安徽教育出版社,2006年,第301页。
② 黄庭坚:《书王知载朐山杂咏后》,载曾枣庄、刘琳主编《全宋文》,第106册,上海辞书出版社、安徽教育出版社,2006年,第188页。

务为有补于世",①"言必中当世之过"② 的创作思潮的反拨,是宋代文学转向时期创作心理和价值观念的集中体现;而其反拨,则基于以下两个方面。

首先,群体性畏祸心态。苏轼因经历"乌台诗案",反复诉说:"某自窜逐以来,不复作诗与文字。所谕四望起废,固宿志所愿,但多难畏人,遂不敢尔。其中虽无所云,而好事者巧以酝酿,便生出无穷事也。""某自得罪,不复作诗文……实以多难畏人,然好事者不肯见置,开口得罪,不如且已。"③"乌台诗案"后,文字狱连连发生,士大夫常常遭贬。绍圣二年(1095年),黄庭坚被贬黔州,所坐就是"《神宗实录》案";在黔州,黄庭坚作《蚁蝶图》诗"蝴蝶双飞得意,偶然毕命网罗。群蚁争收堕翼,策勋归去南柯",被人告发,"指为怨望,重其贬"。④ 因此,黄庭坚谪居期间也有"闲居绝不与人事相接"、"杜门谢客恐生谤"⑤ 的畏祸之心。大量事实却又表明,在绍圣至绍兴年间,"谗邪如山,贪墨成市",⑥ 告密者无处不在,告讦风盛行不息,士人的言语与诗文都受到了严密的监控。新州编管胡铨在与其他贬谪者往来唱和时,有"欲驾巾车归去,有豺狼当辙"句,张棣居为奇货,向秦桧告发,指为"毁谤当涂,语言不逊,公然怨望朝廷,鼓唱前说,犹要惑众,殊无

---

① 王安石:《上人书》,载曾枣庄、刘琳主编《全宋文》,第64册,上海辞书出版社、安徽教育出版社,2006年,第167页。
② 苏轼:《凫绎先生诗集叙》,孔凡礼点校《苏轼文集》卷十,中华书局,1986年,第313页。
③ 《与陈朝请》其一、《与沈睿达》之二,孔凡礼点校《苏轼文集》卷五七、五八,中华书局,1986年,第1709、1745页。
④ 岳珂:《桯史》卷十一,中华书局,1981年,第123页。
⑤ 《答洪驹父书》,载曾枣庄、刘琳主编《全宋文》,第104册,上海辞书出版社、安徽教育出版社,2006年,第300页;《次韵黄斌老晚游池亭》其二,载北京大学古文献研究所编《全宋诗》卷九九一,北京大学出版社,1995年,第11400页。
⑥ 谢逸:《祭汪伯更教授文》,载曾枣庄、刘琳主编《全宋文》,第133册,上海辞书出版社、安徽教育出版社,2006年,第280页。宋人周南专为徽宗与高宗两朝众多"谗邪"、"贪墨"的告密者创立新的传记,名曰"谗夫传","以着小人咀毒起衅之因,以补史氏之阙遗"。(见《康伯可传》,载曾枣庄、刘琳主编《全宋文》,第294册,上海辞书出版社、安徽教育出版社,2006年,第168—170页。)

忌惮。于是送海南编管"。① 从而导致了士人缄口结舌，噤若寒蝉。时人哀叹："士大夫气殊不振，曾无一言及天下事者。岂皆无人材耶！"② 其实，这是"言语转喉，定多触讳。当处不争之地，可蠲无妄之灾"③ 的避祸全身的心理所致。黄庭坚恪守"吟咏情性"说，反对"强谏争于廷，怨忿诟于道"的"好骂"作风，首先基于由朋党政治造成的群体性畏祸心态，其目的之一也在于避祸全身，体现了宋代文学转向时期士人的创作心理。

其次，群体性贬谪心态。黄庭坚一再指出诗文"好骂"之短，既有鉴于以往士人因此"引颈以承戈，披襟而受矢"的事实，又因洪驹父为他"雪耻"而作的有骂讥不平之气的《骂犬文》。实际上，熙、丰期间，黄庭坚也以尖锐的笔调，作有《按田》、《和谢公定河朔漫成八首》等不少批评时政，揭露新法弊端的"好骂"之诗。他摒弃"好骂"之风，主张在"不怨独乐"的基础上，以"呻吟调笑"的方式，抒写性情，从中获取"胸次释然"的审美效果，是由贬谪心态孕育而成的新的文学价值观。他自称哲宗"绍圣以前，不知作文章斧斤"，依据就在于此。绍圣以后至徽宗崇宁初，黄庭坚谪居黔州、戎州、宜州，虽有"万里戴天，一身吊影；兄弟滨于寒饿，儿女未知存亡"④ 的流落愁苦之感，但能"以登览文墨自娱，若无迁谪意"，⑤ "不怨独乐"，"心殊坦夷"，发而为

---

① 李心传：《建炎以来系年要录》卷一五八"绍兴十八年十一月己亥"条，中华书局，1956年，第2571页。按：徽宗、高宗两朝不仅文字狱接二连三地发生，而且"语禁"日严，士人"每转喉，辄触人讳"（毛滂：《上姜朝议论发家狱书》，载曾枣庄、刘琳主编《全宋文》，第132册、上海辞书出版社、安徽教育出版社，2006年，第244页）。造成了"但觉嘁喉都是讳"，"转喉莫犯贵人颜"的群体性畏祸心理（唐庚《次勾景山见寄韵》、张扩《次韵子温偶书》，载北京大学古文献研究所编《全宋诗》卷一三二一、一三九八，北京大学出版社，1995年，第15004、16088页）。
② 李心传：《建炎以来系年要录》卷一六三，绍兴二十二年六月"是月"条，中华书局，1956年，第2660—2667页。
③ 李新：《赴庆阳司录先状》，载曾枣庄、刘琳主编《全宋文》，第133册，上海辞书出版社、安徽教育出版社，2006年，第332页。
④ 黄庭坚：《谢黔州安置表》，载曾枣庄、刘琳主编《全宋文》，第104册，上海辞书出版社、安徽教育出版社，2006年，第270页。
⑤ 郑永晓：《黄庭坚年谱新编》"哲宗绍圣二年四月"条引《豫章传》语，社会科学文献出版社，1997年，第277页。

诗,即如其《谪居黔南·摘乐天句》所展示的"轻纱一幅巾,小簟六尺床。无客尽日静,有风终夜凉",一派"闲暇"气象。① 又张守《跋周君举所藏山谷帖》说:"山谷老人谪居戎夔,而家书周谆,无一点悲忧愤嫉之气,视祸福宠辱如浮云去来,何系欣戚!"② 这些表明,黄庭坚与其他贬谪者一样经历了以理遣情,超越处穷忧生之悲的心路历程,同样追求"自我完善和自我强化";也就是说,他摒弃诗文"好骂"之风,主张创作主体"不怒独乐",吟咏性情,抒写"视祸福宠辱,如浮云去来"的"内圣"精神与品格,则又基于群体性贬谪心态,体现了宋代文学转向时期的价值取向。

在"与士大夫治天下"的国策下,宋代士人以参政主体的角色闪亮登上人生舞台,呈现出一派"有笔头千字,胸中万卷。致君尧舜,此事何难"③的气概。然而,神宗以后,残酷的贬谪将士人群体不断推向了遭贬处穷,甚至忧生的凄凉境地,造成了人生的巨大落差。如何适应这一落差,在落差中又如何"自我完善和自我强化",是每一个贬谪者无法回避的问题。黄庭坚及前文所述贬谪群体的心路历程充分表明,他们虽备受处穷忧生之悲的侵袭,但善于超越悲哀,安顿人生,在与"致君尧舜"的外王实践截然相反的另一端贬谪囚居中,强化"不怒独乐"、明心见性的"内圣"活动,完善自我形象;并主导贬谪群体的文学创作由"外"入"内",全面转向了内在性情的吟咏。而在这一转向过程中,苏轼不仅充当了发轫者,而且率先将处穷忧生之悲化为坦易自如的闲暇之吟,开辟了用以展示"内圣"精神与品格的"乐意相关"的文学意境。

"乐意相关"出自石延年《金乡张氏园亭》"乐意相关禽对语,生香不断树交花"诗句。程颢以为"此语形容得浩然之气";④ 陈文蔚说这

---

① 惠洪:《冷斋夜话》卷三"少游鲁直被谪作诗"条,中华书局,1988年,第30页。
② 张守:《跋周君举所藏山谷帖》,载曾枣庄、刘琳主编《全宋文》,第174册,上海辞书出版社、安徽教育出版社,2006年,第10页。
③ 苏轼:《沁园春》(孤馆灯青),唐圭璋编《全宋词》,中华书局,1965年,第282页。
④ 程颢、程颐著,王孝鱼点校:《二程集·河南程氏外书》卷十一,中华书局,2004年,第413页。

"是天理自在流行,而万物各遂发生和乐之意";① 朱熹认为是形容"放令此心疏豁,无所执滞";阳枋也说是形容"个中皆实理,何处是浮华"的疏豁无滞之境。② 石诗以景对物,写的是生机勃勃,相关不断的自然之境,道学家却用来阐释"天理"和以"天理"扫却"浮华"后形成的"内圣"境界,赋予了新的内涵;苏轼化处穷忧生之悲为坦易自如的闲暇之吟所形成的文学意境,则为"内圣"之境注入了艺术生命力,使之更具生活化和生动性。

综观苏轼在黄州、惠州和儋州三地的创作,无论诗词抑或散文,一个突出的现象就是以贬地景象和贬谪生活为题材,创作了一个个令人目不暇接的"乐意相关"的意境。譬如黄州词《江神子》:

> 梦中了了醉中醒,只渊明,是前生。走遍人间,依旧却躬耕。昨夜东坡春雨足,乌鹊喜,报新晴。 雪堂西畔暗泉鸣。北山倾、小溪横。南望亭邱,孤秀耸曾城。都是斜川当日境。吾老矣,寄余龄。③

"东坡"本为囚居之地,在词人心中,却似身处当年陶渊明驻足流连的斜川之境,充满"万物各遂发生和乐之意";惠州诗《次韵子由所居六咏》其一:

> 堂前种山丹,错落马脑盘。堂后种秋菊,碎金收辟寒。草木如有情,慰此芳岁阑。幽人正独乐,不知行路难。④

惠州本为瘴疠交攻之地,在诗人的心中,却似身处江南秀色可餐之

---

① 陈文蔚:《请问晦庵先生书》,载曾枣庄、刘琳主编《全宋文》,第 290 册,上海辞书出版社、安徽教育出版社,2006 年,第 313 页。
② 《临江仙·涪州北岩玩〈易〉有感》,唐圭璋编《全宋词》,中华书局,1965 年,第 2649 页。
③ 唐圭璋编:《全宋词》,中华书局,1965 年,第 298 页。
④ 王文浩辑注,孔凡礼点校:《苏轼诗集》卷四十,中华书局,1987 年,第 2207 页。

境,"乐意相关,生香不断";儋州诗《谪居三适三首》,则以旦起理发、午窗坐睡和夜卧濯足三件卑琐俗事为题材,吟咏"谁能书此乐"的人生三适三乐。① 诸如此类,不胜枚举。而这种"以乐易为言"创作而成的意境,则基于作者"胸中廓然无一物,即天壤之内,山川草木虫鱼之类,皆是供吾家乐事"② 的乐易心态。黄州之贬,促使苏轼将这一心态全面付诸人生实践,使之泯灭了穷与达、荣与辱、得与失之间的差别,也就是朱熹所说的"放令此心疏豁,无所执滞",不过,苏轼"放令此心疏豁,无所执滞"的"内圣"之境的形成,并非道学家的"天理"所致,而是其不主常故的相对性思考的产物。在苏轼看来,人生是无常的,所以面对"贵贱寿夭",不能"责之以常然",否则"多怨而不通";③ 与此同时,"自其变者而观之,则天地曾不能以一瞬;自其不变者观之,则物与我皆无尽也",故而不必"哀吾生之须臾,羡长江之无穷",④ 则又通过宇宙人生"变"与"不变"的相对性思考,泯灭"责之以常然"的执滞之心。因此,迁谪黄州后,以及因居惠州、儋州期间,苏轼虽身处处穷忧生的凄凉境地,却能保持一份"胸中廓然无一物"的无所执滞的豁达与余裕,全面形成了"凡物皆有可观,苟有可观,皆有可乐,非必怪奇玮丽者也。哺糟啜漓皆可以醉,果蔬草木皆可以饱。推此类也,吾安往而不乐"⑤ 的人生态度。当其作用于谪居生活,正如他在《与程正辅》中所说:"某睹近事,已绝北归之望。然中心甚安之,未话妙理达观,但譬如元是惠州秀才,累举不第,有何不可,知之免忧。"⑥ 体现了不主常故,遇境即安的主动性与积极性;当其作用于文学创作,则"以乐易为言",即便正面描写险恶环境,也同样如此。如其《书海南风土》,开篇写"岭南天气卑湿,地气蒸溽,而海南尤甚。

---

① 王文诰辑注,孔凡礼点校:《苏轼诗集》卷四一,中华书局,1987年,第2285—2287页。
② 苏轼:《与子明兄一首》,孔凡礼点校《苏轼文集》卷六十,中华书局,1986年,第1832页。
③ 苏轼:《邵茂诚诗集叙》,孔凡礼点校《苏轼文集》卷十,中华书局,1986年,第320页。
④ 苏轼:《前赤壁赋》,孔凡礼点校《苏轼文集》卷一,中华书局,1986年,第6页。
⑤ 苏轼:《超然台记》,孔凡礼点校《苏轼文集》卷一一,中华书局,1986年,第351页。
⑥ 苏轼:《与程正辅七十一首》其十三,孔凡礼点校《苏轼文集》卷五四,中华书局,1986年,第1593页。

秋夏之交，物无不腐坏者，人非金石，其何以能久！"但笔锋一转，转出"儋耳颇有老人，百有余岁者往往皆是，八九十岁者不论也。乃知寿夭无定，习而安之，则冰蚕火鼠，皆可以生"①的事实，最后在"寿夭无定"的相对性论证中，形成了"凡物皆有可观，苟有可观，皆有可乐"的深邃意境。

如果说元丰二年（1079年）间的黄州之贬，导致苏轼诗、词、文一变，开启了其文学创作的新阶段；那么苏轼始于黄州的化处穷忧生之悲为闲暇之吟及其文学意境，则为绍圣以后众多贬谪者所承传和拓展，在宋代文学的演变中具有"范式"意义。

——惠洪说：与苏轼基于"英特迈往之气"的闲暇之吟不同，贬谪期间，黄庭坚因"学道休歇，故其诗闲暇"。②被贬后，黄庭坚一再自称："放浪林泉间，已成寒灰槁木"，"身如槁木，心如死灰"。③以枯木、寒灰自喻，看似消极无望，实则是"学道休歇"所致，也就是他在宜州诗中所说："与君深入逍遥游，了无一物当情愫。"④是在处穷忧生却随缘任运中获得的一种了无挂碍的心灵自由。绍圣年间，黄庭坚在黔州所作《与中玉知县书》说："某僦居城南，虽小屋而完洁。舍后亦有三二亩闲地，种菜植果，亦有饭后消摇之地，所谓'园日涉以成趣，门虽设而常关'者也。"⑤便表达了其安闲乐易的自由心境。在戎州，黄庭坚将其城南居所命名为"任运堂"，就是对这一心境的集中写照，也昭示了其闲暇之吟的主题与价值取向。如其黔州诗："冥怀齐远近，委顺随南北。归去诚可怜，天涯住亦得。"⑥身处"人鲊瓮中危万死，鬼门关外

---

① 孔凡礼点校：《苏轼文集》卷七一，中华书局，1986年，第2275页。
② 惠洪：《冷斋夜话》卷三"少游鲁直被谪作诗"条，中华书局，1988年，第30页。
③ 《与彦修知府书》、《任运堂铭》，载曾枣庄、刘琳主编《全宋文》，第105、107册，上海辞书出版社、安徽教育出版社，2006年，第14、298页。
④ 《明远庵》，载北京大学古文献研究所编《全宋诗》卷九九八，北京大学出版社，1995年，第11442页。
⑤ 黄庭坚：《与中玉知县书》二，载曾枣庄、刘琳主编《全宋文》，第105册，上海辞书出版社、安徽教育出版社，2006年，第5页。
⑥ 《谪居黔南十首·摘乐天句》其五，载北京大学古文献研究所编《全宋诗》卷九九〇，北京大学出版社，1995年，第11396页。

更千岑"① 的黔州，诗人在委运顺化的自我"内圣"中，不仅不以为苦，相反获得了"天涯住亦得"的闲适之乐。又其戎州诗："主人心安乐，花竹有和气。时从物外赏，自益酒中味。䥥枯蚁改穴，扫箨笋进地。万籁寂中生，乃见风雨至。"② 写病起游赏，告之以心安身乐，触物娱怀，必得物外之趣，呈现出一切皆因缘而至，相随相生的"乐意相关"的意境。

——唐庚有"小东坡"之誉，③ 徽宗政和元年（1111年），坐张商英党，被贬惠州，谪居七年。其《初到惠州》云：

> 卢橘杨梅乃尔甜，肯容迁谪到眉尖。因行采药非无得，取足看山未害廉。辨谤若为家一喙，著书不直字三缣。老师补处吾何敢，政为宗风不敢谦。④

首联表明随遇而安，恬然自乐的谪居心态，尾联坦言自己继承了苏轼的作风。在贬谪惠州期间，唐庚追踪当年苏轼的足迹，以苏轼为"范式"，吟咏性情。如："屏迹舍人巷，灌园居士桥。花开不旋踵，草薙复齐腰。蛤哭明朝雨，鸡鸣暗夜朝。未能全独乐，邻里去招邀。"⑤ 在充满"乐意"的意境中，表现了超越瘴疠交攻之悲苦的乐易心态。刘克庄说："'砚田无恶岁，酒国有长春。草木疑灵药，渔樵或异人。''花开不旋踵，草薙复齐腰。''团扇侵时令，方书遣昼长。''问学兼儒释，交游半

---

① 黄叔达：《戏答刘文学》，载北京大学古文献研究所编《全宋诗》卷一〇二八，北京大学出版社，1995年，第11747页。
② 《次韵答斌老病起独游东园二首》其二，载北京大学古文献研究所编《全宋诗》卷九九〇，北京大学出版社，1995年，第11399页。
③ 马端临：《文献通考》卷二三七，中华书局，1986年，第1886页。按：四库馆臣称唐庚对苏轼"颇示不满"，"非肯步趋苏氏"（《四库全书总目》卷一五五，中华书局，1983年，第1342页）。对此，余嘉锡已作驳正（详《四库提要辨证》卷二二，中华书局，1985年，第1409—1416页）。
④ 北京大学古文献研究所编：《全宋诗》卷一三二一，北京大学出版社，1995年，第14999页。
⑤ 《杂咏二十首》其一，载北京大学古文献研究所编《全宋诗》卷一三二二，北京大学出版社，1995年，第15008页。

士农。''国计中宵切,家书隔岁通。''关河先垄远,天地小臣孤。''山静似太古,日长如小年。'皆唐子西(庚)惠州诗也。曲尽南州景物,略无迁谪悲酸之态。"① 唐庚认为"文主于气",② 其作于惠州的诗文正具体体现了作者饱满充实之气。他在总结长达七年的贬谪生涯时说:"赖是诗书能却瘴。"③ 这些被困在瘴疠之中的生命歌咏,既帮助他安然度过贬谪岁月,又为他赢得了崇高的声誉,"其在岭南诸作,当时太学诸生竞相传写,称'小东坡'"。④

——李纲一生五次被贬,高宗建炎年间谪居海南琼州。在琼州期间,李纲作有多首和苏诗,其中有"远游不作乘桴计,虚号男儿过此生"句,⑤ 将谪居海南视为男儿幸事。这种身处困境而超然旷达的襟怀与苏轼相似。据李纲自述,"幼年,术者谓命似东坡,虽文采声名不足以望之,然得谤誉于意外,渡海得归,皆略相似"。⑥ 作为在钦宗时期"功高盖主"和高宗朝的首相,李纲的性格虽与苏轼不同,但"得谤誉于意外",以及在谪居中吟咏性情,却与苏轼"皆略相似";值得注意的是其和陶诗。据《梁溪集》,李纲自谪居沙阳始,共作和陶诗82首,是南渡之际创作和陶诗数量最多的一位诗人。和陶始于苏轼。苏轼说,谪居岭南以后,"随行有《陶渊明》集,陶写伊郁,正赖此尔"。⑦ 意即借陶诗中的"淡泊"排遣内心的郁闷,是苏轼化悲哀为闲暇之吟,营造"乐意"之境的重要资源。南渡以后,和陶逐渐演变成为一股不小的文学思潮。⑧ 在这个演变过程中,李纲不仅起到了推波助澜的作用,而且

---

① 刘克庄:《后村诗话》卷二,中华书局,1983年,第25—26页。
② 《送王观复序》,载曾枣庄、刘琳主编《全宋文》卷三〇〇九,第139册,上海辞书出版社、安徽教育出版社,2006年,第338页。
③ 《生还至宜都逢李六》,《全宋诗》卷一三二二,北京大学出版社,1995年,第15016页。
④ 《眉山集提要》,影印《文渊阁四库全书》本,第1124册,台湾商务印书馆,1986年,第271页。
⑤ 《次东坡韵二首》其一,《全宋诗》卷一五六二,北京大学出版社,1995年,第17737页。
⑥ 《与向伯恭龙图书》,载曾枣庄、刘琳主编《全宋文》,第171册,上海辞书出版社、安徽教育出版社,2006年,第86页。
⑦ 苏轼:《与程全父书十二》其十,孔凡礼点校《苏轼文集》卷五五,中华书局,1986年,第1626页。
⑧ 详见沈松勤:《南宋文人与党争》,人民出版社,2005年,第493—514页。

其和陶又时有苏轼的影子。作于琼州的《读东坡和渊明〈贫士〉诗,寄诸子侄云:"重九伊迩,樽俎萧然。"今余亦有此叹。因次其韵,将录寄梁溪诸弟,以发数千里一笑》(其五):

> 佳晨迫九日,旅食寓江干。颇同谪仙人,漂泊来铜官。樽俎可萧条,菊蕊渐可餐。回风吹青松,惨惨岁将寒。但有杯中物,不愧箪瓢颜。一觞复一咏,明月窥禅关。①

苏轼原韵为:"芙蓉杂金菊,枝叶长阑干。遥怜退朝人,糕酒出大官。岂知江海上,落英亦可餐。典衣作重九,徂岁惨将寒。无衣粟我肤,无酒颦我颜。贫居真可叹,二事长相关。"两诗均借陶诗"淡泊"之意,表达超然乐易的心境,但李纲诗中的"贫士",显然是在经过苏轼重构后的陶渊明的基础上,寄托了自我的"内圣"精神与品格。

——与李纲相同,李光在迁谪中的闲暇之吟,明显表露出追踪苏轼的心迹。李光所追踪的,一是苏轼在海南的陈迹旧痕,即其诗所云:"缅怀东坡老,陈迹记旧痕。"② 而且每到一处,又往往"遐想英风伫立久";③ 一是苏轼强化身心之道,即其诗所说:"虽无南国爱,正以东坡免。"④ 道出了他"遐想英风伫立久"的用意所在。又其岭南诗云"竹杖芒鞋行自惯,风轩水阁来坐频。鬓边强把茱萸插,万里谁嗟老病身",⑤

---

① 北京大学古文献研究所编:《全宋诗》卷一五五八,北京大学出版社,1995年,第17699—17700页。
② 李光:《绍圣中,苏公内翰谪居儋耳,尝与军使中游黎氏园,爱其水木之胜,劝坐客醵钱作堂。黎氏名子云,因用扬雄故事,名其堂曰"载酒",予始至儋,与琼士魏安石杖策访之,退作二诗》,载北京大学古文献研究所编《全宋诗》卷一四二二,北京大学出版社,1995年,第16392页。
③ 李光:《载酒堂》,载北京大学古文献研究所编《全宋诗》卷一四二二,北京大学出版社,1995年,第16400页。
④ 李光:《东坡载酒堂二诗,盖用渊明"始春怀古田舍"韵,遂不见于后集。予至儋,始得其真本,因追和其韵》,载北京大学古文献研究所编《全宋诗》卷一四二二,北京大学出版社,1995年,第16392页。
⑤ 《庚午重九,予以忧患经此节物,亦强举杯,复同坐客步至陈氏水阁,率尔成韵》,载北京大学古文献研究所编《全宋诗》卷一四二五,北京大学出版社,1995年,第16433页。

与苏轼的黄州词"竹杖芒鞋轻胜马,谁怕?一蓑烟雨任平生"① 有异曲同工之妙。相同的贬谪经历和相似的性格,促使李光追踪苏轼,效法苏轼的闲暇之吟。现存李光《庄简集》所收诗文,主要作于贬谪期间,其中大部分像苏轼那样"以乐易为言",其文"醇实和平",其诗"志谐音雅",而且不少或和苏轼诗韵,或用苏轼诗意。如其《海南气候与中州异,群花皆早发,至春时已尽,独荷花自三四月开,至穷腊与梅菊相接,虽花头小而香色可爱。顷岁苏端明谪居此郡,尝和渊明诗,其略云:'城南有荒池,琐细谁复采。幽姿小芙蕖,香色独未改。'即此池也。今五十余年,池益增广。临川陈使君复结屋其上,名'宾燕堂'。今夏得雨迟,七月末,花方盛开,因成此诗,约胜日为采莲之集云》:

> 秋来雨足溢方塘,华屋临流四面凉。风飐圆荷翻翠盖,水涵芳蕊艳红妆。淡烟难掩天真色,薄日时烘自在香。诗老未须讥琐细,解陪梅菊到冰霜。②

李光在贬谪期间所作诗歌,其题往往很长,犹如一篇篇"醇实和平"的优美散文。该诗在用苏轼的诗意中,将海南这块瘴疠之地描绘成了秀丽可人的江南,在一派"乐意相关,生香不断"的意境中,呈现出作者超然乐易的心境和梅菊一般的品格。

上述四人,是哲宗绍圣至高宗绍兴各个不同时期的贬谪者。他们个性也不尽相同,却与苏轼一样化处穷忧生之悲为闲暇之吟,创作了展示"自我完善和自我强化"的"内圣"精神和品格的文学意境。其实,这是出诸众多贬谪者共同的心理诉求和价值取向。如前文所述,神宗,尤其是哲宗绍圣以后,既是政治上的贬谪者又是文学上的创作主体的文人士大夫,在处穷忧生中,竭力践行内圣之学,修炼心性,排遣悲哀情

---

① 《定风波》(莫听穿林打叶声),唐圭璋编《全宋词》,中华书局,1965年,第288页。
② 北京大学古文献研究所编:《全宋诗》卷一四二二,北京大学出版社,1995年,第16432—16433页。

累,安之若命,普遍呈现出乐易心态。当他们怀着这一心态,由"外"入"内",全面转向内在性情的吟咏时,自然延伸始自苏轼的闲暇之吟,拓展苏轼在闲暇之吟中形成的具有时代内涵的文学意境,从而使以"内圣"为内涵特征的文学创作盛行一时而成为文坛主流。

  需要说明的是,神宗以后,文学创作并没有完全停留在贬谪者的笔下,文坛也并非只有内在性情的吟咏之声,靖康之变和绍兴和议之前的十多年间,表现家国之痛和收复中原之志的作品大量涌现;徽宗在位和高宗绍兴和议期间,用于歌颂朋党政治的谀谄之声长时间喧嚣尘上。[①] 但前者随着和议之策的推行而很快弦断声息,至孝宗朝才继起而成为时代的最强音;后者则是在朋党政治的裹挟下产生的变异之声,与宋代文学和文化的价值取向相背离。始自苏轼的闲暇之吟,虽然也是朋党政治所致,但表现在人格精神上,就是宋代儒学倡导的"内圣";体现在创作心态上,就是平和乐易;呈现在创作风格上,就是与乐易同构的平淡,相互之间,互为表里,集中体现了宋代文学和文化演变过程中的精神趋向和价值取向,而这种精神趋向和价值取向一直绵延到南宋结束。

  (原载《中华文史论丛》2013 年第 4 期)

[①] 详见沈松勤:《宋代政治与文学研究》,商务印书馆,2011 年,第 204—228、255—282 页。

从高压政治到"文丐奔竞"
——"绍兴和议"期间的文学生态

在"绍兴和议"的二十余年间,歌功颂德的诗文泛滥成灾,其作者也几乎覆盖了当时整个士大夫群体。为此,王曾瑜先生在《宋高宗》一书中专设《文丐奔竞》一节,从政治和名节的角度指出:"高宗和秦桧以严刑和峻罚摧残正论,又以赏官和赠禄招徕文丐,成为绍兴黑暗政治相辅相成的两大特色。值得注意者,是某些尚有血性的士大夫,也迫于权势或其他原因,而参加到皇帝和宰相歌功颂德的行列。在令人窒息的高压政治下,要维护古代儒家十分强调的名节,确是难乎其难。他们既然留下了违心之笔,也不免成为他们个人历史上的污点。"① 从文学的角度观之,这又是一种不可忽视的生态环境。在高压政治下失去"名节"的创作主体,创作了汗牛充栋的谄诗谀文。仅就这些作品而论,自然无价值可言,但这一时期形成的文学生态,对宋代文学史程的影响却特具认识意义。

---

① 王曾瑜:《宋高宗》,吉林文史出版社,1996年,第205页。

一、残酷的"绍兴党禁"

绍兴"文丐"以歌功颂德为引力相聚成为一个庞大群类的环境要素,是以"令人窒息的高压政治"为气候的;该政治主要体现为由"绍兴和议"形成的以秦桧为核心的相党政治,而其表现形态则又是全面而又残酷的"绍兴党禁"。

"绍兴和议"始于绍兴八年(1138 年),成于绍兴十一年(1141 年),直至绍兴三十一年(1161 年)金完颜亮渝盟毁约为止。绍兴八年,高宗决定与金和议,是以金国归还在靖康年间宋廷所割让的河北三镇和被俘的生母韦太后,以及父亲徽宗的宫梓为条件的。不过,与宋廷一样,金朝内部对这次和议也存在着严重的分歧,分歧主要来自宗弼。建炎三年(1129 年),宗弼两次率兵穷追高宗,一次在建康,一次在明州;高宗两次乞降,都被拒绝。宗弼决意要消灭高宗政权,一统天下。所以他坚决反对与宋讲和,并于天眷二年(绍兴九年,1139 年)谋划了政变,完颜昌、宗磐、宗隽等主和者被诛,以宗弼为首的主战势力重新把持了金廷朝政,旋便撕毁了与宋的和约,夺还已归还南宋之地;天眷三年(1140 年),宗弼尽率国中之兵,分四路进犯南宋。金人的毁约渝盟,为南宋的主战士人反对和议提供了口实。就是在朝野议论四起,抨击和议的态势下,高宗被迫于绍兴十年(1145 年)五月诏告"诸路大帅,各竭忠力",反攻金兵进犯。① 在反攻中,宋军纷纷告捷,取得了所谓"兵兴以来未有"的战绩。② 但尽管如此,高宗和秦桧依然固持其和议路线,解除了韩世忠、张俊、岳飞三大将的兵权,甚至以"莫须有"的罪名,将岳飞父子及其爱将杀害,扫除了和议中最主要的障碍,最终与金正式达成协议:双方以淮河至大散关一线为界;南宋每年向金国贡银 25

---

① 李心传:《建炎以来系年要录》卷一三五,"绍兴十年五月戊戌"条,中华书局,1988 年,第 2172 页。
② 李心传:《建炎以来系年要录》卷一三九,"绍兴十一年二月乙未"条注引,中华书局,1988 年,第 2236 页。

万两、绢 25 万匹；宋帝向金主称臣，由金主册封为帝。这就是令主战士人痛心万分的"绍兴和议"。

"绍兴和议"的确立，消除了宋金之间的军事对抗，但对宋廷来说，是以丧权辱国和巨大的经济付出为代价的；同时又是建炎以来宋廷政治生活的一个重要转折点。它拉开了秦桧独擅朝政，实施相党政治的序幕。朱熹在分析造成秦桧独擅朝政的原因及其相党势力时指出：

> 秦太师死，高宗告杨郡王云："朕今日始免得这膝裤中带匕首！"乃知高宗平日常防秦之为逆。但到这田地，匕首如何使得！秦在房中，知房人已厌兵，归又见高宗亦厌兵，心知和议必可成，所以力主和议……高宗初见秦能担当得和议，遂悉以国柄付之；被他入手了，高宗更收不上。高宗所恶之人，秦引而用之，高宗亦如之何。高宗所欲用之人，秦皆摈去之。举朝无非秦之人，高宗更动不得。蔡京们著数高，治元祐党，只一章疏便尽行遣了。秦桧死，有论其党者，不能如此。只管今日说两个，明日又说两个，不能得了。①

这也就是说，因为秦桧能独当和议之事，取得了高宗的信任，所以独揽朝政，权倾一世，最后连高宗也为之时生畏惧之心，甚至常常暗带匕首，以防"秦之为逆"；与此同时，秦桧肆意交结朋党，形成了一个庞大的相党势力，造成"举朝无非秦之人，高宗更动不得"的专横局面，随之出现了较蔡京整治元祐党人的"崇宁党禁"更全面、更残酷的"绍兴党禁"。

"绍兴党禁"的目的既在于巩固"绍兴和议"的成果，又在于强化以秦桧为核心的相党势力，而其党禁则主要是在人事和舆论两个方面展开的。

在人事上，既将不附和议的政敌及其亲属流放到瘴疠之地岭南，又

---

① 黎靖德编：《朱子语类》卷一三一，中华书局，1986 年，第 3162 页。

不断清洗在秦桧看来有二心的同党，因而使"绍兴党禁"更具彻底性。

在秦桧虎口余生的胡铨曾上疏痛陈绍兴年间"与敌和议有可痛哭者十"，其六"可痛哭者"为"秦桧力排不附和议之士九十余人"，其中"赵鼎、王庶、李光、郑刚中、曾开、李弥逊、魏矼、高登、吴元美、杨辉、吴师古等皆死岭海，或死罪籍"。① 而赵鼎、李光、胡铨尤为秦桧所恶，秦桧曾将这三人的姓名写在高宗所赐的"一德格天之阁"内，"欲必杀之而后已"。② 赵鼎在"绍兴和议"的当初，虽与秦桧一起赞同和议，但在具体的政见上产生了分歧，加上赵鼎又有"中兴贤相"之誉，二度入相，党羽甚众，对"绍兴和议"和秦桧的专政带来了威胁；李光与赵鼎有相似之处，主张"因和而为自治之计"，并因秦桧荐举，官至参知政事。绍兴八年（1138年），"秦桧初定和议，将揭榜，欲籍光名镇压。上意不欲用光，桧言：'光有人望，若同押榜，浮议自息。'遂用之"。但当秦桧议撤淮南守备，夺诸将兵权时，李光斥之为"盗国弄权，怀奸误国"；③ 胡铨于绍兴八年（1138年）任枢密院编修官时，愤而上疏，力陈屈膝求和之害，要求斩秦桧、孙近和王伦三人之头，以谢天下，④ 在朝野产生了广泛的影响，也最能代表主战派的心声。所以秦桧专政后，对此三人"欲必杀之而后已"。而秦桧"欲必杀"的对象与人数，则远非止此三人，还包括了"不附和议之士"的第二代。吕中《大事记》说："甚矣，秦桧之忍也！不惟王庶、胡铨、赵鼎、张浚、李光、张九成、洪皓、李显忠、辛企宗之徒相继贬窜，而吕颐浩之子摭，鼎之子汾，庶之子荀、奇，皆不免焉。盖桧之心太狠愎，尤甚于章（惇）、蔡（京）。窜赵鼎而必置之死，杀张浚而犹及其家……末年欲杀张浚、胡寅等五十三人，而秦桧已病不能书。可畏哉！"⑤

---

① 佚名《宋史全文》卷二四上，隆兴二年七月"是月"条引，影印《文渊阁四库全书》本，第331册，台湾商务印书馆，1986年，第302页。
② 脱脱等：《宋史》卷四七三《秦桧传》，中华书局，1977年，第13764页。
③ 脱脱等：《宋史》卷三六三《李光传》，中华书局，1977年，第11341—11342页。
④ 《戊午上高宗封事》，曾枣庄、刘琳主编《全宋文》，第195册，上海辞书出版社，安徽教育出版社，2006年，第47页。
⑤ 李心传：《建炎以来系年要录》卷一六九，"绍兴二十五年十月辛卯"条注引，中华书局，1988年，第2769页。

宋代大规模的党禁始于北宋由蔡京主持的"崇宁党禁",其禁的对象,不完全在于元祐党人,还涉及元祐党人的第二代。秦桧继承了蔡京的衣钵,在实施党禁时,同样祸及政敌之子;但与蔡京不同的是,秦桧对自己的党羽进行不断的清洗,即便是为秦桧在专事和议或倾覆政敌中建有汗马功劳者,在言行上稍一不慎,就遭贬斥。如范同因向秦桧献计,解除岳飞等三大将兵权而成就"绍兴和议",① 官至参知政事,但不到半年就被罢逐,原因是范同"在政府,或自奏事,桧忌之";② 又据朱熹说:"杀岳飞,范同谋也。胡铨上书言秦桧,桧怒甚,问范:'如何行遣?'范曰:'只莫采,半年便冷了。若重行遣,适成孺子之名。'秦甚畏范,后出之。"③ 前者是因为范同自作主张,难以控制;后者是因为范同城府甚深,令人生畏。无论是前者抑或后者,都触犯了秦桧结党专政之忌。史称"自秦桧专国,士大夫之有名望者,悉屏之远方,凡龌龊萎靡不振之徒,一言契合,率由庶僚一二年即登政府,仍止除一厅,谓之伴拜。稍出一语,斥而去之,不异奴隶,皆褫其职名,阙其恩数,犹庶官云"。④ 这是秦桧专政期间所采取的重要政术,其目的与抑制"不附和议之士"一样,是巩固以自己为核心的相党势力。长期控制朝政,成了秦桧进行党禁的组成部分。

秦桧对待侍奉自己的党羽,虽然不像打击"不附和议之士"那样必欲置之死地而后快,但因"惟恐他人攘己之位",进行不断的清洗。其实,这在秦桧看来,两者都是危及以自己为核心的相党权力的因素;就被排斥者而言,无论是"不附和议之士",抑或"不异奴隶"的秦桧党羽,均成了"绍兴党禁"的对象。正因为如此,使得"绍兴党禁"比"崇宁党禁"更具彻底性,从而保证了秦桧相党政治的坚固性。

---

① 详佚名《宋史全文》卷二一上,"绍兴十一年四月辛卯"条,影印《文渊阁四库全书》本,第 331 册,台湾商务印书馆,1986 年,第 88 页。
② 佚名《宋史全文》卷二一上,"绍兴十一年十一月己亥"条,影印《文渊阁四库全书》本,第 331 册,台湾商务印书馆,1986 年,第 96 页。
③ 黎靖德编:《朱子语类》卷一三一,中华书局,1986 年,第 3161 页。
④ 徐自明著,王瑞来校补:《宋宰辅编年录校补》卷一六,中华书局,1996 年,第 1097—1098 页。

在舆论上，秦桧大肆兴造文字狱，实行文禁与语禁，从思想上控制异论，以保证和议的实施，巩固其相党地位。

中国历史上文字狱的盛行，始于北宋的新旧党争，至"绍兴党禁"则又出现了一个新的高峰。"绍兴党禁"期间所兴文字狱的数量之多、范围之广、手段之恶劣是空前的。常为治史者举例提及的就有：孟忠厚"辞表案"，胡铨"奏疏案"与王庭珪"送胡铨诗案"，李光"私史案"，吴元美"《夏二子传》案"，范彦辉"《夏日久阴》诗案"，程瑀"《论语说》案"，沈长卿、芮晔"《牡丹》诗案"，等等。这些文字狱大都由当事者连坐数人，而当事者或流放岭海，困死贬所；或永不收叙，抄没家产。① 其中，王庭珪诗案和李光"私史案"颇具代表性。杨万里《诚斋诗话》：

> 吾州诗人卢溪先生安福王民瞻，名庭珪，弱冠贡入京师太学，已有诗名……绍兴间，宰相秦桧力主和戎之议，乡先生胡邦衡名铨，时为编修官，上书乞斩桧，谪新州。民瞻送行诗："一封朝上九重关，是日清都虎豹闲。百辟动容观奏议，几人回首愧朝班。名高北斗星辰上，身落南州瘴海间。不待百年公议定，汉庭行诏贾升还。""大厦元非一木支，要将独力拄倾危。痴儿不了公家事，男子要为天下奇。当日奸谀皆胆落，平生忠义只心知。端能饱吃新州饭，在处江山足护持。"有欧阳永安上飞语告之，除名窜辰州。

时称"胡忠简铨既以乞斩秦桧，掇新州之行，直声振天壤。一时士大夫畏罪钳舌，莫敢与之立谈，独王卢溪庭珪诗而送之"。② 王庭珪诗题为《送胡邦衡之新州》，作于绍兴十二年（1142年）。据杨万里《王叔雅墓志铭》，几年后，秦桧得报王庭珪为胡铨作诗送行，以"谤讪朝政"罪，命"江西帅司兴诏狱，名捕先生，叔雅（庭珪子）泣以从，父子俱

---

① 详见韩酉山：《秦桧传》，上海古籍出版社，1999年，第169—182页。
② 岳珂：《桯史》卷一二《王卢溪送胡忠简》，中华书局，1997年，第133页。

系狱";① 同时江西所属的赣、吉两州守臣曾惜、王珉,两州通判吴温彦、杜师仮以及已奉祠的江西提刑李芝、在任提刑林大声等,由于对王庭珪之诗没有认真勘治,均受降官一级的处分。② 胡铨上疏乞斩秦桧,在绍兴八年(1138年)。胡铨疏上,即遭贬斥,但迫于时论,仅贬为福州威武军签书判官公事,至绍兴十二年(1142年),秦桧以其"文过饰非,益倡狂妄之说;横议纷纷,流布遐迩。若不惩艾,殆有其甚者"为由,将胡铨除名亭勒,发配新州。③ 这是"绍兴和议"确立之初影响深远的一起"奏疏案"。王庭珪诗案则发生在绍兴十九年(1149年)六月,不仅是作者因诗罹祸,而且又祸及其子,使"父子俱系狱",并累及众多官员。由此可见,炮制这一诗案的目的,在于打击附和胡铨者,更重要的是用于禁锢胡铨,抑制士大夫对"绍兴和议"的异论。"诗案"成了全面实施"绍兴党禁"而采用的一种手段。

在北宋新旧党争中,朋党双方为了排斥政敌,屡兴文字狱,但对于当事者被贬后与人相交往的文字,并不在禁锢之列。在"绍兴党禁"中,对"谤讪朝政"的诗文,概以深究惩处,对被惩处者在贬所与人来往的文字,一经告发,也旋即立案勘治,予以进一步迫害。如绍兴十四年(1144年),"杨愿言藤州安置李光之罪。先是知藤州周某者,诱(李)光唱和,其间言及秦桧和议,有讽刺者,积得数篇,密献于桧。桧怒令言者论之,乃移光琼州安置"。④ 则又以诱人唱和的方式,置政敌于死地。为了穷治李光之罪,使之"永不检举",又炮制了"私史案"。该案起于绍兴十九年(1149年),由秘书省著作佐郎林机首发其端,称"访闻有异意之人匿迹近地,窥伺朝廷,作为私史,以售其邪谋伪说,欲望密加搜索,严为禁绝。甲寅,上谓秦桧曰:'此事不应有,

---

① 杨万里撰,辛更儒笺校:《杨万里集笺校》,中华书局,2007年,第4938—4939页。
② 李心传:《建炎以来系年要录》卷一五九,"绍兴十九年六月丁巳"条,中华书局,1988年,第2586页。
③ 李心传:《建炎以来系年要录》卷一四六,"绍兴十二年七月癸巳"条,中华书局,1988年,第2335页。
④ 佚名《宋史全文》卷二一中,"绍兴十四年十一月癸酉"条,影印《文渊阁四库全书》本,第331册,台湾商务印书馆,1986年,第127—128页。

宜行禁止，许人陈告。仍令州县觉察，监司按劾，御史台弹奏，并取旨优加赏罚。'于是李光之狱遂起"；次年结案，结案后，"诏责授建宁军节度副使昌化军安置，李光永不检举，右丞务郎李孟坚（李光之子）特除名峡州编管。先是，孟坚以小史事系狱，至是狱成，故有此命，于是前后从官及朝士连坐者八人。徽猷阁直学士致仕胡寅坐与光通书，朋附交结，特落职"。①查禁野史，惩治私史的撰写者或传布者的活动，在绍兴十四年（1144年）就已展开。次年，秘书省正字黄公度便因"著野史议讪"而被贬逐。②李光"私史案"将这场查禁野史活动推向了高潮，其手段和目的也与王庭珪诗案一样，由一人连坐众人，扩展禁锢对象，加大禁锢力度，深化"绍兴党禁"。而与文字狱和文禁交并而行的则是语禁：

> 绍兴十四年六月乙未，右武大夫华州观察使提举佑神观白锷特刺面配万安军。时闽、浙大水，锷自北方从太后归者，宣言"爕理乖缪；洪皓名闻中外不顾用"。太师秦桧闻之，奏系锷大理寺。锷客馆张伯麟，尝题太学壁曰："夫差，尔忘越王之杀而父乎？"伯麟亦下狱。狱具，锷坐因伯麟问"何故不用廉访使？"锷答曰以"任内臣作耳目，正是祖宗故事，恐主上不知"，因出言排斥。案奏，乃有是命。伯麟杖脊刺配吉阳军。御史中丞詹大方即奏皓与锷为刎颈交，更相称誉，诳言惑众。时皓以徽猷阁直学士。丁酉，召皓提举江州太平观。③

《尚书·周官》有"兹惟三公，论道经邦，爕理阴阳"之说，后来人们遂将此作为宰相之职事，若阴阳失调，宰相应该引咎辞位。白锷因

---

① 佚名《宋史全文》卷二一下，"绍兴十九年十二月壬子"、"绍兴二十年三月丙申"条，影印《文渊阁四库全书》本，台湾商务印书馆，1986年，第153、154页。
② 李心传：《建炎以来系年要录》卷一五四，"绍兴十五年七月乙巳"条，同年"八月丙子"条、同年"十月己酉"条，中华书局，1988年，第2477、2480、2491页。
③ 李心传：《建炎以来系年要录》卷一五一，"绍兴十四年六月乙未"条，中华书局，1988年，第2440页。

水涝而言"燮理乖缪"的用意也在于此,故触怒了秦桧;又因秦桧任宰相而为洪皓鸣不平,加诸与张伯麟关于"何故不用廉访使"的一段对话,则属"指斥乘舆",所以三大"语罪"并罚,并累及洪皓,使之无辜获罪,横遭罢逐。

绍兴十五年(1145年),高宗赐宅第予秦桧,又"诏就第赐燕,假以教坊优伶,宰执咸与。中席,优长诵致语,退,有参军者前,褒桧功德。一伶以荷叶交倚从之,恢语杂至,宾欢既洽,参军方拱揖谢,将就倚,忽堕其幞头,乃总发为髻,如行伍之巾,后有大巾镮,为双叠胜。伶指而问曰:'此何镮?'曰:'二胜镮。'遽以朴击其首曰:'尔但坐太师交倚,请取银绢例物,此镮掉脑后可也。'一坐失色,桧怒,明日下伶于狱,有死者。于是语禁始益繁"。① "二胜镮"是"二圣还"的谐音;"请取银绢例物,此镮掉脑后可也"是指一味屈膝求和而将请还徽、钦二圣,恢复中原之事置之脑后。优伶的戏语,既遭致杀身之祸,更引起了秦桧对"防民之口,甚于防川"这一座右铭的高度认同。于是,作为"绍兴党禁"的又一手段,"语禁始益繁"。

据载,张浚谪居永州时,因深恐惹祸及身,"杜门不通人,惟穴墙以通薪水";② 毛文以"大骂剧谈"称著于世,曾在临安酒肆遇唐锡,唐锡谓"君素号敢言,不知秦太师如何?"毛文听后却大骇不已,亟起掩耳,口言"放气!放气!"疾走而去。③ 一是位及宰相的主战大汉,一是论时事毫无忌讳的狂狷之士,尚且避之犹恐不及,一般人的恐惧心理也就不难想见了,"绍兴党禁"的效果也从中可见一斑。换言之,从人事上排斥与迫害政敌,到舆论上倡兴文字狱、文禁与语禁,秦桧成功地实施了比"崇宁党禁"更为严厉的"绍兴党禁"。

如果说"崇宁党禁",将熙宁以来新旧两党的党同伐异推向了高峰,那么"绍兴党禁"则将整个宋代朋党之争中的党同伐异发展到了极致。

---

① 岳珂:《桯史》卷七《优伶诙谐》,中华书局,1997年,第81页。
② 李心传:《建炎以来系年要录》卷一七〇,"绍兴二十五年十一月戊申"条注引《日历》,中华书局,1988年,第2775页。
③ 陆游:《老学庵笔记》卷一,中华书局,1979年,第11—12页。

前者虽然以309人组成的党人碑及"永不收叙"的诏令公布于世,但被禁锢者对抗蔡京之党的势力犹在,并如暗流涌动不息;后者则以"白色恐怖"与世人相见,导致人人自危,弥漫着一派恐惧心理,这也昭示了在"绍兴党禁"期间,朝野失去了可以制衡秦桧相党的势力,甚至如上述所说,连高宗也为之时生畏惧心理。因此,宋代士大夫"开口揽时事,议论争煌煌"或"言必中当世之过"这一既是参政主体的政治性格又是文学主体的创作性格,也失去了赖以生存的环境,而为经久不衰的"文丐群"歌功颂德的创作热潮所替代。换句话说,"绍兴党禁"造成的高压政治,孕育了一批又一批的"文丐群"和一浪接一浪的歌功颂德的创作热潮,从而形成了以高压政治为气候特征的、政治与文学相辅相成的文化生态环境。

二、歌功颂德的政治文化运动

可以说,"绍兴和议"期间的"文丐群"利用了一切可以利用的时机,运用了一切可以运用的文体,以近乎狂热的姿态,投身到了歌功颂德的政治文化运动之中,制造了铺天盖地般的谄诗谀文;其歌颂的对象是高宗与秦桧,歌颂的类型有临时性和经常性两类,但均体现了同一主题趋向。

所谓"临时性",是指无时间的规定性,而随时随地,遇事而歌,即兴而颂。

首次大规模的临时性歌功颂德是在绍兴十二年(1142年)。该年,金人按照和议协定,放还高宗生母皇太后韦氏。据此有"臣僚上言:窃惟皇太后北征淹留沙漠者十有六年,尚赖陛下圣明,虚心屈己,上天悔过,和好克成,归我太后,此诚国家莫大之庆,社稷无疆之福。乞令词臣作为歌诗,勒之金石,奏之郊庙,扬厉伟绩,垂之无穷"。高宗准之,朝野士人纷纷响应,作者竟达千余人之众。颂辞奏上,诏"献赋颂等文理可采者,令后省看详,申省取旨";诏下,"有司"依照"文理可采"的标准,展开了评奖活动,在一千余人的颂词中,评出四百首为优等,其中吴桌第一，张昌次之，范成大的作品也被列优等。对优等颂词的作者奖励是："有官人进一官，进士免文解一次。"①

类似如此规模浩大的歌功颂德运动，在中国文学史上很难说是绝后，但完全可以说是空前的。换言之，这次由千余人加盟的既出于相同的政治需要又围绕同一创作主题的政治与文学互为表里的运动，在此以前是不曾出现过的；而其政治上的需要与文学上的主题，从吴桌的《皇太后回銮颂》中可知一斑：

> 辅臣稽首，对扬圣志。惟断乃成，愿破群异。②

全诗长达 44 联，前有序文，以上两联是全篇的中心所在。所谓"辅臣"即指秦桧；"圣志"即为高宗与金和议的主张；"惟断乃成，愿破群异"二句，就是指绍兴十一年（1141年）高宗与秦桧不顾朝野的反对，断然收兵权，杀岳飞，与金签订和约。对于这一"盛德"之事，其序文表述得更为明确："窃谓隆古帝王有盛德事，必见于歌诗。下至有唐肃宗清奸臣，且有元结之颂，宪宗平淮，且有柳宗元（按：当为韩愈）之雅，使一时丰功伟绩，映照万世，赫赫如前日事。以今大庆，较其轻重，固已万万畴昔，其可无文字以述盛美乎！"早在去年，曾惇作《书事十绝句》，献投秦桧，歌颂和议，其三云："吾君见事若神通，兵柄收还号令新。裴度只今真圣相，勒碑十丈可无人。"③ 唐宪宗时，藩镇割据，吴元济在淮西，为患尤甚。宰相裴度奉旨平定了淮西，韩愈作《平淮西碑》，褒扬裴度的功绩，李商隐作《韩碑》诗，中有"帝得圣相相曰度，贼斫不死神扶持"句，以"圣相"誉裴度，曾诗则以裴度比秦桧，吴桌的比喻又从曾诗化出，其中虽未出现"圣相"之词，其赞颂的

---

① 徐梦莘：《三朝北盟会编》卷二百二十三，上海古籍出版社，1987年，第1612页；李心传：《建炎以来系年要录》卷一四七，"绍兴十二年十一月己亥"条，中华书局，1988年，第2367页。
② 北京大学古文献研究所编：《全宋诗》卷二三三四，北京大学出版社，1995年，第26839页。
③ 吴曾：《能改斋漫录》卷十一《记诗》，上海古籍出版社，1984年，第339页。

力度却大大加强了。在他看来，秦桧辅助高宗，贬逐主战官员，诛杀主战将领，"虚心屈己"，"和好克成"，不仅不让唐代"肃宗清奸臣"、"宪宗平淮"专美于前，而且"较其轻重，固已万万畴昔！"成了"于皇睿明，云符中兴"的突出标志。这显然是出于高宗与秦桧统一和议认识的政治需要而作的赞美词；出于这一政治需要而赞美高宗与秦桧"共图中兴"的"盛德"，也显然成了该诗包括范成大所作颂词在内的其他颂词所共同具有的主题。

如果说这次歌功颂德的文化运动是由政府组织的，具有明显的指令性质，因而对于参与者来说，或多或少带有受指性或被动性；那么绍兴十二年（1142年）以后，歌颂秦桧辅助高宗通过贬逐主战官员，诛杀主战将领而换来的与金和议，成了文士在文学创作中经常表现的一个主题和一种自觉行为，终成一代士风和文学主流。而在表现这一主题的作者中，还包括了不少南渡前辈和正直君子。绍兴十八年（1148年），敷文阁待制张嵲就进献了长达150韵的《绍兴中兴上复古诗》，其序文云：

> 乃临御之九年，起大丞相太师益国公秦桧于闲废之中，明年复相之，与之共图中兴之事。君臣一德，如鱼之有水，声音之相和，盐梅之相济，不动声气而神化密运，天下莫可测知。至于圣孝日跻，是崇是赞，所以感通庶类、逆厘三神者，虽夫妇之愚，咸知其有善应矣！是以内之则戾夫悍将颖首听命，而无项领之虞；远之则恶吏奸氓勉于承化，而无凌犯之变。风移而益淳，刑轻则几措。于以风德于远方，而异类为之革面；达孝于绝党，而敌国为之改图。……

若绍兴十二年（1142年）秦桧的专横与迫害政敌的残酷手段尚未充分展现，那么六年后则已暴露无遗了。这里却称"风移而益淳，刑轻则几措"，无疑更违心，也更荒悖！然而，其中所谓"内之则戾夫悍将颖首听命，而无项领之虞"，就是指秦桧辅助高宗，收兵权归朝廷，"销祸于未然"，得以"共图中兴"大业。张嵲《紫微集》另有《绍兴圣孝感通诗》、《贺师垣赐御书一德格天之阁牌并镀金器皿青罗》诗五首、《贺秦内翰启》文一篇,也以此为主题。又南渡以后理学的重要传人刘子翚赞美秦桧"嘉猷允契于宸衷,流庆大敷于寰海","如天所授,何谋不成";①"湖湘学派"的中坚胡寅称誉秦桧"命世大贤,兴邦元佐","一登揆路,大振邦荣","秦汉以还,勋庸莫二,盖以伊周之术业,赓陪尧舜之都俞",②说的同样是这个意思,也均与绍兴十二年(1142年)士人创作颂词的主题如出一辙。朱熹之父朱松尝托孤于张嵲,张嵲成了朱熹的启蒙老师,朱熹对这位前辈的为人与诗歌推崇之至;③作为南宋前期的著名理学家,刘子翚对朱熹成为理学的集大成者,具有栽培之恩;胡寅以直言敢谏闻名于世,其在建炎初批评高宗不该即位称帝的奏章,也深得朱熹的赞赏。④朱熹的这些前辈,在当时堪称正直君子,他们尚且如此竭力歌颂,怎能不使范成大这样的小辈或趋利小人趋之如鹜?又焉能遏止这场经久不衰的颂德热潮?

从长辈到小辈,从正直君子到趋利小人,遇事而歌,即兴而颂,纷纷加入了歌功颂德的文化运动之中,他们所创作的汗牛充栋的颂诗颂文,不少已散佚无存,但在现存的别集、正史、笔记小说以及诸如《五百家播芳大全文粹》之类选集中,仍然比比皆是、不胜枚举。这些作品还来自"文丐"经常性的创作。

所谓"经常性",是指有时间的规定性,按照指定的日期,规定的题材,歌功颂德。

经常性歌功颂德的表现之一就是贺秦桧生日。秦桧生日作为具有鲜明政治目的的一个盛大节日,始于"绍兴和议"确立后的第二年。该年

---

① 《代贺秦太师启》,曾枣庄、刘琳主编《全宋文》,第193册,上海辞书出版社、安徽教育出版社,2006年,第151页。
② 《代张子期上秦太师启》,《斐然集》卷八,影印《文渊阁四库全书》本,第1137册,台湾商务印书馆,1986年,第383页。
③ 束景南:《朱熹年谱长编》,华东师范大学出版社,2001年,第123页。
④ 胡寅奏章题为《上皇帝万言书》,见《斐然集》卷一六;朱熹赞语见《朱子语类》卷一〇一,中华书局,1986年,第2581页。

十二月二十五日，"以太师秦桧生辰赐宴其第，自是岁为例"。① 高宗又为此专门下《赐太师秦桧生日诏》："宣王拨乱，岳降甫申，炎德复辉，勋高冠邓。稽诸载籍，岂若师臣独斡化枢，再安王室，明谟高世，成绩格天。属兹载诞之辰，特厚匪颁之宠，用昭恩眷。"② 以周宣王自称，但其所谓"拨乱"，当然不是指拨靖康之乱而恢复中原；谓"师臣"秦桧"独斡化枢，再安王室"，其意无他，唯指助己"削尾大之势，以革积岁倒持之患"，从而使"戾夫悍将颡首听命，而无项领之虞"，使祖宗"炎德复辉"。高宗的诏书为秦桧生日之贺也为号召"文丐"歌颂自己，设定了基调，规定了题材。自此以后，年复一年的秦桧生辰之日，一批接一批的"文丐群"就是据此赋诗作文，竞相献投的。据载，每遇秦桧生日，四方"献投书启者，以皋夔稷契为不足比，拟必曰'元圣'或'大圣'"。③ "元圣"或"大圣"就是对高宗诏书的高度概括。辅助王室的秦桧为"元圣"，王室之主的高宗当然成了"元帝"；故在歌颂秦桧的同时，高宗的"盛德"也就包含其中了。

现存周紫芝《太仓稊米集》收有九组共 59 首为秦桧生日而作的诗歌。其第一组《时宰生日乐府》序文指出："岁十有二月二十有五日，太师魏国公之寿日也。凡缙绅大夫之在有位者，莫不相与作为歌诗，以纪盛德而归成功。篇什之富，烂然如云，至于汗牛充栋，不可纪极。所以祈赞寿龄，无所不至，猗欤盛哉，昔未有也。"所记即为绍兴十二年（1142 年）祝秦桧生日时赞美其"成功"、赵宋王室之"盛德"的空前盛况。周紫芝于绍兴十二年以廷对第三释褐，自此年始，一直在朝任官，至绍兴二十一年（1151 年），出知兴国军，在朝时间恰好九年。也就是说，其九组诗歌分别作于在朝期间一年一度的举朝贺秦桧生辰之时。这一创作实绩也具体证明了每遇秦桧生日，"凡缙绅大夫之在有位者，莫

---

① 佚名《宋史全文》卷二一上，"绍兴十二年十二月癸未"条，影印《文渊阁四库全书》本，第 331 册，台湾商务印书馆，1986 年，第 108 页。
② 刘才邵：《槜溪居士集》卷六，影印《文渊阁四库全书》本，第 1130 册，台湾商务印书馆，1986 年，第 501 页。
③ 徐梦莘：《三朝北盟会编》卷二二〇，上海古籍出版社，1987 年，第 1580 页。

不相与作为歌诗"的事实。以此推算,每年以秦桧生日为题材而创作的诗歌,当不下千首;自绍兴十二年至绍兴二十五年(1155 年)秦桧去世的十四年间,其总数也就远在万首之上了。

当然,对于这些数以万计的赞美诗,秦桧并非都来者不拒,一概笑纳,而是在"士人投献,必躬自批阅"① 中,以自己的审美趣味作精心选择,对于那些誉之太过又无韵味之作,是坚决嫌弃的。据载:

> 光尧(高宗)赐御书秦益公"一德格天之阁"牌,一时缙绅献诗以贺。惟孙仲鳌一联,为秦所赏,云:"名向阿衡篇里得,书从复古殿中来。"生日,四方贺诗尤多,尝取其三联云:"朝回不入歌姬院,夜半犹看寒士文";"友邦争问年今几,天子恨无官可酬";"建业三公今始有,靖康一节古来无",盖取其亲切耳。蜀人李善诗:"无穷基有无穷闻,第一人为第一官。"其后言者以为过,有旨禁之,仍著令。②

值得注意的是,在为秦桧"躬自批阅"的作品中,还包括了张元干的大作:

> 宝鼎祥开飞练上,青冥万里光。石城形胜,秦淮风景,威凤来翔。腊余春色早,兆钧璜、贤佐兴王。对熙旦,正格天同德,全魏分疆。　　荧煌。五云深处,化均独运斗魁旁。绣裳龙尾,千官师表,万事平章。景钟文瑞世,醉尚方、难老金浆。庆垂芳。开云屏间坐,象笏堆床。

夏承焘先生《瞿髯论词绝句·张元干》说:"格天阁子比天高,万阕投门悯彼曹。一任纤儿开笑口,堂堂晚盖一人豪。"吴闻先生注云:

---

① 张世南:《游宦纪闻》卷六,中华书局,1997 年,第 51 页。
② 吴曾:《能改斋漫录》卷十一《记诗》,上海古籍出版社,1960 年,第 338 页。

"秦桧当权时，文人纷纷献诗词奉承。宋本张元干《芦川集》《瑞鹤仙》词，有'倚格天峻阁'句，当是献给秦桧或秦桧家人祝寿的词。"① 其实，张元干献给秦桧的寿词不止《瑞鹤仙》（倚格天峻阁）一首，上引词作调名为《瑶台第一春》，共两首，均为寿词，其寿主属于同一个为"千官师表"的"万事平章"。这两首寿词虽然没有注明寿主的姓名，也难以确定其作年，但其中的"石城形胜，秦淮风景"，正切合秦桧的诞生地；"腊余春色早"，合乎秦桧十二月二十五日这一贺诞时令；"格天同德，全魏分疆"也就是高宗表彰秦桧"一德格天"与"独斡化枢，再安王室"之意。要之，词中言及寿主身份及其诞生地点、贺诞时间，非秦桧莫属。张元干《芦川词》以《贺新郎·寄李伯纪丞相》、《贺新郎·送胡邦衡待制》为压卷之作。前阕所寄即为建炎首相并历遭汪伯彦、秦桧等权相排斥的抗金领袖李纲；后阕于绍兴十二年送别因抗章取秦桧首级以谢天下而被贬的胡铨赴贬所时作。在这两首压卷之作中，强烈谴责了高宗与秦桧主和行为，得到了当时文人与后来词学研究者的高度赞赏。然而，随着时间的推移，张元干也不能免却时俗，创作了上述与《贺新郎》截然不同的寿词。

在秦桧生日献投赞歌的，基本上是"缙绅大夫之在有位者"；尚未入仕途的举子，即便想要作颂相献，恐怕也未必能"下情上达"，但定期的科举考试，为他们提供了机会。而"科场尚谀佞，试题问中兴歌颂"，②也为举子应试规定了题材和主题。

从和议的确立到秦桧去世，共产生了五榜正奏名进士，张希清先生对每榜人数作过考证，王曾瑜先生则对每榜的策论内容作了提要说明，最后指出："绍兴十二年为389人，绍兴十五年为374人，绍兴十八年为353人，绍兴二十一年为422人，绍兴二十四年为419人，合计1966人（按数字统计应为1957人）。这仅是撰写歌颂高宗君臣降金政策而科举过关者，而更有特奏名进士，还有大量虽亦撰写了歌颂文字，却仍未

---

① 夏承焘：《夏承焘集》，第2册，浙江古籍出版社、浙江教育出版社，1998年，第534—535页。
② 脱脱等：《宋史》卷四五九《徐中行传》附徐筠传，中华书局，1977年，第13458页。

过登科关者,用成千上万的成语估算,是不过分的。"分别于绍兴十八年(1148年)、绍兴二十四年(1154年)中第的朱熹与张孝祥也在其中,"依朱熹的文化修养只是登同榜中的第五甲第九十人,也可推知其违心之论说得不重",① 但较诸"大量虽亦撰写了歌颂文字,却仍未过登科关者",其"违心之论"无疑要重得多。朱熹的策论已散佚,这里不妨以张孝祥的策论为例:

> 往者数厄阳九,国步艰棘,陛下宵衣旰食,思欲底定。上天佑之,畀以一德元老,志同气合,不动声色,致兹升平,四方协和,百度具举,虽尧、舜、三代无以过矣……今朝廷之上,盖有大风动地,不移存赵之心;白刃在前,独奋安刘之略,忠义凛凛,易危为安者,固已论道经邦,燮和天下矣。臣辈委质事君,愿视此为标准。②

"一德元老",语出高宗为秦桧私宅的题词"一德格天之阁";"盖有"四句,为熊彦诗献媚秦桧并为秦桧格外喜好的骈文。"不移存赵之心"是指靖康二年(1127年)二月,秦桧所上"请存赵氏"的议状;"独奋安刘之略"将秦桧比作安刘氏天下的周勃与陈平,说的也是秦桧辅助高宗收兵权、诛岳飞,定和议,以"削尾大之势,以革积岁倒持之患"。或以为张孝祥巧妙地借用了熊氏的文句,"强调以对待'存赵'、'安刘'的态度,来考察'修行'、'治心'是否'无伪'和'克诚'",不乏正义感。③ 但从整篇观之,用了他人成句,却能"点铁成金",其"违心之论"既重又透,置诸当时汗牛充栋的谀诗谀文中,也不失为上乘之作,所以后世流传的《于湖居士文集》弃之不收。不过,该集却收了为其父亲代作的《寿芝颂》,颂词的开篇就说"上既专任一德,方内

---

① 王曾瑜:《绍兴和议与士人气节》,《中国史研究》,2001年第3期。
② 李心传:《建炎以来系年要录》卷一六六,"绍兴二十四年三月辛酉"条,中华书局,1956年,第2712页。
③ 韩西山:《秦桧传》,上海古籍出版社,1999年,第237页。

底定,眷江北昔为战墟,生聚教训,十年于兹矣",与策论中的"升平"、"协和"同一意思。张孝祥与朱熹都具有强烈的民族责任感,收复中原是其终身不渝的志向,但也自觉地加入了这场歌功颂德的文化运动之中。

综上所述,在临时性和经常性两类颂词中,均体现了一个共同的主题,即歌颂秦桧辅助高宗"共图中兴"的"盛德"。以此为主题的、旷日持久的文化运动,既是一场声势浩大的政治运动,又是一场具有鲜明政治目的的文学运动。它既与秦桧履行党同伐异的高压政治相辅相成,又成了"绍兴和议"期间文学创作的主流。

三、适应性变异的文化"基因"

现存"绍兴和议"期间谀诗谀文最多的作者,可能是南渡诗人周紫芝,除了上述其贺秦桧生日的59首诗歌外,现存的《太仓稊米集》还收录了歌颂"中兴"大业和秦桧勋德的《大宋中兴颂》等诗二首、赞美秦桧的《贺秦太师贺辛赐第启》等文八篇。所以,清四库馆臣怒斥为"老而无耻,贻玷汗青"。① 周紫芝固然如其所斥,但"无耻"者何止周紫芝一人! 事实证明,这是群体的"无耻"。张浚在审视"绍兴和议"期间士大夫群体的政治实践时,也不无悲哀地感叹说:"秦太师专柄二十年,只成就得一胡邦衡。"② 意即秦桧的"专柄",给胡铨威武不屈,屹屹独立的人格提供了表现的舞台;也只有胡铨,才能如此。在当时,不为高压政治所屈者,当然不止胡铨一人。徐筠面对"科场尚谀佞,试题问中兴歌颂",深叹"今日岂歌颂时耶!"所以在参加科举时,明知不可能中第,却依然"疏其未足为中兴者五",③ 就是一例。

那么,这是否标志了胡铨、徐筠等人的人格高尚,而充当"文丐"的大批士人就低劣不堪了呢? 假如当时士人都能像胡、徐那样威武不屈,屹屹独立,不是既不会惹来"无耻"的恶名而能垂范来者,又能使

---

① 《四库全书总目》卷一五九,中华书局,1983年,第1366页。
② 罗大经:《鹤林玉露》甲编卷六,中华书局,1983年,第105页。
③ 脱脱等:《宋史》卷四五九《徐中行传》附徐筠传,中华书局,1977年,第13458页。

秦桧的"专柄"独断失去基础而不至于人人自危了吗？理论上应该如此，但事实上不能作这样简单的推论和设想。

为"文丐"所千歌万颂的秦桧辅助高宗"共图中兴"的"盛德"主要表现在于通过贬逐主战官员，解除诸将兵权，诛杀爱国将领而换来的与金和议。那么，对于诛杀岳飞的"盛德"是否值得歌颂？屈膝和议是否标志了南宋的中兴？张元干、张嵲、胡寅、范成大、朱熹、张孝祥以及其他颂德者，当然一清二楚，也十分明白自己笔下的颂词是违心之作。既然如此，又为何奔竞其中，使之生生不息？这与高压政治所维护的"绍兴和议"不无关系。

暂且不论"绍兴和议"的是非得失，秦桧辅助高宗收回韩世忠、张俊和岳飞三大将的兵权，并以"莫须有"的罪名，杀害岳飞父子及其爱将，正是以极端的手段，张扬了朱熹所总结的"本朝鉴五代藩镇之弊，遂尽夺藩镇之权"①的统治术；该统治术也是当时文人士大夫的共同企求。早在建炎元年（1127年），首相李光一方面认为在"今强敌内侵，怀我边防，以扰腹心之地，盗贼乘时蜂起蚁结"之际，急需恢复藩镇之制；一方面却又担忧因此会重复"唐方镇之弊"，重现"尾大不掉"之患。②南渡后，随着抗敌的需要，藩镇之制越来越变得须臾不能离去，三大将的兵权也变得越来越大，并盛行"韩家将"、"张家将"、"岳家将"之称，因此"尾大不掉"的担忧在文人士大夫的心中变得越来越浓重。绍兴元年（1131年），尚书户部侍郎柳公约在与高宗的一次谈话中，就再三强调了"诸大将提兵入觐，各名其家将，有尾大不掉之患"；③同年，中书舍人汪藻专论武将的种种骄横之迹，并深表"今诸将悍骄已成，虽朝廷有法，果能一一治之乎"的担忧。④诸如此类的议论与担忧，在南渡文人的文集与南渡后的史籍中还有很多，恕不一一例举。而

---

① 黎靖德编：《朱子语类》卷一二八《法制》，中华书局，1986年，第3073页。
② 《乞于沿河沿江沿淮置帅府要郡札子》，《梁溪集》卷六一，影印《文渊阁四库全书》本，第1125册，台湾商务印书馆，1986年，第987页。
③ 周必大：《左朝议大夫充敷文阁待制致仕柳公约神道碑》，《文忠集·省斋文稿》卷二九，影印《文渊阁四库全书》本，第1147册，台湾商务印书馆，1986年，第322页。
④ 徐梦莘：《三朝北盟会编》卷一四五，上海古籍出版社，1987年，第1050—1054页。

张浚为相时，则设置由文人掌管的督府，试图用以控制兵权；赵鼎为相时，又专置总领司，"盖缘韩、岳统兵权重，方欲置副贰，又恐启他之疑，故特置此一司，以总裁财赋为名，却专切报发御前兵马文字，盖欲阴察之也"。① 但张浚、赵鼎的这些努力并没有减弱藩镇的权利，反而形成了文武之间的对立，绍兴七年（1137年），还出现了武将杀害文臣的"淮西师变"。

当然，最为担忧"尾大不掉"的是王室的主人高宗。靖康之乱后，高宗经历包括苗、刘军事政变即"明受之变"在内的四年左右的动乱生涯，虽于绍兴初建立了南宋小朝廷，但其根基不深，政权不稳，隐伏着令其警惕不已的变数。绍兴二年（1132年）八月，当秦桧建议"南人归南，北人归北"时，高宗便十分敏感地责问"朕北人，将安归？"② 其实，秦桧所说的"北人归北"指的是伪齐刘豫，但却触及了同样作为北人的高宗的神经，反映了其南渡初期因根基不深、政权不稳时特有的忧虑心理；而"尾大不掉"则是高宗所忧虑的变数中最为关键的一点。所以在绍兴十一年（1141年）宋军抗击金兵取得节节胜利之际，高宗"乃密与秦桧削尾大之势，以革积岁倒持之患"，"销祸于未然"；当秦桧助其成时，便喜悦万分地说："唐藩镇跋扈，盖由制之不早，遂至养成。今兵权归朝廷，朕要易将帅，与差文臣无异。"③ 高宗的这一喜悦，也是深忧"尾大不掉"之患的文人士大夫的共同心声。

共同存在的深忧"尾大不掉"的心理，以及秦桧能辅助高宗"削尾大之势"，得到了广大忠于王室的文人士大夫的认同。或者说，他们违心地将以收兵权、杀爱国将领换来的屈己和议当作南宋"中兴"的"盛德"之举，大加歌颂，并认同高宗对秦桧"一德格天"、"独斡化枢，再安王室"的表彰，津津乐道于"内之则戾夫悍将頫首听命，而无项领之

---

① 黎靖德编：《朱子语类》卷一二八，中华书局，1986年，第3077页。
② 李心传：《建炎以来系年要录》卷五七，"绍兴二年八月甲寅"条，中华书局，1956年，第999—1000页。
③ 李心传：《建炎以来系年要录》卷一四六，"绍兴十二年八月乙丑"条，中华书局，1956年，第2349页；同书卷一四七，"绍兴十二年十二月乙卯"条，中华书局，1956年，第2372页。

虞"的功效,盛情赞美其"格天同德,全魏分疆"、"映照万世"的"丰功伟绩",就是基于与高宗、秦桧意向一致的心理活动。所以,出自这一心理活动的数不胜数的谄诗谀文,虽然构成了中国文学史上一大谎言,但却又是发自肺腑的真实之声;也是在这一心理活动的作用下,使他们一方面目睹了秦桧的专横,一方面又将他视为"命世大贤,兴邦元佐",掩盖了秦桧作为民族罪人的一面,凸现了其赵宋王室的"元佐"形象。

与此同时,以歌颂高宗和秦桧"共图中兴"之"盛德"为主题的谄诗谀文,又是建立在儒家诗学基础之上的。绍兴十二年(1142年)以皇太后回归为契机的颂德运动的依据就是"此诚国家莫大之庆,社稷无疆之福。乞令词臣作为歌诗,勒之金石,奏之郊庙,扬厉伟绩,垂之无穷";又张嵲《绍兴中兴上复古诗》序:"臣虽固陋,日尝以文字从词臣之后,深恐徒老于外,无片言以歌咏盛德成功,少佐盛治之光明,臣终且不瞑。"周紫芝《时宰生日诗三十绝》序:"小诗之三十章,姑以伸颂愿之情而已。倘欲叙述功德之美,载之简册之间,虽累千万言而不尽也,况于八百有四十言乎?"由此等等,均体现了儒家诗学主张"美刺"中的"美"。自先秦以来特别到了宋代,儒家诗学的"美刺"不仅是文学创作的两大理论主张,而且也是创作主体赖以立身的两大精神支柱。欧阳修《诗本义》卷一四《本末论》说:

> 作此诗,述此事,善则美,恶则刺,所谓诗人之意者本也。正其名,别其类,或系于此,或系于彼,所谓太师之职者末也。察其美刺,知其善恶,以为劝戒,所谓圣人之志者本也。求诗人之意,达圣人之志者,经师之本也。讲太师之职,因其失传而妄自为之说者,经师之末也。今夫学诗者得其本而通其末,斯尽善矣;得其本而不通其末,阙其所疑可也。虽其本有所不能通者,犹将阙之,况其末乎?……若诗人之所载事之善恶言之美刺,所谓诗人之意,幸其具在也。然颇为众说汩之,使其意不明,今去其汩乱之说,则本意灿然而出矣。今夫学诗者,知前事之善恶,知诗人之美刺,知圣

人之劝戒,是谓知学之本而得其要,其学足矣,又何求焉!

在纠正汉代经学家张扬儒家诗学时本末倒置的弊端中,明确地界定了诗的本与末,认为"作此诗,述此事,善则美,恶则刺"为诗人之本;"察其美刺,知其善恶,以为劝戒"为圣人之本;"求诗人之意,达圣人之志"为经师之本。所以学诗者不必求"谋于太师"之末,唯知"前事之善恶"、"诗人之美刺"、"圣人之劝戒",便得"作诗之本"、"诗人之意"。在这一本末论中,欧阳修十分强调诗歌"美刺"的政教职能,以及诗人以"美刺"为政治实践的立身之本。欧阳修以后的北宋士大夫,便以自己的创作实践履行了这一点。"绍兴和议"期间,"文丐"群所创作的数不胜数的赞美诗,也基于这一立身之本;何况以高宗和秦桧"共图中兴"的"盛德",也非完全违背"善则美"的原则而毫无伦理标准,其标准就是前文所述的"削尾大之势,以革积岁倒持之患"。在家天下的宋代,这无疑是一个十分重要的伦理标准!在构成绍兴文学生态的过程中,这一伦理标准和"善则美"的诗学主张与其他环境要素一样,其作用是不可忽视的,是绍兴文学群落在高压政治下产生适应性变异的又一生态因子。

当然,自欧阳修至苏轼时期的北宋士人,在坚持儒家诗学理论主张的过程中,并没有像绍兴"文丐"那样以谄诗谀文作为在政治实践中的立身之本,更多的是"开口揽时事,论议争煌煌"或"言必中当世之过"的创作实践,重点突出了"美刺"中的"刺"。绍兴"文丐"群则弃"刺"尚"美",唯"德"是颂,形成了以歌颂高宗和秦桧"共图中兴"之"盛德"的主题趋向。就整个民族和国家而言,这个主题是十分荒悖的!其实,在高宗和秦桧的内心世界中,以收兵权,杀爱国将领换来的屈己和议,是否真的属于"中兴"、"盛德"之举,也是十分清楚的。高宗在退位之前向臣僚所说的"朕在位,失德甚多,更赖卿等掩覆",① 就昭示了这一点。他与秦桧一起倡导的,由"文丐"参与的这场歌功颂德的文化运动,是自欺欺人。这种自欺欺人的做法,是极度心虚的结果;因为极度心虚,所以需要经久不衰的千歌万颂来提神壮胆。当然,这需要士人的响应和参与。令高宗与秦桧欣慰的是,大批士人以近乎狂热的姿态参与其中,并在以歌功颂德的话语体系中,掩盖了秦桧作为民族罪人的一面,而凸现了他辅佐赵宋王室的"元圣"形象;掩盖了"恶则刺"的应有功能,而凸现了"作此诗,述此事,善则美"的一面。这与北宋欧阳修、苏轼时代的诗人相比,虽然方向迥异,反差甚大,但正如《晏子春秋》卷六《内篇》所说:"橘生淮南则为橘,生于淮北则为枳;叶徒相似,其实味不同。所以然者何?水土异也。今民生长于齐不盗,入楚则盗,得无楚之水土使民善盗耶?"是相同的立身之本在不同文学生态中不同表现;换言之,是儒家的诗学主张和创作主体的立身之本在以高压政治为气候特征的环境要素催化下的一种逻辑发展。

作为宋代儒学思想的组成部分,欧阳修所阐发的"美刺"主张,将文学与政治紧密地联系在一起,在为文学创作的价值取向进一步明确了理论指南的同时,也为诱发政治异化创作主体和个体人格夯实了理论基础,尤其是在"绍兴和议"期间的文学生态环境中,更容易付诸实践而凸现出创作主体文化人格的变异性与劣根性。上述表明,高宗与秦桧正利用了这一点,才得以使"文丐"在以歌功颂德为内涵的话语体系中奔竞不息,从而十分有效地维护了"绍兴和议",推进了高压政治的生成与运作。

高宗与秦桧在推行和议国策中,所以能用严刑摧残正论,实施高压政治,除了手握专制集权外,离不开该集团赖以生成的土壤;或者说,秦桧在人事上党同伐异,排斥和禁锢政敌,在舆论上大肆兴造文字狱,进行文禁与语禁,成功地搭建了以自己为核心的、坚如磐石的相党集团,必须具备两个基本条件:一是能辅助高宗"削尾大之势"而获取独

---

① 周必大:《文忠集》卷一《亲征录》,影印《文渊阁四库全书》本,第1148册,台湾商务印书馆,1986年,第770页。

揽朝政的大权；一是在士人群中有着党同其相党集团的广泛基础。毋庸赘言，若大批士大夫如前述胡铨那样威武不屈，屹屹独立，秦桧相党或高压政治是断难生成和进行的，即所谓"皮之不存，毛将焉附？"而在以歌功颂德为内涵的话语体系中奔竞不息的"文丐"，无论是违心抑或真心，都充当了秦桧之"毛"赖以生成之"皮"。

诚然，在"文丐"群中，并非个个都能进入高压政治的权力中心，其中也有像周紫芝那样长期厕列秦桧之门，又有像胡寅那样始投秦桧之门终为秦桧所弃，甚至成为秦桧必杀的对象。但他们在歌功颂德的过程中，都成了高宗和秦桧的高压政治或秦桧相党集团赖以生成的坚实基础和坚强后盾。事实充分表明，正是阵容壮大的"文丐"群以经久不衰的赞美之声，为极度心虚的高宗和秦桧提神壮胆，因而在客观上十分有效地助长了高压政治的肆虐，甚至党助了秦桧，为秦桧排斥与迫害政敌鸣锣张道。

叙述至此，不难发现，"绍兴和议"期间的高压政治是该时期文学生态的首要环境要素。这一要素所以能产生效应的关键，则在于文学生态赖以形成的创作主体。作为既是创作主体，又是参政主体的绍兴"文丐"，在残酷的党禁中，虽遭心灵威胁，呈现出集体的怔忡症与失语症，但由于积淀着极易被政治异化的文化"基因"，又很快地适应了以高压政治为气候特征的生存环境，自觉地营造了以歌功颂德为内涵的话语体系，创作了数不胜数的谄诗谀文。尽管这些诗文具有一定的伦理标准和儒家诗学的理论依据，但锐气顿失，灵光耗散，卓识幽闭，使"绍兴和议"期间的文坛长时间、大面积地呈现出"弥望皆黄茅白苇"的萧条景象，成了宋代文学史程中的一个转折点。不过，这绝非是个偶然现象，也不仅是某一个体"名节"的表现，而是中国传统文化在特定生态环境中的必然显现。

（原载《文学遗产》2003年第3期）

宋元之际士阶层分化与文学转型

引　言

诚如萧启庆所说："元代用人取才最重世家，即当时所谓'根脚'。此一'根脚'取才制，与唐宋以来中原取士以科举为主要管道可说南辕北辙，大不相同，元朝中期以前，一直未恢复科举制度，汉族士人遂丧失此一主要的入仕管道。"因此，"南宋以来独享统治权力与社会荣耀的'知识菁英'遂多遭摒斥于统治阶层以外"，延祐二年（1315年）恢复科举考试后，这种局面才开始有所改观。① 不过，在以科举取士的南宋，尤其是宁宗开禧（1205—1207）以后，绝大部分读书人同样被摒斥于统治阶层以外，分别扮演了游士、幕士、塾师、儒商、术士、相士、书会才人等多种社会角色，形成了一个庞大而又独特的士人阶层，构成了一支举足轻重的社会与文化力量。那么，在角色属性和社会文化活动中，这支力量与元代中期以前被"根脚"制度排斥在外的大批读书人有无相通之处或内在联系？

尽管宋开禧以后至元延祐以前的一个世纪——宋元之际士阶层的分化具有模糊性和多样化，影响分化的因素也相当复杂，但在分化过程中，无论独享统治权力与社会荣耀的知识精英，抑或远离统治权力之外的布衣士人，他们都具有作为知识分子固有的文化素养和相同的身份标

---

① 萧启庆：《内北国而外中国：蒙元史研究》，中华书局，2007年，第145、187—198页。

志。不同的是，后者因远离统治权力和社会地位的下降，传统士人的精英意识随之淡化，导致士阶层文化的下移和文学取向的差异；进而言之，宋元之际因士阶层的分化而造成文化下移趋势，以及由文化下移导致文坛的主要力量步入了非精英写作的时代，是一种前后连续的社会文化现象，并共同改变了以往文学以雅正为主流的历史，全面确立了世俗文学的地位，也促进了叙事文学的兴盛，完成了中国文学史上的一次重大转型。

作为唐宋政治、文学与文化的主体，士人阶层一直是学界关注的一个话题。而这个话题主要停留在士人通过科举的向上流动，他们在内部分化后的向下流动，以及在向下流动过程中所完成的文学转型的历史，尚未引起足够的重视；尽管南宋后期"江湖诗人"的研究，已相当深入，[①] 但由于这些研究成果主要面向文学上的诗歌流派，对向下流动的士人阶层的社会属性及其文化与文学活动的取向在元代前期的延续性，也就不在其考察的范围之内。至于王国维以来大量关于宋元话本、南戏、杂剧等方面的研究成果，虽注重这些新型文体在朝代更替过程中的生成与发展，闻一多还从文学新变的角度指出："中国文学史的路线南宋起便转向了，从此以后是小说戏剧的时代。"[②] 对于宋元之际士阶层分化与这些文体或文学史"转向"之间的内在联系及其底蕴，却缺乏深入的考究。

在宋开禧以后至元延祐以前的一个世纪里，士阶层分化与文学转型是互为因果、相辅相成的一种社会文化现象。因此，打破政治上的朝代界限，在时空上将"宋元之际"的这一社会文化现象作为一个统一体进行考察，是本文所遵循的路径；从中揭示士阶层分化后文化下移，以及因此导致文学转型的内涵特征及其意义，则是本文试图达到的目的。

[①] 近三十年来，研究南宋"江湖诗人"的成果相当丰硕，有不少单篇论文，也有多种专著，其中张宏生的博士学位论文《江湖诗派研究》（中华书局 1995 年出版），为较早也是影响最大的一种。
[②] 闻一多：《闻一多全集》，第 1 册，生活·读书·新知三联书店，1982 年，第 203 页。

一、社会变动与士阶层分化

南戏《张协状元》第一出（副末）〔水调歌头〕下阕云：

> 但咱们，虽宦裔，总皆通。弹丝品竹，那堪咏月与嘲风。苦会插科使砌，何吝涂灰抹土，歌笑满堂中。一似长江千尺浪，别是一家风。

一般认为，《张协状元》是成于南宋的中国戏剧史上第一部完整的剧本。① 据该剧署名"九山书会"，则上列自白"宦裔"身份者，为编写剧本的书会才人。暂且不论这一"自白"是否真实，书会才人都是读书人是毋庸置疑的。在宋代，读书人属于"通治道"的士人阶层。② 所谓"书会"，是指读书人"替说话人、戏剧演员编写话本和脚本"的行会组织。③ 据钟嗣成《录鬼簿》、贾仲明《书录鬼簿后》，以及《张协状元》、《小孙屠》、《白兔记》等戏文，宋元之际有九山书会、永嘉书会、武林书会、古杭书会、元贞书会、玉京书会、敬先书会等等。书会才人不仅编撰戏剧剧本和话本小说，同时也编写散曲、套数、歌曲和隐语等，④ 他们中绝大部分终身布衣，是宋元之际士阶层分化后向下流动而出现的

---

① 该剧作年，个别学者认为作于北宋末年或以为作于元代，多数认为作于南宋，举其要者，有钱南扬"南宋早期说"（《永乐大典戏文三种·前言》，中华书局，1979年），王季思"南宋中叶说"（《从莺莺传到西厢记》，上海古典文学出版社，1955年），胡忌"南宋晚期说"（《宋金杂剧考》，上海古典文学出版社，1957年）。近年来，尚有多篇论文以新的资料分别佐证"南宋中叶说"与"南宋晚期说"。
② 李焘：《续资治通鉴长编》卷三"建隆三年二月壬寅"条："上谓近臣曰：'今之武臣欲尽令读书，贵知为治之道。'"中华书局，2004年，第62页。关于"读书人"的由来，以及宋代用"读书人"的政策，见邓小南《谈宋初之"欲武臣读书"与"用读书人"》，《史学月刊》，2005年第7期。
③ 胡士莹：《话本小说概论》，中华书局，1980年，第65页。何谓书会？学界虽有多种说法，但在编写戏剧剧本这一点上，观点是一致的。
④ 贾仲明《书录鬼簿后》："玉京书会、燕赵才人，四方名士大夫编撰当代时行传奇、乐章（按：当指散曲、套数之类）、隐语。"钟嗣成《录鬼簿》"赵良弼"下注："乐章、小曲、隐语、传奇，无所不究。"

一个阵容不小的读书人群体。

南宋书会才人"大都是科举考试失意的下层文人",① 在传统的"学而优则仕"的社会里,他们从事剧本与话本编撰,当属无奈之举;在不设科举的元代前期,具有文学素养的下层士人充当书会才人,却可谓"专业对口"。而元代中期前无科举,固然是有别于唐宋士人社会的一大变动,是导致下层士人丧失出仕机会的原因所在,那么设有科举制度的南宋,绝大部分士人却为何不入仕途而扮演书会才人及其他社会角色?

诚然,相对于唐代的科举取士,宋代科举制度以更强的力度,保证了属于寒族的下层士人进入统治阶层,开辟了寒族向上流动的新纪元。据孙国栋统计,北宋入《宋史》的官员中,有46.1%来自寒族,晚唐入新、旧《唐书》的官员中,寒族仅占13.8%。② Kracke(科莱克)对南宋两份进士题名的研究表明,来自非官员家庭的下层士人,在绍兴十八年(1148年)占56.3%,在宝祐四年(1256年)占57.9%。③ 从中昭示了科举制度下士人向上流动在宋代的强度和力度。然而,一方面,正如生活在南宋中后期的叶适所说:"今三岁诏举进士,州以名闻者数十万,礼部奏之,而天子亲为发策于廷,去为州县吏者数百人。"④ 何忠礼则又以两组数字揭橥南北宋应举人数之悬殊:一是从北宋英宗治平元年(1064年)参知政事欧阳修奏章所载南北取士比例,推算全国参加发解试人数达42万左右;一是从南宋宁宗嘉定三年(1210年)权礼部尚书章颖奏疏中所载发解试人数,推算全国应举之人达60万之众,进而指出:在人数少于北宋的南宋,"如果将全国应举和准备应举的读书人都统计在内,人数可能接近百万。至于受科举之风影响而读过书的人,还要多得多"。⑤ 面对这一近百万乃至更多的应举者中仅取数百人的取

---

① 谢桃坊:《中国市民文学史》,四川人民出版社,1997年,第74页。
② 孙国栋:《唐宋之际社会门第之消融》,《新亚学报》,1959年第4期。
③ 《中国考试制度里的区域、家族与个人》,载段昌国、刘纫尼、张永堂译《中国思想与制度论集》,联经出版事业公司,1976年,第304页。
④ 《士学下》,载刘公纯等点校《叶适集·水心别集》卷三,中华书局,2010年,第676页。
⑤ 何忠礼:《南宋科举制度史》,人民出版社,2009年,第284—285页。

士之路，无疑如李白诗中的"蜀道"，让人不禁哀叹"蜀道之难，难于上青天"了。另一方面，由科举制度带来士人向上流动的快捷性，造成了宋代官僚机构的极大臃肿，尤其是南宋。南宋土地面积虽仅北宋的五分之三，冗官症疾却甚于北宋。譬如：光宗绍熙二年（1191年），吏部四选官员共 33516 人；宁宗庆元二年（1196年），吏部四选之数共 43059 人，略少于北宋宣和元年（1119年）48000 之数，而与北宋政和二年（1112年）43000 余员等量齐观，嘉泰元年（1201年），通四选共 37800 余员，嘉定六年（1213年），四选名籍共 38864 人，理宗宝祐四年（1256年），除去被元兵破坏的四川地区，仍有官员 24000 余人。① 吏部所选虽非全部官员，却占了官员总数的大部分。这些数字固然进一步昭示了科举取士在南宋的强度和力度，但在人口峰值不过 8060 万的南宋，② 其超容量的官僚机构已无法承受更多的官员，否则，难免其臃肿之瘤一触即破而无法弥合的危险；也就是说，南宋由"读且耕者十家而五六"组成的"读书人"大军，③ 面对空前拥塞的科举之路和挤堵不堪的官僚之门，只有比例极小的士人才能向上流入统治阶层，极大部分都与仕途无缘而向下流动。

叶适在谈到土地兼并后失去田产的"小民"的去向时，有"游手末作，俳优伎艺，传食于富人"④ 的生存之道。所谓"俳优伎艺"，指包括编剧、演戏、讲史在内的诸色伎艺，其中不乏与书会才人一样是"读书人"。据张政烺考，周密《武林旧事》"诸色伎艺人"条所载乔万卷、武书生、王贡士、张解元、陈进士等 23 名演史者，"皆读书人，万卷极言其记诵之博也"，不过，"此诸人未必皆出科举，盖有儒生试而不第者，所谓'免解进士'、'白衣秀才'之类也"。⑤ 而诸色伎艺仅仅是士人向下流动的领域之一，袁采则指出了"无常产可依"的士人在"取科名"以

---

① 以上统计，引自王曾瑜《宋朝阶级结构》，河北教育出版社，1996年，第 255 页。
② 吴松弟：《南宋人口史》，上海古籍出版社，2008年，第 348 页。
③ 胡寅：《建州重修学记》，载胡寅撰，容肇祖点校《斐然集》，中华书局，1993年，第 442 页。
④ 《民事下》，载刘公纯等点校《叶适集·水心别集》卷二，中华书局，2010年，第 657 页。
⑤ 张政烺：《张政烺文集·文史丛考》，中华书局，2012年，第 227 页。

外的诸多生存之路:

> 士大夫之子弟,苟无世禄可守,无常产可依,而欲为仰事俯育之资,莫如为儒,其才质之美能习进士业者,上可以取科名,致富贵,次可以开门教授,以受束修之奉。其不能习进士业者,上可以事笔札、代笺简之役;次可以习点读,为童蒙之师。如不能为儒,则巫、医、僧、道、农圃、商贾、技术,凡可以养生而不至于辱先者,皆可为也。子弟之流荡,至于为乞丐、盗窃,此最辱先之甚。①

袁采为孝宗隆兴元年(1163年)进士,主要生活在南宋中期。至南宋后期,伴随土地兼并的加剧,出现了以往少见的"士失其守,反不如农工商贾之有定业"②的社会现象,为了"养生",不少士人放弃了袁采"莫如为儒"的职业理想,纷纷涌向非儒的医、僧、道、相术、商贾等行业。以相术为例,时有"术士满天下"、"挟术浪走四方者如麻粟"之说,③士成为以相术谋生的江湖游士。他们与蜂拥而起的以诗文谋生的江湖诗人前后呼应,并驾齐驱,即方回所说:"盖'江湖'游士,多以星命相卜,挟中朝尺书,奔走闽台郡县糊口耳。庆元、嘉定以来,乃有诗人为谒客者。龙洲刘过改之之徒不一人,石屏亦其一也。相率成风,至不务举子业,干求一二要路之书为介,谓之'阔匾',副以诗篇,动获数千缗,以至万缗。如壶山宋谦父自逊,一谒贾似道,获楮币二十万缗以造华居是也。钱塘、湖山,此曹什伯为群,阮梅峰秀实、林可山洪、孙花翁季蕃、高菊磵九万,往往雌黄士大夫,口吻可畏,至于望门

---

① 《袁氏世范》卷中"子弟当习儒业"条,载袁采、朱用纯等撰,余淮生注《增广贤文·朱子家训·袁氏世范》,黄山书社,2010年,第117页。
② 陆文圭《吴县学田记》,李修生主编《全元文》,第17册,凤凰出版社,2004年,第607页。对此,南宋遗民牟巘也不无感叹:"士散久矣!"(《顾伯玉文稿序》,《全元文》,第7册,第507页。)王沂亦云:"噫!士散久矣!治心修身之学之废久矣!"(《送张光道序》,《全元文》,第60册,第65页。)这样的议论在此前是很少可以看到的,但在宋元之际的文献中却屡见不鲜。
③ 陈耆卿:《赠周生序》,载《筼窗集》卷三,影印《文渊阁四库全书》本,第1178册,台湾商务印书馆,1986年,第26页;刘克庄:《术者施元龙行卷》,载刘克庄撰,王蓉贵、向以鲜校点,刁忠民审订《后村先生大全集》卷一〇九,四川大学出版社,2008年,第2813页。

倒屣。石屏为人则否，每于广座中，口不谈世事，缙绅多之。"① 从中可见江湖术士与江湖诗人从事的职业虽然有异，形成的原因却相同——"不务举子业"；从业方式无异——游谒"江湖"；目的也相一致——"糊口"。在不设科举的元代前期，这两大分别从士阶层分化出来的游士群体又呈现出进一步壮大的趋势。吴澄《吴文正集》、王恽《秋涧集》、袁桷《清容居士集》等文集中所涉及的大量术士，便是入元后以相术谋生者。又据戴表元《刘仲宽诗序》："子欲学诗乎？则先学游；游成，诗当自异。"② 周霆震《送刘弘略远游序》："余昔未壮时，见士之怀才抱艺有志四方白首而未遂者，往往悲歌慷慨，怅然负其平生，不胜往日之悔。故凡后进之彦，邂逅相遇，必勉之以不可不出，出之不可后时。"③ 则可知游谒"江湖"为元代下层士人普遍拥有的生活方式。

较诸以相术与诗文谋生的"江湖"游士，从教书塾和书院当符合袁采"莫如为儒"的职业理想。事实上，在宋元之际，塾师与教授也是士人最乐意从事的职业之一。南宋乡塾远较北宋普及，塾师的需求也较北宋为多。④ 而宋季士人出"为童蒙之师"，其因同样出于对科举无望和"士失其守"。如邵季父"中岁弃科举，闭门著书，动必由礼，行义为乡先生。家贫，食于学。晚舍去，并学俸却之"。⑤ 便是一位因屡举不第和家道衰落而教书的乡塾先生。孙介原本有田四十亩，但是"伏腊不赡，常寄食授书助给"，中年三子渐长，"归训家塾。久之大困，丧其土田"，却又"不事请谒，不营锥刀，忍穷如铁石，非其义馈之不受"。⑥ 所谓"锥刀"，就是指入阃帅之幕，充当刀笔吏即幕士，从事袁采所说的"事笔札、代笺简之役"。在当时，相当一部分士人在科举无望的情况下，

---

① 李庆甲集评校点：《瀛奎律髓汇评》卷二十，上海古籍出版社，1986 年，第 840 页。
② 李修生主编：《全元文》，第 12 册，凤凰出版社，2004 年，第 130 页。
③ 李修生主编：《全元文》，第 39 册，凤凰出版社，2004 年，第 146 页。
④ 详见何忠礼：《南宋科举制度史》，人民出版社，2009 年，第 298—299 页。
⑤ 刘克庄：《季父易稿序》，载刘克庄撰，王蓉贵、向以鲜校点，刁忠民审订《后村先生大全集》卷九五，四川大学出版社，2008 年，第 2450 页。
⑥ 沈焕：《承奉郎孙君行状》，载曾枣庄、刘琳主编《全宋文》，第 272 册，上海辞书出版社、安徽教育出版社，2006 年，第 297—298 页。

走幕府,"营锥刀"。① 孙介"不营锥刀","忍穷"从事塾师之职,反映了恪守儒道的士人于书塾的敬业精神。不过,相对于乡校塾师,书院教授可以解决生计而不必"忍穷",成了"我无愿于仕也,而不能无愿于禄"②的士人最佳的去处之一。宋季书院的兴盛有其特定的历史原因。据载,度宗咸淳七年(1271年),方逢辰"侍读经闱,尝被赞书,有曰:'近进士一科,文章盛而古意衰,乡以儒硕创家塾,以程朱之学淑其徒,朕甚嘉之。'赐名'石峡书院',刻之坚珉,列于学"。③ 将方逢辰创办的家塾改成书院,就是因为科举取士之弊和理宗以来程朱道学的盛行,也昭示了理宗以后书院之盛的原因。徐梓研究表明:从宁宗嘉定元年(1208年)至元成宗大德十一年(1307年)年间,是我国书院创建史上第一个高峰时期。就数量而言,在两宋所建的书院总数中,北宋占24.19%,南宋占75.81%,理宗一朝新建书院又占两宋全部书院的三分之一以上。就地区而言,江西是书院最集中的地区,建于南宋的书院有165所,其中嘉定元年(1208年)以后有94所,占南宋书院的57%;江西始建于元朝的书院有94所,占元代全部书院数的52%。④ 从中反映了宋元之际书院盛极一时的情形。宋代书院虽被列学官,元代书院的山长、学录、教谕也"并受礼部付身"或"受行省及宣慰司札付",⑤ 但一方面,书院的传统为私学,元代前期的书院也有私人创办,如熊禾、刘应李、刘埙等南宋遗民在兵燹以后,创办书院,招收生徒,接受束修之奉;另一方面,元代书院的山长、学录、教谕,以及省掾、府判、县

---

① 方岳《与赵端明书》云:"制阃号小朝廷,以其为人才所聚焉耳。戎书辟士,谓当朝取一人拔其尤,暮取一人拔其尤,罗而致之,以望此府可也,而运筹帷幄,载笔旌麾,乃无大强人意者。……今莫府何所?而名丽丹书,有不得调者则借以为捷径;阃议何事?而号为贩夫,人所不齿名则据以为亨衢。今日一计议矣,明日又一计议也,而奚取于莫谋?"(《全宋文》,第342册,上海辞书出版社、安徽教育出版社,2006年,第103页。)便昭示了宋季入幕士人之多与阃帅择士之滥的现象。
② 戴表元:《送杜子问赴学官序》,《全元文》,第12册,凤凰出版社,2004年,第39页。
③ 牟巘:《重修石峡书院记》,《全元文》,第7册,凤凰出版社,2004年,第708页。
④ 徐梓:《元代书院研究》,社会科学文献出版社,2000年,第31页。
⑤ 孙承泽:《元朝典故编年考》卷三"诸路学校书院"条,影印《文渊阁四库全书》本,第645册,台湾商务印书馆,1986年,第741页。

尹、典史、提控、书吏、巡检、太医院尹等儒吏,虽属朝廷命官,但正如元散曲家张可久所说:"淡文章不到紫薇郎,小根脚难登白玉堂。"①属于"门第卑微,职位不振",甚至"三年月日无俸钱"的底层官员,②其生活习性大都根植于民间市井,尤其是身为儒吏的元杂剧作家,他们之所以能创作"犹重听众之情感"的代言体戏曲,与寄身市井的布衣杂剧作家一样,基于丰富的市井生活体验。

诚然,在上述职业中,不少在南宋以前业已出现,但分别为一个个阵容不小的士人群体所从事,则始于宋元之际。造成这一现象的原因,固然是多方面的,科举制度却无疑是主因之一。科举取士制度的设立,不断积累了数量众多的为应举而读书的"读书人",逐渐形成了庞大的士阶层。士阶层的庞大,导致了仕途的逼仄;仕途逼仄,加上在土地兼并中"士失其守",士人的出路问题便凸显出来,士阶层的分化也就在所难免。特别是宋宁宗以后,随着"读书人"的队伍不断扩大、科举之路和官僚之门的空前拥塞,加剧了士人向下流动的密集性,终于全面导致了士阶层的分化,从事不同职业的众多群体随之纷纷形成。元代中期以前,由于取消科举制度,加诸蒙元统治者对汉人,尤其是南人采取歧视政策,这些群体的进一步壮大,也就势在必然了。

需要说明的是,首先,宋元之际向下流动的士人虽然从事众多不同的职业,但他们如钱南扬论其中书会才人时所说:"是不得志于时的小知识分子,他们接近市民阶层,与士大夫阶层的所谓名公不同。"③ 一方面与士大夫一样是读书人出身,都接受过长期的人文教育,教养深厚,学问渊博,具有满腹经纶的知识储备和人文素养;一方面在接近市民过程中,身染世俗生活习气,怀揣世俗趣味原则,取向世俗文化价值,是一个既非代表庙堂又非属于市民的独特的士阶层。其次,在这些

---

① 《水仙子·归兴》,载杨朝英编《朝野新声太平乐府》,中华书局,1958年,第64页。
② 钟嗣成:《录鬼簿序》,《录鬼簿》卷首,载王钢《校订〈录鬼簿〉三种》,中州古籍出版社,1991年,第3页。按:关于元代儒吏的身份地位,朝廷虽予以职田却"常是虚数",有的甚至"三年月日无俸钱",关于元杂剧作家担任儒吏人数、儒吏身份对杂剧创作的影响,郭英德有较为详细的考察,见《元杂剧作家身分初探》,《晋阳学刊》,1985年第4期。
③ 钱南扬校注:《永乐大典戏文三种校注》,中华书局,1979年,"前言"第2页。

从事不同职业的群体中,不乏"跳槽"或"客串"者。如黄镛为江湖诗人,后入名臣崔与之幕府,成为崔与之的幕士;① 陈造为著名的书商,同时又是重要的江湖诗人;也有不少游士入太学、州学和书院;② 而南戏《小孙屠》的作者或改编者萧德祥为儒医;《金鼠银猫李宝闲花记》的作者邓聚德为术士;又据《录鬼簿》,元杂剧作家李进取为儒医;宫天挺为书院山长;范居中为术士。无论"跳槽"者抑或"客串"者,均未远离"文"的领域。究其原因,正如马克斯·韦伯所说:"中国的科举根本不像我们近代考法官、医生、技术人员等等的理性官僚制的考试制度,根本不确认专业是否合格",而是注重"是否满腹经纶,是否具有一个高雅的人所应具有的思维方式",其教育则"束缚于正统地诠释圣人的严格规范,具有极端排他性的通晓文学典籍的性质",体现了"文学教育手段的实质内容"。③ 因此,宋元之际向下流动的士人在职业选择上,包括文学在内的人文领域成了他们的主选,文学创作也成了他们不可或缺的一种活动方式,即便从事商业、医术和相术者,也不忘"客串"文学之门。而当他们失却政治与社会地位在"江湖"谋生时,传统教育给予他们的价值观念发生了巨变。

二、士阶层文化下移与文学主体转型

随着大批士人的向下流动,宋元之际士阶层文化出现了明显的分化与下移,下移中的文学主体也随之转型。刘辰翁《逍遥游庵记》说:

---

① 见李昂英:《诗隐楼记》,曾枣庄、刘琳主编《全宋文》,第 344 册,上海辞书出版社、安徽教育出版社,2006 年,第 105 页。又方回《晓山乌衣圻南集序》:"前丁后贾浊乱天下,戚宦势御之所盘踞,工技胥隶之所依凭,无功之庸将,不才之狎客,狙狙妾婢之执政侍从台谏,权熏势胶,相视自都,而材硕俊茂如太初曾不得一齿朝绅之后。"(李修生主编:《全元文》,第 7 册,凤凰出版社,2004 年,第 93 页。)其所载幕士中的"狎客",原本就是江湖游士。
② 见周密:《齐东野语》卷六《杭学游士聚散》,中华书局,1983 年,第 110—111 页;欧阳守道《白鹭洲书院山长厅记》云:"如吾庐陵士至二三万,挟策来游者不于州学则于书院。"(曾枣庄、刘琳主编:《全宋文》,第 347 册,上海辞书出版社、安徽教育出版社,2006 年,第 89 页。)
③ 马克斯·韦伯:《儒教与道教》,王容芬译,商务印书馆,1995 年,第 173—174 页。

> 往时父兄子弟挂杖入市,不东家即西里,酣嬉傲睨,行者避路。常少年厌乡井,志游侠,拂衣草屦出门,左湖右湘,诸公贵人下客飞觞共赋,纵观远赏……或从是远引,闭门息迹,而诸贤论荐,当路踵馈,直疑殷生不起。名山绝境,俗驾交横,或间王事,携妓女。世未尝一日无客,客未尝一日不游。①

便描绘了宋季以自由自适为主体精神的"浪子"群像图,不啻揭示游士浪迹"江湖"的盛况。关汉卿在【南吕·一枝花】《不服老》中则又自称:"浪子风流,凭着我折柳攀花手,直煞得花残柳败休。半生来折柳攀花,一世里眠花卧柳。〔梁州〕我是个普天下郎君领袖,盖世界浪子班头。愿朱颜不改常依旧,花中消遣,酒内忘忧。"这是关汉卿自我形象的生动写照,也是"关氏所塑造的一种元代下层文人的典型形象,其意味在于标举出一种新的人格"。② 这一形象和人格与宋季江湖游士并无二致。在宋元之际向下流动的士人群中,虽不乏恪守儒道的雅正之士,但绝大部分却如刘辰翁所记与关汉卿所表白,他们脱离了传统士阶层所遵循的"达则兼济天下,穷则独善其身"的价值体系,转向了世俗化的民间市井,体现了放浪自我,以陶然以醉、翕然以游的"浪子"形象及其以"滑稽玩世"为特征的自由自适的主体精神。

蒙元初期官至翰林学士的吴澄指出:"省得南华真玩世,无何有处觅缁帷。"③ 又说:"庄子内圣外王之学洞彻天人,遭世沉浊,而放言滑稽以玩世。其为人固不易知,而其为书亦未易知也。"④ 认为"滑稽玩世"的处世哲学出自《南华经》,是庄子"内圣外王之学"的具体表现。吴澄对《庄子》的这一解读,显然基于当下士人心态。元杂剧家白朴"既不欲高蹈远引以抗其节,又不欲使爵禄以污其身,于是屈己降志,

---

① 李修生主编:《全元文》,第 357 册,凤凰出版社,2004 年,第 240 页。
② 李昌集:《中国古代散曲史》,华东师范大学出版社,1991 年,第 503 页。
③ 吴澄《题寒江独钓图二首》其二,《吴文正集》卷九十二,影印《文渊阁四库全书》本,第 1197 册,台湾商务印书馆,1986 年,第 859 页。
④ 吴澄:《庄子正义序》,载李修生主编《全元文》,第 14 册,凤凰出版社,2004 年,第 300 页。

玩世滑稽",① 便体现了这一点；元散曲家赵显宏【南吕·一枝花】《行乐》则以自身的经历揭示了个中消息：

> 十年将黄卷习，半世把红妆赡。向樱花场上走，将风月担儿拈。本性谦谦，到处干风欠。人将名姓喏。道丽春园重长歌羲之，豫章城新添个子瞻。〔梁州〕醉醺醺过如李白，乐陶陶胜似陶潜。春风和气咱独占，朝云画栋，暮雨珠帘。狂朋怪友，舞妓歌姬，喜孜孜诗酒相兼。争知我愁寂寂闷似江淹……〔尾〕栋梁才怎受真钢剑，经济手难拿桑木锨。堪笑多情老双惭，江洪茶价甜，丑冯魁正忺，见个年小的苏卿望风儿闪。

十年悬梁锥股，苦读诗书，养就了"栋梁才"的素质，积蓄了"经济手"的能量，但"半世"以来肩负的却是"风月担"，行走的是"樱花场"，"乐陶陶"地自适于"舞妓歌姬"的风月场中，为文化娱乐市场提供与"经济"背道而驰的"淫哇"之音；只是这一"滑稽玩世"的经历诚非真心所愿，故不免"愁寂寂闷似江淹"般的纠结。若关汉卿自称"普天下郎君领袖，盖世界浪子班头"，是以愤慨语表达了对当下世道的轻意肆志之心和玩世自适之意，赵显宏则直接抒发了知世之不可与有为而降志玩世的深刻苦闷，共同诠释了元代下层士人"滑稽玩世"的成因及其内涵。

其实，作为下层士人普遍奉行的处世哲学，"滑稽玩世"在南宋业已流行。刘过将"滑稽玩世"视为"通儒"的标征，其《寄竹隐先生孙应时（时为常熟宰）》云："敛藏穷达付之酒，不以礼法自束拘。情归一真举无伪，滑稽玩世为通儒。饮与不饮无不可，醉醒醒醉同一区。"② 这一"通儒说"与吴澄对《庄子》的解读有异曲同工之妙；而且，其说

---

① 孙大雅：《天籁集后序》，白朴：《天籁集》卷末，影印《文渊阁四库全书》本，第1488册，台湾商务印书馆，1986年，第655页。
② 北京大学古文献研究所编：《全宋诗》卷二七〇〇，第51册，北京大学出版社，1998年，第21813页。

如此，其行亦然。开禧年间，刘过以词谒越帅辛弃疾，辛弃疾"赒之千缗"，目的在于"以是为求田资"，结束悠游"玩世"生涯，但刘过归后却自适于市，"竟荡于酒，不问也"。① 其行为方式与人格精神与关汉卿、白朴、赵显宏并无二致。他如书商陈造《自适三首》其一："绕床不著阿堵物，玩世何须身后名。倚赖儿曹解人意，典衣长得解余醒。"其三又说：在人们"诮诮礼法工相聒"面前，自己却"饮忘醒醉狂常尔"。② 又赵必瓛《赠相士桂月岩》："昔有道人张岩电，口不言钱似王衍。却言姓钱不姓张，滑稽玩世名犹香。昔有岩电今月岩，月眼神舌和天谈。江湖剩结贵人知，虽不爱钱犹爱诗。"③ 这也佐证了"滑稽玩世"为宋季从事不同职业的下层士人群所奉行。刘辰翁《逍遥游庵记》所载"未尝一日无客，客未尝一日不游"的"浪子"或"俗驾交横；或间王事，携妓女"，则又揭示了下层士人群体性履行"玩世"哲学的生活态度与行为方式。宋亡后，不少遗民也以"玩世"自勉，如熊禾说："古来抱关人，玩世可无闷。内省既不怨，得仁又何怨。"④ 戴表元也自称："浮沉以玩世，优游以毕齿。"⑤

促使宋元之际下层士人群"滑稽玩世"的客观因素虽然不尽相同，但无论出于何种现实原因，这都是戏世弄世的表现，其主体原因也都在于不得志于世而生轻世愤世之心；因为轻世愤世，所以戏世玩世，以滑稽不恭的态度处世。玩世者，先秦以来，历代不乏其人。近者如北宋仁宗时期的柳永、金章宗时期的董解元。据载，柳永"薄于操行，当时有荐其才者，上曰：'得非填词柳三变乎？'曰：'然。'上曰：'且去填词。'由是不得志，日与猱子纵游娼馆酒楼间，无复检约。自称云：'奉

---

① 岳珂：《桯史》卷二《刘改之诗词》，中华书局，1981年，第23页。
② 北京大学古文献研究所编：《全宋诗》，第45册，北京大学出版社，1998年，第28153页。
③ 北京大学古文献研究所编：《全宋诗》，第70册，北京大学出版社，1998年，第43942页。
④ 《送税官仇副使诗十首》其七，载北京大学古文献研究所编《全宋诗》，第70册，北京大学出版社，1998年，第44088页。
⑤ 《居清堂记》，载李修生主编《全元文》卷四二五，第12册，江苏古籍出版社，1999年，第311页。

圣旨填词柳三变.'"① 董解元《西厢记诸宫调》引辞也说,虽"吾皇德化,喜遇太平多暇",却怀才不遇,故"携一壶儿酒,戴一枝儿花。醉时歌,狂时舞,醒时罢。每日价疏散不曾着家",在"秦楼谢馆鸳鸯幄,裁剪就雪月风花",编撰"倚翠偷期"的诸宫调唱本。然而,事实表明,这在宋仁宗与金章宗时代并非属于士阶层的普遍现象,士人群体性奉行"滑稽玩世"的处世哲学,张扬自由自适的主体精神,并最终成为一支强劲的社会文化力量,全面挑战精英士阶层所恪守的雅正文化价值体系,则盛行于宋元之际;在文学主体上,则直接导致了从精英转向非精英,从雅正转向世俗,体验民间市井生活,表现世俗情趣,使柳永、董解元基于"滑稽玩世"的文学创作趋向多样性和普泛化。

以"滑稽玩世"为特征的自由自在的主体精神,成了宋元之际士阶层文化下移和文学主体转型的一个重要标志;而在空前繁荣的商品经济中市民阶层的崛起与文化市场化昌盛,却为其文化下移提供了广阔的平台,为文学主体转型提供了强有力的现实支撑。

现有大量研究成果表明,中国古代商品经济的繁荣,始于北宋而盛于南宋;南宋商品经济则又促进了市民阶层的壮大,带动了以市民为主体的文化娱乐市场的空前昌盛,尤其是京城临安。据龙登高考察,作为临安城市市场体系的组成部分,文化娱乐市场在与商品市场的互动中,出现了异常活跃的商业化经营,并形成了诸多功能性的行业组织;行业之间,竞争激烈,呈现出前所未有的发展趋势。② 该趋势在元代都市得到了延伸。元曲作家杜仁杰《庄家不识勾栏》叙及一个乡下人进城看勾栏:"要了二百钱放过咱,入得门上个木坡。见层层叠叠团圆坐,抬头觑是个钟楼模样,望下觑的都是人旋窝。见几个妇女台儿上坐,又不是迎神赛社,不住的擂鼓筛锣。"③ 便呈现了勾栏活动的热闹场景,也从出钱看戏中昭示了元代都市文化娱乐的商业化经营。这一商品化文化娱

---

① 胡仔:《苕溪渔隐丛话》后集卷三九引《艺苑雌黄》,人民文学出版社,1962年,第319页。
② 龙登高:《南宋临安的娱乐市场》,《历史研究》,2002年第5期。
③ 孔繁信:《重辑杜善夫集》,济南出版社,1994年,第67页。

乐市场固然为小说戏剧等娱乐作品的繁衍提供了肥沃的土壤，但更重要的是在为下层士人"战文场"创造机会的过程中，有力地促进了文学主体的转型，也使士阶层文化下移有了一个确切的方向。正因他们潜心参与，给文化娱乐市场的推陈出新注入了养分，增强了娱乐作品在市场的竞争力。譬如：《张协状元》第一出（副末）〔满庭芳〕："《状元张叶传》，前回曾演，汝辈搬成，这番书会，要夺魁名。"第二出（副末）〔烛影摇红〕又云："精奇古怪事堪观，编撰于中美。真个梨园体，论诙谐除师怎比？九山书会，近日翻腾，别是风味。"据张庚所说"从事话本或剧本创作的人自行组织的团体，进行创作，将作品卖与演出者，此种团体名为书会"，①则九山书会才人在流行的诸宫调《状元张叶传》的基础上改编，使之"别是风味"，便出于商业目的；而才人与演员通过这一真正的"梨园体"，以期"夺魁名"的驱动力，则来自商业上和艺术上的双重竞争。由此观之，在文学艺术上，下层士人成了文化娱乐市场的引领者，并以其强劲的态势与代表庙堂的精英作家相抗衡，在宋元之际形成了双峰对峙的局面。

刘埙指出："至咸淳永嘉戏曲出，泼少年化之，而后淫哇盛，正音歇。"②将分别表现市井与庙堂文化价值取向的"淫哇"之声与"雅正"之音区别开来的同时，从戏曲的角度揭示出文化下移的趋势及其品格特征。在元代，为了净化文化市场，朝廷虽颁布禁令，对市井"演唱词话，教习杂戏，聚众淫谑者，并禁治之"，③但作为以下层士人为引领、适合市民需求的商业化文化娱乐，"淫哇"之声戏曲艺术在商品经济这块肥沃的土壤上，呈现出强劲的发展态势，元曲不以庙堂"禁治之"的禁令为转移，终成"一代之胜"，即为明证。而就整个文化下移的趋势观之，不仅由士人创作的"淫哇"之声戏曲愈行愈烈，愈行愈盛，而且南宋以后商业化的世俗文化又不断向上渗透，得到了上流社会的认同。

---

① 张庚：《戏曲艺术论》，中国戏剧出版社，1980年，第37页。
② 刘埙：《词人吴用章传》，载李修生主编《全元文》，第10册，凤凰出版社，2004年，第401页。
③ 宋濂等：《元史》卷一〇五《禁令》，中华书局，1976年，第2685页。

高宗绍兴三十一年（1161年）五月，"诏罢教坊，其乐工许自便"，① 从此以后，朝廷举办文化活动所需伎艺人，通常向娱乐市场邀请；被邀艺人"御前应制"，获取报酬。② 值得注意的是，另一特殊的商品化文化市场也堪称兴旺发达，只是该市场不在歌栏瓦肆、秦楼楚阁或市井行会，而在统治者的衙门府第。其"买卖"双方的交易为"卖者"兜售个人诗文作品，"买者"则根据对作品的认同程度，馈赠价值不一的钱物，如上文所述的刘过以词谒越帅辛弃疾，辛弃疾"赒之千缗"，宋自逊以诗谒宰相贾似道，"获楮币二十万缗"；又如戴复古《市舶提举管仲登饮于万贡堂有诗》则自称："七十老翁头雪白，落在江湖卖诗册。平生知己管夷吾，得为万贡堂前客。嘲吟有罪遭天厄，谋归未办资身策。鸡林莫有买诗人，明日烦公问蕃舶。"③ 又盛烈《送黄吟隐游吴门》云："节翁旧有珠履缘，何况荐书袖无数。此行一句直万钱，十句唾手腰可缠。归来卸却扬州鹤，推敲调度权架阁。"④ 不过，他们在兜售自己的诗文作品时，并非个个都能获得丰厚的回报。许棐《赠钱相士》说："我貌君容一种寒，鹭漂鸥泊廿来年。我诗吟就无人买，君相公卿煞得钱。"⑤ 刘克庄也描绘了一位奔走于"使君"与"丞相"门下的相士出卖诗卷的艰辛情形："袖阔日常笼短刺，肩寒春未换单衣。半头布袋挑诗卷，也道游方卖术归。"⑥

士人将自己的诗文商品化，向上流社会兜售，显然溢出了传统文学的价值取向和审美趋向的管道，而转向了世俗化的市场之路，其交易环

---

① 李心传：《建炎以来系年要录》卷一九〇"绍兴三十一年六月癸丑"条，中华书局，1956年，第3184页。
② 据载："孝宗奉太皇寿，一时御前应制多女流也。若碁待诏为沈姑姑，演史为张氏、宋氏、陈氏，说经为陆妙慧、妙静，小说为史惠英，队戏为李瑞娘，影戏为王润卿，皆中一时慧黠之选也。两宫游幸聚景、玉津、内园，各以艺呈，天颜喜动，则赏赉无算。"（杨维桢《送朱女士桂英演史序》，载李修生主编《全元文》，第41册，凤凰出版社，2004年，第236页。）
③ 北京大学古文献研究所编：《全宋诗》，第54册，北京大学出版社，1998年，第33465页。
④ 北京大学古文献研究所编：《全宋诗》，第72册，北京大学出版社，1998年，第45171页。
⑤ 北京大学古文献研究所编：《全宋诗》，第59册，北京大学出版社，1998年，第36861页。
⑥ 《赠徐相师》，载北京大学古文献研究所编《全宋诗》，第58册，北京大学出版社，1998年，第36181页。

境和"消费"对象虽然与城市市场体系的组成部分文化市场不同,却共同展示了士阶层文化下移后的世俗化趋势,他们与话本戏曲作家一起强力推动了文化世俗化的进程。

大量事实表明,随着士阶层分化后的文化下移,文学的主体意识融入了世俗文化趣味与价值取向,其笔触也伸向了以往士大夫所不曾涉及的诸多世俗生活领域,使宋元之际的文学在反映社会生活和人情世态的广阔性和丰富性上,超过了以往任何一个时代的文学作品,也因此促进了文学体裁的多样性。宋元之际堪称文体史上的绚丽期,除了传统的诗词文,话本和各种类型的戏曲等新兴文体接踵而至。其中元曲为王国维所激赏,在他看来,"古今之大文学,无不以自然胜,而莫著于元曲。盖元剧之作者……以意兴之所至为之,以自娱娱人。关目之拙劣,所不问也;思想之卑陋,所不讳也;人物之矛盾,所不顾也;彼但摹写其胸中之感想,与时代之情状,而真挚之理,与秀杰之气,时流露于其间。故谓元曲为中国最自然之文学"。① 该"自然说"固然为历史上流行的元曲是"一代之胜"的直觉判断寻找现代理论依据,但为了"自娱娱人",不讳"思想之卑陋",唯以世俗情欲为本体,"摹写其胸中之感想",的确是元曲作家最强劲的创作思潮,也是呈现在元曲作品中最醒目的价值取向。其实,这并非为元曲作家及其作品所独专,而是普遍体现在宋元之际士人多种文体的创作之中,是基于文学主体转型后形成的一种时代产物。

以传统文体诗歌为例,刘克庄论宋季诗坛:"近时小家数不过点对风月花鸟,脱换前人别情闺思,以为天下之美在是,然力量轻,边幅窘。"② 方回在总结宋末元初诗坛"虽不读书之人皆能为五七言"的轻俗化趋向时也指出:"无风云月露、冰雪烟霞、花柳松竹、莺燕鸥鹭、琴棋书画、鼓笛舟车、酒徒剑客、渔翁樵叟、僧寺道观、歌楼舞榭,则

---

① 王国维:《宋元戏曲史》,东方出版社,1996年,第101—102页。
② 《听蛙诗》,刘克庄撰,王蓉贵、向以鲜校点,刁忠民审订《后村先生大全集》卷九七,四川大学出版社,2008年,第2510页。

不能成诗。"① 站在传统诗歌的雅正立场，刘、方二人对专写"别情闺思"、"歌楼舞榭"等题材的诗歌，深表不满，或斥其"力量轻，边幅窘"，或斥其缺乏"读书之人"应有的精湛诗艺。这正与元曲作家一样，是诗人"以为天下之美在是"而不讳"思想之卑陋"、不问诗艺之拙劣，但求自适其行、自娱娱人的集中表现，为宋元之际文学世俗化的创作思潮与价值取向在诗歌领域中的具体反映。与此相适应，在诗的品格上，即如方回评戴复古诗时所说："苦于轻俗，高处颇亦清健，不止如高九万之纯乎俗。"② 朱庭珍所论："江湖一派，俚俗不堪入目。"③ 包恢又将宋元之际诗歌的主导品格总结为"鄙俚"，④ 钱锺书还惊奇地发现，文天祥"留下来的诗歌绝然分成两个时期。元人打破杭州、俘虏宋帝以前是一个时期。他在这个时期的作品可以说全部都是草率平庸，为相面、算命、卜卦等人做的诗比例上大得让我们吃惊"。⑤ 从相面、算命与卜卦中获取生命的展望与人生的信念，无疑是民间市井的世俗心理与情欲的具体表现形式，但在"术士满天下"的宋元之际，以此为诗文创作主题的，又何止文天祥一人！翻开吴澄的《吴文正集》，同样屡见不鲜。而文天祥却是宋末官僚阶层中的重要一员，并在宋亡后为故宋舍身就义；吴澄则不仅官至翰林学士，而且为元初大儒，与后来北方的许衡齐名。他们笔下这一以世俗心理与情欲为本体的诗文主题的形成，进一步证实了宋元之际文化下移和文学世俗化的广度与深度。

较诸庙堂的精英文化，民间市井的世俗文化更具丰富性和复杂性。就世俗文化体现为文学品格而言，便有轻俗、俚俗、粗俗、鄙俗、庸俗之别，这些不同的文学品格均以世俗情欲为本体。尽管传统的诗歌与新

---

① 《送胡植芸北行序》，载李修生主编《全元文》，第 7 册，凤凰出版社，2004 年，第 34 页。
② 李庆甲集评校点：《瀛奎律髓汇评》卷二十《梅花类》，上海古籍出版社，1986 年，第 840 页。
③ 《筱园诗话》卷一，载《续修四库全书》编纂委员会编《续修四库全书》，第 1708 册，上海古籍出版社，2002 年，第 4 页。
④ 包恢：《书侯体仁存拙稿后》，载曾枣庄、刘琳主编《全宋文》，第 319 册，上海辞书出版社、安徽教育出版社，2006 年，第 317 页。
⑤ 钱锺书选注：《宋诗选注》，人民文学出版社，1989 年，第 281 页。

兴的小说戏曲在体裁上存在差别，但文学主体转型后表现在不同体裁中的世俗化的品格特性，是相一致的，都展现了"时代之情状"，标示了世俗文学地位的全面确立，也迎来了"小说戏曲的时代"。

三、市民立场确立与叙事文学兴盛

尽管《诗经》以来的某些诗篇，尤其是唐传奇，已呈现出叙事文学的特质，但中国古代文学叙事远不如历史叙事之发达，与西方古代文学相比，则更显迟滞状态，至宋元之际连篇累牍的杂剧、南戏、话本问世，才使这种状态得到了改观，揭开了叙事文学兴盛的序幕；而文学主体转型后市民立场的确立，[①] 则是叙事文学得以兴盛的关键所在，也成了这一时期文学转型的又一个突出标志。

如前文所述，以市民为主体的商业化文化市场的昌盛，为向下流动的士人"战文场"提供了舞台，更为文学主体转型提供了强有力的现实支撑；而当他们进入这一市场并为之提供娱乐作品时，既找到了自身的活动空间，又拥有了自己的话语空间。身处这个双重空间，他们淡化，甚至消弭了精英意识，转换了文化视界，确立了市民立场，在叙事价值和叙事艺术上，均使叙事文学获得了新的发展空间。

首先，在叙事价值上，市民立场将叙事者的价值取向隐藏在本源性市井文化中，通过市民的视阈，叙述市民的生活与命运、情趣与愿望，从而使叙事者拥有了前人难以比拟的自由自适的叙事权力和丰富多样的叙事题材。

先须指出的是，现存宋元之际不少叙事文学，尤其是宋话本的文本形态及其作年存在着诸多争议。或认为，宋代并无白话话本，书会才人编写的为说话艺人所用的"底本"如《醉翁谈录》、《绿窗新话》，只是为艺人讲说而准备的参考材料，以文言出之而非白话；或认为除现存残

---

① 此处借鉴了陈思和、何清的"民间立场说"，详见陈思和、何清：《理想主义与民间立场》，《中山大学学报》，1999年第5期。

页元刊《红白蜘蛛》为宋话本,"今天所见的话本,实没有一种货真价实的宋话本,至少已经过元人的增润"。① 不过,现存话本无论作于宋代抑或元代,无论是文言还是白话,并不妨碍对宋元之际书会才人叙事立场的认识。

譬如:载于《清平山堂话本》的白话话本《柳耆卿诗酒玩江楼记》若出于元人之手,其故事原型则见于《绿窗新话》上卷《柳耆卿因词得妓》。《绿窗新话》是南宋皇都风月主人辑录汉魏六朝以来的笔记小说、诗词列话、史传文集而成,每则故事以七字为题,被视为向说话艺人所提供的"底本"或"种本"。《柳耆卿因词得妓》出自杨湜的《古今词话》,讲述北宋仁宗年间柳永在江淮期间惓一官妓。柳永赴京,临别之际,两人以"杜门为期"。别后,柳永闻知官妓另有异图,心中怏怏,并以《击梧桐》词相寄,指责她"把前言轻负"。官妓阅此词后,"遂负愧,竭产泛舟来辇下",奉从柳永。在《柳耆卿诗酒玩江楼记》中,柳永为余杭县令,因其所心仪的余杭歌妓周月仙与当地的黄员外"精密甚好",故设下阴计:"密召其舟人至,分付交伊:'夜间船内强奸月仙'";次日,"排宴于玩江楼上,令人召周月仙",揭穿夜间之事,使周月仙"羞惭满面",发誓"妾今愿为侍婢,以奉相公,心无二也!"当日便"与耆卿欢洽",后又"殷勤奉从,两情笃爱"。两相对照,后者虽然改变了前者所载故事的具体情节、人物活动的时间和地点,整个故事也变得曲折丰满,但故事的梗概和基本内容却没有改变,作者以市民立场进行叙事,以及在叙事中呈现的市民的审美趣味与品格,前后也无二致,只不过是后者比前者更加鲜明、更为凸显罢了。

市井如同一个演绎市民原始生命情欲和行为方式的大舞台,又如一锅汇聚市民真善美与假恶丑的大杂烩。市井的这个多样性和复杂性文化空间,必然会反映到市民立场确立后的文学叙事中来。《柳耆卿诗酒玩江楼记》中的故事情节、人物形象,尤其是主人公以极其卑劣的手段获

---

① 详见卢世华:《试论宋代说话人的底本》,《江汉大学学报》,2005 年第 6 期;章培恒:《关于现存的所谓"宋话本"》,《上海大学学报》,1996 年第 1 期。

得周月仙后,又以欣赏的眼光,视为美事,声称"两情笃爱",就是书会才人从市民的视阈,展现市井趣味的一面;换言之,市民立场的确立,虽使书会才人获得了自由叙事的权力,但在不讳"思想之卑陋"中,放弃了对真善美的坚守,在市井世俗生活的声色诱惑与官能刺激中,滑向丑陋,趋向堕落。这在其他话本戏曲的叙事中也不乏其例,但从市民的视阈出发,叙写市民真善美的作品,同样比比皆是。《碾玉观音》堪称话本在这方面的代表作之一。该话本中的主人公裱褙匠的女儿璩秀秀是咸安郡王的女奴,她爱恋碾玉工人崔宁。在一个崔宁让她到自己的住处"歇脚"的晚上,"当夜成了夫妻"。第二天,两人逃奔潭州成婚,旋为咸安郡王的爪牙郭排军发现并被抓回,崔宁被解送临安府判刑,秀秀被打死,但阴魂不散,成了鬼仍与崔宁逃奔建康做夫妻。这一爱情悲剧故事旨在反映市民阶层和统治阶级之间的矛盾,颂扬秀秀冲破儒家礼教,追求婚姻自由的坚强意志,揭露和鞭挞统治阶层的专横与凶恶。他如话本《错斩崔宁》、《万秀娘仇报山亭儿》、《张生彩鸾灯传》,南戏《张协状元》、《王魁》(存残曲18支)、《王焕》(存佚曲22支),白朴《墙头马上》、王实甫《西厢记》、杨显之《潇湘雨》等元杂剧一样,都通过市民的视阈,在驳杂的市井文化空间中,张扬了善与美,鞭挞了丑与恶,表达了作者对社会的认识和对理想价值的追求。

市民立场的确立,促使了市民与叙事者在价值取向上的相互联系。因此,以市民为主体构成的本源性市井文化空间,全方位地进入了叙事艺术世界,在题材上,正如胡祗遹论杂剧时所说:"既谓之杂,上则朝廷君臣政治之得失,下则闾里市井,父子、兄弟、夫妇、朋友之厚薄,以至医药、卜筮、释道、商贾之人情物理,殊方异域风俗语言之不同,无一物不得其情,不穷其态。"[①] 形成多样性和丰富性的特征。关汉卿《包待制三勘蝴蝶梦》便是有别于上述"烟粉"题材的公案类杂剧。剧中案情为开封府中牟县的王尧汉上街办事,因冲撞了皇亲葛彪而被当街

---

① 胡祗遹:《赠宋氏序》,载李修生主编《全元文》,第5册,凤凰出版社,2004年,第260—261页。

打死；王尧汉的三个儿子因报父仇而怒取葛彪之命。对这一事实昭著的简单案子，包拯作了别样的审理与宣判：在先后审理王大、王二时，以王母所提老大孝顺、老二又能做生意，自己要靠他们养老送终的申诉为理由，作无罪宣判；当杀人罪推向了王三时，梦见一张蜘蛛网先后网住了两只小蝴蝶，一只大蝴蝶奋勇将它们救出蛛网。此梦便成了其审案的法理依据。王母原来是王尧汉的续弦，王大和王二是其养子，王三才是她亲出。在包拯看来，王母出庭救养子，恰如梦中的大蝴蝶，他说："听了这婆子所言，方信道'良贾深藏若虚，君子盛德，容貌若愚'。这件事，老夫见为母者大贤，为子者至孝；为母者与陶孟同列，为子者与曾闵无二。"并认为蝴蝶梦乃"天使老夫，预知先兆之事，救这小的之命"。全剧所叙审案过程和宣判，虽有违司法，却符合坏人做坏事应予从严惩罚，好人被迫触犯法律应予从轻发落的市民生存逻辑与价值取向。又如睢景臣【般涉调·哨遍】《高祖还乡》，通过"社长"的视阈，叙述汉高祖刘邦登基后还乡的场景及其昔日行径。从首曲叙述刘邦及其随从回到家乡时对乡人的骚扰不堪，到尾曲书写一位乡友向刘邦讨债并责问他何必"改了姓、更了名，唤做'汉高祖'？"刘邦的盛大排场及其好酒贪色、"借粟"、"强秤了麻"、"偷量了豆"等往事，被一一道出，笼罩在其身上的至尊光环随之消失殆尽，呈现出一个本真的无赖形象。与其他历史题材的小说戏曲一样，该套曲在叙述历史人物与故事中，寄寓了鲜明的当下意识，其中既有市民又有作者对元代统治者的极度不满与蔑视。

然而，无论《柳耆卿诗酒玩江楼记》抑或《碾玉观音》，无论《包待制三勘蝴蝶梦》抑或《高祖还乡》，都是不受庙堂制约的自由叙事的产物；而"自由"是市民立场赖以确立的关键，也是其核心所在，它从根本上决定了本源性市井文化空间向叙事艺术世界的转化。所谓"本源性市井文化空间"，不仅仅指市民物质性的生活形态，更重要的是市民建立在物质基础上的精神形态，其中既有来自原始生命情欲的粗犷与质朴、放纵与丑陋，又有在面对压迫和不幸中的悲哀与反抗、诉求与理想。较诸代表庙堂的官僚阶层，市民阶层的这种精神状态无疑别具自由自在的特质。被抛出仕途轨道的下层士人或"门第卑微,职位不振"的底层儒吏,也不仅仅从市井中获得了自己的活动和话语空间,更重要的是他们在以娱乐作品的创作者的身份面对市民,市民以世俗激情怂恿他们的创作过程中,或真切感知市井,或"躬践排场,面傅粉墨,以为我家生活,偶倡优而不辞"①——从市井"外部"进入了市井"内部",对以自由自在为特质的市井文化有了深入的理解和高度的认同,并自觉或不自觉地交汇,乃至融入到了自身"滑稽玩世"的自由自适的精神之中。正是这种"自由自在"与"自由自适"的交汇与融合,使叙事文学的发展获得前所未有的强大动力和广阔空间的同时,也使庞杂的本源性市井文化空间在叙事艺术世界中得到了空前的多元展现。

其次,在叙事艺术上,市民立场使叙事者在尊重和认同市民的审美原则与欣赏习惯的同时,融入自我的审美素养和艺术技巧,将本源性多元市井文化空间转化成了自觉的叙事艺术世界。

面对丰富多样的叙事题材,无论是文本呈现抑或口头表演,以传统文学重抒情而轻叙事,崇尚减省而反对繁缛的方式加以表现,显然不适宜于市民的欣赏;恰恰相反,他们不仅需要设身处地、体贴入微的繁缛叙事,而且还需要在繁缛叙事中设置曲折诱人的情节和悬念。罗烨谈及话本创作时指出:"说国贼怀奸纵佞,遣愚夫等辈生嗔;说忠臣负屈衔冤,铁心肠也须下泪。讲鬼怪令羽士心寒胆战;论闺怨遣佳人绿惨红愁。说人头厮挺,令羽士快心;言两阵对圆,使雄夫壮志。谈吕相青云得路,遣才人着意群书;演霜林白日升天,教隐士如初学道。噇发迹话,使寒门发愤;讲负心底,令奸汉包羞。"②在表现上,使各种不同题材的话本均能产生如此强烈效应的一个重要原因,便在于和崇尚减省的抒情文学完全相反的叙事方式,尤其是如前引〔烛影摇红〕所谓《张协状元》"精奇古怪事堪观"——曲折的情节、诱人的悬念;也就是说,为了吸引和打动观众,小说与戏剧都需要作者在叙事中设置"堪观"的

---

① 臧晋叔:《元曲选序二》,载臧晋叔编《元曲选》,中华书局,1958年,第3页。
② 罗烨:《醉翁谈录》甲集卷一《舌耕叙引·小说开辟》,古典文学出版社,1957年,第5页。

"精奇古怪"的情节与悬念；打个比方，叙事对于市民来说，如同炉中烈火所吞噬的木块，而贯穿其中的故事情节和悬念，却犹如一股强劲的气流，扇旺炉中之火，使之生动狂舞，从中获得审美上具体而强烈的快感和精神上细腻而真切的体验。事实表明，叙事者为了达到这一效应，在不同的文体中均采用了与之相适应的叙事方式。不妨再以《碾玉观音》为例，其上篇有璩秀秀夜间薄醉时与崔宁的一段对话：

> 秀秀道："你记得当时在月台上赏月，把我许你，你兀自拜谢。你记得也不记得？"崔宁叉着手，只应得喏。秀秀道："当日众人都替你喝彩：'好对夫妻！'你怎地到忘了？"崔宁又则应得喏。秀秀道："比似只管等待，何不今夜我和你先做夫妻，不知你意下何如？"崔宁道："岂敢！"秀秀道："你知道不敢，我叫将起来，教坏了你。你却如何将我到家中？我明日府里去说！"崔宁道："告小娘子：要和崔宁做夫妻不妨；只一件，这里住不得了。要好趁这个遗漏，人乱时，今夜就走开去，方才使得。"秀秀道："我既和你做夫妻，凭你行。"当夜做了夫妻。

通过这段丝丝入扣的繁缛对话，细腻地刻画了秀秀奔放而又坚毅、崔宁谨慎但懦弱的两种性格，在这两种不同性格的冲突中，完成了两人当夜成为夫妻的情节安排；并在崔宁"这里住不得了……今夜就走开去，方才使得"的请求中，既表现了人物活动在环境和心理上的紧张气氛，又让人担忧他们私奔后的命运。下篇叙述秀秀被咸安郡王抓入后花园，再次为她的命运捏一把汗，直到郭排军发现秀秀逃匿建康并立下军令状来抓时，始知她原来是鬼。可谓情节曲折，悬念叠出，引人入胜。这对市民而言，显然比重比兴、崇减省的抒情文学更具审美效应，也更能从中获得具体而真切的体验。而用来体现剧场性的不可或缺的方式和手段，南戏、杂剧等戏曲中的情节安排、悬念设置，也就毋庸赘言了。

如果说市民立场的确立，赋予了创作主体的市民视阈，决定了其创作的价值取向，那么适合市民审美原则与欣赏习惯的叙事方式，则赋予了呈现其价值取向的艺术形态,成了"市井文化空间"走向"叙事艺术世界"的一座桥梁。

不过,在艺术上,这个基于"市井文化空间"的"叙事艺术世界"已非本源性市井审美艺术,它被注入了文人的艺术技巧与审美素养而文人化了;其所叙故事,也并非都像《碾玉观音》那样源自当代生活或直接出自书会才人之手,然而不少却具有民间性、传承性和变异性的特点,并且同一故事原型出现在不同的叙事文体。对此,谭正璧通过宋官本杂剧段数内容作了详细的考察,如宋官本杂剧《崔智韬艾虎儿》、《雌虎》两出,其故事原型为唐薛用弱《集异记》所载民间流行的《崔韬》;《崔韬》同时衍化为宋元话本《崔智韬》,又成为关汉卿《谢天香》、无名氏《人头峰崔生盗虎皮》等元杂剧的故事原型。① 这一现象昭示了文人叙事对民间叙事的传承,在传承中变异;在变异中,赋予了文人化的叙事艺术。② 那么,在叙事艺术上如何认识文人化与市民性之间的关系?

宋元"说话者谓之舌辩,虽有四家数,各有门庭";③ 在不同的"门庭"之间,"举断模按,师表规模",同时,为了吸引听众,"使席上风生,不枉教坐间星拱",又对渊源不一的故事题材细分为"烟粉、灵怪、传奇、公案"等。④ 这一"说话"技艺的专门化所带来的话本故事题材的类型化,固然提高了故事的精彩程度,彰显了叙事艺术的文人化特征,但事实上,这正是为前文所述在商品经济繁荣下娱乐市场行业化,以及行业之间相互竞争所致。而无论故事源自何时何处,书会才人在首次叙述或在民间叙事的基础上再创作时,以繁缛为务、以婉曲为贵、以纷披为美,揭示或扩展故事的叙述价值,使叙事艺术趋向精细化、文人化,是"说话"技艺专门化与话本故事题材类型化的重要一环。也正是

---

① 谭正璧著,谭寻补正:《话本与古剧·宋官本杂剧段数内容考》,上海古籍出版社,1985年,第117—190页。
② 参见王丽娟:《论文人叙事与民间叙事:以〈连环计〉故事为例》,《文学遗产》,2004年第4期。
③ 吴自牧:《梦梁录》卷二十《小说讲经史》,载孟元老等著《东京梦华录》(外四种),上海古典文学出版社,1956年,第312页。
④ 罗烨:《醉翁谈录》甲集卷一《舌耕叙引·小说开辟》,古典文学出版社,1957年,第3页。

书会才人的这种努力,促进了话本娱乐性的高度成熟,使之在市民的娱乐生活和都市娱乐行业的竞争中,呈现出"使席上风生"的审美效应,成为市民阶层喜闻乐见的一种文化娱乐样式,体现了文人化与市民性的相辅相成、互为促进。

戏曲的叙事艺术更是如此。俞平伯分析词与曲的同源分流时所说:"最初之词、曲虽同为口语体,同趋于文,而后来雅俗正变似相反也。换言之,即词之雅化甚早,而白话词反成为别体;曲之雅化较迟,固已渐趋繁缛,仍以白话为正格也。"其因则在于:"词虽出北里,早入文人之手,其貌犹袭倡风,其衷已杂诗心,多表现作者之怀感,故气体尚简要。曲则直至今日犹未脱歌场舞榭之生涯,犹重听众之情感,虽文家代作,不能与伶工绝缘,故情韵贵旁流。"[①] 无论古今,戏曲叙事始终根植于"歌场舞榭",因而决定了其有别于诗词的"犹重听众之情感"的特性;而剧本又是"文家"为伶工代言的代言体。因此,宋元之际"偶倡优而不辞",或熟悉市井生活和市民习性的"文家",他们在"代作"剧本中,无论其叙事艺术的文人化程度有多高,"犹重听众之情感"则是其叙事的不二法则;也就是说,他们与话本作者一样,在展现故事的叙事价值时,既理解和遵循市民的审美原则和欣赏习惯,又注入自我的审美素养和艺术技巧,将本源性的市井文化空间转化成了一个自觉的"叙事艺术世界",最终实现了叙事文学的兴盛。

从叙事的艺术形态观之,这个"叙事艺术世界"的形成无疑与文本体制息息相关;而任何一种文体的兴盛,都有其体制内部的运行规律。不过,任何一种文体的内部规律的运行,都是建立在外部推力的基础之上的。宋元之际小说戏曲所拥有的为之潜心创作的作家群和庞大的受众群,无疑是其兴盛的外部推力所在。尤其是市民立场的确立,不仅使作家群深入到了市井"内部",拥有了自由自适的叙事权力和丰富多样的叙事题材,而且市民的生存逻辑、价值取向、审美原则等诸多要素形成

---

① 俞平伯:《词曲同异浅说》,载《论诗词曲杂著》,上海古籍出版社,1983年,第696—697页。

的本源性市井文化，获得作家的理解、尊重和认同而成为其叙事价值和叙事艺术的现实支撑，并通过其自身精神和艺术素养的投射，全面转化成为一个自觉的"叙事艺术世界"，就不完全是一种外部推力而成为其内部规律运行中的一个重要组成部分了。这也为我们更为全面而真切地认识宋元之际开始成为"小说戏曲的时代"的历史原因，以及小说戏曲艺术形态的生成，提供了一个不可或缺的维度。

(原载《文学评论》2014年第4期)

第三辑

"幽人"：解读苏轼的一个易学视角

"幽人"一词源自《易·履》"履道坦坦，幽人贞吉"，后泛指隐逸之士，屡见于历代诗文。在苏轼诗词中，有42首描写"幽人"形象，其中5首写于贬谪黄州之前，余皆作于贬谪黄州至再贬儋州期间。据此，苏轼笔下的"幽人"含有了"幽禁之人"的意思；与此同时，其"幽人"具有自身的内涵。谪居黄州时期，苏轼潜心于《易》的研究，以"幽禁之人"的身份演《易》，在学理上对"幽人贞吉"作了全新的诠释，并被转化成了其现实生活的一种实践形态，直接影响了苏轼文化性格的塑造及其文学创作。

一

早在嘉祐七年（1062年），苏轼就指出："策曾忤世人嫌汝，《易》可忘忧家有师。"① 在熙宁六年（1073年）所作的《赠治〈易〉僧智周》一诗中又说："斋罢何须更临水，胸中自有洗心经。"② 可见他对《易》的功能与意义早就有了相当深入的认识。但据苏轼自我介绍，谪居黄州时，"无所用心，辄复覃思于《易》、《论语》，端居深念，若有所得，遂

---

① 苏轼：《病中闻子由得告不赴商州》（其三），载王文诰辑注《苏轼诗集》卷四，中华书局，1986年，第157页。
② 苏轼：《赠治〈易〉僧智周》，载王文诰辑注、孔凡礼点校《苏轼诗集》卷十一，中华书局，1986年，第522页。

因先子之学，作《易传》九卷"，① 草成于元丰三年（1080年），此后不断予以修改，在"海南了得"，② 修定完稿，成了一位易学研究者。其研究成果后世刊为《东坡易传》，亦称《苏氏易传》。③

苏轼认为："孔子以《易》为衰世之意而兴于中古者，以其因二也。一以自用，二以济民。"④ 视《易》为指导人们"自用"与"济民"的儒家经典，具有鲜明的实践性特征和现实意义。"自用"与"济民"为苏轼终身行之，只是在不同时期有所侧重。如果说，"乌台诗案"之前，苏轼以参与政治的方式贡献社会，完善自我道德，实现自我价值，将"自用"与"济民"之道统一于政治实践中；那么在充满忧患与困顿的贬谪时期，则侧重于"自用"体系，在反省"济民"之务，重新平衡两者的关系中，潜心"学道专以待外物之变"，⑤ 使自我"炳然日新"。⑥ 这是苏轼易学思想的两大支架。而在"自用"中"炳然日新"的一个标志，就是"幽人"形象的确立与完善。苏轼作于黄州定慧院的《卜算子》云：

> 缺月挂疏桐，漏断人初静。时见幽人独往来，缥缈孤鸿影。惊起却回头，有恨无人省。拣尽寒枝不肯栖，寂寞沙洲冷。⑦

词中的"幽人"就是苏轼自称。该词是苏轼初到黄州时畏祸及身、

---

① 苏轼：《黄州上文潞公书》，载孔凡礼点校《苏轼文集》卷四十八，中华书局，1986年，第1380页。
② 苏轼：《答李端叔》，载孔凡礼点校《苏轼文集》卷五十二，中华书局，1986年，第1540页。据今人考，《东坡易传》撰成于元丰三年，详见谢建忠《苏轼〈东坡易传〉考论》，《文学遗产》，2000年第6期。
③ 苏轼所撰《易传》，自明末开始，分两个体系流传，至今主要有两个版本：《四库全书》本《东坡易传》与《丛书集成初编》本《苏氏易传》。本篇所引为《丛书集成初编》本。《丛书集成初编》所录《苏氏易传》凡2册，卷五之前为第392册，自卷五之后为第393册，以下恕不注册数。
④ 苏轼：《苏氏易传》卷八，第180页。
⑤ 苏轼：《与滕达道书》，载孔凡礼点校《苏轼文集》卷五十一，中华书局，1986年，第1481页。
⑥ 苏轼：《苏氏易传》卷七，第119页。
⑦ 唐圭璋编：《全宋词》，中华书局，1965年，第295页。

满怀寂寞悲凉之情的具体写照。又作于同时的《定慧院寓居月夜偶出》诗云：

> 幽人无事不出门，偶逐东风转良夜。参差玉宇飞木末，缭绕香烟来月下。江云有态清自媚，竹露无声浩如泄。已惊弱柳万丝垂，尚有残梅一枝亚。清诗独吟还自和，白酒已尽谁能借。不辞青春忽忽过，但恐欢意年年谢。自知醉耳爱松风，会拣霜林结茅舍……①

这为词中"独往来"的"幽人"形象作了补充说明；或者说，诗与词虽均抒发了"幽人"寂寞悲凉之情，却并没有沉溺其中，而是坦然地接受了这份寂寞与悲凉，悲而不伤，尤其是诗中的"幽人"，其内心不为所动，保持着一份从容与镇定：自爱松风，安然地做个"幽人"。那么，这究竟是怎样一个"幽人"？苏轼释《易·履》九二爻"履道坦坦，幽人贞吉"及《象》"幽人贞吉，中不自乱"时作了回答：

> 九二之用大矣，不见于二，而见于三。三之所以能视者，假吾目也；所以能履者，附吾足也。有目不自以为明，有足不自以为行者，使六三得坦途而安履之，岂非才全德厚、隐约而不愠者欤？故曰："幽人贞吉。"②

所谓"三"，即六三爻："眇能视，跛能履，履虎尾，咥人凶。"孔颖达疏："今六三以阴居阳，而又失其位，以此视物，犹如眇目，自为能视，不足为明也。以此履践，犹如跛足，自为能履，不足与之行也。履虎尾，咥人凶者，以此履虎尾，咥啮于人，所以凶也。"③ 一个人志欲刚强，却本性阴柔，以阴柔之性履其刚强之志，无异于盲眇之视，跛躄

---

① 苏轼:《定慧院寓居月夜偶出》，载王文诰辑注，孔凡礼点校《苏轼诗集》卷二十，中华书局，1986年，第1032页。
② 苏轼:《苏氏易传》卷一，第26页。
③ 《周易正义》卷二，载《十三经注疏》，中华书局，1983年，第28页上。

之履，其见不明，其行不远；也就是说，以柔务刚，履非其正，才不副履，德不配位，必处危险之地，犹如脚踩虎尾，必及祸患。苏轼认为，盲眇者自为能视，跛躄者自为能履，是"假吾目"、"附吾足"——借助外力所致；而要避免这一现象，远离祸患，则须顺应本性，使德配位，量才而行，履得其中，且不张扬，虚怀若谷。惟其如此，才能"履道坦坦"，才是"才全德厚"的"幽人"所为；也正因为如此，"幽人"在遇到挫折时能保持"隐约而不愠"，受挫不争，处变不惊，自适自安。当然，"有目不自以为明，有足不自以为行"，并非无原则的虚怀若谷而黑白不分，明暗不辨。谪居黄州期间，苏轼作《鱼蛮子》："人间行路难，踏地出赋租。不如鱼蛮子，驾浪浮空虚。空虚未可知，会当算舟车。蛮子扣头泣，勿语桑大夫。"① 这与他在杭州做通判期间所作《吴中田妇叹》"汗流肩赪载入市，价贱乞与如糠秕。卖牛纳税拆屋炊，虑浅不及明年饥。官今要钱不要米，西北万里招羌儿"② 同一主题，均对朝廷推行土地新法导致民不聊生的现实，表示不满。不同的是，《吴中田妇叹》情感激愤，笔锋凌厉；《鱼蛮子》则表现隐约，笔调温和。在隐约温和中，彰显"身可辱而明不可息"③ 的易学思想，以及"济民"意识。然而，"济民"实践遭挫，而今待罪黄州，处困"身辱"，促使苏轼反省，在困顿中如何"自用"，做一个"独往来"的"幽人"，以"待外物之变"，成了其思考的主要内容。苏轼对《易·履》及《象》辞的阐释，便是他思考所得，而上列一诗一词则以实际行动践行了其所思，在表达寂寞之情的同时，寄寓了"幽人"自得之理，"幽人"自得之理因寂寞之情变得更为明了，从中体现了身处困境而"安履之"的"贞吉"。

何谓"贞吉"？苏轼释《易·彖》"师贞，丈人吉无咎"云："丈人，诗所谓老成人也。夫能以众正有功而无后患者，其惟丈人乎，故《彖》

---

① 苏轼：《鱼蛮子》，载王文诰辑注，孔凡礼点校《苏轼诗集》卷二十一，中华书局，1986年，第1125页。
② 苏轼：《吴中田妇叹》，载王文诰辑注，孔凡礼点校《苏轼诗集》卷八，中华书局，1986年，第404页。
③ 苏轼：《苏氏易传》卷四，第86页。

曰'吉又何咎'矣。"① 也就是说"贞,正也",持正有吉,吉则无咎。这与王弼以来的阐释大致相同,但苏轼在释《易·乾》"乾道变化,各正性命。保合太和,乃利贞"之"贞"的具体内涵时,却别具新见:

> 贞,正也。方其(乾道)变化,各之于情,无所不至;反而循之,各直其性,以至于命,此所以为贞也……君子之于道,至于一而不二,如手之自用,则亦莫知其所以然而然矣,此所以寄之命也。情者,性之动也,溯而上至于命,镇而下至于情,无非性者。性之与情,非有善恶之别也,方其散而有为,则谓之情耳;命之与性,非有天人之辨也,至其一而无我,则谓之命耳。其于《易》也,卦以言其性,爻以言其情。情以为"利",性以为"贞",其言也互见之,故人莫知明也。《易》曰:"大哉乾乎!刚健中正,纯粹精也。"夫"刚健中正""纯粹"而"精"者,此乾之大全也,卦也;及其散而有为,分裂四出而各有得焉,则爻也。故曰:"六爻发挥,旁通情也。"以爻为情,则卦之为性也明矣。②

认为言"性"之卦是整体意义上的"大全";爻则"分裂四出",千变万化,通达万物之情,是"性"的具体展衍,因此只有把握爻中多变之"情",才能洞悉卦中深邃之"性"。于是提出了"情者,性之动也,溯而上至于命,镇而下至于情,无非性者"的新论,将"情"、"性"、"命"三者融为一体,视"命"为"一",即由多变之"情"展衍而成的"性"的理本核心,也就是"性命之贞"。这与其他易学家的阐释不尽相同。如与苏轼同时的程颐继承王弼以来的观点,认为"'乾道变化',生育万物,洪纤高下,各以其类,各正性命也。天所赋为命,物所受为性。'保合太和乃利贞',保谓常存,合谓常和,'保合太和',是以利且

---

① 苏轼:《苏氏易传》卷一,第19页。
② 苏轼:《苏氏易传》卷一,第4页。

贞也。"① 不仅不及万物之"情"，而且进而视"命"为天所赋；并在"天命"的基础上，提出了"理"即"天理"作为尽性达命的前提："理也，性也，命也，三者未尝有异。穷理则尽性，尽性则知天命矣。"② 而苏轼之所以强调"情"与"性命"之间的内在联系，或"情"在悟道履道中的地位与作用，一方面基于对儒家之"道"的认识。苏轼认为："夫六经之道，惟其近于人情，是以久传而不废。"③"夫圣人之道，自本而观之，则皆出于人情。"④ 甚至径直指出："夫《易》本于卜筮，而圣人开言于其间，以尽天下之人情。"⑤ 因而在阐释《易》之义时，突显"情"的重要性，实属必然；另一方面，苏轼的阐释并没有停留在像程颐那样纯粹出于形而上的思辨，更重要的是基于生活实践，探索人生底蕴，所以强调《易》是"圣人既得性命之理，则顺而下之，以极其变；率一物而两之，以开生生之门"，"立卦生爻"，统摄"万物之情"的思想结晶；并认为"欲至于性命，必自其所以然者溯而上之"，"据其末而反求其本"。⑥"所以然者"或"末"就是在生活实践中产生的"万物之情"。由"情"溯而上之，才能"求其本"，真正获得"性命之理"即"性命之贞"。然而，在现实生活中，"情"因"利"而有真有伪，伪者有违"性命之贞"，导致上述"眇能视，跛能履，履虎尾，咥人凶"的违"性"之履。不过，情之伪者因卦而显。苏轼释《易·系辞传》"设卦以尽情伪"云："情伪，临吉凶而后见。吉凶至，则情者自如；而伪者败矣。卦者，起吉凶之端也。"⑦ 又释《易·象》"天地感而万物化生，圣人感人心而天下和平。观其所感，而天地万物之情可见矣"云："情

---

① 程颐：《伊川易传》卷一，载程颢、程颐著，王孝鱼点校《二程集》，中华书局，1981年，第697—698页。
② 程颐：《河南程氏遗书》卷二十一下，载程颢、程颐著，王孝鱼点校《二程集》，中华书局，1981年，第274页。
③ 苏轼：《诗论》，载孔凡礼点校《苏轼文集》卷二，中华书局，1986年，第55页。
④ 苏轼：《中庸论》，载孔凡礼点校《苏轼文集》卷二，中华书局，1986年，第61页。
⑤ 苏轼：《易论》，载孔凡礼点校《苏轼文集》卷二，中华书局，1986年，第52页。
⑥ 苏轼：《苏氏易传》卷九，第189—190页。
⑦ 苏轼：《苏氏易传》卷七，第170页。

者，其诚然也。"① "诚"是北宋儒学的命题之一。周敦颐将"诚"视为阳气的体现，是"纯粹至善"的，也是无求、无心、无欲的最高境界；②而实现该境界的修养方法便是"窒欲"和"迁善"，即"君子乾乾不息于诚，然必惩忿窒欲，迁善改过而后至"。③ 因此，在"人情"范畴之内的人之所欲所感，心之所求所向，皆成了"诚"的对立面。苏轼却认为"诚"同样体现在"天地万物之情"中，"诚然之情"是通向"性命之贞"的必要途径；而唯"情"之"诚"即"贞，正也"，才能在吉或凶来临时，都能保持镇定，"中不自乱"，否则违"性"而"败矣"！要之，"性"是"情"与"命"联结贯通的纽带，是道得以前行，指导人生实践的依据，"情"则是人在现实生活中保持"性命之贞"时的诚然表现。

苏轼说："论卦者以不变，论爻者以变。"④ 这是他演《易》的一种原则。作为"刚健中正""纯粹"而"精"的"乾之大全"，卦"一而无我"，自然不能改变它，注重其"不变"，旨在恪守《易》的理本核心；而含有万物之情的爻，则千变万化，注重其"变"，旨在还原《易》在"尽天下之人情"过程中的复杂性与丰富性。苏轼认为："《易》将明乎一，未有不用变化"，而"明一者，惟通二为一"。⑤ 所谓"二"，即爻所展示的多变的"万物之情"；"通二为一"，也就是"变者两之，通者一之"。⑥ 作为"变者"之"情"虽有真有伪，却因卦而后现，所以"致一而百虑皆得也，夫何思何虑"。⑦ 这是苏轼成为"幽人"后的自得之理，并被具体转化成了坚持"性命之贞"，体味悲剧人生，孕育旷达情怀，提升生命境界的一种精神元素。

譬如，在黄州，面对处困"身辱"，加诸难以改变的天地永恒、人生短暂且无常的现实，苏轼一方面不禁"哀吾生之须臾，羡长江之无

---

① 苏轼：《苏氏易传》卷四，第75页。
② 周敦颐：《通书·诚下》，载《周敦颐集》，中华书局，1990年，第15页。
③ 周敦颐：《通书·乾损益动》，载《周敦颐集》，中华书局，1990年，第38页。
④ 苏轼：《苏氏易传》卷一，第2页。
⑤ 苏轼：《苏氏易传》卷八，第177页。
⑥ 苏轼：《苏氏易传》卷七，第169页。
⑦ 苏轼：《苏氏易传》卷八，第176页。

穷。挟飞仙以遨游，抱明月而长终。知不可乎骤得，托遗响于悲风"之情；另一方面因通过"水月之喻"，恪守"逝者如斯，而未尝往也；盈虚者如彼，而卒莫消长也。盖将自其变者而观之，则天地曾不能以一瞬；自其不变者而观之，则物与我皆无尽也，而又何羡乎"之理。于是，胸次释然，与客"共适"。① 其中水"逝"为"变"，"未尝往"为"常"即"不变"；月有"盈虚"为"变"，"卒莫消长"为"常"即"不变"。或认为苏轼将"不停之'变'与不迁之'常'二字镕为一字"，"以词人妙语可移以解经儒之诂'易'而'不易'"。② 其实，这本身就是源自其《易传》，是对"论卦者以不变，论爻者以变"之诂的一种形象化的注释，更是对在"通二为一"中形成的"幽人"情怀及其生命境界的一种写照。

朱熹说，苏轼"主张个一与中者，只是要悤含糊不分别，所以横说竖说，善作恶作，都不会道理"。③ 其实，苏轼"主张个一与中者"，并非为了建构具有严密逻辑思辨的形上理论体系，而是在"通二为一"，据末求本中，为复杂多变、充满吉凶悔吝的人生指明一种实践途径，从中保持"诚然"之情与"性命之贞"，做一个"才全德厚，隐约而不慍"的"幽人"。

二

综观苏轼笔下"隐约而不慍"的"幽人"，不仅因持"性命之贞"而自得"通二为一"之理，而且有时因其自得之理而洋溢着自适自安之乐。这从下列三诗中的"幽人"形象中可见一斑。元丰六年（1083 年）所作《寄周安孺茶》：

> 况此夏日长，人间正炎毒。幽人无一事，午饭饱蔬菽。困卧北

---

① 苏轼：《赤壁赋》，载孔凡礼点校《苏轼文集》卷一，中华书局，1986 年，第 6 页。
② 钱锺书：《管锥编》，生活・读书・新知三联书店，2011 年，第 11—13 页。
③ 黎靖德编：《朱子语类》卷一三〇，中华书局，1986 年，第 3111 页。

窗风,风微动窗竹。乳瓯十分满,人世真局促。意爽飘欲仙,头轻快如沐。①

绍圣元年（1094年）所作《十月二日初到惠州》：

仿佛曾游岂梦中,欣然鸡犬识新丰。吏民惊怪坐何事,父老相携迎此翁。苏武岂知还漠北,管宁自欲老辽东。岭南万户皆春色（自注：岭南万户酒）,会有幽人客寓公。②

元符三年（1100年）所作《庚辰岁正月十二日,天门冬酒熟,予自漉之,且漉且尝,遂以大醉,二首》其一：

自拨床头一瓮云,幽人先已醉浓芬。天门冬熟新年喜,曲米春香并舍闻。菜圃渐疏花漠漠,竹扉斜掩雨纷纷,拥衾睡觉知何处,吹面东风散缬纹。③

三诗分别作于黄州、惠州、海南三地贬所。从黄州到惠州,再到海南,环境越来越恶劣,生活越来越艰苦,年纪也越来越大,可谓凶险不断,变化无常,但就上列三诗观之,前后不变的是"幽人"形象及其自适自安的乐观精神,难怪林语堂先生说："苏东坡是个秉性难改的乐天派。"不过,对于一个经过九死一生的生命个体而言,苏轼之所以能成为一个"乐天派",取决于强大的自我调节与适应能力。

其实,面对贬谪,苏轼难免悲情丛生。正如王水照先生所总结的,苏轼"一生贬居黄州、惠州、儋州三地,每次都经过激烈的感情冲突和心绪跌宕,都经过喜——悲——喜（旷）的变化过程"。④ 譬如：上列

---

① 王文诰辑注,孔凡礼点校：《苏轼诗集》卷二二,中华书局,1986年,第1162页。
② 王文诰辑注,孔凡礼点校：《苏轼诗集》卷三八,中华书局,1986年,第2071页。
③ 王文诰辑注,孔凡礼点校：《苏轼诗集》卷四三,中华书局,1986年,第2344页。
④ 王水照：《苏轼的人生思考和文化性格》,《文学遗产》,1989年第5期。

《十月二日初到惠州》中的"幽人",面对"吏民惊怪坐何事"的理解和"父老相携迎此翁"的热情,以及"欣然鸡犬识新丰"、"岭南万户皆春色"的美酒佳肴,顿生欣喜之情,并油然起终老惠州之想(实寓像苏武、管宁那样最终回归中原之望),犹如十几年前所作《初到黄州》:"自笑平生为口忙,老来事业转荒唐。长江绕郭知鱼美,好竹连山觉笋香。逐客不妨员外置,诗人例作水曹郎。只惭无补丝毫事,尚费官家压酒囊。"① 然而,一个多月后所作《十一月二十六日松风亭下梅花盛开》云:"春风岭上淮南村,昔年梅花曾断魂。岂知流落复相见,蛮风蜒雨愁黄昏。"② 与上文所举作于谪居黄州不久的《卜算子》中的"幽人"一样,悲凉之情昭然若揭。但苏轼于次年为"新居"所作《白鹤新居上梁文》云:"鹅城万室,错居二水之间;鹤观一峰,独立千岩之上。海山浮动而出没,仙圣飞腾而来往。"③ 则视"愁冲毒雾逢蛇草,畏落沙虫避燕泥"④ 的恶劣环境若仙境,并在《迁居》诗中说:"已买白鹤峰,规划终老计。"绍圣三年(1096 年)所作《次韵子由所居六咏》(其一)又云:"堂前种山丹,错落马脑盘。堂后种秋菊,碎金收辟寒。草木如有情,慰此芳岁阑。幽人正独乐,不知行路难。"描写"幽人"身处的新居环境,了无蛮风蜒雨之迹和毒雾(瘴疠之气)侵身之忧,取而代之的是景色优美和自赏之乐,较诸《十月二日初到惠州》中"幽人",其"隐约而不愠"的自得之理或"旷"的内涵更为深刻。又据朱弁记载:

东坡在儋耳,因试笔尝自书云:"吾始至南海,环视天水无际,凄然伤之,曰:'何时得出此岛耶?'已而思之,天地在积水中,九州在大瀛海中,中国在少海中,有生孰不在岛者?覆盆水于地,芥浮于水,蚁附于芥,茫然不知所济。少焉,水涸,蚁即径去,见其类出涕,曰:'几不复与子相见。'岂知俯仰之间有方轨八达之路

---

① 王文诰辑注,孔凡礼点校:《苏轼诗集》卷二十,中华书局,1986 年,第 1031 页。
② 王文诰辑注,孔凡礼点校:《苏轼诗集》卷三八,中华书局,1986 年,第 2075 页。
③ 孔凡礼点校:《苏轼文集》卷六十,中华书局,1986 年,第 1989 页。
④ 李德裕:《谪仙岭南道中作》,《全唐诗》,中华书局,1960 年,第 5397 页。

乎！念此，可以一笑。戊寅（元符元年）九月十二日，与客饮薄酒，小醉，信笔书此纸。"①

绍圣四年（1097年），苏轼谪居儋州。他登岛后的第一首诗《行琼儋间，肩舆坐睡，梦中得句云：千山动鳞甲，万谷酣笙钟。觉而遇清风急雨，戏作此数句》云："应怪东坡老，颜衰语徒工。久矣此妙声，不闻蓬莱宫。"其心情与《十月二日初到惠州》如出一辙。上列寓言"蚁附于芥"，作于谪居儋州的第二年，在蚂蚁的遭遇中，寄寓了内心的恐惧与悲伤。其原因在于其《与王敏仲》（十六）所说："某垂老投荒，无复生还之望。昨与长子迈诀，已处置后事矣。今到海南，首当作棺，次便作墓，仍留手疏与诸子……生不挈家，死不扶柩，此亦东坡之家风也。"② 在这里，作者面对死亡，虽无像寓言中的蚂蚁那样出涕悲叹，而是坦然应对，但内心不免凄楚。"岂知俯仰之间，有方轨八达之路"，却又表现了对抗死亡，挑战命运的坚强意志。其意志则源于相对性思考及其以变应变之道。其《书海南风土》一文便典型地体现了这一点。该文开篇描写"岭南天气卑湿，地气蒸溽，而海南为甚。夏秋之交，物无不腐坏者。人非金石，其何能久"，但笔锋一转，转出"儋耳颇有老人，年百余岁者往往而是"的事实，故据而认为只有"习而安之"，适应其环境气候，"百余岁岂足道也"。③ 因此也就有了"自拨床头一瓮云，幽人先已醉浓芬"的自适自安之乐。

如果说，贬谪黄州，仅仅属于遭贬处穷，那么，流放"愁冲毒雾逢蛇草"的岭南、海南，则意味着很有可能死于斯，葬于斯。苏轼《赠岭上老人》说："问翁大庾岭头住，曾见南迁几个回。"④ 故至儋州不久，便考虑"首当作棺，次便作墓"之事。对此，相对性思考成了苏轼这一

---

① 朱弁：《曲洧旧闻》卷五，载《师友谈记·曲洧旧闻·西塘集耆旧续闻》，中华书局，2002年，第152—153页。
② 孔凡礼点校：《苏轼文集》卷五六，中华书局，1986年，第1695页
③ 孔凡礼点校：《苏轼文集》卷七一，中华书局，1986年，第2275页。
④ 王文诰辑注，孔凡礼点校：《苏轼诗集》卷四五，中华书局，1986年，第2424页。

时期消解悲愁、对抗死亡的主要精神力量。他说:"今北归无日,因遂谓惠州人,渐作久居计。正使终焉,亦有何不可。"①"譬如元是惠州秀才,累举不第,有何不可,知之免忧。"② 因而在惠州,他向世人宣布:"日啖荔支三百颗,不辞长作岭南人";③ 在儋州则又自称:"我本海南民,寄生西蜀州。"④ 在这一相对性思考下的人生实践,则明显体现为以变应变之道,即其《与程秀才》所说:"尚有此身,付与造物,听其运转,流行坎止,无不可者。"⑤ 这一以变应变之道便来自他的易学思想。苏轼释《易·困》"亨贞,大人吉无咎,有言不信。《彖》曰:困,刚揜也"云:

> 困者,坐而见制,无能为之辞也。阴之害阳者多矣,然皆有以侵之,夫惟侵之,是以阳不能堪,而至于战,战者,有危道也。⑥

"阳"面对"阴之害",且又"无能为之辞"时,若与"阴"相战相争,便难免危险,而应避其锋芒;惟其如此,才能"亨贞"而吉,吉而无咎,也就是"幽人贞吉"。既然如此,又如何处置"坐而见制"的困境?苏轼释《困·象》"泽无水,困,君子以致命遂志"云:

> 水,润下者也。在泽上则居,在泽下则逝矣。故水在泽下,为泽无水,命与志不相谋者也。故各致其极,而任其所至也。⑦

以"泽无水"比喻人处困境,昭示当一个人的命运与志向相背离

---

① 苏轼:《与孙志康》,载孔凡礼点校《苏轼文集》卷五六,中华书局,1986年,第1681页。
② 苏轼:《与程正辅》,载孔凡礼点校《苏轼文集》卷五四,中华书局,1986年,第1593页。
③ 苏轼:《食荔支二首》其二,载王文诰辑注,孔凡礼点校《苏轼诗集》卷四十,中华书局,1986年,第2194页。
④ 苏轼:《别海南黎民表》,载王文诰辑注,孔凡礼点校《苏轼诗集》卷四三,中华书局,1986年,第2363页。
⑤ 孔凡礼点校:《苏轼文集》卷五五,中华书局,1986年,第1628页。
⑥ 苏轼:《苏氏易传》卷五,第112页。
⑦ 苏轼:《苏氏易传》卷五,第113页。

时，应各随其运，既任凭穷达祸福之命的运转，又不以穷达祸福的命运丧其志。苏轼认为，要做到这一点，既要静待外物之变；又须保持"柔外刚中"的"水之心"。他在释《易·复》时指出："复者，变易之际也。圣人居变易之际，静以待其定，不可以有为也。"① 而静的关键在于"无心"，因为"乾、坤惟无心，故一；一，故有信；信，故物知之也，易而从之也不难"；人能履行"正而一，静而久"的"天之道"，并"承天下之至顺而行天下之所说（悦）"的人之事，都是因为"无心者也"。② 又释《易·坎》"维心亨，乃以刚中也"云："所遇有难易，然而未尝不志于行者，是水之心也。物之窒我者有尽，而是心无已，则终必胜之。故水之所以至柔而能胜物者，维不以力争而以心通也。不以力争，故柔外；以心通，故刚中。"③ 意即面临"窒我"之物时，不能过分执着，以力相争，而应保持"至柔而能胜物"的"水之心"。有了如"水之心"，心才能通；"心通"之时，自然不为生死祸福、升降沉浮之变化所"蔽"，以足够的心力和智慧保证性之"贞"、志之"明"。而"水之心"所践行的以变应变之道，则如流水一般，遇物而应，随物赋形，"执柔而不争"，④ 其外虽柔，其中则刚。这也就是"幽人""隐约而不慑"的真正内涵。

在苏轼看来，既然以"水之心"，静待外物之变，则"物之来也，吾无所增；物之去也，吾无所亏"，⑤ 也就可以达到"无往而不见纳"⑥、"无适而不可"⑦ 的人生境界；能入此境界者，身也就能安，德也就能崇，志何往而不遂。他释《易·系辞下》"精义入神，以致用也。利用安身，以崇德也"云：

---

① 苏轼：《苏氏易传》卷三，第58页。
② 苏轼：《苏氏易传》卷六，第142—143页。
③ 苏轼：《苏氏易传》卷三，第69页。
④ 苏轼：《苏氏易传》卷九，第192页。
⑤ 苏轼：《江子静字叙》，载孔凡礼点校《苏轼文集》卷十，中华书局，1986年，第333页。
⑥ 苏轼：《苏氏易传》卷九，第192页。
⑦ 苏轼：《苏氏易传》卷七，第158页。

> 精义者，穷理也；入神者，尽性以至于命也。穷理、尽性以至于命，岂徒然哉？将以致用也。譬之于水，知其所以浮，知其所以沉，尽水之变而皆有以应之，精义者也。知其所以浮沉而与之为一，不知其为水，入神者也。与水为一，不知其为水，未有不善游者也，而况以操舟乎？此之谓致用也。故善游者之操舟也，其心闲，其体舒，是何故？则用利而身安也。事至于身安，则物莫吾测而德崇矣。①

以水为例，形象地阐明了人在洞察了水的沉浮之理后，身心便能自由地畅游如操舟于水一般，自如自安。因此，这里"穷理尽性"的目的不仅仅是为了通向"精义入神"的形上世界，更重要的是应对"得丧吉凶之变"的人情世界，"用利以身安"，使人"心闲体舒"而"身安德崇"。身既安，德既崇，"幽人"也就能够真正地做到"贞吉"。

不难看出，苏轼身处困境，对抗苦难甚至死亡，挑战命运的精神力量是从他的易学思想转化而成的。其易学倡导"无心"静待的策略，主张秉持"柔外刚中"的"水之心"，以变应变，以静处变，观物之正，感物之情，神与物交，因而使他既能正视苦难，接纳孤独，不拒悲愁，又能化解悲愁，悲而不伤，自适自乐，表现出超乎常人的自我调节与适应能力，铸就了"无往而不见纳"、"无适而不可"的"幽人"形象。

进而言之，苏轼这位"乐天派"内心的"乐"或"旷"被深深扎根于苦难与悲愁之中；也就是说，"悲"与"乐"或"苦"与"旷"在苏轼人生中是互为依存、相互作用的；"悲"与"苦"赋予其"乐"与"旷"的深度与广度，若无"悲"与"苦"的作用，其"乐"与"旷"也就失去了深刻的内涵和诱人的魅力。从苏轼的易学角度观之，他在谪居期间有悲有乐，悲乐此起彼伏，实为"诚然"之情，即爻所展示的"变"；在"无往而不见纳"中，做到"无适而不可"，始终保持"性命之贞"，则为卦所展示的"不变"。如前文所述，"变"为"二"为

---

① 苏轼：《苏氏易传》卷八，第177页。

"末","不变"为"一"为"本"。"变者两之,通者一之",据末求本,"通二为一"。这是苏轼作为"幽人"的履道过程,也是其文化性格的有机构成。

三

作为苏轼自我形象的写照,也是其易学思想中悟道履道的理想人物,"幽人"并非仅仅以"才全德厚、隐约而不慍"的平面且呆板的形象与世人相见,而是在"无往而不见纳"的多维面向中,以"乐易"之道,应对"得丧吉凶之变",呈现出极具亲和力与艺术张力的生命个体。

苏轼释《易·象》"云上于天,需,君子以饮食宴乐"云:"乾之刚为可畏也,坎之险为不可易也。乾之于坎,远之则无咎,近之则致寇。坎之于乾,敬之则吉,抗之则伤。二者皆莫能相怀也。惟得广大乐易之君子,则可以兼怀而两有之,故曰'饮食宴乐'。"① 那么通过怎样的"乐易"能使两者兼怀有之?南渡后,李光被流放海南期间,一直效法苏轼的"幽人"生活,并现身说法,具体指出:"《象》曰:'君子以饮食宴乐。'若能日饮醇酎,不辜此风月,则无入而不自得也。"又说:"宴居有以自娱,动则观书以广智,静则息念以存诚,赋诗一首,弹琴一曲,古人困而能通用此道也。"② 这些"乐易"之道就是李光对苏轼谪居生活的总结并身体力行的。③ 事实上,在谪居中,苏轼不仅观书演《易》,"以广智",而且从未辜负诗、酒与天地风月。如《书上元夜游》:

---

① 苏轼:《苏氏易传》卷一,第16页。
② 李光:《与胡邦衡书》,《庄简集》卷十五,影印《文渊阁四库全书》本,第1128册,台湾商务印书馆,1986年,第600页。
③ 李光贬居海南期间,效法苏轼被幽禁而演《易》之举,著成《读易详说》以广智,又常常"缅怀东坡老,陈迹记旧痕"(《绍圣中,苏内翰谪居儋耳……》,《全宋诗》卷一四二二,北京大学出版社,1995年,第16392页),每到苏轼在海南的"陈迹"处,则"遐想英风伫立久"(《载酒堂》,《全宋诗》卷一四二二,北京大学出版社,1995年,第16400页),并作一诗,记其"英风",表露出仿效苏轼身处困境而身安德崇的心迹,他说"虽无南国爱,正以东坡免"(《东坡载酒堂二诗……》,《全宋诗》卷一四二五,北京大学出版社,1995年,第16433页),便表明了汲取苏轼的"乐易"之道,处理贬谪生活。

> 己卯上元,予在儋州,有老书生数人来过,曰:"良月嘉夜,先生能一出乎?"予欣然从之。步城西,入僧舍,历小巷,民夷杂揉,屠沽纷然。归舍已三鼓矣。舍中掩关熟睡,已再鼾矣。放杖而笑,孰为得失?过问先生何笑,盖自笑也。然亦笑韩退之钓鱼无得,更欲远去,不知钓者未必得大鱼也。①

上元即元宵节,是宋代全民的狂欢节。儋耳上元虽无法和京城帝王与民同乐的元宵场景相比,苏轼还是欣然应老书生之邀,穿街过巷,遍观儋耳灯市及其民夷杂糅、屠沽纷然等夜市风月,兴尽而归,舒心而笑,既笑自己能"看破得失",又笑韩愈不懂钓鱼真味而专欲钓大鱼的人生执念(韩愈《赠侯喜》有"君欲钓鱼须远去,大鱼岂肯居沮洳"之句)。在笑己与笑他中,虽不乏人生空漠之感,却洋溢遇境而安的自适之乐。

苏轼说:"天壤之内,山川草木鱼虫之类,皆是供吾家乐事也。"②这是他一以贯之的。不过,在谪居中,苏轼以"幽人"也就是"闲人"的身份观赏"供吾家乐事"的各种风月,却被纳入了其易学中的"乐易"之道。此道在黄州期间已全面形成。其《记承天寺夜游》云:

> 元丰六年十月十二日夜,解衣欲睡,月色入户,欣然起行。念无与为乐者,遂至承天寺寻张怀民。怀民亦未寝,相与步于中庭。庭下如积水空明,水中藻荇交横,盖竹柏影也。何夜无月,何处无竹柏,但少闲人如吾两人耳。黄州团练副使苏某书。③

月色下由竹柏之影构成的这一清明澄澈之境,令人心旷神怡!其实,这一风月佳景无处不有,但为"忙人"所忽视,唯有"闲人"能领略。对此,苏轼在《临皋闲题》中作了进一步申说:"临皋亭下八十余

---

① 孔凡礼点校:《苏轼文集》卷七一,中华书局,1986年,第2275页。
② 苏轼:《与子明兄》,载孔凡礼点校《苏轼文集》卷六十,中华书局,1986年,第1832页。
③ 孔凡礼点校:《苏轼文集》卷七一,中华书局,1986年,第2260页。

步，便是大江，其半是峨眉雪水。吾饮食沐浴，皆取焉。何必归乡哉！江山风月，本无常主，闲者便是主人。"所谓"闲者"即"闲人"，是苏轼自指。"乌台诗案"前，苏轼潜心"济民"而"为口忙"，无暇或很少顾及风月，而今被幽禁赋闲，真正成了江山风月的主人，也就有了足够的时间发现和欣赏夜月、竹柏、"山川草木鱼虫之类"的天地风月之美；而其前提是放弃像韩愈那样专欲钓大鱼的人生执念，保持自由的心境，即前文所述在"无心"状态中做到"心闲体舒"。元丰五年（1082年），苏轼夜归临皋时作《临江仙》云：

> 夜饮东坡醒复醉，归来仿佛三更。家童鼻息已雷鸣。敲门都不应，倚杖听江声。　　长恨此身非我有，何时忘却营营。夜阑风静縠纹平。小舟从此逝，江海寄余生。①

夜饮醇酎，三更醉归，家门无入，谛听江声。在尽情享受大自然的无边宁静中，大醉顿醒，平时的荣辱得失，刹那间一齐摆脱了，不再为口腹所役、名利所用，履行一种精神自由的合乎自然的人生。"小舟"与作于次年的《菩萨蛮》"来往一虚舟，聊随物外游"之"虚舟"意同，其意来自他对《易·象》"乘木舟虚"的认识。苏轼认为："中孚之《象》曰'乘木舟虚'，以此明'巽'之功也。以'巽'行'兑'，乘天下之至顺而行于人之所说（悦），必无心者也。'舟虚'者，无心之谓也。"② 小舟逝于"縠纹平"的江上，是无心状态的形象化，目的就是为了乘天之理而入于"人之所悦"的人之事，是一种随心所欲而不逾规矩的状态，使全词呈现出情理圆融的意境。这一意境也具体表现在作于同年的《哨遍》中：

> 为米折腰，因酒弃家，口体交相累。归去来，谁不遣君归。觉

---

① 唐圭璋编：《全宋词》，中华书局，1965年，第287页。
② 苏轼：《苏氏易传》卷六，第142页。

从前皆非今是。露未晞。征夫指予归路,门前笑语喧童稚。嗟旧菊都荒,新松暗老,吾年今已如此。但小窗容膝闭柴扉。策杖看孤云暮鸿飞。云出无心,鸟倦知还,本非有意。　　噫。归去来兮。我今忘我兼忘世。亲戚无浪语,琴书中有真味。步翠麓崎岖,泛溪窈窕,涓涓暗谷流春水。观草木欣荣,幽人自感,吾生行且休矣。念寓形宇内复几时。不自觉皇皇欲何之。委吾心、去留谁计。神仙知在何处,富贵非吾志。但知临水登山啸咏,自引壶觞自醉。此生天命更何疑,且乘流、遇坎还止。①

该词调下有序云:"陶渊明赋《归去来》,有其词而无其声。余治东坡,筑雪堂于上,人皆笑其陋。独鄱阳董毅夫过而悦之,有卜邻之意。乃取《归去来》词,稍加櫽栝,使就声律,以遗毅夫,使家僮歌之。时相从于东坡,释耒而和之,扣牛角而为之节,不亦乐乎。"不仅如此,作为江山风月之主的"幽人",又如"云出无心,鸟倦知还",自由自在,尽享观草木欣荣、引壶觞自醉、品琴书真味之乐。全词櫽栝《归去来》,却与陶渊明所表达的是身心同归的隐逸之喜不同,苏轼在词中所展现的,一方面是"吾生行且休"的人事之情;另一方面是达于"且乘流、遇坎还止"的应物之理。其理的具体内涵就是苏轼释《易·坎》所说:"水虽无常形,而因物以为形者,可以前定也。是故工取平焉,君子取法焉。惟无常形,是以达物而无伤,惟莫之伤也,故行险而不失其信,由此观之,天下之信,未有若水者。"②前文已述,"水"即"至柔而能胜物"之"水",其外柔而内中则刚正;"信"即"乾、坤惟无心,故一;一,故有信"之"信",其内信而性命则"刚健中正"。乾为刚,坎则险。"且乘流、遇坎还止",如水流遇坎而不伤其身,"行险而不失其信",刚与柔并济,乾与坎"兼怀而两有之",反映了"行险"时恪守"柔外刚中"的"水之心"与"随物赋形"的应物之理。因己之情,究

---

① 唐圭璋编:《全宋词》,中华书局,1965年,第307页。
② 苏轼:《苏氏易传》卷三,第69页。

物之理，以理驭情，以情顺理。以此返回"幽人"的现实生活，方能走向"一蓑烟雨任平生"① 的超然旷达。正是从这个意义上，该词在表达"不亦乐乎"的自适自安中，极尽浩然之气，磊落之怀，虽为檃栝前人之作，却营造了为前作所无的情理圆融的深邃意境。

这一意境就是苏轼通过"乐易"之道，从纷扰多变的吉凶得丧中超拔出来以后，休憩心灵，恪守"性命之贞"的生命意境，呈现出一种温和却又刚强的精神力量。当苏轼怀着这一精神力量走进其"隐约而不惛"的"幽人"的现实世界，又产生了如"我见青山多妩媚，料青山见我应如是"的互通效应：江山风月向"幽人"传递着充满磁性的吸引力，"幽人"却主动向江山风月坦露了深厚的钟爱之情，两者相印相通。这是苏轼自称"江山风月主人"的内涵所在。而当他与江山风月相视而遇并形诸笔端时，其诗词又在情理圆融中，向我们展示了对现实世界的亲和力与"性命之贞"的日常化意境，以及生命个体的灵性美。前文所举苏轼在黄州、惠州、儋州三地反映"幽人"生活的诸多诗文，便分别从不同的角度展示了这一点。不妨再看其黄州词《西江月》：

照野弥弥浅浪，横空暧暧微霄。障泥未解玉骢骄。我欲醉眠芳草。　　可惜一溪明月，莫教踏碎琼瑶。解鞍欹枕绿杨桥，杜宇一声春晓。②

调下有序曰："春夜蕲水中过酒家饮。酒醉，乘月至一溪桥上，解鞍曲肱少休。及觉，已晓。乱山葱茏，不谓尘世也。书此词桥柱上。"词中的春夜酒醉，乘月而归，溪桥少眠，不觉日晓，洋溢着浓烈的日常兴致；醉醒随我，行止任意，随遇而安，怡然自得，表现的是自由自在的心境；玉骢可解，芳草有意，月华堪怜，杜宇情切，处处渗透着万物有灵的气息。在这里，作者舒展性情，审美地体察天地风月，艺术地感

---

① 苏轼：《定风波》（莫听穿林打叶声），载唐圭璋编《全宋词》，中华书局，1965年，第288页。
② 唐圭璋编：《全宋词》，中华书局，1965年，第284—285页。

受日常生活,内化成为生命的律动,从中彰显了"性命之贞"的日常化魅力,以及充满艺术张力的生命个体。

由此观之,作为"幽人",苏轼在担任江山风月主人中,虽然保持闲适的状态,但与其他逃避世事的"幽人"不同,也非真正意义上"忘我兼忘世"式的闲适。苏轼明确指出:"吾非逃世之事,而逃世之机。"① 而"世之机"则恰如他所说的"为不可易"的"坎之险","近之则致寇",造成伤害,须像"且乘流、遇坎还止"一样,绕而行之,避而远之,"隐约而不愠",在由"世之机"带来的苦难及其造成的悲剧中,积极履行"乐易"之道,克服苦难,化解悲愁,自适自安,自安自乐,充分实现自我的生命价值。因此,苏轼在钟情江山风月时,表现的不是远离尘世的孤僻,而是贴近大众的亲和,并因善于从平凡的日常生活中发掘诗意,愉悦自我,致使其生命个体如同一件充满张力的艺术品,格外动人,令人感佩,即便在饮酒、理发等凡俗的生活中,也概不例外。如作于惠州的《真一酒》:

> 拨雪披云得乳泓,蜜蜂又欲醉先生。稻垂麦仰阴阳足,器洁泉新表里清。晓日着颜红有晕,春风入髓散无声。人间真一东坡老,与作青州从事名。②

描写真一酒酿就的材质与成色,也生动地描绘了饮者的形象。如果说,"晓日"句画其形色,那么,"春风"句则写其神情,形神兼备,跃然纸上,呼之欲出,仿佛是高明的画家绘就的一幅《东坡饮酒图》。又在儋州所作《旦起理发》、《午窗坐睡》、《夜卧濯足》的《谪居三适》,以及《次韵子由浴罢》、《汲江煎茶》等诗篇,从理发、午睡、洗脚、沐浴、煎茶之类日常生活的琐事中,刻画了"幽人"遇"险"时充满生命

---

① 苏轼:《雪堂记》,载孔凡礼点校《苏轼文集》卷十二《记》,中华书局,1986年,第412页。
② 王文诰辑注,孔凡礼点校:《苏轼诗集》卷三九,中华书局,1986年,第3124页。

活力而又被诗化了的安适形象。①

诚然,描写日常生活是宋代诗坛的一种普遍趋向,但上述苏轼在日常生活中发掘诗意,通过诗词文予以表达,却是其"乐易"之道的一种表现形式,也是其"幽人"情怀及其生命境界的一种艺术呈现,具有特定的内涵;与此同时,正如苏辙所说,苏轼"谪居于黄,杜门深居,驰骋翰墨,其文一变,如川之方至",② 谪居黄州是苏轼文学创作的转变期。造成其转变的原因是多方面的,创作主体的转变不失为一个重要的原因。黄州时期的苏轼是一个"幽禁之人",也是一位易学研究者。其研究易学的初衷在于前文所说的"忘忧"与"洗心"。事实上,草成于黄州、定稿于海南的《东坡易传》虽不乏思想意义和理论价值,但其思想理论更多被转化成了"隐约而不愠"的"幽人"情怀及其生命的实践形态,以及文学创作的内在动力和抒情言志的基本元素。因此,"幽人"也就成了解读苏轼,尤其是黄州、惠州、儋州三地苏轼文化性格与文学创作的一个不可或缺的易学视角。

(原载《北京大学学报》2020年第3期)

---

① 详见王文诰辑注,孔凡礼点校:《苏轼诗集》卷四一,中华书局,1986年,第2285—2287页;同书卷四二,第2202—2203页;同书卷四三,第2362页。
② 苏辙:《亡兄子瞻端明墓志铭》,《栾城后集》卷二二,载陈宏天、高秀芳校点《苏辙集》,中华书局,1990年,第1127页。

"新道统"理念下的偏见
—— 朱熹讨伐"苏学"的文化诉求

朱熹对"苏学"的讨伐是宋代文学史,也是思想史上颇为醒目的现象。然而,由于其讨伐的对象出自文学家苏轼兄弟等人,很少为思想史研究者所关注而多为文学史研究者所重视,即便是思想史研究者在涉及这一现象时,也往往停留在朱熹"胸襟扩大,心怀持平"上,钱穆便说:"朱子上溯北宋诸儒,自欧阳永叔、刘原父之俦,凡能越出《注》、《疏》范围,出己意说经者,皆谓于周、程道学之理义复明有助。若专就解经工作言,如东坡之于《书》,子由之于《诗》,成绩皆远超伊川之上。此尤见朱子之胸襟扩大,心怀持平。"又认为朱熹对苏轼兄弟的文学不无赞誉,并指出:"轻薄艺文,实为宋代理学家通病。惟朱子无其失。其所悬文道合一之论,当可悬为理学、文学双方所共赴之标的。"① 朱熹对苏轼、苏辙具体的"解经工作"与文学创作,确乎钱先生所言,就其根本立场观之,却视"苏学"若洪水猛兽,予以讨伐与清算。而文学史研究者所重视的,则主要停留于朱熹与苏轼在文道关系的对立与冲突上。诚然,如何处理文与道的关系,是宋代文学家与道学家之间长期争论不休的一个话题,但朱熹讨伐"苏学"是在特定的历史背景下,以"新道统"传承者的身份展开的,其胸襟虽太过矫激,存在严重偏见,却体现了强烈的政治儒学化的诉求与独具内涵的文道观。

---

① 钱穆:《朱子新学案》,九州出版社,2011年,第3册,第162页;第5册,第163页。

一

应该说，对"苏学"的讨伐并非始于朱熹，早在元祐时期蜀、洛两党相互排毁中，"苏学"便遭致以程颐为首的洛党士人的抨击；南渡前后，程颐弟子杨时、尹焞等人也从学理上清算"苏学"之失，但无论力度抑或深度，均不及朱熹。随着高宗赵构禅位，孝宗赵昚继大统，绍兴年间的"专门曲学"解禁，道学的生态环境得到了改善，道学集大成者朱熹的学术思想也日趋成熟。可是在朱熹看来，眼下以苏轼为核心，以"雄深敏妙之文"为主要表现形态的"苏学"的盛行，严重地阻碍了道学的发展，所以怀着"诚惧其乱吾学之传而失人心之正"① 的忧虑，大展"毫厘之辨"的工夫，对"苏学"展开了全方位的讨伐与清算。

乾道五年（1169年），朱熹在给芮晔的信中说："苏氏之学，以雄深敏妙之文煽其倾危变幻之习，以故被其毒者沦肌浃髓而不自知。今日正当拔本塞源，以一学者之听，庶乎其可以障狂澜而东之。"② 芮晔为道学中人，时任以国子祭酒，朱熹希望他利用既有的职责，贬抑"苏氏之学"。然而，令朱熹更为忧虑的是，在道学人士中，对"苏学"之"毒"也不乏"不自知"而加以回护甚至认同者。因此，于道学内部"拔本塞源"，也就成了朱熹急于从事的一项任务。其《答汪尚书》云：

> 盖欧阳、司马之学，其于圣贤之高致，固非末学所敢议者，然其所存所守，皆不失儒者之旧，特恐有所未尽耳。至于王氏、苏氏，则皆以佛老为圣人，既不纯乎儒者之学矣，而王氏支离穿凿，尤无义味，至于甚者，几类俳优。本不足以惑众，徒以一时取合人主，假利势以行之，至于已甚，故特为诸老先生之所排诋。在今日

---

① 朱熹：《杂学辨》，载朱杰人、严佐之、刘永翔主编《朱子全书》（修订本），第24册，上海古籍出版社、安徽教育出版社，2010年，第3469页。
② 朱熹：《与芮国器》，载朱杰人、严佐之、刘永翔主编《朱子全书》（修订本），第21册，上海古籍出版社、安徽教育出版社，2010年，第1625页。

则势穷祸极，故其失人人得见之。至若苏氏之言，高者出入有无而曲成义理，下者指陈利害而切近人情，其智识才辨、谋为气概，又足以震耀而张皇之，使听者欣然而不知倦，非王氏之比也。然语道学则迷大本，论事实则尚权谋，炫浮华，忘本实，贵通达，贱名检，此其害天理、乱人心、妨道术、败风教，亦岂尽出王氏之下也哉？但其身与其徒皆不甚得志于时，无利势以辅之，故其说虽行而不能甚久。凡此患害，人未尽见，故诸老先生得以置而不论。使其行于当世，亦如王氏之盛，则其为祸不但王氏而已，主名教者亦不得恝然而无言也。盖王氏之学，虽谈空虚而无精彩，虽急功利而少机变，其极也陋，如薛昂之徒而已……若苏氏，则其律身已不若荆公之严，其为术要未忘功利，而诡秘过之。其徒如秦观、李廌之流，皆浮诞佻轻，士类不齿，相与扇纵横捭阖之辨以持其说，而漠然不知礼义廉耻之为何物。虽其势利未能有以动人，而世之乐放纵、恶拘检者已纷然向之。使其得志，则凡蔡京之所为，未必不身为之也。世徒据其已然者论之，是以苏氏犹得在近世名卿之列，而君子乐成人之美者，亦不欲逆探未形之祸以加讥贬。至于论道学邪正之际，则其辨有在毫厘之间者，虽欲假借而不能私也。今乃欲专贬王氏而曲贷二苏，道术所以不明、异端所以益炽，实由于此。①

该书作于乾道四年（1168 年），汪应辰是朱熹的表叔，时任吏部尚书兼翰林学士并侍读，是道学人士在朝的一位重要的代言人。在朝期间，他曾多次与朱熹讨论"苏学"的得失，始终认为：苏轼兄弟与司马光、欧阳修一样，为人、为文、为学均"无邪心，谓其不知道可也。君欲指其失以示人，则如某事某说，明其不然可也。若概而言之，以与王

---

① 朱熹：《答汪尚书》，载朱杰人、严佐之、刘永翔主编《朱子全书》（修订本），第 21 册，上海古籍出版社、安徽教育出版社，2010 年，第 1300—1301 页。

氏同贬,恐或太甚"。① 因而被斥为"主张苏学太过"。② 朱熹却认为"程、苏学行邪正不同,势不两立",③"苏学"为邪学;而今"道术所以不明、异端所以益炽"的原因,正在于"专贬王氏而曲贷二苏"。在朱熹的心目中,"苏学"的性质为"杂学",其学其人有三大危害。其一,因与王安石之学一样杂糅佛、老,是典型的"杂学",故阻碍了儒家正统思想的弘扬,败坏了学者心术,即其《答詹元善》所说:"苏氏兄弟乃以仪、秦、老、佛合为一人,其为学者心术之祸最为酷烈,而世莫之知也。"④ 其二,"苏学"主要表现为"语道学则迷大体,论事实则尚权谋",故"炫浮华,忘本实,贵通达,贱名检。此其害天理、乱人心、妨道术、败风教",又不在"王学"之下。其三,决定其"杂学"性质的苏氏及其门人,"律身不若荆公之严",又"漠然不知礼义廉耻之为何物",幸好他们"皆不得志于时",否则"其为祸不但王氏而已","蔡京之所为,未必不身为之"。此等危害就是通过"苏氏之言"亦即"雄深敏妙之文""震耀而张皇之"的,所以"使听者欣然而不知倦",具有极大的迷惑性"而世莫之知"其"毒"了。

不难看出,在朱熹眼里,苏氏为学、为文与为人的危害性是何等严重!而上列《答汪尚书》措辞之严,排诋之厉,则为元祐以来所无,堪称其讨伐"苏学"的纲领性文字。在此之前,朱熹曾与学出二程却"敬慕苏氏之议论,复谓程、苏之道同"的内弟程洵力辨"苏学"之失,"辨难数千百言",⑤ 试图将程洵拉回到纯正的学统上来,但未能完全扭

---

① 汪应辰:《与朱元晦书》,载曾枣庄、刘琳主编《全宋文》,第215册,上海辞书出版社、安徽教育出版社,2006年,第60页。
② 黄震:《黄氏日抄》卷三十六,载黄震著,张伟、何忠礼主编《黄震全集》,第4册,浙江大学出版社,2013年,第1350页。
③ 朱熹:《答吕伯恭论渊源录》,载朱杰人、严佐之、刘永翔主编《朱子全书》(修订本),第21册,上海古籍出版社、安徽教育出版社,2010年,第1529页。
④ 朱熹:《答詹元善》,载朱杰人、严佐之、刘永翔主编《朱子全书》(修订本),第22册,上海古籍出版社、安徽教育出版社,2010年,第2136页。
⑤ 程洵:《克庵先生尊德性斋小集·补遗》,载《续修四库全书》编纂委员会编《续修四库全书》,第1318册,上海古籍出版社,2002年,第184页。

转他对待"苏学"的态度,最终走向"合苏、程为一家"① 的融合之路;在此以后,朱熹又对道友吕祖谦"出入苏氏父子波澜,新巧之外更求新巧,坏了心路,遂一向不以苏学为非,左遮右拦,阳挤阴助",深表"不满意"。② 吕祖谦雅好三苏之文,除了在《宋文鉴》与《古文关键》中选苏轼文章最多外,还特意编写了《东莱标注三苏文集》,流布士林,这不啻"阴助"了"苏学"的盛行,对确立苏轼在文学上的典范意义也不乏推进之功,所以更令朱熹不满而反复与之辨析,下列《答吕伯恭》便专辨苏文:

> 示喻苏氏于吾道不能为杨、墨,乃唐、景之流耳,向见汪丈(汪应辰)亦有此说。熹窃以为此最不察夫理者。夫文与道,果同耶异耶?若道外有物,则为文者可以肆意妄言而无害于道。惟夫道外无物,则言而一有不合于道者,则于道为有害,但其害有缓急深浅耳。屈、宋、唐、景之文,熹旧亦尝好之矣。既而思之,其言虽侈,然其实不过悲秋、放旷二端而已。日诵此言,与之俱化,岂不大为心害?于是屏绝不敢复观。今因左右之言,又窃意其一时作于荆楚之间,亦未必闻于孟子之耳也。若使流传四方,学者家传而人诵之,如今苏氏之说,则为孟子者亦岂得而已哉?况今苏氏之学上谈性命、下述政理,其所言者非特屈、宋、唐、景而已。学者始则以其文而悦之,以苟一朝之利,及其既久,则渐涵入骨髓,不复能自解免。其坏人材、败风俗,盖不少矣。伯恭尚欲左右之,岂其未之思邪?其贬而置之唐、景之列,殆欲阳挤而阴予之耳。向见正献公(吕公著)家传,语及苏氏,直以浮薄辈目之,而舍人丈(吕本中)所著《童蒙训》则极论诗文必以苏、黄为法,尝窃叹息,以为若正献、荥阳(吕希哲),可谓能恶人者,而独恨于舍人丈之微旨

---

① 周必大:《程洵尊德性斋小集序》,载曾枣庄、刘琳主编《全宋文》,第230册,上海辞书出版社、安徽教育出版社,2006年,第163—164页。
② 朱熹:《答张敬夫》,载朱杰人、严佐之、刘永翔主编《朱子全书》(修订本),第21册,上海古籍出版社、安徽教育出版社,2010年,第1333—1334页。

有所未喻也。然则老兄今日之论，未论其它，至于家学，亦可谓蔽于近而违于远矣。更愿思之，以求至当之归，不可自误而复误人也。①

朱熹曾反复指正"苏学"的危害性比杨、墨之学有过之而无不及，②吕祖谦则认为："孟子深斥杨、墨，以其似仁义也。同时如唐勒、景差辈，浮词丽语，未尝一言与之辨，岂非与吾道判然不同，不必区区劳颊舌较胜负耶？某氏（苏氏）之于吾道，非杨、墨也，乃唐、景也，似不必深与之辨。"③与汪应辰一样认为苏氏为唐勒、景差之流，为文章之士，不必在"道"上与之深辨。朱熹却以为，这是吕祖谦"阳挤而阴予之"，而且在他看来，即便是"作于荆楚之间"的唐、景之文，已与"道统"传人孟子学说相对立，而苏氏既因作文时不知"道外无物"之理而"肆意妄言"，为"害道"之文，又其文被四方"学者家传而人诵之"，较诸唐勒与景差之文，在更大范围上屏蔽了孟子学说的流行；更何况其文又"上谈性命、下述政理"，坏了人材，败了风俗。孟子的"心性说"是朱熹创构"新道统"，也是其文道观的思想资源，而作为"杂学"的表现形态，"苏氏之文"却与之背道而驰，故朱熹严辞相斥，甚至对吕祖谦及其"论诗文必以苏、黄为法"的伯祖吕本中，也一并斥之，毫不曲贷！

毋庸辨析，无论促使宋代学术与文学繁荣的"苏氏之学"与"苏氏之文"，抑或苏氏为人，绝非如朱熹所言。有鉴于朱熹对"苏学"的讨伐，吕祖谦曾指出："吾道本无对，非下与世俗较胜负者也……详观来谕，激扬振厉，颇乏广大温润气象。若立敌较胜负者，颇似未弘。"④希

---

① 朱熹：《答吕伯恭》，载朱杰人、严佐之、刘永翔主编《朱子全书》（修订本），第21册，上海古籍出版社、安徽教育出版社，2010年，第1428—1429页。
② 朱熹：《答汪尚书》，载朱杰人、严佐之、刘永翔主编《朱子全书》（修订本），第21册，上海古籍出版社、安徽教育出版社，2010年，第1303—1304页。
③ 吕祖谦：《与朱侍讲》，载黄灵庚、吴战垒主编《吕祖谦全集》，第1册，浙江古籍出版社，2008年，第399页。
④ 吕祖谦：《与朱侍讲》，载黄灵庚、吴战垒主编《吕祖谦全集》，第1册，浙江古籍出版社，2008年，第397页。

望朱熹从"矫揉气质上做功夫",以"颜子工夫为样辙","持养敛藏之功"。① 朱熹却认为:"夫道固无对者也,然其中却着不得许多异端邪说,直须一一剔拨出后,方晓然见得个精明纯粹底无对之道。若和泥合水,便只着个'无对'包了,窃恐此'无对'中却多藏得病痛也。"② 因此,以"障狂澜而东之"的勇气与决心,对苏氏为人、为学、为文的危害性作系统而深入的讨伐和清算,成了朱熹学术思想中的一个组成部分。究其原因,在于"苏氏声名文学震动一世,未尝有以为非,故非峻辞以辟之,则人莫悟也";③ 其目的则是为创构并张扬"新道统"扫清障碍。

二

黄震在总结朱熹与吕祖谦的"苏学"之辨的不同取向与表现时说:"晦庵以千载道统为己任,排斥异说,毫发不恕,祸福是非一切以之,有泰山岩岩气象。先生(吕祖谦)并包融会,以和为主,故常规警晦庵。"④ 所谓"千载道统",就是朱熹发明与创构的"新道统"。

"道统说"首见于韩愈《原道》:"吾所谓道也,非向所谓老与佛之道也。尧以是传之舜,舜以是传之禹,禹以是传之汤,汤以是传之文、武、周公,文、武、周公传之孔子,孔子传之孟轲,轲之死,不得其传焉。"⑤ 韩愈晚年又自称继孟子以后的"道统"传人。⑥ 宋初三先生胡

---

① 吕祖谦:《与朱侍讲》,载黄灵庚、吴战垒主编《吕祖谦全集》,第1册,浙江古籍出版社,2008年,第399页。
② 朱熹:《答吕伯恭》,载朱杰人、严佐之、刘永翔主编《朱子全书》(修订本),第21册,上海古籍出版社、安徽教育出版社,2010年,第1426页。
③ 黄震:《黄氏日抄》卷三四,载黄震著、张伟、何忠礼主编《黄震全集》,第4册,浙江大学出版社,2013年,第1280页。
④ 黄震:《黄氏日抄》卷四十,载黄震著、张伟、何忠礼主编《黄震全集》,第5册,浙江大学出版社,2013年,第1435页。
⑤ 韩愈:《原道》,载刘真伦、岳珍校注《韩愈文集汇校笺注》,中华书局,2010年,第14页。
⑥ 详见韩愈:《与孟简尚书书》,载刘真伦、岳珍校注《韩愈文集汇校笺注》,中华书局,2010年,第888页。

瑗、孙复、石介也将韩愈纳入"道统"的谱系中,并以"道统"为旗帜,排佛反佛,复兴儒学。至程颐则指出:"周公没,圣人之道不行;孟轲死,圣人之学不传……先生(程颢)生于千四百年之后,得不传之学于遗经,志将以斯道觉斯民……圣人之道得先生而后明,为功大矣。"①将韩愈剔除在"道统"之外,认为其兄程颢与自己才是孟子以后的"道统"传承者。朱熹又"以千载道统为己任",并在"道统"内涵与传承谱系上,形成了新的理念。

众所周知,朱熹的"新道统"理念集中体现在淳熙十六年(1189年)三月所精心撰写的《中庸章句序》中。该序首次将《书·大禹谟》中的"人心惟危,道心惟微,惟精惟一,允执厥中"确立为"道统"的"十六字心传"。在具体的传承谱系上,序中分为帝门与儒门两系,尧至周公为帝门系,也是"道统"传承的第一阶段;自孔子传孟子,以及得孟子"不传之学于遗经"的二程为儒门系,属于"道统"传承的第二个阶段。将"道统"传承分为这两个谱系与阶段,与韩愈以来的"道统说"并无差别,但朱熹首次明确了儒门在"道统"传承中的地位,认为"夫尧、舜、禹,天下之大圣也,以天下相传,天下之大事也,以天下之大圣,行天下之大事,而其授受之际,丁宁告戒,不过如此,则天下之理岂有以加于此哉?……若吾夫子,则虽不得其位,而所以继往圣,开来学,其功反有贤于尧舜者"。②也就是说,较诸帝门以"丁宁告戒"的方式"接夫道统之传",始于孔子的儒门虽未得治天下之位,其所传"遗统"的地位却远远高于帝门,用黄榦的话来说:"尧、舜、禹、汤、文、武、周公生而道始行,孔子、孟子生而道始明。"③在帝门治天下的"遗统"基础上,孔、孟发明为儒家学统而"开来学"。

自韩愈以后,特别是经过二程的倡导,孟子在"开来学"中的地位

---

① 程颐:《明道先生墓表》,载程颢、程颐著,王孝鱼点校《二程集》,中华书局,2004年,第640页。
② 以上均见朱熹:《中庸章句序》,载朱杰人、严佐之、刘永翔主编《朱子全书》(修订本),第24册,上海古籍出版社、安徽教育出版社,2010年,第3673—3674页。
③ 黄榦:《徽州朱文公祠堂记》,载曾枣庄、刘琳主编《全宋文》,第288册,上海辞书出版社、安徽教育出版社,2006年,第388页。

得到了彰显，但孟子所传何为？为何孟子死而"道统"失传？朱熹指出："夫孟子之所传者何哉？曰：'仁义而已矣。'孟子之所谓仁义者何哉？曰：'仁，人心也；义，人路也。'曰：'恻隐之心，仁之端也；羞恶之心，义之端也。'如斯而已矣……尧、舜之所以为尧、舜，以其尽此心之体而已。禹、汤、文、武、周公、孔子传之，以至于孟子，其间相望或数百年者，非得口传耳授、密相付属也，特此心之体，隐乎百姓日用之间，贤者识其大，不贤者识其小，而体其全且尽，则为得其传耳。"① 认为孟子从心性的角度所阐明的仁义本心就是帝门之间"口传耳授"，也是儒门中继孔子后所传的"道统"；孟子以后之所以"失传"，原因便在于后世无贤能之人"体其全且尽"并加以传播。这就真正确立了孟子在"道统"中的地位，也进一步强调了自孔、孟将帝门"遗统"发明为儒家学统并"开来学"后，"道统"的解释权与传承权已不在帝门而在儒门，而今却为朱熹所拥有。

需要说明的是，朱熹的"新道统"并非始于淳熙十六年（1189年）的《中庸章句序》；他创构"新道统"的目的也并非仅仅为了在道学史上显示自己拥有了"道统"知识内涵的解释权与传承权。绍兴三十二年（1162年）六月，朱熹向即位不久的孝宗上《壬午应诏封事》，其中有云：

> 臣闻之，尧、舜、禹之相授也，其言曰："人心惟危，道心惟微，惟精惟一，允执厥中。"夫尧、舜、禹皆大圣人也，生而知之，宜无事于学矣。而犹曰精，犹曰一，犹曰执者，明虽生而知之，亦资学以成之也。陛下圣德纯茂，同符古圣，生而知之，臣所不得而窥也。然窃闻之道路，陛下毓德之初，亲御简策，衡石之程，不过讽诵文辞，吟咏情性而已。比年以来，圣心独诣，欲求大道之要，又颇留意于老子、释氏之书。疏远传闻，未知信否？然私独以为若

---

① 朱熹：《读余隐之尊孟辨》，载朱杰人、严佐之、刘永翔主编《朱子全书》（修订本），第24册，上海古籍出版社、安徽教育出版社，2010年，第3525页。

果如此,则非所以奉承天锡神圣之资而跻之尧舜之盛者也。盖记诵华藻,非所以探渊源而出治道;虚无寂灭,非所以贯本末而立大中。是以古者圣帝明王之学,必将格物致知以极夫事物之变,使事物之过乎前者,义理所存,纤微毕照,了然乎心目之间,不容毫发之隐,则自然意诚心正,而所以应天下之务者。……

盖致知格物者,尧舜所谓精一也;正心诚意者,尧舜所谓执中也。自古圣人口授心传而见于行事者,惟此而已。至于孔子,集厥大成,然进而不得其位以施之天下,故退而笔之以为六经,以示后世之为天下国家者。于其间语其本末终始先后之序尤详且明者,则今见于戴氏之记,所谓《大学》篇者是也。故承议郎程颢与其弟崇政殿说书颐,近世大儒,实得孔孟以来不传之学,皆以为此篇乃孔氏遗书,学者所当先务,诚至论也。臣愚伏愿陛下捐去旧习无用浮华之文,攘斥似是而非邪诐之说,少留圣意于此遗经,延访真儒深明厥旨者,置诸左右,以备顾问,研究充扩,务于至精至一之地,而知天下国家之所以治者不出乎此,然后知体用之一原,显微之无间,而独得乎尧、舜、禹、汤、文武、周公、孔子之所传矣。①

这两段文字虽未出现"道统"字样,却表达了"新道统"的基本内涵及其传承谱系,具有强烈的针对性。其针对性体现在对孝宗的严肃批评与直言劝导上,更重要的是剑指高宗的"道统"传承权与掌控权。

朱熹批评孝宗缺乏"探渊源而出治道"的精神,以及"贯本末而立大中"的品德,是因为无视"人心惟危,道心惟微,惟精惟一,允执厥中"这一"十六字心传";无视"十六字心传"则是因为"讽诵文辞,吟咏情性"与"留意于老子、释氏之书"。而联系孝宗即位前后的背景与表现,其喜好文辞、留意佛老,显然为杂糅佛、老的"苏学"所致。绍兴年间,苏轼的诗文受到了朝野的青睐,高宗便"极爱苏公文词,力

---

① 朱熹:《壬午应诏封事》,载朱杰人、严佐之、刘永翔主编《朱子全书》(修订本),第20册,上海古籍出版社、安徽教育出版社,2010年,第571—573页。

购全集,刻之禁中";① 赵昱诗又云:"风骚散佚罕流传,力购开雕读御前。空费元嘉诗禁密,纷纷笺释斗新编。"② 朝野掀起了一股"崇苏热","苏学"成了一门显学,这无疑影响了孝宗的兴趣爱好与知识取向;即位以后,孝宗对苏文的热情非但丝毫未减,反而成了乾、淳年间朝野"崇苏热"的一位重要推手。其《苏轼文集赞》说:"朕万几余暇,绅绎诗书,他人之文,或得或失,多所取舍。至于轼所著,读之终日,亹亹忘倦,常置左右,以为矜式,信可谓一代文章之宗也欤!"③ 又《苏轼赠太师制》云:"朕承绝学于百圣之后,探微言于六籍之中。将兴起于斯文,爰缅怀于故老。虽仪刑之莫觌,尚简策之可求。揭为儒者之宗,用锡帝师之宠。故礼部尚书、端明殿学士、赠资政殿学士、谥文忠苏轼,养其气以刚大,尊所闻而高明。博观载籍之传,几海涵而地负。远追正始之作,殆玉振而金声。"并指出:"人传元祐之学,家有眉山之书。朕三复遗编,久钦高躅,王佐之才可大用,恨不同时。"④ 将苏轼视为帝王之师,大有"愿起公死从之游"之心。罗大经说:"孝宗最重大苏之文,御制序赞,特赠太师,学者翕然诵读。所谓'人传元祐之学,家有眉山之书',盖纪实也。"⑤ 绍兴以来这一盛行于朝野的"崇苏热",就是朱熹所谓"异端益炽"的具体表现与"诚惧其乱吾学之传而失人心之正"的现实依据,也是朱熹自孝宗即位后不遗余力地讨伐"苏学"、清算"苏学"之"毒"的一个现实动因;而他对因"苏氏之学"而无视"十六字心传"的孝宗的批评与规劝,目的在于以"真儒"的面貌,扮

---

① 李日华:《六研斋三笔》卷三,影印《文渊阁四库全书》本,第 867 册,台湾商务印书馆,1986 年,第 715 页。
② 赵昱:《南宋杂事诗》卷五,影印《文渊阁四库全书》本,第 1476 册,台湾商务印书馆,1986 年,第 587 页。按:高宗时期,苏轼文集不仅被刻于禁中,在民间也广为传布,甚至出现十种苏轼文集注本(详见曾枣庄:《南宋苏轼著述刊刻考略》,载《中华文史论丛》,第 61 辑),即所谓"纷纷笺释斗新编"。
③ 赵昚:《苏轼文集赞》,载曾枣庄、刘琳主编《全宋文》,第 236 册,上海辞书出版社、安徽教育出版社,2006 年,第 299 页。
④ 赵昚:《苏轼赠太师制》,载曾枣庄、刘琳主编《全宋文》,第 235 册,上海辞书出版社、安徽教育出版社,2006 年,第 161 页。
⑤ 罗大经:《鹤林玉露》卷二甲编《二苏》,中华书局,1983 年,第 33 页。

演帝王师的身份，履行帝王师的职责，劝君行道，以"新道统"的理念引领帝王治天下。

与此同时，最近一项新的研究成果表明，绍兴和议期间，高宗所作《先圣先贤图赞》及秦桧为之所作碑记，在宣称君、师合一的基础上，向全国公布了帝王高宗是"道统"的继承者，"拥有了决定道统传承和知识内涵的权力"；该成果又指出，朱熹创构"道统"是"对皇帝掌控'道统'定义的挑战"，"是一个大胆且具政治危险的行动"，所以朱熹"为《中庸章句序》的内容而苦恼很多年，他畏惧对帝王定义的道统作直接的挑战，将使自己因为诋毁帝王受到迫害，因此他将《中庸章句序》的出版一直推迟到 1187 年高宗逝世之后"。① 高宗既无对"道统"内涵的新理解，更无尧、舜等"大圣人"的盛德，但为了给残酷打击政敌、严厉禁锢异论、巩固和议之"国是"的现实政治争取"道统"力量的支撑，在秦桧的精心策划下，占据了"道统"传承权与掌控权，使"道统"传承赤裸裸地君权化，儒家学说被异化成了专制集权的奴婢。这是高宗时期政治文化的一大特征。绍兴三十二年（1162 年），高宗虽禅位于孝宗，但直至淳熙十四年（1187 年）去世，不时地左右着孝宗的朝政；况且孝宗本人也自称"承绝学于百圣之后，探微言于六籍之中，将兴起于斯文"（引见前文），俨然以"道统"继承者自居。这对朱熹"新道统"的创构来说，的确是一个"危险的行动"。不过，作为"祸福是非一切以之"的朱熹并没有因此而畏惧和退缩。其《壬午应诏封事》只字不提高宗对"道统"的继承，而是特意强调"十六字心传"由"孔子集厥大成"，孟子死后失传，因自二程以来"近世大儒，实得孔、孟以来不传之学"后而有所发明，其中包括了朱熹的启蒙老师刘子翚。刘子翚说："《书》曰'惟精惟一'，此相传之密旨也……心与道应，尧、舜所以为圣人也。"尧、舜至周公，均以此"口传而心授"，至"孔子

---

① 蔡涵墨、李卓颖、邱逸凡：《新近面世之秦桧碑记及其在宋代道学史中的意义》，《宋史研究论丛》，2011 年。原文"A Newly Discovered Inscription by Qin Gui: Its Implications for the History of Song Daoxue", Harvard Journal of Asiatic Studies 70/2 (2010), pp 387—448。

出,其言曰:'吾道一以贯之。'此祖述尧、舜之妙也"。① 将《书·大禹谟》中"人心惟危"等十六字作为尧、舜到孔子相传的"密旨",实为朱熹"新道统"的雏型。而在刚即位的孝宗面前,朱熹陈述自孔子至"近世大儒"对"道统"内涵"十六字心传"的传承,实际上是对高宗的"道统"传承权与掌控权的公然否定;而其《中庸章句序》于孝宗禅位光宗的前一月定稿出版,则同样是对孝宗权威的挑战。

从《壬午应诏封事》的发表到《中庸章句序》的出版,"新道统"的理念一直涌动在朱熹的心头。而朱熹将"道统"的内涵确立为"十六字心传",并以孟子的"心性说"加以印证,在学理上固然为了对抗佛禅的心性本体,但促使朱熹创构"新道统"的一个首要的现实动因,无疑是绍兴年间高宗与秦桧集团将"道统"传承君权化、儒家学说政治化,以及由此带来的令人不堪的政治后果;其目的就是为了让儒学所代表的"道统"发挥其指导与引领当今帝王治天下的作用,从而使政治儒学化,在儒学化中,使政治趋向开明,也为"真儒"扮演帝王师的身份,积极干预政治、大胆批评政府提供了"法典化"依据。综观朱熹一生,确实履行了这一点。这从上引《壬午应诏封事》可见一斑;而其《戊申封事》、《己酉拟上封事》对当下政治抨击的严厉程度,则又堪称前所未有。②

因此,无论朱熹的"新道统"是否在现实政治中真的能指导与引领帝王治天下,从中体现出来的政治文化诉求,以及在这一诉求下对君权及现实政治的道义高压与藐视气概,却昭然若揭;与此同时,也导致朱熹不惜置"真儒"应有的"广大温润气象"而不顾,太过矫激地大肆讨伐作为异端并风行于朝野的"苏学",在执着政治理想的同时,又体现了其学术思想和文化性格的某种缺陷。

---

① 刘子翚:《圣传论十首·尧舜》,载曾枣庄、刘琳主编《全宋文》,第 193 册,上海辞书出版社、安徽教育出版社,2006 年,第 159 页。
② 详见朱熹:《晦庵先生朱文公文集》卷十一、十二,载朱杰人、严佐之、刘永翔主编《朱子全书》(修订本),第 20 册,上海古籍出版社、安徽教育出版社,2010 年,第 589—614、617—626 页。

三

朱熹的"新道统"既是其道学思想的核心,又是其文道观的思想基础;而"新道统"中的"十六字心传"所呈现的是典型的心性之学,其文道观的起点与终点也均在于此。

朱熹在阐释"十六字心传"时说:"心之虚灵知觉,一而已矣,而以为有人心、道心之异者,则以其或生于形气之私,或原于性命之正,而所以为知觉者不同,是以或危殆而不安,或微妙而难见耳。然人莫不有是形,故虽上智不能无人心,亦莫不有是性,故虽下愚不能无道心,二者杂于方寸之间,而不知所以治之,则危者愈危,微者愈微,而天理之公,卒无以胜,夫人欲之私矣。精则察夫二者之间而不杂也,一则守其本心之正而不离也,从事于斯,无少间断,必使道心常为一身之主,而人心每听命焉,则危者安,微者著,而动静云为自无过不及之差矣。"① 所谓"人心"就是人与生俱来的性情之心,因为其与生俱来,故"虽上智不能无人心";"道心"即"天理",也就是人与生俱来的仁义道德之心,因为其与生俱来,故"虽下愚不能无道心"。"人心"与"道心"同出一源,"杂于方寸之间",即黄榦所说:"道原于天,具于人心,着于事物,载于方策,明而行之,存乎其人。"② 道不离心,心不离道。而文就是道的"枝叶"。朱熹说:

> 道者,文之根本;文者,道之枝叶。惟其根本乎道,所以发之于文,皆道也。三代圣贤文章,皆从此心写出,文便是道。今东坡之言曰:"吾所谓文,必与道俱。"则是文自文而道自道,待作文时,旋去讨个道来入放里面,此是它大病处。只是它每常文字华

---

① 朱熹:《中庸章句序》,载朱杰人、严佐之、刘永翔主编《朱子全书》(修订本),第24册,上海古籍出版社、安徽教育出版社,2010年,第3674页。
② 黄榦:《徽州朱文公祠堂记》,载曾枣庄、刘琳主编《全宋文》,第288册,上海辞书出版社、安徽教育出版社,2006年,第388页。

妙，包笼将去，到此不觉漏逗。说出他本根病痛所以然处，缘他都是因作文，却渐渐说上道理来，不是先理会得道理了，方作文，所以大本都差。①

认为"圣贤文章，皆从此心写出"，故"文便是道"；也就是说，其生成经历了"人心"→"道心"→"文章"的过程。这是朱熹处理文道关系的总结性论述，体现了"心"与"道"体用一源，"道"与"文"根叶一体的理论主张；该理论主张的形成，是建立在以作者的"心性"为内涵的主体论基础之上的。朱熹所说的"心"就是源自"人心"的仁义道德之心，但"只是一心，合道理底便是天理，徇情欲底便是人欲"，② 因"人心"杂有"形气之私"，所以"必使道心常为一身之主，而人心每听命焉"；要使"人心"听命于"道心"，唯有发挥"惟精惟一"、致知格物的功夫，才能达到"允执厥中"、至大中正的境界，从主体的"人心"流露出来的才是合乎本体"天理"的道德之心，文与道才有可能融为一体；而要达到"允执厥中"的境界，关键却在于"主敬"，因为"'敬'之一字，万善根本，涵养省察、格物致知，种种功夫皆从此出，方有据依"。③ 主敬涵养，能使"人之心湛然虚明，以为一身之主"而"必知至意诚，无所私系"，④ "然后真个道理方始流行"。⑤ 在朱熹看来，苏轼之所以文自文而道自道，不能将文道融为一体，就是因为其创作主体全无"主敬"功夫。他在分析苏轼与程颐相争的原因时便指出："东坡与伊川争个甚么？只看这处，曲直自显然可见，何用别商量？只看东坡所记云：'几时得与他打破这个"敬"字！'看这说话，只

---

① 黎靖德编：《朱子语类》卷一三九，中华书局，1986 年，第 3319 页。
② 黎靖德编：《朱子语类》卷七八，中华书局，1986 年，第 2015 页。
③ 朱熹：《答潘恭叔》，载朱杰人、严佐之、刘永翔主编《朱子全书》（修订本），第 22 册，上海古籍出版社、安徽教育出版社，2010 年，第 2313 页。
④ 朱熹：《答黄子耕》，载朱杰人、严佐之、刘永翔主编《朱子全书》（修订本），第 22 册，上海古籍出版社、安徽教育出版社，2010 年，第 2379 页。
⑤ 朱熹：《答吕子约》，载朱杰人、严佐之、刘永翔主编《朱子全书》（修订本），第 22 册，上海古籍出版社、安徽教育出版社，2010 年，第 2207 页。

要奋手捋臂,放意肆志,无所不为,便是。只看这处,是非曲直自易见。"① 而苏轼等人之所以要打破"敬"字,就是因为"皆以文人自立。平时读书,只把做考究古今治乱兴衰底事,要做文章,都不曾向身上做工夫,平日只是以吟诗饮酒戏谑度日"。② 既然如此,且不说是否能做到"文便是道",创作出"心"与"道"一源的文章来,就连传道的醇儒之业也无从谈起了。

朱熹强调"主敬"功夫,目的在于使"人心"听命于"道心",就文章的生成过程而言,就是为了强化作者对"道"的体认,从而提升创作主体的知觉活动与精神意志。这是朱熹主体论的指向所在,而其本质却属于"心学"。

如前文所述,朱熹将"十六字心传"确立为"道统"的内涵,并以孟子的"心性说"加以印证,赋予了"道统"的"心学"实质。不过朱熹对心性的认识有一个发展过程,即为学界反复论述的从乾道二年(1166年)的"丙戌之悟"到乾道五年(1169年)的"己丑之悟"。这两次"中和之悟"主要围绕心之"未发已发"展开。"丙戌之悟"集中在心有所萌动、有所作用的"已发"上,所以"止以察识端倪为最初下手处",③ 注重在"已发"时用功夫,朱熹称之为"中和旧说"。④ "己丑之悟"则将心贯乎"未发已发",认为"性是未动,情是已动,心包得已动未动,盖心之未动则为性,已动则为情,所谓心统性情也"。⑤ 这里的"已动"指心之思虑已经萌发,"未动"是指心之思虑尚未萌发,但即使思虑尚未萌发,心体却业已流动,所以注重在"未发"时就要主敬涵养,即所谓"人自有未发时,此处便合存养,岂可必待发而后

---

① 黎靖德编:《朱子语类》卷一三〇,中华书局,1986年,第3110页。
② 黎靖德编:《朱子语类》卷一三〇,中华书局,1986年,第3113页。
③ 朱熹:《与湖南诸公论中和第一书》,载朱杰人、严佐之、刘永翔主编《朱子全书》(修订本),第23册,上海古籍出版社、安徽教育出版社,2010年,第3131页。
④ 详见朱熹:《中和旧说序》,载朱杰人、严佐之、刘永翔主编《朱子全书》(修订本),第24册,上海古籍出版社、安徽教育出版社,2010年,第3634—3635页。
⑤ 黎靖德编:《朱子语类》卷五,中华书局,1986年,第93页。

察?……但未接物时,便有敬以主乎其中",① 从而使人心在任何时候不受外界的任何干扰,"莹然无私"地统帅人的性情,作用于人的知觉活动与现实思维;而"此心莹然,全无私意,是则寂然不动之本体"。② 惟其如此,作为主体的"人心"才能真正听命于本体的"道心",才能使"心"与"道"体用一源。这一"未发已发"的"心性论"也成了朱熹文道观的基础。他说:"道德文章之尤不可使出于二也。夫古之圣贤,其文可谓盛矣,然初岂有意学为如是之文哉?有是实于中,则必有是文于外。"③ 在表达与被表达上,源自"中"即人心的"道"为未发,需要主敬涵养;"道"的载体文则为已发于外,如此则"文便是道"。

朱熹的"己丑之悟"进一步强化了人的心性对于知觉活动和精神意志的作用与地位,也深化了以"心性"为内涵的主体论,"新道统"的理念也随之全面成熟,而其目的就是为了坚定地恪守或完美地履行"寂然不动之本体"的"道",文章则是"道"的一种载体,一种表现形式,所以朱熹一反程颐以来理学家"文以害道"④ 论调,注重文章在传"道"中的功能与价值。

孔子说:"志有之,言以足志,文以足言。不言谁知其志?言而无文,行而不远。"⑤ 朱熹为了使"道"传之更远,继承了孔子的这一思想。就其本人而言,诗文兼善并长,在宋代文学史上不失为一位优秀的作家;对于他人文章的"好处",朱熹也毫不吝啬地投予赞美之辞,即便是对待其讨伐的对象苏氏之文,也概不例外。如称"东坡文字明快。老苏文雄浑,尽有好处";"文字到欧、曾、苏,道理到二程,方是畅";

---

① 朱熹:《答张钦夫》,载朱杰人、严佐之、刘永翔主编《朱子全书》(修订本),第21册,上海古籍出版社、安徽教育出版社,2010年,第1420页。
② 朱熹:《答石子重》,载朱杰人、严佐之、刘永翔主编《朱子全书》(修订本),第22册,上海古籍出版社、安徽教育出版社,2010年,第1921页。
③ 朱熹:《读唐志》,载朱杰人、严佐之、刘永翔主编《朱子全书》(修订本),第23册,上海古籍出版社、安徽教育出版社,2010年,第3373—3374页。
④ 程颐:《伊川先生语四》,载程颢、程颐著,王孝鱼点校《二程集》,中华书局,2004年,第239页。
⑤ 引自《左传·襄公二十年》,载《春秋左传正义》卷三六,阮元校刻《十三经注疏》本,中华书局,2009年,第4311页下。

"且如进卷,方是二苏做出恁地壮伟发越,已前不曾如此"。① 然而,一方面,朱熹的主体论是其"新道统"核心所在,是为了守道履道,而守道履道只许有一,不许有二,并且必须一以贯之,文章或整个文学却需要创作主体的个性化、创作题材与风格的多样性,这两者对于朱熹来说,存在不可调和的矛盾与对立;另一方面,朱熹反复强调的是"文便是道",文的唯一功能和价值在于准确无误地体现道、传播道,这与其主张"道心"主宰"人心"一样,只有道主宰文,文才是道,文成了道的附属品而无独立存在的价值。朱熹说:"苏氏文辞伟丽,近世无匹,若欲作文,自不妨模范。但其词意矜豪谲诡,亦若非知道君子所欲闻。是以平日每读之,虽未尝不喜;然既喜,未尝不厌,往往不能终帙而罢,非故欲绝之也,理势自然,盖不可晓。"② 虽然承认苏轼"文辞伟丽"之美及其"近世无匹"的成就,而且读之"未尝不喜",但是,不仅因为其文有"非知道君子所欲闻"的"矜豪谲诡"之"意",更重要的是其"意"属于"乱吾学之传而失人心之正"的异端,所以读之不仅"未尝不厌",而且大加讨伐了。

毋庸赘言,朱熹对文章的重视是有侧重点和选择性的。诚然,任何一个作家都有自己的审美趋向或价值取向,朱熹的选择本无可厚非,但从中形成的文道观,绝非"理学、文学双方所共赴之标的",也无法成为像朱熹那样评判文学是非得失的"定律"。从文学创作的角度而言,朱熹的文道观与他对"苏学"的讨伐一样存在明显的偏见与严重的缺陷。不过,对于这些偏见与缺陷,只有联系朱熹勇于挑战君权,创构与张扬"新道统"的历史场域及其文化诉求,才能得出客观的评判;反过来,朱熹的文道观与及其对"苏学"的讨伐,成了全面认识其学术思想与文化诉求的一个不可或缺的维度。

(原载《北京大学学报》2015 年第 6 期)

---

① 黎靖德编:《朱子语类》卷一三九,中华书局,1986 年,第 306 页;同书卷一三九,第 3309 页;同书卷一三九,第 3317 页。
② 朱熹:《答程允夫》,载朱杰人、严佐之、刘永翔主编《朱子全书》(修订本),第 22 册,上海古籍出版社、安徽教育出版社,2010 年,第 1864 页。

杨万里"诚斋体"新解

杨万里（1127—1206），字廷秀，号诚斋，与陆游、范成大、尤袤并称"中兴四大诗人"。然而项安世却盛誉杨万里"雄吞诗界前无古，新创文机独有今"（《题刘都干所藏杨密监诗卷》）；陆游也认为"诚斋老子主诗盟，片言许可天下服"（《赠谢正之秀才》），又指出"文章有定价，议论有至公。我不如诚斋，此评天下同"（《谢王子林判院惠诗编》）；严羽《沧浪诗话》于南宋则仅许杨万里诗为"杨诚斋体"。杨万里在诗坛获此隆誉的原因，除了"新创文机"，还在于"诚斋体"典型地展现具有时代特征的"为己之学"。本文将以朋党之争为背景，从"诚斋体"的主体特征、生命意识、审美意境三个方面，就此展开论述。

一、"诚斋体"的主体特征

严羽释"杨诚斋体"云："其初学半山、后山，最后亦学绝句于唐人。已而尽弃诸家之体，而别出机杼。"郭绍虞先生说："杨氏《跋徐恭仲省干近诗》云：'传派传宗我替羞，作家各自一风流。黄陈篱下休安脚，陶谢行前更出头。'即别出机杼之证。"[①]"别出机杼"，是指艺术上的创新。不过，杨万里从学习前人到"别出机杼"，不仅是个艺术风格的演变过程，同时又演绎了创作主体在应对不断恶化的政治环境中形成的内涵特征。

---

① 严羽著，郭绍虞校释：《沧浪诗话校释》，人民文学出版社，1983年，第67—68页。

现存杨万里诗始作于其36岁时,此前的千余首诗被他付诸一炬,所存4200多首诗的年代跨度为44年,先后见诸诗人自编的《江湖集》、《荆溪集》、《西归集》、《南海集》、《朝天集》、《江西道院集》、《朝天续集》、《江东集》、《退休集》。方回说:"杨诚斋诗一官一集,每集必一变。"① 该说本自杨万里分别为这九部诗集所作的序言。实际上,"杨万里诗风的转变是一种缓慢进行的渐变,而不像他本人所夸张的'忽若有悟'式的突变",其中"戊戌三朝"即淳熙五年(1178年)的那次转变最为重要,"这是'诚斋体'形成的关键";此后,诗人"以自然为诗歌题材的渊薮,以自然为诗歌灵感的源泉,这是'诚斋体'的主要特征"。②

杨万里介绍他在"戊戌三朝"后,"辞谢唐人及王、陈、江西诸君子,皆不敢学,而后欣如"的情形说:"步后园,登古城,采撷杞菊,攀翻花竹,万象毕来,献予诗材。盖麾之不去,前者未雠,而后者已迫,涣然未觉作诗之难也。盖诗人之病去体,将有日矣。方是时,不惟未觉作诗之难,也未觉作州之难也。"③ 不久又宣称:"笔下何知有前辈!"④ 暂且不论自此以后,杨万里是否彻底摒弃了"前辈",但在"万象毕来"的自然面前,以自然为题材渊薮与灵感源泉,成了"诚斋体"创作的主要特征,却是毋庸置疑的。

杨万里钟情自然,固然出于汲取"诗材"的需要,为"诚斋体"的生成与发展提供了生生不息的源泉,但在相当程度上也出于抚慰和安顿颤动不安的心灵之需。其颤动不安的心灵,则来自日趋激烈的朋党之争。其《感兴》说:

---

① 方回选评,李庆甲集评校点:《瀛奎律髓汇评》卷一,上海古籍出版社,1986年,第44页。
② 莫砺锋:《论杨万里诗风的转变过程》,载《唐宋诗论稿》,辽海出版社,2001年,第494—513页。
③ 《诚斋荆溪集序》,载杨万里撰,辛更儒笺校《杨万里集笺校》卷八〇,中华书局,2007年,第3260页。
④ 《迓使客夜归》四首其三,载杨万里撰,辛更儒笺校《杨万里集笺校》卷一〇《荆溪诗》,中华书局,2007年,第540页。

去国还家一岁阴,凤山锦水更登临。别来蛮触几百战,险尽山川多少心。何似闲人无藉在,不妨冷眼看升沉。荷花正闹莲蓬嫩,月下松醪且满斟。

诗载《江西道院集》。该集收录淳熙十五年(1188年)七月至十六年(1189年)十月知江西筠州期间所作。据"去国还家一岁阴"句,此诗作于淳熙十六年。前此一年,朝议"高庙配享。洪容斋(迈)在翰苑,以吕颐浩、赵鼎、韩世忠、张俊四人为请。盖文武各用两人,出于孝宗圣意也";杨万里却认为配享高庙,非张浚莫属,并"以书争之,以欺、专、私三罪,斥容斋",但被斥为"浮薄"。① 这就是"去国还家"的原因所在。杨万里《诚斋江西道院集序》说:"某昔岁四月上章丐补外任,寿皇圣帝有旨畀郡,寻赐江西道院。盖山水之窟宅,诗人之渊林也。"② 便道出了不幸"去国"之悲,有幸入"万象毕来"的自然山水之喜。诗中"蛮触",出自《庄子·阳则》,说的是蜗牛角上有两国,一为"触氏",一为"蛮氏",仅因寸地之争而常常伏尸数万,旷日征战。"别来蛮触几百战,险尽山川多少心",表达了由锱铢必争的险恶政局引起的畏祸心理。"何似"四句,则昭示了身处"山水之窟宅,诗人之渊林",避祸遣情,安顿心灵后所达到的"涣然"境界。

在高庙配享之争中,因为杨万里与洪迈均被斥"去国",所以有人说"无党",朱熹却认为洪迈是"小人党"的代言人,并指出"猥曰'无党',是大乱之道!"③ 朱熹将这场配享之争归为党争,并非无稽之谈。张浚是杨万里在学术上的引路人,也是朱熹等道学人士在政治上的领袖。张浚"隆兴北伐"的基本力量是道学人士或道学同调,道学也因此告别了长年的禁锢,迎来了新生的曙光。北伐失败后,由于张栻、吕

---

① 罗大经:《鹤林玉露》乙编卷一"高宗配享"条,中华书局,1983年,第119页。杨万里争配享的具体内容见《驳配飨不当疏》,《诚斋集》卷六二。
② 《诚斋集》卷八一,载杨万里撰,辛更儒笺校《杨万里集笺校》卷八〇,中华书局,2007年,第3269页。
③ 黎靖德编:《朱子语类》卷一三一《中兴至今人物上》,中华书局,1986年,第3149—3150页。

祖谦"相与上下其论,而皆立于朝",道学有了"渐开"趋盛的机遇。①然而,在道学趋盛的过程中,朝臣"因恶道学,乃生朋党"。②乾道三年(1167年),在道学"公议"的抨击下,龙大渊、曾觌"皆以副帅去国",其党羽洪迈、谢廓然等却"布护星罗,未有一人动"。③龙、曾为孝宗近幸之臣。孝宗执政期间,深染宠信近幸之习,而朝臣往往借此打击道学人士,形成了"道学党"与"反道学党",双方冲突不断,至淳熙间,日趋激烈。淳熙三年(1176年),在朝的道学人士龚茂良、林光朝汲汲荐引朱熹入朝,却遭孝宗拒斥:"虚名之士,恐坏朝廷";次年,在"反道学党"的弹劾下,龚、林二人被逐出朝,龚茂良"安置英州,父子卒于贬所"。④淳熙五年(1178年),谢廓然攻评道学"务为虚诞","入于险怪",要求科场禁道学,得到了孝宗的认可。⑤淳熙七年(1180年),朱熹痛斥曾觌等近幸"悦于功利之卑说",反对道学,抑制"公议";"招集天下士大夫之嗜利无耻者,文武汇分,各入其门",结党营私。⑥杨万里认为,这是由"好己之同"、"恶人之异"造成的"偏党"。⑦至淳熙后期,"偏党"现象更为突出,杨万里的畏祸心理也随之不断加深。

淳熙后期,先后以宰相王淮、周必大、留正为核心,形成了三大朋党。王淮于淳熙八年(1181年)拜相,淳熙十五年(1188年)罢相。七年间,他组建了一个连孝宗也为之称盛的相党集团,⑧淳熙十年(1183年)六月,王淮党羽郑丙、陈贾以"道学"之目,攻击政敌,⑨

---

① 陈亮:《钱叔因墓碣铭》,《陈亮集》卷二八,中华书局,1974年,第420—421页。
② 《道命录》卷六《刘德修论道学非程氏之私言》后李心传考述,《丛书集成初编》本,第3342册,商务印书馆,第54—56页。
③ 朱熹:《答何叔京书》,《朱熹集》卷四〇,四川教育出版社,1996年,第1864页。
④ 脱脱等:《宋史》卷三八五《龚茂良传》,中华书局,1977年,第11845—11846页。
⑤ 佚名《宋史全文》卷二六下"淳熙五年三月辛酉"条,黑龙江人民出版社,2004年,第1822页。
⑥ 《庚子应诏封事》,《朱熹集》卷一一,四川教育出版社,1996年,第456—457页。
⑦ 《甲辰以尚左郎官召还上殿第三札子》,载杨万里撰,辛更儒笺校《杨万里集笺校》,中华书局,2007年,第2923页。
⑧ 朱熹《答刘晦伯书》载孝宗语:"周(必大)有甚党,却是王(淮)党盛耳。"《朱熹集·续集》卷四,四川教育出版社,1996年,第5211页。
⑨ 叶适:《辩兵部郎官朱元晦状》,载刘公纯等点校《叶适集》卷二,中华书局,2010年,第19页。

指斥"附之者,常借其势以为梯媒;庇之者,常获其助以为肘腋,植党分明","以济其伪"。① 因王淮相党竭力抑制道学,攻击"道学朋党",所以史称庆元"伪学"、"伪党"之禁始于此。② 作为被攻者,道学在政治上的势力不断扩大。淳熙八年,侍讲史浩荐引薛叔似、陆九渊等15位道学人士,"有旨令升迁,皆一时之选";③ 淳熙十四年(1187年),道学的庇护者周必大为右相,开始反攻王淮。淳熙十五年(1188年),王淮被罢,周必大与留正并相。留正为相后,纠集王淮相党的残余势力,攻劾周必大;同时搜罗周必大的"肘腋"道学人士,成为自己的党羽。④ 淳熙十六年(1189年),在留正相党的排挤下,周必大罢相。由此等等,均为前引"险尽山川多少心"的诗句作了注脚。淳熙十六年,杨万里也是怀此心理,自筠州被召还朝的。他还朝途中所作《再观十里塘捕鱼有叹》说:

> 渔者都星散,那知不是真。忽然重举网,何许有逃鳞。暗漉泥中玉,光跳日下银。江湖无避处,而况野塘滨。

该年十月,杨万里奉诏赴京,除秘书监,因而不得不重陷朋党纷争。这对于钟情"山水窟宅"的杨万里来说,难免畏惧重重,忧心忡忡。他在入朝后的奏章中就反复写到这一点:"臣是时蒙陛下收召,臣子大义岂宜俟驾而行。世路孔艰,又欲自崖而返,辞不获命,进退徘徊,积忧熏心,须发尽白。"⑤ "臣迫于成命,恪所居官,危迹难安。少

---

① 《道命录》卷五《陈贾论道学欺世盗名乞摈斥》,《丛书集成初编》本,第3342册,商务印书馆,第44页。
② 脱脱等:《宋史》卷三九六《王淮传》,中华书局,1977年,第12072页。
③ 李心传:《建炎以来朝野杂记》乙集卷八《史文惠荐十五士》,中华书局,2000年,第638页。
④ 详见拙著《南宋文人与党争》,人民出版社,2005年,第108—113页。
⑤ 《上皇帝留刘光祖书》,载杨万里撰,辛更儒笺校《杨万里集笺校》卷八二,中华书局,2007年,第2709页。

缓东门之车马,踰时申控,终采南山之蕨薇。"① 上列诗歌,借鱼和捕鱼者的关系,暗喻动荡时局的险恶,以及重陷险恶时局的畏惧。作于同时的《行役有叹二首》其一云:"去年丐西归,谓可休余生。今年复东下,驾言入神京。卧治方小安,趋召岂不荣。何如还家乐,醉吟听溪声。"则直白地表达了避祸全身的心声。因此,杨万里入朝不到一年,上章力请去朝,于绍熙元年(1190年)九月,出为江东转运副使,不久便退休南溪。据载:

> 杨诚斋自秘书监将漕江东,年未七十,退休南溪之上。老屋一区,仅庇风雨。长须赤脚,才三四人。徐灵晖赠公诗云:"清得门如水,贫唯带有金。"盖纪实也。聪明强健,享清闲之福十有六年。宁皇初元,与朱文公同召。文公出,公独不出。文公与公书云:"更能不以乐天知命之乐,而忘与人同忧之忧,毋过于优游,毋决于遁思,则区区者,独有望于斯世也。"然公高蹈之志,已不可回矣。尝自赞云:"江风索我吟,山月唤我饮。醉到落花前,天地为衾枕。"又云:"青白不形眼底,雌黄不出口中。只有一罪不赦,唐突明月清风。"②

绍熙五年(1194年),赵汝愚与韩侂胄合力废弃了患有精神病的光宗,另立宁宗。事后因权力分配不均,赵、韩反目成仇。③ 韩侂胄纠集反道学人士,反击赵汝愚及其党羽。赵汝愚召前朝元老杨万里与道学"大老"朱熹赴朝,以壮势力。朱熹应召入宫,侍讲经筵,杨万里却辞而不赴。朱熹致书杨万里,邀其趋召一出,联袂战胜"反道学党"。杨万里回信拒绝了朱熹的邀请,但信中没有坦言拒绝的理由,而是向朱熹描述了自己做的一个梦:梦遇二仙对弈,"至末后有一着,其一人疑而

---

① 《谢御宝封回自劾状表》,载杨万里撰,辛更儒笺校《杨万里集笺校》卷四七,中华书局,2007年,第2349页。
② 罗大经:《鹤林玉露》甲集卷四"诚斋退休"条,中华书局,1983年,第63页。
③ 脱脱等:《宋史》卷四七四《韩侂胄传》,中华书局,1977年,第13772页。

未下,其一人决焉,径下一子,疑者颊颊",遂相争执。正当此时,苏轼与黄庭坚至,二仙起迎,迎后复弈。苏、黄边观二仙对弈,边谈已往之事,当谈及元丰、元祐年间的新旧党争时,"且叹且泣",悲哀不已。① 其实,这是一个寓言。它隐喻了当下党争的性质,又预言这场党争将给士人造成悲剧命运。这一预言很快就变成了现实。朱熹立朝 46 天就被驱逐出朝,在严酷的"伪学"、"伪党"之禁中告别了人世。由此可见杨万里的先见之明;也因如此,他能避祸全身,在"江风索我吟,山月唤我饮"中,做"清闲"之人,吟"清闲"之诗,"享清闲之福十有六年"。

王夫之曾将高宗时期的士人概括为两类:"逾其度"者与"阻其几"者。前者"操必得之情","假乎权势而不能自释",后者"恒留余地以藏身","重抑其情而祈以自保";"二者之患,皆本原于居心之量","不能据中道以自成"。② 所谓"中道",即指"无偏无党"、"无朋党之恶"的"大中之道";③"不能据中道以自成",就是因"朋党之恶"而不能成就经世济民的大事业。高宗时期,朋党迭起,尤其是秦桧擅政期间,实施了酷烈的"绍兴党禁",深深地影响了士大夫的政治命运,甚至残害了不少士人的生命。在孝宗一朝,虽未出现绍兴年间那种残酷的党祸,但作为难以根除的习性,"好己之同"、"恶人之异"依然是士人的突出表现,朋党之争仍然此起彼伏,最终酿成继"绍兴党禁"后的又一次大规模的党锢——"庆元党禁"。王夫之的这一概括,在整个南宋士人中也具有普遍性。杨万里就难免"朋党之恶",并在高庙配享之争中成为焦点人物。不过,相比较而言,杨万里于党争不仅涉猎不深,而且还保持着一份清醒;同时随着党争的日趋激烈,其畏祸与避祸全身的心理日趋明显,宦情不断寥落,最终履行了以"天地为衾枕"的"高蹈之志",典型地体现了王夫之所说的"恒留余地以藏身","重抑其情而祈以自

---

① 《答朱晦庵书》,载杨万里撰,辛更儒笺校《杨万里集笺校》卷六八,中华书局,2007 年,第 2888 页。
② 王夫之:《宋论》卷一〇,中华书局,1995 年,第 201 页。
③ 《尚书正义》卷一二,《十三经注疏》本,中华书局,1986 年,第 189 页。

保"。而"藏身自保"的重要途径则是竭尽"为己之学",用以"重抑其情"——排遣情累,安顿心灵,从而构成了"诚斋体"创作主体的内涵特征,推进了"诚斋体"以自然为题材渊薮与灵感源泉的创作特征的形成。

二、"诚斋体"的生命意识

清人王昶说"杨监诗多终浅俗";① 钱锺书先生则认为,在"诚斋体"中,"关心国事的作品远不及陆游的多而且好,同情民生疾苦的作品也不及范成大的多而且好;相形之下,内容上见得琐屑"。②"诚斋体"既"浅俗"又"琐屑",是清代以来学界流行的看法。不过,以"藏身自保"为主体特征,以自然为题材渊薮和灵感源泉的"诚斋体",洋溢着强烈的生命意识,实乃浅俗其表,深雅其质;或者说,其内容并非"琐屑",而是典型地展现了具有时代特征的"为己之学"。

"何谓为己之学?以吾有孝悌也则学,以吾有忠信也则学。学乎内者也,养其德者也。故为己而学者,必有为人之仕矣。"③ 其主要任务在于修养个体心性,修炼"内圣"功夫;也就是说,"内圣"是"为己之学"的核心所在。就宋代文人士大夫而言,"内圣"与"外王"是相互联系的。但竭尽"为己之学",强化"内圣"功夫,却是他们安身立命的前提;随着安身环境的改变,"内圣"的侧重点也随之不同。在南宋,个体的生命意义与价值,成了"为己之学"的一大主题。"绍兴党禁"期间,李光与胡铨因反对和议,被流放海南,长达十余年之久。十余年间,两人书信不断,其中李光给胡铨的一封信指出,"惟祝乘此闲放,尽为己之学。至处忧患之际,则当安之若命,胸中浩然之气,未尝

---

① 《舟中无事偶作论诗绝句四十六首》,《春融堂集》卷二三,见湛之编《杨万里范成大资料汇编》,中华书局,1964年,第81页。
② 钱锺书选注:《宋诗选注》,人民文学出版社,1982年,第181页。
③ 周行己:《從弟成己审己直己存己用己字说》,载陈小平点校《周行己集》,浙江古籍出版社,2015年,第80页。

不自若也",因为"生死事大,无常迅速,故汲汲耳"。① 这就将"为己之学"的任务具体落实到了如何张扬生命意识、实现生命价值上,明确强调"至处忧患之际",须以修身为本,排遣情累,净化心性,保持"浩然之气",营造"安之若命"之境。在孝宗朝,李光所强调的"为己之学"盛行不衰,在杨万里身上,表现尤为突出。其《晚步南溪弄水》说:

> 吾庐在南溪,溪北北山半。山空谁肯邻,影静鹤为伴。万松当篱落,千岩上几案。花草岂厌多,不多亦堪玩。一丘万事足,半点无外羡。如何濯双缨,独欠泉一眼。晚晴漫野步,偶到溪侧畔。颇怪清浅流,雪后劣如线。相将二三子,一笑出奇观。琼石杂瑶砾,掇拾作微堰。锵然便淙琤,清若奏琴阮。当流立孤石,滟滪忽童卵。不塞势何怒,惟激声故远。从今日日来,愁肺要湔浣。儿童俾勿坏,鸥鹭好收管。

该诗作于乾道八年(1172年)。对于志在"外王"的士人来说,确如诗中所说"山空谁肯邻,影静鹤为伴",但在杨万里胸中,却萌发了"一丘万事足,半点无外羡"的世外之想,渴望在"锵然便淙琤,清若奏琴阮"的南溪畔,湔浣"愁肺",化解情累;在"堪玩"的花草松林间,自娱自乐,安之若命。南溪就是杨万里后来退休养身之处。由此观之,杨万里晚年力避政事,退隐南溪,做"清闲"之人的意识,由来已久;也就是说,在乾道年间,杨万里就青睐"为己之学"。那么这是否意味着他排斥"外王"而缺乏应有的社会责任感?或如今人所批评的"逃避现实"?②

从宋代学术的基本内涵观之,以"内圣"为核心的"为己之学"和

---

① 《与胡邦衡书》,载曾枣庄、刘琳主编《全宋文》,第154册,上海辞书出版社、安徽教育出版社,2006年,第207页。
② 敏泽:《中国文学理论批评史》,人民文学出版社,1981年,第563页。

以事功为目的的"外王之学",本来是相辅相成的,但"内圣"者进行"外王"实践时,需要"居易以俟命"。《易》有"君子以饮食宴乐"之句,程颐《伊川易传》卷一释为:"怀其道德安以待时,饮食以养其气体,宴乐以和其心志,所谓居易以俟命也。"李光在《读易详说》卷二中,则结合自己被贬海南的"至处忧患"的经历,作了新的解说:"当饮食宴乐以俟机会,不可亟也。饮食者,宴乐之具。宴乐必资于饮食,此君子从容避祸,以礼自娱乐之时也。"无论是程颐的阐释还是李光的新解,都是指"内圣"的表现;"俟命"、"俟机会",就是等待时机。淳熙末年(1189年),陆九渊在京城获得第一次轮对后,写信给朱熹说,"某对班或尚在冬间,未知能得此对否?亦当居易以俟命";但当他等待第二次轮对时,因"小人党"的"窥视"得逞,失去了再向孝宗进陈治国之道的机会,故不胜哀叹:"吾人之遇不遇,道之行不行,固有天命。"① 这就为"外王"须"居易以俟命"的学说,作了生动的说明,说明了"外王"是个体向往的理想目标,要实现这个目标,则有待于际遇;而天命既不可测,君子所能做到的,便只能是"居易以俟命"。与陆九渊等其他士人一样,杨万里也有着强烈的"外王"理想和用世之志,只是在"居易以俟命"的过程中,其"命"欠佳,机会匮乏。

乾道三年(1167年),杨万里献《千虑策》,纵论"君道"、"人才"等12项治国大策,② 体现了其"外王"理想与用世之志;即便在垂暮之年,杨万里也没有忘却国事。据《宋史》本传,"侂胄专僭日益甚,万里忧愤,怏怏成疾",至"侂胄用兵事,万里恸哭失声,亟呼纸书曰:'韩侂胄奸臣专权无上,动兵残民,谋危社稷。吾头颅如许,报国无路,惟有孤愤'"。其"报国无路"的原因,固然是"韩侂胄奸臣专权",但在孝宗、光宗两朝,又何尝有竭尽报国心志的坦荡之路。淳熙年间,杨万里虽两度入朝,面对的却是"蛮触几百战"的"朋党之恶",致使忧

---

① 分别见《与朱元晦》、《与朱子渊》,载钟哲点校《陆九渊集》,中华书局,1980年,第94、174页。
② 《千虑策》三卷,载杨万里撰,辛更儒笺校《杨万里集笺校》卷八七至卷八九,中华书局,2007年,第3413—3540页。

心忡忡，畏惧丛生；身自不安，遑论报国！事实表明，党争的性质属意气之争，不利于政治的正常运转，也阻碍了士人群的"外王"实践。周必大《送七兄监庙赴南宫兼呈大兄知县》其二："河梁曾诵送行篇，蜗角牛毛十五年。毕竟中间皆梦耳，只今相对合苍然。"姜特立《浣溪沙》："蜗角虚名真误我，蝇头细字不禁愁。"辛弃疾《哨遍·秋水观》："蜗角斗争，左触右蛮，一战连千里。……谁与齐万物，庄周吾梦见之。"周必大与姜特立曾深陷党争漩涡，辛弃疾则远离朋党之争，但都表达了因"蜗角斗争"——锱铢必争的"朋党之恶"而难以报国的痛苦。于是，在"庄周吾梦见之"或"山水之窟宅"中，"从容避祸"，"养其气体"，"和其心志"，以"尽为己之学"，成了士人的普遍追求。尤其是杨万里，自称"忧之太深，惧之太迫"，在距致仕年龄尚有六年的绍熙二年（1191年），"已动挂冠之兴"；此后屡请致仕，并将自己比作笼中鹤、岸上鱼，苦苦乞求"放鹤出笼，纵鱼入海，生当荣感，死当冥报！"①绍熙三年（1192年），在"思归不得"的情况下，"自江东漕司移病自免"，作《和渊明归去来兮辞》：

> 如鹿得草，望绿斯奔。如鹤出笼，岂复入门……月喜予之言归，赜清晖而照颜。山喜予以出迎，相劳苦其平安。江喜予而舞波，击碎雪于云关。纷邻曲之老稚，羌堵墙以来观。沸里巷之犬鸡，亦喜翁之蛋还。惊鬅鬙之两霜，尚赳赳而桓桓。归去来兮，半天下以倦游。饥予驱而予出，奚俟饱而无求。观一箪之屡空，躬自乐而人忧。暨一区之草玄，娱羲画与箕畴。岂慕胥靡，济川作舟。矧先人之散庐，有一壑兮一丘。后千寻兮茂林，前十里兮清流。耿靡羡而截营，骞何骛而不休。

从"倦游"的仕途回到"清闲"的"一壑一丘"，不只消除了身心

---

① 《与郑惠叔知院催乞致仕书》，载杨万里撰，辛更儒笺校《杨万里集笺校》卷六七，中华书局，2007年，第2863页。

的疲倦，更主要的是获得了自由与新生，使个体的生命按照其应有的节律自由自在地运动。所谓"如鹿得草，望绿斯奔。如鹤出笼，岂复入门"，就是指"纵鱼入海"般的新生，也是"久在樊笼里，复得返自然"的自由心境的生动写照；在月、山、江、犬鸡与邻曲老幼的热情相迎中，又洋溢着获得新生与自由后的无限喜悦；"惊鬈髯之两霜，尚赳赳而桓桓"，则是一派由新生与自由带来的生命意态！

绍兴期间，李光曾总结了"尽为己之学"的途径："宴居有以自娱，动则观书以广智，静则息念以存诚；赋诗一首，弹琴一曲，古人困而能通，用此道也。"① 杨万里则认为，其关键在于"立诚"，唯有"立诚"，才能进行"外王"实践，成就经世济民之业，也唯有"立诚"，才能不为富贵贫贱所累，真正做到宴居自娱，即所谓"内而正心诚意，外而开物成务，不待富贵而欣，不因贫贱而悲者也"。② 而"修辞者，立诚之宅里也"。③ "修辞"包括了赋诗，也就是说赋诗同样是杨万里"尽为己之学"的有机构成。其《寒食相将诸子游翟园得十诗》其十："荆溪老守底风流，哦就千诗一笑休。"《和渊明归去来兮辞》："对天地而一哂，酢风光以千诗。"《归去来兮引》："独临水登山，舒啸更哦诗。除乐天知命，了复奚疑。"均诗意地演绎了赋诗与"尽为己之学"间的内在联系。

杨万里"立诚"与张浚有关。据《宋史》本传，杨万里出任永州零陵丞期间，谒见贬居永州的张浚，"浚勉以'正心诚意'之学。万里服其教终身，乃名读书之室，曰'诚斋'"。"正心诚意"是理学家修身立命的主题，而且当他们以"诚"对待万事万物时，万事万物都具备了生命，充满着灵性。元祐年间，程颐侍讲经筵，见哲宗随意折一柳枝，便严肃规谏："方春万物生荣，不可无故摧折。"④ 在程颐的心目中，柳枝

---

① 《与胡邦衡书》，载曾枣庄、刘琳主编《全宋文》，第154册，上海辞书出版社、安徽教育出版社，2006年，第208页。
② 杨万里：《上张子韶书》，载杨万里撰，辛更儒笺校《杨万里集笺校》卷六三，中华书局，2007年，第2714页。
③ 杨万里：《秀溪书院记》，载杨万里撰，辛更儒笺校《杨万里集笺校》卷六七，中华书局，2007年，第3152页。
④ 丁传靖辑：《宋人轶事汇编》，中华书局，2003年，第452页。

与人一样具有生命与灵性,当以诚意相待,以仁爱相拥,岂可相摧!对此,杨万里从学理层面作了阐释:"圣人所以爱天下之生,亦如天地爱万物之生也。"①"或问:'断一草木,杀一鸟兽,夫子以为非孝,何也?'杨子曰:'爱心存乎尔,则及乎草木鸟兽;爱心亡乎尔,则至于无父无君。'"② 杨万里避祸全身,渴求个体生命的自由律动,则进一步凸现并履行了基于内心之诚的这种仁爱,成了他"困"而"尽为己之学"的驱动力,也给其"诗材"——自然万物赋予了生命与灵性,使"诚斋体"洋溢着浓烈的生命意识:

不必开窗索花笑,隔窗花影也欣欣。(《春晓三首》其三)
春禽处处讲新声,细草欣欣贺嫩晴。(《春暖郡圃散策三首》其三)
万山不许一溪奔,拦得溪声日夜喧。(《桂源岭》)

不惟如此,自然中的一山一水,一草一木也深通人情,与人为友:

溪水声声留我住,梅花朵朵唤人回。(《南溪弄水回望山园梅花》)
江流不肯放人行,淮山只管留人宿。(《舟中排闷》)
柳线绊船知不住,却教飞絮送侬行。(《舟过望亭三首》其一)

正因如此,当诗人为了避祸全身,退出仕途,回归自然时,自然万物犹如阔别重逢的至亲至爱,欣喜若狂,竭情相迎(见前引《和渊明归去来分辞》);也因如此,杨万里屡屡自称:"烟霞平日真成癖"(《和周元吉左司梦归之韵》)、"性癖爱看山"(《寄题喻叔奇国傅郎中国亭二十

---

① 《诚斋易传》卷一八,影印《文渊阁四库全书》本,第 14 册,台湾商务印书馆,1986 年,第 745 页。
② 《庸言八》,载杨万里撰,辛更儒笺校《杨万里集笺校》卷九二,中华书局,2007 年,第 3592 页。

六咏爱山堂》），甚至到了"绕花百匝不忍归，生怕幽芳怨孤寂"（《梅花下遇小雨》）的境地，与自然万物之间建立了深情厚意，并视为"故人"：

> 孤塔分明是故人，一回一见一情亲。（《舟过青羊望横山塔二首》其二）
> 一尊孤斟懒论文，犹有梅花是故人。（《瓶中梅花长句》）
> 一江风月两溪云，总与诚斋是故人。（《跋常宁县丞葛齐松子固衡永道中行纪诗卷》）

在这种知己"故人"的关系中，诗人与自然相拥相抱，相亲相爱，融为一体。换言之，杨万里对笔下的自然万物，虽不加审美判断而直接以本色相见，给人浅俗之感，却让人感知到他在其中的美感享受，触摸到他在其中的生命律动，甚至如身临其境，感同身受。所以如此，原因就在于杨万里是写自然万物在他心目中和生命里的位置。"送依行"的柳絮、"唤人回"的梅花、"留人宿"的山水，是他胸中的柳絮、梅花、山水；"拦溪声"的万山、"怨孤寂"的百花、"贺嫩晴"的细草，是他生命里的万山、百花、细草。诗人虽不说它们美，也不说它们不美，包含其中的却是深切的性情与性情的相互交通，生命与生命的相互兴发。这便是"诚斋体"中的自然景物，与杨万里的生命同脉搏，和他的身心原本是一体的；与此同时，自然万物给了他在艺术上的丰厚的回报：

> 几多好句争投我，柳夺花偷底处寻。（《发银树林》）
> 哦诗只道更无题，物物秋来总是诗。（《戏笔二首》其二）
> 岸柳垂头向人揖，一时唤入诚斋集。（《晓经潘葑》）

杨万里"立诚"，一方面启迪并敞开了他的仁爱之心，"及乎草木鸟兽"，并如上引《和渊明归去来兮辞》所述，草木鸟兽等自然中的万事万物让他在避祸全身中，得到了身心的愉悦，成了他张扬生命意识、实现生命价值的一种绝佳载体；另一方面自然万物"一时唤入诚斋集"，融入到了杨万里生命历程中的诗性精神，成了"诚斋体"生生不息的艺术源泉。

杨万里既然如此钟情自然和自我的生命意识，就必然导致其"外王"理想和用世之志的淡化。但这不能归咎于他"逃避现实"，而是日趋激烈的阻碍整个士人群"外王"实践的"朋党之恶"，将他推向了"尽为己之学"的境地。"为己之学"是南宋士人在"居易以俟命"时难得"外王"之"命"后所普遍奉行的，"诚斋体"则典型地展现了"为己之学"，深刻地反映了包含其中的时代心理。这就是杨万里为什么在当时盛享隆誉，成为诗坛盟主的一个重要原因。

三、"诚斋体"的审美意境

诗人与自然之间深切的性情与性情的相互交通，生命与生命的相互兴发，已构成了"诚斋体"的审美意境。现在的问题是：其审美意境表现为何种特征？其特征又是怎样形成的？罗大经《鹤林玉露》甲编卷四"透脱"条载：

> 杨诚斋丞零陵时，有《春日绝句》云："梅子流酸软齿牙，芭蕉分绿上窗纱。日长睡起无情思，闲看儿童捉柳花。"张紫岩（浚）见之曰："廷秀胸襟透脱矣。"

杨万里于绍兴二十九年（1159年）赴任永州零陵丞，隆兴元年（1163年）任满归吉水。在此期间，他"以弟子礼谒张魏公（浚）。时公以迁谪故，杜门谢客。南轩为之介绍，数月乃得见"。[①] 张浚是"绍兴党禁"中被重点迫害的对象，他杜门谢客，是畏祸所致，也与前述李光一样，在避祸全身的过程中，"尽为己之学"。张浚阅览《春日绝句》（原

---

① 罗大经：《鹤林玉露》甲编卷一"诚斋谒紫岩"条，中华书局，1983年，第14页。

题《闲居初夏午睡起二绝句》）后，似乎意不在评诗，而是径直论人。"透脱"犹同"光风霁月"，是指人处世洒落，遇事廓然。张浚以人及诗，以诗论人，以诗人的"透脱"胸襟昭示诗歌的审美意境。这个以"透脱"为特征的审美意境，便建立在某种生命意境之上。对儿童来说，最能体现生命活力的，莫过于游戏，游戏是儿童生命的一种艺术活动。杨万里写"儿童捉柳花"，旨在通过充满童真童趣的游戏情景，艺术地展现自我的生命意境。赵翼认为"诚斋体"的"争新，在意不在词，往往以俚为雅，以稚为老"。①"以稚为老"，就是借儿童写自我，是诗人自我生命意境的诗化形态。

杨万里写有不少反映儿童生活情趣的诗篇。据统计，在现存诚斋诗中，直接或间接写儿童的作品达117首之多，其中绝大部分作于淳熙以后。这些"童诗"的一个共同特征，就是"以稚为老"。其《宿新市徐公店二首》其二云：

篱落疏疏一径深，树头新绿未成阴。儿童急走追黄蝶，飞入菜花无处寻。

在一"追"一"寻"的游戏活动中，写出了儿童的忘我与兴奋，也谱写了游戏者的生命节奏。其实，作为生命的一种艺术活动，游戏是儿童的本能，"游戏"一词是成人赋予儿童生命本能的一个名字；观赏或描述儿童的游戏，则是成人对自我生命历程的美好回忆，以及对童真童趣的热切向往。诗中描述的儿童追蝶寻蝶的游戏场景，正是这种回忆与向往的图像化。杨万里《幼圃》又指出："也思日涉随儿戏，一径惟看蚁得通。"事实上，杨万里加入到了"儿戏"的行列，而且不仅与稚儿小童，也与自然界的小鸟一起嬉戏。如《壬子正月四日后圃行散四首》其二：

---

① 《诚斋诗集序》，见张瑞君《杨万里评传》，南京大学出版社，2002年，第101页。

> 勃姑偶下小梅枝，要看渠侬褐锦衣。柱后藏身教不见，却因不见转惊飞。

又《与伯勤子文幼楚同登南溪奇观戏道旁群儿》：

> 蒙松睡眼郁难开，曳杖绿溪啄紫苔，偶见群儿聊与戏，布衫青底捉将来。

前一首作于66岁，写勃姑（鸠的别称）的"偶下小梅枝"唤醒了童心，并且作"柱后藏身教不见"的"掩耳盗铃"式的"偷窥"；后一首作于70岁，写与群儿游戏中"布衫青底捉将来"的忘我境地。两者均洋溢着童真童趣，让读者觉得诗人被童化了，重新进入了儿童的生命境界；这一境界又是一派天性，一尘不染，如同光风霁月，透脱明净！

杨万里诗风在"戊戌三朝"出现的那次变化，固然是"诚斋体"形成的关键，但这并不意味着此前与此后的创作形同井水与河水；同样，上述"以稚为老"的"童诗"与"以自然为诗歌灵感的源泉"之作，都在"诚斋体"的范围之内，何况在本质上，未经世俗尘网熏染与扭曲的儿童，本身与山水花草一样，是大自然中天真纯洁的一员；同时在"诚斋体"语境中呈现出来的儿童与自然万物，都洋溢着诗人自我的生命意识，也都基于"有感心，无流心"的赤子之心。他说：

> 或谓大人不失其赤子之心，谓其泊然无喜怒乎？赤子之喜怒，非泊然矣。谓其漠然无哀乐乎？赤子之哀乐，非漠然矣。然则赤子之心何者为心软？杨子曰："有感心，无流心。"①

认为"大人不失其赤子之心"的标志，并不在于无喜无怒，漠然无

---

① 《庸言八》，载杨万里撰，辛更儒笺校《杨万里集笺校》卷九二，中华书局，2007年，第3591页。

所感动，而是"有感心，无流心"——遇事感知，哀乐即现，喜怒不限，却真而不伪，诚而无饰。这是杨万里在"尽为己之学"中固持的理想目标，也是他在文学艺术上固持的审美理想。李贽说："夫童心者，真心也，若以童心为不可，是以真心为不可也。夫童心者，绝假纯真，最初一念之本心也。若失却童心，便失却真心；失却真心，便失却真人。人而非真，全不复有初也。"并认为"天下之至文，未有不出于童心焉者也"。① 以童心之真为做人之真的极至，童心的纯真之境为文章的至境。这与杨万里追求的"有感心，无流心"相同；不同的是李贽为宋明理学的反叛者，杨万里却是一位理学家，他所张扬的赤子之心，是建立在理学的"天理"之上的：

> 喜怒哀乐未发谓之中，即天命之谓性也。发而皆中节谓之和，即率性之谓道。修道之谓教也。或曰：未发无不中，既发有不和，性有两乎？曰：否。粹于天理者性也，驳以人欲者非性也，情也。喜怒哀乐自天理出，发无不和也。自人欲出，发始有不和矣。②

这里的"天理"与"人欲"，就是理学家喋喋不休的两个话题。不过，杨万里并没有陷于"存天理，灭人欲"的泥潭不能自拔。在他看来，一个人即便不发泄喜怒哀乐，但喜怒哀乐作为人欲的基本表现形态，是与生俱来的天然之性；"喜怒哀乐自天理出，发无不和也"，则又将它们归入到了"天理"的范畴，为"天理"的自然流露；喜怒哀乐"发而不和"，有失"中和"之美，是"人欲"所致；而"人欲"的存在，是因为受到世俗尘网的熏染与扭曲，失去了"有感心，无流心"的赤子之心。杨万里心仪"《国风》好色而不淫，《小雅》怨诽而不乱"③的诗歌美学风格，就是出自这一以赤子之心为内核的、"发而皆中节谓

---

① 李贽：《童心说》，《焚书》卷三，中华书局，2009年，第98—99页。
② 《庸言四》，载杨万里撰，辛更儒笺校《杨万里集笺校》卷九一，中华书局，2007年，第3578页。
③ 《杨万里诗话》，载吴文治主编《宋诗话全编》，江苏古籍出版社，1998年，第5935页。

之和"的审美理想。

杨万里《跋濠溪汪立义大学致知图二首》其二说:"此事元无浅与深,着衣吃饭过光阴。"题中的"致知",就是理学家反复强调的"格物致知"——穷尽事物之"天理"的意思。杨万里认为,事物的"天理"并不在高深莫测处,而体现在"着衣吃饭过光阴"的生活中。这是一种实践哲学,是"天理"的生活化。杨万里与其他理学家一样恪守"为己而学"的"正心诚意"之学,但与一般的理学家不尽相同,他将"天理"生活化的同时,又将生活诗化了,"着衣吃饭过光阴"的生活因活泼流动的诗意,变得更加枝繁叶茂。杨万里与其他诗人一样,其诗来自生命的讴歌,但与纯粹的诗人不尽一致,他是从理学认知自然,感受童心,发现诗意的,是理学人生与诗意人生的化合体。他自我介绍"戊戌三朝"后的诗风发生变化时所说的"方是时,不惟未觉作诗之难,也未觉作州之难"的"涣然"之境,正是将做人与作诗相提并论,是其理学人生与诗意人生所共同达到的境界。"涣然"与张浚所谓"透脱",语虽不同,用意却相一致,也同样基于童心般的真诚。据载:

> (杨万里)晚年退休,怅然曰:"吾平生志在批鳞请剑,以忠鲠南迁,幸遇时平主圣,老矣。不获遂所愿矣!"立朝时,论议挺挺,如乞用张浚配享,言朱熹不当与唐仲友同罢,论储君监国,皆天下大事。高宗尝曰:"杨万里直不中律。"孝宗亦曰:"杨万里有性气。"故其自赞云:"禹曰也有性气,舜云直不中律。自有二圣玉音,不用千秋史笔。"①

"论储君监国"与"乞用张浚配享,言朱熹不当与唐仲友同罢",是淳熙后期朋党之争的三大事件。在这些事件中,杨万里虽难免"朋党之恶",其内心却出于"批鳞请剑"的"性气"而非世俗尘网的利欲;固持赤子之心而不为世俗之"律"所扭曲。而杨万里心中的"律",则是"天下国家可均也,时乎可均,时乎不必均;爵禄可辞也,时乎必辞,

---

① 罗大经:《鹤林玉露》甲编卷一"诚斋谒紫岩"条,中华书局,1983年,第14页。

时乎不必辞；白刃可蹈也，时乎必蹈，时乎不必蹈。君子处事，以时对时，以道择道"。① 正因如此，杨万里在参与或面对朋党之争时，固执"性气"，直而不曲，略无矫情，故又常常表现出无往不适的胸襟。试看其《观水叹二首》：

> 我方卧舟中，仰读渊明诗。忽闻滩声急，起看惟恐迟。八月溅飞雪，清览良独奇。好风从天来，脩然吹我衣。凉生固足乐，气变亦可悲。眷然慨此水，念我年少时。迄今四十年，往来几东西。此日顺流下，何日溯流归。出处未可必，一笑姑置之。
>
> 乱石厄江水，要使水无路。不知石愈密，激得水弥怒。回风打别港，勇往遮不住。我舟历诸滩，阅尽水态度。一闻一喜观，屡过屡惊顾。不是见不多，观览不足故。舟中笑我痴，痴黠未易语。

这两首诗作于淳熙十六年（1189年）自筠州被召还朝途中。如前文所述，这使杨万里因重陷党争漩涡而畏惧重重。但其畏惧之心犹如儿童"有感心"一般，不得不发，但"无流心"，不为所累。第一首前八句，一派闲适气度，"八月飞雪"，加上"好风吹衣"，真是"清览独奇"，毫无沉闷郁塞之感，随后几句，借季节气候之变，暗指仕途的动荡险恶，难免畏惧，忧从中来，但这一情感犹如微风一缕，悠然而来，悠然而去，面对未来难测的命运，只是抱以微微一笑。第二首前六句，以乱石阻水的水路喻过去、现在与未来的仕途；"我舟"四句，借以回顾和审视自己充满"屡惊顾"的人生经历，即将面对的又何尝不是如此！可这并没有成为重压其心头的情累，取而代之的是"不是见不多，观览不足故。舟中笑我痴，痴黠未易语"的轻松与洒脱，较诸第一首的"出处未可必，一笑姑置之"，更显其胸襟之适，在意境的深度上，也比"闲看儿童捉柳花"更具"透脱"特征。

杨万里在履行"为己而学"的"正心诚意"之学中，立诚尚真，融

---

① 《庸言四》，载杨万里撰，辛更儒笺校《杨万里集笺校》卷九一，中华书局，2007年，第3578页。

会了理学与诗意的双重人生，坚守着"以时对时，以道择道"的人生理念。在"时乎必蹈"之际，"批鳞请剑"，直而不曲的"性气"，无所隐逸，在"时乎不必蹈"之际，舍其所用，恪守"曲肱饮水"的"君子固穷"。他在以党争为主要表现形态的政治环境中的争进与求退，就充分表明了这一点。因此使杨万里拥有了无往不适的胸襟，开拓了其光风霁月般的生命境界，也为"诚斋体"以"透脱"为特征的审美意境的形成，打下了基石，提供了保证。

钱锺书先生在总结杨万里独特的写景特征时指出："放翁善写景，而诚斋善写生。放翁如图画之工笔；诚斋则如摄影之快镜，兔起鹘落，鸢飞鱼跃，稍纵即逝而及其未逝，转瞬即改而当其未改，眼明手捷，踪矢蹑风，此诚斋之所独也。"① 诚然，在"诚斋体"中，特别善于表现事物发展的变化之快，偏爱突出事物的运动感与迅捷感，并大量运用与此相适应的"忽"、"忽然"、"顷刻"等字样。如《过胥口镇》："桄榔叶垂翠羽鲜，木棉花暖紫霞翻。疾雷急雨忽开霁，淡白云拂浓青山。"《山居午睡起弄花三首》其二："数片荷花漾水盆，忽然相聚忽然分。从教压捺沉盆底，依旧浮来无水痕。"《雨后至溪上》："夜雨无端忽晓晴，南溪便长半篙清。斜冲乱石雪霜碎，快泻深波金玉声。"《芗林五十咏·雪台》："玉树参差出，天花顷刻开，先生倚栏处，指点是瑶台。"《阊门外登溪船五首》其二："上得船来恰对山，一山顷刻变多般。初堆翠被百千折，忽拔青瑶三两竿。"《东园醉望暮山》："谁知绝奇处，政在有无间。顷刻万姿态，可玩不可传。"其实，在这种"如摄影之快镜"中呈现出来的事物运动感与快捷感，不仅仅是"诚斋体"独特的艺术表现方式，更重要的是在立诚尚真中，诗人与自然万物间性情与性情的相互交通，生命与生命的相互兴发的产物；进而言之，"踪矢蹑风"，活泼流转，"透脱"无痕，是杨万里在"尽为己之学"中自我生命的诗化形态，是"诚斋体"审美意境的一个显著特征。

（原载《文学遗产》2006 年第 3 期）

---

① 钱锺书：《谈艺录》，中华书局，1984 年，第 118 页。

叶适"集本朝文之大成者"刍议

在南宋,叶适的散文赢得"集本朝文之大成者"的隆誉。① "集大成者"语出《孟子·万章章句下》,用来评价孔子的思想无所不该,无所不备,为万世之法。后人虽也以此评价文学,如称杜甫、韩愈"集诗文之大成者",② 但并不常见。因为很少有作家的创作能担当此誉。如果就文学作品具有鲜明个性特征的角度而言,很难说有哪位作家的作品像孔子的思想一样"集大成"而为万世之法。不过,我们所关注的是南宋人为何对叶适散文作如此高的评价?其实,这个问题不仅关系到对叶适散文的内涵特征与历史地位的认识,而且涉及对宋文发展历程的把握。本文将从以下三个方面,就此展开讨论。

一、"合周程欧苏之裂"的文道观

刘埙说:"闻之云卧先生曰:'近时水心一家,欲合周程欧苏之裂。'"③ 叶适字水心,云卧先生即吴汝弌。④ 吴汝弌既是诗人,有《云

---

① 叶绍翁:《四朝闻见录》卷一《宏词》,中华书局,1997年,第35页。
② 秦观:《韩愈论》,载秦观撰,徐培均笺注《淮海集笺注》卷二十二,上海古籍出版社,1994年,第752页。
③ 刘埙:《隐居通议》卷二,《丛书集成初编》本,第212册,商务印书馆,1935年,第17页。
④ 刘埙《水云村稿》卷五《朱陆合辙序》称"云卧吴先生汝一"(《全元文》,第10册,江苏古籍出版社,1999年,第300页)。《江湖小集》、《两宋名贤小集》皆有吴汝弌《云卧诗集》,《全宋诗》据汲古阁本作"吴汝弋","弋"字即"一","弌"乃"弋"之讹。

卧诗集》传世；又是道学家包恢的高足，与道学有渊源。① 也许因为这双重角色，他关注"周程欧苏之裂"的问题。"周程"指周敦颐与程颢、程颐，是道学家；"欧苏"即欧阳修和苏轼、苏辙，是文学家。所谓"裂"，即指道学与文学亦即理与文之"裂"。吴子良说：自元祐以来，"谈理者祖程，论文者宗苏，而理与文分为二"。吕祖谦"病其然"，试图融合程氏之"理"与苏氏之"文"，故其文"早范而晚实"；叶适则更是融会无间，故其文"穷高极深，精妙卓特"。② 吴子良是叶适的入室弟子，其说应该是可信的；同时也证明吴汝弋称叶适"合周程欧苏之裂"，并非无根之谈。

其实，在当时，融会苏、程的，并不止于吕祖谦和叶适，魏了翁也力图"会同蜀、洛，上通洙、泗之一源；凌厉庄、骚，下掩渊、云之众作"。③ 所谓"蜀洛"，就是指苏氏所代表的蜀学和程氏所代表的洛学。既然要"会同"，说明了原本是分裂乃至对立的；既然要融会，昭示了分裂与对立是一种"病"。他们融合苏、程，是对本朝文化的一种反省和反省后所作的行为。这种反省和行为，既属于思想史，又属于文学史。

从思想史的角度观之，道学家为了保持道的严肃性及其纯度，排斥文学，即程颐所谓"作文害道"，④ 认为"有道者不矜于文学之门，启口容声，皆至德也"，⑤ 视文与道为不可调和的两种异质而存在。从文学

---

① 刘埙《水云村稿》卷七《跋吴云卧与包文肃公荐士书》："云卧翁清高简澹，翛然如蓬阆间人。学问精深，为包门高第弟子，文肃公特敬异之。"（《全元文》，第10册，江苏古籍出版社，1999年，第342页。）包文肃公即包恢，史谓"其父扬、世父约、叔父逊从朱熹、陆九渊学，恢少为诸父门人讲《大学》，其言高明，诸父惊焉"（《宋史》卷四二一《包恢传》，中华书局，1960年，第12591页）。
② 吴子良：《筼窗续集序》，陈耆卿《筼窗集》卷首，载《全宋文》，第341册，上海辞书出版社、安徽教育出版社，2006年，第19页。其中吴子良自称"十六从筼窗（陈耆卿），二十四从叶公，公亦以嘱筼窗者嘱予也"。按叶适所嘱，即融会程"理"苏"文"。
③ 陈元晋：《上魏左史了翁启》，载曾枣庄、刘琳主编《全宋文》，第325册，上海辞书出版社、安徽教育出版社，2006年，第24页。
④ 程颐、程颢著，王孝鱼点校：《二程集·河南程氏遗书》卷一八，中华书局，1981年，第239页。
⑤ 程颐、程颢著，王孝鱼点校：《二程集·河南程氏粹言》卷一，中华书局，1981年，第1176页。

史的角度来看,"言之无文,行而不远",所以欧阳修认为"君子之所学,言以载事,而文以饰言,事信言文,乃能表见于世。《诗》、《书》、《易》、《春秋》皆善载事而尤文者,故其传尤远",① 充分肯定文的自身价值及其在传道中不可或缺的作用。元祐年间,道学家与文学家在观念上的这种对立,被转化成了程颐与苏轼的交恶,导致以程颐为首的洛党和以苏轼为首的蜀党在政治与人格上的相互攻讦;② 至南宋,却成了道学家与文学家两大阵营的分水岭。罗大经说:"自程、苏相攻,其徒各右其师。孝宗最重大苏之文,御制序赞,特赠太师,学者翕然诵读……文公每与其徒言,苏氏之学,坏人心术,学校尤宜禁绝。"③ 孝宗虽非苏轼之徒,但成了崇尚苏轼之文者的最高代言人;朱熹指斥"苏氏之学",就是祖程氏之"理"而斥苏氏之"文",是南宋"谈理者祖程"的代表性人物。

诚如钱穆所说:"轻薄艺文,实为宋代理学家通病。惟朱子无其失。其所悬文道合一之论,当可悬为理学文学双方所应共赴之标的。"④ 然而,朱熹的"文道合一之论",并没有像文学家那样肯定文学自身的价值,而是建立在"鸣道之文"的特质之上的。朱熹说:"义理既明,又能力行不倦,则其存诸中者,必也光明四达,何施不可。发而为言,以宣其心志,当自发越不凡,可爱可传矣。今执笔以习研钻华采之文,务悦人者,外而已,可耻也矣!"⑤ 与程颐一样从根本上否定了以"华采"为表征的文学。叶适在道学与文学之间,却走了一条"中和路线";其"中和路线"则源自其别具内涵的文道观。

叶适说:"吕氏所次二千余篇,天圣明道以前,作者不能十一,其工拙可验矣。文字之兴,萌芽于柳开、穆修,而欧阳修最有力,曾巩、王安石、苏洵父子继之始大振……及王氏用事,以周孔自比,掩绝前

---

① 欧阳修:《代人上王枢密求先集序书》,载曾枣庄、刘琳主编《全宋文》,第 33 册,上海辞书出版社、安徽教育出版社,2006 年,第 78—80 页。
② 说详拙著《北宋文人与党争》(增订版),人民出版社,2004 年,第 139—147 页。
③ 罗大经:《鹤林玉露》甲编卷二《二苏》,中华书局,1983 年,第 33 页。
④ 钱穆:《朱子新学案》,巴蜀书社,1987 年,第 1700 页。
⑤ 黎靖德编:《朱子语类》卷一三九,中华书局,1986 年,第 3319 页。

作；程氏兄弟发明道学，从者十八九，文字遂复沦坏……人主之职，以道出治，形而为文，尧舜禹汤是也。若所好者文，由文合道，则必深明统纪，洞见本末，使浅知狭好者无所行于其间，然后能有助于治，乃侍从之臣相与论思之力也。"① 淳熙四年（1177 年）冬，吕祖谦奉旨编成《皇朝文鉴》，凡 150 卷，选录了北宋各类体裁的赋、诗和文。叶适认为此选"大抵欲约一代治体归之于道，而不以区区虚文为主"，② 并写了四卷读书笔记。上列文字是其笔记的总纲。其中对北宋诗文的得失及其发展历程作了总结，并在处理文道关系上，从两个方面提出了"合周程欧苏之裂"的主张。

（一）"以道出治，形而为文"

朱熹说："道者，文之根本；文者，道之枝叶。惟其根本乎道，所以发之于文，皆道也。三代圣贤文章，皆从此心写出，文便是道。今东坡之言曰：'吾所谓文，必与道俱。'则是文自文而道自道，待作文时，旋去讨个道来入放里面，此是它大病处。只是它每常文字华妙，包笼将去，到此不觉漏逗。"③ 在文与道的两个面向上，宋代士人不外乎因道及文与因文及道两类。朱熹因道及文，在他看来，道与文犹如根深则叶茂的自然法则，心中有道便有文，文是道的自然流露，师经明道无需借助外在的"华妙文字"。苏轼因文及道，故注重以"华妙文字"为表征的文学，以文传道，文与道俱，即所谓将道"包笼"进来，"入放里面"。可以说，苏轼与朱熹不同的文道面向，分别代表了宋代文学家与道学家的文道观。叶适却坚持"内外两进"④ 的原则，主张"以道出治，形而为文"，在以道为内质，以文为外形，内外并进，相辅相成的同时，将治作为履道形文的基点；换言之，文必合乎治，治须形诸文，文治并

---

① 叶适：《习学记言序目》卷四七，中华书局，1977 年，第 696 页。
② 叶适：《习学记言序目》卷四七，中华书局，1977 年，第 695 页。
③ 黎靖德编：《朱子语类》卷一三九，中华书局，1986 年，第 3319 页。
④ 《答刘子至书》，载刘公纯等点校《叶适集·水心文集》卷二七，中华书局，2010 年，第 554 页。

进则经彰道明。

叶适所谓"治",就是永嘉之学所大力倡导的事功,即黄宗羲所说:"永嘉之学,教人就事上理会,步步著实,言之必使可行,足于开物成务。"① 而其事功是以"复礼"为前提的。叶适认为,"安上治民,莫善于礼"是孔子学说的核心,故主张"学必始于复礼",通过建立健全的礼乐制度,使人性中不合礼的东西"昼去之,夜去之,旦忘之,夕忘之",让人的视听言动"无往而不中礼";惟其如此,才能立敬成德,齐家治国平天下。② 进而指出:"人非下愚,未有无可成之质,使皆一于礼,则病尽而材全,官人之哲,虽过尧舜可也。"③ 在道学家眼里,尧舜是既向往又高不可攀的"圣人"典范,但在叶适看来,只要"复礼",使人"皆一于礼",在德性上成为尧舜或超越尧舜,并不是一件难事。由此可见,叶适的"治"是以事功为表现形态、以"复礼"为制度保障、以"成圣"为最终目标的。这是叶适所持之道的基本要素,也是他倡导"以道出治,形而为文"的前提。因此,他坚守"为文不能关教事,虽工无益"的文章观,④ 反对徒饰华彩的缺乏义理之文,对苏轼"理有未精"之作也不乏微词;对南渡以来士人学苏文而"烂漫放逸,无复实理,不可收拾"的局面尤为不满。⑤

强调文章"发挥理义、有补世教"的功能,也是道学家的一贯主张;"克己复礼",立敬"成圣",同样是道学家所追求的。不过,他们格外强调"敬",认为"圣贤之学,彻头彻尾只是一'敬'字","若能

---

① 《宋元学案》卷五二《艮斋学案》,载沈善洪主编《黄宗羲全集》,第5册,浙江古籍出版社,1994年,第56页。
② 叶适:《敬亭后记》,载刘公纯等点校《叶适集·水心文集》卷十,中华书局,2010年,第163—164页。
③ 叶适:《习学记言序目》卷十三,中华书局,1977年,第187—188页。
④ 《赠薛子长》,载刘公纯等点校《叶适集·水心文集》卷二九,中华书局,2010年,第607页。
⑤ 叶适:《习学记言序目》卷五〇《皇朝文鉴四》,中华书局,1977年,第744页。

持敬以穷理，则天理自明"，① 而"持敬之心，理与心为一"，②是一种先验的"天命之心"。因此，道学家在主张"复礼"、期待"成圣"时，虽然强调德性须见于"人伦日用"，但"成圣"的关键"持敬之心"是先验的，实践只是为了"复心"或"复性"。因而其道也就无须借助外在的"华妙文字"，只要"启口容声"，从心写出，便可"发越不凡，可爱可传"。叶适认为，程朱的学说出于内在的理想体验，很难得到实践中经验事实的证明，"诚行之则近愚，明行之则近伪"；③ 并再三强调："后世学者常言人心自有天理，嗟夫！此岂天耶？""人心至可见，执中至易知，至易行。"④ 人心只有在社会实践中体现出来，所以"可见"；而"执中"的人心则是在礼制规范下形成的不偏不倚的经验人心，所以易知且易行。因而叶适不承认无法得到经验事实证明的先天禀受之心性的存在，当然也无法接受建立在这一心性之上的文道观。在他看来，唯有建立健全的礼乐制度，才能规范人心，调节人性，才能立敬成德，成为圣贤之人；换言之，"成圣"之道只有在治的过程中才能显现，离开了治，也就无所谓道；同样，离开了文，治便晦暗不彰，道也就传之不远；而文并非与天理俱来，而是通过后天的研习与积累而成的。因此，叶适选取欧阳修、苏轼、黄庭坚等"近世各公之文，择其意趣之高远，词藻之佳丽者而集之，名之曰《播芳》，命工刊墨，以广其传"，⑤ 以纠道学家重道轻文的观念，以及由此造成的"文字遂复沦坏"之弊。

（二）"由文合道，则必深明统纪"

叶适所说的"统纪"或"统绪"，即指"道之统纪体用卓然，百圣

---

① 朱熹：《答程正思》、《答程允夫》，《朱熹集》卷五一、四一，四川教育出版社，1996年，第2450、1923页。
② 朱熹：《延平问答》，载朱杰人、严佐之、刘永翔主编《朱子全书》，第13册，上海古籍出版社、安徽教育出版社，2002年，第320页。
③ 叶适：《敬亭后记》，载刘公纯等点校《叶适集·水心文集》卷十，中华书局，2010年，第164页。
④ 叶适：《习学记言序目》卷三二、四九，中华书局，1977年，第469、736页。
⑤ 叶适：《播芳集序》，载刘公纯等点校《叶适集·水心文集》卷十二，中华书局，2010年，第228页。

所同"的道统，① 其谱系为：尧→舜→禹→皋陶→汤→伊尹→文王→周公→孔子，认为"周道既坏，上世所存皆放失，诸子辨士，人各为家，孔子搜补遗文坠典，《诗》、《书》、《礼》、《乐》、《春秋》，有述无作，惟《易》著《彖》、《象》"。② 意即道在尧舜至孔子时期，历然贯联，传承有序，以后虽无人继承，却存于经孔子整理的六经之中；只要钻研六经，把握其内涵，就能获得道统。所谓"由文合道，则必深明统纪，洞见本末"，就是主张诗文创作须深切领会六经的内涵，以"道之统纪"为本。

叶适的道统观是其崇尚"三代"的治世理想的理论依据。在他看来，"三代之下，道远世降，本王心行霸政，以儒道挟权术，为申商韩非而不自知"。③ 霸政是"以势力威令"、"刑政末作为治体"的，所以作为行霸道的"汉之文宣，唐之太宗，虽号贤君，其实去桀纣尚无几也"。④ 有基于此，叶适不取崇尚霸道之文。譬如：他批评欧阳修《策问》赞美唐太宗之治，"非能陋汉唐而复三代，盖助汉唐而黜三代者也"，是典型的"不知接统绪"之作。⑤ 从中昭示了其崇尚"三代"的治世理想及其以道统为本的文道观，与道学家相去不远。

然而，叶适的道统观与道学家的又不尽相同。从两程到朱熹，道学家一直推崇子思及孟子，尤其是朱熹，将孔子、子思与孟子视为自己学术的生命线，故重四书，排定《大学》、《中庸》、《论语》、《孟子》的次序，置于六经之前。程朱推崇思孟学派的目的在于昭示自己为道统继承者，也就是程颐所撰程颢墓志所说："周公没，圣人之道不行，孟轲死，圣人之学不传……先生生于千四百年之后，得不传之学于遗经，以兴起斯文为己任，辨异端，辟邪说，使圣人之道焕然复明于世。"⑥ 叶适既不承认孟子为道统的继承人，又认为"古圣贤之微言，先儒所共讲"，

---

① 叶适：《习学记言序目》卷八，中华书局，1977年，第109页。
② 叶适：《习学记言序目》卷四九，中华书局，1977年，第735—738页。
③ 叶适：《习学记言序目》卷二八，中华书局，1977年，第402页。
④ 叶适：《习学记言序目》卷六，中华书局，1977年，第71页。
⑤ 叶适：《习学记言序目》卷五十，中华书局，1977年，第753页。
⑥ 脱脱等：《宋史》卷四二七《程颢传》，中华书局，1977年，第12717页。

二程及其门徒游酢、杨时、尹焞、谢良佐,以及张栻、朱熹自诩为道统的继承者,造成"士之诣门请益,历阶睹奥"的现象,这实际上是"敬其师之所以觉我"而非"谦于我之所以觉人",严重背离了道统。① 在叶适看来,"道者,天下共由之途也。使有人焉,以为我有是物也,将探而取之,而又曰我能得之矣,则其统已离矣"。② 道统存于六经,乃先儒所共讲,世人所共取,绝非因程朱一派的密传而"复明于世"。

叶适否认程朱为道统的继承者,固然是宋代学统与道统之争的表现之一,但他坚持自己的道统观,既表明了其治世理想,又为了其文道观考镜源流。叶适认为"文字章,义理著,自《典谟》始。此古圣贤所择以为法言,非史家系日月之泛文也。自是以后,代有诠叙,尊于朝廷,藏于史官,孔氏得之,知其为统纪之宗,致道成德之要者也";但因"孔子没,统纪之学废,汉以来,经、史、文词裂而为三,它小道杂出,不可胜数"。③ "统纪之宗"或"统纪之学"存于六经。而六经皆史、经史并治,是叶适及整个浙东学派的主张,叶适说:"孔子之时,前世之图籍具在,诸侯史官世遵其职,其记载之际博矣,仲尼无不尽观而备考之。故《书》起唐虞,《诗》止于周,《春秋》著于衰周之后,史体杂出而其义各有属,尧舜以来,变故悉矣。"④ 便明确指出六经是记载三代儒道实践历史的经典著作;换言之,记载三代历史的六经,反映了"致道成德之要"的经验,亦经亦史,经史相融;同时,其用于传达经、史内容(质)的文字(文)又是十分相称的,即所谓"文字章,义理著",经、史、文三者融为一体,呈现出"文质彬彬"的至善之境,但孔子以后,由于统纪之学废,好文者乏质,好质者乏文,经、史、文分裂为三,导致了小道杂出,儒道不彰!因此,要在治的过程中师经明道,须

---

① 《题陈寿老论孟纪蒙》,载刘公纯等点校《叶适集·水心文集》卷二九,中华书局,2010年,第607页。
② 《故运副龙图侍郎孟公墓志铭》,载刘公纯等点校《叶适集·水心文集》卷二二,中华书局,2010年,第431页。
③ 叶适:《习学记言序目》卷五,中华书局,1977年,第51页;《纪年备遗序》,载刘公纯等点校《叶适集·水心文集》卷十二,中华书局,2010年,第208页。
④ 《进卷·史记》,载刘公纯等点校《叶适集·水心别集》卷六,中华书局,2010年,第720页。

由与之相称的完美之文来传达；而要创作与经、史相称的完美之文，须钻研六经，深明统纪。

如果说"以道出治，形而为文"是叶适处理文道关系，以"合周程欧苏之裂"的途径与方式，那么"由文合道，则必深明统纪"，却是叶适处理文道关系的指向与要求，其最终目的是达到文道合一、"文质彬彬"的至善之境。上述表明，叶适合原本分裂的程氏之"理"与苏氏之"文"，并非将两家作简单的"撮合"，而是建立在他对文道内涵的自我体认基础之上的一种融汇。这种融汇与叶适所张扬的主体知识结构息息相关。

二、"经欲精，史欲博，文欲肆"的知识结构

赵汝谠说："以词为经，以藻为纬，文人之文也；以事为经，以法为纬，史氏之文也；以理为经，以言为纬，圣哲之文也。本之圣哲而参之史，先生（叶适）之文也，乃所谓大成也。"[1]"圣哲之文"就是指鸣道之文。叶适在接纳文人之文的同时，又融鸣道之文与史氏之文于其中，正是建立在他"经欲精，史欲博，文欲肆"[2]的知识结构的基础之上的。

综观宋代士人的知识结构或社会角色，一方面普遍集参政主体、学术主体和文学主体于一身；另一方面在具体的知识取径上又有不同的侧重。如文章之士侧重于文，因此他们虽然崇尚儒道，但往往因好文而及道；道学之儒侧重于理，因此他们虽然也赋诗作文，却往往因好道而及文。两者的差异正如朱彝尊所说：宋代"有儒林之文，有理学之文。儒林之文本乎学问意见，考据探索，足以发扬志识，而经制之业出其中焉；理学之文本乎穷理致知，明体达用，足以开来继往，而道统之传出

---

[1]《水心文集序》，载刘公纯等点校《叶适集·水心文集》卷首，中华书局，2010年，第1页。
[2] 叶适：《观文殿学士知枢密院事陈公文集序》，载刘公纯等点校《叶适集·水心文集》卷十二，中华书局，2010年，第225页。

其中焉"。①

朱彝尊所说的"儒林之文"就是出自文章之士的"文人之文";"理学之文"则为道学之儒的"鸣道之文"。至南宋,关于这两类文章属性的辨别,日趋普遍和清晰。真德秀说:"汉西都文章最盛,至有唐尤为盛。然其发挥理义、有补世教者,董仲舒氏、韩愈氏而止尔。国朝文治猬兴,欧、王、曾、苏以大手笔追还古作,高处不减二子。至濂洛诸先生出,虽非有意为文,而片言只辞,贯综至理。若《太极》、《西铭》等作,直与六经相出入,又非董、韩之可匹矣。然则文章在汉唐未足言盛,至我朝乃为盛尔。忠肃彭公以濂洛为师者也,故见诸著述,大抵鸣道之文,而非复文人之文。"② 认为周敦颐和程颐兄弟在韩愈、欧阳修、王安石、曾巩、苏轼兄弟的"文人之文"以外,倡导"鸣道之文",为后来的道学之儒所继承。为了"明理义",真德秀又选编《文章正宗》,从中"别出谈理一派",③ 以示"鸣道之文"的属性及其与"文人之文"的差异。造成差异的根源在于创作主体不同的知识取径及其知识结构上。

在道学之儒看来,韩愈虽以传道自任,并有首倡道统之功,却依然是先文后道的文章之士。程颐说:"退之晚年为文,所得处甚多。学本是修德,有德然后有言,退之却倒学了。因学文日求所未至,遂有所得。"④ 所谓"倒学",就是"古之人好道而及文,韩退之学文而及道"。⑤ 朱熹则进一步指出韩愈"倒学"的弊病:"不曾向里面省察,不曾就身上细密做工夫。只从粗处去。不见得原头来处。如一港水,他只见得是水,却不见那源头来处。"⑥ 朱熹认为,这是文章之士普遍具有

---

① 朱彝尊:《经义考》卷二五一,《四部备要》本,第12册,中华书局,1998年,第1269页。
② 《跋彭忠肃文集》,《西山先生真文忠公文集》卷三六,《四部丛刊初编》本,商务印书馆,1929年。
③ 永瑢等:《四库全书总目》卷一八六,中华书局,1983年,第1685页。
④ 程颢、程颐著,王孝鱼点校:《二程集·河南程氏遗书》卷十八,中华书局,1981年,第232页。
⑤ 吴曾:《能改斋漫录》卷八,中华书局,1960年,第234页。
⑥ 黎靖德编:《朱子语类》卷一三七,中华书局,1986年,第3273页。

的特性。如欧阳修、苏轼师徒"皆以文人自立,……要做文章,都不曾向身上做工夫,平日只是以吟诗饮酒戏谑度日"。① "功夫"即"持敬"功夫。朱熹说:"东坡与伊川是争个甚么?只看这处,曲直自显然可见,何用别商量?只看东坡所记云:'几时得与他打破这"敬"字!'看这说话,只要奋手捋臂,放意肆志,无所不为便是。只看这处,是非曲直自易见。"② "敬"是程朱道学的核心所在。苏轼"打破这'敬'字",不愿"向身上做工夫",显然不是学道者,而是典型的"以吟诗饮酒戏谑度日"的文人。撇开其中由学统形成的偏见,在朱熹及整个道学之儒的观念世界里,苏轼、欧阳修与韩愈"皆以文人自立",还是确切的;而文人"都是因作文,却渐渐说上道理来,不是先理会得道理了,方作文,所以大本都差"。③

道学之儒恪守的"大本"就是先验中的"天理",体现在主体中的就是"持敬之心",反映在文章中的便是温柔敦厚之气。杨时说:"为文要有温柔敦厚之气,对人主语言及章疏文字,温柔敦厚尤不可无。如子瞻诗多于讥玩,殊无恻怛爱君之意。荆公在朝,论事多不循理,惟气是争而已,何以事君。君子之所养,要令暴慢邪僻之气不设于身体。"④ 这就是文章之士"大本都差"在诗文创作中的一个突出表现。叶适也表达了类似的观点,他批评孟郊"寒苦孤特,自鸣其私,刻深刺骨,何足以继古人之统?"韩愈"叫呼怒骂之态,滥溢而不可御",同样难得"风雅之万一"。⑤ 意即韩、孟诚敬不持,涵养不足,本根不重,为文也就自然缺乏风雅之气了。

然而,在知识的具体取径上,叶适所恪守之"本"与道学之儒并不相同,其不同则源于对道的不同认知上。道学之儒主张"理在气先"。朱熹说:"所谓理与气,此决是二物,但在物上看,则二物浑沦不可分

---

① 黎靖德编:《朱子语类》卷一三〇,中华书局,1986年,第3113页。
② 黎靖德编:《朱子语类》卷一三〇,中华书局,1986年,第3110页。
③ 黎靖德编:《朱子语类》卷一三九,中华书局,1986年,第3319页。
④ 《龟山集》卷十《语录》,影印《文渊阁四库全书》本,第1125册,台湾商务印书馆,1986年,第191页上。
⑤ 叶适:《习学记言序目》卷四七,中华书局,1977年,第701页。

开,各在一处,然不害二物之各为一物也。若在理上看,则虽未有物而已有物之理,然亦但有其理而已,未尝实有是物也。"① 这从实体的维度解释道,认为道是独立于物的一种客观存在。与此相反,叶适却从原理的维度认知道,认为"道在物中"而非独立的实体,人们只能通过具体的事物才能认知。他说:"古诗作者,无不以一物立义。物之所在,道则在焉,物有止,道无止也,非知道者不能该物,非知物者不能至道;道虽广大,理备事足,而终归之于物,不使散流,此圣贤经世之业,非习为文词者所能知也。"② 正因为"道在物中",叶适格外注重对"物"或历史的探究与认知,视之为成德新德的一条不可或缺的知识途径,即其所谓"夫德未有无据而能新者,故必多识前言往行以大畜之,然后其德日新而不可御矣"。③

叶适从古诗作者"无不以一物立义"中提出的"道在物中",既属于文学层面的一种创作主体论,又属于道学层面的一种成德新德论。与道学之儒一样,叶适的成德之学也十分注重心性的"中和"。"中和"原出《礼记·中庸》:"喜怒哀乐未发谓之中,发而皆中节谓之和,中也者,天下之大本也,和也者,天下之达道也。"④ 程颐解释说:"中和,若只于人分上言之,则喜怒哀乐未发既发之谓也。若致中和,则是达天理。"⑤ 这是以"性"为未发,未发则无所偏倚,即为"中";以"情"为已发,发而中节,则为"和",因此,无论未发抑或已发,均需以除情去欲的先验的"天理"自律。叶适认为:"将进于道,必约以性,通以心,肝脾胃肾无恣其情,念虑思索无挠其灵,则偏气不胜而中和全矣。"⑥ 而要达到"中和"之境,则须"耳目之聪明,心志之思虑,必有

---

① 《晦庵集》卷四六《答刘叔文》,《朱熹集》卷四六,四川教育出版社,1996年,第2243页。
② 叶适:《习学记言序目》卷四七,中华书局,1977年,第702页。
③ 叶适:《习学记言序目》卷二,中华书局,1977年,第17页。
④ 孔颖达:《礼记注疏》,《十三经注疏》本,中华书局,1983年,第1635页。
⑤ 程颢、程颐著,王孝鱼点校:《二程集·河南程氏遗书》卷十五,中华书局,1981年,第160页。
⑥ 《宜兴县修学记》,载刘公纯等点校《叶适集·水心文集》卷十一,中华书局,2010年,第195页。

出于见闻觉知之外者焉。不如是者，不足以得之"。① 强调"中和"是心与可资闻见之物的相互交感，圆融互通，否则虚幻无据，难以得之。因为在叶适看来，人之性情"未发之前非无物也，而得其所谓中焉，是其本也枝叶悉备；既发之后非有物也，而得其所谓和焉"，要做到这一点，则需要"诚"的保证，所以他认为"中和"就是为了"养诚"，以真诚无妄之心对待物情物理，体物无偏。② 惟其如此，才能"无恣其情"，"无挠其灵"。

叶适以"物"为据的"中和"论是以"道在物中"为基础的，这决定了他对创作主体所恪守之"本"的把握。他一方面反对韩愈、孟郊那样的"自鸣其私"、"叫呼怒骂"；另一方面反对道学之儒以先验的"天理"自律，强调心与物的和协。而物各有情理，创作主体在抒写物情物理时，也非千篇一律。所以无论是以中正和平之心创作的温柔敦厚之作，还是以纵横驰骋之气创作的雄肆奔放之作，都是叶适所首肯的。就他本人而言，格外欣赏雄肆之文，认为"自有文字以来，名世数十，大抵以笔势纵放、凌厉驰骋为极功"；③ 其文也多体现了这一点。这看似有失"中和"，实则是心物交感，圆融互通的，是叶适在体物时以真诚无妄之心抒写其当下物情物理的产物（说详下文）。

其实，叶适所强调的"物"就是指历史，即所谓"前言往行"。因而"道在物中"的观念使他在知识结构上不仅比文章之士，而且比道学之儒明显多了一个史的面向。道学之儒因强调"理在气先"，"以心通性达为学"，所以他们注重的是经而不是史，朱熹还将史视作"皮外物事"和"杂卖店"，④ 批评吕祖谦"于史分外仔细，于经却不甚理会"，陈亮"一生被史坏了"。⑤ 叶适却认为，要使人成德新德，创作合乎"圣贤经

---

① 《觉斋记》，载刘公纯等点校《叶适集·水心文集》卷九，中华书局，2010年，第141—142页。
② 《中庸》，载刘公纯等点校《叶适集·水心别集》卷七，中华书局，2010年，第733页。
③ 《巽岩集序》，载刘公纯等点校《叶适集·水心文集》卷十二，中华书局，2010年，第210页。
④ 黎靖德编：《朱子语类》卷十一《学五·读书法下》，中华书局，1986年，第189页。
⑤ 黎靖德编：《朱子语类》卷一二二、一二三，中华书局，1986年，第2951、2965页。

世之业"的诗文,对经的学习固然不可忽视,"多识前言往行",探究历史,同样是不可或缺的。

叶适面向历史,目的是为创作主体的德性找到真正的根据。在他看来,道学之儒所倡导的心性学"不能畜德"的原因在于"见闻几废",即废弃历史;① 废弃历史也就失去了根据,而失去根据的德性是不可靠的,也是无法验证的,故不能成德新德。叶适说:"孔子教人以多闻多见而得之,又著于大畜之《象》曰:'多识前言往行,以畜其德。'"② 认为在历史中找到德性的根据,从先贤的言行中滋养德性,于历史的经验中汲取智慧,正是孔子的一贯主张,所以孔子在整理六经的过程中,"存古"而非"作古",③ 真实地记载历史人物、历史事件、历史情感,展现了由历代先贤生活在前后延续的历史时空中的言行所构成的谱系,也明显地体现了一种以"多闻多见"、"择善而从"为根据的"修德"之学。叶适则以孔子为典范,将古今一切事物都纳入到前后延续的历史序列中,开创了一种历史谱系学,也就是他所强调的"余为言学之本统,古今伦贯,物变终始,所当究极"。④

叶适在面向古今历史中所开创的这种历史谱系学,并非忽视经而不讲义理,恰恰相反,是为了更好地理解经义,把握实在可验的义理。他说:"订之理义,亦必以史而后不为空言。若孟子之论理义至矣,以其无史而空言,或有史不及见而遽言,故其论虽至,而亦人之所未安也。"⑤ 主张理从史出,据史言理,体现了对历史的尊重。在叶适看来,孔子在整理六经中之所以"存古"而非"作古",其"修德"之学之所以以"多闻多见"、"择善而从"为根据,就是因为人人都生活在不断变化着的历史时空所构成的谱系之中,人人都是延续不断的历史经验的承

---

① 《题周子实所录》,载刘公纯等点校《叶适集·水心文集》卷二九,中华书局,2010年,第603页。
② 叶适:《习学记言序目》卷十三,中华书局,1977年,第187页。
③ 叶适:《习学记言序目》卷九,中华书局,1977年,第119页。
④ 《宋厩父墓志铭》,载刘公纯等点校《叶适集·水心文集》卷二五,中华书局,2010年,第490页。
⑤ 叶适:《习学记言序目》卷十四,中华书局,1977年,第205页。

载者。既然如此,那么只有理从史出,据史言理,理义才是有根据的。与此同时,叶适还将当代纳入到了历史的序列中,主张"古今伦贯,物变终始,所当究极",这就将对义理的"究极"置于古今延续的整个历史谱系之中了。因此,他不仅视六经皆史,而且认为反映当代治体的诗文同样是史,也是"订之理义"的根据。叶适称吕祖谦《皇朝文鉴》"大抵欲约一代治体归之于道",就表明了这一点。他又说:"韩愈称皋、夔、伊、周、孔子之鸣,其卒归之于《诗》,《诗》之道固大矣,虽以圣贤当之未为失,然遂谓'魏晋以来无善鸣'者……则尊古而陋今太过。"认为"人或自谓知古诗,而不能知后世诗,或自谓知后世诗,而不能知古诗,及其皆知,而辞之所至皆不类,则皆非也"。① 无论古诗抑或今诗,只要是"善鸣"者,都与六经中的《诗》一样是"订之理义"的根据,应择善而从,不可偏废。这也表明,叶适主张"由文合道,则必深明统纪",并非是复古,而是古今并重。

永嘉之学前后形成了两个传统,第一个是从周行己到郑景望,强调义理,"必兢省以御物欲者";第二个是从薛季宣到陈傅良,追求事功,"必弥纶以通世变者"。② 作为永嘉之学的集大成者,叶适则融义理与事功于一体,反映在他的文道观上就是"以道出治,形而为文";体现在他的知识结构上便是"经欲精,史欲博,文欲肆"。如果说叶适强调的治是其事功之学的核心,是履道形文的基石,那么其博于史则是精于经、肆于文的前提,是为履道形文者在治的过程中成德新德寻找根据。两者是相互联系、互为作用的。这也决定了叶适既不像道学之儒那样因好道而及文,又不像文章之士那样因好文而及道,而是在相互联系的治与史的面向上,融合两家,亦道亦文,文道并进,表现在他的创作实践中的,便是"德艺兼成"。

---

① 叶适:《习学记言序目》卷四七,中华书局,1977年,第701页。
② 叶适:《温州新修学记》,载刘公纯等点校《叶适集·水心文集》,中华书局,2010年,第178页。

三、"德艺兼成而家益大"的创作实践

叶适《跋刘克逊诗》说:"诗必自作,作必奇妙殊众,使忧其材之鄙,不矩于教也。水为沅湘,不专以清,必达于海;玉为珪璋,不专以好,必荐于郊庙。二君知此,则诗虽极工而教自行,上规父祖,下率诸季,德艺兼成而家益大矣。"①"德艺兼成而家益大"也是叶适对文章的一种期待,并体现在他的创作实践中。

如上文所述,叶适恪守"道在物中"的观念,并认为在履道成德中形成的一种至高境界"中和"就是为了"养诚",以真诚无妄之心对待物情物理,做到体物立义,义理中正无偏。因而决定了其"折衷天下之义理,必尽考详天下之事物而后不谬"②的创作态度。而叶适直面的最为突出的"天下之事物",则是天下公愤于故疆未复。淳熙十四年(1187年),他在《上孝宗皇帝札子》的开篇说:"臣窃以今日人臣之义所当为陛下建明者,一大事而已;二陵之仇未报,故疆之半未复,此一大事者,天下之公愤,臣子之深责也。或知而不言,或言而不尽,皆非人臣之义也。"文章围绕这一大事,对种种妥协投降的言论进行严厉驳斥,并一一提出恢复故疆的建议与措施。③全文既议论风发,笔势纵横凌厉,又心物和协,义理中正无偏。据载,孝宗在读此札子后,"惨然久之"。④

不仅是《上孝宗皇帝札子》,叶适的其他政论文也往往在议论风发中,体物无偏,义理中正,其"忠君爱国之诚,蔼然溢于言意之表"。⑤收入《水心别集》中的《外稿》,便是这方面的代表作。《外稿》是叶适

---

① 刘公纯等点校:《叶适集·水心文集》卷二九,中华书局,2010年,第613页。
② 《题姚令威西溪集》,载刘公纯等点校《叶适集·水心文集》卷二九,中华书局,2010年,第614页。
③ 刘公纯等点校:《叶适集·水心别集》卷十五,中华书局,2010年,第830—836页。
④ 脱脱等:《宋史》卷四三四《叶适传》,中华书局,1977年,第12889页。
⑤ 黎谅:《黎刻〈水心文集〉跋》,载刘公纯等点校《叶适集》卷首,中华书局,2010年,第3页。

于淳熙十二年（1185年）冬入朝前为准备皇帝的"质问"而作。共40篇，均围绕"治道"展开，前后紧密相连。首以《始议》发其端，提出"以天下之大，有天下之虑"的命题，揭示"条列前后之源流，疏陈当今之本务"的主旨，主体部分以财务、军事、法度、纪纲四项为纲。每项不为空言，剖析积弊，规划对策。《终论》七篇归纳各项内政改革方案，并提出"二年之外，五年之内"见成效的时间目标。① 这40篇政论是叶适向孝宗皇帝提交的一份治国大纲，犹如气势磅礴的大型组诗，纵横捭阖，雄肆恢宏。从艺术渊源观之，显然受到了苏轼散文的影响。叶适格外欣赏苏文的艺术风格，他说："独苏轼用一语，立一意，架虚行危，纵横倏忽，数千百言，读者皆如其所欲者，推者莫知其所自来，虽理未精而词之所至莫或过焉，盖古今议论之杰也。"② 在借鉴苏轼这种文风的同时，叶适结合自身的为学特点，"上考前世兴坏之变，接乎今日利害之实"，以史为据，以物立义，既议论风发，"纵横倏忽"，又"步步著实，言之必使可行"。正如王直《黎刻〈水心文集〉序》所说："先生之学，浩乎沛然，盖无学不窥。而才气之卓越，又足于发之。然先生之心，思行道于当时而见之功业，不但为文而已也。观之议论谋猷，本于民彝物则之常，欲以正人心……至于求贤、审官、训兵、理财，一切施之政事之间，可以隆国体，济时艰。"③

倘若作于36岁的《外稿》标志了叶适融义理与事功于一炉的学术思想的全面成熟，也集中体现了其政论文"德艺兼成而家益大"的境界；那么叶适晚年用16个春秋著成的读书札记《习学记言序目》，则是永嘉学术集大成的标志性著作，也是札记文体的典范。全著共50卷，其中论经籍14卷，论诸子7卷，论史籍25卷，论文集4卷。陈振孙说：《序目》"自六经、诸史、子以及《文鉴》，皆有论说。大抵务为新奇，无所蹈袭，其文刻削精工，而义理未得为纯明正大也。自孔子之外，古

---

① 《外稿》，载刘公纯等点校《叶适集·水心别集》卷十至十五，中华书局，2010年，第757—830页。
② 叶适：《习学记言序目》卷五十《皇朝文鉴四》，中华书局，1977年，第744页。
③ 《黎刻〈水心文集〉序》，载刘公纯等点校《叶适集》卷首，中华书局，2010年，第3页。

今百家随其浅深，咸有遗论，无得免者"。① 清四库馆臣却指出："然如论读《诗》者专溺旧文不得诗意，尽去本序其失愈多，以及考子思生卒年月，斥汉人言《洪范》五行灾异之非，皆能确有所见，足与其雄辨之才相副。至于论唐史诸条，往往为宋事而发，于治乱通变之原，言之最悉，其识尤未易及。特当宋之末世，方恪守洛、闽之言，而适独不免于同异，故振孙等不满之耳。要其偏执，固所不免，而考核之精博，议论之英伟，实一时罕有其匹也。"② 不过，陈振孙所说的"务为新奇，无所蹈袭，其文刻削精工"，却道出了叶适在写作《序目》时对文章艺术的真实追求。据载："水心与筼窗论文至夜半……因问筼窗某文如何？时案上置牡丹数瓶。筼窗曰：'譬如此牡丹花，他人只一种，先生能数什百种。'盖极文章之变者。水心曰：'此安敢当，但譬之人家飨客，或虽金银器照座，然不免出于假借。自家罗列，仅瓷缶瓦杯，然却是自家物色。'水心盖谓不蹈袭前人耳。瓷瓦虽谦辞，不蹈袭则实语也。"③ 叶适反对作文蹈袭他人，主张"片辞半简，必独出肺腑"，④ 既指内容上的独立思考，抒发己见，又指艺术上的独出机杼，脱化町畦，两者是相辅相成、互为作用的。集中反映叶适"经欲精，史欲博，文欲肆"的知识结构、议论英伟的《序目》也充分体现了这一点，堪称古代文体中常见的札记体的典范。

在文体上，叶适的创作远不止于札记和像《外稿》那样的奏议，而是众体兼备的，尤其擅长墓志、序记诸体。陈栎说：叶适"大肆力于碑铭、记文，四方甚重之"。⑤ 黄震指出："水心之见称于世者，独其铭、志、序、跋，笔力横肆尔。"⑥ 叶适本人也十分看重这些文体，认为自

---

① 陈振孙：《直斋书录解题》卷十，上海古籍出版社，1987年，第313页。
② 永瑢等：《四库全书总目》卷一一七《习学记言》提要，中华书局，1983年，第1012页。
③ 吴子良：《荆溪林下偶谈》卷三，影印《文渊阁四库全书》本，第1481册，台湾商务印书馆，1986年，第503页。
④ 《归愚翁文集序》，载刘公纯等点校《叶适集·水心文集》卷十二，中华书局，2010年，第217页。
⑤ 陈栎：《随录》，《定宇集》卷八，影印《文渊阁四库全书》本，第1205册，台湾商务印书馆，1986年，第273页下。
⑥ 黄震：《读文集》，载王廷洽等整理《黄氏日抄》卷六八，大象出版社，2019年，第361页。

"韩愈以来，相承以碑志、序记为文章家大典册"。① 并以继承这一传统为己任，"大肆力于"这些"大典册"的创作。

据《水心文集》所收，叶适所撰墓志共13卷，148篇，占据了文集近一半的篇幅，这在两宋其他文人别集中并不多见。吴子良说："水心为诸人墓志，廊庙者赫奕，州县者艰勤，经行者粹醇，辞华者秀颖，驰骋者奇崛，隐遁者幽深，抑郁者悲怆。随其资质与之形貌，可以见文章之妙。"② 以妍淡曲尽之笔，描绘了不同身份、不同性格的墓主栩栩如生的形貌风神，致使真德秀赞叹不已，认为"永嘉叶公之文，于近世为最，铭墓之作，于他文又为最"。③ 诚然，叶适为了能凸显墓主的形貌风神，往往在体制上推陈出新，一改以往以叙事为主的程式，在叙述墓主生平言行中，或发感慨，或抒己见，即便是以叙事为主，也少平铺直叙，或颠倒时序，或大段渲染具体的细节。然而，叶适以墓志"为文章家大典册"之一，勤于创作，精心构撰，并不仅仅是为了追求文章之妙。赵汝谠《水心文集序》指出："集起淳熙壬寅，更三朝四十余年中，期运通塞，人物散聚，政化隆替，策虑安危，往往发之于文，读之者可以感慨矣。故一用编年，庶有考也。昔欧阳公独擅碑铭，其于世道消长进退，与其当时贤卿大夫功行，以及闾巷山岩朴儒幽士隐晦未光者，皆述焉，辅史而行，其意深矣。此先生之志也。"④ 叶适承接欧阳修之"意"而大量构撰碑铭之"志"，在于以史笔作碑传，通过笔下色彩斑驳的人物画廊，真实地展现四十余年间的风云变幻，让人在"感慨"中反省这段历史；从学术思想观之，则又在于将当代人物的言行置于古今历史的序列中，进一步丰富他所开创的历史谱系学，为成德新德寻找真正的根据；从文学思想观之，却是他对"德艺兼成而家益大"的具体追求。这里的"德"又往往是作者与墓主共同所拥有的。如《陈同甫王道

---

① 叶适：《习学记言序目》卷四九，中华书局，1977年，第733页。
② 吴子良：《荆溪林下偶谈》卷三，影印《文渊阁四库全书》本，第1481册，台湾商务印书馆，1986年，第503页。
③ 《西山先生真文忠公文集》卷三五，《四部丛刊初编》本，商务印书馆，1929年，第76页。
④ 刘公纯等点校：《叶适集》卷首，中华书局，2010年，第1—2页。

甫墓志铭》开篇说:"志复君之仇,大义也;欲挈诸夏合南北,大虑也;必行其所知,不以得丧壮老二其守,大节。春秋战国之材无是也。吾得二人焉,永康陈亮、平阳王自中。"① 文中围绕陈、王的言行所揭示的大义、大虑、大节,是墓主也是作者有感于故疆未复而形成的;又如《著作正字二刘公墓志铭》所呈现的刘夙兄弟"轻爵禄而重出处,厚名闻而薄利势,立朝能尽言,治民能尽力",以及"饬廉隅、定臧否、公是非、审予夺,皆可以暴之当世"的言行德性,② 同样是作者共同具有的。要之,叶适所作墓志,或记言,或述事,方式各异,贯穿其间的却是传主与作者共有的那份中正无偏的德性。

叶适的散文创作,在文章体裁上众体兼备,在艺术风格上也同样呈现出多样化的格局。叶适因欣赏并融会苏轼文风,在多种文体的创作中,表现出奔放雄肆的风格特征。但他在对"德艺兼成"中的"艺"的追求上,并非是单一的,而是体现了对多种艺术风格的会通,譬如:《著作正字二刘公墓志铭》在记述传主的言行德性后,插入议论:"呜呼!二公之道,所谓忧天下之危而忘其身,图国家之便而不利其乐者欤!"在记述凭吊传主时,又参入长篇议论:"呜呼悲夫!二公之卒也,艾轩先生为国受吊,笔濡不忍铭以至是也,而余何敢僭!……公位虽屈,其道伸矣;身虽没,其言立矣。好恶同,出处偕,进退用舍,必能一其志者也。表直木于四达之逵,后生之所望而从也。"③ 在反复议论与感叹中,呈现出一派凄恻缠绵的情志,使墓志平添了纡徐悠长之风。真德秀称该文"笔势雄拔如太史公,叹咏悠长如欧阳子"。④ 又如《龙川集序》说:"初,天子得同甫所上书,惊异累日,以为绝出,使执政召问当从何处下手,将由布衣径唯诺殿上以定大事,何其盛也!然而诋讪交起,竟用空言罗织成罪,再入大理狱,几死,又何酷也!使同甫晚不登进士第,则世终以为狼疾人矣。呜呼悲夫!同甫其果有罪于世乎?

---

① 刘公纯等点校:《叶适集·水心文集》卷二四,中华书局,2010年,第482页。
② 刘公纯等点校:《叶适集·水心文集》卷十六,中华书局,2010年,第301页。
③ 刘公纯等点校:《叶适集·水心文集》卷十六,中华书局,2010年,第305—306页。
④ 《西山先生真文忠公文集》卷三五,《四部丛刊初编》本,商务印书馆,1929年,第76页。

天乎！余知其无罪也；同甫其果无罪于世乎？世之好恶未有不以情者，彼于同甫何独异哉！虽然，同甫为德不为怨，自厚而薄责人，则疑若以为有罪焉可矣。"① 以陈亮的德才兼备与坎坷遭遇之际的强烈反差，控诉世道不公，语气激愤，寄慨遥深，而其郁勃顿挫，回环往复，感叹欲绝的文势，则不能说与欧阳修《梅圣俞诗集序》毫无联系。又如《醉乐亭记》写景摇曳生姿，抒情委婉曲折，文字精整雅丽，文气跌宕舒缓，② 多少带有欧阳修《醉翁亭记》的印迹。如此等等，不难看出叶适的散文创作在艺术风格上所追求的多元会通的精神和多样化格局。

综观叶适散文创作，不仅文备众体，饰辞成理，"藻思英发"，③ "德艺兼成"，而且融会贯通，风格多样，犹如"蔚豹之泽必雾隐，孔鸾之舞必日中"。④ 嘉定二年（1209年），饶辉称誉叶适与陈亮的文章堪比韩愈"起八代之衰，济天下之溺"，"士大夫翕然歆慕之"。⑤ 换言之，叶适又以具体的创作实绩赢得了人们"翕然歆慕"之情和"集本朝文之大成者"的隆誉。

结　论

刘埙在引述了吴汝弌"近时水心一家，欲合周程欧苏之裂"的说法后，经过分析，最终得出"文章乃学道家之所弃，安可得而合哉"的结论。确实，在道学逐渐成为意识形态主旋律的南宋后期，叶适难以从整个思想与文学领域弥合北宋中期以来文道之间的分裂乃至对立，但一方面，弥合这种分裂是出自宋代文化健全发展的强烈诉求；另一方面，就叶适本人而言，其"合周程欧苏之裂"无疑是成功的。这种成功表现在

---

① 刘公纯等点校：《叶适集·水心文集》卷一二，中华书局，2010年，第207页。
② 刘公纯等点校：《叶适集·水心文集》卷九，中华书局，2010年，第150—151页。
③ 脱脱等：《宋史》卷四三四《叶适传》，中华书局，1977年，第12889页。
④ 《罗袁州文集序》，载刘公纯等点校《叶适集·水心文集》卷十二，中华书局，2010年，第226页。
⑤ 转引自邓广铭《陈龙川文集版本考》，见邓广铭点校《陈亮集》，中华书局，1987年，第5页。

叶适提出了既能弥补文章之士因好文而及道带来的义理不足之失，又能药救道学之儒因好道而及文带来的质朴拙野之病的文道观；并在"经欲精，史欲博，文欲肆"的知识结构的基础上，将自己的文道观落实到了具体的创作实践，在多种文体、多元风格的创作中，达到了"德艺兼备而家益大"的境界，所以不仅是文章之士，连道学之儒也予以高度评价，如上文所引理宗时期道学之儒的代表人物真德秀赞誉"永嘉叶公之文，于近世为最"；也就是说，正是在这样的背景和意义上，叶适赢得了"集本朝文之大成者"的隆誉。

就性质而言，无论是政论、札记还是墓志、序记，叶适的散文都是永嘉学术思想的一种表现形态，统贯其间的是鲜明的政教功能，绝少出于纯粹的审美活动而创作的作品，更无泄志娱情之作，甚至如吴子良所说："自古文字如韩、欧、苏犹间有无益之言，如说酒、说妇人，或谐谑之类，惟水心篇篇法言，句句庄重。"① 因此，叶适虽能继承韩愈以来文章大家的传统，尤其是能会通欧阳修、苏轼的艺术风格，富有创新，但在文章的功能上缺乏韩、欧、苏等人笔下的那种多重性和丰富性，也缺乏"集大成者"的宏大格局。虽然如此，叶适融会文道却是宋代文学史上不可忽视的一个发展环节，具有重要的文学史意义与价值。

（原载《文学遗产》2012年第2期）

---

① 吴子良：《荆溪林下偶谈》卷二，影印《文渊阁四库全书》本，第1481册，台湾商务印书馆，1986年，第502页。

论叶适的墓志创作

引 言

"碑志"自东汉以下,实为一种社会性应酬文字。故蔡邕自白:平生为碑文,无惭笔者,仅郭林宗一碑。此其拘泥于对方请求人之情面者可知。韩公承其家业,亦以能碑文招徕四方之邀乞。当时刘叉攫"谀墓金"之说,则时人亦认韩公碑文为一种世俗应酬文字也。且碑志既缚于题材,碍于情面,又限于文体。盖碑文当勒之金石,体尚严谨,文须韵藻,并不与其他散文同其渊源,亦复与史传性质有别。而韩公为之,乃刻意以散文法熔铸入金石文而独创一体。其骨格则是龙门之史笔,其翰藻则是茂陵之辞赋。设例取势,因人为变。创格造局,锤句炼响,极行文之能事。可谓前无古人,后无来者。然终以限于体制,以此显韩公之圣于文而无施不可则可,然若绳以纯文学之境界与标准,则终为有憾。①

这是钱穆先生的一段论说,旨在说明韩愈"圣于文而无施不可则

---

① 钱穆:《杂论唐代古文运动》,《中国学术思想史论丛》,第 4 册,兰台出版社,2000 年,第 48 页。按:关于墓志文体的确立时间,目前学界说法不一,有始于北魏、始于刘宋、始于魏晋诸说。孟国栋博士根据墓志的体用,以及 1980 年考古工作者在江苏徐州邳县西北青龙山南麓缪宇墓中发现的刻于元嘉元年(151 年)的《缪宇墓志》,认为墓志文体始于东汉后期,殆无疑问。见其《新出石刻与唐文创作研究》,浙江大学博士学位论文,2012 年,第 18—19 页。又按:刘叉攫"谀墓金"事,见李商隐《刘叉》。该文载刘叉、卢仝等人"持(韩)愈金数斤去,曰:'此谀墓中人所得耳,不若与刘君为寿。'愈不能止"(徐树谷笺,徐炯注:《李义山文集笺注》卷十)。此事又见《新唐书·韩愈传》。

可",却总结了自东汉至唐流行的墓志在文化品格上,属于"世俗应酬文字",厥品骫骳从俗,写作动机是获取润笔费,即所谓"谀墓金";第二,墓志有自身的体裁特性,而韩愈的墓志创作突破了文体的局限,取得了"前无古人,后无来者"的成就;第三,即便是韩愈的墓志创作,因与"纯文学之境界与标准"相去甚远,令人"终为有憾"。可以说,钱先生的这一论说是学界的普遍观点。因此,东汉,尤其是唐宋大量墓志作品尚未引起当代学者从文学史的角度予以应有的重视;又由于韩愈的墓志体创作"前无古人,后无来者",其后众多诸家之作就更少为文学史研究者所关注。

其实,作为唐宋最常见的文体之一,墓志虽然是一种世俗化的文体,但毕竟属于传记文学中的一种,是文章学和文学史中不可忽视的组成部分。而就唐宋墓志的演进而言,经历了阶段性变化,各个阶段都有引领变化的代表作家。在总体上,北朝至初唐,墓志的程式化较为严重;至盛唐,诞生了"燕许大手笔"张说和苏颋等人,他们在"大手笔"方面的创作成就,主要体现在碑志、制诰两种文体上;中唐以后,当然是韩愈的崛起而使墓志创作达到了空前的境界,其他如柳宗元所作墓志,也标志了中唐墓志创作的变化与成就;晚唐的墓志出现了复归的倾向,程式化现象有所回归;随着北宋古文运动的展开,墓志又进入了一个重要的发展阶段,尤其是欧阳修在碑志的行文叙事上,虽因尊体而有所羁勒,但往往注入了自己的真性情,随物赋形,表现了大家风范。南宋叶适在继承韩愈、欧阳修等古文大家的墓志创作的同时,又在观念上推尊墓志,在创作上丰富了墓志的表现手法与叙事方式,并扩展了墓志的功能与价值,取得了令人瞩目的成就。所以探讨叶适的墓志文体观,总结其创作成就,是宋代文章学和文学史研究的应有之义。

一、"文章家大典册":叶适的墓志文体观

诚如钱先生所总结的,墓志是出于"四方之邀乞"的一种"世俗应酬文字",特别是墓主的家人出于"感风树而千钟之养弗泊,御祥琴而

三年之哀未忘，将永贲于松楸，宜大书于琬琰"的心理，①向墓志的作者贿赂"谀墓金"，作者也因此被称为"谀墓中人"，导致了"邀乞"者与写作者之间的"买卖"关系，更强化了墓志文体的世俗化色彩。而在唐宋，贿赂和收受"谀墓金"是一种十分普遍的现象，堪称约定俗成的士风。叶适虽身处这一士风之中，却在观念世界里推尊墓志，形成了别具内涵的墓志文体观。

李日华说："唐人极重润笔，韩昌黎以谀墓辇人，金帛无算。白乐天与元微之欢好，视兄弟无间，及铭元墓，犹酬以臧，获舆马、绫帛、银案、玉带，价直六七万；则皇甫湜责裴晋公福先寺碑，多至九千缣不为过矣。宋太宗时，凡敕制文字，皆钦定润笔之数，又移檄督之，盖仍唐之习也。"②从中可见唐代贿赂和收受"谀墓金"风气之盛；至宋代，此风依然盛行不衰，甚至蔓延到了其他文体的写作中。这就有可能使墓志的作者因收受"谀墓金"而导致溢美之词泛滥，甚至内容失实。宋代孙觌笔下的诸多墓志就是这方面的一个典型。据载，孙觌"每为人作墓碑，得润笔甚富，所以家益丰。有为晋陵主簿者，父死，欲仲益作志铭，先遣人达意于孙云：'文成，缣帛良粟各当以千濡毫也。'仲益（孙觌）忻然落笔，且溢美之"。③孙觌自己也承认："志幽堂之石，方怀觖觖之惭；坠记室之书，遽沐褒嘉之宠。溢言过矣，愧汗洮然。窃以字三缣而制碑，米千斛而作传。立道旁碣，岂乏愧词？谀墓中人，遂非实录"；④故其"《鸿庆集》大半志铭，盖谀墓之常，不足诧"，不仅如此，其中"《莫汧墓志》，极论屈体求金之是，倡言复雠之非……《万俟卨墓志》，极表其杀飞一事。为颠倒悖谬，则觌之怙恶不悛，当时已人人鄙

---

① 孙觌：《回周解元启》，载曾枣庄、刘琳主编《全宋文》，第159册，上海辞书出版社、安徽教育出版社，2006年，第98页。
② 《六研斋二笔》卷三，影印《文渊阁四库全书》本，第867册，台湾商务印书馆，1986年，第615页上至下。
③ 王明清：《挥麈后录》卷十一，中华书局，1961年，第210页。
④ 孙觌：《回周解元启》，载曾枣庄、刘琳主编《全宋文》，第159册，上海辞书出版社、安徽教育出版社，2006年，第98页。

之矣"。① 这就不是"谀墓中人遂非实录"一语所能概括了的。

当然，在宋代，也有鄙视"谀墓金"的。陈著《挽黄提举震》云："公有传贤笔，私无谀墓金。"② 以"无谀墓金"称颂黄震；有的则为某些文章巨公作辩护。如费衮据《闻见后录》所载欧阳修作《程公墓志》时收受程家"润笔帛五千"的记载，指出："凡碑、志等文，或被旨而作，或因其子孙之请，扬善掩恶，理亦宜然。至于是是非非，则天下自有公论。欧阳公一世正人，而谓受润笔帛五千端，人不信也。"③ 不过，收受"谀墓金"既然是一种约定俗成的士风，就不能简单地以此评价墓志的作者是否属于"正人"；而墓志的作者收受"谀墓金"，也并非一定会导致其写作完全像孙觌的诸多墓志一样"非实录"，甚至"颠倒悖谬"。这是因为，一方面"谀墓"现象是唐宋的社会环境所致。在唐宋，人们十分重视厚葬，碑志就是厚葬的重要组成部分，故在安葬先人时，请托名人撰写碑志，付出一定的润笔金，是顺理成章的事，而很多著名文人，也并没有因为收受了润笔金而加上很多不合事实的溢美之词，韩愈堂而皇之地收取"谀墓金"，其墓志创作却出诸"龙门之史笔"，取得了杰出的成就，便是其中一例。另一方面，墓志的褒美颂德功能与其文体的来源密切相关。墓志一般分为志文和铭文两个方面，铭文以四言为主，来源于先秦时期以铭功记事为主的金刻铭文（青铜器），志文则与史传密切相关，是传记文学的一部分，但为了尊体的原因，墓志一般不写批评性文字，这是来源于史传而又变化的部分，故碑志铭功记事实是文体使然。叶适在墓志的具体创作中不仅"辅史而行"，与韩愈、欧阳修等古文家一样体现了"龙门之史笔"，而且在观念世界里提出了"韩愈以来，相承以碑志、序记为文章家大典册"，④ 首次明确地将厥品斟

---

① 永瑢等：《四库全书总目》卷一五七《〈鸿庆居士集〉提要》，中华书局，1965 年，第 1356 页上。
② 《挽黄提举震字东发三章》其二，傅璇琮等编《全宋诗》卷三三八七，第 64 册，北京大学出版社，1998 年，第 40309 页。
③ 费衮撰，金圆校点：《梁谿漫志》卷八，上海古籍出版社，1985 年，第 96 页。
④ 叶适：《习学记言序目》卷四九，中华书局，1977 年，第 733 页。

骸从俗的墓志视作"文章家大典册"。① 叶适"大肆力于碑铭",② 其驱动力首先来自这一崭新的墓志文体观。

所谓"大典册",就是指朝廷谟训诏令等文体,也就是"庙廊之下,朝廷之中,高文典册,用相如"③ 的"高文典册",或汪藻"以儒先宿学当大典册,秉太史笔,为天子视草"④ 的"大典册"。叶适为了推尊墓志这一文体,一改以往在世俗应酬与"谀墓"风习中形成的世俗化的文体观念,将它提升到"文章家大典册"的高度,首先有鉴于韩愈,尤其是欧阳修墓志创作的用意。其弟子赵汝谈在《水心文集序》中指出:"集起淳熙壬寅(九年),更三朝四十余年中,期运通塞,人物散聚,政化隆替,策虑安危,往往发之于文,读之者可以感慨矣。故一用编年,庶有考也。昔欧阳公独擅碑铭,其于世道消长进退,与其当时贤卿大夫功行,以及间巷山岩朴儒幽士隐晦未光者,皆述焉,辅史而行,其意深矣。此先生之志也。"⑤ 便说明了叶适有感于欧阳修"独擅碑铭"的"深意"而"大肆力于碑铭"创作,其"志"则在于以史笔作碑传,通过笔下色彩斑驳的人物画廊,真实地展现当代风云变幻的历史,让读者在"感慨"中反省这段历史,从中体现了叶适对历史的尊重和强烈的历史意识。而尊重历史和强烈的历史意识,则是叶适学术思想的灵魂所在。

作为永嘉学术的集大成者,叶适固然强调事功,但更注重成德新德;或者说,其事功思想是建立在德性之学的基础上的。与程朱理学家建立在"天命之性"或"天道之上"的先验论德性之学不同,叶适的德性之学是以经验为根据的,是一种典型的经验论德性之学。在叶适看来:"近世以心通性达为学,而见闻几废,为其不能成德也。"⑥ 意思是

---

① 叶适:《习学记言序目》卷四九,中华书局,1977年,第733页。
② 陈栎:《随录》,《定宇集》卷八,影印《文渊阁四库全书》本,第1205册,台湾商务印书馆,1986年,第273页下。
③ 扬雄语,引自刘歆《西京杂记》卷三,中华书局,1985年,第22页。
④ 孙觌:《浮溪集序》,载曾枣庄、刘琳主编《全宋文》,第160册,上海辞书出版社、安徽教育出版社,2006年,第309页。
⑤ 《叶适集》卷首,中华书局,2010年,第1—2页。
⑥ 《题周子实所录》,载刘公纯等点校《叶适集·水心文集》,中华书局,2010年,第603页。

说,理学家以"心通性达"为内涵的德性之学出诸形上的信念诉求而忽视形下的经验"见闻";忽视经验"见闻",德性就无法得到实践的证明;无法得到实践的证明,就等于无根据;无根据便不能成德新德;而要成德新德,则需从先验的"心通性达"中解脱出来,回到生活世界,以生活经验为根据,这才是可验、可靠的,也就是他所说的:"夫德未有无据而能新者,故必多识前言往行以大畜之,然后其德日新而不可御矣。"① 所谓"前言往行"或"见闻",就是指由历代人们的言行所构成的历史。叶适认为:"孔子教人以多闻多见而得之,又著于大畜之《象》曰:'多识前言往行,以畜其德。'"② 在历史中找到德性的根据,从先贤的言行中滋养德性,于历史的经验中汲取智慧,正是孔子的一贯主张,所以孔子在整理六经的过程中,"存古"而非"作古",③ 真实地记载历史人物、历史事件、历史情感,展现了由历代前贤先哲生活在前后延续的时空中的言行所构成的历史序列,明显地体现了以"多闻多见"、"择善而从"为根据的成德、新德之学。叶适以孔子为"典范",将古今一切事物都纳入到前后延续的历史序列之中,开创了一种以古今历史序列为依据的知识谱系学,其经验论德性之学就是建立在这一知识谱系之上的,所以他公然宣称:"余为言学之本统,古今伦贯,物变终始,所当究极。"④

叶适的知识谱系学决定了由"前言往行"或"见闻"构成的历史在成德新德中的首要地位,而从"前言往行"或"见闻"中获得的知识属于经验范畴。经验都是在一定时空中获得的,常常因时因地而异,即使是生活在同一时空中的人,也不可能得到完全相同的经验。有鉴于此,叶适一方面反对"泥古",坚守"古今伦贯,物变终始,所当究极"的治学"本统";一方面本着"德不孤而必有邻"的规律,坚持孔子"思

---

① 叶适:《习学记言序目》卷二,中华书局,1977年,第17页。
② 叶适:《习学记言序目》卷十三,中华书局,1977年,第187页。
③ 叶适:《习学记言序目》卷九,中华书局,1977年,第120页。
④ 《宋厩父墓志铭》,载刘公纯等点校《叶适集·水心文集》卷二五,中华书局,2010年,第490页。

学兼进"① 的方法,通过"内外交相成",② 揭示经验中凝聚着的共性,总结个别中包含着的通例,为成德新德寻找根据,也为以"治道"为内涵的事功提供主体依据。

知识谱系学的构建,体现了叶适强烈的历史意识,促使他在尊重历史,面向历史的同时,积极记录历史,保存历史,因而激发了他"大肆力于"作为"大典册"的墓志创作的激情,在记叙当代一个个不同身份和经历的墓主不尽相同的"前言往行"经验中,昭示相似性、相通性和一贯性的德性;反过来说,叶适在观念上推尊墓志文体,首次将该文体提升到"文章家大典册"的高度,在行为上致力于墓志创作,推进了其知识谱系学的构建,丰富了其经验论德性之学的内涵。

二、"随其资质与之形貌":叶适的墓志创作

东汉以来,墓志在生成过程中,其行文或叙事方式逐渐形成了明显的程式化倾向。叶适在观念上推尊墓志文体的同时,在实践中继承和发扬了韩愈的墓志创作,力避程式化之弊,突出墓主的身份与个性,"随其资质与之形貌",自具一格,取得了杰出的成就。

钱锺书先生指出:"(庾)信集中铭幽谀墓,居其太半;情文无自,应接未遑,造语谋篇,自相盗袭。虽按其题,各人自具姓名,而观其文,通套莫分彼此,惟男与女,扑朔迷离,文之与武,貂蝉兜牟,尚易辨别而已。斯如宋以后科举应酬文字所谓'活套',固六朝及初唐碑志通患。"③ 在批评庾信所作墓志的同时,总结了六朝至初唐碑志的程式化通病。关于有唐一代碑志的程式化,叶昌炽有具体的论述,他说:"唐时埋幽文字,有一种相承衣钵。如世系之后,辄云载在简牒,可略言焉。即稍变其词,亦不过字句之间,小有增损。刘氏必曰斩蛇,董姓

---

① 叶适:《习学记言序目》卷十三,中华书局,1977年,第186页。
② 叶适:《习学记言序目》卷十四,中华书局,1977年,第207页。
③ 钱锺书:《管锥编》,生活·读书·新知三联书店,2001年,第2375页。

皆云豢龙，太原则多引子晋缑岭之事。然或遇首行题字残泐，又无篆盖，则转因其远引华宗，可以参考其氏族。其铭词，白杨青松，千秋万古之类，亦复千篇一律。又如文中我公我唐，皆以我字提行。凡云葬于某地之原，礼也。往往夺原字，以之字属下礼也连读。此句遂不词。然如此者，数见不鲜，盖当时风俗如此。"① 以上所谓的"活套"或"有一种相承衣钵"，是墓志文体定型后出现的模式化通病。类似这些通病，在宋代和明清的墓志中也不乏其例。

不过，韩愈的墓志创作打破了已有的模式化，创格造局，独创一体。陈衍还说："昌黎最工碑板文字"，并认为"其文之工，第一传状碑志，第二赠序，第三杂记，第四序跋，第五乃书说论辩"。② 首推传状碑志为韩愈散文创作之最。韩愈以后，被公认为碑志胜于他文的，当推叶适。真德秀说："永嘉叶公之文于近世为最，铭墓之作于他文又为最。"③ 黄震也认为"水心之见称于世者，独其墓志、序跋，笔力横肆尔"，④ 吴子良则说："水心为诸人墓志，廊庙者赫奕，州县者艰勤，经行者粹醇，辞华者秀颖，驰骋者奇崛，隐遁者幽深，抑郁者悲怆。随其资质与之形貌，可以见文章之妙。"⑤ 叶适以曲尽多变之笔，描绘了不同身份、不同性格的墓主的形貌风神，与韩愈一样摆脱了六朝以来墓志的"一种相承衣钵"，自出机杼，创格造局，笔力横肆，"四方甚重之"。⑥

据《水心文集》所收，叶适所撰墓志共13卷，148篇，占据了文集近一半的篇幅，其数量之多，在唐宋别集中并不常见。综观叶适笔下众多的墓志碑传，在行文上，往往设例取势，因人而变；在叙事上，常常

---

① 叶昌炽撰，柯昌泗评：《语石·语石异同评》卷四，中华书局，1994年，第230—231页。
② 陈衍：《石遗室论文》卷四，载陈衍撰，陈步编《陈石遗集》，下册，福建人民出版社，2001年，第1607、1602页。
③ 真德秀：《跋著作正字二刘公志铭》，载曾枣庄、刘琳主编《全宋文》，第313册，上海古籍出版社、安徽教育出版社，2006年，第211页。
④ 黄震：《黄氏日抄》卷六八《读文集十》，影印《文渊阁四库全书》本，第708册，台湾商务印书馆，1986年，第649页下。
⑤ 吴子良：《荆溪林下偶谈》卷三，《丛书集成新编》本，第12册，台北新文丰出版公司，1984年，第528页。
⑥ 陈栎：《随录》，《定宇集》卷八，影印《文渊阁四库全书》本，第1205册，台湾商务印书馆，1986年，第273页下。

随事赋形,各肖其人。如《彭子复墓志铭》的开篇:

> 士多以意为善,鲜以力为善也。诚得其意,圣贤何远!如意之而未至焉,遂又以意为力也,则善非其善,窒其材,枉其德矣。今夫意之者,如望远焉,目之所至,身可至乎?天下之理备矣,尺度按之,规矩占之,若称物然,斤石之差,必以其力,不可诬也。以力从意,不以意为力。力所不及,圣贤犹舍诸;力之所及,则材为实材,德为实德矣。①

自墓志文体成立以后,行文通常先要介绍墓主的世系、名字、爵里、寿年,在记述墓主生平事迹后,介绍卒葬日月与其子孙之大略。这种行文方式在叶适的墓志中虽不乏其列,但未成为其固定的程式,而通常是设例取势,因人而变。该文开篇既无"公讳某,其先出自某某",更无"世系之后,辄云载在简牒,可略言焉"等程式化的叙述,而是以议论发端,先提出"意"与"力"在成德新德过程中孰轻孰重的问题,接着按其经验论德性之学,提出"力之所及,则材为实材,德为实德矣"的观点。正文通过墓主在金华县主簿、临海县令、处州知州等地方官任上的"前言往行",具体论证了这一点;换言之,墓主的"前言往行"正为作者的观点提供有力的佐证。又《陈同甫王道甫墓志铭》开篇:"志复君之雠,大义也;欲挈诸夏合南北,大虑也;必行其所知,不以得丧壮老二其守,大节也;春秋战国之材无是也。吾得二人焉:永康陈亮、平阳王自中。"② 正文便按"大义"、"大虑"、"大节"交织而成的时代主题,叙述墓主陈、王的言论事迹,与《彭子复墓志铭》一样,堪称主题集中、观点鲜明的一篇策论或政论文,为东汉以来墓志所少见。又如《刘子怡墓志铭》的开篇:

---

① 刘公纯等点校:《叶适集·水心文集》卷十五,中华书局,2010年,第273页。
② 刘公纯等点校:《叶适集·水心文集》卷二四,中华书局,2010年,第482页。

> 先此七八十年，仙居、清通两乡间有隐者刘君，名愈，字达之，学佛得空解，自称无相。绍兴庚午大饥，民将流亡，君顾令平治险道；不足，又以其家山林从使樵卖；不足，遂以砧基簿贷米于官足之。比及秋获自偿也。甲戌复饥，民相诱为劫，稠树村尤甚。县尉不敢前，议益以乡兵，君曰："人心方摇，激则愈乱矣。"单马至下渡潭，坐酒坊，呼其首，郑重开说。众悟且惭，相谓曰："昔刘居士救我死，以有今日，不可违也。"遂散去，余亦随止。隆兴壬午、癸未大风，甲申大旱，草根木实俱尽，君亟入瓯函，乞发常平，卖度僧牒，转籴他州，词甚哀痛，上大惊曰："温州荒耶？此何人者，能为朕言？"时太守袁孚代归，中道诏令复还，以君书付之，悉如其请。是三大饥，长老所记，号为厄运，而楠溪之人能团聚生活，不殚残于饥羸者，君力也。①

通过类似说书的口吻，在不经意中点出墓主的爵里、姓名、身份后，以排比的形式，接连铺陈了绍兴及隆兴的三次饥荒与三次救饥细节，有如电影中的一个个特写镜头，逐一推出墓主胸怀"大德"的品格，其中绍兴甲戌平息饥民的骚乱，隆兴"亟入瓯函，乞发常平"的两个细节，则又在"大德"的基础上，着力渲染了墓主为了乡民的生活与生命而"踰其分，出其位"的大智大勇，一个不同寻常且生动感人的隐者形象跃然纸上。如此开篇，在效果上，仿佛揭调高亢的诗歌，先声夺人，也为下文叙述墓主德行乡里的具体事迹、地位与影响即"今两乡文物，争自磨洗，齐衡一州，自君始也"，作了坚实的铺垫。再看《林正仲墓志铭》的开篇：

> 余为儿，嬉同县林元章家。时邑俗质俭，屋宇财足，而元章新造广宅，东望海，西挹三港诸山，曲楼重坐，门牖洞彻，表以梧柳，槛以芍药，行者咸流睇延颈。元章能敛喜散，乡党乐附。诸子

---

① 刘公纯等点校：《叶适集·水心文集》卷十七，中华书局，2010年，第332—333页。

自刻琢，聘请陈君举为师，一州文士毕至，正仲、懿仲皆登进士第。①

以与墓主为发小的身份，回忆儿时嬉耍的场景，其场景则又充满诗情画意，仿佛是一幅精心制作的山水画。这看似作者自身的一段回忆录，或是一段精彩的场景描写，而墓主的爵里（永嘉）、家庭（父元章、弟懿仲）、周围伙伴（叶适与乡党诸子），以及为学师从（永嘉学术的领袖之一陈傅良）等等，均包含其中。此志开篇，颇有突出成长环境影响人物性格的意味。

上述不难看出，叶适的墓志在行文上的灵活多变、生动新奇，既章法无定，随心所欲，又不失墓志创作的宗旨，其目的在于通过"随其资质与之形貌"，突出墓主的个性。因而不仅是其开篇行文一改以往的程式化，在具体的叙事上，又十分注重细节的渲染，从中昭示墓主的德性与品格。而其细节，有如前述《刘子怡墓志铭》那样，在开篇正面大肆渲染，也在篇中侧面予以勾勒或烘托。如《提刑检详王公墓志铭》：

> 后余过光，郡民谓余："王寺丞待我如一家人尔。"指道旁木拱把百里曰："王太守所种也，今顿长数尺矣。"又指郭外某桥曰："太守去日，我辈断此留之，今方修耳。"其使江东，而詹事故治番，番人闻公来，喜甚，迎之数驿。其治江东，如詹事之治。人以公之政能爱民而又能去其害民者，父子一也。故其卒而人哀之如思詹事不忘。②

该墓主为王十朋之子王闻诗。上列是叙述墓主仕履事迹过程的一段"插入"文字，并以作者走访墓主曾经任官之地的形式，借助郡民口中的"植树"与"断桥"两个细节，从侧面生动地烘托和勾勒了墓主勤政

---

① 刘公纯等点校：《叶适集·水心文集》卷十六，中华书局，2010年，第311页。
② 刘公纯等点校：《叶适集·水心文集》卷十六，中华书局，2010年，第315页。

爱民的德性与品格，以及郡民对墓主的爱戴之情，可谓以小见大，以少总多。因此，墓主提点江东刑狱时"能爱民而又能去其害民"的具体政绩，虽无详述，却可令人想见，且坚信不疑；继而叙写墓主之父王十朋治番之际番人迎之数驿的细节，以示其为人和从政品格，看似喧宾夺主，但一方面意在说明下文所议论的"继父而贤，人之常职"，进一步佐证墓主的品格，烘托墓主的形象，另一方面则通过不同人物的"前言往行"，昭示德性的相通性和一贯性，从中佐证其经验论德性之学所遵循的"德不孤而必有邻"的规律。

就墓志文体的属性而言，南宋真德秀《文章正宗》就已将它列入"叙事"类，而以往墓志的叙事，往往按照时间顺序展开。《柳子厚墓志铭》向来被视为韩愈墓志的代表作之一，其取材详略得当，重点突出，但在叙事顺序上，依然从柳宗元的少年开始，直至被贬去世。叶适的墓志在力避平铺直叙的同时，又往往错杂时序，随事赋形，以肖其人。如《宝谟阁待制中书舍人陈公墓志铭》，黄震认为堪与韩愈《柳子厚墓志铭》比肩，① 但与韩文不同的是，叶适在叙述墓主陈傅良生平仕履、从政事迹与师从郑景望、薛士龙而重构永嘉学术后，荡开一笔，插入一段具有深层历史内涵的议论："盖鲁有臧文仲，郑有子产，齐有晏婴，晋有叔向，四人者当周之末造，能新美旧学而和齐用之，尊奉前闻而斟酌行之，不啬于古，不狃于今，是能辅当时而传后世，此春秋名世之士，孔子之所贤者也。今公亦考元祐、庆历，上极建隆，以达乎绍兴之后，将栉理弦续，起废疾解倒悬而燠煖之，使公而得尽其用，则未知于四人者孰先后也。"② 接着又云：

> 始，公以盛名，天下归重，意其将有为矣。其录大学也，议科举敝法，颇隐括之而已，然而拘于常而习于故者以为异矣；其倅福州也，平一府曲直使不得隐而已，然而畏其明而苦其决者以为专

---

① 黄震：《黄氏日抄》卷六八《读文集》，影印《文渊阁四库全书》本，第708册，台湾商务印书馆，1986年，第643页下。
② 刘公纯等点校：《叶适集·水心文集》卷十六，中华书局，2010年，第300页。

矣;流言转易,应和喧然,而公之道不得行矣。孝宗尝以禁中,从容读公所论著;光宗尝因直前独对,许公且大用;及今上御极,有讲堂之旧;招徕初载,有咨谋之美;然而夺其眷者使反为怒,蔽其知者使不复思,而公之身,竟以斥矣。以彼四人,使其君臣之际上下之交不遂,靡然为时所向,而谤誉杂于朝市,疑信异其终始,则夫功烈之成就曾不能万一,而况其有大于四人者乎!此余于公所以叹其开物之易而周身之难,成名之厚而收功之薄也,悲夫!

这是一段倒叙文字,也是对墓主命运的揭示,揭示了其贤其才虽不亚于臧文仲、子产、晏婴、叔向等四位先哲前贤,但因"谤誉杂于朝市,疑信异其终始"而不"得尽其用"的悲剧命运与时代悲剧;与此同时,在孝宗、光宗、宁宗三朝"君臣之际上下之交不遂"的历史大叙事中,突出了人物与环境、理想与现实、个体与群体之间的深刻矛盾与激烈冲突,在矛盾与冲突中,展示了墓主的性格和形象。

叶适在《陈(傅良)公墓志铭》中指出:"公葬四年,吏部侍郎蔡公行之始状其行于太史。行之从公蚤,载之详。余亦陪公游四十年,教余勤矣,故撮其平生大指,刻于墓上,以记余之哀思,而行之已载者,不复述也。"综观唐宋墓志,其叙事有时取材于墓主的《行状》,但叶适笔下的墓志,尤其是与墓主生前相知相交者的墓志,于《行状》所载"不复述",而是另叙墓主的事迹;况且"行状"与"墓志"虽均为人物传记,但分属两种不同的文体,在表现手段上不尽相同。近年出土韩维所撰《富弼墓志》,七千字的篇幅,都是以对话体进行叙事,[①]与现存的《富弼行状》的叙述相去甚远。当然,这并非常见,但作为一位优秀的墓志作者如韩愈或欧阳修,均具有鲜明个性特征的叙事风格;同样,叶适墓志的叙事,通常根据墓主的不同身份与地位,或出诸细节描写,或运用宏大叙事,形式多样,鲜明生动;而一篇之内,则又往往错杂时

[①] 《富弼墓志》,见洛阳市第二文物工作队《富弼家族墓地发掘简报》,载《中原文物》,2008年第6期。

序,随事赋形,纵横开阖,与形散而神不散的叙事散文如出一辙,人物个性鲜明突出,人物形象饱满鲜活,不与其他墓主相混淆。李涂《文章精义》说:"退之诸墓志,一人一样,绝妙。"叶适的墓志又何尝不是如此。不仅如此,叶适于墓志文体又有创新。先看前述《提刑检详王公墓志铭》的开篇:

> 初,龙图阁学士太子詹事王公十朋,以太学生对策,请收还威福,除秦桧蔽塞之政,天子即日施用。入馆,论事益无避。为侍御史,首荐张丞相,力赞复雠,遂与张公俱去。素负大节,慕表安、杨震为人也。时北方余学未衰,耆老先生尚多有,既闻公风声,服其行事,莫敢雁行者,故绍兴末、乾道初,士类常推公第一。嗟夫,富贵何足道哉!能以公议自为当世重轻,斯孟子所谓豪杰之士欤!

然后才引出墓主:"公既殁,二子守其家法,讳闻诗字兴之者,长子也";在叙述墓主生平事迹的过程中,则又不时插入其父王十朋的人品与为政细节的叙写;志末铭文又云:"若昔詹事,宁王宝龟;独行无俦,一世所随。粤余兴之,天产良玉;宛其器之,成美不琢。官职虽传,如彼舜华;必守以义,乃为闻家。河曲千里,江则有汜。其子往矣,其孙继起。"在以往的墓志中,不乏记叙墓主与家庭成员,尤其是父亲在品性德行上的渊源关系,但如此叙述墓主家父事迹而无一字涉及墓主的开篇,而且其铭文又将墓主与其父相提并论,"合二弥存",实属少见。又如前述《林正仲墓志铭》,其铭文云:"望江之宅,其传无致,元章之德。集云之阡,其久而新,正仲之贤。合二弥存,以蕃后昆,请视斯文。"该志开篇和正文叙事,同样运用了以墓主为主、其父为辅助的叙事方式,也不乏父子合传的意味。

如果说,上述出于"合二弥存"之需形成的这一叙事方式,虽使墓志铭文在叙述对象上产生了新变,但并非为父子合葬而作,也与因夫妻合葬而作夫妻合传的墓志不同,在体用上依然合乎一志铭用于一墓圹;

那么叶适其他"合二弥存"的《著作正字二刘公墓志铭》等,则无论叙事抑或体制,均别具一格。《著作正字二刘公墓志铭》云:

> 余童孺事二公,既与弥正为友,而起晦实同年生,弥正曰:"吾二父铭,以幸子。"①

该志被称为叶适墓志文之最(引见下文)。题中的"二刘",即莆田刘夙、刘朔兄弟,弥正为刘夙之子,起晦乃刘朔之子。据上文介绍,叶适是应刘弥正之请而作此墓志的。志末铭文云:"元凯既来,舜谐其琴;伯夷叔齐,称之到今。寿溪之源,土囊之下;墓椟相扶,百世一化。我铭其诗,古人无已,庶几后生,闻风而起。"② 由此又可知,刘氏兄弟卒后共葬莆田寿溪,而且"墓椟相扶"。徐师曾说:"勒石加盖,埋于圹前三尺之地,以为异时陵谷变迁之防,而谓之志铭。"③ 叶适是否因刘氏兄弟之"墓椟相扶"而二人合传,使他们在圹前三尺之地下共享同一碑板志铭,或同一志铭分刻于两碑板,分别埋于两圹之前,现无从知晓,但据叶适另一"并志二公"的《陈同甫王道甫墓志铭》,两者都有可能。

与刘夙兄弟"墓椟相扶"不同,据《陈同甫王道甫墓志铭》交代,陈亮"葬家侧龙窟马铺山,世所谓陈龙川也",王自中"既罢兴化而死。始道甫乐仙坛山北之原,即其葬焉",两人墓圹一在今浙江永康境内,一在今浙江平阳境内,相距甚远;而将陈、王合传的原因,则在于"鲍叔,管仲友也,鲍卑而管贵,美在叔也;王猛,薛强友也,王显而薛晦,过在强也。同甫得无以死后余力引而齐之,使道甫亦传而信乎?是以并志二公,使两家子弟刻于墓,若世出,则碑阴叙焉"。④ 陈亮与王自中犹如鲍叔与管仲、王猛与薛强,故"并志二公",使两家子弟将志

---

① 刘公纯等点校:《叶适集·水心文集》卷十六,中华书局,2010年,第306页。
② 刘公纯等点校:《叶适集·水心文集》卷十六,中华书局,2010年,第306页。
③ 贺复征:《文章辨体汇选》卷六九八《墓志铭》,影印《文渊阁四库全书》本,第1410册,台湾商务印书馆,1986年,第265页下。
④ 刘公纯等点校:《叶适集·水心文集》卷二四,中华书局,2010年,第484页。

铭刻为两块碑板，分别埋在陈、王两墓圹之前。

墓志文体成立后，其通行的体制功用是一篇墓志叙述一位墓主的事迹，尽管唐代《崔沔墓志》的阴面最后一段补记其后代的事迹，① 但这是极为少见的特例，而且其后代事迹的补记与墓主事迹的叙述是彼此分离的两个时段、两个部分，在内容或体制上，《崔沔墓志》依然是独立的一篇。叶适却从一篇墓志运用以墓主为主、其父为辅的叙事方式，进一步发展成为同一篇志铭用于两位墓主的体制功用及其"并志二公"的双重墓主叙事，真正实现了"合二弥存"，突破或丰富了传统的墓志体制功用和叙事方式，是墓志文体发展史上值得注意的现象。

余 论

明代文章学家吴讷说："大抵碑铭所以论列德善功烈，虽铭之义，称美弗称恶，以尽其孝子慈孙之心，然无其美而称者，谓之诬，有其美而弗称者，谓之蔽。诬与蔽，君子之所弗繇也。"② 总结了墓志写作应遵循的原则。叶适在遵循这一原则的同时，又推尊墓志，扩展了墓志文体的功能与价值。

黄震在评论《著作正字二刘公墓志铭》时说："观水心志陈君举墓，寂寥慊然，今二刘官不为显，文无行于世者，而所载言行，晔然耀人，盖所志诸公贵人，皆无此及者。"③ 这固然是叶适通过对为官不显的"二刘"的"并志"，保存当代人物的"前言往行"，体现了其重视历史的精神，真德秀在阅读该墓志时，却别具"慨叹"，作了以下评语：

> 著作、正字二刘同为一铭，笔势雄拔如太史公，叹咏悠长如欧

---

① 北京图书馆金石组编：《北京图书馆藏中国历代石刻拓本汇编》，中州古籍出版社，1989年，162—163页。
② 贺复征编：《文章辨体汇选》卷六九八《墓志铭》，影印《文渊阁四库全书》，第1410册，台湾商务印书馆，1986年，第266页上。
③ 《黄氏日抄》卷六八《读文集》，影印《文渊阁四库全书》本，第708册，台湾商务印书馆，1986年，第644页上。

阳子，于他铭又为最。呜呼，二刘公不可复见矣，若永嘉之文，亦岂易得哉！其言"绍兴末迄淳熙中，名儒十余人，言论同，出处偕，如立直木于九达之衢，后生有所望而趋"，读之令人慨叹不已。夫言论同，出处偕，世之所指为朋者也。名儒十余人既为一朋，望而趋者不知几千百，又为一大朋，则士之相朋莫斯时若也。然适足以增淳熙之盛，其功及于绍熙、庆元间。至韩氏用事，恶其朋而尽锢之，其患有不可胜言者，乃知阜陵规摹真可为万世法，而欧阳子信为知言也。二刘公在当时名论最高，惜皆弗究于用。今建阳大夫克庄昆弟方以文学材猷自奋，其尚有以成前人之志云。①

所谓"欧阳子信为知言"，是指欧阳修《朋党论》所宣扬的"君子结党"的合理性及其"用君子之真朋，则天下治矣"②等言论；"韩氏用事，恶其朋而尽锢之"，则指庆元间韩侂胄实施的"伪学伪党之禁"。真德秀认为《二刘公墓志铭》展示了淳熙名儒为朋之盛和韩侂胄禁朋之患，具有深邃的时代内涵。不过，墓志中的刘夙、刘朔兄弟既非名儒又非韩侂胄所禁的对象，但作为被禁的"伪党"之一，叶适在"病眊十年不能文"③的晚年，通过对二刘事迹和品德的叙述，昭示了孝宗一朝的文物之盛和君子道伸的局面，并深致感慨：

呜呼悲夫！二公之卒也，艾轩先生为国受吊，笔濡不忍铭以至是也。而余何敢僭！虽然艾轩之不忍，痛至也；痛且远，德将湮，无以属来者矣，而余何敢忽！每念绍兴末，淳熙终，若汪圣锡、芮国瑞、王龟龄、张钦夫、朱元晦、郑景望、薛士隆、吕伯恭及刘宾之、复之兄弟十余公，位虽屈，其道伸矣；身虽没，其言立矣。好

---

① 真德秀：《跋著作正字二刘公志铭》，载曾枣庄、刘琳主编《全宋文》，第313册，上海辞书出版社、安徽教育出版社，2006年，第211—212页。
② 李逸安点校：《欧阳修全集·居士集》卷一七，中华书局，2001年，第297页。
③ 《著作正字二刘公墓志铭》，载刘公纯等点校《叶适集·水心文集》，中华书局，2010年，第306页。

恶同，出处偕，进退用舍，必能一其志者也。表直木于四达之逵，后生之所望而从也。①

在充满强烈当下意识和浓烈情感色彩的感慨中，既以孝宗一朝的文物之盛和君子道伸反衬了因韩侂胄"好恶同"而导致的君子道息，又交代了其"表直木于四达之逵，后生之所望而从"的价值取向。这是令同时代的真德秀读之"慨叹不已"的原因所在。实际上，叶适的这一当下意识和"有补世教"的价值取向贯穿于其他墓志的创作之中，是叶适一贯倡导的"为文不能关教事，虽工无益"②的文学主张的具体体现。

黄宗羲说："永嘉之学，教人就事上理会，步步著实，言之必使可行，足于开物成务。"③永嘉之学的集大成者叶适的经验论德性之学，为"开物成务"的事功思想奠定了坚实的理论基础。而如前文所述，叶适的墓志文体观及其创作，推进了以古今历史序列为依据的知识谱系学的构建，丰富了其经验论德性之学；与此同时，叶适建立在这一知识谱系之上的德性之学又是其文学思想的核心所在。他说：

> 古诗作者，无不以一物立义。物之所在，道则在焉，物有止，道无止也，非知道者不能该物，非知物者不能至道；道虽广大，理备事足，而终归之于物，不使散流，此圣贤经世之业，非习为文词者所能知也。④

认为道在物中，道是在具体的事物也就是由古今人们的"前言往行"构成的历史中体现出来的，所以古代诗人的诗歌创作"无不以一物

---

① 《著作正字二刘公墓志铭》，载刘公纯等点校《叶适集·水心文集》，中华书局，2010年，第306页。
② 《赠薛子长》，载刘公纯等点校《叶适集·水心文集》卷二九，中华书局，2010年，第607页。
③ 黄宗羲：《宋元学案》卷五二《艮斋学案》，载沈善洪主编《黄宗羲全集》，第5册，浙江古籍出版社，1994年，第56页。
④ 叶适：《习学记言序目》卷四七，中华书局，1977年，第702页。

立义"。由此可见,在叶适的心目中,尊重历史,对古今历史的探究和认知,不仅是人们在成德新德时所必须遵循的,而且也是诗人诗歌创作时所不可或缺的。其中所展示的,既是道学层面的成德新德论,又是文学层面的创作主体论。两者面向一个相同的"物"——古今历史;朝向一个共同的目标"经世之业"——事功。而在文学层面上,对历史的面向,则决定叶适"以一物立义"的创作趋向;对事功的朝向,又决定了其"为文不能关教事,虽工无益"的价值取向。叶适笔下众多的墓志作品,无疑是在这两个向度的会通和交融中不断催生而成的;或者说,叶适之所以推尊墓志,并"大肆力于碑铭"创作的最终原因,便在于此。

因此,叶适自觉地打破了墓志文体的程式化,也有意识地扩展了墓志的价值取向和功能范畴,将墓志这种应"四方之邀乞"而诞生的"世俗应酬文字"融入了其整个散文的创作体系之中,既追求"关教事"、"补世教"的价值与功能,又追求为文之"工"。而叶适所追求的"工",其前提就是创新,即所谓"片辞半简,必独出肺腑",[①] 脱化町畦。这表现在行文叙事上,不蹈袭墓志已有的程式,而是设例取势,因人而变,随事赋形,各肖其人,甚至运用了"并志二公"的双重墓主叙事方式,别具一格;表现在艺术风格上,即如真德秀论《二刘公墓志铭》时所说"笔势雄拔如太史公,叹咏悠长如欧阳子",会通多种艺术风格,众体兼备。要之,继韩愈、欧阳修以后,叶适的墓志创作取得了令人瞩目的成就,赢得了时人"永嘉叶公之文,于近世为最,铭墓之作,于他文又为最"的高度赞誉,在宋代文学,尤其是文章学和散文发展史上,具有不可小觑的地位和意义。

(原载《浙江大学学报》2013年第1期,与楼培合作)

[①] 叶适:《归愚翁文集序》,载刘公纯等点校《叶适集·水心文集》卷十二,中华书局,2010年,第217页。

后　记

在近十年里,我的精力主要用在思考如何建构合乎词体自身运行轨迹的词史,并申请了相关国家社科基金项目,也出版了这方面的专著,发表了多篇自唐至清的词史论文,但由于以往研治宋代文学,尤其是宋代政治与文学的习惯思维时而影响平时的阅读,在阅读相关文献中,会有零星的观点产生,并形诸文字,发表在有关刊物。本书所收《唐宋词体的文化功能与运行系统》、《从高压政治到"文丐奔竞"》、《杨万里"诚斋体"新解》三篇为十年前的旧文,余皆近十年里发表的关于唐宋词学和宋代文学的文章。

需要说明的是,书中《从词的规范体系通观词史演进》一文突破长期以来的"朝代词史观",将词史分为四个发展阶段,不仅论述唐宋词,而且涉及元明清词;《"苏辛变体"在12—14世纪初词坛的运行》一文旨在打破"朝代词史"在时空上的壁垒,揭示"苏辛体派"在南宋金元同源同质的创作实践,所以金元的相关词也成了此文的论述对象;《宋元之际士阶层分化与文学转型》一文的论述也超越了本书书名《唐宋文学论丛》的范围,但均与唐宋或宋代文学息息相关,所以也将它收到了本书中。

本书所收文章分别发表在《中国社会科学》、《文学评论》、《文学遗产》、《文艺研究》、《国学研究》、《北京大学学报》、《浙江大学学报》等杂志,现结集在安徽教育出版社出版,得到了杭州师范大学人文学院的支持。在此,向杂志社、出版社的编辑和人文学院,深致谢忱!

沈松勤

2021年5月于杭州师范大学

泽地文库

第一辑

杭州方言研究 / 徐越 著

朝堂与文苑：唐宋文学论丛 / 沈松勤 著

中国古代小说戏曲关系史纲 / 徐大军 著

训诂学视角下的现代汉语辞书释义研究 / 周掌胜 著

中国现代新诗诗美建构与唐宋诗词 / 陈学祖 邓乔彬 著

江南佛学与"两浙"现代作家研究 / 竺建新 著

阅读史、修辞与小说创作的源初思维 / 郭洪雷 著

马克思主义与批评理论：走向辩证批评 / 刘欣 著

中国当代文学史写作问题研究 / 刘杨 著

合作化小说的语境与书写：以 20 世纪五六十年代为中心 / 李佳贤 著

中国现代大学与现代文学 / 王晴飞 著